1914. — Nais[sance ...]
Tu, tout prè[s ...]
1925. — Mis [...]
des deux cen[...]
Est retiré des [...]
Baccalauréat.
1930. — Divo[rce ...] père, consul de France.
1938. — Mariage avec Marguerite Perrato.
1939. — Mobilisé à la 1467ᵉ compagnie du Train des Équipages de la 4ᵉ D.L.M. Démobilisé à Riom.
1940. — Retour à Paris où il continue à l'École des Sciences politiques de préparer le concours des Affaires étrangères. Décide de rejoindre les Alliés. Évasion par l'Espagne. Séjour au camp de Miranda.
Mobilisé en Algérie, il est envoyé en Angleterre où il fait partie de la mission militaire de liaison administrative. Débarquement en France. Est envoyé à l'Agence France-Presse où Lucien Bodard prend goût au métier et décide de rester dans le journalisme.
Premiers grands reportages en Afrique du Nord, dans la Grèce déchirée par la guerre civile, en Bulgarie et en Indochine.
Accords avec France-Soir qui le nomme envoyé spécial permanent pour suivre la guerre des Français en Extrême-Orient.
1955. — L'aventure indochinoise se termine à Dien Bien Phu et Lucien Bodard est expulsé du Viêt-nam.
1955-1960. — Hong Kong, l'Asie et la Chine.
1960. — Malade, revient en France. Six mois consacrés à rétablir sa santé. Entre-temps a publié de nombreux ouvrages sur la Chine, l'Indochine, l'Amazonie.
1961. — S'est remarié, a eu un fils, a divorcé de nouveau et continue de poursuivre de front le journalisme et la littérature.

La Vallée des roses est l'histoire d'une ambition folle qui réussira, d'une ascension qui n'avait pas une chance sur un million de se réaliser, celle d'une fleur, d'une beauté et la grâce incarnée : une jeune fille qui a nom Yi. Yi, qui caresse un rêve inouï : devenir la femme de l'Empereur régnant et, en le subjuguant, régner sur la Chine aux 500 millions de sujets. On voudrait tout citer, tout raconter. D'abord Hieng-Fong, le Soleil Impérial, le souverain auquel Yi rêve de s'unir, « ... dégénéré, ivrogne et débauché, une raclure, un être sans foi ni loi... » On voudrait dire aussi la Cité Violette de Pékin, que gardent des régiments de castrats... Et encore le Concours du Concubinat où gardée par le Grand Eunuque et le Grand Surveillant, la Mère du Ciel (mère de l'Empereur), choisira parmi cent filles dénichées d'un bout à l'autre de la Chine, les trente qui seront les concubines de son fils, formeront le Harem Impérial et tenteront de séduire l'implacable pédéraste... Comment passer sous silence la scène où Yi séduit Héros Coupé, l'Eunuque Grand Surveillant. On aimerait raconter encore Yi Concubine Impériale, son ascension jour après jour. Comment devenue Impératrice Tseu-hi, Souveraine Absolue, elle empoisonne l'Empereur, cependant que les Barbares, c'est-à-dire les Blancs (Français et Anglais), sont aux

Suite au verso

portes de Pékin, au terme d'une marche qui fournit les pages d'horreur les plus hallucinées, les plus chargées de mort et de sang que l'on ait jamais écrites. Ce roman de mœurs est un fantastique roman d'aventures qui à chaque page confronte le lecteur à la réalité la moins vraisemblable et, génie de l'auteur, à la plus vraie. Par dizaines et dizaines se succèdent des scènes hallucinantes que gorge, gonfle et magnifie le style de Bodard — qui n'était jamais allé aussi loin dans la description comme fascinée, et toujours méticuleuse, de l'horreur ou de l'insolite.

ŒUVRES DE LUCIEN BODARD

Dans Le Livre de Poche :

MONSIEUR LE CONSUL.
LE FILS DU CONSUL.
LA DUCHESSE.
LA MÉSAVENTURE ESPAGNOLE.

LUCIEN BODARD

La Vallée des roses

GRASSET

© *Éditions Grasset et Fasquelle*, 1977.

Tous droits de reproduction, de traduction et d'adaptation réservés pour tous pays, y compris l'U.R.S.S.

*A Julien Bodard,
mon jeune fils.*

PREMIÈRE PARTIE

Yi n'est qu'une jeune fille de la bonne noblesse mandchoue, dont le père, chef d'une des Bannières, est mort prématurément. Il laisse une veuve pauvre et chargée d'enfants... Toute petite fille, Yi joue dans la rue, la rue de l'Etain, près de la Cité Interdite, avec un garçon de son âge, de bonne naissance aussi, nommé Jung-lu. Ils se saluent déjà cérémonieusement d'après les règles de l'étiquette. A peine nubile, Yi est cloîtrée à la maison par sa vénérable mère, selon la coutume, pour qu'elle apprenne les trois devoirs et les quatre vertus : la douceur, la modestie, la retenue, l'obéissance. On lui enseigne à filer, à coudre, à dévider la soie, à tisser le chanvre ; et aussi comment verser le vin et préparer les offrandes pour les cérémonies aux ancêtres. Ainsi grandit-elle dans le respect des qualités traditionnelles et fondamentales, et dans l'apprentissage des rites innombrables et compliqués de la politesse humble réservée aux filles. La seule étrangeté de Yi à cette époque, en cette société mandchoue fort peu lettrée, c'est d'avoir appris elle-même au moins dix mille caractères pour déchiffrer les philosophes, les sages, leurs œuvres et surtout les Quatre Livres Sacrés. Comme si, au lieu de rester une femme promise à une existence humble et soumise d'épouse, elle se préparait, sans le savoir, à quelque rôle superbe. Chimères...

Car la réalité est là, qui s'impose. Apparemment, Yi est destinée à la banalité. D'ailleurs les familles de Jung-lu et de Yi se sont depuis longtemps arrangées pour leur raisonnable mariage sans les en avertir. Cela tombe bien puisqu'ils s'aiment. Les noces vont donc se célébrer et on décide de consulter un astrologue très savant pour déceler dans le destin le jour le plus faste à cette union.

L'homme est vieux, tout rabougri, tassé sur le sol dont il paraît être une bosse : un peu de terre cuite, un peu de poussière rassemblée, sans autre face que ses rides. Il a plus de cent ans. Les racines de son grand âge s'enfoncent dans des grimoires, des instruments très étranges, des cadavres séchés d'animaux, des dessins où, dans la fusion des éléments, éclatent des caractères rouges. D'une voix qui sort des siècles, il s'enquiert très poliment des ascendances astrales et géomantiques du jeune homme et de la jeune fille qui vont s'accorder devant les autels. Des rognures de leurs ongles qu'il a mises à brûler s'élance un rougeoiement de flammes. Alors l'antique devin, émettant des sons gutturaux et stupéfaits, se met à consulter un énorme almanach aux figures fantastiques, celui des forces de ce globe et du firmament. Ses yeux se sont ouverts d'une lueur qui est peur et fièvre. Et dans une transe extraordinaire, il se dévoûte, il rajeunit d'un demi-siècle, il double de taille. Alors, avec le regard de l'hypnose, il contemple le ciel en son entier, pas seulement le Grand Chariot, mais toute la pluie des étoiles, tout le ballet des comètes, tout le moiré des nébuleuses : le peuple immense de l'au-delà habité de constellations. Et à nouveau il compulse des parchemins excessivement jaunes et anciens, et à nouveau il scrute la nuit éclairée. Ce qu'il cherche, c'est, dans la disposition de l'Insondable, dans la chape des ténèbres illuminées de lueurs fortes, faibles, à peine discernables, violemment et durement fixes ou à éclats scintillants, la disposition de l'accouplement, la meilleure réception du Yang par le Yin. Le vieux mage est pétrifié dans sa tension à prévoir le jour prochain où les planètes mâles s'enfonceront comme un phallus dans la voûte des galaxies femelles et où, en cette pénétration, les coulées de la semence virile se répandront dans l'azur nocturne, coulées de diamants de la vie naissante.

Tout à coup, le vieillard cache ses yeux dans sa manche et s'écroule sur un banc. Sa figure est horrifiée. Il bredouille :

« Je ne peux pas dire... »

On le questionne. A-t-il vu quelque grand malheur, un soleil funèbre qui rendrait ce mariage impossible et néfaste ?

« Oui, j'ai vu le soleil noir. Il va bientôt sombrer. Et cela dans les semaines où auraient dû s'accomplir vos propices épousailles, car vous auriez été un mari et une femme très heureux. Mais cela ne se fera pas... »

Le vieillard retombe sur lui-même, comme si, croulant en une petite boule, il essayait de se cacher dans la position du fœtus. On le presse :

« Je ne peux pas parler. Je ne comprends pas... le monde à ses pieds... »

Il semble qu'il regarde Yi, mais avec des yeux si cachés par la couverture des paupières qu'on ne sait pas vraiment.

Enfin il dit, emporté malgré lui :

« Vous deux ne serez pas unis. Et pourtant vous serez liés indissolublement, comme le fourreau et sa lame. Les événements seront étranges et terribles. Il y aura beaucoup de dangers... Un soleil trouble, pourri, gâté dans les lieux les plus saints. Au cœur du monde... Et la femme sera unie à ce soleil, jusqu'au jour où elle le transpercera. Et elle sera le Soleil... Et vous l'homme, vous serez toujours avec elle, le soleil, mais pas tout seul... On dirait que des multitudes et des multitudes se courbent devant elle. »

Là-dessus le prophète revient à la raison :

« Je ne sais pas ce que j'ai raconté. Vous serez séparés quelque temps et puis vous ne le serez plus. Vos existences seront fantastiques. C'est tout ce que je peux dire. »

Malgré ces augures bizarres, les familles se résolvent à ces noces ; le vieux est trop vieux, il a perdu ses dons, il radote. On va voir un devin un peu moins centenaire. Yi, sous la vigilance de sa mère, prépare et son trousseau et sa beauté pour épouser Jung-lu. Elle l'aime. Mais cela n'empêche pas que souvent son esprit s'égare, que lui reviennent les propos baroques du devin au-delà de l'âge. Et si jamais ils s'accomplissaient ? Alors une fièvre la prend, son sang bout.

Or, une semaine avant le jour choisi pour les épousailles par un jeune astrologue beaucoup plus sage, le Soleil s'effondre. Le soleil rouge devient noir... la mort noire et le deuil blanc. L'empereur Tao-koung a expiré brusquement, en pleine jeunesse et en pleine gloire. Le Grand Timonier est emporté de son gouvernail par les flots d'une mer de palmes. Le Saint Homme, Fils du Ciel et Seigneur des Dix Mille Années, vient à l'improviste de monter sur le Char du Dragon... Il semble que la terre ne soit plus que la brume des sanglots et la sueur des lamentations. Toute l'humanité se désespère. Depuis les temps les plus anciens, la coutume veut qu'on pleure le Souverain décédé neuf jours sans arrêt, qu'on continue à se lamenter neuf mois, qu'on trépigne de chagrin par séries de neuf bonds. Toute vie doit s'arrêter trois fois neuf mois.

La durée des regrets de la mort de Tao-koung a donc été de vingt-sept mois.

Tout ce temps, Hieng-fong, le nouveau Fils du Ciel, est resté prostré dans sa douleur accablée et frénétique, ayant juste assez de force pour officier aux cérémonies funéraires où les dignitaires, arrivant en longues théories sépulcrales, viennent gémir des heures et des jours devant le Cercueil Exposé. Et le peuple entier, les cinq cents millions de sujets de l'Empereur Défunt et de l'Empereur Vivant, habille ses visages innombrables de la même tristesse. Malheur à qui témoigne de la plus simple joie. Quiconque est surpris à rire, même innocemment, est mis à mort. Sur toute la surface du Céleste Empire, pendant cent jours, les hommes ne fréquentent pas leurs femmes et n'ont pas la force de faire raser leur barbe et leurs poils. La couleur rouge, signe de bonheur, est maudite. Il n'en faut pas une tache (sauf l'incarnat des murailles de la Cité Violette) à travers les plaines, les montagnes et les villes. Les panonceaux aux caractères vermillon des boutiquiers sont retirés, les rues semblent nues. Même les pompons carminés des bonnets d'enfant sont changés en blanc ou en noir, seules teintes permises en ce Grand Deuil. Le blanc surtout. Toute la Chine est blanche, comme si la neige de la mort impériale s'était étendue du Septentrion Toujours Glacial jusqu'au Sud Toujours Étouffant. Rien que des ombres blanches qui glissent... La voracité exubérante de la Chine ne laisse plus place qu'à des cortèges de fantômes, des palanquins tendus de noir. Fermés sont les lieux où la vie est bonne, là où l'on ingurgite, là où l'on s'annihile en voluptés, là où l'on écoute les lamentations des princesses d'opéra qui chantent leur mort prochaine ordonnée par leur Père à la Barbe Rouge. A travers tout le pays, le lamento est réservé au Fils du Ciel allant vers les Fontaines Jaunes du Ciel. Pour le reste, le silence. Tout est suspendu...

Les familles nobles, particulièrement, doivent se dissoudre dans les ténèbres de l'Immense Souffrance. Ainsi en est-il chez la mère de Yi... Et Yi, d'elle-même, comme si elle était pénétrée plus spécialement de l'essence divine des Fils du Ciel, s'abîme dans les signes de la Peine Incommensurable, se faisant blafarde et laide, linceul à peine vivant, à peine respirant, à peine existant. La peau si douce de sa figure est enduite d'une sorte de farine. Et ses cheveux auxquels elle tenait tant, cette masse, source de cruelle et délicieuse volupté, source jaillie de quelque basalte noir, elle les a taillés sans pitié, les nattant et les tressant en moignons emprisonnés par des cordonnets blancs. Ses pieds bien entiers de Mandchoue, longs et fins comme ses mains, elle les a aussi enserrés dans des cordelettes blanches. Elle s'est entièrement revêtue de toiles grossières, blanches aussi et qui sont presque des sacs. Tout au long des jours et des nuits, elle pleure.

La sauvagerie du deuil de Yi surprend sa propre mère. L'excellente dame pense que sa fille se jette dans le Gouffre de la Grande Peine Impériale, pour mieux oublier la déception de ses noces retardées.

Très curieusement, à mesure que s'écoule le temps des Pleurs Célestes, d'abord très insensiblement, puis avec plus de soin, enfin avec rage, Yi répare les outrages qu'elle-même avait commis contre sa beauté. Il semble même qu'elle veuille être à l'apogée de sa splendeur faussement fragile à la fin du temps imparti au Grand Deuil. Sa chevelure repousse, sa chair, par quantité de pâtes et d'onguents, retrouve sa tendresse. Elle ne quitte pas le blanc un seul jour mais, depuis des mois, elle et sa mère, les servantes et même des couturiers venus du dehors (ce qui est une très grande dépense) cousent, dans les soies impalpables et dans les broderies fleuronnées, les vêtures les plus modestement resplendissantes pour son corps de vierge. Et, se regardant dans un grand miroir de bronze uni, qui est un tambour suspendu, elle donne, d'une voix encore douce de fille obéissante, des ordres impératifs pour mieux ajuster ces « ailes de papillons » à ses formes si lisses. Le tambour suspendu, comme elle s'y regarde, sévèrement, scrupuleusement, durement même, pour achever le travail de sa beauté ! Des heures durant, elle essaie les maquillages qui, ainsi qu'il convient à une pucelle, doivent juste marquer la joliesse des traits sans leur donner la luxure échauffante. Les bijoux, aussi bien ceux de sa famille que ceux jadis offerts par Jung-lu en prémices de mariage, ces stylets, ces épingles de jade, ces plaques, ces bracelets, ces colliers, ces pendants d'oreilles, elle les plante en elle, elle s'en recouvre, elle s'en repaît. Mais toujours pudiquement. Le chef-d'œuvre, c'est l'énorme volume de cheveux dressés en une boule de cristal noir transpercée d'un diadème rouge. Yi accomplit une besogne délicate, car il lui faut à la fois porter sa beauté à son zénith tout en la dissolvant dans l'immensité de la modestie, être la plus somptueuse et la plus convenable. Et, prenant un pinceau, elle trace sur un léger papier de bambou filigrané de roses ces caractères accolés : « Beauté dans Modestie. Et le tambour de bronze battra à ta victoire même si tu n'es plus là. »

Inscription mystérieuse venant de ses tréfonds. Est-ce dans la Cité Interdite, ce moyeu de l'univers, qu'elle pense remporter sa victoire ? On dirait qu'elle se prépare...

Yi, si frêle, se met à manier non seulement le pinceau des fards, mais aussi celui de l'art et des idéogrammes. Seule, dans les longues nuits du quartier mandchou, elle reste éveillée. Le portail rond de l'entrée du yamen et la murette bâtie pour arrêter les mauvais génies, n'empêchent nullement les rafales glacées de l'hiver et les pesanteurs opprimantes de l'été de jouer de cour en cour, jusqu'à ce qu'ils atteignent Yi dans sa chambre. Yi, insensible aux morsures des grands froids et des grandes chaleurs, petite forme éclairée par une lampe en papier, dans la solitude de la demeure délabrée où le sommeil s'est emparé des autres êtres, les « maîtres » sur des bat-flanc et les serviteurs jonchant le sol, s'exerce, sourde aux ronflements qui sont le seul bruit, à dessiner de sa main un long trait, qui deviendra un cheval hennissant ou un saule pleurant. Mais le trait se disloque et se tord pour former d'antiques caractères, liés aux commencements si anciens et si fabuleux de la Chine Céleste, celle des Empereurs-Génies, des Héros toujours victorieux, des Sages qui ont établi la fondation de toutes choses pour l'Eternité. Car le Ciel est en Elle, et Elle est le Ciel. Parfois, quand la nuit n'est pas enténébrée par les masses volantes des poussières enneigées du Gobi ou par les lourds nuages à ventre plein venus des Grandes Mers, elle va contempler le firmament et se voit dans une étoile du Grand Chariot. Quel orgueil dans le Céleste Empire et quel orgueil en Elle ! Elle n'est pourtant qu'une gamine de bonne race parmi tant d'autres. Toutes sont la progéniture femelle des Bannières, bastions de la Cité Interdite autant que ses murailles rouges. Les garçons deviennent les grands guerriers. Les filles les plus achevées servent — avec quelles espérances — au recrutement du harem impérial, l'Impératrice Douairière étant au sommet de cette hiérarchie.

Yi se sent prédestinée... Le devin centenaire a vu sa gloire.

Parfois sa mère, surgissant comme une vieille ombre, vient lui demander :

« Pourquoi t'acharnes-tu ? Ne vas-tu pas épouser Jung-lu bientôt ? Tu auras toute ta vie pour apprendre, si cela te plaît. Alors, va dormir. Si tu t'épuises et que tu tombes malade, tes noces seront encore retardées. »

C'est avec une sorte de timidité que la bonne vieille dame s'adresse à sa fille, car Yi inspire l'effroi, même si elle n'a jamais une fois manqué à la décence filiale. Yi répond seulement, très doucement :

« J'irai dans quelques minutes... »

La nuit éveillée se prolonge. Elle pense. Elle sait très bien que, pour son grand dessein, elle ne peut compter que sur elle-même. Sa famille n'a pas de puissantes relations à la Cour... Mais elle se sent prête à tout surmonter. Car sa vie, si terne, lui a déjà forgé une âme implacable et acharnée, soumise aux règles et pourtant sans illusions, totalement dénuée de préjugés et de scrupules, sachant que la réussite ne vient que de la dureté, de la dissimulation et de la duplicité. Elle se sent capable de tout. Elle veut devenir Impératrice. Plus que cela, elle veut, par la puissance de sa volonté, dominer son Impérial Epoux et être le véritable Seigneur des Dix Mille Années. En Chine, les femmes sont méprisées et pourtant Yi sait que, dans la sombre trame des annales célestes, ces millénaires de trahisons et de cruautés autour du Trône, plus d'une fois l'une d'elles, avec férocité et ne se servant que de ses armes féminines, a atteint son but : être le Saint Homme auprès d'un Saint Homme subjugué, réduit à l'état d'ombre officielle.

Yi, entre ces héroïnes, aime surtout la princesse Wou-chei, la plus terrible, la meilleure de toutes. Elle vivait bien plus de mille ans auparavant.

Cette princesse, à la suite de la défaveur de son père qui avait été mis à mort, avait été elle-même réduite à la plus misérable condition : on l'avait enfermée pour la vie, tête rasée, dans un couvent bouddhique. Or, il arriva que l'Empereur Kao-tsong, qui avait de l'inclination pour le Parfait, se rendit en pèlerinage en ce saint lieu. Là, il aperçut la nonne sans cheveux. Elle lui plut suffisamment pour qu'il l'emmenât compléter son harem. L'Impératrice Epouse ne fit pas d'objection : elle était toute à la crainte d'une concubine trop intrigante. Très humblement, Wou-chei s'insinua dans ses faveurs et parvint, en lui donnant des conseils avisés, à la faire triompher de sa rivale. L'Impératrice en fut reconnaissante à Wou-chei. Elle ne s'était pas aperçue que, pendant ce temps, Wou-chei s'était emparée complètement du cœur du Saint Homme. Alors Wou-chei montra sa grandeur d'âme... Comme elle avait accouché d'une fillette, et que l'Impératrice était venue très gracieusement féliciter la mère et l'enfant,

Wou-chei profita de cette visite pour supprimer de ses mains son propre bébé dans des conditions si perfides que les apparences accusèrent l'Impératrice de ce meurtre. L'Empereur entra dans son Grand Courroux. Il disgracia ignominieusement l'Impératrice et prit comme Impératrice Wou-chei elle-même qui, pour sa joie, fit couper les mains et les pieds de la déchue puis la garda vivante dans une auge à cochon comme une truie, et alla chaque jour la nourrir d'ordures, exigeant que celle-ci se soulève elle-même un peu et grogne de reconnaissance. Le reste de la vie de Wou-chei fut tout aussi splendide. Elle fit tuer, dans des supplices imaginés par elle, tous les dignitaires de la Cour qui avaient osé prendre parti contre elle dans les temps incertains d'où elle sortit comme le soleil des nuages. Il suffisait qu'elle imaginât qu'un personnage avait pour elle de l'hostilité pour le faire occire avec raffinement. Dans le cours des ans, elle fit dépecer tous ceux qui avaient eu l'audace inouïe d'encourager son époux l'Empereur, parfois pris du remords de sa faiblesse, à secouer son joug. Elle se réjouissait des grimaces de la mort. Au moindre soupçon elle sévissait, allant jusqu'à menacer son Impérial Epoux :

« Vous mourrez si jamais vous essayez de me rabaisser... »

En même temps, selon les annales, elle l'affolait de caresses extraordinaires. Son pouvoir dura très longtemps, jusqu'à ce que son dernier souffle sortît de ses lèvres, alors qu'elle reposait dans l'attitude très convenable de l'attente du sublime trépas. Auparavant, elle avait empoisonné de ses propres mains, l'un après l'autre, ses deux fils, qui, approchant de l'âge adulte, avaient pris ombrage de sa puissance et la détestaient. Après avoir vainement poussé leur père à supprimer leur mère, ils s'apprêtaient eux-mêmes à plonger des poignards dans son cœur. Ainsi, rien ne lui avait résisté. Et, sous le couvert du Saint Homme qui n'était plus qu'une feuille tremblante de terreur et de volupté, elle avait été un Très Grand Empereur, qui porta le Céleste Empire à son apogée. Elle fit régner la paix en Chine et répandit le massacre dans ses dépendances lointaines, en Corée et dans l'Altaï, où des peuples présomptueux osèrent se révolter contre les lourds tributs qu'elle leur imposait. Non seulement l'Empire du Milieu, grâce à elle, bénéficia de la faveur du Ciel, mais elle le fit briller aussi des plus doux éclats de la Philosophie, des Arts et de la Poésie, car elle aimait tout ce qui était Pensée et Beauté. Elle-même s'adonnait volontiers aux plaisirs les plus raffinés et les plus galants.

Ainsi Yi, pendant de longues heures, songe à la légendaire princesse Wou-chei. Comme elle voudrait être Wou-chei ! Et peut-être que... Elle rêve... Elle sait qu'une fois le Grand Deuil terminé, il sera urgent, selon la tradition la plus honorable et la plus consacrée, de constituer un gynécée au nouveau Saint Homme Hieng-fong qui n'a pas vingt ans et qui doit procréer. Quelles seront les concubines ?

En fait, c'est l'Impératrice, mère de Hieng-fong, qui fait ce choix. Pour cela, elle convoque à la Cité Violette une centaine de vierges mandchoues, dont elle gardera une trentaine. Yi peut légitimement espérer être appelée, en tant que fille des Bannières, à cette sélection, cette foire sacrée.

Et elle l'est. Joie immense. Cependant, après ce premier succès, que de difficultés en vue ! Tout d'abord, commencer petitement, arriver à être retenue par la Douairière. Pour cela, lui plaire. Ce sera une tâche entre toutes redoutable que d'entrer dans les bonnes grâces de cette Vieille. Yi n'aura que quelques minutes pour s'imposer au milieu de la cohorte des concurrentes. Tout dépend de si peu... D'abord cacher sa nature, trop ardente, s'abimer en génuflexions et en prosternations parfaites, conformément aux rites dus à une Altesse de cette hauteur, même si elle ressemble à un vieil oignon. Heureusement, depuis sa tendre enfance, Yi a été formée par sa mère vénérable aux salutations les plus compliquées, où la moindre bévue est un crime. Car, dans ces extraordinaires respects qu'elle rendra à la Douairière, l'harmonie devra être parfaite, par la concordance adorante du corps entier dans ses saintes gymnastiques : l'inclination de la tête, la chute des yeux, le mutisme du visage, l'effondrement des épaules, l'écroulement du tronc, l'aplatissement de tout l'être, sauf les mains jointes qui rampent un peu devant. Et cela à la cadence répétée de deux fois sept fois, relevailles et retombées, en exprimant toujours plus de bassesse thuriféraire devant la Sublime Sublimité. Et dans ces transports implacablement réglés, sacramentalement lents, révérences de tortues, il faut quand même savoir mettre une grâce et une aisance. Mais plus encore que ces prosternations où l'on s'annihile devant la Majesté, l'épreuve la plus redoutable est de répondre à la question, certainement très banale, de la Céleste Mégère qui voudra s'assurer de son éducation et de son intelligence. Car, pour répondre, il faudra que Yi choisisse la plus convenable parmi les mille formules possibles, et cela avec le maintien, le ton, qui lui agréent, sans air bête et sans air affecté. Il faudra montrer l'immensité de son respect en restant dans la marge étroite séparant les gouffres de la niaiserie de ceux de la coquetterie. Quelle passerelle à franchir, quelle difficulté !

Yi ne pense plus à Jung-lu, qui, avec une discrétion décente, fait comme s'il avait disparu de la terre. Yi bénit sa mère, qui l'a si remarquablement éduquée. Elle se plonge dans le Livre des Grands Rites, où chaque geste, chaque intonation, chaque attitude, chaque mot est décrit pour toutes les situations possibles. Yi, dans le chapitre adéquat, se remplit de ce que doit être le comportement d'une jeune vierge devant une Impériale Douairière, certainement féroce. Mais surtout Yi a confiance en elle, en l'instinct qui la guidera, elle se fie à ses longs cils, à ses longues mains, à la pointe émoussée de sa langue, pour séduire la méprisante Impératrice Mère. Et elle a confiance en sa délicate fente, la tirelire de son trésor qui, cachée, intacte, est l'enjeu véritable. Fente des plaisirs et des fécondités. Oui, dans cette prochaine braderie de filles réduites à l'état de marionnettes savantes et accoutrées, leurs satins, leurs onguents, leurs parures, leurs manières, leurs génuflexions et leurs pauvres mots, ne sont que les enseignes de leurs cons tout neufs dont l'Antique Dame veut acquérir trois douzaines pour l'Agrément et le Devoir de son Impérial Rejeton. Lequel, par les commandements les plus augustes de la Sagesse, a la mission de « rejetonner » lui-même. Trente-six orifices et plus vont lui être fournis pour cela. Mais Yi se sent toute pénétrée du sien, qu'elle examine souvent dans un miroir de ses yeux attentifs, yeux scrutant, yeux analysant. Elle l'épile chaque jour au moindre soupçon de duvet, elle l'oint pour le rendre encore plus tendre ; et pourtant, comme il est déjà doux et mignon, deux délicats pétales qui se rejoignent en un trait léger, en un trait immense, sa vallée des roses. Car elle a la certitude que c'est sa fissure, niche de Dieu, qui donnera au Ciel son prochain Fils du Ciel. Elle est sûre que sa fente, vulve et conque, chaleur de quelque grotte marine, s'ouvrira peu à peu au sceptre de chair qui est le Timon du Grand Chariot, sa vallée des roses offerte à l'univers, l'univers qui est Lui. Et alors, elle, encore toute jeune, que ne pourra-t-elle pas ? Le devin ne l'avait-il pas prévu ?

Songes. Réalités presque. Car, sans l'avoir exercé, elle connaît son pouvoir sur les hommes. Et le Saint Homme Hieng-fong, dans le sang de ses vingt ans, ne lui résistera pas. Elle sera Favorite, elle sera Impératrice, elle sera Femme et Mère de Dieu... Mais, pour tout cela, il faut surmonter l'écueil redoutable de la Vieille Dame, certainement jalouse de la beauté, même si elle cherche des beautés pour son fils. Et seulement quelques secondes pour la convaincre...

Des jours durant, Yi s'entraîne à être comme elle imagine qu'elle doit être pour complaire à cet Antique Dragon Femelle. Devant le tambour suspendu elle répète ses mines, ses tons, ses formules. Elle a pensé à la meilleure réponse donnée par ses lèvres de pêche à chaque question possible posée par les lèvres de poisson fumé de la Douairière. En plus, sans fin, la gamme des prosternations, pour attraper le bon rythme, celui qui est comme le balancement régulier, sous le zéphyr, de quelque branche fleurie. Elle s'exerce encore et toujours jusqu'à ce que cela lui paraisse parfaitement « juste ».

Pour la vêture, Yi est prête et jamais prête. Tout habillée pour la parade, elle se contemple méticuleusement, et toujours quelque idée lui vient d'une fronce invisible qui l'amincirait encore, d'un chatoiement insaisissable qui se projetterait sur sa peau, d'une ornementation qui semblerait un dépouillement de simplicité, laissant son long cou de cygne à sa seule grâce. Sa mère est de bon conseil dans cet inexprimable qui accroît la beauté.

Quand est venue l'annonce du Concours et surtout l'annonce de la Convocation, la dame a salué sa fille : c'est un grand honneur pour tout le clan dont Yi est issue qu'elle soit appelée à l'Impérial Examen du Concubinage. Déjà des félicitations, des congratulations, des rumeurs flatteuses, des cadeaux « pour s'attirer les faveurs de l'élue du Ciel ». La politesse veut, dans tout le quartier mandchou, dans les bonnes familles comme dans le bas peuple, qu'on considère le succès de Yi assuré, déjà acquis. Mais le cœur de la mère, malgré son sourire béat de bonheur, est un gouffre d'angoisses : il y a tellement de dangers dans cette Cour où tous les palais splendides sont des récifs de perdition, où toutes les sages sentences gravées sont les masques de pièges mortels. Les périls les moins grands sont ceux que Yi

connaît déjà : elle sait qu'elle joue son sort, celui des siens sur un pari. Qu'elle soit rejetée lors de la compétition, et toutes les figures maintenant jubilantes se détourneront d'elle et de ses proches. Ce sera au contraire le mépris, la honte, la perte de « face ». L'impossibilité de tout mariage, même de rattraper ce Jung-lu pourtant si amoureux, qui ne pourra vouloir d'une fille ainsi stigmatisée. Et si par une folie, il voulait l'épouser quand même, ce serait à Yi de le ramener à la raison par ces paroles : « Renoncez. Car vous seriez rejeté des Bannières si vous vous unissiez à ce qui a été repoussé par le Ciel, et qui n'est plus qu'un lamentable débris terrestre. »
Pourtant Yi est sûre d'elle...

Plus terribles sont les périls que Yi ignore, ceux qui se dévoileront un jour à elle, une fois amenée au gynécée, si elle y va. Victoire Abîme. Sa mère a évidemment deviné les rêves de Yi, son ambition forcenée, sa nature de feu et de fer. Mais la bonne dame n'a pas osé avouer à sa fille quelle espèce d'homme est le Saint Homme dont Yi croit s'emparer aisément : un dégénéré ivrogne et débauché, une raclure, être sans foi ni loi, toujours en goguette avec ses mignons, délectables petits champignons vénéneux, de noble naissance d'ailleurs, qui l'entraînent dans le tourbillon des lascivités, pensant qu'il crèvera bientôt et que, comme ils sont princes, ils s'empareront du pouvoir. Hieng-fong se vautre dans les égarements lubriques où ses chéris, qui savent avoir belle prestance mâle lors des apparitions cérémoniales exigées par les rites, se déguisent en concubines pour les ris, les jeux, se transforment en créatures ravissantes, fardées, avec bijoux et vêtures. Hieng-fong les trouve plus divertissants que les vraies femelles sans imagination. Là, au contraire, que d'inventions... rires, danses, tournois avec des épées servant de mains au déshabillage, fausses colères où les gitons s'ingénient à avoir les voix les plus poétiquement et grotesquement aiguës de femmes furieuses, pudeurs provocantes où le Soleil Impérial est le postérieur de Hieng-fong se montrant à travers des soies défaites, jeux des tortures salaces sur quelque benêt amené là par les serviteurs-soubrettes. Et toujours et encore des plaisanteries, une cavalcade de mots aigrelets et pointus, perversement naïfs, mais en vérité méchants et atroces, ne respectant rien, ni le Ciel ni le Trône, pas même la digne Impératrice, mère de Hieng-fong, « l'emmerdeuse » dont ils reprennent en fausset les reproches à son fils. C'est une pétarade permanente de la bouche et du cul, et Hieng-fong, en grand amateur de ces saillies de la langue ou du fondement, se tord de rire sur son trône comme un ver hilare, réjoui, épanoui. Aux meilleurs compagnons, d'une voix pâteuse, il accorde les boutons de corail du mandarinat et les grandes récompenses décernées aux exploits les plus célestes. Les gobelets d'alcool sont toujours servis et toujours vidés, les carafons de porcelaine dégoulinent de doux-amers breuvages de folie, allant du blanc de roche au noir de jus mortuaire et Hieng-fong ordonne : « Toi, tu es triste aujourd'hui, tu boiras vingt kampés en pénitence. » Cela fait un mignon ivre mort livré aux dissections et introductions amusantes. Tous ingurgitent, et les têtes tournent dans le vertige des sens et des enlacements, sans qu'on sache trop s'ils sont imaginaires ou réels, avec parfois la voix avinée de Hieng-fong qui gargouille :

« Toi, fous celui-là ; ou viens me foutre, viens foutre le Ciel. »

Son sceptre, celui d'entre ses jambes, préside à la fête. Il est femme, il est homme, il est androgyne, il est Empereur, même s'il se moque éperdument des affaires de l'Empire qui va mal. Une loque, mais vicieuse et intelligente, qui, très consciemment, laisse l'Empire du Milieu se déglinguer, pendant qu'il jouit toute la journée dans le même pavillon de la Cité Violette, bulle de rêve salace, bonbonnière du plaisir extrême où, sous peine de mort, il est interdit, même aux plus grands ministres, dignitaires et mandarins, de le déranger — même s'il survenait à ses Etats immenses et à ses peuples immenses quelque catastrophe dérangeant l'Ordre Fondamental.

Tel est Hieng-fong que Yi espère séduire. Elle ignore que la simple vue d'une vraie femme le fait vomir et qu'il a prescrit qu'aucune d'elles ne doit jamais apparaître à ses yeux. Sauf l'Impératrice Mère, d'autant plus ennuyeuse qu'elle est toujours pleine de reproches, et qu'il ne peut l'éviter. Mais, aussitôt après l'avoir vue, il se réfugie dans son gynécée de gitons, et c'est un concert d'imprécations contre la Vieille, contre la Mère, au mépris de toute décence filiale.

Chaque soir, l'énorme cloche de bronze de la Cité Interdite sonne, en longs carillons qui ne cessent de se répercuter sur la ville, sur l'horizon, sur les cieux, sur le monde, l'heure du Coq. C'est celle où le Soleil, c'est-à-dire l'Empereur, se couche en sa majesté, laissant l'univers aux ténèbres. Alors, selon la règle immémoriale et sacrée, tous les hommes, sauf Lui le Fils du Soleil, doivent quitter la Cité Violette. Même s'ils sont gitons. Tous les êtres qui ont un attribut mâle, à part le Saint Homme, s'en vont hiératiquement, en procession, après génuflexions. La Cité Violette se referme sur Hieng-fong, gardé par des castrats complètement coupés. Les uns, les plus jeunes, tout de noir vêtus, armés de coutelas à bout carré, pour sa protection. Les autres, les plus âgés, à la graisse bonasse de bonnes femmes, s'acquittent des hautes et basses besognes. Redoutables eunuques, infirmes, puissants par le sens mystérieux qui leur pousse à la place de leur cicatrice, par l'instinct qui fait d'eux, grâce à des oreilles et des yeux invisibles qui ont remplacé leur membre, la ruche des intrigues prodigieuses, sordides et éclatantes.

Combien de fois, eux qui ne sont rien, méprisés, n'appartenant à aucune espèce humaine, ont-ils dévidé les écheveaux de tous les fils du pouvoir, changeant le sort de l'Empire et du Monde, ténébreusement ! Hieng-fong les hait, comme ils haïssent Hieng-fong.

L'Impératrice Mère, elle, les écoute favorablement. C'est sur leur conseil qu'elle s'est résolue à former un harem, celui-là féminin, pour son fils, dans l'espoir de trouver une fille si belle qu'elle pourra émouvoir le Souverain Pédéraste.

Pour le moment, chaque soir Hieng-fong clopine, trébuche, tâtonne, baveux et injuriant, les yeux rouges de morve, les dragons de sa robe jaune tout empestés, larve à la fois furieuse et croulante, tout au long d'une rampe dominant un parvis, jusqu'à ce qu'il pénètre dans le Temple Réparateur des Forces et Créateur du Monde. Là, il vacille jusqu'à la pièce centrale, mystérieuse, avec ses énormes colonnes de laques à peine rougeoyantes, sombre autel qui est la Chambre du Dragon Dormant, où un Phénix monte la garde. En ce lieu très auguste, loin de toute humanité, face au Ciel qui est peint au plafond, en des ténèbres à peine éclairées, il devrait fabriquer, en répandant sa semence divine dans un con générateur, un autre lui-même, un Fils du Ciel qui lui succédera comme Fils du Ciel. D'après l'usage, il devrait choisir la plaque de jade désignant la concubine destinée cette nuit-là pour ce saint office. Mais, on le sait, jusque-là il n'y a pas de plaques de jade, de concubines, de gynécées, il n'y a pas, comme autant de ciboires, de cons minutieusement astiqués et préparés, dans l'attente anxieuse du choix, prêts à être aspergés pour le céleste sacrement. Ce que fait Hieng-fong, c'est de crouler tout seul dans l'immense lit à dragons, serpents ailés de la Chine Céleste, qui représentent l'univers toujours en gestation. En fait, Hieng-fong dort comme une souche, sa vie ne s'exprimant que par des ronflements de tambour qui sortent de sa débilité avec une puissance surprenante. Parfois ces bruits s'étranglent en un sifflement, et Hieng-fong se réveille, les yeux fous d'angoisse dans sa solitude oppressante, se souvenant du nombre de souverains qui ont été assassinés dans ce lit. Il scrute de ses yeux clignotants, fentes mal ouvertes, les ténèbres de la pièce, ne discernant que les reflets des dragons, des colonnes, le firmament peint au-dessus de lui, stagnant lourdement dans les profondeurs immobiles. Car, en ce lieu plein de mystère fécondant, le jour ne doit jamais pénétrer. Il a, dans sa détresse, parfois, une hallucination, un homme caché... et l'envie le mord d'appeler au secours les eunuques de garde derrière la porte d'airain, muraille formidable dressée entre lui et Tout Ce Qui Existe, et de surcroît protégée contre les mauvais génies par des hallebardes entrecroisées. Mais les castrats ne seraient-ils pas les premiers à le tuer ? A portée de sa main est placé un guéridon chargé de flacons d'alcool. Alors, poussé par ses nerfs malades, il prend une coupe, la remplit et la vide d'un trait. Il repart dans le sommeil. Parfois il rêve qu'il caresse ses mignons, leurs visages délicieux passent devant lui et il s'entend dire : « Si le Ciel que je suis est tout-puissant, que j'engendre de l'un d'eux. » Leurs derrières sont autant de coupes délicates, de vasques délicieusement cambrées, de vases fins à longs goulots étroits, d'où sortent des nénuphars rouges. Il cueille une de ces fleurs... Il en monte une odeur puante et nauséeuse, pourriture et merde. La merde bienfaitrice de la Chine. Mais celle-là est comme un étang noir où il se noie. Cauchemars. Le Saint Homme se débat dans d'horrifiantes visions. Ces charmantes faces, ces délicieux postérieurs sont devenus des monstres qui le dévorent. C'est leur plan, il le sait bien quand il est lucide. Mais la lucidité dans le songe est porteuse d'horreurs. La merde précieuse de ces jeunes gens est aussi poison... Ils ont des têtes et des culs de poissons-têtards qui, se moquant bien des dragons de l'Empire, le mangent à petites bouchées. Alors Hieng-fong hurle, un hurlement de mort qui devrait, venant de lui, déchaîner d'horribles fléaux, des armées de spectres, tous les malheurs et toutes les catastrophes à travers le Céleste Empire. Un long beuglement de dévoré vif, de supplicié vif, le cri de l'agonie, de la terreur montant vers son paroxysme et qui n'en finit pas. Les castrats de service derrière la porte formidable, bardée contre les hommes et contre les esprits, ne bougent pas. A moins que Hieng-fong, dans le chancre brûlant, ululant, bramant, de son mal, livré à ses terribles images, leur crie :

« Chassez-les, tuez-les, ils me mettront en bouchées, ils m'avalent. »

Alors, les hallebardes sont déplacées, le portail monumental tourne sur ses gonds, et pénètrent les eunuques, glabres et glacés, en leur noir costume funèbre, leur épée nue à la main, prête à trancher et à occire, recherchant dans la Chambre du Dragon Dormant quelque hydre ou démon menaçant le Saint Homme. Ils fouillent minutieusement, toujours aussi froids, sinistres, sans expression. La vue de leurs lames transperce les visions d'épouvante de Hieng-fong, qui se réveille tout à fait et n'aime pas ces hommes et ces instruments de mort si près de lui. Alors, dans des spasmes exorbités et furieux, il crie de sa voix redevenue petite et aigre, avec même un soupçon d'ironie :

« Vieux chapons, qu'osez-vous faire ici auprès de Moi ? Qui vous a appelés ? Pour votre audace impie, vous recevrez demain, devant moi, cent coups de bâton. Et remerciez ma générosité, car je devrais vous faire périr... »

Les castrats s'agenouillent et partent. Hieng-fong, rigolard, rassuré par le jour qui approche, se sert une fameuse rasade. Et puis, après avoir bu, il retombe dans un sommeil pesant et tranquille, où pourtant l'alcool est un carcan qui l'enserre et l'étouffe. Mais une vague clarté s'insinue dans les obscurités de la chambre, d'où disparaissent — même s'il fait très noir, même si c'est toujours le domaine des ombres pourpres et sombres — mystères et terreurs. Hieng-fong, rasséréné, livre au couteau du barbier sa petite tête de belette :

« Ne me coupe pas, sinon le bourreau te fera payer la moindre goutte de mon sang par dix mille fois dix mille des gouttes du tien. Tu mourras vidé... »

L'opération terminée, Hieng-fong n'oublie pas de faire châtier les castrats coupables. Les ayant fait mettre en rang, toute leur dignité perdue, tout nus, il s'amuse en ricanant de mépris à contempler leurs cicatrices professionnelles comme si c'étaient des vagins recousus. Puis ils s'allongent à ses pieds, ventre contre terre, offrant leurs dos blanchâtres, d'une chair presque féminine, à la contemplation dégoûtée de Hieng-fong, qui, sur un signe, les fait transformer par les exécuteurs impériaux en une pâtée sanglante.

C'est la pointe de l'Aube où le Soleil Astre rosit les toits des palais émaillés d'or, qui semblent relever les cornes de leurs faîtes pour saluer le Jour Glorieux. Le Soleil qui est aussi Hieng-fong, livide et défait, qui doit se mettre au travail. Car il lui faut apparaître comme le Ciel renaissant des cendres de la nuit et protégeant son peuple pour une nouvelle journée de labeur, de peines et de besognes. Pour le Grand Cérémonial, tous les dignitaires qui avaient quitté processionnellement la Cité Violette à l'heure du Coq, reviennent en longues théories, dans leur apparat, en remontant religieusement les degrés menant à la Salle du Salut Adoratoire. Devant le trône vide, ces cortèges graves et silencieux se déploient, selon un ordre immuable, pour tomber à genoux et se prosterner. Rien que des dos rampants, immobiles, sur le sol sacré. Alors Hieng-fong, porté en palanquin d'or sur le sentier à lui seul réservé, au-delà de tous ces dos étendus, descend sur terre, descend sur son trône. De la nappe humaine couchée, montent maintenant les têtes les plus vénérables et les plus nobles du Céleste Empire, puis retombent dans un hommage sans fin. Parmi eux, les princes, les grands dignitaires avec leurs boutons de corail, leurs toques de fourrure, leurs costumes de soie, toujours à genoux, toujours adorant, et tendant des suppliques. L'appareil du gouvernement avec le grand conseil, les six ministères, avec la cour des censeurs et la cour des rites. Vieilles faces au milieu desquelles se détachent les doux visages des mignons. Toutes les grandes Colonnes de l'Empire, en position horizontale, célèbrent tour à tour, en lisant sépulcralement leurs rouleaux, la Sublime Sagesse de Hieng-fong qui assure partout le zénith de la Paix et de la Prospérité. Formules éternelles, les mêmes, apprêtées, ciselées, enjolivées, dans le gravissime humble et solennel, sortant des bouches ravinées et austères. Hieng-fong, sur son trône, petit dépôt rabougri, tassé, à moitié dormant, à moitié bâillant, la figure sale d'ennui et de méchanceté, n'est pas dupe de ces louanges sentencieuses, qui cachent calamités, malheurs, dangers, rébellions, défaites. Du reste, il serait blasphématoire de lui annoncer la moindre mauvaise nouvelle, puisqu'il est le Ciel Parfait qui rend Tout Parfait. Hieng-fong sait bien que son Empire part en morceaux, mais il s'en moque. Si une voix empesée épilogue sur un prodige bienheureux qui est en fait une épouvantable calamité, Hieng-fong a sa méthode pour arranger les choses : le discoureur trop prolixe, il le hache de ses mots avant de lui ordonner de hacher au fer les fauteurs de troubles :

« C'est assez. Arrangez-moi cela en coupant les têtes. »

Ainsi, à chaque séance, des dizaines, des centaines de têtes coupées coulent des lèvres de Hieng-fong :

parfois, cela n'aura pour effet que de tout empirer, mais il expédie ainsi la cérémonie.

Ragaillardi, il lance alors des clins d'œil à ses chéris, peaux charmantes au milieu des outres à rides, mais aussi dignes, aussi ployés que les plus chenus des chenus. Sous les œillades qu'ils ne semblent pas voir, ils se rigidifient dans le maintien le plus décent et honorable. Comme ils sont convenables ! Hieng-fong rit, on l'entend ricaner. Impudence haïssable de la part d'un Fils du Ciel dans l'accomplissement de son mandat céleste, de son sacerdoce. Mais, pour lui, le Sacré n'est pas sacré... Par ces grelots qui sortent de sa gorge dans l'impiété extrême, il signifie à ses mignons : « Assez de ces maintiens compassés, mes chéris. On va s'amuser. »

Enfin c'est terminé. La grande salle se vide de ses dignitaires qui s'écoulent en silence, déambulant en somnambules, sans penser — penser est trop dangereux avec Hieng-fong. Tous sont indignés et se taisent. Parler, c'est aller à la mort. Même pour les censeurs, chargés depuis des millénaires des justes réprimandes envers tous et surtout envers le Saint Homme. Au plus vénérable d'entre eux, connu et respecté par toute la Chine, qui, selon son devoir sacré, lui reprochait son attitude peu « divine », il a fait couper la tête en se moquant :

« Assez de vos âneries. Allez voir au Ciel comme je me conduis bien... »

Alors Hieng-fong et les mignons, redevenus mignards de vices élégamment débraillés, se retrouvent pour la fête dans le pavillon de leurs plaisirs, la fête qui dure toute la journée.

Cette fois Hieng-fong n'est qu'une gouttière de gloussements joyeux :

« Imaginez quelle brillante idée est venue à mon Auguste Impératrice Mère ? Elle va m'offrir tout un gynécée de faces peintes et de trous baveux, sanguinolents, dégoûtants, pleins de sales organes. Pour me réjouir... Les pauvres concubines, elles vont m'attendre longtemps, chacune dans son petit pavillon, jusqu'à ce qu'elles soient aussi flétries et puantes qu'un vieux père censeur. »

Sa gaieté fuse plus encore :

« Du moins ces bonnes petites idiotes auront la ressource de s'amuser avec les eunuques, qui, hélas ! pour elles, ne rempliront pas leurs sacs à ordures. »

Tous s'esbaudissent, s'esclaffent, applaudissent Hieng-fong, jeunes beautés en joie dont les sexes oscillent comme des mâts de bateau sous le doux zéphyr du plaisir.

Le plus malin et le plus joli de ces gitons, à la peau de pêche et aux yeux d'iris noir, ne participe pas à cette liesse générale. C'est Tsaï. Il a pressenti un danger et de la voix la plus lactée, il prévient Hieng-fong :

« Vous riez mais vous serez bien obligé de forniquer avec une de ces femelles du gynécée que l'Impératrice votre mère daigne rassembler pour vous. »

Hieng-fong foudroie, de ses yeux de mulot, Tsaï, le chéri de ses chéris, le plus corrompu, le plus traître et le plus divertissant des gitons, leur chef, qui, même dans ses crapuleuses inventions, reste un prince bien élevé, son très proche cousin :

« Par qui le serais-je ? Je ferai tuer quiconque m'embêtera avec ces viandes pourries.

— Pas l'Impératrice votre mère. C'est le seul crime que vous ne puissiez commettre. La Chine entière se soulèverait contre vous, et vous seriez remplacé sur le trône par votre frère Kung, qui vous hait et que vous haïssez. »

Hieng-fong grimace, en sorte qu'il n'est plus qu'un torticolis tenant de l'araignée et du fœtus.

« Kung aussi beau que je suis avarié. Aussi vertueux que je suis vicieux. Aussi occupé de l'Empire que je m'en moque... Il n'attend que l'occasion de me ravir ma place.

— Et vous la lui fournirez, même si, dans l'impossibilité de tuer votre mère, vous ne lui obéissez pas.

Elle est très têtue, très énergique, la vieille dame. Si elle vous prépare un gynécée, c'est bien pour que vous accomplissiez votre devoir viril d'ensemencer un ventre, comme vous êtes censé ensemencer la terre les jours où vous adorez le Ciel, dans le grand rite du Mariage Divin qui vous assomme tant...

— Ma mère, qu'elle hurle...

— Mais si elle prend, par une déclaration solennelle, l'Empire Céleste à témoin de votre manque de respect pour elle... Vous pouvez tout vous permettre, sauf de faillir à la piété filiale. Elle est capable de cela, votre mère... »

Hieng-fong est furieux. Un crapaud épineux. Il jette à Tsaï :

« Vous gâchez la journée par vos bavardages funestes. Buvez dix kampés pour reprendre votre humeur badine... »

Mais Tsaï ne cède pas :

« Je vous parle de choses sérieuses, afin que nous y pensions ensemble et que nous prenions des mesures convenables. »

Alors Hieng-fong éclate comme l'orage, au point d'en être majestueux :

« Taisez-vous, Tsaï, ou je vous fais fouetter. Ce n'est pas ma mère qui va me contraindre. Personne ne me contraindra jamais. Je suis un grand Empereur. Les barbares blancs nous guettent et nous attaquent sur les côtes, la secte du Grand Mal, celle des Nien, domine tout le Fleuve Jaune à l'intérieur, les musulmans sont déchaînés en des révoltes furieuses et victorieuses, mangeant toutes les franges terrestres de l'Empire, depuis le Yunnan d'Au-Dessus les Nuages jusqu'au cœur de l'Asie Centrale, et le Christ veut me clouer sur ma croix. Mais moi, ma grandeur, c'est de ne me soucier aucunement de nos maux. Je suis lettré, et j'obéis au Tao qui recommande : « Ne faites attention ni au malheur ni au « bonheur du monde. Jouissez et vous vivrez éternel- « lement pour la félicité de tous. » Je suis au-dessus des choses... Tenez, en vous foutant, Tsaï, en me régalant de vous, je sauve l'Empire. Maintenant, Tsaï, donnez le signal de la fête, buvez les vingt kampés que je vous ai prescrits et montrez-nous votre beau cul, si beau qu'on croirait une coupe de porcelaine. »

Mais juste avant la débauche, un scrupule de vanité saisit Hieng-fong : il doit montrer qu'il a toujours raison. Mi-putois carnassier, mi-gosse joueur, il lance sa sagesse à Tsaï en train de subir le châtiment, en ingurgitant la ronde des minuscules verres terribles que des mains versent dans sa gorge brûlante. Avec la même régularité dans le rythme que les énormes machines hydrauliques des campagnes, roues à godets, que des hommes nus, incrustés sur elles, piétinent rayon après rayon pour les faire tourner, éternellement, de façon à déverser l'eau jusqu'aux sommets, jusqu'à la glèbe qu'elle nourrira. Quand Tsaï est à moitié étouffé, l'Empereur lui dit paternellement :

« Pourquoi, Tsaï, veux-tu recourir aux grands moyens ! Les petits suffisent. Si je suis forcé d'accepter une concubine dans la Chambre du Repos Divin, elle doit, en y étant jetée, s'agenouiller nue et humble jusqu'à ce que je daigne lui intimer l'ordre de venir auprès de moi. Eh bien, le signe d'approcher, je ne le ferai pas. Moi, je dormirai avec satisfaction, et la fille restera humiliée tout ce temps dans sa prosternation. La nuit entière. Et à l'aurore elle repartira dans la honte de son intégrité, épuisée, non d'amour, mais de cette interminable génuflexion. Car si un moment elle s'écroule ou s'endort, je la ferai mettre à mort. N'est-ce pas malin ? Maintenant, Tsaï, que tu es plein comme une jarre, voyons si l'alcool qui rosit ta figure a empourpré aussi tes fesses de ce rouge qui m'oblige à y mettre mon cachet impérial. »

Ainsi bout la méchanceté chez les mignons, alarmés par l'arrivée toute proche des cons.

Enfin surgit le jour du Grand Concours du Concubinat. Yi ignore encore tout de la nature du Saint Homme. Sa mère n'a toujours pas osé la prévenir en raison du respect dû aux Personnes Sacrées. Aussi Yi ne redoute-t-elle que la Douairière, qui, seule, peut être son salut.

C'est l'ultime apprêt : habilleuses, coiffeuses, manucures, maquilleuses, s'acharnent à la torturer pour la rendre plus exquise. Yi, qui n'est pas grande, s'est composé la beauté de la fleur grimpant vers la lumière. Elle est vraiment pétale pourpre en haut du calice, rêve éthéré de bonheur. Une longue tunique de soie rose caresse son corps pédoncule, fendue aux côtés sur des pantalons mauves qui ressemblent à des feuilles. Cette tunique est aussi un tourbillon arachnéen qui la prolonge, qui s'élance depuis ses pantoufles à hauts talons, tremplins-colonnes, jusqu'au diadème de ses cheveux. Une sylphide. Au-dessus du long cou, ses traits ont cette délicatesse tendre, ce modelé si achevé qu'ils ne se remarquent pas, qu'ils donnent juste la sensation de la perfection. Ainsi, tout est étiré, sauf les manches en forme d'éventails qui font contrepoids, manches d'où sort parfois le secret des mains longilignes. Cet étirement n'est pas celui de l'arc, ni celui de la liane, mais celui de la tige fuselée, où les épaules sont les parvis de la grâce, qui ascendent toujours plus haut. Dans ce jaillissement si exquis, d'autant plus exquis qu'il semble humble et sans orgueil, dentelles et ornements s'estompent, se diluent. A peine du fard. Juste la pureté de la beauté, avec les yeux qui seuls pèsent, pierres noires à l'ombre des cils. On ne sent plus la chair en elle. On ne perçoit que ce qui est peut-être une ruse de la chair magnifiée et dissoute, suscitant un désir de viol, une fureur de saccage pour l'atteindre et parvenir à sa fente, comme à l'origine de Tout Ce Qui Est...

Alors Yi, parachevée, se contemple dans le tambour suspendu, contente de ce double d'Elle qui est Elle, fille-marchandise qui ne sent pas l'étal. Ainsi ne ressemblera-t-elle pas à ses rivales qui, elle en est sûre, se pareront lourdement, apprêtées comme de beaux morceaux de viande.

L'heure est venue de partir pour l'Epreuve. Sa force est en elle. Son cœur est un charbon rouge qui brûle. Cependant, très modestement, elle s'incline devant les tablettes de ses ancêtres, pour les supplier de lui être fastes. Elle se prosterne aussi devant sa mère, qui lui murmure d'ultimes recommandations dérisoires. Enfin Yi monte dans la chaise à porteurs envoyée par le Palais, qui, rideaux baissés, la mène vers son destin.

C'est l'été. Son palanquin procède à travers les rues-gouttières asséchées, précédé d'un héraut d'armes, encadré de soldats mongols et d'eunuques papelards, trottinant, bavardant, crachant, tous très sales et négligés, se conduisant comme si elle ne valait pas un sapèque. Elle sent monter la poussière des caravanes de chameaux et des files de charrettes bâchées, à hautes roues. Elle sent aussi la poussière de toute une racaille qui marche à pied. Poussière tant connue dont les grains invisibles, à la consistance à la fois fuyante et solide, s'accumulent dans le yamen familial, comme s'ils allaient le submerger. Odeur qui ne vient ni de la terre ni du ciel, qui est celle du temps pétrifié, de l'espace arrêté. Et toutes les autres odeurs familières, avec, au fond, la bouse et le crottin desséchés par la pureté du ciel chaud qui les rend à la fois faibles et délicates, fortes et puantes quand même. Puanteurs maigres. Ici, tout est poussière. La glèbe existe-t-elle ? Le monde n'est-il qu'éléments purs livrés à leur substance de montagnes, de pierres, de rocs concassés par l'éternité, et que le vent amène à Pékin comme pour en faire un cimetière de cendres minérales ?

Non, ce n'est pas vrai, les hommes triomphent

de la nature. Ainsi elle, Yi, ne va-t-elle pas au Cœur du Monde, qui est Vie et Splendeur en toutes choses ?

En plus des odeurs, les cris : hommes et bêtes grognent en une parfaite harmonie, grotesque et belle. Les cris des petits métiers, des hommes-boutiques, des hommes-marchands de toutes les fritures, avec des chaudrons, qui déambulent et s'arrêtent pour allumer des flammes pauvres, hommes-rémouleurs portant et déposant leurs meules d'où jaillissent des étincelles, hommes-garde-robes avec leurs friperies à vendre, hommes-barbiers, caparaçonnés de bassines d'eau chaude et d'un coutelas donnant à tous les crânes la nudité obligatoire, imposée par les Mandchous, d'où jaillit, au-dessus de la nuque, la longue et humiliante queue de cheveux. Lamentable appendice permettant aux vainqueurs, aux soldats, aux bourreaux, de les cueillir pour un sort incertain — si c'est la mort, un aide-bourreau tire horizontalement, en avant, sur cette natte, pour que la tête soit en bonne position d'être tranchée par un sabre.

Hommes. Hommes qui sont cuisines, cordonneries, hommes-ateliers qui tous, chacun dans le son réservé à sa spécialité, hurlent de la pointe de leurs poumons le cri-signal, qu'ils tâchent de rendre toujours plus aigu pour dominer la forêt des bruits, afin d'arriver jusqu'au chaland pour lequel ils font halte et actionnent leur misérable outillage. Il semble que ces cris commerciaux viennent des mêmes guenilles bleues, d'un bleu de sable sale. Hululements des mendiants, litanies des bonzes quêteurs. Mais surtout le bruit de la Chine, le bruit de Pékin, c'est le ahan des coolies, arrachement bestial de la chair sous la charge, essoufflement énorme, menace et prière au monde : « place pour ma misère... ». Ahan des coolies nus, vêtus de poussière et de sueur, symboles de la Chine où chaque individu vit sous le fardeau. L'autre son, opposé, aussi omniprésent et aussi signifiant, le « Om-om » de Bouddha venant des pagodes comme un éclatement ou comme une sourdine, dit que le fait même d'exister est aussi un fardeau, que la seule délivrance est la mort. Le ahan pour survivre, le « Om-om » pour se résigner.

Mais là où va Yi, il n'y aura ni ahan, ni « Om-om », seulement la clarté du Grand Chariot, pour lequel elle engendrera.

En attendant, quel tintamarre ! Les animaux font concurrence aux hommes dans ce carnaval sonore. Les croupes des chameaux, bêtes semblables à des tas de sable grossièrement ciselés par les vents du désert, avec leur miteux pelage gris, blatèrent bêtement, stupides de leurs bosses et de leurs dents. Chevaux de bât mélancoliques, aux gros yeux de pleurs contenus, et destriers montés par des cavaliers mongols à faces plates, aux traits effacés par le désert, accrochés à leurs bêtes comme des singes. Les rois de la fête sont les cochons noirs, hauts sur pattes, aux poils affreux aussi rares que ceux des barbichettes des mandarins, qui, eux, sont féroces, qui grognent en maîtres, et ressemblent à des rats énormes. De vrais rats il y en a aussi en quantité, charognes vivantes qui se moquent ou charognes mortes que les pauvres se disputent. Hommes et bêtes... la Vie. Et aussi des rues aux belles dalles, et les longues robes des jeunes gens fortunés devant les panonceaux des maisons de thé, où les belles courtisanes doivent ressembler aux concubines du Palais. Mais un abîme les sépare. Le Palais où va Yi, dominant l'univers, est interdit à l'univers.

La Vie : Yi va peut-être lui dire adieu. Car elle a emmené sous ses vêtures une cordelette avec laquelle elle s'étranglera dans sa chaise si elle n'est pas acceptée au Concours du Concubinat ; en sorte que le palanquin la reconduisant ne s'ouvrira, devant sa demeure familiale, que sur son cadavre.

Aux approches de la Cité Interdite, un nuage de mouches mangeant une carcasse de cheval barre la route. Yi, en dame élégante, débouche un flacon qu'elle porte délicatement devant ses narines pour en respirer l'essence de rose. Mais elle-même n'est-elle pas l'essence de toutes les senteurs précieuses ?

Enfin les murailles de la Cité Interdite. D'abord la rouge, l'ocre, l'incarnat, couleur d'un terrifiant vernis de sang flamboyant, uni et uniforme, desséché par les siècles. Là s'arrête le pêle-mêle du monde. L'univers des hommes cesse devant un tunnel noir, entraille de ténèbres, trou vide, sans fond, sans bruit, gouffre qui perce le gigantesque rempart surmonté d'un palais de la Garde, aux toits superposés comme des membranes de Dragon. La chaise va s'engager dans cet antre d'où Yi ne sortira pas si elle est victorieuse, d'où elle ne repartira que morte si elle perd...

Mais les paroles du devin l'habitent, et elle a ce cœur de rubis pourpre qui lui donne la certitude, même quand elle est dans des situations désespérées. L'ombre du tunnel est déjà sur elle lorsque, dans un dernier coup d'œil furtif au monde, elle aperçoit, à un mètre d'elle, un homme qu'elle reconnaît. Il se tient devant la bouche des ténèbres menant à la Lumière Splendide, seul, mince et grand, avec des traits graves, austères, inexpressifs, toute sa maigre face tendue par des pommettes hautes. Il est très droit, une flèche plantée dans le sol, mais qui ne bouge pas, ne balance pas, absolument immobile. La flèche de la douleur. C'est Jung-lu, l'ancien fiancé, l'homme à qui elle devait être mariée.

Sans le paraître, Jung-lu, avec un regard absent et altier, regarde les chaises closes des pucelles concurrentes qui se suivent, sachant que dans l'une d'elles est Yi, qu'il ne verra pas, dont il ne devinera même pas la présence. Comment pourrait-il discerner, dans ces palanquins semblables, amenant leurs vierges à la queue leu leu, celui où elle est enfermée ? Du moins saura-t-elle qu'il l'aime toujours.

Jung-lu solitaire, fier, blessé et farouche dans son abandon. Yi apprécie cette attitude de noblesse et de chagrin, mais elle n'est pas apitoyée. Elle plane au-dessus des sentiments humains. Et même de cette présence délaissée, elle tire bon augure. N'est-ce pas la preuve que le destin, se déroulant comme prévu par les auspices, le ramènera un jour à elle ?... Maintenant elle entre, par un tunnel encore plus noir à travers une muraille encore plus écarlate, dans la Cité Violette. A elle se dévoile le secret splendide, soudain découvert, de tous les Palais, de tous les Symboles, de toutes les Merveilles du Sanctuaire du Fils du Ciel. Oui, elle sera souveraine de cet univers cloîtré qui est le nombril du monde, qui commande Tout Ce Qui Est. Elle sera la Femme Commandant à Cinq Cents Millions d'Etres. Elle le veut !

Songeries. Mais sa chaise s'abaisse. Quantité de chaises s'abaissent devant le Palais du Choix. Et, sur les gradins, Yi se retrouve dans un essaim de volailles arrangées, pomponnées, candidates comme elle. Tous ces visages sont comme le sien, graves et délicats... Pas un caquetage. Des hommes en noir donnent des ordres, des hommes à la figure indifférente... sans doute des eunuques. Les créatures de peu de poids et de tant d'ornements gravissent quelques degrés et entrent dans une salle où les colonnes rouges se suivent comme autant de génies tutélaires, soutenant les poutres du plafond, entrecroisement blanc d'énorme bois autour de caissons où sont sculptés des dragons blancs. Le rouge de la mort magnifique et le blanc du deuil éternel. C'est la salle du Trône de l'Impératrice Douairière, veuve du Grand Empereur Tao-koung et mère de l'Empereur Hieng-fong.

Un silence étouffant se dégage de cette salle vouée à la Gloire et au Trépas du Saint Homme Tao-koung, qui sut tenir le langage le plus magnifique aux barbares blancs et anéantir dans le sang de millions d'hommes la révolte des sociétés secrètes du Couteau d'Or. Hélas ! depuis...

Le silence est donc pesant, oppressant, accablant...

Les filles parées, toujours sous les commandements muets des mornes castrats, se mettent en rang deux par deux. Certaines faces sont défaites, stupides, ahuries, niaises — autant de rivales en moins, se dit Yi.

Le défilé ainsi organisé se dirige lentement vers l'autre bout de la nef. Là, dans une sorte de clarté, dans une tache de pénombre, où des chandeliers s'ajoutent au jour qui filtre, apparaît, sur un trône d'or, quelque chose vivant en partie et qui ressemble à une haridelle dont les oreilles seraient les œillères. C'est une lame étroite de peau surmontée de tout un ramassis noir, en forme de barque funèbre, ou même de tombeau, de sarcophage. Dans ce monument sont plantés ce qui semble des clous jaunes. En dessous de la chose étroite se gonfle une énormité éléphantesque, sans début ni fin, comme une croupe informe, très sombre, qui s'élargit toujours en un pommelé de taches grises drainées par un réseau de mailles en perles nacrées. Cela s'étend jusqu'à des manches-gouffres, tapissées d'âmes favorables, d'où sortent de vieilles petites choses qui sont des mains. Plus bas, encore plus monstrueuse, une masse est assise, masse à points d'albâtre et à ourlets de crêpe, qui ressemble à une montagne. Cela se termine abruptement par deux béquilles gigantesques sortant de cet amas, des bottes enfermant des pieds non mutilés. De cette difformité est jadis sorti Hieng-fong. C'est l'Impératrice Mère. On ne saurait affirmer qu'elle soit obèse ; mais elle est vêtue selon les règles qui veulent que son auguste corps soit enveloppé comme d'une châsse. En fait, elle serait plutôt un sac d'os, si l'on en juge par la seule chose qui, en dehors du bout des doigts, se voit : la lame de sa figure. Il y a là une peau jaune, pas molle, pas pendante, coriace, usée — d'une usure hautaine et méprisante. Pas une face, mais un assemblage de sillons ravinés, un peu écailleux, très durs, de véritables cordons qui se nouent pour former des traits méfiants, en saillie, eux aussi très serrés, eux aussi saccagés. Une tête laminée, confinée, avec, sortant de ce goulet, des oreilles, une bouche, un nez, trop grands, décharnés, bringuebalants. Une tête cependant digne, impériale même dans sa laideur, majestueusement constipée, qui a peut-être été très belle, aujourd'hui rétractée par la peine, avec ses appendices faciaux agrandis et développés. Mais sur ses lèvres et dans ses yeux secs, on sent toujours l'énergie, le sentiment de ce qu'elle est malgré son impuissance.

Car elle connaît la plus grande amertume qui puisse être au monde : son fils aîné, le Fils du Ciel Hieng-fong qui la déteste pour ses justes et sévères remontrances, la désole par sa dépravation et sa paresse, avec cette Chine léguée intacte par son père et qu'il laisse tomber en morceaux. Quelle douleur peut être plus intense, surtout pour une Impératrice Douairière, digne de tous les respects du Ciel et de la Terre, que de sentir cette haine que lui voue le Saint Homme qui, contrairement à Tout Ce Qui Est Sacré, va jusqu'à se moquer d'elle et l'insulter. Infamies. Combien de fois cependant, arguant de la Loi Suprême de la Piété Filiale, n'a-t-elle essayé de l'exhorter au bien pour n'entendre que son rire et celui de ses mignons ? Cette cohorte de filles, c'est sa dernière ruse, son ultime espoir.

Il va donc lui falloir examiner ces péronnelles. Assommante corvée. Le jaune de sa face s'étire encore dans l'ennui de ce qui l'attend, oubliant qu'une trentaine d'années auparavant elle avait fait partie d'une de ces hardes de poupées tarabiscotées et terrifiées, petites choses offertes et anxieuses d'être prises ! Oui, elle aussi avait été une de ces postulantes puériles, fillettes-nymphes adornées en statuettes rigides, examinées par l'Impératrice Douairière d'alors, qui s'embêtait fort à soupeser ces enfants, postiches de femmes, en les détaillant comme une acheteuse de truies.

L'Impératrice Douairière fait signe à deux personnages agenouillés au bas de son trône de commencer l'examen. L'un est un buisson ardent de roses, à gros ventre, une femmasse au lard asexué. L'autre est un bel homme indifférent, vêtu d'une robe seigneuriale ceinturée de dragons hérissés de flammes, de dards et de griffes. Ce sont le Grand Eunuque et le Grand Surveillant, deux castrés aussi, les deux êtres en qui la Vieille met ses faveurs et sur qui elle épanche ses douleurs maternelles. Ce sont eux qui ont suggéré ce Concours de Concubinat. L'un et l'autre se relevant, l'un apparemment femelle, l'autre apparemment mâle, vont au-devant de la colonne qui approche, la femmasse en dandinant ses formes ridiculement fleuries, l'autre presque viril. Quand le troupeau arrive devant la Vieille, dont la figure est une dure plaquette de bois âprement sculptée où les yeux sont des trous méchants, ils ordonnent aux gamines arrangées :

« Montrez votre humilité devant la Mère du Ciel. »

Alors, toutes ensemble, elles se mettent à s'effondrer et se relever pour tomber encore plus bas dans les sept génuflexions et les sept prosternations. Ce sont des vers luisants qui se tordent, qui vacillent en cadence devant le Feu Sacré brûlant sous les paupières de la Figure Sacrée dont la bouche édentée crache, dans un crachoir d'or, ce qui est plus que du dédain. Cependant, elle scrute minutieusement, de ses yeux qui terrifient, ces exercices rituels, et les jauge sévèrement. Car beaucoup de ces fillettes perdent le rythme et s'empêtrent maladroitement, commettent des maladresses, tombent, deux ou trois s'évanouissent...

« De mon temps, claque de sa langue l'Impératrice Mère aux cunuques qui sont revenus auprès d'elle, les jeunes filles étaient beaucoup mieux élevées. Elles accomplissaient avec un art parfait ces révérences si simples... Cette déroute... »

Le troupeau, ayant achevé son rituel, reste collé

au sol, cohue de corps soumis. Les deux castrats se font cependant réprimander :

« Quelles filles avez-vous osé me présenter ? Vous me dites qu'elles sont le sang le plus pur des plus nobles familles mandchoues. Quelle décadence ! Les temps ont bien changé... »

Ce disant, la plaie de son fils l'Empereur se réveille dans sa carcasse recuite. Elle doit continuer sa besogne... D'un doigt tout crochu aux jointures déformées, elle indique les défaillantes, l'une après l'autre. Aussitôt plus de quarante sont chassées. Elles se relèvent pour saluer la Vieille qui marmonne, des eunuques ordinaires s'emparent des malheureuses et les font disparaître. En reste une soixantaine, toujours aplaties. Yi, qui est au second rang, s'est bien acquittée de sa sainte acrobatie, mais pas tout à fait aussi parfaitement que pendant les répétitions chez elle. Elle bout de fureur contre sa propre faiblesse, elle qui se veut déjà sans faiblesse. Heureusement, l'index racorni ne s'est pas pointé sur elle. Elle est parmi les demeurantes étalées pieusement, légers jonchets de chair fraîche enveloppés dans la soie et les nards.

Cela va être l'instant de l'épreuve suprême, qui en supprimera la moitié pour n'en garder que les trente qui seront la jumenterie du Saint Homme, les féroces concubines impériales. Un étourdissement de féroce volonté saisit Yi, qui retrouve toute sa lucidité. Sa vie va se jouer parmi ces personnages risibles : la Vieille Planche et ses deux chers eunuques, Paon faisant la Roue et Grand Héros Coupé. Ainsi a-t-elle déjà surnommé les piteux Faiseurs ou Défaiseurs de Destin. Elle est sûre d'elle à nouveau, certaine de séduire le Trio grotesque par cette grâce suave, modeste et plaisante qu'elle sait si bien assumer et qui est si trompeuse.

Nouveau signe de la Vieille. Paon faisant la Roue glousse d'une voix châtrée, donne un ordre que Héros Coupé reprend avec une vigueur martiale. Les prosternées se redressent et, après une révérence à l'Impératrice Douairière, vont se parquer à l'extrême bout de la salle. Cette fois, le bétail est examiné bête après bête par Vieille Planche et ses compères. Chacune, à l'appel de son nom, doit marcher jusqu'à la Douairière, la saluer par des courbettes et répondre à une question, le plus brièvement possible. Cela permet à l'Antique Dame de juger la noblesse de la démarche, l'aisance des salutations et les agréments de l'esprit, en quelques secondes, pour chaque fille. Déjà plus de cinquante de ces marionnettes ont fait leur petite voltige auprès de la Face plus revêche que jamais, encadrée de ces inquiétants « hommes-pas-hommes ».

De plus en plus la Douairière est mécontente, elle murmure aux châtrés :

« Que ces mijaurées sont stupides et lourdes ! De mon temps... Comment arriveraient-elles, ces péronnelles assommantes, à arracher mon fils aux griffes de ses mignons divertissants ? »

Après avoir soupiré péniblement, elle se remet à la tâche, reprenant ses inquisitions de plus en plus maussades... Cependant Yi, de son coin, voit ses rivales glisser, l'une après l'autre, les unes trop ondulantes et frétillantes, les autres trop raides, jusqu'à la Douairière. « Moi, je marcherai mieux », se dit-elle pour s'encourager. Elle aperçoit ses rivales tour à tour s'incliner devant la Douairière, et, à l'étroite ouverture de la Vieille Bouche, répondre par le rond potelé de leurs lèvres peintes. Ensuite toutes celles qui ont été examinées s'agglutinent en tas, plus loin, petites mouches striées qui se poseront peut-être sur le Grand Timonier pour se gonfler comme les flancs de la Jonque des Dieux. Il ne semble pas qu'il y en ait de renvoyées... Inquiète, bouillant d'impatience, l'une des dernières du lot, Yi entend enfin un « Yi » se répercuter de colonne en colonne jusqu'à elle. C'est à elle... C'est à elle d'affronter la Planche trouée d'yeux et de lèvres. Alors elle se sent poussée par une force invincible. Elle avance, sylphide des palais en sa modestie fière, en son charme bienséant. Il lui semble planer, immatérielle et bien présente. Vigilante et au-delà de la vigilance, elle se laisse agir plutôt qu'elle n'agit. Tout ce qu'elle fait est parfait, sans coquetterie grossière, sans timidité. Elle s'est exactement placée face à la Plaquette de Bois et à trois pas devant Elle, comme il est prescrit. Et là, s'étant posée à terre, elle se ploie délectablement et humblement, dans une courbe harmonieuse de tout son corps, d'un seul tenant arqué, sans que le poids de sa chevelure l'entraîne ou la retienne, sans qu'une partie d'elle se détache d'elle, fragilité ferme et unie où, par dévotion humble, ses paupières recouvrent presque ses yeux. Enfin elle est à genoux, immobile : rien ne marque sa vie, sauf un souffle silencieux à travers ses dents nacrées. Ainsi elle attend la question. La cisaille des lèvres émincées de la Vieille découpe l'interrogation :

« Pourquoi portez-vous une tunique rose ? »

Yi, avant d'avoir pensé, répond en évitant de faire de ses propres lèvres un ovale commun :

« Le rose est soumis au rouge et au jaune, les couleurs impériales, tellement supérieures à moi. Aussi ma tunique est-elle le signe de mon Obéissance absolue à votre Tutélaire et Magnifique Grandeur, et de ma sujétion complète aux désirs de votre glorieux Fils, le Saint Homme. »

Il semble à Yi qu'une esquisse d'approbation amollit le bois de Vieille Planche, mais ce n'est qu'une impression. Déjà Paon qui fait la Roue et Héros Coupé la font déguerpir et rejoindre le parc des filles entassées. Enfin, les deux ou trois dernières les rejoignent. L'examen est fini.

Elles sont toutes ensemble, une soixantaine, pêle-mêle, accablées d'espérance et de désespérance, pendant que Vieille Planche cancane avec ses acolytes. Les résultats vont être donnés à l'issue des bavardages du ridicule Trio.

Encore un signe de la Vieille. Encore un gloussement de Paon faisant la Roue répercuté à haute voix par Héros Coupé. Selon leurs commandements, les filles vont à nouveau, en deux rangées, se mettre devant la Vieille qu'elles saluent. Ordre leur est donné de rester debout. Et de nouveau sort de la manche monstrueuse de la Douairière sa main, une carcasse de main, une croûte de main, quelque chose de palmé, de recroquevillé. Osselets de la mort, où la vie étincelle en diamants et en rubis énormes, verrues monstrueuses de clarté blanche et de rougeur rutilante. Et de la main se détache l'index, le doigt impitoyable de l'Inexorable Destin. Ce doigt, elle le pointe vers un bout de la première file, qu'il parcourt entièrement, petite fripaille ratatinée, jaune, inexistant, plissé, froissé, desséché, illuminé d'une pierre particulièrement gigantesque, qui devrait l'écraser. Quand ce doigt dérisoire et tragique s'arrête un instant sur une fille, elle en est traversée, elle est condamnée, les eunuques la retirent immédiatement, sans qu'un mot ait été dit. Une quinzaine sont ainsi expulsées du premier rang. Et le doigt commence à courir sur le second rang, celui de Yi qui remarque l'ongle où la vieillesse s'est déposée en stries de corne.

Le doigt se rapproche d'elle, va être sur elle, s'arrête — est-ce pour elle ? La peur, la plus grande peur de sa vie, fait s'ampouler de cloques minuscules la peau si douce de Yi. Non, c'est sa voisine, une pataude pourtant plaisante dans son charnu, qui est « exécutée ». Et le doigt reprend sa course, la dépasse. Elle est sauvée, Yi ! Enfin quand le doigt est rentré dans la main et la main dans la manche, trente filles, en un rassemblement lamentable, sont refoulées. Les eunuques à leurs trousses crient :

« Partez. Partez vite. Disparaissez. Que vos visages ingrats n'offusquent plus notre Tutélaire Impératrice Douairière. »

Des eunuques de bas rang les pourchassent.

C'est une fuite de basse-cour à travers le palais...

Les rescapées, c'est-à-dire les trente élues, les visages immuables comme si elles ne ressentaient pas leur triomphe, se resserrent en un essaim devant la Vieille et se prosternent, avec une solennité inexpressive, pour l'hommage de la Grande Reconnaissance. Un rite. Mais il doit être accompli sans aucune joie apparente : pas un sourire heureux, pas un regard pétillant, pas une fossette rieuse. Le Pur Respect doit les emplir au point que leur chair, leur âme y sont complètement fondues.

Mais Vieille Planche, de sa cornée acariâtre, s'empare d'elles avec une grimace maussade. Puis, de sa bouche où les dents sont des chariots, mais majestueusement, elle annonce d'une voix cassée :

« Vous toutes, je vous déclare admises au Gynécée Impérial. Vous êtes désormais les concubines du Saint Homme. Respect à ceci. Soyez dignes de cet honneur exorbitant... »

Mais la Douairière ne résiste pas à la méchanceté :

« Enfin, tâchez d'en être dignes, car vous me paraissez de peu de mérite. Et n'oubliez pas que, toutes, vous dépendez d'abord de moi. Je serai impitoyable. A la moindre faute... »

Malgré le ton sévère de la Vieille Planche, Yi bouillonne en son cœur d'une joie sauvage. Une fois de plus se vérifient les prédictions du devin. Sa course qu'elle commence à peine, la mènera vers le Ciel. Et, sournoisement, elle coulisse un regard sur les autres concubines, un coup d'œil comme un coup de sabre. La Vieille a raison, elles ne valent pas grand-chose. Comme cela, Yi les supplantera aisément...

Mais, dans son impétuosité, elle oublie les vieilles règles du Céleste Empire, où tout, choses et êtres, doit être classé. Les concubines aussi... Aussi sursaute-t-elle un peu quand la voix de Paon faisant la Roue, amplifiée par celle de Héros Coupé, leur enjoint durement de s'éloigner d'une vingtaine de mètres. Il leur faut à nouveau patienter. Une nouvelle et interminable discussion a commencé au sein du Trio. Yi, sans pouvoir entendre, voit Vieille Planche et ses deux châtrés se mettre à commérer et à déblatérer plus que jamais. La langue de la Douairière va vite, claquant de temps en temps, comme un fouet. Les deux eunuques, sur qui tombent, du haut du trône et de la Bouche qui l'occupe, une averse postillonnante de mots, ont l'art de savoir écouter avec une crispation d'attention, un feu d'admiration, multipliant les signes d'extase béate devant la sagesse qui se déverse.

En fait, Yi note qu'ils sont très malins, les castrats, sachant glisser au bon moment quelque insinuation de leur cru sous prétexte d'approuver encore plus — Paon faisant la Roue d'un filet flûté, Héros Coupé en un murmure de velours. Une fois ou deux, cela a contrarié la Vieille Dame. Furieuse, elle a craché sur eux insultes et imprécations. Mais presque toujours — car les deux compères connaissent à fond la Douairière et savent s'y prendre avec elle — ce qu'ils lui murmurent la fait réfléchir, lui donne un air d'antique gallinacé inspiré. Et alors elle va, d'un hochement de tête qui semble la déboîter, accepter la proposition osée.

Yi est au supplice. Maintenant elle sait, elle se souvient... Ce qui se débite dans le Trio, c'est encore son sort, un anneau de son sort qui est en jeu. La Douairière et ses étranges confidents sont en train de répartir les trente filles choisies selon une hiérarchie très stricte.

De temps immémorial, il existe quatre catégories de concubines. Au sommet les « feï » ou « personnes très exaltées ». En dessous les « pin » ou « personnes très excellentes ». Puis les « kouei-jen » ou « personnes très honorables ». Enfin, au dernier degré de l'échelle, à peine des concubines, les « tchang-tsaï » ou « personnes d'honnête mérite ». Classification minutieuse, où tout est prévu : les privilèges, les honneurs, la puissance attachée à chaque rang, la vêture, la parure, les bijoux même en dépendent. Immenses sont les prérogatives de la « feï ». Mais ils s'amenuisent de haut en bas, de grade en grade, en sorte que les « tchang-tsaï » ne sont guère que les bonnes à tout faire du plaisir. En somme, le Concubinat est le Mandarinat du Con, avec tout le protocole, toute l'étiquette des dignitaires. Mais, alors que les mandarins les plus grands restent les Colonnes de l'Empire, une concubine peut se sublimer en Epouse Impératrice, en Génitrice du Ciel. Alors elle sera sacrée...

Une heure... La torture d'une longue heure. Yi est traquée par cette dévorante incertitude : quel va être son rang, son titre ? Elle regarde le Trio discuter, ces trois bouches, ces lèvres dérisoires, ce torrent de leurs phrases, torrent salivaire. Peut-être est-on en train d'en faire une « feï ». Mais sa famille n'est pas princière, et elle n'a pas de grandes recommandations. Le doute l'agrippe. Et puis sa résolution lui revient. De toute façon elle sera Impératrice...

La pauvre Yi est loin de se douter de ce qui agite le Trio. De tout temps, le classement des concubines, même quand elles sont destinées à un Empereur normalement viril, a été tâche grave, réservée à la Douairière. Mais comme c'est encore plus délicat avec ce Hieng-fong enamouré de ses chérubins ! Aussi la Vieille et ses eunuques sont-ils engagés dans une délibération acharnée, véritable affaire d'Etat, destinée à une révolution de palais qui changera les événements dans l'Empire Céleste. Conciliabule dérisoire et gigantesque, cachant une querelle secrète entre ces trois êtres qui ne sont plus que des déchets humains. En principe le problème se pose simplement : scruter les visages des filles pour deviner laquelle a un con qui sera l'hameçon arrachant l'Empereur à ses mignons. Mais il y a la Vieille et ses humeurs, hélas !... et les eunuques pleins de frousse tremblent car, leurs attributs ayant déjà été enlevés, cette fois c'est leurs têtes qui risquent fort d'être coupées si aucun con ne vient à bout des mignons. C'est que les charmants jeunes gens, délicieux et pernicieux, ne manqueront pas, s'ils triomphent définitivement, de se venger sur Paon faisant la Roue et Héros Coupé pour avoir « remonté » la Vieille jusqu'à lui faire organiser ce gynécée, cette arme pour les abattre. Ils se vengeront délicieusement... terribles manigances. Les eunuques sont désespérés. Car la Vieille, après avoir suivi leur avis sur cet ultime recours, jouer sur les « filles », veut maintenant irrévocablement qu'elles soient toutes affreuses, ne pensant qu'à les déprécier, les rabaisser. Au lieu de lancer dans la Cour des « feï » ou des « pin » qui auraient pu émouvoir le Saint Homme, la Douairière, par une jalousie tenaillante de sa peau rancie contre les peaux douces de sève et de joie, ne veut, contre son intérêt, au grand effroi des eunuques, qu'accorder des grades subalternes, bons pour de la chair de dernière qualité. En vain Paon faisant la Roue et Héros Coupé vantent-ils la marchandise :

« Celle-ci a un délicieux nez retroussé... celle-là a un teint de pêche... celle-là a des lueurs malignes dans les yeux... On pourrait en faire des « feï » ou des « pin ».

Mais la Douairière, tous chicots en avant, tranche :
« Vous voulez rire. Toutes des souillons ! »

Un moment, Yi a l'impression que ces regards, celui en araignée tapie dans une fente de la Vieille, celui en gros flocons nébuleux de poisson rouge à nageoires diaprées de Paon faisant la Roue, surtout celui en lame fuyante de Héros Coupé, pèsent sur elle. On dirait que la lame qui l'a châtré se réfléchit dans ses yeux revenant sans cesse sur elle. Il fait son apologie. C'est alors que la Douairière est prise d'une vraie colère, sa vieille planche se gondolant en échardes de fureur :

« Ce n'est qu'une prétentieuse. Je m'en méfie. Une orgueilleuse, je vous dis. »

Mais, tout en battant sa coulpe par des grimaces de repentir, Héros Coupé retourne à la charge, argumentant encore. Il plaide, il plaide pour elle, cependant que Yi le trouve particulièrement haïssable, ce châtré qui joue à l'homme.

Enfin, après une certaine palpitation dans le Trio, les lèvres de la Vieille se relèvent sur ses dents gâtées pour prononcer le verdict. Pas une « feï ». Juste une « pin », la nommée Nu. Cinq « kouei-jen », dont elle, Yi, le reste n'étant que des « tchang-tsaï ». Yi, plutôt satisfaite, se prosterne de nouveau aux pieds de Sa Majesté, avec une naïveté feinte. Vieille Planche garde sa face de bois — elle n'a concédé ce titre à Yi qu'à cause de Héros Coupé, mais elle n'est pas contente.

Quand toutes les filles, désormais étiquetées, ont fini leurs salutations, la Vieille crachote :

« La « pin » Nu sera Impératrice Epouse du Saint Homme Hieng-fong. J'ai dit. »

Un voile noir passe devant les yeux de Yi. Son cœur est de la lave brûlante. Une folle ventrée de rage... Nu, de toutes, est la plus laide, une figure plate, écrasée, niaise, stupide, avec de gros yeux affolés et des tressaillements idiots. Mais, Yi le sait, elle est la nièce de Vieille Planche. Ainsi, ce sera cette imbécile camuse qui donnera le jour à un Fils du Ciel. Et Yi se lance dans les malédictions : que le ventre de Nu n'apporte que des filles, qu'il pourrisse, que le fils qu'il engendrera soit un rat pestiféré, un avorton ignoble qui mourra en apparaissant à la lumière du jour. Ah ! si Nu était stérile !... Alors n'importe quelle concubine, la première à faire un garçon, sera la mère du nouveau Saint Homme. Mais ce sera elle, Yi. Et même si une rivale accouche d'un mâle avant elle, ce sera son rejeton qui sera consacré. Elle y arrivera. A quoi n'arrive-t-elle pas ?

Et puis qu'importe que Nu soit féconde ou pas. Yi se souvient des siècles de drames autour du gynécée, sous le sceptre impuissant de l'Eternelle Impératrice Mère, chef de toutes les femmes du palais. Car là-dessus, comme un feu ardent, interviennent les passions du Saint Homme, égaré par les sens : même s'il doit tenir compte de la Douairière, par piété filiale. Nœud extraordinaire d'intrigues, où luxure et politique se mêlent, le poison et la mort aussi, au sein de la Cité Interdite apparemment calme dans sa sainteté. Là, malgré le protocole extraordinaire, qui guinde et stratifie gens et choses, tourbillonnent les passions. Quelles fantastiques compétitions, malgré le sacramentel des faces avares de mots, des faces soumises au Rite, entraînent tout : le Saint Homme, les favoris, les dignitaires, les sages des sages, les colonnes de l'empire, les douairières, les impératrices et les concubines. Et aussi les eunuques.

Yi connaît la réputation redoutable de ces êtres qui sont à peine des êtres, et qui pourtant règnent sur la fermentation et les décompositions. Que n'ont-ils pas fait et défait, sachant tout, osant tout. Hommes-femmes qui ne sont ni hommes ni femmes, doués de toutes les perfidies mâles et femelles. Extraordinaires espions, conseillers des ténébreux complots, maîtres des potions funèbres, experts en voluptés qu'ils ne pratiquent pas. La nuit, la Cité Violette est à eux. Gardiens de femmes. A combien d'entre elles n'ont-ils pas enfiévré l'imagination ! Leur toute-puissante complaisance, leur effrayante hostilité ! Au sein de ce grouillement de haines qu'est la Cour, combien de guerres de concubines, combien de guerres d'impératrices où les complots se forment, où les trahisons se perpétuent, où des desseins s'exécutent, n'ont-ils pas fomentées ! La Cité Violette est livrée à des furies impitoyables sous le sacerdoce des cérémonies millénaires. Décès soudains, corps jetés dans des puits, lacets envoyés, et même exécutions par les bourreaux de la Cour. Châtrés exercés à faire souffrir, de loin les meilleurs bourreaux de Chine. Combien de vice-rois et de mandarins ont fini entre leurs doigts agiles, fuseaux à tricoter la chair ? Places et têtes qui volent, la Concubine Victorieuse n'épargnant jamais la vaincue et ses partisans. Atrocités... que de fois un Empereur saisi par la concupiscence a-t-il été l'esclave d'une chair frêle et d'un cerveau impitoyable ! Parfois même la Majesté est prise de douleurs étranges et décède. Le silence tombe, et l'histoire millénaire de la Chine Céleste se poursuit.

Ces annales noires, Yi les connaît. Et, dans son hallucination, elle se voue à sa « patronne » révérée, la légendaire Wou-chei, la captive aux cheveux ras qui est arrivée à ses fins magnifiques par la ruse ténébreuse, la parole mensongère, l'inflexibilité du cœur, la sûreté de la pensée, l'inexorabilité dans l'action. Grâce à ses qualités superbes, elle s'est servie de son corps pour envoûter, pour réduire en loque humaine, un faible Empereur. Yi se jure de l'égaler. Elle sera comme Wou-chei. Car Yi, quoique vierge, se sent déjà emportée par le feu des lascivités et des cruautés. Sa tâche n'est-elle pas plus facile ? Loin d'être enfermée dans un couvent, elle est dans toute sa beauté au centre de la Cour. Et, dès que l'Empereur l'aura aperçue, il la fera mander dans la Chambre de l'Impérial Repos. Alors elle arrachera Hieng-fong à Nu...

Désormais rassérénée, Yi se moque de ses craintes. Car c'est un piètre morceau de viande qu'on a placé sur sa voie, cette Nu au visage de lune sombre débonnaire, lune bien éteinte qui tournoie dans le ciel de l'Impérial Soleil comme un bol de nouilles. Finalement, Yi fleurit sa face d'un demi-sourire doux, la douceur d'une tigresse... Et malheur à quiconque fera obstacle. Elle, Yi, sera Impératrice, car elle aura enchaîné Hieng-fong dans l'étreinte de ses bras, le velouté de sa fente, toute sa chair parfumée...

Pauvre Yi ! Comme elle s'égare, comme elle délire en croyant en la puissance de son corps invincible.

Car elle ne sait toujours pas qui est Hieng-fong, le ricanant et détestable ennemi des femmes. Elle n'a même pas idée de ce qu'est la pédérastie. Elle ne se doute aucunement du sort douloureux qui va s'accomplir immédiatement.

UNE fois l'ennuyeux concours du Concubinat terminé, et sa nièce dûment proclamée Impératrice Epouse, la duègne est descendue de son trône, traînant avec elle sa masse. Elle s'en est allée majestueusement, monstrueux mannequin de cauchemar... Restent donc Paon faisant la Roue et Héros Coupé, atterrés, car l'entêtement de la Vieille a complètement démoli leurs desseins. Cette Nu comme épouse de Hieng-fong ! Tout ce qu'il fera, ce sera de rigoler bien méchamment en voyant cette créature bonasse ; et, à sa vue, il s'amusera à s'enfuir, en criant qu'on veut abuser de lui avec une pareille horreur qu'on prétend lui jeter dans les bras. A cette comédie, tous les mignons montreront des mines malignes, bien aiguisées, d'une férocité farceuse et jubilante, recueillant le pauvre Empereur à qui on a voulu faire subir pareil outrage. Et les grands dignitaires, vils flatteurs, souriront dans leurs barbichettes pour complaire à Hieng-fong... Tout le monde se rira de Paon faisant la Roue et de Héros Coupé qui auront perdu la « face ». Eunuques bafoués... et promis aux pires représailles. La Cour entière se réjouira de leurs malheurs, car ils sont haïs de beaucoup.

Pour l'instant, il leur reste sur les bras leur cheptel de beautés inutiles. Il s'agit de les mettre au rencard, c'est-à-dire de les jeter dans des cages où elles attendront longtemps, très longtemps, le désir de Hieng-fong qui ne s'exprimera jamais. Elles vont se faner, ces fleurs, jusqu'à devenir de vieux bulbes sans corolles.

Une troupe de jeunes eunuques, fourreaux noirs aux figures trop blanches et trop inexpressives, arrive pour s'emparer des concubines. Ils le font très respectueusement en se courbant devant chacune d'elles. Paon faisant la Roue et Héros Coupé ne donnent pas un ordre. Tout s'accomplit très exactement. Le silence commence. Quatre de ces castrats, androgynes semblables à des émanations intemporelles, beaux, minces, dépouillés de toute vie et de tout sentiment, s'inclinent devant Yi, l'encadrent en une escorte d'honneur et l'emmènent solennellement. Elle, minuscule au milieu d'eux qui ont dégainé leurs sabres pour la protéger, marche fièrement au centre de ces lames et de ces visages nus. Elle traverse un songe enivrant, ces palais, ces rampes, toute cette magnificence pour elle... Aucun bruit, si ce n'est l'écho lointain d'une fête, qui est celle de Hieng-fong et de ses mignons se réjouissant de la défaite des concubines. Mais comment Yi s'en douterait-elle ? Elle descend des marches, elle s'enfonce dans le parc des troncs musculeux, des fleurs rubescentes, des rocailles qui rient et grimacent, au milieu de colonnettes qui supportent des brûle-parfum, des vases d'airain, des statuettes délicates ou obscènes. Elle est stupéfaite d'admiration. Au loin, elle aperçoit un lac qui renvoie, en un reflet, le soleil au soleil. Enfin elle arrive auprès d'un pavillon, posé sur terre comme un papillon aux ailes multiples. Toits superposés qui, très classiquement mais avec harmonie, se recourbent à leurs extrémités en des cornes où sont suspendues des clochettes.

Alors surgissent deux autres eunuques qui, eux, sont engraissés, des femmasses, l'impassibilité de leurs faces s'étant, avec l'âge, ridée comme une toile où les yeux sont des cafards. Plis débonnaires et presque maternels. Gros ventres ballonnés... Du profond de leurs robes ils tirent une clef très grosse à découpage menaçant. En effet, la porte de cèdre est fermée par un cadenas énorme, une machine ressemblant à un carcan où des tiges de fer s'enfoncent les unes dans les autres pour agripper ou libérer. Déverrouillage — un long cri de déchirement, un gémissement du métal. La porte s'ouvre et Yi entre. Toujours pas un mot... Les eunuques armés qui l'ont amenée la saluent très humblement et disparaissent. Les deux eunuques enfemmelés s'agenouillent devant elle et, sans parler, lui montrent sa demeure. Il y fait très sombre, car un épais papier noir est collé sur les treillages des fenêtres. Mais ils allument des bougies englobées dans de minces porcelaines, sur lesquelles cavalcadent seigneurs et dames en une chevauchée du plaisir. Les ténèbres s'éclairent et Yi, extasiée, contemple des splendeurs qu'elle juge dignes d'elle. Partout des matières rares, des formes exquises... Un lit comme une conque de laque opaline, des meubles d'ébène, des coffres remplis de tuniques et de vêtements d'une beauté et d'une finesse qu'elle n'a jamais imaginées. Sur une coiffeuse de marbre, tout ce qui peut se concevoir comme fards, nards, encens, parfums, onguents, Un miroir d'étain magnifique, plus grand qu'elle. Et même une écritoire, où les pinceaux sont des doigts qui attendent. Sur les murs, aux teintes à la fois violentes et très douces, des estampes lascives où des coulées de cheveux protègent délicatement des corps féminins aux grâces offertes, ou farouchement pénétrées. Un instant, Yi, joyeuse, s'arrête, et de ses yeux émerveillés scrute avec une intensité et une joie voluptueuses le premier accouplement qu'elle ait jamais contemplé. Elle regarde intensément les chairs mêlées, elle discerne le membre viril, raide et furieux, comme une épée dans la créature ouverte. Elle détaille soigneusement le phallus, ce qui en est visible. Elle se dit qu'elle sera bientôt l'autel si tendre où s'enfoncera le dard sacré de l'Empereur Hieng-fong. Elle est ravissement. Un repas délicieux est servi sur une table aux motifs de nacre, qui s'imbriquent les uns dans les autres. Elle s'assied devant des bols qui sont des coupes de lumière, d'un bleu d'azur impalpable. Et, avec des baguettes d'ivoire, elle porte à ses lèvres une bouchée qui fond en elle. Silence. A ce moment, elle tressaille, surprise par un long bruit de ferraille. Ce sont les deux eunuques servantes qui, après s'être acquittés de leur tâche et s'étant même inclinés devant elle, s'en sont allés, mémères-fantômes, sans qu'elle s'en aperçoive, sans qu'elle les entende. Juste cet épouvantable verrouillage. Mais Yi se dit que c'est de bon augure, qu'on la garde comme un trésor.

Le reste de l'après-midi, tout en examinant les peintures sensuelles, Yi se prépare à atteindre la plus somptueuse et mignonne beauté, la plus irrésistible, faite pour être saccagée par le désir impérial. Ce qu'elle porte est misérable à côté de ces étoffes, de ces bijoux, de ces ornements, de ces crèmes et de ces pâtes accumulés pour elle ! Elle répertorie ces merveilles, elle s'en imprègne les yeux, les doigts, le corps, elle les découvre, elle les palpe, elle les examine avec une délectation jouisseuse, et aussi avec les exclamations de l'admiration et de la stupeur. Tout cela pour elle, à elle... ! Elle arrache, en les jetant comme les débris d'une vie passée, les frusques qu'elle porte, qui avaient pourtant demandé tant de soins et qui lui semblaient si délicates. Elle les hait, elle les piétine. Et nue, réfléchissant longuement, choisissant avec décision dans l'amas des trésors, elle se revêt, comme d'une nouvelle peau, d'un habillement impérial, un enchantement amoureux qui fait vraiment d'elle la Fille du Dragon. Elle s'enroule de reflets de ciel, ondoiements de soie pâle, poignardés par des éclats très rouges : les flammes des pierres de sang et de volupté serties pour elle, pierres de firmament, avec comme brasier le plus chaud, le plus mordant, fait pour être mordu, sa bouche maquillée comme quelque rubis ouvert. Yi va se regarder entière, palpitante de sang-froid, l'esprit clair pour bien se jauger, devant le grand miroir d'étain — et elle se reconnaît à peine, déjà princesse de l'au-delà, déjà étoile du Grand Chariot à Timon. Maintenant, elle a vraiment quitté le monde vulgaire, elle est digne de Hieng-fong.

Des heures se sont écoulées, sans qu'elle les voie fuir. Pourtant la pénombre qui vient du dehors, le peu de lumière du jour qui traverse le papier foncé bouchant les fenêtres, noircit encore, devient nuit. Mais les chandelles brillent plus intensément dans leurs conques, avec leurs personnages qui se poursuivent, qui semblent s'atteindre pour la luxure. Est-ce que cela va être pour elle l'heure des enlacements impériaux ? La grande pendule de la Cité Impériale a frappé, en longues vibrations tristes et prometteuses, la fin du jour. Elle sait que le soleil s'est couché, et qu'une brume mauve enveloppe la Cité Violette où reste, dans la Chambre du Repos Impérial, un seul homme, le Saint Homme. Ne va-t-il pas la mander ? Elle est prête...

Déverrouillage. Encore cette longue plainte de fer, ce raclement épuisé. Mais ce ne sont que les deux eunuques servantes, qui viennent préparer sa nuit. Sa nuit solitaire... Toujours la même étiquette. Salutations très respectueuses des deux grosses larves redondantes avec leurs faces grasses aux mille commissures d'une bonté inexpiable. Aucune des deux ne montre la moindre surprise devant l'apparence prestigieuse de Yi. Elle a la curieuse impression que leurs yeux couperosés ne la voient pas, mais la décortiquent comme des bêtes voraces. En fait, merveilleuse est leur activité. Dans leurs grosses mains agiles ils apportent encore un festin exquis. Avec quelle finesse leurs doigts boudinés s'acquittent des besognes ancillaires les plus délicates ! Cependant un dégoût s'empare de Yi à regarder ces grasses chairs flasques accomplir les tâches domestiques avec un goût si sûr. De son lit, ils font un berceau de roses. Si elle se réveille, elle trouvera du thé au jasmin gardé au chaud dans une théière d'argent massif. Il y a même sur un plateau, pour ses insomnies, un service à alcool, le carafon et les verres minuscules. Tout est épousseté. Les mèches des lampes sont préparées pour qu'elles brûlent jusqu'à ce qu'elle les éteigne, se plongeant dans le sommeil qui reliera un jour à l'autre. Tous les objets féminins, les tuniques et les onguents, sont fémininement manipulés et rangés par eux, avec un art consommé. La répugnance de Yi grandit, grandit, devient peur, angoisse. Pourquoi, dans leur affairement, ne s'adressent-ils pas à elle ? Leur graisse n'est rien, leur poids, c'est leur silence. Pourquoi ne font-ils aucun bruit ? Existent-ils ? Respirent-ils ? Yi tente de rompre cet enlisement dans le néant. Une colère la prend, elle veut crier. Mais, se maîtrisant, pour voir s'ils parleront enfin, elle demande poliment :

« Quels sont vos noms estimés, très vénérables messieurs ? »

Mais eux, tout en continuant avec diligence leurs soins minutieux, comme si aucun son ne leur était parvenu, ne répondent pas. Yi repose sa question, d'une voix beaucoup plus aiguë ; ils restent aussi cois, tout aussi occupés, comme s'ils n'avaient rien entendu. Leurs langues aussi sont-elles coupées ? Mais Yi a aperçu, entre leurs dents de grosses chiffes roses qui en sont bien, râpes à mots au repos. Ils ne sont donc pas muets par nature. Sont-ils sourds ? Yi glapit :

« Ramassez mes vêtements anciens, qui ne sont plus dignes de la personne très honorable que je suis maintenant. »

Et les reliques de son passé qu'elle a déchirées et saccagées sont enlevées par leurs doigts qui semblent animés de leur propre vie d'outils prestigieux.

Ils entendent donc. Ils peuvent parler et ils ne parleront jamais, Yi le sait... jamais un son ne sortira de leurs bouches. Pourquoi ? Mystère ! Yi se sent livrée aux tentacules de l'Inconnu Menaçant. Elle sombre. Encore ce ricanement du fer qui la frappe, et qui lui dit prison. Prison. La geôle est d'autant plus terrible qu'elle est plus délicieuse. Verrouillage. Les eunuques sont partis. La Cité Violette s'endort, et le cœur, les entrailles de Yi sont vides. Trou douloureux de la Grande Angoisse. Si au moins elle savait quelque chose, si elle avait quelques indices de son sort. Mais rien... L'ignorance l'enferme autant que le cadenas. Pourtant elle ne regrette pas. Les douceurs simples d'antan, le visage de Jung-lu ne lui reviennent pas. Elle conquerra le Ciel, même du fond de cet antre. Le mal qui l'opprime, cette boule, ce creux dans son corps, se dissipe peu à peu. Elle mange avec raffinement, avec les gestes parfaits de la bonne éducation, semblant à peine se nourrir, comme si la chair était un élément trop matériel pour elle, exactement comme elle aurait fait à un festin de la Cour. Et puis elle se pare pour la nuit, pour être préparée, même dans son sommeil, au Désir Impérial. Mais aucun Empereur ne surgit. Et, en un songe laid, elle se sent couverte de limaces molles, lanières écœurantes, elle est engluée de ces monstres minuscules, qui la parcourent et se repaissent d'elle, qui grouillent surtout dans sa fente. Dans ces gros vers suintants et tenaces qui rampent sur elle et la broient, elle reconnaît les deux eunuques servantes infiniment multipliés, avec leurs faces flasques qui semblent lui dire : « Tu ne sortiras jamais de là. »

A l'aube, déverrouillage et verrouillage. Ils sont là, près d'une heure, les deux informes. Il est difficile de les distinguer l'un de l'autre tant ils se ressemblent, commères muettes du Destin Inconnu, avec leurs figures et leurs corps en croupes lardeuses qui rappellent le ventre, les mamelles, et tous les organes des vieilles bonnes femmes. Yi ne daigne plus faire attention à ces eunuques servantes, qui s'acquittent toujours aussi excellemment de leurs devoirs. Encore un repas succulent, encore tous les petits soins. Pour Yi, ils ne sont désormais plus que des êtres-objets dont elle ne se soucie plus, dont elle saura le secret plus tard...

Le jour nouveau, les premiers grains de la lumière qui lui parviennent malgré le papier noir la retrouvent dans les grandes espérances. Qu'est-elle si elle ne peut résister à l'épreuve de la solitude qui se rompra bien pour sa gloire ? Sans doute, selon quelque antique sagesse, on l'abandonne à elle-même pour qu'elle se purifie de ce qu'elle a été, qu'elle s'incarne en un Etre Nouveau. Alors plutôt que de laisser le temps s'enfuir, pour aider à sa métamorphose, elle se met au travail, se créant, dans la profusion des soieries et des bijoux, un nouveau personnage moins superbe que celui qu'elle s'était spontanément composé la veille, mais tout enrobé de douceur subtile, attirante, miel et pollen, senteurs de modestie, une modestie faite pour être déchirée par l'aiguillon impérial. Le lendemain, elle se fait génie des eaux, avec des plaques d'onyx qui représentent la surface du lac dont elle émane, se reposant sur la rive fleurie. Sa tunique est d'un vert tendre, qui s'épaissit en un vert des tréfonds là où coulent ses colliers de jade. Mais elle n'est pas ondine froide et fuyante, elle est grâce qui s'ouvre sur la berge boisée, au soleil, au vent, aux corolles, à toute la nature dans son agrément, la Nature incarnée par l'Homme qui règne au-dessus de Tout Ce Qui Est, par le Saint Homme.

Et ainsi, une dizaine de jours se suivent durant lesquels elle se crée toutes les apparences possibles : Beauté Impérieuse, Beauté Caracolante, Beauté Rieuse, Beauté Timide, Beauté Blessée et combien d'autres, toutes des pièges pour le désir, chacune arrangée pour aller au-devant de l'espèce précise de

Désir qui sera celui du Saint Homme. Oui, elle pourra le séduire par la Splendeur, l'Arrogance des magnificences qui attaquent, assiègent, capturent. Comme elle pourra être la Vanité qu'il sera bon de rabaisser, la Pureté qu'il sera agréable de souiller, la Fragilité qu'il sera jouissif de violer... Elle est déjà prête pour toutes les apparitions possibles convenant au goût voluptueux de l'Empereur, selon qu'il aimera être agressé par la Beauté ou qu'il préférera la briser. Nul n'a jamais rien appris à Yi du comportement des mâles, surtout de celui très auguste de Hieng-fong le Timonier. Pourtant elle devine que tout homme, dans le domaine du plaisir, est possédé par des fièvres particulières et se déchaîne en des forces remontant de son être le plus profond. Elle comprend qu'il peut aimer aussi bien dompter furieusement que jouir à être dominé, à moins qu'il ne soit simplement touché par la cajolerie. Elle pressent toutes les vapeurs de la possession, fureur et mort, jusqu'à la tendresse. Yi, ne sachant rien de Hieng-fong, s'apprête donc à surgir dans l'état qui allumera son sang, selon ce qu'elle découvrira de lui. Elle est déjà vingt Yi différentes, opposées, contradictoires, de la plus farouche et mordante jusqu'à la plus docile et soumise. Toutes sont faites pour la conquête de Hieng-fong, qu'elle se présente sous l'aspect de la victoire ou de la défaite, car de toute façon elle triomphera.

Hélas ! malgré tout son instinct, son don prodigieux de la lascivité, elle ne peut pas s'imaginer que sa chair de femme soit avant tout exécrable et détestable pour Hieng-fong, adonné à d'autres voies du plaisir. Pourtant sur une des estampes de sa chambre, elle peut voir un homme déjà fait tenant son doigt entrelacé à celui d'un jouvenceau qu'il regarde amoureusement. Mais elle ne comprend pas.

Déverrouillage, verrouillage, trois fois par jour, avec les eunuques-limaces qu'elle ne remarque même plus. Combien vaine est la précision de leur venue, dans les grands bruits du fer, exactement chaque jour aux mêmes minutes ; à l'aurore pointant, au zénith du soleil, au crépuscule, quand la nuit envahit le monde. Peu à peu, Yi se sent enlisée dans le temps, cette matière insaisissable, inexorable, sans consistance, sans prise, sans nature, qu'on ne discerne même pas et qui est pourtant le Monstre le plus Dévorant. C'est le temps qui la mange, qui la goûte, qui la déglutit sans cesse, toujours, indéfiniment, elle, tout son être, sa chair et sa pensée, ses ambitions, son existence même. Il lui semble que le temps est en train de l'exterminer, en la rongeant, en la vidant, en faisant d'elle une coquille creuse. Le temps — qui n'est pas, et pourtant qui est — puissant, qu'elle ne peut voir, attraper, saisir, arrêter. Le temps nu. Est-elle morte ? Elle a perdu son identité, elle est temps, elle sent qu'elle vit uniquement par sa souffrance, l'effroyable géhenne qui s'est emparée d'elle, qui l'annihile en la distendant de jour en jour. Pourtant, quand elle se contemple dans le miroir d'étain, elle voit là son image, qui est intacte, parée, dans toute la joliesse de sa chair vaine. N'est-ce pas une illusion ? Y a-t-il des hommes ? Y a-t-il un monde ? Y a-t-il la vie ? Et pourtant elle est en pleine Cité Violette, au nombril de l'Univers où se fait, pour tous, tout ce qui se fait. Elle réfléchit. Une seule explication lui vient, un sentiment atroce qui la fait tressaillir. Pendant qu'elle est là, livrée à la continuité absolue et vide, quelque autre femme s'est emparée du Timon du Dragon Assoupi ! Peut-être est-elle déjà en train de procréer un Fils du Ciel ? Cette créature a séduit l'Empereur au point qu'il ne désire appeler aucune autre beauté. Alors on la laisse dépérir, se consumer, s'éteindre dans cette entité qu'est le temps. Sans doute le Saint Homme ne sait-il même pas qu'elle est là, Yi, à sa portée, sa chose magnifique qu'il ignore complètement. Ah ! si seulement il pouvait la voir, seulement l'entrevoir... comme elle triompherait en un instant.

Parfois la colère saisit Yi, une colère blanche et muette qui fige ses traits dans le tranchant d'une lame. Mais elle ne peut rien couper. Elle, douée de toutes les capacités du charme et de la cruauté, qui, dans n'importe quelle situation humaine, vaincrait, elle ne peut rien faire, absolument rien. Comment agir contre ce vide que sont les jours ? Elle est dans son pavillon comme un papillon épinglé sur l'éternité.

Un jour elle a cru sortir du temps. C'était vers la fin de l'automne, les deux eunuques-limaces, à l'aurore, s'agenouillent devant elle, dès leur entrée, en une posture particulièrement vénérante et lui présentent une plaque de jade d'un vert immaculé. Yi la saisit, la happe. Le cœur lui monte à la gorge et dans une joie paradisiaque, infernale, elle y lit, profondément gravés, les caractères de son titre et de son nom : « L'Honorable Personne Yi. » De ses longs ongles, amoureusement, avec une liesse folle, sans qu'en rien son visage ne s'altère, elle parcourt les idéogrammes incisés qui sont pour elle l'Espoir... Elle palpe les parois de son nom, le sien, celui de Yi, s'imaginant déjà que les mains impériales parcourent son corps. Elle sait que toutes les concubines ont leur nom ainsi marqué dans la pierre verte très faste, en des plaques apparemment identiques qui sont rassemblées sur un grand panneau. C'est ainsi qu'elles sont toutes offertes, les concubines. Il suffit que Sa Majesté porte son doigt sur une de ces plaques pour exprimer sa volonté sacrée. Aussitôt la concubine choisie est apportée dans la Chambre du Repos Impérial, chair vivante à consommer, pour partager la couche du Dragon. Aujourd'hui, il ne s'agit que de montrer sa plaque à Yi, qu'elle doit rendre et qui sera placée parmi les autres, mais elle voit déjà l'index du Saint Homme, après avoir erré parmi les noms gravés, s'arrêter sur la sienne. Alors non seulement elle émergera du temps, mais elle se fera fort, en cette nuit-là, par sa beauté impure qui perdra sa virginité, de retenir à jamais dans sa chair le Timon du Monde, de tenir le Monde. Elle aura toutes les ingénuités et tous les artifices, elle ne commettra aucune erreur car elle saura discerner le Dragon dans ses plis et replis, elle en mesurera les flammes, les griffes, mais aussi ce qu'il aura de fragilités cachées, elle en sentira les désirs sombres ou tendres qu'elle aiguisera de sa beauté et de son intelligence sans faille, car elle, si légère, si menue, est un bloc dont la seule faille est sa fente qui est d'abord son arme.

Qu'il suffit de peu de chose, de son nom sur une plaque, d'un doigt qui s'y arrête, pour que, du Gouffre, elle passe au Zénith !

Mais ce peu de chose ne se produit pas. Tout d'abord le temps s'est dissous, ou plutôt un temps autre est venu, celui de l'impatience. Peut-être encore plus intolérable. Toute la journée, surtout au crépuscule, elle attend que se produise un déverrouillage inopiné, éblouissant, celui d'un message du Ciel, celui de sa Libération et de sa Domination. Mais il n'y a que les trois déverrouillages, toujours exactement aux moments établis, des eunuques-limaces. Pour supporter l'insupportable, ce qui n'arrive pas, tout d'abord elle a recommencé, en choisissant longuement dans l'amas des trésors destinés à sa parure, à se faire toutes les Apparences possibles, avec encore plus de soin que lors de son entrée dans le pavillon-prison, en les corrigeant, en les améliorant, en leur donnant l'ultime perfection. Mais, peu à peu, ses personnages sombrent l'un après l'autre, dans l'océan de l'immuabilité des choses. Et le Grand Timonier n'est pas là... Cependant il n'est qu'à quelques centaines, peut-être quelques dizaines, de mètres : l'Insondable. Si proche et si infiniment éloigné d'elle, recluse avec toutes les Yi qu'elle a imaginées. Elles meurent toutes. Il ne reste qu'elle-même en son être condamné, une simple Yi vivante, mais effacée des choses.

Alors le temps l'a reprise.

Le temps, inconsistance plus dure que le fer et la griffe. De nouveau elle s'y perd. L'espace n'est plus, seulement le temps. De l'univers ne lui parviennent que quelques éclats de jour et de son. Sa vie, ce sont d'abord les gradations de la lumière dans sa chambre, devinées plus que perçues à cause du papier noir. Elle en connaît toutes les textures, comme si c'étaient des tranches de son être. D'abord le perlé indistinct qui poudroie la nuit, qui devient perle soulevant le couvercle des ténèbres, qui devient jour, et elle se dit que c'est l'aurore, l'annonce de la journée qui va encore la grignoter. Peu après, le premier déverrouillage... Et puis l'air se prend d'un tremblement d'intensité, qui broie, de son azur, la terre. Alors elle pense que le soleil est au zénith, le soleil qu'elle ne voit pas et qu'elle imagine comme une coupe irradiante frappant toutes choses de ses ondes de feu, frissonnantes et qui font frissonner dans la percussion du jour. Peu après le deuxième déverrouillage. Enfin, une matière rampe, grisâtre, de plus en plus noircissante, où les particules éclairantes se dégradent, disparaissent, s'éteignent. La nuit, chape de plus en plus foncée, recouvre le monde. Le jour a été tué par elle. Triomphe encore des ténèbres, que parfois une nappe de lune vient blanchir furtivement. Il doit alors y avoir des étoiles au ciel. Et Yi assiste ainsi, crispée, au crépuscule. Car, malgré elle, à ce moment-là, elle échappe un peu au temps, dans l'espoir quotidiennement déçu. Elle sait que c'est le moment où le Saint Homme, pénétrant dans la Chambre de l'Impérial Repos, daigne peut-être choisir une plaquette de jade entre les autres. Et la sienne est là... inutile, si inutile, car jamais l'Impérial Doigt ne la touche. Rien. Sauf encore le déverrouillage des eunuques servantes. C'est fini. Yi retombe, après cette poignante éclipse, dans le temps, celui du sommeil qui lui apporte des cauchemars, toujours les mêmes : des choses, des animaux, des limaces et d'autres monstres mous et visqueux, qui se mettent à l'avaler. Ce ne sont que les incarnations du temps qui l'emprisonne, qui la déglutit jusque dans ses rêves. Jamais dans son assoupissement elle ne périt brusquement, dans un gouffre ou sous une dent, mais elle est déchirée très lentement, car le temps est une non-matière, longue, infiniment longue dans sa tuerie. En fait, elle n'est jamais tuée, elle survit, à peine mutilée, avec constamment le sentiment épouvantable qu'elle est entraînée vers le néant, mais qu'il lui faudra encore beaucoup de temps, morte-vivante, pour arriver à ce néant finalement désirable.

Un matin, elle se révolte contre elle-même, contre son désespoir. Sa certitude lui revient : il se produira quelque chose. Mais déjà des mois sont passés et rien n'est arrivé. Alors elle s'adonne aux sons. Jamais à ceux produits par les humains qui ne viennent pas jusqu'à elle. L'adoration du Trône du Dragon, les longues théories des dignitaires, les cérémonies et les rites, les génuflexions et les prosternations, l'éclat de la voix impériale dans ses colères et les acquiescements, les litanies serviles des courtisans, ne lui parviennent jamais. Pas plus que les mots empoisonnés du souffle vénéneux des intrigues et des complots, pas plus que les petits rires étouffés, les bavardages des excellences se promenant dans les jardins pour se délasser. Toutes ces rumeurs se poursuivent maintenant comme de toute éternité, mais Yi ne les entend pas. Ses sons à elle, le vent en est le maître. Il lui en procure constamment, en une voûte symphonique, à peine murmurante, ou au contraire assourdissante. Si un zéphyr caresse la terre, c'est alors une antienne très douce. Tout d'abord les deux clochettes de son propre pavillon qui, avec de langoureuses pauses, tintent incessamment, un cristal qui tremblerait toujours, pour la signaler elle, Yi, vivante, pour annoncer qu'elle est là. Mais ces résonances si pures, ailes du son, sont aussi noyées dans les murmures de la forêt des clochettes qui, partout à l'entour, sont accrochées aux extrémités des toits, comme de douces ondes, de façon que la Cité Violette soit toujours nimbée dans la musique du Ciel. Et, dans l'immense gamme de ces vibrations charmantes, Yi, plus que consolée, se sent en détresse, note ignorée de cette mélodie enveloppante. A ce chœur incessant s'ajoutent parfois les thèmes graves de la nature elle-même, les froissements tendrement gémissants des feuillages, ceux des buissons en leurs amas froufroutants, ceux des grands arbres en leurs longs balancements. Et, en contrepoint, quelque craquement plus sec, celui d'une branche qui casse, celui d'une écorce qui se détache... Peut-être un clapotis de l'eau du lac, plus loin. Et dans cette sphère élégiaque qui l'englobe, la vie en chair et en sang ne s'entend que par les crissements des insectes aux stridentes mandibules, aux élytres qui se frottent, aux ailes bourdonnantes, le chant des oiseaux aussi, parfois de mauvais croassements dissonants, presque toujours des trilles flûtés longuement égrenés, qui s'ajoutent à la Voix du Monde Enchanté. Dans cet hymne qui est aussi perpétuité engloutissante, le temps indéfini est dérisoirement marqué par les percussions énormes du Grand Tambour, provoquées par un homme invisible qui le frappe d'une masse d'airain. Coups lourds, coups longs, coups douloureux perçant d'abord Yi de la pensée déchirante du temps s'écoulant toujours. Et puis, elle ne les entend même plus.

La nuit ces bruits continuent. Yi s'éveille et écoute le Palais mort. Mais rien que ces clochettes, rien que ces branchages en leurs doux mouvements, dont les bruits semblent plus forts, presque menaçants. Parfois surgissent des nuages noirs et le vent se lève. Il siffle comme une flûte. Et alors tout devient fou... Le jour arrive, triste et gris. Mais partout les clochettes piaillent en une cacophonie de sauve-qui-peut, en appels désespérés, en un hérissement de vibratos fêlés. Elles aussi sont prisonnières, elles ne peuvent que clamer leur peur, se démener toujours plus en une démence qui vrille, échevelée et balbutiante. Tragique déroute carillonnante, où l'harmonie se brise en hululements cruels. Les rafales vont se cogner aux buis qui font des bruissements tristes, comme s'ils allaient s'arracher, mais ils se bornent à pleurer de leurs verdures violentées, en de longs sanglots sortant de leurs corps végétaux, taillés en lions, en sphinx, en bêtes de branches et de feuillages. Animaux qui vacillent en crispations douloureuses, attachés par leurs pattes, et qui semblent prêts à être saccagés par le vent, mais qui résistent, même si, dans leur charivari noirâtre, quelque membre leur est arraché, quelque rameau. Plus impressionnants encore, sous les vrombissements des bourrasques, les plaintes très dignes des arbres gigantesques qui, au lieu de pleurer, beuglent noblement en leurs hauts sommets dangereusement oscillants, pour mieux résister à l'attaque. Ils combattent ainsi avec acharnement. Leurs troncs, comme de formidables arcs-boutants raides, soutiennent leurs crêtes assaillies qui écument en de verdâtres remous. Alors Yi entend les claquements très forts et très secs des branches qui se tendent et se détendent, s'entremêlent, faisant front, avec parfois l'une d'elles qui se brise et que le Seigneur Vent emporte. A combien de tempêtes ces fûts centenaires ont-ils résisté ! Parfois, dans l'orage, il semble à Yi que tout se mêle et se confond en un tohubohu de guerre, les ruées du vent, l'agonie des clochettes, les clameurs des buissons et des arbres. Des éclairs paraissent percer le papier noir du pavillon. Peut-être vont-ils la libérer, faisant des ruines de sa geôle ? Mais le pavillon, solitaire et robuste malgré sa petitesse, résiste. Alors viennent les fracas de l'ondée, tombant du ciel comme un bloc solide, et qui ont l'effet de calmer les combattants d'en bas. L'eau encrasse tout. Il fait noir. Il semble à Yi que le lac mugit, mais est-ce bien lui ? C'est un martèlement, puis un pianotement où elle démêle mal les grands bruits indiscernables. Et puis arrive l'apaisement, où elle s'imagine que, des branchages trempés, collés sur eux-mêmes, tombent des gouttes lancinantes sur la terre souillée, et le marbre purifié. Elle entend aussi des feuilles engorgées qui chutent, saturées et déjà pourrissantes, vers le sol, lui faisant un manteau de leur mort.

Comment se fait-il que le pavillon si léger ne soit pas une de ces feuilles emportées par le vent ? Là où les cataractes bondissaient, il n'y a plus que le tapotement de l'averse finie, dont les dernières eaux dégouttent en cloques d'un étage de tuiles vernissées à un autre, avant de se perdre sur le parvis en des « plouf » assourdis. Mais, telle une arche sur la nature spongieuse, le pavillon lavé, intact, sans même que le papier noir soit crevé, se dresse plus beau que jamais. Le pavillon est intangible, le temps aussi.

Yi se souvient alors d'histoires de concubines que murmurait timidement le peuple de Pékin et auxquelles elle ne croyait pas. Mais maintenant... Histoires de belles cloîtrées comme elle, et qui n'avaient jamais quitté leurs geôles. Elles s'y étaient défaites, ratatinées, jaunies, ivoirisées, momifiées, jusqu'à n'être plus que des vieilles femmes. Alors, selon la coutume, on avait rasé leur chevelure blanchie, n'en laissant qu'un paillasson au-dessus de leur chair effilochée et racornie par l'âge. On avait envoyé ces antiquités servir de souillons dans les cuisines impériales. Car même dans cet état, il ne fallait pas que leurs corps sortent de la Cité Violette. A leur mort, leurs cadavres lamentables étaient jetés dans des puits. Ces créatures si fanées, si flétries, qui auraient pu être centenaires, étaient souvent encore jeunes ; mais le temps les avait cuites et recuites dans leur solitude. Le temps, cette braise de l'imagination qui brûle et consume les attraits les plus grands... Les gens disaient aussi que, souvent, plutôt que de subir ce sort épouvantable, des concubines se pendaient dans leurs pavillons au moyen de ceintures brodées d'or et de bijoux. Généralement, avant d'en finir avec le temps, elles se paraient comme des idoles pour se tuer en toute magnificence. Certaines se tranchaient les veines, et leur sang coulait en fontaines de rubis. D'autres, particulièrement résolues, se suppliciaient de toutes les façons, exaspérées à mutiler leur corps inutile et dédaigné, avant d'expirer. Il paraît que l'une s'était crevé les yeux avant de se couper la gorge en la limant avec une lame de jade aux bordures ouvragées, à peine entaillantes. Tout cela dans le secret de la nécropole de la Cité Interdite...

Cette tentation ne vient pas à Yi même dans ses humeurs noires, elle reste encore convaincue de sa destinée magnifique. Elle est soutenue par les paroles du vieux devin. Quelque chose va se produire... Souvent, elle revoit le visage de Jung-lu, gracieusement viril, preux chevalier, noble guerrier mandchou, si triste en sa fierté lorsqu'il la regardait sans la voir lors de son entrée en palanquin dans la Cité Interdite. Mais le bonhomme qui lisait l'avenir n'avait-il pas aussi annoncé qu'ils se retrouveraient plus tard, extraordinairement ? Cette prédiction soulage Yi. Elle la sent vraie en son âme et en son corps. Les yeux de Jung-lu : miroirs prometteurs de victoire et de jouissance...

Mais le temps est toujours là. Mois après mois. Il a pris les couleurs sales de l'hiver. Et Yi se réprimande : il ne faut pas qu'elle se laisse engluer par lui. Qu'elle s'occupe donc utilement, au lieu d'écouter l'éternel cheminement de son sang à travers ses veines ! Que le temps ne soit plus cette épaisseur ! Alors Yi réclame aux eunuques servantes les grands livres de la Sagesse, comme si elle, chair perdue dans ce pavillon-gouffre, dans ce pavillon-abattoir, devait s'en emplir pour un jour mieux gouverner le Monde. Et les deux limaces, malgré la gélatine encroûtée de leurs faces répugnantes, n'ont pu cette fois, se départant malgré eux de leur impersonnalité terrible, cacher la surprise qui fait trembler leurs bajoues à cette requête si étrange de la part d'une concubine. Mais il lui ont apporté à genoux les parchemins magnifiques, où, sur des feuilles en épais papier de bambou, sont alignés, en colonnes, les caractères les plus antiques et les plus vénérables de la Chine. Yi, qu'on croirait juste une délicatesse de la beauté, un jouet fait pour le plaisir, sait lire leurs complications presque aussi bien qu'un lettré chenu de la Forêt des Mille Pinceaux.

Que leur enseignement, né des millénaires, convient à son cœur dur ! Dans le confinement où elle devrait s'éteindre avec le temps, elle s'exalte, se préparant à exercer le Bon Gouvernement sur les multitudes de choses et d'êtres qui sont l'Empire Céleste. Elle porte déjà en elle la Grandeur de cet Empire du Milieu ! Et la Sagesse qu'elle apprend seule, avec une gloutonnerie accrue par l'infamie de sa geôle, comme elle en jouit d'avance, comme elle en maniera les ressources incomparables ! Elle sortira de cette prison, non pas amollie et détruite, mais trempée par le temps. Elle sera armée des textes de la Vertu Toujours Victorieuse, où toute situation est minutieusement décrite et résolue. Elle aura la Sévérité Vigilante, l'art de surprendre, de vaincre, de châtier, elle saura tromper, déjouer les complots, avoir une ruse plus subtile que la ruse, une cruauté plus grande que la cruauté. S'il le faut, en état de faiblesse, elle pourra patienter et feindre avec des paroles douces et fausses jusqu'au moment où elle triomphera. Et elle triomphera. Le sang. Celui d'un homme ou celui d'un peuple. Oui, elle sera implacable.

Ainsi, Yi tout au fond du puits du temps, n'existant pour ainsi dire plus, s'apprête à être la Souveraine du Ciel avec, pour balancier du monde, son cœur comme une horloge aguicheuse et terrible. Oui, elle devinera les autres et on ne la devinera jamais...

Elle sera imprévisible pour inspirer plus de peur.

Pourtant le temps dure. Alors Yi réclame les annales des Royaumes Combattants. Relations d'événements effrayants, carnages, guerres et perfidies, héros à barbes rouges, traîtres blanchâtres. Yi, petit bijou dans son écrin fermé, prend pour modèles les grands hommes du passé qui, dans les situations les plus désespérées, au lieu de renoncer, délibèrent en eux-mêmes jusqu'à ce qu'ils trouvent le stratagème remarquable et tortueux qui les sauvera. L'admirable piège. Dans leur conduite, Yi prend des leçons : ne jamais se soumettre. Au pire, feindre une fausse soumission. Ne jamais croire aux promesses reçues mais en faire soi-même beaucoup, très mielleuses, pour engluer l'Adversaire. Ainsi, Yi s'abreuve des actions des grands hommes, en se jurant qu'en toutes circonstances, les plus petites et les plus importantes, elle sera digne d'eux : on ne la trompera jamais et elle trompera toujours. Elle se dit que les êtres comme les peuples sont faciles à duper pour qui, comme elle, connaît les richesses de la Sagesse. Et pour cela, au lieu d'une mâle voix tonitruante, elle aura une voix captivante enchantée d'un sourire.

Malgré sa science, Yi est cependant toujours dans le temps. Alors pour se délasser, elle requiert les grands romans d'amour venus du fond des âges. Certes, Yi sait que la passion, pour une femme, n'est que la domination féroce des concupiscences de l'homme par les sens et l'intelligence. Sa princesse Wou-chei... Mais dans les récits qu'on lui porte, tout est rare, d'une discrétion tendre et pure, presque immatérielle. Toujours une princesse d'une fragilité de roseau et son amant si beau, à qui le sort est contraire. Tous deux dévorés par une flamme qui ne s'exprime que par quelques regards timides, un geste respectueux à peine esquissé, une parole pudique... Et toujours, dans l'infini de leur infini amour, ils sont menés à la séparation, aux déchirements, à la mort. Ils vont au trépas sans révolte, dans leur gracilité charmante. Face au destin rigoureux représenté par quelque règle sévère de la Cité ou de l'Empire, ils se soumettent, sans rien s'expliquer, tout étant d'une douleur claire, limpide, absolue entre eux, un rêve de sentiment. Scène des séparations dernières, avec un soupir léger ou un faible tremblement. S'étant compris de tout leur être, ils obéissent au Destin avec une docilité touchante et convenable. A peine la trace d'une larme sur eux, aux cœurs brisés, aux corps condamnés. Et si l'un d'eux survit à l'autre, ce sera pour peu de temps, tué bientôt par la tristesse mortelle... Yi pleure, comme toute la Chine a pleuré sur ces malheurs si parfaits et si beaux. Alors qu'en réalité Yi ne pleure pas, la Chine ne pleure pas, dans l'impitoyable vie terrestre, où le moindre sanglot fait perdre la « face ». Visages sans pleurs. Ces romans sont des bijoux de chagrin, des coupes dans lesquelles on peut s'adonner intimement aux larmes, à cause de la sensation douce et sensuelle des nostalgies noires qu'on y trouve.

Ainsi Yi jouit de ses pleurs. Mais souvent aussi, elle se pâme sur les poèmes qui disent la vanité de la vie, la fin des choses, l'automne de tout. Symboles. Lac clapotant sous la brise froide, barque errante dans les eaux tournées en houle grise, grands oiseaux blancs dans le ciel sombre, qui s'enfuient. Arbre tordu perdant sa dernière feuille et d'une nudité de moignon rabougri. Vieux pèlerin enrobé de bure rouge, tout voûté, qui, appuyé sur un bâton noueux, chemine dans la neige vers le néant. Yi est sensible à ces images fuyantes qui laissent une trace profonde de mélancolie. Mais s'en imprègne-t-elle parce qu'elles correspondent à sa pénible et lamentable situation, parce qu'elle est un roseau qui se rouille dans une vie qui est la mort ?... Ces poésies, elle les lit allongée sur sa couche, se les récitant ensuite, les dégustant voluptueusement, comme une consolation. Elle, qui aimera tant les sensations violentes et excessives, elle est sensible, en sa sauvagerie civilisée, à l'Art Chinois. Cet Art qui peut représenter le Monstrueux, l'Obscène, le Grotesque, contient en même temps la veine ténue de ce qu'il y a de plus dépouillé et de plus nostalgique. C'est à elle que Yi s'abandonne. Elle se laisse emporter dans ses jouissances alanguies comme dans une brume étrangement réconfortante.

Elle compose des poèmes pour son plaisir triste, sur les thèmes éternels, toujours les mêmes, aux motifs classifiés, sur le dépérissement du monde. Son bonheur c'est de mettre, dans la fugitive vision consacrée, un caractère particulièrement approprié qui l'enjolive d'une nuance. Parfois, aussi, au lieu de tracer des idéogrammes, elle se sert de son pinceau pour quelque dessin, comme jadis dans le yamen familial. Généralement, c'est la même ligne, une ligne continue qui, sous l'habileté de ses doigts, devient arbre dénudé, barque dérivante, oiseaux migrateurs, pèlerin épuisé. Une fois, sans s'en apercevoir d'abord, elle s'est représentée elle-même, figurine terrassée par le temps. Dans une fureur empanachée, elle a déchiré le papier en mille morceaux, l'a piétiné. Non, elle n'est pas vaincue. Elle n'est que vie, explosion de vie dans sa prison, une vie qui s'apaise dans la nostalgie poétique.

Et pourtant, dehors, les vents, les poussières amenées par eux, la grisaille en flocons de neige. Le jour est une obscurité plus poisseuse, plus contraignante, plus étouffante que les vraies ténèbres nocturnes. C'est le plein hiver. Certes, Yi est chauffée par deux poêles en faïence entretenus par les limaces. Elle se sent protégée dans une coquille douillette. Mais à quoi bon ? Chaque jour, elle a plus fort ce sentiment : son pavillon a été emporté par le temps vers l'Informe où toute réalité s'en est allée. Y a-t-il encore un ciel au-dessus de ces pénombres où les bruits ne se différencient même plus, où les arbres nus dans la glace n'osent plus craquer ? Vents du Gobi, vents du septentrion, brumes qui sont faites de vents, déposant leurs grains de sable et leurs flocons enneigés. Envahissement. Perdition. Enterrement. Et toujours cet énorme souffle de forge de la nature-linceul, où les clochettes sont étouffées, où seul le sinistre tambour des heures inutiles se fait entendre.

Enfin, un jour, Yi s'effondre. Plus de suave mélancolie, mais les vapeurs de la tristesse noire, toute la fanfare lugubre du grand chagrin au cœur. L'âpre désespoir avec toute la fureur que Yi met dans chaque sentiment. Une rage de désespérance. A quoi sert-elle, Yi, la magnifique Yi ? De quel mystère est-elle la proie ? Tondue. Souillon aux cuisines. Affreuse. Dans combien d'années ? Très peu, si elle ne s'arrache à ces humeurs âcres, à ce fiel mortel.

Elle ne le peut pas. A peine a-t-elle la force de s'habiller, elle ne mange rien. Elle est gisante, agonie sur sa couche, sans rien voir, devant les yeux indifférents des eunuques-limaces remplissant leurs services. Peut-être le lendemain la retrouveront-ils pendue ? Que leur importe ! En Yi les eaux sombres de l'angoisse se battent à gros bouillons, puis se calment en un lac de mort. Oh ! si elle pouvait se jeter dans cette onde, se perdre dans ses profondeurs, dans un abîme liquide, et être ensuite retrouvée sur une rive charmante, morte mais comme vivante, ses longs cheveux en tresses marines, en algues de beauté autour d'elle, son corps miroitant et tendre. En fait, elle le sait bien, elle serait outre enflée, blanchâtre, corrompue par la vase et les souillures fangeuses. Sa chair puante s'en allant en morceaux incolores, délavés, dévorés par les poissons et les bêtes. De ce royaume aqueux, quelle faune aurait surgi pour se repaître d'elle, de ses yeux. Sa fente serait une caverne d'où s'écoulerait la boue...

Le cœur de Yi est tenaillé par la torture, mais

sans qu'elle crie ou pleure. Pas même un soupir. Elle est pétrifiée, à bout d'espérer. Ses dernières énergies se sont dissipées dans l'apprentissage de la Sagesse, l'exemple des héros, les pleurs des romans d'amour, la mélancolie de la poésie, la nostalgie du dessin. Elle est devant la grande tentation : se tuer. Mais se détruire, ne serait-ce pas se renier, ne serait-ce pas perdre la face ? Certes, des gens se trucident devant la porte de leurs oppresseurs pour les maudire, les livrer aux esprits funestes. Hélas ! si elle s'enlevait la vie, où serait la malédiction, sur qui ses âmes mauvaises s'abattraient-elles ? Sur personne. Sur rien. Sa mort ne serait pas même une vengeance.

C'est ce qui la tourmente le plus. Elle veut bien se faire périr, mais d'un trépas portant malédiction. Hélas ! elle sait qu'en s'anéantissant elle-même, elle nuirait moins que le plus minuscule grain de sable qui, lui au moins, si peu que ce soit, strie, raie, encrasse, abîme. Elle ne deviendrait même pas poussière, innocente poussière funéraire, mais ordure pourrie pour l'éternité. Car, en passant du puits du temps au puits charnier de la Cour, ses restes excrémentiels se mêleraient, au fond du trou, au magma putride et liquéfié venu des corps d'antan et perpétué par les corps nouveaux qui tomberaient sur le sien. Elle serait juste une goutte du jus infect formé par les dépouilles moisies de tous les disparus de naguère et de demain, tous les disgraciés, les fâcheux, les imprudents, les vaincus, importants ou pas, comme elle. Ce bouillon où nagent les os, c'est tout ce qui reste des secrets innombrables, parfois dramatiques et terribles de la Cour. Elle sera là en bonne compagnie. Elle, charogne mineure, sans secrets, au milieu des grandes charognes. Rien ne changera dans l'ordre du Ciel et de la Terre, rien ne se marquera au sein de la Cité Violette. Deux eunuques pour la lancer dans ces miasmes horrifiants, cadavre ensanglanté, peut-être encore délicieux. Une chute, le clapotement de son arrivée au milieu des débris humains, sa décomposition en boue charnelle. Et tout sera dit. Tout sera comme si elle, Yi, n'avait jamais été, comme s'il n'y avait jamais eu de Yi, comme si aucune Yi n'était née, n'avait grandi, n'était devenue Beauté, Concubine. Peut-être que plus tard, une très faible rumeur franchira les enceintes ocre puis les enceintes rouges qui scellent la Cité Interdite, un écho lointain de sa mort qui laissera indifférente la masse des hommes menant leur existence ordinaire. Ils ne l'entendront même pas, dans l'engrenage de leurs épreuves et de leurs travaux. Seule l'écoutera sa mère, qui en ressentira un chagrin poignant, qui aura une ride de plus sur son respectable front, celle de Yi. Mais les vieilles dames sont accoutumées au malheur, et, finalement, elle rangera la perte de sa fille dans le compartiment des infortunes déjà subies. Sans doute, le vague bruit de sa fin blessera au cœur l'homme qu'elle ne voudrait pas blesser, ce Jung-lu, son fiancé qu'elle a abandonné pour le Destin Impérial. Mais aussi intense que sera sa peine de guerrier, son noble visage n'en montrera rien. Peut-être fera-t-il dire des prières par les bonzes. Et s'il s'était guéri d'elle, cicatrisé d'elle, consolé d'elle ? A cette idée une jalousie dentelée, déchirante, enfiévrée prend possession de Yi. Qu'au moins Jung-lu souffre ! Tant qu'il souffrira, elle n'aura pas complètement disparu de ce monde...

Déverrouillage. Verrouillage du soir. Les eunuques servantes font leurs petits travaux ménagers et s'en vont. Yi seule face à sa résolution. Nuit d'un monde calme, avec la neige comme berceuse. Yi est en transes, livrée aux tourments particulièrement affreux pour elle de l'incertitude, chavirée dans ses contradictions.

Bête prise au piège de la mort, car toujours le désir de la vengeance funèbre la tenaille. Et comme elle ne se sent plus la force d'espérer, de survivre...

Ainsi Yi se débat, l'imagination enflammée. Longtemps elle reste éveillée, féroce. Ah ! si elle pouvait se tuer superbement, en frappant l'univers d'un anathème mortel. Mais elle n'est que Yi, rien.

Enfin, épuisée, toutes les hydres combattant dans sa tête s'étant trucidées sans que jaillisse aucun sang empoisonné, le picotement du sommeil engourdit ses paupières. Mais elle ne veut pas s'assoupir. Car elle a peur du cauchemar qui lui vient depuis quelque temps. Toujours exactement semblable. Bien pire que celui qu'elle avait dans les débuts de sa captivité, où les limaces du temps la mangeaient. Ce cauchemar est la dérision d'elle-même, c'est la moquerie de sa gloire tant espérée et enfin atteinte. Elle est victorieusement sortie du temps. Elle est toute-puissante, la Reine du Ciel, dans l'adulation des dignitaires et des peuples. Belle, rayonnante, jeune... Et elle ne cesse d'accoucher. A chaque heure sort de son ventre le garçon qui sera le Saint Homme. En fait, ce qu'elle expulse de ses entrailles, ce n'est chaque fois qu'un fœtus arrivé à terme, mais répugnant, un déchet fœtal, un minuscule monceau de chairs et de cartilages dégoûtants, un paquet rabougri, rougeâtre, tordu, informe, sans tête, sans membres, une mêlée viandesque. Cependant ce nœud difforme, ce chancre hérissé de poils et de pattes, cette ordure monstrueuse, ce tronçon qui n'est pas un corps, a des yeux déjà ouverts, des yeux de reproche. Cela vit et même cela ricane, d'un ricanement de plus en plus insolent. Enfin la « chose » meurt et il en vient une autre, semblable, aussi laide et aussi effrontée. Soudain, à côté de Yi, Céleste Parturiente de ces horreurs, son ventre ne cessant de s'en emplir et de se vomir, apparaît un Bouddha vivant, dont la présence est tout à fait incongrue dans la Cité Violette où le Dragon relie la Terre au Ciel en un flux permanent, sans avoir besoin d'aucune espèce de Dieu. Pourtant, il est là, en ce lieu sacré, le Bouddha qu'on laisse aux foules ordinaires.

Sacrilège. Ce n'est même pas le Parfait, mais le Bouddha obèse qui se répand en plis de graisse rigolarde autour d'un nombril énorme, obsédante fleur de lard, toujours en pâmoison, d'une gaieté exubérante. Grosse panse des joies terrestres, panse qui parle. Ce n'est pas de la bouche, toute bedonnante aussi, mais de ce nombril étalé, que viennent les mots irréparables, respirations des plaisirs vulgaires, de la jovialité mauvaise des bons vivants : « Pauvre catin qui se prend pour la Reine du Ciel ! Salope, crève et arrête de mettre au monde ces infections. » Là-dessus retentit comme un glas hilare le rire énorme de la panse qui tressaute d'aise.

Ce cauchemar, Yi le hait plus que tous les autres. Quand elle en a été possédée, elle se réveille éperdue, dans une épouvante pire que les supplices. Ces images l'accablent. Elles signifient que, en admettant qu'un événement survienne, l'arrachant du suicide, elle, Yi libérée, au lieu d'atteindre ses buts magnifiques, au lieu d'arriver au Commandement du Monde, éclaterait comme une baudruche, dans la liesse générale. Elle se croit donc condamnée de toute façon. Elle n'a plus de passé. Elle n'aura pas d'avenir quoi qu'il en soit. La mort joue avec elle, avec ses ultimes sursauts, ses vaines révoltes, ses derniers sentiments, la mort la guette de son regard titillant et gourmand.

Yi est toujours éveillée, dans le linceul d'elle-même, dans son pavillon pris par le linceul blanc — couleur de deuil — de la nature étouffée par la neige. Bientôt, elle est décidée, il lui faudra passer à l'acte. D'abord choisir sa mort. Son sourire le plus gracieux sur son visage, elle enfoncera une pointe jusqu'à son cœur. Elle sera le délicieux bourreau d'elle-même. Elle se fera belle, auparavant. Que son trépas soit une fête. Soudain, une idée lui pénètre dans le crâne. Puisqu'elle est résolue, pourquoi ne pas se tuer maintenant ? Être ainsi débarrassée de tout, d'elle et de ses tourments, immédiatement. Sa délivrance. Alors, avec une sorte de joie, Yi se lève, et se meut dans la pièce, suavement affairée, ombre chaude, charnelle, grave, rieuse même, dans la clarté des lampes. Il convient à son orgueil de s'occire avec la même aisance que si elle arrangeait des fleurs. Tout d'abord, dans l'assortiment de ses épingles à cheveux, javelots de la volupté, tiges d'or ou flèches de pierres précieuses, lames aux couleurs splendides convenant aux raffinements de la parure, elle choisit un trident de jade. Cette fourche est d'un vert qui est bleu, d'un bleu qui est vert, mais d'une seule tonalité pourtant, intense et indéchiffrable. Jade immaculé, dont la pureté cache tant de passions... Jade imprévisible. Elle se vêt et se farde en sphinge, avec des yeux de lac profond, étirés, avec une bouche qui scellera son secret dans la ligne pourpre de ses lèvres fermées. Elle n'aura pas un regard de terreur, pas un gémissement de souffrance en piquant, non plus dans sa chevelure mais dans son cœur, ce trident. Son agonie sera invisible. A un certain moment, son souffle faible passera simplement du silence vivant au silence mort. Elle se vêtira de soies rouges, de façon à paraître sans plaie répugnante, sans la matérialité vulgaire du suicide. Le sang sortant de sa blessure, au lieu de dégouliner stupidement, sans élégance, s'étanchera dans l'écarlate de ses tissus, contribuant à l'habiller encore plus. Quand elle sera prête, elle s'étendra sur son lit, comme pour s'enrober de sommeil. Et là, sans que rien ne se voie, elle se fera périr. Souriante, partie dans un doux songe, jusqu'à ce que le trident soit la couronne de son cœur. Et elle mourra, contente d'une mort précieuse, désormais sans pensées, sans regrets, le désir même de la vengeance envolé, toute à sa volonté de paraître le lendemain matin aux eunuques servantes, vivante, captive d'une tendre somnolence, alors que depuis longtemps elle sera cadavre. Cadavre délicieux... Yi, en préparant sa mort, est déjà au-delà des choses. Que lui importe si le bel arrangement funèbre qu'elle se sera donné n'aura pour témoins que les deux gros châtrés. Peut-être un eunuque d'un rang supérieur viendra-t-il constater son trépas, et l'inscrira dans un registre... Peu lui chaut. Maintenant, il lui est indifférent que ses restes se dissolvent dans le purin du puits. C'est à elle, à elle seule, Yi, puisque le monde l'ignore, qu'elle veut rendre hommage par une fin réussie.

Mais la vie est tenace. Quand Yi a terminé sa toilette funéraire, qu'elle s'est couchée pour la splendeur de la mort, tenant dans sa main le trident, elle a un sursaut. Au moment où, tendue vers l'acte sanguinaire, ayant esquissé le sourire qui restera sur son masque mortuaire, se croyant désormais incapable de la moindre pensée terrestre, justement, une Pensée Enorme éclate en elle, l'embrase, l'illumine comme un éclair révélant les nuées noires d'où il vient. Toute sa face se fige en une dureté pétrifiée, avec les ailes du nez légèrement palpitantes et un pli très net, celui de l'intense méditation, barre son front. Ses yeux brillent, ses lèvres s'entrouvrent, sa respiration siffle un peu. Le trident tombe de ses doigts qui se délient de lui. La vérité la tient. Tout un échafaudage se fait dans son cerveau exalté par la découverte. Désormais, elle comprend... le piège de la mort où elle allait se précipiter lui est apparu. Elle est sûre maintenant que le cauchemar horrifiant des infects fœtus issus d'elle, et du gros Bouddha à la bonhomie effroyable, a été imprimé en elle par les mauvais génies, les âmes errantes qui, par méchanceté pure, parce que leur nature est la malfaisance destructrice, la jalousie de toute grandeur, voulaient la précipiter dans le néant. Et s'ils étaient si pressés c'est qu'ils savaient qu'elle pouvait en sortir victorieuse. Comme ils se sont acharnés sur elle pour que sa volonté fléchisse, qu'elle abandonne ! Ils savaient que si elle résistait à la fascination suicidaire, elle serait bientôt la Mère Glorieuse, elle serait souveraine de la Terre. Alors, avec une obstination abjecte et frénétique, ils l'ont trompée par ces images ignobles, en tout contraires à ce qui sera, à son Accouchement Magnifique et à son Sceptre Céleste.

Ainsi les émanations pernicieuses qui parcourent le monde pour le souiller de forfaits ont-elles pu pénétrer, par-dessus les murailles sacramentelles, jusqu'aux autels très sacrés de la Cité Violette ! Si elles ont réussi à profaner ce Lieu Divin, c'est que le Mandat du Ciel pèse trop lourdement sur les épaules du Saint Homme, Hieng-fong. Dans sa faiblesse, il n'a pu les repousser. Yi se souvient que, quand elle était encore chez sa mère, de vieux messieurs — des guerriers mongols tannés par tous les soleils et toutes les batailles — qui étaient venus en visite, se plaignaient avec une discrétion amère de la mollesse de l'Empereur. Ils déploraient que sous son règne le Céleste Empire fût tombé en une si sombre décadence. A son approche, ils se taisaient... Dorénavant, Yi est certaine que ces miasmes savaient que si elle ne se tuait pas très vite, elle ferait de Hieng-fong un Empereur Redoutable, elle-même étant l'Empereur véritable qui tiendrait toutes choses en ses mains. Et de nouveau l'Empire du Milieu resplendira, chassant les génies et les esprits néfastes jusqu'au fond de leurs repaires. Si ces vapeurs sulfureuses ont rempli ses nuits d'horreurs intolérables, constamment, avec une fureur de bêtes mauvaises, c'est qu'elles étaient aiguillonnées par la hâte, par la haine, par la peur. Yi vient de s'apercevoir de leur infâme ruse. Leur précipitation exaspérée annonce qu'une chose extraordinaire est sur le point de se produire. Sa mort était une noire fourberie avec comme enjeu l'Empire Céleste. Mais elle vit, Yi, elle vivra, elle vaincra. La chose excellente va surgir d'un instant à l'autre.

Yi tend l'oreille. La nuit n'est qu'immensité de repos. Des flocons tombent en matelassant la terre de fleurs de neige. Aucune rumeur. Aucun vent. Tout est immobile, même les clochettes. Juste la sensation d'une oppressante majesté. Grande sérénité où les graines nivéennes semblent flotter, planer, plutôt que tomber. Puis le suspens rempli du blanc de l'air s'arrête. L'atmosphère est vide de son doux étouffement. Yi imagine, elle voit, malgré le papier noir, la surface de Tout Ce Qui Est reluire en une mollesse épaisse et immaculée où des milliards de cristaux ténus, fragiles et enchevêtrés en une couche égale, sont la toison pure de la terre. Est-ce une impression ? Il lui semble que la lune, soudain dégagée des grisailles célestes, blanchit encore, d'une lumière tâtonnante, la blancheur du monde. Juste après, lui parvient un bruit, celui, moelleusement douloureux, de l'écrasement de la neige. C'est un son très particulier, mollement crispant, un enfoncement dans une matière qui cède, sans autre résistance qu'une résignation de tissu déchiré. Très nettement, par cette lacération tamisée, elle entend, pour la première fois depuis qu'elle est captive dans le pavillon, le frottement de pas autres que ceux des deux limaces. Pas à la fois amortis et amplifiés par le manteau vierge du sol qu'ils défoncent. Un homme approche... C'est sans doute la lueur vacillante de la torche qu'il tient à la main qu'elle a prise pour la clarté lunaire. En cet instant, le cœur de Yi est un vertige d'espoir et de désespoir. Ces pas qui froissent la nuit vont-ils continuer de se diriger vers elle, devenir l'Événement tant attendu, ou cesser et disparaître comme une illusion ? Ils sont plus forts, ils s'approchent, ils sont là, broyant ce qui les sépare d'elle. La Chose se produit... Brusquement, en dehors des heures appropriées, un fracassement de fer remue les ténèbres, au sein de la tranquillité du monde endormi. Telle est la plainte de la ferraille qu'elle va réveiller cet univers assoupi... Rien ne bouge que le cadenas, que les yeux de Yi braqués sur le déverrouillage d'où va paraître, sous la forme d'un être, d'un visage, sa Destinée.

Il s'agit d'un être seul, sans cortège, qui possède la clef énorme de l'énorme engin, et qui sait même comment l'introduire et la faire jouer. Est-ce l'annonce qu'une clef de chair va la pénétrer et se repaître d'elle ? Serait-ce l'Empereur emporté soudain par un divin caprice ? Non, mais ce peut être son très éminent émissaire qui vient la chercher, en dehors des règles de l'étiquette, pour la conduire, comme une surprise, vers la Chambre du Repos Impérial.

Yi est debout, face à l'entrée, glaçant son sang palpitant pour avoir la pleine maîtrise d'elle-même. Pas offerte stupidement, mais armée de sa beauté, offensivement et défensivement prête à tout... La porte s'ouvre enfin, le souffle de l'univers embrase le pavillon clos, et, face à elle, l'homme est là. Très beau. Un visage d'une perfection étrange et troublante, un visage œuvré comme une ferronnerie de chair, avec un charme énigmatique. Cependant son corps, qu'ajuste une robe somptueuse, broderies de gracieuses bêtes tastes, avec la corne de la licorne au bas du ventre, est d'une envolée élevée, d'une vigueur nerveuse apparemment virile.

En dépit de toute sagesse, une rage de sang rouge carmine la face, pourtant très maquillée, de Yi. Car l'être tant souhaité n'est que cet eunuque, ce Héros Coupé, qu'elle hait. Yi tremble de détestation.

Héros Coupé salue Yi selon les règles de la meilleure politesse, par des courbettes et des compliments. Il a un air bizarre, insolent et déférent à la fois. Les mots très respectueux qu'il prononce sont les premiers que Yi entend depuis des mois ! La fin du supplice du silence, la première apparition humaine après le néant. Mais Yi, dans son âpre déception, oublie jusqu'à l'affreuse situation où elle était, au-delà de toute espérance, dans les griffes mêmes de la mort... Elle ne veut être qu'insultes. Et, d'abord, dans les termes les plus discourtois, comme si elle ne le reconnaissait pas, elle lui lance à la face :

« Qui êtes-vous ? Quel individu sacrilège êtes-vous, digne de tous les châtiments, qui osez ainsi pénétrer chez « l'honorable personne » que je suis, la concubine Yi réservée au Saint Homme ? »

Mais Héros Coupé, loin de s'émouvoir, plante sur elle ses yeux indéfinissables, velours pailleté de pointes de feu, yeux de gazelle et yeux de lion, doux et durs. D'un regard figé, perçant et tendu, avec des pupilles énigmatiques, il la dévisage sans que cils ni paupières battent, comme s'il n'était que regard. Comme s'il s'emparait d'elle... Un regard impudent, extrêmement indécent, contraire à tout usage. Le regard même du désir qui s'assouvit. Yi supporte le choc, elle le fixe comme il la fixe, contrevenant ainsi à l'étiquette qui voudrait qu'elle baissât les paupières. Affrontement terrible. En elle-même Yi est troublée. Elle se rappelle enfin sa situation et la puissance de cet homme-pas-homme qui tient sa vie entre ses mains. Il lui semble reconnaître la convoitise, la concupiscence luxurieuse du mâle dans les yeux de Héros Coupé. Mais un eunuque peut-il avoir de ces transes-là ? Est-ce possible ? Yi sent que dans cette exaspération indéterminée mais passionnelle, il lui faut être prudente. Peut-être que sa chance est dans cet équivoque violent... Elle n'est plus furieuse mais fait toujours semblant de l'être.

Quand Héros Coupé s'est gorgé de son image, quand il l'a scrutée jusqu'à s'en emplir, comme si plus rien d'elle ne lui avait échappé, comme s'il l'avait dénudée jusqu'en ses plus intimes secrets, c'est lui qui rompt la bataille des regards, avec un sourire un peu triste. Enfin, d'une voix suave, un peu mélancolique, il dit :

« Qui suis-je ? Mais depuis longtemps l'heure du Coq s'est terminée et la Cité Violette s'est enfermée dans les sacrements de la nuit. Comme homme, seul le Dragon dans sa Chambre de Souverain Repos... Je suis donc seulement ce que je peux être : un eunuque. Je suis l'Eunuque Grand Surveillant Ngan Te-hai. »

Puis d'un ton sévère et métallique, la figure presque fermée, les dents presque serrées, il ordonne durement, en se ressaisissant :

« J'ai à m'acquitter sur vous des fonctions de ma tâche. Je dois m'assurer de votre virginité et de la bonne conformation de votre corps. Déshabillez-vous complètement. Je ferai un rapport à la suite de cet examen. »

Mots d'une brutalité inouïe en cette Chine Céleste où la nudité est suprêmement inconvenante, à moins qu'elle ne soit le terme de longs apprêts artistiquement amoureux. Mais là... Sans doute est-ce un rite de la Cour Impériale, tellement sublime qu'il fait fi des pudeurs humaines. Car c'est à l'Aiguillon même du Dragon, au Timon du Ciel, qu'il faut livrer de la chair féminine, et ce serait sacrilège qu'elle ne soit pas admirable. Le moindre défaut que le Souverain trouverait, en la concubine ayant eu l'honneur très insigne de lui être apportée, signifierait sans doute la mort de l'eunuque l'ayant imparfaitement examinée, et d'elle aussi : en n'étant pas digne du Fils du Ciel, elle offenserait le Ciel. Mort...

C'est justement la mission du Grand Surveillant

Ngan Te-hai de procéder à l'investigation scrupuleuse et approfondie pour que la moindre tare, la plus légère difformité, ne lui échappe. Celle en qui il découvre la plus minime défectuosité disparaît mystérieusement. Le puits sans doute... Seules les très pures et les très parfaites sont conservées pour l'éventuel désir de l'Empereur, qui ne doit connaître que pureté et perfection.

Héros Coupé ne ment donc pas à Yi en lui assurant que c'est son devoir de la scruter entièrement. Il a même beaucoup tardé. Yi se sait un chef-d'œuvre achevé de chair, n'ayant apparemment rien à craindre. Cependant, elle en est sûre aussi, il suffirait d'une méchanceté du Grand Surveillant, qu'il signale perfidement quelque malformation qui n'existe pas, pour que toutes ses espérances s'écroulent, qu'elle soit honteusement répudiée, qu'elle rejoigne ce puits dont elle a tant rêvé avec horreur. A cet instant Ngan Te-hai dispose complètement de sa vie, de son existence, il peut accumuler sur elle la disgrâce ignoble et même un infâme trépas. Elle devrait donc être toute docilité, toute humilité, toute vénération. Mais...

Mais Yi a cette certitude : elle n'a pas besoin de s'abaisser devant Héros Coupé, de s'humilier abjectement — ce qu'elle ferait si c'était nécessaire. Elle a le pressentiment d'un trouble profond chez le Grand Surveillant, d'un délire mystérieux dû à elle. Elle le « tient », elle l'a ferré. En tout cas, en lui prescrivant si abruptement de se dévêtir, il n'exerce pas seulement sa fonction. C'est comme s'il agissait pour son propre plaisir, pour sa satisfaction forcenée et étrange. Oui, Yi peut se permettre l'insolence :

« J'obéirai, puisque c'est la Très Sainte Règle. Et puis avec vous, je ne risque rien. En effet, comme seul membre, vous avez au bon endroit la corne d'une licorne brodée... »

Yi part d'un rire perlé, ses blanches petites dents mordantes comme des grelots de dérision.

Cependant Ngan Te-hai conserve ses traits graves et rigoureux, sans aucune altération, malgré la raillerie. Sourd... D'une voix un peu trop rauque, comme s'il cachait un halètement, il ordonne :

« Obéissez. Déshabillez-vous. »

Et Yi s'est dévêtue, pour la première fois, devant un homme. Elle qui avait pensé que la première vision de son corps serait un éblouissement pour Jung-lu le guerrier bien-aimé, dans des temps encore proches et pourtant si anciens. Elle qui, depuis, avait cru, avec quelle exaltation exaspérée, que l'apparition de sa chair dépouillée serait pour le Fils du Ciel, qu'elle l'émerveillerait de sa nudité de Déesse, de Reine, d'Impératrice. Toute sa beauté, qu'elle imaginait se levant sur le monde comme le soleil triomphant, elle va la dévoiler à un eunuque sans doute amoureux. Désormais, elle est convaincue que sa fortune se fera, comme le lui avait prédit le vieux devin, par des voies tortueuses. Mais elle est prête aux moyens les plus fangeux et les plus empoisonnés pour arriver à la gloire. Il doit même y avoir un plaisir à se salir quand on sait que c'est pour mieux vaincre et conquérir. Jeu subtil, jeu cruel, jeu terrible, jeu dans son goût, à Yi. Certes, elle ne connaît pas les dédales impurs de son destin, mais elle en est convaincue, il lui faudra parcourir un long chemin avec son corps prostitué. La première de ces dégradations qui seront pour elle les marches menant aux cimes sublimes, c'est d'enflammer encore davantage l'eunuque, car c'est par lui, par cette malfaçon humaine, par ce châtré vil, que tout arrivera d'abord...

Yi est toujours dans la splendeur de son habillement destiné au trident qui devait labourer son cœur. Maintenant, lentement, elle se défait de cet arrangement funèbre et somptueux — pour la vie, pour les saletés de la vie qui mènent à la grandeur. Toujours sur elle le regard absolu de Héros Coupé, qui se veut bloc d'indifférence. Yi décide de ne pas s'apercevoir de sa fièvre, qu'il cache d'ailleurs très mal, des commissures de ses lèvres qui papillotent et des bouts de ses doigts qui tremblotent. Délibérément, elle agit comme si le Grand Surveillant n'était pas là, n'existait pas, qu'il était sans présence, sans yeux. Elle se défait donc de ses atours comme si elle était seule, en toute innocence, telle une dame qui se préparerait pour une nuit solitaire. Pas une parole d'elle, pas une parole de lui pendant qu'elle se dévêt. Elle prend son temps, s'adonnant normalement aux longs soins de la toilette nocturne, défaisant ses armes de séduction aussi soigneusement qu'elle les avait apprêtées le matin. Yi, d'abord, se place devant le miroir d'étain, avec une langueur un peu voluptueuse, un peu triste, elle retire une à une les innombrables épingles qui font de sa chevelure un monument. Elle ôte d'abord celles qui sont courtes, ornements flamboyants sur le vase de sa coiffure, fleurs qui sont bijoux et aussi quelques simples fleurs vivantes, odoriférantes, surtout des jasmins et des tubéreuses. Ensuite elle enlève les épingles longues, les poutres de cette architecture qui s'abattent en coulées sombres et qui s'enlacent. Cela fait, elle extrait d'elle tous ses joyaux, la plupart sont des éclats éblouissants, d'autres sont lourds, enserrant son cou, ses membres, ses poignets, les endroits où le corps est particulièrement doux et fragile, carcans d'or rouge ou pierres reliées entre elles telles des chaînes. Puis, toujours avec la même grâce lente, Yi se démaquille, dépouillant les traits de sa face des étendards faits pour qu'elle soit le masque de la lutte amoureuse, étendards du désir... En fait, Yi n'en a pas besoin, tellement sa figure, même dépourvue de la torture des couleurs, est en elle-même harmonie...

Toujours pas un mot de part et d'autre. Lèvres scellées de Héros Coupé et lèvres entrouvertes de Yi. D'ailleurs, s'éloignant du miroir comme si l'essentiel de sa tâche était accompli, Yi se met, plus rapidement, à se dégager de ses vêtures. Elle fait glisser par-dessus sa tête sa tunique de soie, lisse, brillante, froide, où sont peints, comme des âmes joyeuses, de poétiques bosquets de bambou, avec, au fond de cette verdure, des sceaux, des ronds mats contenant les idéogrammes du bonheur. La texture du tissu flamboie, c'est la tunique très rouge qui devait boire le sang de sa mort. Ensuite, ayant dénoué un cordonnet, d'un simple ondoiement elle fait tomber à ses pieds la jupe plissée, écarlate aussi, dont les plis étaient les remparts qui devaient défendre sa dépouille. Mais elle ne sera pas cadavre, elle sort de ce linceul en le foulant.

Il ne reste à Yi, sur elle, que des lingeries légères, mousse de soie translucide, une chemisette tenue par une épaulette et une large culotte bouffante. Ces transparences sont de simples vapeurs accrochées à elle, comme parfois des nuages doux sont suspendus aux cavités et aux replis de quelque montagne magique. Même pas des voiles... Yi alors, avec son corps deviné, s'arrête un moment, s'étire, bâille et sourit, contente d'elle-même.

A cet instant, Ngan Te-hai, le faciès de pierre, les yeux réduits à des œillets vairs, commande en une rage froide, desserrant à peine les dents d'un sifflement mauvais :

« Achevez. Dépêchez-vous. Assez de manières... »

Convoitise ou haine ? Les deux sans doute. Yi ne sait plus. Hâtivement elle arrache les dernières mousselines. Elle est inquiète. Nue, toute nue, debout, parfaitement indécente, parfaitement poétique, mignonnement sans gêne, en une pose naturelle, toujours comme si elle était seule, la tête un peu en biais, une main frôlant une hanche, l'autre légèrement en avant, ses longues jambes s'entrouvrant un peu. Elle se met à bouger, s'apprête à faire un pas. Mais Héros Coupé la cloue sur place en un aboiement :

« Restez immobile. Comme cela. Bien face à moi. »

Yi obéit. Plus de gaieté. Elle qui croyait, par l'apparition de sa chair, subjuguer Héros Coupé en quelque paroxysme triomphant. Elle reste donc figée. Elle a des yeux d'intensité grave, elle pense que sa beauté, plus encore que le désir, peut susciter la férocité d'un eunuque mutilé. Et, en effet, quelle merveille que Yi dépouillée ! Son corps est, suivant l'arche de son cou, le prolongement de son visage, la même pureté luxurieuse. Yi est taillée précieusement dans quelque pierre dure. Ses bras et ses jambes sont les veines de cette pierre... Cette peau aux grains lisses, cette nuque fine, ces formes délicatement tendues et, au bout de cette coulée de chair ambrée, le début si ténu de sa fente rose. La vraie beauté céleste. Pas de courbes en anses évasées, pas de chairs lourdement amassées, rien que des contours délicieux et des reliefs esquissés. Toute la féminité sans agressivité ni vulgarité, comme un ivoire poli, où les galbes et les aspérités sont intégrés dans une ligne, celle très simple et très savante du caractère « Volupté ». Volupté suave où les gréements de la luxure sont les ombres portées de la chair gracile et souple, tendre et ferme. La poitrine, à peine des boutons qui fleurissent en reflets mauves. Le nombril, le poinçon de la grâce. Tout cet élancé du corps uni, pudique dans sa gaine de peau, impudique dans sa pudeur, s'achève en un effet de lasciveté suprême, par l'ouverture où la chair enfin apparaît, par la rainure pourprée d'une discrétion qui souligne cette chair, qui la met à cru, à vif, blessure qui est la fontaine des plaisirs et des accouchements. S'enfoncer dans cette Vallée des Roses, ce doit être blesser. Jouissance de la torture.

Yi attend. Le visage de Héros Coupé, figé en une statuesque granitique, hiératique, comme il en est le long des parvis impériaux où les sages pétrifiés ont des faces solennelles d'éternité, s'approche. Le regard est-il toujours là ? Yi ne sait plus. Les traits du Grand Surveillant sont impénétrables, d'une tranquillité redoutable : plus rien ne s'agite en lui. Désormais il est l'officiant. Ses doigts sont sur elle, à la fouiller, à la fouailler, avec une dextérité brutale. Ils l'investissent comme si elle n'était pas une « personne honorable ». A la façon d'un maquignon avec une bête, une esclave, avec de la vulgaire viande vivante. Ils la violent à tous les endroits sensibles, là où l'on peut juger de la qualité d'un animal. Les doigts sont durs et précis. Et Ngan Te-hai grogne, en un flûté amplifié, quand Yi se dérobe.

« Soumettez-vous, ou je serai obligé de conclure que vous voulez cacher vos défauts. »

Le grondement de ce muet visage d'énigme est terrible. Yi, surmontant sa colère, traversée des éclairs de sa future vengeance, héroïquement, par grandeur d'âme, se résigne. Elle s'offre aux doigts qui la tracassent, qui l'explorent sur les vingt-quatre emplacements classiques connus et répertoriés immémorialement, les sièges de la volupté. Doigts dans le fleuve de sa chevelure étalée. Doigts dans les conques fragiles de ses oreilles. Doigts dans les narines de son nez. Doigts soulevant les paupières pour s'assurer de l'excellence de ses globes oculaires. Doigts longuement dans sa bouche, à farfouiller dans sa gorge, à palper ses dents. Comme Yi a envie, à ce moment, de mordre, de claquer ses mâchoires l'une contre l'autre, et, avec ses incisives affûtées de couper un doigt à Héros Coupé. Mais elle se maîtrise.

Les doigts descendant sur la nuque, sur son cou, sur son corps. Pas d'attouchements mais de petits coups frappés, qui font mal, là où la chair est la plus fragile, où les os en dessous sont les plus tendres. Coups portés aussi aux minuscules endroits de la peau qui, par des influx mystérieux, commandent aux organes de l'intérieur. Doigts incessants, doigts inlassables, doigts raides qui tapent, pincent, pénètrent. Les épaules de Yi souillées. Ses seins souillés. Ses hanches souillées. Son nombril souillé. Ses côtes éprouvées une à une, descendues par les doigts,

doigts faisant craquer les jointures, doigts faisant plier ses doigts... Et toujours l'Impassibilité sur la face de l'Implacable Examinateur.

Les doigts arrivent au bombé plat du ventre, qu'ils cognent et malaxent avec plus de violence, comme s'ils voulaient reconnaître les fonctionnements qui s'exercent à l'intérieur. Yi pense avec horreur qu'ils vont arriver à l'embouchure du mécanisme des jouissances et des fécondations, à sa coupure destinée au Timon Royal. Autant que dans le dégoût, Yi est enlisée dans la peur : que de fois elle a vérifié elle-même la perfection de cette bouche d'en bas, faite pour boire la liqueur divine qui la fera enfler. Comment Héros Coupé, l'eunuque qu'elle craint au fond de son courroux, appréciera-t-il ce sanctuaire, lui qui ne peut plus en être le célébrant ? Yi, malgré elle, redoute la haine de Ngan Te-hai, sans doute braise brûlante en lui. Haine contre haine. Celle de Yi est impuissante. Celle du Grand Surveillant ne se voit pas sur son visage tendu, sans expression, de magister exerçant son métier. Cela, même lorsqu'il se penche vers sa suprême intimité. Peut-être exprime-t-il sa haine ou peut-être pas, dans ce cri barbare :

« Ouvrez davantage les jambes ! »

Yi les écarte, complètement domptée, lui indifférent. Mais son index suit, sans s'attarder cette fois, la voie chaude et humide du sillon de Yi, pour arriver à l'autel de sa virginité. Là il appuie... Il se tait toujours. Comme s'il ne profanait rien, comme s'il procédait à une routine. Yi, dans une amertume fulgurante, regrette que la fleur de sa chair ne soit pas une orchidée carnivore se refermant sur les bestioles qui s'y posent. Mais Héros Coupé retire enfin son doigt intact, imprégné de son odeur à elle, embaumante... Toujours son visage complètement clos. Et pas un mot.

Répulsion de Yi, un écœurement dégoulinant. C'est bien comme si une mygale avait goûté ses prémices. Ngan Te-hai, plus que par ses doigts-pattes, l'a avilie par son regard insistant, pesant, perforant, un regard comme le phallus qu'il n'a pas. Il n'a pas forcé sa serrure, il ne l'a pas fracturée. Il n'y a pas eu le fracas de sa chair déchirée, mais il l'a pénétrée, ignoblement avec ses yeux, il l'a déflorée. Plus que jamais, les éclairs de la colère de Yi, nuages écarlates, sombres nuées, foudroient le monde, foudroient le Grand Surveillant. Mais ces orages formidables, elle les garde en elle. Aucun feu de détestation ne s'abat sur Ngan Te-hai au beau visage impavide.

Au contraire, c'est une autre Yi, affolée d'angoisse, engrossée de craintes palpitantes, nées de Ngan Te-hai géniteur de la peur, qui voudrait s'exprimer. Elle peut bien rire péniblement en elle-même de cette dérision : l'homme sans membre s'assurant de sa dignité à recevoir le Membre Impérial ! Mais plus dominante que sa fureur, plus violente que son dégoût, plus âpre que son ironie, l'incertitude l'opprime. En dépit de ses rages, elle voudrait avec une force impérieuse, acceptant même de descendre jusqu'à la lie de l'humiliation, poser cette question :

« Vous avez bien constaté mon intégrité ? »

Mais cette interrogation exaspérée, douloureusement, par un effort atroce sur elle-même, où roule la boule de la détresse, elle l'arrête sur ses lèvres déjà moulées pour la prononcer. Ce n'est même pas l'avilissement où elle s'abaisserait qui la retient, mais un découragement. Le sens de l'inutilité. A quoi bon supplier cette face d'insensibilité, livrée à sa féroce jouissance, qui ne l'entendrait même pas ou la raillerait. Elle peut seulement attendre qu'il descelle sa bouche de lui-même. Dans l'état inaccessible où il se complaît, lui annoncera-t-il son verdict avant de s'en aller ?

Du moins Yi croit-elle que l'outrageante investigation sur sa chair est terminée. Mais parvient à ses oreilles, malgré les bourdonnements de sa furie et de son accablement, un nouveau commandement.

Car Ngan Te-hai s'est mis soudain à dire des mots atroces et inattendus :

« Tournez-vous complètement, et inclinez en avant tout le haut de votre corps. »

Yi obéit encore, sans comprendre, sans deviner. Elle se courbe, elle présente son échine.

Mais les mots dangereux et incompréhensibles se poursuivent :

« Davantage. Pliez plus votre corps. Jambes écartées. »

Ignominie. Yi s'est mise dans la position prescrite, sa tête plongeant au bout de son cou, avec les cheveux qui pendent en longues plaintes, rideaux à sa face, à ses yeux. Elle ne voit rien... Son dos suspendu, voûté en une arche dont les disques de sa colonne vertébrale sont les pierres, est douloureux. Derrière elle, elle devine Ngan Te-hai qui, comme un bourreau, se prépare. A quelle torture, à quelle obscénité ? Elle ne devine pas...

Que cela finisse ! En attendant, elle se tient toujours péniblement dans l'attitude commandée, au fond de la déchéance. Elle est réduite, elle, la superbe Yi, à tendre la partie d'elle-même à laquelle elle ne pense jamais, par naïve ignorance, et par une sorte de honte instinctive. Yi, pourtant prédisposée aux concupiscences, ne perçoit absolument pas le rapport de cette chair-là avec la volupté. Toujours plus d'abjection. Ce qui reste visible d'elle, tout le noble fronton de son corps ayant disparu, c'est, au sommet de ses longues jambes, son fondement. D'une certaine façon, elle le sait charmant, ses fesses étant des vallonnements bruns séparés par un profond ravin, paysage un peu sauvage, quelque effet montagneux comme dans les estampes, qui sert à mettre en valeur la scène principale, bucoliques tendresses, les vrais bijoux du plaisir qui sont, elle en est sûre, de l'autre côté. Là, ce n'est pas un parc où l'on se promène, car ses escarpements jumeaux servent surtout de paravent au trou puant des ordures de l'être. En jeune fille bien élevée, Yi encore puérile ignore même le nom de cet orifice-là, de cet égout si bien dissimulé. Cependant les doigts de Ngan Te-hai insistants sont dessus, sur ces collines, ayant dégringolé par degrés de sa nuque jusque-là. Comme si c'était leur but. Et ça l'est. Car brusquement Yi crie d'une douleur folle, primitive, animale, comme si on l'empalait.

Quand elle était une toute petite fille libre dans les rues de Pékin, avant que sa mère ne l'ait enfermée dans le yamen familial pour procéder à son éducation, elle avait vu des affublements de chair percée de bas en haut par des bambous pointus... Oripeaux humains, nus, hurlant les hurlements suprêmes, jusqu'à ce que la longue tige fibreuse, entrée à leur base, eût lentement traversé leur corps pour ressortir par la bouche. Alors leurs cris n'étaient plus que râles, mais ils se tortillaient encore comme des vers, en des mouvements ridicules, gigotages de pattes de mouches clouées, autour de ce qui les traversait. Enfin, presque inertes, ils s'effondraient un peu, cherchant la terre pour expirer, en vain, à cause du pieu qui les maintenait et qu'ils habillaient de leurs loques soubresautantes. Mannequins de la mort grotesque. Cela avait beaucoup amusé Yi gamine...

Il s'agissait là de justes tortures ordonnées par les mandarins. Quel crime a-t-elle commis, elle, Yi, « l'honorable personne » ? Pourtant empalée, elle l'est. Le doigt le plus effilé, après quelques tâtonnements, s'est odieusement enfoncé en elle, froissant ses intérieurs, dans ce pertuis méprisable qu'il déchire. Elle hurle comme hurlaient les suppliciés, elle gémit, mais même dans ses souffrances, elle garde sa conscience et il lui semble que Héros Coupé sourit méchamment. Sourire deviné, car il est derrière elle, invisible, debout, dominant de toute sa taille son postérieur proéminent, occupé à glisser son doigt dans le caniveau des ignominies, le poussant toujours plus loin, jusqu'à ce que toute sa longueur y ait pénétré et s'y ébatte. Rat qui ronge les entrailles. Enfin le doigt se retire. Alors Yi se redresse et se retourne vers le Grand Surveillant, ses ongles sont des lames prêtes à le lacérer, à lui crever les yeux. Mais Ngan Te-hai se courbant très respectueusement devant elle, absolument imperturbable, arrête sa folie :

« Daignez mille fois me pardonner. Mais cela fait partie aussi de l'examen. Et cette investigation-là, très pénible, est particulièrement importante. Là aussi réside le plaisir. Pour certains, même, il est surtout dans ce chemin étroit... »

Cette fois la face étanche de Ngan Te-hai sourit, avec dans ses yeux, une lueur un peu malicieuse et complice. Ce sourire-là, il n'est pas seulement dans l'imagination de Yi, elle le voit s'esquisser, plein de secrets non dits, les laissant pressentir. Et soudain sa furie tombe, Yi pense qu'elle est encore bien innocente et qu'elle ignore tant de choses. Elle essaie de se représenter à quoi sa voie des immondices peut servir, elle ne devine pas, elle n'ose pas deviner...

Le Grand Surveillant en ses broderies et Yi, toujours nue, sont face à face, pas vraiment ennemis. Le mystère de cet homme qui n'en est pas un... Comme ses doigts qui l'ont persécutée sont délicats, faits pour la beauté ! Le silence dure... Et il semble à Yi que Ngan Te-hai s'éloigne, perdu dans quelque brume, évanoui dans quelque mirage, absent, pourtant il est toujours là. Son visage s'est transfiguré, les yeux égarés, la respiration haletante, les traits hagards. Et, dans cet état second, comme malgré lui, il murmure à Yi :

« Etendez-vous sur le dos, sur votre lit. Là, vous fermerez les yeux et de très suaves songes vous viendront. »

Une prière plutôt qu'un ordre. Une prière fervente... Et Yi l'exauce, elle pense que là elle percera peut-être l'énigme de Héros Coupé dont dépend son sort.

Elle sent qu'il se débat dans les doutes et les contradictions. L'aime-t-il ? La hait-il ? Sans doute elle l'attire mais il la craint, d'où son comportement bizarre. Le Grand Surveillant est pris dans un enchevêtrement de passions, de doutes, de peurs inconnues d'elle. Y aurait-il une raison obscure qui, dans la curée impériale, la rende dangereuse pour lui, pourtant si puissant ? Ou le danger est-il une mêlée en lui, dans ses sentiments d'eunuque ? En tout cas, elle, Yi, renonce à son orgueil, jusqu'à ce qu'elle puisse le faire éclater, jusqu'à ce que, mouche prise dans une toile, elle en devienne l'araignée. Qu'elle commence par séduire le Grand Surveillant... elle verra plus tard.

Ainsi qu'il le désire, Yi repose sur sa couche, languide, sa tête abandonnée sur la nappe de ses cheveux défaits, ses bras amollis comme des rames au repos dans le renoncement de l'effort, ses jambes un peu arc-boutées pour la renforcer dans une apaisante lassitude. Sa poitrine respire, montant et descendant doucement, au rythme de son souffle ralenti. En son laisser-aller gracieux, sa fente est suavement confiante, et pourtant sans défense. Tout le corps, dans cet assoupissement, est encore plus fait de chair, à la fois plus évanescente et plus violente. L'innocence et la tentation... Evidemment, Yi feint de dormir. Elle est appât, ayant mis dans sa faiblesse, dans la délicatesse de son repos, tout ce qui peut allumer la luxure. Ainsi préparée, elle attend... Ses cils se sont joints en rideaux sur ses paupières fermées, qui laissent filtrer un rai par où elle voit. Elle surveille le Grand Surveillant. Elle est méfiante. Quelle jouissance va-t-il tirer d'elle ? Serait-ce dans la cruauté, sa mise à mort après tous les tourments infligés ? Serait ce au contraire dans l'adoration ? Et que signifient les images qu'il va lui envoyer, funèbres comme le trépas ou rouges de voluptés insoupçonnées ? A quelle magie va-t-il se livrer ? Elle épie... Ngan Te-hai se met à genoux devant sa forme allongée, il penche vers elle un visage inconnu, extasié ou désespéré. Celui du sacrificateur ou celui de l'officiant ? Alors, dans cette pose, il étend ses bras, ses mains, ses doigts en un long déploiement, vers elle, vers son cou si fragile, comme pour l'étrangler. A nouveau elle veut hurler. Mais elle ne hurle pas. Si elle doit périr, que ce soit ainsi... Les doigts s'approchent encore, et le visage de Ngan Te-hai est tendu d'une gravité étrange, sacerdotale, religieuse presque, l'extrême de la concupiscence ou la souffrance ? Elle, dans l'étalage de sa nudité, ne devine toujours pas s'il va l'immoler...

Mais les doigts, avec lenteur, au lieu de se refermer sur son cou, vont plus loin. Au-delà même de sa figure. Ils vont se tremper dans l'onde de ses cheveux. Ils s'y vautrent. Alors se lève sur elle un vent suave, très chaud, froid aussi, d'une irritation délectable. Dehors une brise agite les clochettes... Mais le vent qui la parcourt, c'est celui des doigts de Ngan Te-hai, des effluves plutôt que des doigts. Immatériels, et pourtant émouvants. Ce vent souffle câlinement sur son visage, sur ses traits, avec des bouffées qui la font tressaillir. Elle est désir, elle est espérance, elle est joie. Elle sent naître ses yeux, sa bouche, ses oreilles, comme si auparavant ils n'avaient été que matière brute. Le vent parfois redouble, insiste, et elle gémit. Surtout elle est impatiente qu'il se répande sur son corps. Il l'atteint. Alors, c'est comme si sa chair s'inondait, la submergeait. Le plaisir enfin, pour la première fois de son existence. Et, tout près, le visage mélancoliquement austère de Ngan Te-hai, le maître des caresses.

Le vent de ses doigts, en un toucher impalpable et pourtant très précis, épouse étroitement les formes de Yi, en suit les sinuosités, en grimpe les saillies. Parfois il passe comme une tiédeur fraîche, parfois il s'attarde, venant et revenant, jusqu'à ce que cela soit délicieusement insupportable. Ce n'est pas seulement la peau de Yi qui palpite, mais toute sa personne. Elle a les yeux grands ouverts mais aveugles, ne voyant que l'intérieur d'elle, tout entier en pâmoison. Le vent cependant poursuit son cours. Il se met à escalader les mille marches des pentes de ses seins. Au bout de ces mille marches, sur le parvis de chacun des deux sommets, aréoles violacées, des colonnes de chair s'érigent d'elles-mêmes en flèches triomphales. Alors les coupes des mains de Ngan Te-hai les recouvrent et les oppressent, dégageant une douleur exquisement aiguë, qui fait du corps de Yi un arc tendu.

Et puis le vent parcourt le ventre plat comme si c'était une plaine. Il tournoie autour de son nombril comme si c'était un coquillage vide dans lequel il pourrait mugir. Une autre impression vient à Yi. C'est que, aux endroits reconnus de la luxure, tout à l'heure si maltraités, Ngan Te-hai trace maintenant des caractères invisibles. Ses doigts, au lieu d'être des osselets meurtrissants, sont des pinceaux savamment maniés, qui, en une voltige lettrée, s'appesantissent en traits épais, se dispersent à l'entour en lignes plus minces complétant l'idéogramme, lui donnant toute sa portée. Son poids de plaisir ? Des pleins et des déliés, un grattage, des piliers, et toutes les fioritures qui lui apportent la perfection. Son corps marqué des estampilles de la lasciveté, son corps lascif...

Ngan Te-hai semble, dans son immobilité de masque, étranger aux agissements de ses doigts. Et pourtant comme ils se démènent ! Idéogrammes. Vent. Le vent, comme un zéphyr, s'approche du jardin de Yi — jardin nu de chair nue. Angoisse merveilleuse. Et de nouveau elle voudrait que les découpures de sa chair soient une orchidée — non plus pour manger les doigts, mais pour être flattée par eux. Que le vent, tout comme il joue avec les languettes, les vrilles, les crochets, les recés, les étamines de cette fleur-labyrinthe, s'engouffre dans le lacis aussi tortueux de sa blessure, l'univers de sa blessure. Fleur-blessure. Le vent en remous dans son dédale... Il arrive en longs souffles, suivant les charmilles dépouillées, les sillons latéraux secrets et comme ombragés de flamboyants. Il surgit telle une armée aquiloneuse qui connaît les approches... Soudain, ces creux occupés, il devient bourrasque partant à l'assaut, qui assaille la crête qui sépare ces ravinements. Et il se met à tournoyer follement autour de son sommet, une dentelle des hauteurs, un monticule tendre. Le vent est impitoyable, il frappe et refrappe, avec une violence inlassable, ce grain de rubis pâle qui est la chair suprême de Yi. Car, à mesure que les vents s'acharnent, Yi entière est réduite à ce grain, à ce bouton, à cette corolle d'elle-même, qui, vertigineusement, envoie à tout son corps des ondes, des fluides, des éclairs. Elle n'est que soubresauts, nerfs exaspérés, inconscience délirante, gémissements égarés. Le pouvoir du vent. Le pouvoir de Ngan Te-hai qui la regarde comme une bête écumante. Il contemple son œuvre avec une tristesse hautaine, désabusée. Yi, elle, tout délire et bave, reinette tressautante, est si tendue que, dans une sorte de dernière lucidité, elle a le sentiment qu'elle va se déchirer en ses sursauts, plus forts qu'elle, qu'elle va exploser, s'anéantir en lambeaux trépignants projetés de tous côtés. Et puis, elle s'apaise un peu — comme la nature se calme dans une attente harassée avant que ne se déchaîne l'orage. Quelle tempête attend-elle ainsi, dans un engourdissement épuisant et terrible, dans la soif atroce de tout son être ? Elle est asséchée à en mourir, la terre est, à l'infini, couverte d'ossements de gens qui ont péri dans le vain mirage de l'eau. Le vent redouble ses tournoiements contre le monticule rose qui fluctue, balance et surtout résonne en son être, envoyant dans tout ce qui est elle des coups de gong, formidables battements annonçant un dénouement heureux ou malheureux. Yi est terrassée sous les doigts de Ngan Te-hai s'activant encore plus, et dont la douceur devient supplice. Soudain le cyclone s'abat sur le sol craquelé, sur sa chair calcinée... Elle gît, presque sans mouvement, sa gorge poussant seulement le long ululement de la pluie tombant en milliards de lances liquides sur la terre, sur elle. Cri sinistre, cri martyrisé, qui est pourtant celui de la joie. Elle bondit tout entière d'un saut vertigineux et retombe. Elle geint alors... mais sa face est une béatitude, une extase, un sacrement. Une pureté. La pureté de la volupté. Car elle est mer, lac, onde. C'est au-dedans d'elle, dans sa cavité pourtant toujours vierge, que les parois ont ruisselé d'une rosée enivrante venue de sa propre chair envoûtée.

Yi repose, ses membres calmés cessant de s'agiter, ses yeux complètement clos : un cadavre de joie. Assouvissement si complet que sa vie est comme une mort bienfaisante. Sa respiration rapide ralentit de plus en plus et semble cesser. Plus de sang battant dans ses artères, plus de cœur cognant à grands coups vitaux, plus de souffle entre ses lèvres. Elle reste ainsi, au-delà de toute existence, quelques minutes, dans ses rêves ravissants, les rêves promis par Ngan Te-hai. Rêves où tout l'univers de la chair s'ouvre à elle, comme un lotus ouvre ses corolles à la volupté solaire. Enfin son visage s'anime d'un sourire très lointain, très inconscient, si heureux qu'il paraît céleste, loin de la terre. Le sourire parfait de la satisfaction parfaite. Mais lorsqu'il s'est étendu à toute sa figure, Yi, revenant d'un monde paradisiaque, se frotte péniblement les yeux d'une main... Se réveillant enfin peu à peu, elle demande d'une voix plaintive :

« Où étais-je ?

— Dans le plaisir extrême. C'est moi le Coupé qui vous l'ai procuré. Ce sont mes doigts qui vous l'ont donné. Mais j'aurais pu aussi bien avec eux, sans même entailler ni déchirer votre beau corps, vous amener à la douleur indicible, à la douleur mortelle, bien au-delà de celle obtenue par les bourreaux, dans les chefs-d'œuvre où ils coupent, évident et mutilent la chair. »

Les ombres des délices s'écartant de Yi, elle constate d'abord avec dolence :

« Ah ! oui... je vous reconnais. Vous êtes Ngan Te-hai, le Grand Surveillant. »

Mais tout en prononçant ces mots stupides, Yi retrouve sa prodigieuse vitalité. Elle est revenue à son univers réel, à sa situation incertaine, à ce dangereux homme-pas-homme. Elle est sous les armes. Et les phrases menaçantes de Héros Coupé, qu'elle ne semblait pas avoir entendues alors qu'elle sortait de sa somnolence magique, resurgissent en elle. Elle s'enquiert avec une feinte nonchalance :

« Pourquoi, en maniant vos doigts, avez-vous préféré pour moi la volupté à la mort ? Je vous en remercie dix mille fois mille fois. »

Ngan Te-hai joue aussi à la désinvolture, mais avec une certaine gaucherie :

« J'ai souhaité ardemment vous supplicier. Mais je ne le pouvais pas. Mon devoir de Grand Surveillant est aussi de mesurer votre sensualité, pour que le Membre Impérial ne pénètre pas dans un marbre froid mais dans une chaleur palpitante. Vous pouvez être rassurée, vous êtes étonnamment douée... »

Yi est à nouveau en pleine maîtrise d'elle-même. Assaillante. Elle renifle hautainement puis s'esclaffe :

« Tout le temps, enfin presque tout le temps, je vous ai contemplé à l'œuvre, j'ai regardé votre visage. Et j'ai bien vu que vous avez pris votre plaisir à me révéler le plaisir. N'avez-vous pas, dans votre examen si complet de moi, montré beaucoup de zèle ? Ce que vous vous êtes permis de faire n'excède-t-il pas les règles de l'inspection d'une concubine ? »

Toussotements de Ngan Te-hai :

« Je suis très consciencieux. »

Yi éclate d'un rire moqueur, celui qui convient aux personnes bien élevées qui veulent percer un homme de leur rire :

« Pourquoi ne vous êtes-vous pas présenté plus tôt auprès de moi pour vous acquitter de votre devoir ? Je vais vous le dire. Vous aviez peur de moi... »

Ngan Te-hai s'est retranché derrière des yeux fendus, lointains, absents. Il ne vit plus. Il n'est plus que le Grand Surveillant, sans un souffle humain :

« Je suis venu en temps voulu. Votre plaquette de jade sera jointe aux autres. L'Empereur pourra vous mander... »

Alors Yi jette un regard d'une dureté vitreuse, à la fois agonie et furie impuissantes :

« Alors, la plaquette n'y était pas ? C'était une tromperie de votre part. Et moi j'ai failli mourir de la maladie du temps rongeur... »

Ngan Te-hai est complètement figé, insensible à Yi, un eunuque-suaire qui dispose de toutes les chairs de femmes pour en faire des vivantes ou des mortes :

« Je le sais. J'ai aperçu tout à l'heure sur votre couche le trident de jade, que vous aviez oublié là. J'ai beaucoup tardé à me rendre auprès de vous dans l'espérance que vous vous tueriez... »

Alors, de Yi tout entière, éperdue, jaillit ce cri plus fort qu'elle :

« Vous souhaitiez ma mort... »

Sourire énigmatique, plus méchant que la méchanceté, tout juste discernable sur les lèvres de Ngan Te-hai, qui ne répond pas. Après un silence, il dit d'une voix de routine :

« Désormais, vous pouvez vivre dans l'espérance d'être un soir choisie. »

Voix de mensonge. Voix de cruauté. Voix de vengeance. Voix de raillerie sous la promesse des mots. Yi, de nouveau rassemblée dans son courage et sa lucidité, décide d'exploiter l'amas de faussetés étalé dans ces quelques mots :

« Est-ce sur la volonté de l'Empereur que vous vous êtes montré à moi, au moment où j'allais accomplir ce que vous désiriez tant, la fin de moi-même par moi ? »

Toujours cette expression d'ennui sur le visage du Grand Surveillant, qui répond du bout des lèvres :

« Non. Le Dragon ignore complètement votre existence.

— Et maintenant, pensez-vous qu'il aura bientôt le désir de moi ? Puisque ma tablette, si vous dites vrai, brillera au milieu des autres, et excitera peut-être sa curiosité ?

— Mon rapport vantera très justement vos précieuses qualités de corps et d'esprit... »

Et Yi, de tout son être, s'humilie à mendier un espoir :

« Alors le Saint Homme voudra bientôt de moi ? »

Ngan Te-hai chamarré la contemple nue, toute fouillée par lui, humble et quémandeuse. Avec des yeux de triomphe, jaunes, sournois, pervers, il l'abat avec une délectation invisible :

« Je ne crois pas. Pas avant des mois, pas avant des années... Mais vous pouvez espérer. »

Là-dessus, le Grand Surveillant, sans un mot de plus, se ploie en une courbette. Quelques secondes après, il est parti. Verrouillage. Poids de ses pas dans la neige qui a recommencé à tomber, qui étouffe bientôt le son de la marche de Ngan Te-hai s'éloignant. Le néant.

Yi se couche. Rêve-t-elle ? Ne rêve-t-elle pas ? Elle voit des ondes tumultueuses, écumeuses, déchirées, dont les vagues se battent. Mer, lac ou grand fleuve, elle ne sait. Mais, au milieu de cette fureur, un endroit calme. Une bouche carnivore. Pas un monstre, mais un tourbillon absolument concentrique, aux bords immenses, qui descend en un cône parfait vers des profondeurs insoupçonnables. Les murailles en sont rondes et d'un vert très sombre, presque noir, complètement lisses, d'une nudité d'horreur. Pas une fleur d'écume, rien qui se voit, l'apparente immobilité, l'éternelle immobilité. Une prison... Yi est happée par la lèvre de cet abîme, et elle est aussitôt emportée dans une voltige affreuse. Les flancs apparemment construits en pavés d'eau consistent en courants hallucinés, tous entraînés dans un vertige froid, immuable, tous charriés dans le même sens, de la même précipitation égale, à une allure forcenée. Tous ces courants qui n'en sont peut-être qu'un... Epouvante de cette uniformité liquide, de ce gouffre liquide si compact, de ces remparts permanents faits d'anneaux liquides se ruant en une ronde perpétuelle. Ruée sans bruit, sans arrêt, sans rien d'autre que la continuité d'une couleur et d'une transparence funestes se refermant en une opacité sombre. Eau qui, en son tournoiement, ne semble pas eau. Eau qui s'est figée dans une abomination, dans une implacabilité. Flots exprimant l'absolu de la puissance aqueuse, flots épais comme le monde, matière sans fissure, sans éclat, sans lueur, sans aspérité, matière girante des tréfonds qui devient une chose indéterminée, l'Horreur en soi, pire que les flots qui sont flots, qui sont tempêtes, contre lesquels on lutte et auxquels on peut échapper. Là, on n'échappe jamais. Yi est saisie, engloutie dans la masse de la paroi, entraînée dans les cercles d'une course folle. Tout son corps est enlisé, garrotté dans un carcan, sans qu'elle puisse faire le moindre geste, scellée vive. Seule sa tête émerge, et elle peut regarder. En dessous d'elle, dans le vertex qui devient de plus en plus la nuit, elle perçoit d'autres faces sortant de la matière, des enterrées vivantes dont la tête émerge. Des têtes de femmes, piquées sur la paroi, flottantes, comme si elles avaient été coupées du reste de leur être, ce qui n'est pas. Et sur leurs visages, quelle peur, quel rictus, quelles grimaces ! Toutes sont emportées aussi prodigieusement qu'elle, Yi, chacune sur son orbite. Sur la muraille, un escalier de têtes mouvantes comme des fétus, dans une vélocité inouïe. Fleurs de l'entonnoir... Quelques-unes sont résignées, déjà blanchies et gonflées comme si elles étaient noyées, mais la plupart, les bouches, comme de petits abîmes dérisoires au sein du grand abîme, hurlent, sans qu'on n'entende rien. Les eaux-remparts, tout en se ruant invisiblement dans leurs rondes annelées, maillons sans mailles, maillons intégrés dans l'hydre des tournoiements, sont silence complet. Ces eaux n'ont pas cette résonance de beuglement qu'ont les courants enfermés dans les cavités souterraines. Le vertex, en sa tranquillité, vit de sa vie tueuse, bête fantastique dont le corps évidé est un courant rond qui se nourrit de la mort.

Très longtemps il semble à Yi, tournant dans le même cercle du mur, qu'elle ne s'enfonce pas dans l'entonnoir. Elle voit toujours au-dessus d'elle le ciel indifférent. Et puis au bout d'heures et d'heures, elle le voit moins. Alors elle pense qu'elle est en proie à une spirale qui, insensiblement, l'enfonce peu à peu dans le gouffre. Supplice de la mort lente, non pas donné par les hommes, mais par la Chose : l'eau qui n'est plus eau, qui est solide. Désormais elle sait que, loque tournoyante au sein du rempart tournoyant, elle descendra jusqu'à l'aboutissement cruel. Elle s'aperçoit que les parois, toujours parfaitement circulaires, se rapprochent régulièrement. Combien de temps lui a-t-il fallu, toujours entraînée par le tourbillon, pour se trouver descendue si bas, à une vingtaine ou une centaine de mètres de l'ouverture ? Elle ne sait. Si elle est comme une brindille jetée dans ces murailles liquides aux rotations farouches, elle n'a pas eu la sensation de s'enfoncer dans les profondeurs du gouffre. Dans ces ténèbres qui n'en sont pas tout à fait, elle distingue, au bout d'un goulot, le fond du précipice. Les murs aqueux ne se rejoignent pas entièrement, ils laissent à sec un rocher sans pointes ni arêtes, une bosse — qui est pourtant l'autel de la mort. Yi contemple... Toutes les têtes placées en dessous d'elle, portées toujours plus bas par la ronde torturante de l'eau-paroi, arrivent l'une après l'autre au fond de l'abîme. Alors, chaque fois, l'eau s'ouvre, rejetant un corps ainsi entièrement dégagé et retrouvé, en une chute qui le fracasse contre ce roc. Roc des exécutions, bourreau du tourbillon qui lui amène régulièrement ses proies.

Yi enfin, après un temps interminable à la base du vertex, examine sans effroi, avec curiosité même, ces têtes qui ont soudain retrouvé leur cou, leur tronc et leurs membres pour être lancées contre le récif nu, avec une telle force que chaque femme à peine reconstituée est aussitôt disloquée et éclatée, morceaux de chair et d'os. Roc-charnier. Elle scrute la tête juste en dessous d'elle, la plus proche, tournoyante, recouvrant son être entier. Et ainsi refaite, elle est aussitôt broyée par la roche, ses débris s'ajoutant aux débris humains déjà accumulés. Maintenant cela va être à elle, Yi. Elle est prête. Elle ne regrette pas la vie. Mais, au moment où elle va retrouver son beau corps, où elle va être projetée pour la dislocation, une vaguelette mystérieuse déferle un instant sur le charnier et se retire après l'avoir complètement nettoyé. Sur le roc propre se tient debout, dans toute sa splendeur, le maître et le génie du Tourbillon, Ngan Te-hai. Un Ngan Te-hai prêt à la recevoir pour l'occire lui-même ou la sauver lui-même.

Déverrouillage. Les limaces, au petit matin, sont là pour nettoyer la pièce où rôde la mort de Yi, toujours nue, méprisant ces créatures. Yi réfléchit. Elle est tendue par l'interprétation du cauchemar qui vient de s'achever. Ce n'est pas un cauchemar mais le diagramme de son sort, l'énigme de son destin. Le gouffre qui l'a absorbée si patiemment et si goulûment, ce n'est pas celui de l'eau. C'est celui du temps. Murailles du temps la capturant, l'enterrant vivante dans les vrilles de son écoulement. Remous immobiles du temps, temps-matière, devant la faire périr. Temps-abîme, temps-gouffre, se refermant plus étroitement sur elle, l'entraînant plus loin dans le néant qui est trépas, là où il s'arrête en un rocher-temps, qui tue. Mais là justement, sur cet autel sacrificatoire, se tient Ngan Te-haï, le balancier du temps implacable, qui a vu Yi depuis longtemps aspirée par les parois mobiles du temps immobile ; elle lui est maintenant offerte sur le récif du temps arrêté. Elle le voit et il la voit, lui droit et impitoyable comme le dieu des sacrifices. Ses yeux sont morts. Son regard est inerte. Restera-t-il son exécuteur hautain et méprisant ? Ou bien, au dernier moment, quelque chose bougera-t-il en lui, même imperceptiblement, pour la tirer de la gangue du temps en soi et pour la rendre au temps vivant des hommes, de l'écoulement des jours, des saisons, des années où, dans les malheurs et les prospérités, les êtres existent, passions et tristesses mêlées ? Et cela jusqu'à ce que le temps, non plus vertige glacé où tout est éteint mais sablier qui mesure toute existence, vienne y mettre un terme normal par la mort qui couronne la vie.

Yi, négligeant de se vêtir, a pris la pose de la méditation, un peu redressée sur sa couche, son bras soutenant sa tête lourde de pensées. Pli de la résolution. Elle est elle-même, dans le vif-argent de sa lucidité et de sa volonté. Alors, avec sa dureté, elle s'accorde seulement quarante-huit heures pour savoir si Ngan Te-haï l'abandonnera au temps en soi ou bien l'en libérera, la rendant à elle-même, au monde, à l'univers, au temps vivifiant qui battra au rythme de ses ambitions immenses. Quarante-huit heures seulement pour déterminer si elle vivra ou si elle mourra.

Yi, avec sa cervelle faite de millions d'aiguilles, a construit l'échafaudage d'un raisonnement complet et logique. Elle l'a bâti sur ce qui lui semble la vérité cachée sous les déguisements. Elle a une certitude : Ngan Te-hai est venu, il reviendra forcément très prochainement, et cette fois démasqué. Elle a deviné que son secret ce sont ses contradictions. Il y a en cet homme un côté noir et sinistre qui, ainsi qu'il s'est complu à le dire et à le redire à satiété, veut sa mort. Non par haine — ce qu'il en a montré est simulacre — mais pour se délivrer lui-même du tourment affreux qu'elle est pour lui. Pourtant, poussé par une force supérieure à sa volonté, il a surgi une première fois pour l'arracher aux Fontaines Jaunes. Oui, en lui, il y a un supplice torturant et délicieux. Cet eunuque, malgré son maintien compassé et ironique, quoiqu'il l'ait brutalisée et humiliée, l'aime, elle en est sûre. A cause de ses yeux douloureux, extasiés, quand il l'a caressée, sous le prétexte ridicule d'une épreuve décisive. Seules existaient les caresses à son corps nu, à elle, Yi. Caresses. Hantise de Ngan Te-hai, songe brûlant, désir palpitant. Ce doit être horrible d'aimer pour un châtré. Se débarrasser d'elle, la laisser retomber dans le temps ? Mais aussi l'avoir à lui, même si ce n'est pas complètement.

Ainsi Yi suppute calmement. L'apparition première de Ngan Te-hai est bien la preuve de sa faiblesse. Comme il a dû se débattre de longs mois, tout le temps où elle s'enfonçait dans le puits du temps ! Maintenant surtout après cette première faute, comme il doit se débattre pour se reprendre, se dominer ! Mais il cédera... Il réapparaîtra sous peu. S'il ne revient pas ce sera le signe qu'il aura triomphé de lui-même, triomphé de Yi. Pourtant Yi, consciente du pouvoir de sa chair, ne croit pas à cette victoire de Ngan Te-hai qui serait sa propre défaite. Elle sait d'instinct que les yeux d'un homme ébloui de plaisir ne trompent pas. Il l'a caressée, il voudra la caresser encore, plus farouchement, plus frénétiquement, plus tendrement aussi, comme si, sous ses doigts, leurs chairs se mêlaient. Illusion sans laquelle Ngan Te-hai, dans sa fièvre, dépérira. Il viendra... Yi se sourit à elle-même un peu moqueusement : comment aurait-elle pu soupçonner, lors de son entrée glorieuse dans la Cité Violette, que son premier amant serait un eunuque ? Un eunuque auquel elle livrerait la grâce de son corps pour vivre, pour survivre, alors qu'elle se croyait la Prédestinée du Ciel ! Mais qui sait, peut-être que ce châtré-là...

Pour le moment, c'est sa vie et sa mort qui sont en jeu, livrées au bon vouloir du Grand Surveillant. Yi est persuadée que Ngan Te-hai, tout à son combat, ne se manifestera pas ce soir-là. Mais, demain, au crépuscule, elle revêtira la même tenue funèbre qu'elle s'était composée pour mourir, elle tiendra dans sa main le même trident. Et elle attendra. Si des pas ne craquent pas dans la neige, si la porte d'entrée ne grince pas pour s'ouvrir, si la main de Ngan Te-hai ne lui arrache pas de sa main son trident, elle l'enfoncera dans son cœur, sans regret. Elle se sera trompée. S'il n'y avait pas de Ngan Te-hai dans la nuit choisie par elle, elle pourrait reculer lâchement l'échéance d'un jour, d'une semaine, d'un mois... attente honteuse. Ce serait tomber dans le temps, meurtrier et mortifiant. Non, elle ne veut pas de cela. Demain soir, si l'Eunuque n'est pas là, elle se transpercera.

Tout est en ordre. Maintenant qu'elle a calculé et décidé, elle oublie qu'elle joue sa vie sur des intuitions, des hypothèses, des suppositions dont elle a fait des certitudes. C'est le fait d'une femme très supérieure de savoir sentir et ressentir. Et s'il se trouve qu'elle a mal senti et ressenti, cela prouve qu'elle ne sera jamais la grande Yi, la Mère du Ciel. Autant mourir dès l'erreur constatée, s'étant montrée à elle-même qu'elle est peu de chose, une créature ordinaire, ne méritant pas des lendemains splendides. Qu'elle mette alors son orgueil à mourir superbement, la seule superbe de sa courte vie.

Yi ne pense plus. Elle peint. Et ce qu'elle représente, avec son long pinceau qui prolonge ses doigts, qui prolonge sa volonté de sérénité, ce n'est pas un symbole de tristesse, de déchéance, de pourriture, de mort. Elle qui va peut-être bientôt périr, dessine la Vie, montre la nature avec toute sa sève de joie et de bonheur. Le printemps. Un prunier qui éclôt de corolles irisées, neige de flocons voluptueux, coupe de fleurs tendres. L'arbre n'est qu'un éblouissement blanc, palpitant de toutes les fécondités, de toutes les félicités, embaumant l'univers, et qui, de temps en temps, balance à peine, sous le zéphyr du ciel à la clarté bleuâtre. Les rameaux s'étirent, surchargés de légèretés pullulantes, de calices transparents, impondérables, pleins de l'ivresse d'exister.

Exubérance délicate, chatoyante, prometteuse... Comment la misère et le trépas existent-ils ? Auprès de l'arbre, arbre-dôme, arbre-nuage, le rivage d'un lac paisible. Qu'est-ce qui exprime mieux la paix harmonieuse qu'un doux lac à la nappe tout juste plissée des rides du repos ? Celui-là, celui de Yi, est très beau, de la couleur du jade, pas le jade dur et sombre des profondeurs, mais le jade léger, pâle, diapré de la surface, dont les veines semblent constituer le clapotis des eaux. Là s'épanouissent des fleurs très pures, nénuphars des ondes bénies, comme s'il n'y avait pas pour leurs racines un fond de vase et de pourrissement. Et au-dessus du prunier et du lac, une montagne luxuriante de lis et de rhododendrons, dont la crête est une vague recourbée, arrêtée dans un élan qui pourrait être dévastateur. Le massif verdoyant, percé par endroits de grottes blanchâtres qui sont des autels à Bouddha, loin d'être menaçant, se dresse, dans sa force apaisée, comme le gardien des réjouissances sur terre, sentinelle prête à happer, de sa cime, toute malédiction planante. Des hommes aussi... Un cortège de mariage passe cérémonieusement, l'épousée en palanquin est suivie des coffres rouges très fastes de sa dot... Un pèlerin grimpe le mont, vers quelque pagode souterraine, non plus cassé comme l'éternel cheminant de l'hiver, mais fort et rayonnant de sa vieillesse rajeunie, il s'appuie à peine sur un bâton en gravissant les marches usées qui mènent au lieu saint.

Un jour. Une nuit. Un jour encore, et Yi continue à dessiner. Enfin le tableau est achevé. Celui des noces de l'humanité, de la floraison universelle, de la copulation. Cela va être le moment. Le lourd tambour a frappé l'heure du Coq, et la Cité Violette se referme sur sa solitude nocturne. Sans se soucier des limaces du soir, Yi revêt à nouveau sa tenue funéraire, la même, exactement semblable à celle qu'elle s'était si tendrement composée deux jours auparavant pour mourir. Maintenant, elle procède méthodiquement, froidement, sans aucun amour, sans aucun élan, indifférente au pari engagé : délivrance dans l'au-delà ou espérance de survie. Croupière impassible, elle pourrait chanter en une sorte de mélodie, de complainte âprement roucoulante, les numéros gagnants, cependant qu'en même temps ses mains racleraient l'argent, la vie même, les mises perdantes. Tout à l'heure elle va sortir elle-même son propre numéro, faste ou néfaste. Pour l'instant, alors qu'elle s'apprête, c'est comme si elle assistait au jeu des autres, pas au sien. Et c'est pourtant elle qui est l'enjeu... Elle se pare donc comme elle l'avait déjà fait, fardée en sphinge, yeux prolongés jusqu'aux tempes, la bouche carminée scellant son secret. Elle enveloppe son corps des mêmes étoffes rouges magnifiques, capables de boire son sang rouge. Enfin elle prend le trident, passe ses doigts sur ses pointes. Tout cela est fait attentivement, mais comme si elle n'était pas concernée. Elle ne se réjouit plus de devenir une morte exquise, elle ne s'exalte pas du retour probable de Ngan Te-hai qui la sauvera une fois de plus. Elle semble loin du drame, qui est son propre drame, dont la représentation va commencer. Son cœur est détaché de ce qui peut lui arriver. Ce détachement si altier, est-ce un degré de plus dans l'orgueil ?

Les limaces sont parties depuis longtemps. Yi, engoncée dans ses atours de mort, s'est étendue sur sa couche. Vide est sa tête — elle ne revoit même pas les images chères de sa jeunesse, la ruelle poussiéreuse et grouillante où elle jouait gamine, la paisible maison familiale avec la figure précocement vieillie de sa mère, elle ne revoit même pas le visage de Jung-lu, le seul homme qu'elle ait aimé, auquel elle était engagée avant les décrets du destin. Comme si elle n'avait jamais eu de passé... A l'intérieur de sa tête, le blanc, couleur mortuaire. Elle ne pense pas non plus à sa mort peut-être imminente. Bien que vivante, elle n'est plus... Les heures s'écoulent longuement, beaucoup d'heures, sans qu'elle paraisse s'apercevoir de ce qu'est le temps. Au-delà de toute anxiété, de toute espérance, est-elle déjà ensevelie ? Elle ne daigne pas épier les bruits du dehors pour distinguer ceux qui pourraient signifier son salut. Pourtant, les sons ont une portée sèche, précise, lointaine, ce soir-là ! Le ciel de la nuit est très pur, et la lune qui est pleine, ronde comme une femme enceinte, jette une aube irréelle sur la terre glacée. Car le froid est extrême mais immaculé, noble, immobile, donnant à toutes choses, à tout ce qui a résisté à l'hiver, à ses tourments et à ses morsures, une architecture altière, dépouillée, précise. Les manifestations de la vie ont péri, mais il reste les carcasses nues de Tout Ce Qui Est, et qui ressuscitera dans quelques semaines. Arbres dépouillés, eaux gelées, sol pareil à un miroir verglacé. La Cité Violette, en ce néant résiduaire, se détache en lignes formidables, les lignes lisses et luisantes du Ciel Absolu. Calme de ce froid... Pas de vent. Les clochettes éteintes. Le règne animal et le règne minéral dans un silence dur de souffrance endurée. Pourtant aucun craquement de douleur. Au-dessus de tout cela, les faîtes des palais, recourbés à leurs bouts avec leurs animaux fastes, surplombent le mutisme du monde, le dominant.

Heures longues que Yi ne compte pas. Elle est seulement lasse de tout ce temps écoulé.

C'est le moment. Elle ne réfléchit même pas, ne se dit même pas qu'elle va se donner la mort. Pour l'instant, de ses doigts, elle joue avec le trident. Un jade sans faille... Dans le vert-bleu est ciselé un dragon, et trois pointes pures s'en détachent, exactement semblables, merveilleusement parallèles, les griffes de la Bête. Pointes longues d'une dizaine de centimètres, qui s'affinent en se prolongeant, aiguës à leurs extrémités, transparentes. Elle s'amuse à faire glisser le trident entre ses mains comme un bijou. Comme si elle allait le planter dans l'échafaudage de sa chevelure.

Pensées fugitives. Elle est allongée sur sa couche. Quand elle a bien manié le trident, elle le saisit de sa main droite, l'empoigne comme une arme. Elle redresse le haut de son corps. L'envie d'aller se contempler une dernière fois dans le miroir d'étain la prend, mais elle y résiste. Elle est prête. Soigneusement, elle choisit l'emplacement convenable, à gauche, au ras des côtes où s'arrondit un sein de grâce, où pointe le mamelon de la vie. Tenant le trident de toute la force de ses mains assemblées, les jointures des doigts blanchies par l'effort, elle enfonce... Sa figure est une énigme, un sourire qui est refus du sourire, refus de Tout Ce Qui Est. Pas de terreur, de regret, de gémissements, de plaintes. Les manifestations humaines sont déjà pour elle en dehors de la roue de la vie. Elle quitte le monde comme une pierre tombe dans un gouffre. Il faut qu'elle appuie le trident dans sa chair vive avec une indifférence minérale. Pour qu'il pénètre en elle, elle devra le planter en un effort énorme, tenace, obstiné, implacable, qui la fera souffrir atrocement. Une aiguille aurait mieux convenu mais ce trident c'est la parure la plus magnifique, pour la beauté comme pour la mort. Seul il est digne d'elle. Comme seule sera digne d'elle son insensibilité.

Les serres de la Bête, les dards du Dragon, n'arrivent pas à percer le tissu rouge. Enfin, à force d'essais, ils le déchirent. Les pointes sont contre la peau, si tendre, si douce de Yi, qui résiste elle aussi, par sa flexibilité molle. Mais Yi n'en est que plus déterminée. Ses yeux flamboient de colère. En une fulgurance, grâce à une secousse de tout elle-même, les trois dards incisent la chair. Un frisson réprimé. Elle continue d'appuyer de sa frêle vigueur. Le trident s'enfonce mal, broyant plutôt que coupant. Yi, comme elle l'a voulu, ne sent rien. Elle est au-delà, bien au-delà... Enfin du sang rouge vient lentement sur l'étoffe rouge.

Soudain, au sein du monde apaisé et silencieux, surgissent des bruissements énormes. La croûte glacée de la terre et la croûte durcie de la neige sur la terre se fracassent. Une ombre humaine, gigantesque dans la lactance lunaire, se projette en avant de ce chaos. Celle de Ngan Te-hai. Ce sont ses pas, loin derrière son image plaquée sur la nature, qui commettent ces dégâts dans la statufication du monde boréal, perpétrant un sacrilège. Ils brisent tout, en une marche harcelante, comme si le Grand Surveillant se hâtait, se précipitait, poussé par quelque crainte ou quelque prémonition. De ses lèvres, pendant qu'il pilonne si lourdement et si hâtivement la nature, monte l'essoufflement qui aussitôt devient vapeurs glacées, stalactites suspendues disparaissant presque aussitôt dans le vide de l'air gelé. Comme il s'empresse ! Ses pieds en courant crèvent les carapaces du sol. Sa figure éclairée semble blafarde de crainte...

L'aube est presque là. En effet, à l'est, un blêmissement sale rampe sur la terre immaculée. Cette chenille des grisailles va bientôt se métamorphoser en papillon de l'aurore, étendant ses ailes jusqu'à ce qu'elles soient jour très pur et que d'elles monte le soleil pâle qui glorifiera toute froidure. C'est vrai que Ngan Te-hai a peur. Dans les ténèbres opale de la nuit écoulée, il a furieusement tâtonné, dans les vertiges, les incertitudes, les hésitations, les déchirements, comme tenaillé par la lame qui l'a mutilé, pensant à sa cicatrice de laquelle ne renaîtra jamais sa virilité. Quelle torture serait l'amour ! Le visage de Yi lui revient, l'obsède, éclate dans sa tête, rugit dans son cœur, étincelle dans tous ses nerfs, tout le corps nu de Yi aussi. Au cours de la nuit, dans ses transes et ses hallucinations, il était résolu, de toute sa volonté, à ne pas céder, à ne pas s'engager dans un lien qui serait fatal. Pourtant, au fond de lui-même, il était persuadé que sa résistance serait vaine, qu'à un moment il serait vaincu, écrasé, toutes ses défenses effondrées et que, dans ses ruines, il serait une bête se ruant vers le joug. Et c'est ce qui est enfin arrivé... Tout à coup, ne se commandant plus, comme s'il était un autre, complètement égaré, braises brûlantes, il s'est enfui vers Yi avec une passion furieuse. Il n'est plus que désir. Alors au milieu de la Cité Violette qui va bientôt se réveiller, à travers le paysage des palais dont les faîtes vernissés recueillent l'avant-garde glauque du jour, le Grand Surveillant déambule de toutes ses longues jambes. L'angoisse l'étreint. Que fait Yi durant son long et inutile combat intérieur ? Ne se sera-t-elle pas détruite ? Un cadavre refroidissant, c'est peut-être ce qui se présentera à sa vue. Alors il expirera : lui ayant fermé les yeux, lui, le Grand Surveillant, se tuera sur elle. Son corps sur le sien, l'épousant comme s'il n'était pas châtré. On s'en moquera dans toute la Cité Violette : un eunuque se supprimant pour l'amour d'une belle qui n'aurait dû être pour lui qu'une viande ingoûtable. Mais que lui importeront ces rires, quand lui et sa Yi

seront unis à jamais dans les Fontaines Jaunes ?
 La panique l'étreint toujours plus à mesure qu'il approche du pavillon de Yi, concassant neiges et glaces, laissant derrière lui un sillon dévasté. Le pavillon est là, tranquille dans l'universelle tranquillité. Par les fenêtres treillagées couvertes de papier noir, filtrent des coulées tamisées de lumière. Les lampes sont donc toujours allumées. Yi ne dort pas. Mais ces lampes sont-elles gardiennes funéraires de la dépouille de Yi ou bien veilleuses de ses espoirs ? Avec la clef, glaive destiné à pourfendre les ferrailles emprisonnantes, Ngan Te-hai n'a que des gestes maladroits et hagards, il n'arrive pas à faire obéir la machine-serrure, qui grince sans s'ouvrir. Enfin, après une ridicule bataille à l'aveuglette, dans un hachement de raclures, il en force la gueule. Il enfonce la porte, yeux baissés par l'épouvante. Il lui faut un effort pour les lever. Alors il contemple et il est frappé de stupeur.
 L'huile est presque consumée dans les globes de porcelaine. Une pénombre. Et, sur son alcôve, Yi, assise sur ses jambes entrecroisées, projette son corps très droit et très haut, sa tête n'en étant que la proue, absolument figée. Yi n'est pas morte. Yi n'est pas vivante. Elle est en léthargie. Une statue de chair, de ce monde et hors de ce monde. Elle se tient totalement immobile et insensible, raide, sans courant de vie, sans le flux des artères, sans le souffle de la respiration, sans la chaleur de la peau, sans le battement du cœur. Tout est arrêté en elle. Inerte. Elle reste ainsi, parée, engoncée dans sa chasuble rouge, une idole qui aurait transcendé toutes choses. Ses yeux ouverts sont aussi vides que l'abîme. Eclair pétrifié de ce qui ne bouge pas. En tout cela la Solennité, la Magnificence et l'Effroi. Ce Ngan Te-hai qui a eu si peur pour elle, elle ne le voit pas, elle ne l'entend pas, il n'existe pas, elle est bien dans le néant qu'elle s'est donné, qu'elle s'est choisi. Ainsi, elle n'est pas morte, mais s'est

réfugiée dans son royaume à elle, dans sa catalepsie, dans son hypnose, elle-même retrouvée.

Yi demeure dans cet état, toujours séparée du monde. Le Grand Surveillant se demande si ce n'est pas de l'avoir trop attendu qu'elle est devenue ce fantôme dont l'esprit est si loin, dans quelque jardin enchanté. Lui-même, s'étant réduit à une chose atone, la contemple. Il se sent transpercé par les yeux de Yi, qui regardent seulement à l'intérieur d'elle-même, son séjour inconnu... Vision terrifiante. Il ne sait que faire. La secouer, la retirer de son hypnose ? Mais qu'en résultera-t-il ? Alors, de longues minutes, Ngan Te-hai se tient coi et inanimé lui aussi. Ce qui le hante, c'est la crainte que cette superbe créature, en se réveillant ne soit plus que Folie. Que, revenant au monde, elle ne pousse le cri de la Démence Ravageuse, plus épouvantable que celui de la Torture Suprême. Le Grand Surveillant s'accuse. Ce sera sa faute si Yi, sa Yi, sort de son engourdissement avec les yeux révulsés, pleins des tranchants éblouissants et affreux de l'égarement. Ses lèvres se tordront dans les sinuosités, dans les convulsions, fissures mobiles, trou énorme et béant, pour produire de la bave et des cris. Yi ramenée à la salive, à des sons inarticulés, aux hurlements et aux sanglots d'une douleur immense et inconnue, aux gémissements venant d'une peine profonde. Le Grand Surveillant imagine. Il se représente le beau visage de Yi devenu gargouillis, grimaceries abjectes. A moins qu'il ne soit resté pur, et que ses yeux ne soient que des fontaines de larmes qui coulent en ruisseaux incolores et incessants. Peut-être même que sa figure aura un mouvement éternellement semblable, éternellement stupide. Yi ne saura même plus qu'elle est Yi. En elle il n'y aura plus qu'une bête craintive et hallucinée. Peut-être vivra-t-elle dans une raison divagante, logique dans sa divagation. Peut-être sera-t-elle une forme apeurée, qui jettera furtivement un regard d'épouvante sur tout ce qui la retirerait de son enlisement, de l'oubli, de son accroupissement, de ses excréments. La folie guette Yi...

Si poignante est l'appréhension du Grand Surveillant qu'il met très longtemps à s'apercevoir que, sous son apparente immobilité, Yi poursuit très précisément son action acharnée, et pourtant presque indiscernable. Elle a placé ses mains, l'une recouvrant l'autre, dans la position de la sagesse méditative, mais un peu à gauche du corps, sous le cœur. Ngan Te-hai remarque enfin qu'elles tressaillent un peu, jointures blanches et veines gonflées. Il se réjouit, croyant que la Vie revient par ces extrémités. Bientôt le sang va circuler, le souffle s'animer, et Yi va enfin le reconnaître, lui, le Grand Surveillant, coupable et repentant. Contrairement à son attente et à son espoir, Yi reste dans son immobilité, les yeux en dedans, le corps toujours arrêté. Seules les mains ont leur propre existence. Seules elles vivent, et même procèdent à quelque opération mystérieuse. Ngan Te-hai se met à les scruter : elles travaillent. Leurs doigts sont recourbés sur un long objet, qu'ils enfoncent dans la chair de Yi avec une pression égale, presque invisible mais appuyée. Yi est en train de se transpercer, de se faire périr. Et cela sous les yeux de Ngan Te-hai, du Grand Surveillant ! De dépit, une envie de la laisser s'achever le prend. Pourtant il bondit, dans la terreur que la mort aiguisée déjà entrée en elle puisse à tout instant terminer son œuvre. Il distingue, entre les paumes de Yi, des lueurs irisées, froides, chaudes, qui sont certainement celles d'une lame. Ce doit être un poignard d'argent... Ngan Te-hai affolé, de ses longs doigts capables de tout, essaie de déplier, de décrocher, d'arracher les doigts de Yi, à peine moins longs que les siens mais si frêles, au manche du dard mortel. Malgré sa vigueur, il n'y réussit pas. Les doigts de Yi ont, pour résister, une force terrible. C'est, entre ces mains qui se déchirent et se supplicient, une bataille féroce. Tout ce temps Yi reste dans son extase insensible de l'au-delà, et l'eunuque n'a toujours pu la retirer de son ailleurs. Pourtant, la lutte est si acharnée que l'enjeu leur échappe, glisse et se casse en deux fragments sur le carrelage. Et tout à fait stupéfait, l'eunuque constate que ce qu'il croyait un stylet n'est que jade, le trident de jade ornemental.

Alors, après la chute de l'objet, de la bouche entrouverte de Yi, toujours dans son voyage, sort cette plainte à peine murmurée, un gémissement d'enfant, un vagissement de fœtus dans le ventre de son enchantement :

« Comment osez-vous, très infâme Ngan Te-hai dix mille fois maudit, m'empêcher d'arriver aux Fontaines Jaunes dont j'aperçois déjà les bords ? »

Le Grand Surveillant cette fois est courroucé. Il se rebelle.

« En tout cas, ce n'est pas cette lame de jade qui pourra vous servir de barque pour voguer vers vos Fontaines Jaunes tant désirées. Elle ne tranche pas plus qu'un morceau de bois...

— Moi, Yi, au-dessus de toute douleur et de toute souffrance, je serais parvenue au Domaine des Ombres Heureuses. Mais je voulais arriver grandiosement dans les reflets du jade. Pour cela je me serais labouré le flanc des heures et des jours, jusqu'à ce que le trident, au fond du sillon creusé par lui et constamment s'approfondissant, ait enfin piqué dans la mort. »

Yi laisse retomber son bras. Et ainsi elle découvre ce qu'il cachait : la brèche dans le tissu rouge s'ouvre aux yeux de Ngan Te-hai. Un déchirement de l'étoffe, la trame rompue laidement. Le corps en dessous est un déchiquetis encore plus affreux. Rien de coupé ni de découpé, mais une longue et large plaie qui est bouillie et purée, gâchis de chairs rouges, de chairs jaunes, de chairs aux couleurs livides et incertaines, toutes lacérées, en rocailles de viandes, saillies, bosses, trous, palette et arc-en-ciel de toutes les souillures, avec des filets broyés qui ont peut-être été peau et muscles. Raclure après raclure, morceau après morceau, le trident a arraché, piochant de ses dards, incapables de percer, accrochant et ramenant des lambeaux. Comment Yi a-t-elle pu supporter ce ravage affreux et lent, ses doigts serrant le trident éventreur alors qu'elle se donnait à l'insensible de l'Invisible Triomphant ?

L'entaille est affreuse, avec ses parois dévorées vives, grottes répugnantes, monticules endurcis, pierres molles et pavés résistants, et aussi canalisations crevées qui charrient le sang du cœur et les commandements du cerveau. D'ailleurs ce rabotage est rempli de suintements, dégouttant de lymphe et de sécrétions de toutes sortes, plus épaisses ou plus fluides, et en un endroit, le sang jaillit comme d'une minuscule fontaine. La plaie est ourlée noblement de lisières rouges. Mais dans l'ensemble, tout est maculé et infect, un chantier de l'horreur, les humus de l'intérieur étalés, sur le plus beau corps de femme qui ait jamais été. En fait, cette ornière n'est pas très profonde, un centimètre ou deux. Il aurait fallu à Yi gratter longtemps encore pour que cette vermine charnelle, cette fosse à purin, mène son corps au doux trépas où son esprit est déjà. A moins que cet esprit ne soit toujours resté là, dans ce pavillon, afin que Ngan Te-hai surgissant enfin la trouve dans l'œuvre de sa destruction, elle au loin, lui dans le remords.

Beauté de la Femme et son mystère. Cette Yi qui s'écorche vive, portant le bonheur de l'au-delà au visage, sans que Ngan Te-hai sache si elle s'est suppliciée pour la splendeur du geste ou tout simplement comme un reproche, une ruse peut-être. Mais quelle mise en scène ! Don de Yi au trépas ou petit calcul ? Est-elle une déesse expirante ou une concubine raccrocheuse ? Ainsi pense le Grand Surveillant. Mais à quoi sert de penser ? Par ce qu'elle vient de commettre, Yi montre qu'elle peut s'engager dans l'Audace Magnifique, la Vertu dans le Vice et le Vice dans la Vertu, tout à ce degré étant d'ailleurs Vertu en soi. Vertu par laquelle de grandes dames sont arrivées, selon les annales antiques, à dominer la Chine Céleste. Capables de tous les outrages, y compris contre elles-mêmes, s'ils doivent les conduire à assouvir leurs terribles ambitions. Oui, Yi est de cette race-là, rare et redoutable.

Mais Yi n'est encore que Yi, une débutante inexistante, sous la complète dépendance de Ngan Te-hai, qui pourrait arrêter sa vie d'un simple signe à ses servants. Le puits. Il ne le fera pas. Non par bonté, mais parce qu'il est enchaîné à elle. Cette Yi... Elle sort de son séjour dans l'insondable pour se retrouver elle-même, vivante créature terrestre. Mais l'hypnose partie, soudain elle blêmit et se convulse, geignant d'une douleur intolérable, humaine.

Devant un Ngan Te-hai livré à l'acuité de ses yeux gourmands, Yi retombe tout entière sur sa couche, n'étant plus que cris torturés, son corps se tordant en tous sens dans les affres de la grande souffrance. Inconsciemment Yi porte ses mains à son flanc déchiré, sur sa plaie horrible, non plus pour se faire mal, mais au contraire pour arrêter le mal intolérable, le cancer qui la ronge, la géhenne qui la brûle, son martyre horrible. Elle paie pour avoir été le bourreau présomptueux d'elle-même.

Ngan Te-hai sourit de satisfaction. Sa revanche... Puis, rapidement, de dessous sa robe endragonnée de Grand Surveillant, il retire une petite cassette longue et étroite, toute laquée d'un noir sombre, sans un signe, sans un reflet. Juste une minuscule serrure d'argent, où il introduit une clef qui n'est qu'un croc infime à multiples ramifications. Un ressort se déclenche, et un panneau s'ouvre sans bruit, montrant huit compartiments, chacun contenant un flacon de quelques gouttes. Huit fioles remplies d'un rien qui semble le même liquide limpide, translucide, pur comme de l'eau.

Ce coffret est l'instrument très secret qui permet à l'Eminent Eunuque d'accomplir ses devoirs les plus délicats et les plus mystérieux au sein de la Cité Violette où il distribue aussi bien la volupté que le trépas. Ces flacons contiennent les huit grands élixirs suprêmes, héritage des connaissances d'innombrables siècles, permettant de changer subrepticement le cours des existences humaines, selon la vraie volonté du Ciel. Il y a l'Elixir de la Guérison Immédiate, l'Elixir de la Bonne Guérison, l'Elixir de la Luxure Désespérée, l'Elixir du Désir Jouisseur, l'Elixir du Sentiment du Bonheur Infini, l'Elixir des Humeurs Noires et Suicidaires, l'Elixir de la Mort Foudroyante, l'Elixir de l'Inexorable Mort Lente. Ainsi le Grand Surveillant, par l'effet d'une gouttelette d'une de ces potions, est aussi le Destin, craint et redouté de tous. Mais le supplice des Mille Couteaux lui est promis s'il dispose de ces fioles selon son gré — car il ne doit accomplir que les ordres de l'Harmonie Suprême. Il est vrai que, souvent, dans les périodes troubles où le Dragon chancelle sur son trône et où des clans se forment et se combattent, des eunuques, pris de vertige, se sont servis de ces élixirs selon leurs ambitions déchaînées. Découverts, ils furent atrocement dépecés. Quelques-uns cependant ont réussi. Mais ceux-là, cloportes des cloaques redoutables, espéraient apparaître à la lumière comme les Grands Personnages d'une Dynastie commençante, favoris du Dragon Neuf qui avait assassiné le Dragon Ancien grâce à eux, ceux-là aussi avaient rapidement disparu de la surface de Tout Ce Qui Est. Le premier soin du nouveau Saint Homme, triomphant grâce à leurs filtres, leurs ruses et leurs mensonges, avait été de les faire périr, suivant ainsi très raisonnablement la Sagesse selon laquelle cette vermine hardie et dangereuse, après l'avoir fait Empereur, pourrait le défaire.

Ngan Te-hai, porteur de cette magie redoutable, est prudent, excessivement prudent. Il n'accomplit jamais que les commandements d'En Haut, susurrés par les lèvres augustes ou postillonnés par l'Antique Bouche de la Douairière. Et même là, pour le Grand Surveillant, il s'agit de bien comprendre. Quand la Vieille Dame marmonnant devant lui, se parlant à elle-même, dit : « Que la peste dévoreuse s'empare de ce mignon », il doit savoir que c'est là un souhait vain, un vœu pieux qu'il ne faut surtout pas exaucer. Elle sait trop bien que si un giton expirait de mort noire, son fils, le Fils du Ciel, qu'elle insupporte déjà, tirerait d'elle quelque terrible vengeance malgré son immense piété filiale. Elle ne tarderait pas à être frappée d'une maladie mystérieuse, purulente et exécrable. Pendant qu'elle trépasserait, le Saint Homme, à son chevet, jetterait des clins d'œil furtifs, moqueurs, atroces, à ses chéris survivants. Son décès comme une fête, son deuil comme une liesse. Quant à Ngan Te-hai, son sort...

Ngan Te-hai doit donc bien pénétrer le sens des mots de la Douairière avant de se servir de ses breuvages. Savoir si c'est un ordre ou un semblant d'ordre. Art difficile et presque divinatoire. En tout cas, jusque-là, il n'a jamais utilisé ses fioles pour ses humeurs, ses passions, ses ambitions. Et maintenant...

Avec ses doigts agiles, le Grand Surveillant ouvre le premier de ces flacons, dévisse longuement le bouchon scellé par un cordonnet de cire qu'il brise. C'est le flacon de la Guérison Immédiate. Le tenant très délicatement, il le penche sur la plaie infectée de Yi, en verse une goutte, une seule. Il lui semble qu'elle tombe dans un bruit de tonnerre. Puis, saisi par la peur, suant l'angoisse, craignant d'être surpris, hâtivement, avec une attention crispée, il rebouche la fiole, la range dans la boîte qu'il ferme et qu'il replonge dans ses profondeurs vestimentaires. Ngan Te-hai est blême, car, pour la première fois de son existence, il a pris des risques pour un être humain, pire, pour une femme, pour cette Yi. Maintenant, il lui faudra rajouter rapidement le liquide manquant, refaire la cire brisée. Cela, il en est très capable, car les recettes pour se servir indûment des flacons comme pour les remettre ensuite en état, il les connaît : les eunuques se les transmettent de génération en génération, c'est leur science très ancienne. Mais ce que Ngan Te-hai redoute, c'est une inspection de la cassette avant qu'il ait tout arrangé. Souvent, la Vétuste Douairière lui demande :

« Montrez-moi le coffret, que je m'assure que vous n'en avez pas fait mauvais usage. »

Et son œil jaune jauge les niveaux, regarde les cordonnets. Elle est soulagée, quoi qu'elle ait pu murmurer, que les liquides de mort n'aient pas servi. Heureusement Ngan Te-hai est un sage qui comprend. Quelle serait la fureur de la Vieille, comme sa face deviendrait de l'ivoire racorni, un ossuaire vivant, s'il manquait une goutte de la Guérison Immédiate ! Elle soupçonnerait quelque usage infâme, le secours à quelque ignoble concubine, sa détestation est implacable pour les créatures du gynécée, pire que pour les mignons, même si c'est contre eux et par des chairs de femme qu'elle veut régénérer son fils. Sa bouche serait une gouttière d'imprécations, et la disgrâce tomberait de ses gencives sur le Grand Surveillant à genoux, tâchant de plaider la nécessité de soigner le cheptel à matrices.

C'est vrai que Ngan Te-hai est plein de honte. La peur a passé, mais il subsiste en lui une haine de sa faiblesse, une haine pour la cause de son manquement, cette Yi... alors il se redresse méchamment. C'est un Ngan Te-hai géant, supérieur, inhumain, méprisant, instruit des mystères suprêmes, qui regarde dédaigneusement la goutte tombée opérer magiquement. Un quart d'heure, elle reste sans effet aucun, Yi toujours hurlante, son flanc déchiré. Puis la plaie, qui s'était violacée et noircie, s'adonne à une prolifération étrange. Tout y bouge. Une myriade inconnue, un peuple issu du corps lui-même, nettoie et échafaude. Yi ne gémit plus, soulagée de l'atrocité, dans le silence épanoui et heureux de la fin de l'immonde. Elle somnole... Cependant, là où ses mains avaient affreusement détruit, tout revit, tout se répare, tout se refait. Merveilleusement les matières nobles se reconstituent. C'est comme la création d'un monde. On voit à l'œil nu l'ouvrage avancer. De seconde en seconde, tout le sillon répugnant se gorge de chair saine. La chair repousse, la chair suave, la chair douce, la chair des fleurs de printemps, celles qui sont roses. Le beau rose de la chair excellente bien irriguée d'un beau sang. Et bientôt, sur ce qui a été si merveilleusement reconstruit, la peau vient s'étendre, une peau neuve qui s'unit parfaitement à l'ensemble de la peau de ce corps merveilleux. Plus aucune trace de l'immonde taillade, de ses souillures, de son sang noir. Là comme ailleurs, sur ce flanc délicatement courbé tout est perfection.

Yi se réveille tout à fait, radieuse, elle est à nouveau Beauté Superbe et Somptueuse. Ngan Te-hai, gigantesque, à la figure de pierre effrayante, se baisse et ramasse le trident cassé, qu'il lui présente. Sans un mot. Terrible dans son silence.

Alors, les paupières un peu battantes, troublée devant ce Surveillant, spectre détestable, Yi essaie de gazouiller :

« Oh ! oui, il me semble que j'ai fait de mauvais rêves. Cet objet... »

Mais la voix de Ngan Te-hai gronde comme le tonnerre :

« Vous étiez dans un cauchemar. Celui que vous

vous infligiez stupidement avec cette babiole... Le cauchemar de votre mort. »

Yi soupire :

« Je me souviens maintenant. J'ai voulu me faire périr avec ce jade. Je vous attendais et vous ne veniez pas. Depuis tant de mois ! J'ai trop attendu. Votre retard... Il m'a semblé que j'étais à nouveau reprise par les tenailles du temps et, plutôt que d'être indéfiniment tailladée par lui, j'ai préféré me taillader moi-même pour me trouver enfin dans l'éternelle immobilité reposante des Fontaines Jaunes...

— Petite sotte... Quel gâchis vous avez fait ! Vous m'avez obligé à verser sur vos souillures une goutte de l'Elixir de la Guérison Immédiate. Je vous hais...

— Qu'est-ce qui vous forçait à me consacrer cette goutte si précieuse ? Vous n'aviez qu'à me laisser continuer mon travail funèbre. De plus, quand vous êtes venu, voici deux jours, vous livrer sur moi à l'inspection de ma virginité et de ma bonne conformation, ne m'aviez-vous pas déclaré que vous souhaitiez ma mort ? Vous aviez aperçu le trident, deviné l'emploi que je lui destinais. Alors pourquoi cette goutte ?

La figure de Ngan Te-hai est sombre comme l'orage qui s'accumule. Sa bouche gronde comme les nuées qui vont éclater :

« Taisez-vous. Pour vous, je ne suis plus seulement le Grand Surveillant. Par cette goutte, j'ai fait de vous ma chose, mon détritus, mon ordure. La déjection sur laquelle je viendrai assouvir mes désirs, mes luxures, mes férocités. »

Yi essaie encore de combattre :

« Vous avez encore des concupiscences, homme coupé ? »

La voix de Ngan Te-hai, halètement sinistre, long coassement :

« Taisez-vous. Chaque jour, peu après l'heure du Coq, je serai là. Et vous me serez soumise comme un ver de terre. Vous ferez tout ce que je voudrai, même ce qu'il y a de plus ignoble et de plus dégoûtant, de plus sanglant aussi, l'envie de vous tuer pour mon plaisir peut me prendre. Surtout, soyez docile, obéissez respectueusement. »

Yi garde son visage le plus serein. Elle réfléchit. Qu'importent les menaces et les insultes puisque Héros Coupé — et c'est là l'essentiel — viendra quotidiennement auprès d'elle, la reliant par sa seule présence, même si elle est mauvaise, au monde et à la vie. C'en est désormais fini du néant, du vide affreux, du temps interminable. Pour le reste... Maintenant, il veut l'humilier, la rabaisser, la soumettre aux outrages et aux cruautés. Qu'il se satisfasse. Et puis où est sa vérité derrière ses déclarations obscènes ? Que de contradictions en sa conduite ! En Yi, une prescience : puisque Ngan Te-hai est un homme, ou presque un homme, rien n'est encore joué, toutes les surprises, même les plus heureuses, sont possibles. Elle saura bien le manier.

Mais pour le moment, Yi pense que sa dignité est de ne pas avoir de dignité. Surtout il ne lui faut pas, comme le ferait une créature ordinaire, essayer de s'offenser, de s'offusquer, de prendre de grands airs — ou au contraire d'implorer, de gémir, de supplier. Ngan Te-hai la veut dans l'abjection, comme si elle était une prostituée, elle va donc se comporter selon son désir, au point qu'il en sera surpris ! Yi, vierge parée et précieuse, porteuse d'une science innée de la basse galanterie, se lève sans un mot, sans aucune expression sur son visage. Tout son accoutrement somptueux, elle l'arrache brutalement, vulgairement, rapidement, sans ces gestes gracieux, sans les raffinements et les longues douceurs du déshabillage. Pas de doigts fuselés pour enlever les aiguilles et les bijoux, pas de mains habiles pour défaire les ceintures, pas de mystère pour laisser tomber langoureusement ses tuniques et ses voiles. Exactement comme une catin quelconque pressée de satisfaire le client, au lieu de présenter lentement son corps, ce chef-d'œuvre à déguster, elle est nue, brutalement nue en quelques secondes. Elle se remet sur sa couche, sa chair étalée comme une viande quelconque offerte à de bas appétits, jambes écartées, sordidement indifférente. A l'étal.

Elle est loin. Et il lui semble entendre Ngan Te-hai lui crier :

« Je sens que je vais vous tuer. »

Mais cela vient comme un cri indistinct. Un ouragan noir, plein d'éclairs, s'abat. C'est Ngan Te-hai qui se rue sur elle si frêle. Un élancement effrayant, un bloc de ténèbres. Cette fois, plus de doux vent, de zéphyr, de rosée, plus de caresses merveilleuses et savantes qui parcourent ses formes et ses trésors. Un saccage. Au-dessus d'elle, un démon — les yeux exorbités et la tête comme une hache luisante qui pourfend, les mains comme des crocs qui déchirent. Il lui semble être replongée au fond du tournoiement liquide qui l'avait hantée, avec un Ngan Te-hai qui, dressé comme le souverain de cet antre tourbillonnant, la fracasse sur la roche nue au lieu de la secourir au dernier moment. Des rugissements furieux lui parviennent. Elle se sent déchiquetée, écartelée vive. Ses yeux sont arrachés, sa figure explosée, ses seins découpés par des serres, sa fente cisaillée et son monticule rose et précieux taillé comme un abat. Elle n'est plus que grumeaux sinistres, épars, dégoûtants, dégoulinants, pâtée de chair et tronçons d'os, fricassée jonchant le sol. Cependant, Yi n'éprouve aucune douleur, plutôt une délectation rare, comme si la douleur à ce degré était joie. Au-dessus d'elle, comme le dieu infernal aux mille bras noirs tenant tibias et crânes, Ngan Te-hai, la figure dans une intensité pétrifiée et folle, préside à cette orgie macabre. Quoique Yi ne soit plus que lambeaux encore gigotants, crachats de son être, elle éprouve la sensation mystérieuse que tous ces bouts d'elle, débris infâmes aux couleurs emmêlées, sont extraordinairement unis entre eux, qu'elle est entière. Et puis les images changent. Plus d'entonnoir abyssal, elle est dans la pièce somptueuse de son pavillon, à même son lit. Le visage de Ngan Te-hai, planant sur elle, n'a plus cette fixité bestiale, cette fureur démente. Il semble à Yi que tous ses fragments éclatés se sont rassemblés en sa forme de toujours. En son ventre, au lieu du tourment infini, se répand une exaspération indicible, chaude, béatifiante, un délire, non plus de la mort, mais de la vie. De ses paumes, elle éprouve ses formes, et, dans ce craintif tâtonnement, dans cette exploration lente et soigneuse, elle se retrouve entière, intacte dans sa féminité exquise. Alors elle a le courage d'ouvrir ses yeux qui sont parfaitement à leur place, clartés oblongues de sa face. Elle se voit dans sa nudité accomplie, parfaite, allongée. Un poids est posé sur son flanc, une lourdeur tressautante, c'est la tête de Ngan Te-hai vaincu, écroulé, qui, au lieu d'être fer déchirant, n'est plus qu'une chiffe vieillie, une glaise poreuse, un linge de peau fripée aux regards d'angoisse. Ses traits sont décomposés en une misère lamentable, dans l'impuissance de la peine. Une bête à l'agonie. Tel est le terrible Ngan Te-hai qui a voulu, par la violence déchaînée, se sentir un homme, et qui s'est acharné vainement. Il n'est, il ne sera jamais qu'un castrat...

Yi avait bien deviné. Voilà enfin Ngan Te-hai dans sa vérité. Sous sa paupière ternie, une grosse larme, bulle baveuse, liquide de l'asservissement, se met à couler sur sa joue, franchissant une à une les rides de son malheur, jusqu'à ce qu'elle tombe à terre. Yi comprend aussitôt combien ce pleur le livre à elle complètement. Une joie formidable s'empare d'elle. Le néant est fini, le temps mortel est fini, le Grand Surveillant sera l'instrument de son destin. Elle se sent forte, sûre, d'une férocité exaltée, déjà pleine de ruses. Magnificence en elle, sa jubilation est d'autant plus grande devant tout ce qu'elle devine, les mystères et les pièges de la Cité Violette, qu'elle devra les surmonter pour arriver à ses fins. Elle se sent invincible devant les douleurs et les griffes de l'inconnu.

D'abord il lui faut dompter complètement Ngan Te-hai. Comme première épreuve, elle lui inflige celle de l'humiliation. Un rire la prend, perçant comme une aiguille. Pendant que sa main efface sur la figure de l'eunuque le chemin des pleurs, sa voix cascade avec une goguenardise gourmande :

« Eh bien, Ngan Te-hai, vous vous êtes donné bien du mal. Vous me semblez un peu désemparé. Je devine ce qui vous tourmente. Vous avez voulu retrouver sur moi votre virilité. En vain. Mais pourquoi ne vous êtes-vous pas servi d'une goutte de la Guérison Immédiate pour faire repousser ce qui semble tant vous manquer, un beau membre bien mâle ? »

Le rire continue cependant que le malheureux Ngan Te-hai reste écroulé, sa tête, comme celle d'une tortue écailleuse, sortant de la carapace de ses habits chamarrés, tout abîmés. Et même, au bon endroit, la corne vrillée de la licorne s'est cachée dans les plis de sa vêture, dont la splendeur est transformée en guenille traînant sur son corps mutilé. Cependant, loin de se fâcher, Ngan Te-hai gémit :

« Hélas ! pour ma calamité, la Goutte n'a pas ce pouvoir-là. Je suis coupé, à jamais coupé. Pour évacuer mes eaux, il faut que je m'accroupisse comme une femme. »

Et, à l'extrême surprise de Yi, Ngan Te-hai, ayant soigneusement remis en ordre sa face et ses vêtements, redevenu beau, grave, extasié, solennel, se prosterne devant elle, parée de ses seuls charmes, frappe sa tête contre le sol sept fois et déclare pieusement :

« Qu'importe ce que deviendra ma vie. Je vous admire trop. Vos traits ont une grâce céleste. Vos sourcils sont arqués comme ceux du Dragon. Vos yeux brillent telles les étoiles au fond des nuits. Vos dents ont des reflets d'opale. Vos lèvres scintillent comme la rosée à l'aurore d'un jour de printemps. Vos mains, on les croirait taillées dans le plus pur des jades blancs. Je suis à vous... »

Yi, surprise de cette victoire si subite, dessine avec sa bouche une moue un peu ironique :

« Vous me faites vraiment de beaux compliments. Vous êtes un eunuque très bien élevé. Vos images sont tirées des poèmes les plus beaux et les plus anciens, ceux-là mêmes que tous les jeunes galants de Chine récitent à leurs aimées depuis des siècles. Car, en ces éloges courtois, il est convenable de ne rien innover. Très bien, Ngan Te-hai... Mais vos hommages me déconcertent un peu. Pourquoi avez-vous tant tardé à me dire de si jolis mots ? Pourquoi êtes-vous apparu si tard et d'abord si méchamment ? Et pourquoi faites-vous maintenant le joli cœur, comme si vous étiez un homme entier ? »

En fait, Yi connaît déjà parfaitement toutes les raisons, tous les débats, tous les émois de Ngan Te-hai. Mais il lui est agréable de l'entendre avouer humblement :

« Quand j'ai été réduit à la condition de castrat, j'ai failli mourir de tristesse. Il me semblait sentir éternellement entre mes jambes un vide affreux, un gouffre ; et me pesait atrocement le manque de poids de ce qui m'avait été enlevé. Je me disais que plus jamais je ne serais un homme et mes pensées allaient à la mort. Les autres eunuques se moquaient de moi et me consolaient : « Tu es un privilégié, me racon-
« taient-ils avec leur graisse fleurissante et leurs tim-
« bres de fausset. Tu as perdu un bout de chair.
« Mais, en échange, que de faveurs si tu es habile !
« Connaissant les secrets de la Cité Violette tu te
« délecteras en intrigues perfides. Ainsi tu deviendras
« secrètement redoutable, abattant tes ennemis, met-
« tant l'Empire en coupe réglée et accumulant l'or
« en quantité. Bientôt tu ne sentiras même plus

« l'aiguillon charnel. Cela vaut mieux que tous les
« soucis de l'amour. A sa place, qui t'empêchera
« de déguster les vins les plus délicieux et de goûter
« aux délices extrêmes de l'art ? Tu verras, tu éprou-
« veras les sensations les plus raffinées, mettant ton
« plaisir à la vue d'une estampe précieuse ou à la sen-
« teur de fleurs rares. »

« Ainsi me parlaient les autres castrats, contents et débonnaires. A la fin, je me suis fait une raison. Je me suis accoutumé à mon teint trop pâle, à ma voix trop aiguë, à ma chair amollie. Les eunuques font rire le peuple de Pékin qui les appelle « vieux coqs », je le savais. Pourtant, un sort heureux fait que j'ai conservé une apparence presque mâle. Je pensais que, lorsque je deviendrais une grosse larve gélatineuse avec l'âge, je serais résigné, assis sur mon pouvoir et mes trésors. Le désir voluptueux des sens avait cessé de me tourmenter. Je n'étais pas vraiment heureux mais pas malheureux. Et, avec une fureur cachée, avec un acharnement exaspéré, sans que cela se voie, je me suis mis à cultiver ces dons qui viennent aux eunuques, qui fleurissent sur leur mutilation, ces instincts femelles des grandes manigances et des grandes cupidités. A ces finesses je me révélais particulièrement apte ; appliquant âprement les bons conseils des castrats, je les supplantais presque tous. J'ai réussi l'exploit difficile d'amadouer la coriace et revêche Douairière, si méchante et si méfiante. J'ai appris à deviner ses désirs acides, vinaigrés, confits dans l'amertume, avant même qu'elle ne les ait exprimés de sa voix décharnée, sans que la moindre ride de ses humeurs se marque sur son visage rêche et compassé. Pénible travail... Quelle attention constante que de lire sur cette planche de bois ! Mais ainsi, satisfaisant déjà ce qu'elle n'avait pas encore proféré, j'arrivais à lui plaire et même à lui être indispensable. Elle m'a fait nommer Grand Surveillant. Je n'avais plus au-dessus de moi, au sein de notre petite corporation châtrée, que le Grand Eunuque, cette boule de graisse empuantie. Je le haïssais et il me haïssait, d'une haine qui s'exprimait par les plus grandes politesses mutuelles. Je ne pensais qu'à l'abattre, à le faire tomber dans la disgrâce de la Vieille Dame. Besogne difficile car elle tenait beaucoup à lui, depuis longtemps, il était en quelque sorte sa maquerelle de confiance. Telle était ma situation quand...

— Quand ?

— Vous le savez bien. Jusqu'au Concours du Concubinat, où je vous ai vue. Si belle... Aussitôt ce que je croyais éteint à jamais en moi s'est réveillé aussi fou qu'un printemps qui éclate, une lave qui explose. J'ai été saisi d'un tremblement, mon cœur s'est mis à battre comme les ailes d'un oiseau dans la cage de mon corps. Etait-ce possible pour moi l'homme sans membre ? Ma sensualité, apparemment ensommeillée dans un repos éternel, a pris feu. Il fallait que la Douairière, aux yeux vigilants de hibou, ne se doute de rien. A tout prix, je devais cacher cette émotion. Je réprimai les marques de cette ardeur délirante et ridicule. Aussi je ne jetais sur vous que des regards rapides, inertes, qui m'enivraient mais qui semblaient vous ignorer, vous rabaisser, vous rejeter, comme si je vous jaugeais médiocrement au milieu d'un cheptel. Vous avez cru à ma haine. Mais, en ces mêmes secondes, grâce à une hypocrisie savante, vous dépréciant subtilement, vous rabaissant tout en condescendant à vous reconnaître certaines qualités, j'employais les arguments capables d'ébranler la Vieille. Je m'arrangeais pour que vous soyez choisie honorablement. Cela n'a pas été aisé, car la Vieille, avec sa perspicacité de Douairière stupide, ne voulait pas de vous : elle avait deviné votre orgueil dangereux. Enfin j'ai réussi. Je voulais sentir dans ce palais votre présence comme un parfum sublime. »

Yi, la bouche retroussée sur ses dents, crie, les joues carminées de fureur :

« Toute cette honorable peine pour me jeter dans ce pavillon, puits scellé au monde. Pour me livrer là au temps mortel, sans que votre flambant amour daigne, si longtemps, vous pousser à venir jusqu'à moi, dans ce pourrissoir ! Vous m'avez infligé le supplice du néant.

— Ce néant, dans les fébrilités et les majestés de la Cité Violette, je l'ai souffert autant que vous. Vous l'ignoriez évidemment, mais j'étais comme un poisson accroché à votre hameçon, qui se débattait. Il me fallait continuer à faire bonne contenance à la Cour, à remplir mes devoirs, et surtout à complaire servilement à la Vieille, de façon que ses yeux chassieux, mais pas aveugles, ne discernent aucun émoi en moi. Impassibilité, compliments et sourires approbateurs. Alors que je ne pensais qu'à vous, si proche, si accessible, offerte. Dans l'état où j'étais, un reste de raison me disait que si j'allais auprès de vous, j'étais perdu... Ce serait l'éblouissement, jamais l'assouvissement, et par conséquent un chagrin toujours plus poignant de mon incapacité. Sans compter les fantômes et les fureurs, la chute fatale dans le malheur, la désespérance, et je ne sais quelle fin atroce de rage et de douleur, après quels tourments ! Alors, pour me sauver — au prix de quels déchirements, de quelles rongeantes tentations — je me suis résolu à ne jamais apparaître à vos yeux, à vous laisser dans votre solitude. Pensant vainement à guérir de moi-même. »

Rire de Yi, aux yeux noirs :

« La belle passion. Moi victime plutôt que vous, beau seigneur plein de peur à l'idée de m'affronter sans épée entre vos jambes !

— Oui. Non. J'ignorais. J'étais dans la géhenne de mon cœur. Je savais qu'un temps viendrait où il faudrait me décider. J'ai eu la force de reculer des mois et des mois cette échéance qui s'imposerait à moi quand vous seriez près des Fontaines Jaunes. Je suivais anxieusement le mal du temps sur vous. J'avais laissé auprès de vous, pour vous servir, en réalité pour suivre l'étreinte du vide sur vous, deux castrats de confiance, deux enjuponnés lardés et impavides, devenus des rocs, tant ils ont été les témoins de drames. Leur indifférence trempée et retrempée en fait des observateurs sagaces. Leurs yeux étaient mes yeux, leurs oreilles étaient mes oreilles. Je savais tout de vous, le moindre geste, le moindre sentiment et même la moindre pensée, car ils sont entraînés à voir, et par ce qu'ils remarquaient, tout et rien, ils pénétraient dans les replis de votre cœur et de votre cervelle. Par eux, je vivais presque avec vous.

— Ainsi je périssais sous votre vue, et vous vous régaliez ! Vous aviez poussé la cruauté jusqu'au point d'ordonner à vos espions dégoûtants de ne jamais me parler. Leur silence était l'aiguille du temps tueur ! »

Ngan Te-hai courbe la tête avec accablement :

« Ils ne faisaient que suivre une règle impérative et séculaire, celle des lèvres scellées, car jadis des concubines, après avoir échangé des phrases avec leurs gardiens, les avaient enjôlés et en avaient fait leurs complices pour des noirs desseins. »

Yi, de la tête, trace en l'air, dédaigneusement, un caractère qui signifie « non ». Elle s'exprime cette fois avec une lassitude infinie.

« Ainsi, malgré vos larmes et vos mots d'amour, vous me mentez encore bêtement. Moi qui au moins vous croyais intelligent ! Vous n'êtes pas seulement coupé, mais stupide.

— Ce n'est pas, en effet, la véritable raison de leur mutisme. C'est moi qui avais peur. Ma lâcheté. Si vos bouches s'étaient répondu, je craignais que vos mots, vos plaintes, vos gémissements — quoique ce ne soit pas votre caractère de vous lamenter — fidèlement rapportés, n'avivent trop mes blessures ouvertes par votre beauté et ne me précipitent vers vous, contrairement à mes résolutions. »

Yi le scrute, toujours nue, comme si elle était une reine méprisante, au-delà de tout :

« Ainsi vous suiviez délicieusement ma descente degré par degré vers la mort fatale, en la souhaitant. »

Et la bouche de Yi, comme le feu d'une comète, le brûle de ces mots.

« Avouez-le donc cette fois franchement. Vous vouliez ma fin, elle était pour vous une jouissance et un espoir ? »

Ngan Te-hai tombe encore plus prostré, tout son corps comme balbutiant devant cette question qui est un crochet dans sa chair :

« Je ne sais pas. Je suis désespéré. »

Yi ressemble à une biche accroupie, aux yeux de cendre tendre. Un sourire très doux entrouvre ses lèvres. Ses bras forment une amphore autour de la tête ravagée de Ngan Te-hai. Et parfois ses doigts sillonnent, consolants et maternels, les cheveux en désordre du Grand Surveillant. Son corps entier est comme une source de bonté, car Yi peut aussi être bonne, que ce soit à la suite d'un froid calcul ou que son humeur soit enjôleuse. Bonté trompeuse...

« Chassez vos idées noires. Je le sais, je le sens, au lieu de descendre ensemble aux enfers, nous trouverons tous les deux les chemins du bonheur. Nous aurons une existence de miel et de pollen. Je suis à vous comme vous êtes à moi... Mais je me demande, Ngan Te-hai, comment un homme comme vous, si fier de sa virilité, a pu accepter la condition d'eunuque. Car je ne pense pas que la nature vous ait fabriqué comme un néant. Vous avez dû subir la castration. Quel motif a pu vous pousser à un pareil sacrifice ? »

Ngan Te-hai bondit et crie avec fureur :

« J'étais remarquablement constitué ! C'était ma fierté. Et jamais la pensée que je pourrais un jour être un eunuque ne m'avait même effleuré l'esprit au temps de ma jeunesse, dans la cité de Ha-kian-fen, proche de Pékin, où j'étais né. Ma famille était la plus riche de la ville. Moi, gavé d'argent, je peux le dire, j'étais le plus beau, le plus élégant, le plus prodigue des jeunes fêtards. Je me consacrais uniquement aux plaisirs, j'étais fou des femmes, des courtisanes luxurieuses. Au point que, la trentaine approchant, je ne voulais pas être encombré d'une épouse ni même de concubines officielles, installées dans la demeure ancestrale, qui m'auraient gêné dans ma frénésie de vie joyeuse. Cela désolait mes parents, qui m'en faisaient reproche, me montrant l'autel des ancêtres, dont les tablettes risquaient de n'avoir pas de continuité. Oh ! ce grouillement des êtres, ces excès ! De jour et de nuit, je me grisais dans la maison de thé, qui portait, accrochée à son portail, une grosse lampe rouge éclairant les caractères prometteurs du bonheur. Un bonheur immense comme l'océan. De l'enceinte, à travers le papier fin éclairé de l'intérieur, venaient les sons et les vacarmes de la débauche — un tumulte sensuel, le mouvement perpétuel de la volupté, des bouts de conversations enjouées, des chants grivois, les pleurs de musique, des bourdonnements de corde grattée. Quand j'entrais, un cri général me saluait. Et autour de moi, l'amas des beautés, dont les fards et les vêtements colorés s'avivaient sous les lumières mouvantes des lanternes. Quel essaim ! Partout des tables chargées de mets et de vins, où les hommes de tous âges riaient sous les caresses des filles. Toutes si gracieuses et si prometteuses ! Il y avait des Chinoises à la figure ronde, harmonieuses comme la lune, selon le dire des poètes. Et des créatures du Sou-tchéou, célèbres dans tout l'Empire Céleste, pour leurs traits délicats et raffinés, toutes menues. Le tintamarre, la joie, les musiques, les goinfreries, les concupiscences. Plus la nuit avançait, plus redoublaient les chants suraigus, les plats merveilleux, le roulement des tambourins, les défis des kampés, les hilarités des hommes et les mélodies des femmes. Dans cet antre on distinguait sur un mur, tel un dieu, l'emblème d'un membre mâle, d'une puissance qui faisait la joie de tous, qui inspirait les plaisanteries les plus obscènes. J'étais heureux, car je me disais que j'avais un membre presque de cette taille-là. Et puis, dominant cette caverne des exaltations déchaînées, des chambrettes pour toutes les impudeurs. Mais à quoi bon vous décrire mon existence passée ? Car la calamité est arrivée... »

Yi passe le bout de sa langue sur ses babines, avec gourmandise. Elle jouit déjà du malheur survenu à Ngan Te-hai, malheur qu'elle va déguster. Cependant, elle sait donner à ses traits l'expression la plus apitoyée :

« Ngan Te-hai, je comprends mieux vos tourments, vous qui avez si bien connu les délices charnels. Mais quelle est donc cette catastrophe qui a abouti à supprimer chez vous l'outil des jouissances, dont vous parlez avec tant de fierté ?

— Mon père était marchand de cercueils. Métier particulièrement honorable, important, pacifique. Selon la coutume, il faisait ramener dans des jonques les restes des natifs de Pékin surpris par les Fontaines Jaunes dans les autres provinces de la Chine — ou dans ces morceaux de terre arrachés au Céleste Empire par les Barbares comme Shanghaï ou Hong Kong. Restes entourés d'une garde d'honneur, lamentés par des pleureuses, enfermés dans des sarcophages de bois précieux. Chaque cercueil était une masse. La jonque funéraire voguait dans la crainte et le respect, au fil des fleuves puis le long du Grand Canal, jusqu'à la terre natale des défunts, où ils seraient enterrés selon les rites, où ils auraient leur dernière demeure. Hélas ! pour accroître le profit, mon aïeul a eu l'idée, grâce à ces dépouilles, de faire la contrebande de l'opium. En acheter là où les Longs Nez puants le vendaient sans honte, et l'amener jusqu'au cœur sacré de la Chine Céleste, à Pékin, où son commerce était interdit sous peine de mort et où par conséquent il se revendait à des prix exorbitants. Bénéfices énormes. Aussi, de temps en temps, lui, vénérable entrepreneur de pompes funèbres, faisait mettre, au milieu des bières splendides, garnies de cadavres solennels, d'autres bières semblables, aussi somptueuses, mais qui ne contenaient que des squelettes de coolies. Leurs os, en guise de moelle, avaient été remplis de « fumée noire ». Trouvaille ingénieuse. Les gabelous des innombrables douanes intérieures, les satellites des mandarins cupides, étaient réduits à l'impuissance. Eux qui partout prélevaient impôts, taxes et pourboires sur tout ce qui se transportait, ne réclamaient rien. Il leur fallait laisser passer le chargement mortuaire sans rien percevoir — les décédés, c'était le seul article en Chine sur lequel ces hommes de proie n'exigeaient rien. A cause des génies des vengeances, des esprits de l'autre monde qui viennent sur cette terre hanter les vivants.

« Cependant, la quantité des trépassés provenant de Shanghaï et pieusement rapatriés par mon respectable marchand de père souleva les soupçons d'un préfet particulièrement rusé et âpre. Lui se douta de la supercherie. Mais que faire ? S'il faisait ouvrir un cercueil et qu'on ne trouvât que des ossements saints, on lui couperait la tête pour sacrilège. Evidemment, s'il y découvrait de la drogue maudite, ce serait celle de mon géniteur qui volerait aussitôt. Et lui palperait. Mais le pari était trop incertain. Le fonctionnaire rumina des jours et des jours, et enfin la solution lui apparut. Faire engager un homme à lui — un parent — dans l'équipage du bateau-cimetière. Hélas ! l'indigne individu a été imprudemment embauché, l'espion a pris tout son temps pour bien observer et a averti enfin son maître : « Tel jour, « sur le navire des morts, je vous indiquerai le cer- « cueil contenant l'opium. »

« Le petit mandarin, ainsi prévenu, a commis l'abomination de violer la sépulture flottante. Après un pareil acte, une tête devait tomber, la sienne ou celle de mon père. Or, il se trouvait une quantité de drogue dans le cercueil éventré, les tibias du squelette exhumé en étaient bourrés. Mon père aurait dû être traîné au prétoire, jugé avec toute la sévérité de la Sagesse, et finalement mis à genoux, la tête sur le billot, jusqu'à ce que le sabre la lui ait tranchée. Il n'en a pas été ainsi, car il a eu l'ingéniosité de dire au dignitaire triomphant : « Ne me faites pas « un procès vengeur. Je périrai en ce cas, mais tous « mes avoirs tombés entre vos mains, vous en serez « vous-même presque entièrement dépouillé par la « hiérarchie de vos supérieurs. Epargnez-moi, et mes « richesses, même les plus secrètes et les plus cachées, « je vous les remettrai et vous pourrez les garder « pour vous tout seul. »

« Ainsi fut fait. L'auteur de mes jours a survécu, mais réduit à la misère ignoble. »

Au terme de ce long récit Yi avait été saisie d'une hilarité qui bougeait à peine ses traits. Puis, ne pouvant plus se retenir, elle se mit à pouffer de rire, une petite cascade de sonorités amusées ; et enfin elle émit cette remarque très morale :

« Il faut être excessivement rusé quand on emploie la ruse, sinon elle retombe toujours sur vous et vous casse en pitoyables morceaux. J'espère, Ngan Te-hai, que vous êtes beaucoup plus malin que votre honorable père. Contrairement à lui, j'augure que votre œil, quand vous manigancez, perce jusqu'au fond du tourbillon des intrigues, dans le labyrinthe des stratagèmes ennemis où seules la grande intelligence et la grande vertu sauvent et permettent de vaincre ! »

Ngan Te-hai, soudain, contemple Yi avec une sorte de stupéfaction, des taches rouges lui montant aux pommettes :

« Comment vous, si jeune et si novice, encore vierge, connaissez-vous si bien le monde cruel et traître où vous n'avez jamais pénétré ? Vous m'effrayez... Quant à moi, soyez rassurée. Comme je vous l'ai dit, j'ai acquis beaucoup d'expérience dans la Cité Violette. N'en suis-je pas devenu le Grand Surveillant ? Non, pour la ruse, je ne vous décevrai jamais... »

Cessant de rire, Yi abaisse davantage ses yeux sur Ngan Te-hai, avec en chacun d'eux une étincelle métallique dangereuse, comme si elle était sûre d'être plus forte que lui dans la Sagesse, c'est-à-dire dans la perfidie, où elle le dominerait en utilisant ses dons. Mais l'éclat se calme, et Yi, toujours blottie contre lui, l'abreuvant toujours de ses mains, s'enquiert avec une émotion bien feinte des déboires qui ont fait de ce Mâle Triomphant le pauvre Héros Coupé :

« Et c'est alors que vous avez perdu votre glorieux membre ?

— Par piété filiale. Mon père, soudain, n'était plus qu'une loque branlotante et ma mère, toute desséchée de douleur, lui servait vainement de béquille. C'était à moi, leur fils unique, d'assurer leurs vieux jours et de leur procurer, pour leur décès, à eux qui en avaient tant vendu, de somptueux cercueils. Mais je ne savais rien faire qui puisse rapporter de l'argent, je n'avais appris qu'à le prodiguer. Or, ma cité de Ha-kian-fen a une industrie étrange. Peut-être avez-vous entendu dire que c'est un centre d'élevage et de fabrication de castrats. Ma bonne ville se glorifie d'avoir fourni immémorialement les plus célèbres eunuques de la Cour.

« Il se trouve qu'à la Cité Violette, la confrérie des "coupés", la plupart originaires de ma ville, ayant appris ma triste situation, s'est avisée que je pourrais constituer une excellente recrue. Un émissaire m'a été envoyé, avec des propositions très honorables : que pouvais-je faire d'autre, malgré mon désespoir, que d'accepter, que de me sacrifier pour ne pas laisser mes parents sans ressources et ensuite sans sépulture ? J'émis cependant une condition : qu'on me donne un an, pour que je puisse faire un fils qui me succéderait sur les tablettes de l'autel des ancêtres. Cela a été jugé très décent et convenable, et la corporation châtrée m'a même fait remettre une petite somme pour que je me procure une épouse et deux concubines afin que rien ne soit laissé au hasard, et que, de toutes ces femmes engrossées par moi, il naisse au moins un garçon. Précaution sage, puisque, vous le savez, les filles sont indignes d'être inscrites sur les tablettes sacrées. Neuf mois après, ces femelles ayant été dûment ensemencées et gonflées, j'ai eu la moisson de ma progéniture : pas seulement un petit mâle, mais trois ! je ne pouvais plus me dérober. Le moment fatal était arrivé où mon membre, après avoir tant servi au plaisir, puis au devoir, allait m'être tranché. J'espérais mourir. Je ne suis pas mort mais cela a été affreux. »

Une sueur enveloppe Ngan Te-hai à ce souvenir. Ses yeux sont exorbités, sa tête est effrayante, figée dans l'horreur de la mémoire. Yi, affectant encore plus de tendresse, câline l'homme qui éprouve le besoin étrange de détailler sa castration. Lamentable confession qui rabaisse Ngan Te-hai, si superbe au temps de sa virilité, à ce qu'il est maintenant : Héros Coupé. Yi se félicite intérieurement d'avoir, dès le Concours du Concubinat, imaginé prémonitoirement ce surnom qui lui convient si bien. Elle jubile en l'écoutant, tout en donnant à son visage l'expression horrifiée qui sied à de telles abominations.

Ngan Te-hai, sa tête rigidifiée dans une sorte de superbe, détaille pathétiquement, grandiosement, ce qu'il a subi, l'ignoble opération :

« Je me suis trouvé dans une salle nue, aux taches qui pouvaient être d'humidité ou de vieux sang caillé. Au centre, une lourde table sinistre, dalle noire, où des rainures laissaient présager l'écoulement des liquides issus d'un supplice, et munie d'anneaux et de sangles, manifestement faits pour entraver un homme torturé. Devant elle, toute une rangée de personnages très dignes, noirs et terrifiants, certains vieux, aux barbichettes souillées. Pas des bourreaux, mais des médecins aux bonnets pointus, comme les bourreaux. Selon la coutume, le plus âgé de ces médicastres, se courbant devant moi, quoiqu'il fût déjà plié sur lui-même par l'âge, m'a demandé en phrases courtoises d'une extrême politesse : « Etes-vous consentant ? »

« Moi, qui n'étais plus qu'une nausée, qu'un vomissement retenu, un dégoût innommable, je me suis entendu répondre en un souffle : "Oui."

« Alors tout a été très rapide et très brutal. Je me suis retrouvé entièrement nu, écartelé sur la table, enserré de fers, de chaînes et de cercles, qui m'emprisonnaient la tête, les bras, tout le corps avec une dureté implacable. Mes jambes étaient tenues complètement écartées, ouvertes. De telle façon, qu'à leur jonction, mon membre saillait comme une éruption de mon corps asservi : il se dressait formidablement, en dérision de moi ou d'eux, je ne sais, avec des génitoires bien accrochées. J'ai pu le contempler un instant, l'apercevoir une dernière fois. Et puis ce fut le néant. On m'avait frappé au menton avec le plat d'une hache en pierre polie, d'un coup qui m'avait fait perdre connaissance. Mais avais-je perdu complètement conscience ? Je ne sais si c'est l'imagination ou une sorte de voyance qui m'a fait apercevoir la lame acérée qui, après un moulinet, m'avait retranché ce qui s'érigeait comme une colonne, et que j'avais désormais en trop. Cela fut fait en une seule fois, avec une grande précision. Alors, l'esprit égaré, je me suis perdu dans l'abîme de la douleur, dans une défaillance qui ressemblait à une mort de tout mon être. Je n'étais pas mort pourtant. Soudain, la souffrance intolérable m'a fait émerger de cet anéantissement. A ce moment, dans le feu de la douleur qui perçait le bas de mon ventre, j'ai senti — à moins que ce ne fût plus une idée qu'une sensation — que cette torture c'était celle du vide. Je ne discernais pas ma plaie, car, sur cette inexistence de ce qui avait fait de moi jusque-là un homme, les médicastres, affairés et postillonneux, me répandaient des onguents puants, me couvraient de pansements imprégnés des matières les plus infectes, les plus salutaires selon eux, des fiels, des excréments, des larves écrasées, des feuilles pourries, des venins même, paraît-il. Tout était sanguinolent, jusqu'à la barbichette du plus antique des docteurs, crasseux d'ans et de vieilles peaux, le grand savant des castrations. J'agonisais longuement, lentement, mais j'entrevoyais par instants les têtes cafardes et onctueuses de mes apothicaires se consultant, et tous opinant dubitativement, comme s'ils m'avaient condamné. Ce flou, ces faces ternes, leurs grimaces doctorales... Malgré la honte de la mutilation qui me faisait souffrir comme une invisible plaque de fer chauffée au rouge, j'ai eu la tentation, puis la hantise de survivre. Que de nuits peuplées de cauchemars entre l'existence et la mort ! Je rêvais que je mourais, sans savoir si c'était un songe ou la réalité. Mon pouls faiblissait, battant à peine, clapotis expirant de mon corps. Mais, devant ma résolution effrénée de vivre à tout prix, n'importe comment, même coupé, il s'est produit en ma carcasse une résurrection, à la stupéfaction de tous les médecins ratatinés. Au bout de quinze jours, on m'a enlevé mes emplâtres, et j'ai pu me contempler, horrifié. A la place du timon majestueux, une nappe de chair rouge, une plaine de chair nue, bien taillée, bien coupée, absolument lisse, avec un tout petit trou rond, dérisoire, ridicule, au milieu. Un dégoût profond, inexprimable m'a envahi. Et pourtant je n'étais pas encore sauvé. Car il fallait absolument que de ce trou sorte une goutte de mon eau. J'avoue que je me tortillais de douleur. Je me tordais misérablement, fiévreusement, comme un ver, dans l'espoir de faire venir cette goutte d'urine. Comme elle ne jaillissait toujours pas, pendant des heures, des jours, très longuement, très douloureusement aussi, je me gonflais peu à peu comme une outre. Je me sentais me remplir, m'arrondir, me boursoufler, mon corps, goitre immense, prêt à voler en éclats. Et, alors que la sécheresse de mon trou avait fait de moi une boule empoisonnée, en sortit une goutte, comme une perle jaune. Et puis d'autres. C'était la vie. Aussitôt, les médecins guillerets, étonnés de ne m'avoir point tué, sont venus solennellement me congratuler, me félicitant de ma robuste constitution. Ces bonnets pointus, penchés vers moi, me souhaitaient tous les bonheurs dans ma nouvelle carrière. Mais quel mépris j'avais de moi ! »

Pendant que Ngan Te-hai se fait le héraut de ses misères dégradantes, comme s'il s'y vautrait, Yi, satisfaite d'écouter ces bassesses débitées noblement, l'enveloppe encore plus de son corps parfait. Tout en s'égayant elle arrive à avoir des yeux mouillés, et demande d'une voix émue et aigrelette d'enfant :

« Mon pauvre Ngan Te-hai ! comme vous avez été un fils dévoué ! Mais dites-moi, ces dépouilles prises sur vous, vos dépouilles viriles, les avez-vous enterrées ? »

Le Grand Surveillant sursaute :

« Que non ! Car Confucius a dit : « Le devoir « de tout homme est de garder intact le corps que « ses parents lui ont donné ! » Il faut donc qu'à ma mort mon corps soit complet dans mon cercueil. On m'ajoutera, on me recoudra alors ces reliques que je garde dans un flacon de cristal rempli d'alcool. C'est ce que j'ai de plus essentiel au monde. »

Yi est très intéressée :

« Ainsi, chaque jour, constamment, vous pouvez contempler votre trésor qui vous a été enlevé ? Mais, Ngan Te-hai, est-ce pour vous une consolation douce ou une peine poignante que de regarder votre orgueil détaché de vous ? »

Ngan Te-hai murmure, descendant encore dans l'échelle de l'humiliation :

« Non, mes "précieuses", je ne les regarde pas, je les surveille avec un soin jaloux. Car, à la Cité Violette, mensuellement, chaque eunuque doit montrer les siennes, flottant dans le liquide de sa jarre, à la Douairière. Il exhibe aussi sa cicatrice. Il s'agit là d'une coutume centenaire pour bien s'assurer qu'aucun homme vrai ne s'est glissé dans notre corporation coupée. La Vieille Dame, chargée de l'inspection, loin d'être dégoûtée par ces détritus, y prend un plaisir extrême. Elle examine, elle commente, elle frétille, au fur et à mesure que chaque castrat, à genoux, lui présente sa fiole. Moi aussi, et même le Grand Eunuque, nous sommes soumis à cet examen. Moi, quand je me prosterne avec lui, tendant le vase de mon triste membre nageant, je suis accablé de honte. Je la hais alors, la Vieille... Surtout que dans cet instant, sa chair rapiécée est tout sourire, ses yeux cireux deviennent pétillants, elle n'est pour moi que bienveillance. Ayant une fois de plus jaugé le contenu, qui depuis tant d'années pourrit dans son urne, de ses dents déchaussées, elle me rabâche toujours le même compliment : « Vraiment, Ngan Te-hai, vous étiez « un homme », et tout aussi invariablement, elle ajoute en ricanant : « En revanche le Grand Eunu- « que n'a pas perdu grand-chose. Il était prédestiné. » La cérémonie dure des heures, la Vieille, papillon à tête de mort, en est revigorée. Cela recommence chaque mois. Entre-temps, mes reliefs, je les garde avec une vigilance sans pareille, dans leur recoin dissimulé. Car le procédé le plus connu et le plus pratiqué, quand un eunuque veut assurer la disgrâce d'un autre eunuque, c'est de découvrir ses "précieuses" et de s'en emparer. Le jour venu, le castrat, dépouillé de ses dépouilles, ne peut, accablé, que se présenter les mains vides à la Douairière. La Vieille Dame, se met alors dans une colère terrible, grinçant de toutes ses jointures et de toutes ses imprécations. Elle sait bien que le malheureux a été victime d'un vol, d'un traquenard, mais cela importe peu... De sa voix la plus acariâtre elle hèle la victime comme un criminel, elle l'insulte, elle le maudit avec des postillons qui signifient peut-être sa mort. Ainsi, on peut affirmer que la Cité Violette, rutilante de splendeurs, est aussi un labyrinthe de caches pleines de pénis confits, chaque eunuque mettant toute sa malice et son ingéniosité à trouver le coin le moins accessible, le moins imaginable, pour y celer son phallus mort, gélatine flottante. A vrai dire, moi, depuis que je suis le Grand Surveillant, j'ai des eunuques à ma dévotion pour monter la garde. »

Alors Yi, changeant ses traits, leur donnant une gravité dure et inflexible, comme si elle n'était pas celle qui l'avait tant bercé lors de ses aveux :

« Quelle attention pour votre chibre décomposé ! S'il était encore en vraie chair, attaché vitalement à vous, vous voudriez l'introduire en moi, contrairement aux lois humaines et divines, vous qui êtes le censeur des virginités... Quel crime ! car je suis destinée au Grand Timonier... »

Ngan Te-hai, assailli soudain par ces mots cruels venant de cette même Yi qui, depuis plus d'une heure, lui a prodigué tant de bontés par ses poses tendres, sa grâce, ses douceurs, ses consolations, est éberlué devant l'attaque. Enfin il arrive à balbutier :

« Pourquoi me dites-vous cela ? Vous ne savez que trop que je ne peux rien contre votre divin pucelage que seuls mes lèvres et mes doigts ont approché, en prenant soin de ne pas le déchirer.

— Je le sais. Mais votre incapacité n'empêche pas la jalousie. Vous êtes jaloux de moi. Que vous me destiniez à la vie ou à la mort, vous me considérez de toute façon comme votre créature enfermée dans une cage. Vous avez tout fait pour que je reste ignorée, pour que je n'entre jamais dans la Chambre du Repos Nuptial. Avouez-le, Ngan Te-hai, vous qui m'avez si longtemps livrée au temps dévorant avant de vous décider à essayer sur moi vos caresses, vous me voulez toute à vous. »

La voix est mordante. Mais Ngan Te-hai, au lieu de rester dans son abattement, se recompose un visage fermé et résolu :

« Ce n'est pas cela seulement. Vous êtes ignorante des mystères du Palais. Il y a autre chose, un très grand obstacle, presque infranchissable.

— Je veux sortir des ténèbres de l'ignorance. Ma destinée est en jeu. Quel obstacle ? »

Les sourcils de Ngan Te-hai se sont rapprochés en une barre noire. De nouveau, il est sombre, mécontent, presque ennemi :

« Je ne peux vous le dire. Je vous suis acquis entièrement, mais là, je suis condamné au silence...

— Même envers moi ?

— A votre égard aussi. »

Ngan Te-hai est un bloc. En un éclair, Yi comprend qu'elle ne le fera pas éclater à présent, quelque moyen qu'elle emploie. Un plan très précis germe dans sa tête. Elle l'échafaude sans que rien ne se voie, ne se devine. Durant les semaines suivantes, elle arrivera à dissoudre cette résolution de Ngan Te-hai. Pour cela, mêler, en une potion vénéneuse, le désespoir du Grand Surveillant, incapable d'être assouvi, à toutes les ressources de sa propre méchanceté. L'Art de la méchanceté savante, qu'elle connaît d'instinct. Pas une hostilité constante dans ses grimaces, ses gronderies, ses sarcasmes, mais l'arc-en-ciel des duretés changeantes qui comporteront toutes les manières, tous les degrés, toutes les nuances, qui parfois même, comme une surprise inattendue et heureuse, auront des teintes de tendresse. Qu'elle soit l'imprévisible, l'épouvante, que son visage devienne la face inconnue et crainte, qu'il lira avec angoisse, épouvante ou soulagement. Un soulagement que, par la suite, il paiera par plus d'effroi encore. Qu'ainsi, déchiré par l'angoisse des humeurs mouvantes de Yi, humeurs rouges, mauves, jaunes, blanches, ou ternes et sans couleur, il devienne devant elle une bête craintive devant une tigresse, redoutant l'insoupçonnable, incapable de se défendre. Qu'il soit réduit à la peur paralysante, celle qui est un vide affreux dans le ventre, dans la tête, dans tout l'être. Ce vide qui fait si mal... Qu'il soit broyé en une masse de peur, une panique d'elle, de ses expressions, de ses mots, de ses cris, de ses moqueries, de son silence, de ses perfides gentillesses ; qu'hypnotisé, il ne puisse même pas s'arracher d'elle qui le conduit à la folie exaspérée, lui qui redoute déjà la folie née de leurs attouchements incomplets. Elle ouvrira plus largement la plaie rampante en lui, avec doigté, avec plaisir, avec délicatesse, avec une terrible brutalité aussi. Elle si frêle, mais d'âme indomptable, se servant de ses charmes plus redoutables que des épées... Dépendant entièrement de Ngan Te-hai le Grand Surveillant, et pourtant pleinement maîtresse d'elle-même et de son jeu, elle le fera tomber au fond du trou du désespoir, dans un état de démence, d'égarement, d'incohérence. Elle tirera enfin de cette loque le Secret qui scelle sa vie — car elle ne doute pas qu'il y en ait un. L'amener à cette décomposition où les abattements peuvent se mêler à des paroxysmes de colère et de rage, cela peut être dangereux pour elle. Mais elle est résolue à cette partie qui se jouera au-dessus de l'abîme de la mort, celle de Ngan Te-hai, la sienne peut-être, tous les deux aussi s'achevant, cadavres emmêlés. Rien ne fera reculer Yi !

Pour le moment, il lui importe de dissimuler ses desseins. Aussi, ce jour-là, au lieu de se tendre dans l'agressivité, elle murmure :

« Ngan Te-hai, que m'importe votre mystère puisque je vous ai. »

Qu'elle soit donc la rose, Ngan Te-hai ne se blessera que plus tard à ses épines acérées, épines-poignards, épines-poisons. En attendant qu'elle l'embaume et le grise de ses parfums : semaines d'extase.

Comme il l'avait dit, le Grand Surveillant apparaît chaque soir peu après l'heure du Coq, le visage irradié de bonheur. Elle s'est toute la journée parée de l'apparence la plus délectable pour cette venue. En entrant après le déverrouillage il s'agenouille devant elle et elle sourit... Il lui dit alors des paroles tendres. Tout le cœur du Grand Surveillant se déverse en mots de miel. Plaisir d'attendre la luxure qui viendra après. Yi a, sur sa figure empesée par les fards et les ornements, tous les signes imperceptibles de la joie : des battements de cils très lents, des yeux d'un mordoré très doux, des frissonnements des lèvres, des rougeurs aux pommettes. Une pudeur, qui se terminera dans des transes impudiques. Des soupirs, qui sont comme les points d'exclamation de sa grâce. Et, après ces démonstrations si fortes quoique peu marquées, après des propos badins où fuse le rire de Yi, les préciosités de la conversation. Ngan Te-hai, autant que Yi, aime ce qui embellit la vie par des artifices délectables, il récite des poèmes qu'elle écoute les yeux mi-clos, pour discuter ensuite du sens exact d'un vers, d'un idéogramme. Heures merveilleuses où ils s'affrontent sur la pensée d'un sage, sur le bon emploi d'un caractère. Badinage sérieux, sous le signe de la Beauté, du Savoir, du Désir. Ils s'enflamment un peu dans ces joutes, où Ngan Te-hai révèle le sens le plus délectable de l'art, cette jouissance qui prépare, qui accroît les autres jouissances. Enfin, comme pour couronner ces apprêts poétiques, la main de Ngan Te-hai, comme une prière et un ordre, touche le corps de Yi : elle se déshabille, perle sortant de ses écailles nacrées. Et Ngan Te-hai cherche à nouveau son parachèvement, sur cette chair si connue et toujours plus convoitée, tantôt en un velouté extrême, tantôt avec une brutalité sagace. Yi est docile, trouvant même un effluve agréable à ces doigts sur elle, un charme particulier et bizarre qui la fait rêver. Hélas ! à la fin de ces étreintes incomplètes, Ngan Te-hai est souvent triste. Alors Yi l'apaise, communie avec lui, en esprit, en une plénitude étrange.

Mais un soir, à la fin de ces délectations, Yi, au lieu de le soulager, s'étrangle en un rire strident. Elle dit à Ngan Te-hai d'un ton impérieusement quémandeur :

« Ngan Te-hai, ce qui vous manque et que vous conservez soigneusement, vos « précieuses », je souhaiterais que vous me les ameniez et que je les regarde. Comme cela j'imaginerai que vous êtes toujours l'homme que vous étiez. Ce sera comme si vous preniez ma virginité. »

Ngan Te-hai regimbe avec répugnance, mais sa force n'est déjà plus que faiblesse devant Yi :

« Non, je refuse. Ce ne sont pas des choses belles et adoucissantes que ces bouts de viande aqueux. Au contraire, ces morceaux retranchés de mon corps vous dégoûteront à jamais de moi, comme ils me dégoûtent moi-même. »

Alors Yi, simplement, le visage immobile, énonce de cette voix âprement terne qui est celle du commandement absolu :

« Je le veux. »

Ngan Te-hai le Grand Surveillant a beau geindre, se débattre, argumenter, chercher prétextes et excuses, l'ordre monocorde et implacable sonne toujours à ses oreilles :

« Je le veux. »

Jusqu'à ce que Ngan Te-hai, désolé, se soumette. Il n'a désormais contre Yi aucune capacité de résistance. Il est brisé.

« Comme vous m'humiliez ! Je ferai ce que vous

me demandez puisque telle est votre envie. Mais, je vous le prédis, les effets de cette curiosité seront néfastes. Au lieu de me considérer davantage, vous me mépriserez. Ces résidus de moi sont très laids. »

Yi répète encore une fois :

« Je le veux. »

Le lendemain, Ngan Te-hai, le visage dévasté, apporte une boîte noire en bois dont un côté coulisse. Yi radieuse regarde. Sous ses yeux avides, le Grand Surveillant sort un flacon de cristal pur, taillé en diamant et surmonté d'un fermoir, une chape d'argent. Et quand Ngan Te-hai le lui présente en s'inclinant, des larmes sourdent de ses paupières. Yi scrute ce qui flotte à l'intérieur, un étron blanc, mi-filandreux, mi-gélatineux qui nage dans une mixture à la fois glauque et translucide. Cela ressemble à un têtard, à un fœtus, ou plutôt à un poisson conservé dans une pourriture éternelle. A un bout, deux petites boules comme des yeux morts et glaucomeux, les génitoires. A l'autre extrémité, un renflement de chair nue et lisse, d'une nudité un peu rosâtre, qui se termine en un arrondi troué d'une fente qui jadis répandait le sperme. Entre les deux extrémités un tronçon flasque d'une quinzaine de centimètres, ratatiné et ramolli, recouvert de peaux lâches en bourrelets plus ou moins défaits, défroques incolores.

Yi, au comble de la surexcitation, glousse :

« C'est ça votre membre, Ngan Te-hai ! Le premier membre mâle que je vois n'est fait que de filaments corrompus. Moi qui pensais tant à un timon triomphant ! Et vous offrez à mes yeux cette chose nageante et infecte, qui a péri et qui pourtant survit, venant de vous et en dehors de vous, comme un rappel dérisoire de l'ordure qu'est devenu votre orgueil. »

Yi, plaçant le bocal avec son contenu, ce phallus confit, sur une table de marbre, juste au-dessus de sa couche, ordonne à Ngan Te-hai :

157

« Et maintenant faites-moi l'amour devant cette saleté venue de vous, avec ce qui vous reste, l'art des caresses où, il me semble, vous êtes fort habile. »

Et Ngan Te-hai, au lieu de se révolter, sa rage se tapissant impuissante en lui, accomplit sur Yi ce qu'elle exige, envoûté et même, après une première honte, se reprenant à la concupiscence de flatter ces courbes si parfaites. Mais cela terminé, il se met à pleurer.

« Quelle humiliation vous m'avez infligée, Yi. Et moi qui m'y soumets, presque avec volupté... »

Soudain, Yi crache ces mots :

« Je suis mauvaise, Ngan Te-hai. Sachez-le. »

En partant, le Grand Surveillant emporte précieusement le bocal. Et les jours suivants, au lieu de se révolter contre cet outrage, il revient irrésistiblement vers Yi, comme envoûté par elle. Et Yi, sûre d'elle après cette épreuve qu'elle a imposée et où elle a triomphé, n'est plus charmante et douce. Elle commence l'ère des tortures. Tout comme jadis, longtemps avant de soumettre Ngan Te-hai, quand elle était encore espoir intact et se donnait toutes les Apparences possibles pour séduire l'invisible Fils du Ciel, elle se compose maintenant toutes les Apparences capables de détruire un homme déjà blessé, d'anéantir le Grand Surveillant. Pour cela, elle se peint des visages pervers. Le visage de l'ennui profond, où la figure est terne et veule, un masque de carton sans éclat, sans expression, où la bouche se borne à marmonner avec indolence : « Encore une fois vos caresses inachevées. J'en suis lasse. Soit, si cela vous fait plaisir... »

Alors sur sa couche elle est comme morte, inerte, son corps offert gisant sans un frisson sous les doigts de Ngan Te-hai qui se surpasse. Mais de son atonie viennent ces mots :

« Vous êtes maladroit. Vous me faites mal. Quand aurez-vous fini ? »

Les jours suivants, le visage devient celui du

dégoût, une répugnance envahit ses traits, les rendant presque laids sous les boursouflures de l'écœurement.

« Servez-vous sur moi, Ngan Te-hai, si cela vous plaît — même si cela me déplaît. Je suis écœurée de vos triturations stériles et obscènes. Toujours les mêmes... mais je suis bonne. »

Malgré ce mépris, Ngan Te-hai ne résiste pas à la tentation. Il caresse Yi jusqu'à ce que, furieuse, elle se dresse et crie :

« C'en est assez. »

Où sont les badinages si récents et si tendres qui préludaient poétiquement aux ébats de la chair ? Maintenant Ngan Te-hai, se forçant à déverrouiller et à entrer fièrement, se trouve rapidement prostré, rampant, le cœur ravalé de douleur, vidé de sa substance. Avec angoisse, il cherche en vain quelque signe réconfortant sur le visage de Yi. Mais elle porte sur elle les stigmates de l'ennui, indices aussi imperceptibles qu'étaient auparavant ceux de son bon accueil. Ses cils sont des pointes ennemies, ses yeux sont durs comme de la pierre et ses lèvres ne se détachent légèrement que pour énoncer les sentences du mépris. Autour d'elle qui reste immobile comme une déité, la pièce semble menaçante. Le cœur déjà rongé, en panique, Ngan Te-hai le Grand Surveillant est écrasé, à peine les salutations faites. Il essaie de trouver des mots qui pourraient émouvoir cette statuette de chair qui le repousse avant même qu'il ait parlé. A quoi dans sa détresse n'a-t-il pas recours ? Il s'exprime d'un ton timide et craintif, de peur que ce qu'il dit, loin d'adoucir Yi, ne la fixe plus encore dans sa rigueur. Pauvres propos de l'amant rejeté, pauvres supplications qui n'attirent qu'une réponse féroce :

« Vraiment, Ngan Te-hai, vous n'êtes que du bois pourri. Pas même un semblant d'homme. Car un homme véritable n'implore jamais. »

D'autres fois, toujours geignard, il lui rappelle

leurs beaux jours récents, leur extase, sa promesse qu'elle le rendrait heureux malgré sa mutilation.

Alors de la bouche de Yi, comme un éclair noir, jaillit ce trait :

« Je vous hais. »

Ngan Te-hai, ou le peu qu'il en reste, proteste lâchement :

« Non, vous ne me détestez pas. Je ne vous crois pas... »

Alors Yi, avec condescendance, laisse tomber d'un air las :

« Eh bien, puisque vous le voulez absolument, je ne vous hais pas... »

Ngan Te-hai, encore plus bassement, quémande :

« Dites-moi que vous avez conservé pour moi une tendresse. »

Rire :

« Soit, Ngan Te-hai, je ne vous contredirai pas. J'ai encore un penchant pour le bel homme complet que vous êtes. »

Ces litanies lamentables durent parfois des heures, Ngan Te-hai toujours la priant, l'adorant, répétant sans cesse les mêmes arguments douloureux, se tordant à ses pieds. Mais elle, inflexible, implacable, sûre d'elle, l'accule dans le tréfonds de son désespoir, parfois d'une simple intonation hautaine. Chaque mot d'elle est un couteau planté en lui. Rassemblant son courage, il essaie d'élever la voix, de se fâcher, de gronder avec une mine coléreuse — mais aussitôt la foudre de Yi, par l'éclat d'une parole ou d'un regard, le replonge plus bas encore dans son ignominie. Elle est inaccessible à ses plaidoyers répétés, à ses longs sermons et discours geignards, comme une almée lointaine qui n'entend plus. Brusquement elle finit par l'interrompre :

« Arrêtez, Ngan Te-hai. Vous m'épuisez par vos radotages. Je n'ai vraiment rien à vous répondre. Mais je serai généreuse. Puisque vous voulez tant me caresser, eh bien, caressez-moi. »

Et, avec indifférence, elle se déshabille, s'étend, mais elle n'est que marbre. Tout le temps que Ngan Te-hai se repaît goulûment d'elle, elle est plus absence que présence, elle ne se manifeste que par des bâillements, des nasillements. Et soudain elle décrète :

« C'en est assez pour aujourd'hui. Vous devez être satisfait, vous eunuque insatiable, et condamné à l'insatiabilité. Cessez. »

Alors elle se lève, se vêt d'une tunique aux longues manches, et ricane de ses dents nacrées :

« Je suis bien bonne de m'être prêtée à vous. Moi, je n'ai éprouvé aucun plaisir, au contraire. Vous n'êtes qu'un castrat qui a pu quelque temps me créer des illusions voluptueuses. C'est terminé. Moi, fille des nobles guerriers mandchous, j'ai le sang chaud et le corps ardent. Il me faut un vrai mâle.

— Vous voulez être pénétrée. Eh bien, je vais m'enfoncer dans vous. Mes mains vont rompre votre virginité et s'engouffrer dans votre caverne, s'ébattre joyeusement là-dedans, en reconnaître tous les recoins chauds, en essuyer les tendres chairs humides. »

Sa face soudain affolée, face parfaite défaite de peur, Yi, traquée, crispée et pâle, saisit puérilement le trident de jade pour se défendre.

Ngan Te-hai, sortant soudain de son humilité, crie avec une gaillardise amère :

« Ne craignez rien ! Si je vous dépucelais, je serais obligé de vous tuer et de jeter votre corps dans un puits. Or, malgré votre férocité envers moi, je ne désire pas arriver à cette triste extrémité. Je vous veux encore vivante. Je vous respecterai donc. »

Yi, cette fois vaincue, essaie de garder sa dignité :

« Pourquoi vous faudrait-il me faire sombrer dans l'éternité, si vous aviez commis sur moi cet outrage ? »

Le ton hardi et haut, Ngan Te-hai déclare :

« Parce que je suis le Grand Surveillant, chargé de la vertu des concubines. Et, comme vous le savez, je me suis porté garant de votre intégrité. Si un jour la Douairière, ou Plus Haut qu'elle, s'apercevait que celle-ci avait été détruite, je serais coupable d'avoir attenté à vous ou d'avoir manqué de vigilance, peu importe, ce qui me vaudrait la disgrâce ou le supplice. Si mes doigts se réjouissaient dans votre antre réservé à la Divinité, je devrais vous faire disparaître pour cacher mon forfait. »

Dans ces paroles, Yi ne discerne qu'une lueur d'espoir :

« Vos phrases signifient-elles que je pourrais être apportée au Grand Timonier ? C'est donc pour cela que vous redoutez qu'il constate une indignité qui serait votre œuvre ?

— Comme je vous l'ai répété, cela ne sera jamais. Mais je dois être prudent, car j'ai des ennemis qui suspectent déjà mes visites quotidiennes et insolites chez vous. »

Yi, descendue de son piédestal, quémande d'une voix sucrée :

« Ngan Te-hai, depuis mon arrivée à la Cité Violette et ma claustration en ce pavillon, je me sens entourée d'un mystère néfaste et funèbre. Quel est ce fléau dont j'ignore tout ? Révélez-le-moi enfin, je vous en conjure. »

Le Grand Surveillant, devant Yi douceâtre, sent sa vigueur remonter en lui comme un flot vengeur. Et il clame :

« Cela m'est impossible. »

Là-dessus il s'en va brusquement, verrouillant la porte, faisant d'énormes bruits de ferraille, comme s'il la scellait à jamais, comme s'il ne devait jamais revenir.

Yi est à nouveau prise par l'anxiété, toute la nuit suivante, tout le jour suivant. Elle s'interroge. Dans sa méchanceté exagérée elle a commis une faute, alors qu'en la Cité Violette toute faute est inexpiable. Peut-être va-t-elle être rendue au temps dévastateur, et cette fois en mourir ? Cela arrivera si Ngan Te-hai, loque se reconstituant en homme, se reprenant dans un sursaut de son orgueil qu'elle a trop blessé, trouve la force de ne pas retomber auprès d'elle. Supputations, angoisses, délires. Mais le lendemain, juste après qu'a expiré l'heure du Coq, il est là, courtois, ayant tout oublié. Yi éclate de joie sans rien manifester, elle se contente d'une délicate courbette d'accueil. Elle se dit qu'elle ne s'était pas trompée : le Grand Surveillant est accroché à elle. Elle décide donc de poursuivre son plan, mais avec des tactiques plus subtiles. Encore une longue cure de séduction...

Délices. Des mois de délices. Au-dehors le printemps s'épanouit. Tout est azur, la terre est le miroir bleuté du ciel. Dehors, les marbres reluisent, les arbres sont lourds de leur feuillage neuf, le lac clapote comme une face qui sourit. A nouveau badinages, joutes poétiques, visages tendres, gestes gracieux, caresses somptueuses. La senteur pénétrante des fleurs du jardin impérial enivre les amoureux, les clochettes carillonnent leur joie, c'est, même à l'intérieur du pavillon, la fête des sens et de la nature.

Et puis un jour Yi dit à Ngan Te-hai d'un ton câlin :

« Non. Ne me caressez pas. »

Ngan Te-hai est stupéfait :

« Pourquoi ? Nous sommes si heureux. »

Elle murmure :

« J'ai fait un vœu. Personne ne me touchera tant que je serai prisonnière.

— Oubliez-vous ce que vous me devez ? Sans moi vous ne seriez pas même une captive, entourée de mes soins et de mon amour, mais une charogne au fond d'un puits. Vous alliez vous tuer. Je vous ai ressuscitée. »

Les lèvres de Yi se pincent, avec des retroussis, comme de petites tenailles :

« Pourquoi ? Pour rester misérablement dans cette geôle. »

Et soudain c'est le Cri. De la bouche de Yi sort un ululement continu, sans fin, d'un aigu de poignard, d'un perçant toujours égal, monocorde et terrible, sans que jamais il s'abaisse ou monte. Un déchirement fait pour déchirer. Ce n'est pas un glapissement sauvage, un hurlement d'animal, mais une lanière de mots et de phrases affreusement choisis, les mêmes arguments toujours répétés, mais chaque fois plus noirs et plus mauvais. Yi est debout, sans gestes, sa bouche enflammée presque immobile, fontaine versant le jet de la damnation. Flot de la colère, qui, en se dévidant, loin de s'épuiser, se poursuit, se prolonge indéfiniment. Cette stridence lisse, incolore, uniforme, est d'autant plus terrible qu'elle est mate. Raisonnements pris et repris, toujours recommencés et perfectionnés sur la perfidie, sur la traîtrise, sur la cruauté, sur l'infamie de Ngan Te-hai. Raisonnements logiques, implacables, inexorables. Yi, le visage tiré, avec les arêtes blanches de la sévérité, flamboie par la voix seule qui s'élargit peu à peu, coulant comme un torrent où les récifs sont insultes, mépris, moqueries, cascadant avec les paroles qui font le plus de mal, du pur venin. Toutes les faiblesses, tous les points sensibles du Grand Surveillant exploités savamment, à commencer par l'impuissance. Elle jette à Ngan Te-hai le surnom qu'elle lui a donné depuis si longtemps, celui de « Héros Coupé ». Et ses gloses sur les « précieuses » ! Son débit est comme un flux que rien ne peut interrompre, pas même la chute d'un rire mauvais, un flux que Ngan Te-hai essaie vainement d'endiguer par une réponse, une protestation, une indignation, une repartie. Ses paroles aussitôt étouffées, noyées par l'onde et l'écume, inexistantes, provoquent seulement de nouveaux anathèmes qui le poursuivent et l'accablent. Peu à peu il se sent étouffé, étranglé, bête prise par des lacets de mots qui le paralysent, le broient, l'affolent. Yi poursuit son monologue de plus en plus vénéneux. Mise à mort par le verbe incessant craché par sa bouche, chaudron inépuisable des sentences exaspérées, démentes, catégoriques dans leur perfidie. Elle ajuste si bien les faits qu'ils semblent la vérité complète. En réalité elle assène « sa » vérité foudroyante, terrible parce qu'elle est en grande partie vraie. Le reste, le faux, le douteux, l'exagéré, le mensonger, est tellement intégré dans la démonstration parfaite qu'on ne l'en démêle pas, qu'il la renforce. Pas de hurlements, un cri égal qui vrille les chairs de Ngan Te-hai, qui les transperce. A mesure que le cri de Yi déploie ses volutes semblables, il se sent pris dans le tourbillon concentrique des paroles qui l'entraîne toujours plus bas. Il aperçoit, au fond, un roc nu où Yi l'attend pour l'écraser sur l'autel de pierre de sa bouche.

Combien de temps a duré le cri ? Une éternité, semble-t-il. Combien de fois Ngan Te-hai, au cours de la profération, a-t-il imploré : « Pitié, arrêtez ! » Quand le cri cesse enfin sur un silence incroyable, Ngan Te-hai, au lieu d'être un pantin désarticulé, rôde autour d'elle comme un fauve fou, sans raison, avec un rictus, des yeux d'éclair, trébuchant, se livrant à une gesticulation désordonnée, avec une force égarée et effrayante. Sa robe est un pelage. Yi a peur. Mais Ngan Te-hai, bondissant, le corps et les membres livrés à une sarabande sauvage, rugit :

« Yi, vous allez être satisfaite. Je vais me tuer... »

Il agite un poignard. Alors Yi, saisie elle aussi de convulsions, s'approche de la masse voltigeante où la lame reluit, s'accroche à elle et, s'égosillant :

« Non, Ngan Te-hai, ne vous tuez pas. Je vous en conjure, ne vous supprimez pas. Sacrifiez-moi plutôt. »

Ngan Te-hai éclate de rire à son tour :

« Petite maligne ! Moi occis par moi-même, vous retourneriez au néant, au vide, à la mort. C'est ce que vous avez pensé. Ce n'est pas ce que vous voulez. Que voulez-vous ? »

Sans laisser Yi répondre, à nouveau il ricane :

« En tout cas, vous m'avez donné une idée. Non, je ne vais pas mettre fin à mon existence. C'est de vous dont je vais me débarrasser et débarrasser l'univers. »

Yi ne recule pas devant Ngan Te-hai qui marche sur elle, brandissant son poignard. Mais soudain il le rengaine et, face à elle, coasse joyeusement.

« Non, Yi, vous attendrez. Je connais et possède plus de cent poisons. Ceux qui foudroient, ceux qui cheminent, ceux qui font du corps une fournaise, ceux qui le glacent, ceux qui le gonflent comme une baudruche, ceux qui le dessèchent, ceux qui le paralysent, ceux qui fardent les joues de taches de beauté brûlantes comme le feu, ceux qui bariolent la peau de tous les abcès, de tous les pus, de toutes les couleurs. Il y a ceux qui donnent une mort suppliciante et ceux qui assurent la mort comme une illusion. Ceux qui amènent le trépas instantané et ceux qui permettent de le sentir s'approcher. Eh bien, pour vous, Yi, je choisirai le plus lent. Un jour inconnu de vous, votre souffle s'éteindra. Votre cadavre aura conservé votre charme. Et moi je vous contemplerai, heureux et délivré, car mon adoration est devenue haine. Vous êtes le serpent femelle qu'il faut renvoyer aux enfers. »

Yi tombe à genoux :

« Epargnez-moi, Ngan Te-hai. Ce que je vous ai crié, c'est une fureur des entrailles, comme il en advient aux femmes qui ont souffert. Oubliez et pardonnez. Je vous dois tout. »

Mais Ngan Te-hai, à son tour, poursuit son cri rauque, les yeux sans indulgence :

« Je choisirai pour vous un produit parfumé et lénifiant qui sera mêlé à vos mets et à vos boissons, un jour, je ne sais lequel, celui qui plaira à ma fantaisie. Ainsi devant votre nourriture vous

vous demanderez chaque fois : est-ce aujourd'hui ? Vous vivrez dans une attente angoissée, augmentant sans cesse, au point que vous ne serez plus qu'angoisse. Chaque nuit je serai là, avec mes courbettes et mes compliments. Jusqu'au jour où, dans peu de temps ou dans un temps plus long, je surveillerai les signes de votre agonie qui sera, je vous l'ai promis, digne et amène. Et même, au lieu de vous laisser jeter dans un puits, je vous assurerai une tombe décente.

— Alors, à partir de maintenant, je ne mangerai rien, je ne boirai rien.

— Vous aurez tort. Car le trépas par la soif et la faim est pénible, bien plus que celui que je vous ai réservé, et très laid. Votre beauté se dépouillera de vous, jusqu'à ce que vous ne soyez plus qu'une peau collée aux os, un squelette vivant qui se révélera un jour un squelette mort. Vous serez affreuse, Yi, et comme vous aurez souffert, vos entrailles vides étant en vous comme les cordes de la torture dans laquelle vous fondrez... Moi, chaque jour je vous ferai apporter les mets les plus choisis et je vous verrai dépérir devant eux, je vous verrai perdre grâce, vigueur et vie, jusqu'à ce que vous soyez une charogne desséchée. »

Sur cette sentence, Ngan Te-hai est parti. Yi, elle, va se contempler dans le miroir d'étain. Loin d'être marquée par l'effroi, son visage, énigmatique, exprime le contentement. Comme si elle avait atteint son but. Et elle s'endort calmement.

Toute la journée suivante, elle ne touche pas aux mets apportés par les eunuques servantes. Le soir, à l'heure habituelle, quand l'ombre se met à recouvrir la terre ensommeillée, surgit Ngan Te-hai, digne et gracieux, qui la salue avec un redoublement de politesse. Il fait semblant d'être étonné devant les plats intacts :

« Ainsi, Yi, vous n'avez pas satisfait votre appétit. Peut-être que cette nourriture vous a paru grossière. Je vais commander un souper plus raffiné. »

Les eunuques servantes surviennent à ce moment, avec des mets encore plus rares. Et Ngan Te-hai dit à Yi :

« Me permettez-vous de partager cette chère avec vous ? Cela me serait agréable.

— Vous me faites une grande joie et un grand honneur. »

Ngan Te-hai et Yi, comme amoureusement, se servent de leurs baguettes pour s'offrir l'un à l'autre les meilleurs morceaux. Tintements des coupes et des porcelaines. Gestes légers où chacun porte aux lèvres de l'autre les bouchées succulentes, si gracieusement que la nourriture ne semble plus matière. Ils mangent de telle façon qu'ils ne paraissent pas manger.

La conversation est tout aussi choisie, une joute sur un vers ancien. Yi rayonne. Ngan Te-hai est serein. Soudain, au milieu du festin, il dit à Yi :

« Ne soyez pas rassurée parce que nous partageons les mêmes mets. Ils peuvent être vénéneux. Je veux mourir, mais en votre compagnie si adorable. »

Le bonheur semble couler de sa bouche.

« J'ai beaucoup rêvé à notre envol vers les Fontaines Jaunes. Le poison me semble bien ordinaire comme conclusion à notre idylle étrange, celle de la concubine condamnée au temps et celle du Grand Surveillant condamné à l'impuissance. Ce serait beaucoup plus beau si nous nous étranglions l'un l'autre. Je passerais autour de votre cou un lacet dont mes mains tiendraient les bouts, et vous passeriez autour du mien un autre dont vous saisiriez les extrémités. Et nous tirerions ensemble jusqu'à ce que nous mourions l'un par l'autre. Quelle belle fin ce serait, délicate et émouvante, digne de nous et de notre impossible passion. »

Yi ne répond pas. Ngan Te-hai respecte ce mutisme

prolongé, qui présage des paroles importantes. Pour elle le moment — quel moment ? — est arrivé.

La collation terminée, Yi s'assied, toute menue, dans un grand fauteuil d'ébène. Son dos est droit, ses larges manches s'entrecroisent sans laisser apparaître ses mains, sa tête est ombrée d'un lourd sérieux. Manifestement, le destin préparé par elle est prêt à sortir de ses lèvres. Oracle. Avec une componction douce et très impressionnante, elle déclare :

« Vous aviez raison, Ngan Te-hai, notre union nous a menés fatalement au fond du précipice du désespoir, dans la géhenne de la mort.

— Vous avez accéléré notre chute.

— Je savais qu'il nous fallait descendre dans l'abîme. Car c'est là, dans le tréfonds des choses, que peut apparaître la vérité. La mort, oui... Mais c'est aussi du plus bas que l'on peut monter au plus haut. »

Un étonnement parcourt l'échine de Ngan Te-hai.

« Que signifient ces circonlocutions obscures ? »

Alors Yi donne à ses phrases une sorte de pesanteur auguste :

« Ngan Te-hai, au lieu d'enfourcher le dragon noir qui nous emmènerait dans les ténèbres souterraines, montons sur le dragon rouge qui nous conduira au firmament. Après tant d'affrontements, nous nous connaissons, nous pouvons faire ensemble de grandes choses. Le moment de la sincérité complète est enfin arrivé pour nous deux. Concluons une alliance indéfectible.

— Que voulez-vous ?

— Eh bien moi, humble « personne honorable », j'ai conçu le projet de donner au Fils du Ciel un Fils du Ciel. Je sens en moi la poussée irrésistible de mille forces occultes qui m'assureront la domination universelle. Mais j'ai besoin de vous. »

Ngan Te-hai regarde la concubine extraordinaire qui, dans les abysses de la détresse, s'est adressée à lui comme si elle était déjà, dans sa virginité, l'Impératrice Mère dominant l'Univers.

« Mais moi, quel avantage tirerais-je de votre élévation ? Même si vous deveniez la souveraine du monde, ne souffrirais-je pas autant auprès de vous dans votre superbe, que dans vos misères actuelles ? »

Une impatience irritée reluit comme un fil d'or dans les pupilles de Yi :

« On murmure que le Saint Homme ne s'intéresse pas à la Sagesse qui devrait régir l'Empire. Alors moi, je l'exercerai à sa place... Et vous serez à côté de moi, l'ami de mon cœur et mon conseiller suprême. Pensez-y... Pour le moment, qu'êtes-vous ? Le favori fragile d'une vieille douairière acariâtre, dont vous flattez les caprices maladifs. Vous n'êtes rien, ou presque. Avec moi au zénith, votre gloire sera si exaltante qu'elle vous servira de phallus, non seulement avec moi, mais avec tout l'Empire Céleste qu'il traversera. Ce sera votre guérison... »

Ngan Te-hai se ferme et demeure ainsi pétrifié de longues minutes.

« Vous êtes d'une nature de diamant. Dureté aux mille éclats trompeurs, facettes éblouissantes : volonté, magnificences, ruses, perfidies, plaisirs. Moi seul vous connais, si terrible sous votre chair tendre. Vous seriez capable de transformer vos rêves insensés en une réalité redoutable, et avec votre petite tête et votre petite main, de dominer les hommes, les masses et la Chine entière. Vous avez été créée pour cette Grandeur Grandiose, dont le désir vous hante et vous brûle telle une braise ardente, vous m'invitez à la partager comme si cela devait être le baume de mon infirmité. Mais, une fois que vous serez parvenue à ces buts superbes, grâce à moi en grande partie — moi, ce rien qui peut tellement pour vous — est-ce que je ne risque pas de voir mes services récompensés par la disgrâce et la mort ? Vous êtes capable de tout, Yi... »

Yi dégage ses mains de ses manches pour jurer :

« Par le Ciel lui-même, je vous fais le serment... »
Ngan Te-hai l'arrête d'un sourire un peu incrédule :
« Que signifient les serments !... ce que vous me proposez, dans le gouffre de la mort où nous débattons, est la seule issue possible. Et puis nous n'avons rien à perdre... Donc l'Empire à vous, et moi à vos côtés. »

Yi ferme ses yeux un instant, comme pour mieux savourer la joie qui l'emplit. Elle a amené Ngan Te-hai où elle voulait. Un Ngan Te-hai cependant lucide, qui lui dit sévèrement :

« C'est un dessein dangereux. Par quelques stratagèmes que j'ai déjà en tête, je pourrais vous faire pénétrer dans la Chambre du Repos Impérial où, depuis l'avènement de Hieng-fong, aucune femme n'est jamais entrée, pas même la jeune Impératrice qui a conservé la plus humiliante des virginités. Dans certaines conditions, le Saint Homme sera contraint de vous recevoir, mais il se vengera sans doute sur vous cruellement. Yi, à vouloir aller vers la couche sacrée, vous risquez de perdre votre tête.

— Que m'importe ! Arrangez-vous pour que je sois désignée — je suis prête à tous les dangers. J'ai en moi la certitude que je triompherai glorieusement. »

Soudain une pensée embrume son visage :

« Mais comment se fait-il que l'Empereur soit inaccessible aux joies terrestres ?

— Tout au contraire, il l'est. Il s'y consacre même entièrement. Mais pas avec des femelles, il les déteste.

— Comment cela peut-il être ? C'est inconcevable. »

Alors Ngan Te-hai l'enseigne doctoralement :

« Les femmes, c'est l'ombre, l'humide, l'obscur, le suintant, l'incertain. Leurs humeurs sont dans leurs ventres, selon le Saint Homme, un marécage d'eaux sales, pourri, plein de germes, de grouillements, de maladies, de fécondités, avec des organes ignobles, bizarres, honteux. Un labyrinthe de cavités, de boursouflures, de grosseurs, de conduits, d'alambics, tout cela mou et poisseux, toujours en éternelle transformation selon une mystérieuse alchimie. La chair cachée obscène et imprévisible : dégoulinades rougeâtres, réceptacles infâmes, se gonflant en tumeurs, en germinations, en embryons, en abcès pleins de pus ou s'étiolant en replis souillés. Là-dedans, tous les liquides se mélangent en une fumure écœurante, et le beau sperme de l'homme s'y corrompt, arrosant des ordures. Une femelle, c'est un piège. Dans l'existence aussi, elle est, même avec le corps le plus parfait, soumise au travail secret et permanent du fumier qui est en elle. Aussi elle est inexplicable : une chose charnelle dominée par le vague qui contient tout aussi bien les colères, les fureurs, les cris, les sottises, que le crime noir et la stupidité puante. Créatures insondables, toujours incompréhensibles, toujours dangereuses, les captivantes comme les ennuyeuses, les bonnes — il y en a mais quelle corvée de les supporter — comme les tueuses. Et toujours leur effort acharné pour charmer, sans qu'on sache ce qu'elles pensent, ce qu'elles peuvent faire, ce qu'elles sont. Le savent-elles elles-mêmes ? Etres inextricables, dont le cerveau est relié au vagin. Aussi, prudemment, Hiengfong n'en pénètre aucune. Il aime sa tranquillité et il a d'autres goûts. »

Yi, sans daigner remarquer que cette description peut s'appliquer à elle, demande avec une surprise vraie :

« Lesquels ?
— Les hommes. »

Et, à Yi abasourdie qui croit que son corps tendre est l'arche de ses ambitions, Ngan Te-hai explique qu'au contraire il en est l'obstacle absolu, auprès de Hieng-fong. C'est son corps, en sa chair laiteuse, qui l'a condamnée au temps dévorant. Courbes haïssables pour l'Empereur qui n'aime que ses mignons et leurs amours d'hommes jeunes et beaux, où les phallus pénètrent dans les pertuis et où les pertuis sont pénétrés par les phallus — ce pertuis qu'elle a aussi et qu'elle considère avec dégoût. Ces « chéris », compagnons de l'Empereur, l'aident à supporter le poids de l'existence par leur gaieté, par leurs salacités toujours renouvelées, par la ronde permanente des perversités les plus ingénieuses et les plus méchantes. Et ils ont de l'esprit...

Ngan Te-hai poursuit ainsi sa leçon :

« Ce que moi, l'impuissant, j'ai caressé avec tant de volupté : vos seins, vos hanches, vos galbes, votre ouverture qui semble bordée par une allée de flamboyants, vos formes exquises, votre tête même qui est un bijou, votre voix surtout, seront pour lui l'abomination. Il vous détestera. Ses chéris seront toujours là pour attiser son dégoût des femmes, créatures impures, car s'il en honorait une, s'il vous honorait par exemple, il pourrait en naître un enfant qui serait le Fils du Ciel. Cela gênerait leurs ambitions forcenées car ils veulent s'emparer du Trône du Dragon. Le Saint Homme est de santé faible, et ils le poussent vers la mort par tous les excès.

— Que m'apprenez-vous là ? Ainsi ma beauté est inutile et même nuisible... C'est là le mystère que vous ne vouliez pas me révéler et qui m'a livrée au temps mortel... Mais quel plaisir peut-il trouver en eux ?

— Ils le distraient. Il est toujours dans la hantise de la mort et la neurasthénie de la vie. Avec eux, c'est la débauche sans fin... Et puis les mignons le divertissent car, autant que les femmes, ils ont entre eux une sensibilité désespérée, toutes les passions de l'amour. Une extraordinaire surexcitation des nerfs, des pâmoisons de bonheur, comme des désespérances qui brisent leurs yeux et leurs cœurs. Scènes, ruptures, jalousies, plaintes, sarcasmes, chagrins, drames à mille péripéties qui se nouent et se dénouent sous les regards appréciateurs de Hiengfong, qui lui-même intervient, console ou gronde. Mais, contrairement aux femelles humides et imprévisibles, ces agitations sont « sèches » malgré les larmes, elles ne sont pas commandées par des organes répugnants. Le pertuis de leur fondement, entre leurs fesses minces, est un orifice simple et sain. Oui, la fièvre des mignons est un ballet perpétuel aux entrechats bizarrement exquis. Et puis, cette agitation aboutit fatalement à la gaieté, dans les rires, dans toutes les orgies. Lui, Hieng-fong, trône sur cette cour d'amour, comme si tout n'était qu'une farce, un divertissement rare, théâtre merveilleux. Ses « chéris » sont des compagnons indispensables qui lui permettent d'oublier les ombres noires qu'il craint et qui le hantent comme une malédiction — surtout la nuit, quand il est seul. »

Yi crie furieusement :

« Mais un trou de ce genre, c'est une fosse à excréments !

— Yi, vous en avez un aussi, et je l'ai même soigneusement examiné lorsque je me suis présenté à vous pour la première fois sous le prétexte de l'inspection. Je pressentais déjà qu'il pourrait vous servir un jour... De la merde naissent les plus jolies fleurs de l'illusion, ne le saviez-vous pas ?

— Que puis-je espérer alors ?

— Le premier devoir d'un Fils du Ciel est d'engendrer. Je me servirai de sa mère la Douairière pour qu'il accepte enfin une concubine dans la Chambre du Repos Sacré, au nom de la piété filiale à laquelle il ne peut manquer — sa seule obligation. Et je m'arrangerai pour que ce soit vous. Mais n'essayez surtout pas de le séduire avec vos armes féminines. Soyez seulement une surprise divertissante, excessivement coquine, égayez-le par les pires insanités et impiétés, buvez et riez avec lui — il oubliera peut-être que vous êtes une femelle. Votre chance, l'unique, c'est d'être une présence. Car la nuit, il est seul, hagard, plongé dans les cauchemars et les effrois. Durant son égarement nocturne, comportez-vous joyeusement, gaillardement, en « compagnon », qu'il en arrive à perdre la notion de votre sexe et à vous confondre avec un « chéri ». S'il en est ainsi, il s'habituera à vous, il vous redemandera, vous serez à ses côtés pour le rassurer, pour qu'il ne redoute plus les fantômes et les meurtriers. Il quittera son effroyable solitude des longues heures des ténèbres. Et peut-être que...

— Et peut-être que...

— Et peut-être que, dans les égarements de son ivrognerie, il vous prendra vraiment pour un garçon, s'enfonçant dans cet orifice que vous possédez aussi, ce sphincter, cet anus que vous méprisez tant. Laissez-vous faire, laissez-vous embrocher. Et en fin de nuit, au moment propice, profitant de l'inconscience où il aura sombré, de vos doigts habiles, vous en retirerez le Timon Royal pour le faire glisser dans votre fente femelle, à son insu, et là dégoulineront peut-être quelques gouttes de sperme. Gouttes de votre destin et du destin de la Chine Céleste si elles germent, si elles font de vous la mère d'un Fils du Ciel. »

Yi rit :

« Ngan Te-hai, j'engendrerai le Fils du Ciel ! A quoi tient ma fortune, celle du monde ? A ce subterfuge magnifique et honteux... Ngan Te-hai, l'impatience me prend. Quand pénétrerai-je dans la Chambre du Repos Impérial ? Je me sens ardente à affronter le Saint Homme selon vos sages conseils. Je saurai l'apprivoiser malgré ma féminité, et je procéderai ensuite à la substitution entre mon pertuis et mon vagin. »

Ngan Te-hai la contemple avec une bonhomie un peu attristée :

« Et dire que c'est moi, si torturé d'amour pour vous que j'ai failli en mourir, qui vais vous livrer à un autre homme, fût-il l'Empereur ! Bien plus, c'est moi-même qui imagine les stratagèmes qui aboutiront à la pénétration nécessaire de votre corps, à votre triomphe. »

Désormais l'émotion de Ngan Te-hai est déplacée

et ridicule. Il n'y a plus une Yi prisonnière de ses caresses, mais une Yi dont il a accepté de faire la Souveraine de la Chine. Il éprouve le besoin de s'assurer encore une fois de sa résolution. Il lui répète gravement :

« Yi, ce dessein est très dangereux. Ce sera une épreuve terrible où il vous faudra toutes les ressources de votre cerveau acéré. Et à la moindre erreur... L'Empereur, en dépit de son idiotie apparente, est malin, méfiant et fort méchant. De plus il possède comme un sens de la divination... »

Là-dessus il ajoute :

« Et puis, il est très laid.

— Pourquoi ces mots inutiles ? Je suis résolue à tout. Rien ne m'arrêtera, ni le péril ni l'ignominie. Mais quand donc entrerai-je dans la Chambre du Repos Impérial où je jouerai ma vie contre l'Empereur afin de dominer son Empire ? »

Ngan Te-hai lui caresse la joue de sa main :

« Ne soyez pas trop pressée. Il me faut quelques jours pour certaines intrigues qui vous mèneront dans l'antre du Dragon. Quelques jours... »

Quelques jours... et Ngan Te-hai réussit sans trame obscure, sans complot audacieux. Juste quelques phrases prononcées innocemment, avec un sourire de politesse, phrases banales qui sont cependant comme des mains géantes capables de renverser des montagnes, comme des mèches allumées dévorant la Cité Violette. Pas de tumultes, pas de ruines, pas de catastrophes. Travail en douceur aux résultats immenses. Des mots bien placés là où, secrètement, fermentent des passions exacerbées, pour les piquer à vif. Tempête déchaînée dans les profondeurs, sans même que quelques rides agitent la surface tranquille du Palais Sacré.

Le lendemain matin, comme chaque jour, le Grand Surveillant va saluer le Grand Eunuque. Cérémonial des courbettes. Puis, tous deux déambulent à travers une cour dallée. Ils vont prendre leurs fonctions auprès de la Douairière, c'est-à-dire écouter avec approbation ses criailleries et ses plaintes. Pérégrination lente en raison des chairs accumulées du Grand Eunuque. Bonhomie. Propos ordinaires.

« Il paraît, susurre banalement Ngan Te-hai, que la famine fait périr des millions d'hommes dans les provinces du Fleuve Jaune, et jusqu'aux abords de Pékin.

— Oui, oui, marmonne le Grand Eunuque, avec une indifférence grasse.

— La populace, reprend Ngan Te-hai avec une morne atonie, attribue cette calamité à la Colère du Ciel, parce que l'Empereur n'a pas assuré l'Hérédité Céleste. Des révoltes nouvelles sont à craindre. »

Soudain le Grand Eunuque s'arrête, son ventre ballottant en profitant pour se tasser un peu sur lui-même. Une inspiration lui est venue, si grande que les deux fossettes de la pensée arrivent à se dessiner sur l'énorme mollesse de son visage.

« Nous pourrions utiliser les malheurs et les plaintes du petit peuple, en amenant notre Sublime Douairière à daigner se mettre dans un Grand Courroux contre son Divin Fils, et à lui ordonner d'assumer enfin son pouvoir procréateur. »

Ngan Te-hai, frappé par le génie du Grand Eunuque, joint ses mains en admiration :

« Quel coup ce serait pour les mignons ! »

Le Grand Eunuque, gélatine un peu tremblotante, s'est presque solidifié sous l'effort de la méditation. Il profère à haute voix, pour lui et pour Ngan Te-hai :

« Déchaîner la Vieille Dame qui se morfond, cela nous sera aisé. Les vapeurs de sa frustration ne demandent qu'à exploser contre son fils irrespectueux, elle n'aspire qu'à s'emporter contre lui. Mais l'Empereur contraint à recevoir une femme dans la Chambre du Repos Impérial, qu'en fera-t-il dans sa fureur ? Il peut être très cruel. Aussi serait-il convenable et prudent que ce soit la jeune Impératrice son épouse qui lui soit envoyée. Il ne pourrait trop la maltraiter et se résoudrait peut-être à accomplir sur elle son devoir.

— Hum, hum, émet Ngan Te-hai. Cela constituerait la meilleure solution, trop bonne peut-être pour qu'il l'accepte. Pour lui ce serait une capitulation complète. Il supporterait peut-être mieux une concubine de notre Concours du Concubinat. Et si la créature est habile... »

Le Grand Eunuque semble s'endormir sur lui-même. Ses yeux ont à nouveau disparu. Il demande paisiblement :

« A laquelle pensez-vous ? »

Le piège. Le Grand Eunuque connaît déjà plus ou moins ses amours étranges avec Yi. Mais s'il proposait son nom, il serait perdu. Car le Grand Eunuque en profiterait pour tout narrer à la Douairière dès qu'il serait seul avec elle.

Aussi le Grand Surveillant répond-il avec une indifférence enjouée :

« Je n'ai songé à aucune en particulier. C'est une question secondaire. Quatre ou cinq de ces filles du Concours du Concubinat se sont suicidées dans leur attente vaine, d'autres ont l'esprit égaré ou la chair flétrie. Mais il en reste un grand choix. »

Le Grand Eunuque, déçu mais cachant le dépit de sa ruse éventée dans le paravent de son lard, murmure mollement :

« On choisira la femelle plus tard. Il s'agit d'abord d'enflammer la Douairière contre Son Fils indigne. »

Les deux eunuques pénètrent, le gros et le maigre, avec les visages de l'amitié mutuelle, dans le Palais de la Vieille Dame. Il semble que rien n'ait changé depuis le Concours du Concubinat. Au milieu de l'immensité de la salle vide, à peine garnie de quelques chambellans et de quelques dames d'honneur, le trône. La Douairière y est figée dans sa sécheresse, la tête comme une lame de peau étroite perchée sur une croupe énorme qui n'est que l'embonpoint vestimentaire des étoffes majestueuses, étoffes lourdes et sévères convenant à la Veuve du Dragon, le défunt Tao-koung. Sous cet entassement elle n'est toujours qu'os, os destinés à passer à l'état de squelette dans l'indifférence générale et pour la joie de son rejeton, le Saint Homme Hieng-fong.

A moins que ces os ne se révoltent en quelque tumulte de vie, en quelque tempête, en quelque fracas d'exaspération. Elle est tentée par un grand coup... Les eunuques constatent que son visage de bois est particulièrement fibreux, tendu de résolution. Sa face s'est encore rétrécie autour de ses yeux brouillés de mécontentement. Signe d'une humeur exécrable, d'une envie de frapper.

« Hieng-fong, que j'ai mis au monde avec tant d'espoir, pour être un grand Souverain, ne daigne même pas me rendre visite quotidiennement selon les rites sacrés. Il n'a plus le temps. Il est envoûté par ses mignons qui me narguent. Malédiction ! »

Et, étrangement, des larmes de chagrin, de dépit et de haine coulent de ses paupières tannées.

Et elle crache :

« Moi qui n'ai jamais pleuré de ma vie, quelle honte que ces sanglots. Sans doute sont-ils le signe du Ciel me commandant d'agir. Le temps est arrivé... »

Les deux eunuques prennent leur mine misérable et accablée. Ils sont ravis. Cependant, le Grand Eunuque, de sa voix la plus mellifue, entreprend de la consoler. Du baume pour attiser le feu.

« Ne vous consumez pas ainsi. Votre fils a de nobles qualités. Son cœur est bon. Il comprendra sa faute et se repentira. Il suffirait que vous lui fassiez des remontrances maternelles pour qu'il renonce à ses erreurs légères dues à un tempérament ardent. »

Là-dessus, le Grand Eunuque se tait, sa bouche comme un fermoir au-dessus de son triple menton. Cette prudence calculée ne fait qu'attiser la Vieille qui grince vers lui comme une scie rouillée :

« De quel tempérament voulez-vous parler ? Vous aurait-il fait un enfant ? En auriez-vous caché un dans les plis de votre postérieur volumineux ? »

Alors Ngan Te-hai, dressé de toute sa taille, relaie le Grand Eunuque avec une audace humble et ferme, se servant de l'argumentation déjà approuvée par le Gros Lard :

« Ce n'est pas grand-chose. La vile populace, accablée par les calamités de la nature, ose murmurer. Très bêtement, elle est persuadée que ses malheurs sont un châtiment du Ciel parce que votre Divin Fils n'a pas encore engendré... »

Alors la Vieille Dame, les yeux secs mais dévorés de flammes, glapit :

« Le peuple ne se trompe pas. Moi aussi, je crois que les misères qui s'abattent sur l'Empire Céleste sont une punition infligée par le Grand Chariot, parce que Hieng-fong refuse de perpétuer la dynastie. Il se roule dans la fange stérile. J'ai montré trop de mansuétude envers lui. Illusions d'une mère... Aussi me traite-t-il comme une vieille chose impotente et impuissante. Ce que vous dites me confirme dans ma résolution. Le moment est venu pour moi d'accomplir mon devoir vertueux. Si Hieng-fong ne cède pas à mes ultimes objurgations, je vais adresser une proclamation solennelle à tout l'Empire du Milieu, l'accusant de manquer à la piété qui m'est due. »

Puis, en un ronchonnement qui est pire qu'une clameur :

« Oui, je le ferai. Car loin d'être désarmée devant lui, j'ai encore le pouvoir de la foudre s'abattant sur son impiété. Je vais frapper. Et ses sujets innombrables, tenus jusqu'à présent à l'adoration et à l'obéissance sacrée envers lui, couvriront leurs visages de cendres et le maudiront. Le mandat du Ciel lui sera enlevé... Qu'on aille immédiatement le chercher. »

Ainsi les eunuques avaient bien deviné. Dans la

Vieille Dame racornie et récemment encore résignée, toute la rancœur des humiliations subies remonte. Poussée irrésistible de son sang qui s'était appauvri. Maintenant, son cœur jubile du sentiment retrouvé de la Puissance. Encore une fois, elle qui avait été une radieuse Impératrice adulée, tient dans sa main décharnée le sort de l'Empire Céleste. Exaltation immense qui la revivifie.

Son mandement parvient à Hieng-fong, dans le pavillon des plaisirs où il passe toutes ses journées, en pleine fête champêtre. Tous les mignons lui faisant, de leurs corps en corolles, imbriqués les uns dans les autres, des couronnes fleuries. Chairs moirées et fermes, si souples en leurs muscles longs, harmonie gracieuse et nerveuse. Et tous ces sexes sont comme les fruits des hommes, avalés, avalant, toujours reparaissant, tendus ou repliés sur eux-mêmes, se balançant sur les rythmes d'une frénésie ardente. Hieng-fong ravi, les yeux chavirés de vin et de délectation, préside à ces évolutions festives, à ces rondes tournoyantes. Il rit en vidant des coupes et en suggérant les figures de ces ballets charmants, où le vice paraît une innocence. Il est heureux. Mais le commandement maternel lui parvient ! En un instant, sa face se défait de rage verdâtre. Il bave. Ses traits ingrats se tordent de haine.

« Quoi, ce squelette vivant ne peut continuer à se désintégrer jusqu'à la mort sans m'ennuyer ! Imaginez-vous que la Vieille ose me quérir pour la Grande Menace, celle de me dénoncer comme un fils ingrat à toute la Chine ! »

Les gitons s'assemblent devant lui, en un paysage de fesses. Et ils ululent lugubrement.

« Seigneur, ne nous trahissez pas ! »

Mais Tsaï, l'aimé des aimés, qui gît à côté de lui, murmure :

« Je vous avais prévenu. Vous n'avez pas assez ménagé votre mère. Et, comme cela devait arriver, aujourd'hui, toute ratatinée qu'elle soit, au seuil des Fontaines Jaunes, elle fulmine dans sa rage rouge, en une dernière et terrible incarnation de vie. En cette éruption ultime, elle peut encore vous détrôner. Soyez donc prudent avec elle.

— Ainsi donc, vous me prêchez la vile soumission ?

— Non, seulement la ruse. S'il le faut, acceptez ce qu'elle exigera, et vous savez bien ce que c'est.

— Malheureuse sera la créature qui pénétrera dans la Chambre du Repos Eternel. »

Peu après Hieng-fong, descendu de son palanquin, entre dans le Palais de la Douairière. Son comportement est étrange. Tout au bout de la salle, la Vieille Dame est dressée sur son trône. Il s'approche d'elle comme s'il était dans les vapeurs de la soûlerie. A chaque pas, il trébuche, il divague, il tâtonne, sur le point de chuter, balançant ses bras pour se rattraper, loque humaine incapable de soutenir son corps. Et le Grand Dragon Rouge, brodé sur ses vêtements impériaux maculés, amplifie encore cette déambulation grotesque. Il a donné à sa face une expression de stupidité égarée. Comme ne sachant où se diriger, il jette autour de lui des regards implorants. Sa laideur redoutable est devenue une imbécillité stupéfiante. Il tombe enfin en vomissant. Ses gardes le ramassent, le soutiennent, le conduisent jusqu'à sa mère. Là il se tient tout souillé, branlant, ne semblant même pas reconnaître la Vieille, dans la puanteur de l'alcool.

Enfin de son abjection vient une vague lueur de lucidité, il a l'air de comprendre qu'il se trouve devant sa Mère. Alors il se livre à des gesticulations insensées, qui veulent être les marques de sa dévotion filiale. A chaque inclinaison, il ressemble à un pantin désarticulé qui gigote en tous sens, embrouillant les gestes des rites sacrés.

Les fibres racornies du visage de la Vieille Dame se hérissent comme des lances de dégoût :

« Comment osez-vous paraître devant moi en cet état répugnant ? Vous vous moquez encore !

— Au contraire, je me suis arraché immédiatement à mes durs travaux pour accourir plus vite auprès de vous, Mère très Vénérée. Je suis seulement un peu fatigué...

— Vous êtes ivre — ou vous faites semblant de l'être. Vos travaux... vous voulez dire vos jouissances dégoûtantes ! Tout l'Empire Céleste, que vous devriez gouverner selon les Lois de la Sagesse, se réduit pour vous au cloaque de vos luxures infâmes. Rien d'autre ne compte pour vous, ni vos innombrables sujets, ni le Ciel dont vous êtes le Fils, ni même moi... Mais pourquoi perdrais-je encore une fois ma peine à vous faire des reproches que vous méprisez ? Vous êtes pourri d'âme et de corps jusqu'au tréfonds de votre être. Et jusqu'à votre virilité...

— Elle est grande pourtant. Tous mes laborieux compagnons, de jeunes princes bien nés et de grand mérite, vous l'affirmeront. »

La fureur de la Douairière, montée jusqu'au zénith, lui rend un visage presque humain, celui de la folie étincelante :

« Votre terrible offense envers moi, je vais la révéler à tout l'Empire. Profanation abominable ! Telle sera l'indignation générale que vous perdrez votre sceptre avili. J'ai dit ! »

Hieng-fong s'effondre devant cette fulmination, qu'il avait pourtant prévue et qu'il avait défiée dans une bravade insensée. Alors, dans l'attitude la plus déférente et la plus humble, il tombe implorant, il se prosterne aux pieds de la Vieille Dame et gémit :

« Vénérable Mère, il ne sera pas dit que je vous aurai outragée. Le remords et le poids de mes fautes m'écrasent. Commandez et je vous obéirai... Ayez pitié... »

La Douairière, à la vue de son fils devant lequel tout l'Univers rampe, réduit par elle à l'aplatissement servile, condescend à s'apaiser, ses rides n'étant déjà plus les sillons empourprés de la démence impérieuse.

« Repentez-vous et faites comme je vous dis. Tous vos ancêtres ont été des mâles glorieux. Soyez digne d'eux. Je vous ordonne de recevoir dans votre Chambre du Repos Impérial une femme qui perpétuera la dynastie.

— Je le ferai.

— Je vous en laisse le choix. Je vous conseille cependant d'honorer d'abord l'Impératrice votre épouse, qui subit toujours la honte de sa virginité conservée.

— Hélas ! c'est beaucoup me demander. Son visage est comme une galette si ingrate que même le plus affamé des mendiants de la Chine Céleste ne la mangerait pas.

— J'ai rassemblé pour vous des dizaines de concubines, plus charmantes les unes que les autres.

— Eh bien, envoyez-moi la plus jolie et la plus peinturlurée. Et vous serez satisfaite de moi. »

Comme en un dernier grondement d'orage, la Douairière crachote de sa voix de majesté :

« Ne me manquez pas de parole ! »

Visage pieusement compassé d'un Hieng-fong vaincu et servile. Mais à peine est-il revenu au milieu de l'essaim de ses mignons que sa face se décompose de glaires, de tempêtes ordurières. Il hurle dans le silence lourd de ses chéris :

« La concubine qui me sera jetée, je ne me contenterai pas de la maltraiter. J'arriverai, par des questions insidieuses et mielleuses, à faire sortir de sa bouche un sacrilège sans même qu'elle s'en rende compte. Et très justement, elle aura la tête coupée. »

Pendant ce temps, le Grand Eunuque est comme un gros rat affolé. Ses yeux, sortant des onctueuses couches de graisse, qui généralement les laissent tout juste deviner, saillent, exorbités. Lui, si digne grâce à la pesanteur lente et sage de son embonpoint empanaché, court et recourt, muni de pattes, en tous les coins et recoins du palais, dans une recherche frénétique et désespérée. Sueur blême sur les pendeloques de sa chair blême. Et sa voix étranglée souffle rauquement en son haleine qui manque. Autour de lui, petite souris, des eunuques, en quantité, fouillent partout sous les insultes qu'il arrive à cracher. Vainement...

Ngan Te-hai s'approche de cette baudruche pantelante. Jamais il n'a été aussi respectueux dans son maintien froid. Butant contre une panse forcenée qui se projette sur lui, car tout n'est que panses égarées dans le Grand Eunuque, il s'enquiert auprès de lui avec une courtoisie un peu lointaine :

« J'ai entendu parler d'un malheur qui vous serait arrivé ? »

Le gros homme halète en un gémissement douloureux qui vaut mille gémissements :

« Mes « précieuses », pourtant si bien dissimulées et gardées en mes appartements, ont disparu. Et c'est demain le jour de l'inspection de nos membres coupés. Si je ne les retrouve pas d'ici là, je vais être dépouillé de mes charges et grandeurs, et honteusement chassé de la Cité Violette. »

Ngan Te-hai, toujours avec la même déférence, arrive à lui glisser à l'oreille :

« Peut-être puis-je vous rendre un très modeste service. Il se trouve que je possède en double ce qui vous a été volé. Je vous donnerai donc le flacon que j'ai en trop, avec tout le contenu nécessaire des trésors de chair tranchée qui ressemblent très curieusement aux vôtres. Comme cela, vous satisferez à l'examen. »

Le Grand Eunuque ne sourcille pas, même quand Ngan Te-hai lui fait savoir discrètement et indirectement qu'il est l'auteur du rapt, qu'il possède ses « précieuses », en somme qu'il le tient. Pas une étincelle de haine ne remonte à la surface de suint du Grand Eunuque. Comme s'il n'avait pas compris...

Au contraire, sa face n'est que gratitude éblouie, fleur de lard.

« Ma reconnaissance pour vous sera comme une colonne montant au Ciel. Infinie est votre bonté. Désormais demandez-moi tous les services que ma modeste personne peut vous rendre. Je n'arriverai jamais à épuiser ma dette envers vous. »

Autrement dit, le Grand Eunuque vaincu s'enquiert des conditions que Ngan Te-hai va immanquablement lui poser.

Ngan Te-hai hoche la tête en signe de confusion et de dénégation, comme s'il ne méritait pas de pareilles effusions.

« Ce que je me réjouis de faire pour vous n'est rien. Mais je pense qu'auparavant vous partagerez mon humble avis : l'honorable personne Yi transcende les autres concubines comme un diamant au milieu de vulgaires cailloux, et, seule, elle mérite l'insigne honneur de pénétrer dans la Chambre du Dragon Dormant. J'oserais même vous prier timidement de plaider pour elle auprès de la Vénérable Douairière, qui apprécie vos conseils sages et éclairés. Très certainement la force de vos paroles la convaincra. »

Ainsi, de la façon la plus voilée et pourtant la plus claire, le marché est mis en main : la restitution de ses « précieuses » contre la désignation de Yi. L'estomac du pauvre Grand Eunuque se révulse sans que rien n'apparaisse sur sa face. Telle est sa triste situation : cette Yi, par laquelle il espérait perdre le Grand Surveillant, il va devoir lui-même lui ouvrir les portes du Destin...

Toute la flatulence de sa personne est prise au piège de Ngan Te-hai ! Lui qui escomptait tellement lui en tendre un. Il ne peut que s'enfler dans la promesse qu'il fait, avec une chaleur onctueuse :

« J'avais déjà une très haute opinion de cette Yi si méritoire. Mais, après l'avis que vous avez daigné me donner, j'emploierai tout mon pouvoir, bien plus modeste que vous ne le dites, pour qu'elle soit choisie par notre Divine Douairière. »

Alors Ngan Te-hai, plantant ses yeux les plus durs dans la molle graisse du Grand Eunuque, la perce de cette injonction :

« Réussissez. »

C'est bientôt fait. Quand la Vieille Dame entend le nom de Yi gargouiller dans la bouche du Grand Eunuque, elle sursaute de mécontentement avec un bruissement sec.

« Non, elle est trop dangereuse. Et si jamais elle concevait un Saint Homme, dans sa gloire soudaine, quelles misères ne nous ferait-elle pas. C'est un serpent... »

Ngan Te-hai lui susurre alors avec son expression la plus atone :

« Vous connaissez votre fils. Très certainement, il réservera à Yi des affronts très cruels et peut-être la mort. Ce n'est pas le triomphe qui l'attend, mais probablement des outrages pénibles. Et cela malgré toute sa malignité. Après son échec probable, vous serez débarrassée d'elle. »

La Vieille Dame ricane de bonheur. Et, avec un toussotement de brindilles cassantes, elle accepte, ravie de la perspective humiliante réservée à cette Yi qu'elle déteste instinctivement. Dans un claquement de ses mâchoires branlantes, elle ordonne :

« Que ce soit Yi. J'ai dit ! »

Ngan Te-hai a sa peau la plus lisse.

Ce soir-là, dans l'épanouissement du printemps, le parc impérial est d'une senteur particulièrement embaumée. Plénitude de la grande paix. Le palais projette des ombres sereines. Les arbres escaladent le ciel, où des mains ont jeté des poignées d'étoiles innombrables. Les marbres, les arches, les portiques se reposent. Un calme comme du velours. Comme si la nature bénéfique ignorait les fureurs, les avidités, les calculs, les mensonges, les traîtrises, les perfidies, les haines, les ambitions des vers qui rongent les cerveaux et les cœurs des hommes. La grande paix.

Ngan Te-hai se glisse dans cette harmonie, traversant des parvis et grimpant des degrés, jusqu'au pavillon de Yi. Déverrouillage. Et, se tenant dans l'encadrement de la porte, il regarde la forme si familière de Yi, il la contemple intensément avec des yeux sombres et soyeux, qui sont tristesse plus que gaieté. Il la contemple longuement, silencieusement, comme s'il ne la connaissait pas ou ne la reconnaissait pas, s'attardant à chacun de ses traits, à chacune de ses beautés, de ses expressions, de ses attitudes. Face à lui, elle se tient debout, avec un demi-sourire énigmatique sur sa face. Ngan Te-hai reste immobile, toujours à l'examiner, sans mot dire. Enfin la voix de Yi lui parvient :

« Mais entrez donc, Ngan Te-hai. »

Alors, très doucement, il s'avance vers elle. La pièce est chargée d'un mystère qui joue avec les lueurs et les ombres des lampes. Le Grand Surveillant est muet, il ne prononce pas les paroles heureuses que Yi attend sans doute impatiemment. Elle ne l'interroge pas non plus. Il y a entre eux une tendresse fondante. Ils se parlent peu, des phrases ordinaires sur lesquelles pèse un secret. Enfin Ngan Te-hai caresse Yi, mais il vogue sur elle bien plus mystiquement que sensuellement. Et quand ses mains se retirent de cette chair tant aimée, ému, bouleversé, il annonce :

« Une nuit très prochaine, le Saint Homme posera ses doigts sur votre plaque de jade. Une lanterne rouge s'allumera devant la porte de votre pavillon, et vous serez amenée à la Chambre du Dragon.

— Je savais tout cela avant que vous me l'annonciez.

— Comment vous est venue cette conviction ?

— À votre maintien étrange quand vous êtes entré, si songeur, si occupé à me scruter, content de ma joie certaine et pourtant désolé que je ne sois plus à vous entièrement. Pour la dernière fois, vous vous repaissiez de moi, en ce lieu où vous me possédiez seul. »

Yi le cajole :

« Vous avez réussi ce que je voulais tant, Ngan Te-hai. Du reste, vous connaissant, je n'en avais jamais douté depuis que vous vous étiez mis à l'œuvre. Ne déplorez pas votre victoire qui est aussi ma victoire. Mon amour pour vous en sera bien plus profond et plus parfait.

— Hélas ! mon malheur est encore plus grand que vous l'imaginez. Car c'est moi, moi-même qui, du fait de ma charge de Grand Surveillant, vous porterai dans mes bras jusqu'à l'Antre du Sommeil Impérial et vous livrerai au Saint Homme.

— Vous me porterez vers ma gloire.

— Vous souvenez-vous du temps où, dans l'ignorance de tout, même de mon existence et de ma passion, vous vous composiez ces Apparences somptueuses destinées à enchaîner le Fils du Ciel à votre Beauté ? Ces Apparences n'étaient qu'illusions que je vous laissais entretenir pour vous soulager dans votre désespoir. Maintenant je dois vous dire la vérité. Quand je vous porterai vers le Saint Homme, vous serez dépouillée de tout, de ces arrangements splendides, de ces ornements assortis, de vos coiffures magnifiques. Vous ne serez qu'un peu de chair dévoilée, d'où couleront vos cheveux flottants.

« Ce sont des précautions tutélaires, reprend Ngan Te-hai, pour empêcher que toute concubine choisie par le Fils du Ciel dissimule dans ses accoutrements quelque arme ou quelque poison pour le tuer. C'est un rite dans la forêt des rites, provoqué par quelque drame obscur, ancien, oublié même. Mais la règle en est restée, tissée dans le réseau des règles de prudence qui entourent la Personne Sacrée du Saint Homme.

— Que m'importent tous les attifements ! Je serai moi. Et ma nudité, quand elle sera jetée à l'Empereur, sera encore plus émouvante et plus captivante dans sa fragilité... Mon corps femelle ainsi exposé sera pour lui la révélation de ses désirs généralement portés ailleurs.

— J'ai peur pour vous, Yi.

— Comment osez-vous craindre pour moi, Ngan Te-hai ? Je suis tellement sûre de mon Destin !

— Oui, j'ai peur car il paraît que l'Empereur nourrit, envers la créature imposée à lui dans la Chambre du Sommeil Impérial, des projets noirs et dangereux. C'est peut-être moi qui vous amènerai à la mort ; mes eunuques vous exécuteront.

— Je ne mourrai pas. Je vaincrai.

— Yi, pour la première fois, je vous vois vous précipiter dans l'erreur. Car il me semble que vous avez oublié mes conseils très sûrs. Vous êtes en ce moment portée par l'orgueil de votre féminité, et cette fois, elle est votre pire ennemie. Revenez à la raison. Vos formes ne pourront émouvoir Hieng-fong, au contraire. Alors, méprisant toutes les délicatesses qui doivent présider aux mots et aux mouvements des créatures de charme, imposez-vous, je le répète, comme le compagnon de beuverie nocturne de l'Empereur solitaire. Buvez avec lui, dites les pires insanités, tenez les propos les plus pervers, en y glissant parfois le trait de l'esprit fin. Que le lit du Dragon soit celui de l'hilarité. Osez l'abjection. Mais veillez à ce que Hieng-fong ne vous entraîne pas perfidement, au cours de ces gaillardises, à prononcer un sacrilège. Ce serait encore pour lui le meilleur amusement. Car alors, offensé dans sa dignité divine, il pourrait hurler d'un miaulement de chat. Aussitôt le portail monumental de la Chambre de son Repos Impérial s'ouvrirait sur les eunuques de garde qui, l'épée à la main, vous entraîneraient, minuscule chair femelle nue, pour vous occire, lui riant, riant comme si c'était la meilleure farce, la bouffonnerie qui le vengerait de sa mère et réjouirait tous ses mignons... »

Cette fois Yi concède, mais avec fureur :

« Comme je m'en veux ! Tout à l'heure, je n'ai pas été digne de moi-même, j'ai cédé à la vanité de la chair. Vos propos sont salutaires. Ils sont gravés en moi, maintenant que je vais affronter le Dragon Couché, dans cette nuit tant désirée.

— J'ai obtenu pour vous la Couche du Dragon. Désormais, outre la tristesse de mon cœur, je ressens les angoisses de mon succès qui peut vous amener à l'Indignité ou même aux Fontaines Jaunes.

— Oui, je sais, je vais vers l'Epreuve Terrible. Car si je me conduis, selon l'usage, en concubine délicieuse, le Saint Homme, sans même m'approcher, me répudiera pour stupidité, et si je suis vos recommandations, ce que je ferai car elles sont ma seule chance, le Fils du Ciel, au milieu de la gerbe des facéties et des gaietés, fondra sur un seul mot mal choisi par moi comme le mot particulièrement attentatoire au Ciel dont il se moque, afin de me livrer à l'épée ou la hache.

— Tout est danger, en effet. Mes craintes, qui sont devenues les vôtres, sont fondées. Mais que je vous rassure... Car vous êtes capable, vous seule, de traverser tous ces périls sans tomber dans la honte ou la mort.

— Je suis prête... Je réussirai. »

Alors Ngan Te-hai dévisage Yi amoureusement, longuement, et Yi le regarde aussi avec un semblant d'amour. Rien d'autre que leurs yeux qui plongent les uns dans les autres. Leurs adieux au temps passé, celui de la romance de la Belle et de l'Impuissant. Brusquement, Ngan Te-hai se courbe pour la saluer et s'en va sur cette dernière phrase :

« Demain, vous me verrez mais vous ne me reconnaîtrez pas. »

Le jour suivant, au soir, les coups réguliers du Grand Tambour vibrent à l'annonce de la nuit, et une cloche puissante suspendue à une tour leur répond en contrepoint. La Cité Violette se vide et le Saint Homme s'effondre sur la Couche du Dragon, soûl et ricaneur. Yi attend... Le déverrouillage. Ngan Tehai pénètre dans le pavillon, le visage dur, froid, méprisant, suivi d'une petite escorte. En lui, rien ne semble connaître Yi. Il est seulement le Grand Surveillant s'acquittant brutalement de ses fonctions. Ainsi, d'une voix glacée, il commande à Yi :

« Déshabillez-vous. Dénouez vos cheveux. »

Son expression est celle de l'ennui professionnel pendant qu'elle se dévêt. Quand elle est dans sa nudité, chair tant caressée devenue soudain banalité, il lui fait les recommandations protocolaires :

« Une fois que vous aurez franchi le seuil de la Chambre du Repos Sacré, prosternez-vous aussitôt, les yeux au sol, sans rien regarder, ni le lit du Dragon, ni le Dragon qui y est étendu. Et vous resterez ainsi prostrée dans la position de l'Humiliation et de la Vénération, sans oser bouger, jusqu'à ce que le Fils du Ciel daigne vous appeler auprès de Lui, s'il daigne. Obéissez soigneusement à ces rites sacrés, car tout manquement est puni sévèrement. »

Le Grand Surveillant enveloppe le peu de chair que représente Yi dénudée dans une grande couverture rouge. Alors, il la soulève de ses bras puissants et l'emporte ainsi, comme un paquet où la vie s'exprime par la tête qui retombe d'un côté, et les jambes de l'autre. Suivi par son escorte de pâles eunuques tenant de petites lampes, il enlève Yi de ce pavillon où elle a été enfermée si longtemps dans les espoirs, les désespoirs, les transes. Yi en sort enfin, mais piteusement, comme un poulet déplumé qu'on emmène au marché, résignée à cette dégradation. Elle sait que c'est en montant les marches des dégradations qu'elle atteindra la Grandeur. Le cortège s'ébranle, Ngan Te-hai est un géant chargé d'une forme nue qui frissonne. Les seins, le ventre de Yi, il les tient sous sa poigne comme une marchandise quelconque. Si son cœur est ému il n'en témoigne rien. Insensibilité dédaigneuse sur sa figure de pierre polie. Dans l'indifférence sévère, à pas rapides et feutrés, il arpente les dalles des grandes cours, il passe sur des ponts qui semblent vouloir monter au Ciel avant d'en redescendre, il se glisse sous des arches de triomphe, il traverse des galeries sombres et des salles vides, où les colonnes de laque rouge jettent des ombres sanglantes. Un instant il semble à Yi que la main de Ngan Te-hai presse un mamelon de sa poitrine en signe de tendresse. Mais n'est-ce pas une illusion ? Enfin, il la dépose comme un paquet dans le Grand Vestibule Pourpre qui précède la Chambre du Repos Impérial.

Là, les eunuques de garde, épées à la main, redoutables en leur austérité sombre, saluent de leurs lames le Grand Surveillant qui se retire après avoir laissé Yi. Ils ne lui disent pas un mot. Un instant elle s'est redressée, nue sous leurs regards qui ne la voient pas. Elle se sent déjà dans un lieu mystérieux et dangereux, au silence majestueux. La pénombre fait reluire les ors des caractères exprimant des maximes austères. De lourdes tables laquées de noir sont gravées des monstres mythiques de la protection, les gueules grandes ouvertes prêtes à se refermer sur les ennemis corporels et incorporels qui viendraient rôder avec des desseins attentatoires. Et sur le grisâtre du pavement, de grosses lampes rouges en papier huilé, suspendues aux énormes poutres du plafond, jettent des flaques rubescentes. C'est comme un sanctuaire, où l'on pressent la présence toute proche d'une espèce de Divinité, cloîtrée dans son tabernacle.

L'énorme portail qui scelle la Chambre du Repos Impérial s'est entrouvert juste assez pour que Yi, toute menue, se glisse dans le repaire du Dragon. A peine y a-t-elle pénétré que les battants se referment sur elle, la laissant seule en présence du Saint Homme. Son cœur courageux se décompose. Elle avance de quelques pas tremblants, la tête inclinée en avant, n'osant pas regarder devant elle, paupières baissées. Comme le protocole sacré l'exige, elle s'effondre, prosternée, ramassée sur ses genoux en sorte que son postérieur se relève un peu et que le reste de son corps s'aplatit sur le sol de marbre, où sa tête cogne. Elle reste là gisante, implorante, toujours les yeux baissés, aveugles. Petite loque de chair offerte. Elle sait que, dans son lit superbe, est couché le Saint Homme qu'elle ne voit pas et qui, peut-être, daigne la contempler, pitoyable mais touchante dans sa beauté humiliée. Est-ce qu'un désir peut s'emparer de lui, ou est-il en proie à l'exécration ? Enigme déchirante.

Yi demeure longtemps dans son abaissement, sentant avec angoisse le Dragon tout proche qui devrait glorieusement la dévorer. Mais s'est-il seulement aperçu de sa présence ? N'est-elle pour lui qu'un rebut haïssable ? Cependant, à mesure que les minutes passent, elle est écrasée par le poids de l'Empereur toujours inconnu, toujours terrible, et cependant réel. Car du lit où il est étendu, viennent de petits bruits, des soupirs, des rots, des glougloutements — il ne dort donc pas, il s'agite dans une veille malaisée. En dehors de ces vagissements, elle entend aussi des « tic-tac » qui ne s'expliquent pas. Pas un mot ne vient à elle. Une heure s'écoule peut-être, où chaque seconde oppresse Yi, accablée par ce dédain impitoyable. Enfin, plutôt que de continuer à subir, elle prend une décision. Subrepticement, elle lève les yeux et contemple. C'est un crime, même pour elle, qui est tassée à l'orée de la Chambre Impériale, que de porter son regard sur l'Antre Sacré et son Dragon. C'est un crime, mais il faut oser.

Elle a de la peine à voir la Chambre Divine qui n'est éclairée que par deux grosses bougies écarlates fichées sur les pointes de deux hauts candélabres en émail cloisonné. La pièce est petite mais oppressante par les reflets des couleurs à peine devinées provenant des symboles bénéfiques. Forêts de dragons et de sphinx, sculptés ou peints, dans leurs formes contournées, cependant que des pilastres supportent le firmament du plafond où se détache le Grand Chariot. Les signes les plus vénérables de la Chine Céleste. Mais, étrangement, sur des étagères, brille plus vivement le métal d'horloges innombrables, produits des Barbares, avec leurs pointillés de sons mécaniques et leurs aiguilles comme des bras tournant régulièrement dans les mêmes cercles : ceux du temps dont ils battent la coulée éternelle et monotone. L'alcôve, la Couche Impériale, c'est l'échine du Dragon dompté remplissant tout l'espace. Les pattes de la bête servent de supports et sa tête, au bout du cou contorsionné, forme un baldaquin. Il en coule des membranes pourpres, tentures relevées, laissant accès à de fines coupes de porcelaine et à d'innombrables carafons, remplis de liquides blancs et noirs, les blancs d'une légèreté immaculée, les noirs d'une épaisseur granuleuse. Yi distingue le Dragon Vivant étalé sur ce lit-dragon. Mais est-ce vraiment un homme ? L'horreur la saisit. Il lui semble voir là quelque lézard se prélassant. Ce qu'elle aperçoit de Hieng-fong vautré, c'est une tête d'une informité très longue, une élongation, un étirement

195

où les traits sont effacés sous une cascade d'écailles. Quelque tronçon reptilien. Les oreilles sont des branchies ou des pattes atrophiées. Le nez n'existe pas, à peine marqué par deux trous. Cette figure, une espèce de museau, se termine par une ouverture qui semble une fente animale, d'où pourrait sortir un dard. Mais où ne se voient que des dents gâtées, noirâtres. Le corps donne l'impression, sous sa draperie, d'une fuite de cartilages. Le personnage est hébété, abruti, mais ses yeux, qui sont des lisérés à peine ouverts, sont piqués de points jaunes inquiétants, chargés de venin. Sans cesse Hiengfong se tourne et se retourne sur lui-même, en proie à une gêne, à une peur, à une anxiété, à une angoisse. Comme s'il était oppressé par la solitude nocturne que seules soulagent les horloges, qui, par leurs sonneries et leurs bras au lent mouvement, marquent la fuite des heures noires et rapprochent le Dragon Vivant du jour libérateur. Mais que cette durée, même ainsi mesurée, est longue et désespérante ! Alors, il geint et tend un bras vers un flacon d'alcool poisseux, très fort et puant. C'est un autre secours, procurant une sorte de coma libérateur où il ne pense plus. Quand il avale, il a d'abord un rictus presque joyeux, ses écailles semblent tomber pour laisser place à une peau grisâtre et souillée. Puis il s'effondre sur lui-même, dans une somnolence éveillée où, cette fois, surgit la grande épouvante.

Yi, d'un regard minutieux, scrute les transes de l'Empereur. Avec une force qui lui empoigne le cœur, l'idée lui vient que, manquant à tous les rites, commettant un attentat abominable dont le châtiment est la mort, elle doit s'approcher du Dragon sans qu'il le lui demande. Son espoir, son calcul, c'est qu'elle apparaisse au Saint Homme comme une vision bénéfique qui l'arracherait à son isolement tragique. Le danger serait qu'il la prenne pour une apparition affreuse, et détestable, s'ajoutant à toutes les chimères qui le consument. Les risques sont grands. Longtemps, Yi hésite... Mais de l'Empereur viennent des halètements plus réguliers, rauques et sifflants, qui s'amplifient en à-coups lourds, ce sont des ronflements : il dort.

Soudain sa forme se hérisse de mille déchirements, il n'est plus qu'un paroxysme de tentacules convulsifs, il se défait en lanières hagardes comme une boule suppliciée. Il se débat en bête traquée, pris de gesticulations insensées, bondissant de tous côtés, retombant et s'élançant. Etrangement, ses yeux minuscules sont ouverts, agrandis par la terreur folle. C'est le cauchemar. Celui qui lui revient chaque nuit dès que le sommeil arrive à s'emparer de lui, le sommeil qu'il craint tellement. Quelles sont ces visions d'épouvante qui le dépècent ? Yi l'ignore évidemment. Mais, soudain, des lèvres de Hieng-fong, élytres de sa bouche-fente, sort une vocifération d'épouvante, terreur et pleurs à la fois. L'inexprimable.

C'est le moment pour Yi. Elle est sans répugnance. Elle est sans peur. Si elle ne réussit pas, il lui sera indifférent de périr. Elle se redresse tout entière et nue. A petits pas elle s'approche de Hieng-fong qui paraît dément. Très doucement, elle passe sa main sur son moignon de front pour le réveiller. Lui, à ce toucher, hurle plus encore, se croyant en proie à un monstre. Yi recommence, et cette fois, le cri égaré de l'Empereur devient gémissement pitoyable, comme s'il était définitivement perdu ou comme s'il s'apaisait un peu. Yi refait la caresse de ses doigts, et alors il semble revenir de très loin, d'une géhenne infiniment distante. Ses yeux ouverts, qui ne voyaient que l'Enfer, paraissent s'éclairer, troubles et incertains encore, renaissant à ce monde dont il est le Souverain. Enfin Hieng-fong distingue ce qui l'entoure, et d'abord Yi penchée sur lui. Chevrotant d'angoisse, il demande dans un souffle :

« Vous êtes la reine des Abîmes ?

— Je suis « l'honorable personne » Yi, dont vous

avez daigné toucher la plaque de jade pour que je partage votre repos. »

Cette phrase fait revenir complètement Hieng-fong à lui-même. Son faciès se tord en une grimace plus réjouie que menaçante :

« Une concubine ! l'honorable personne Yi. Ah ! que c'est drôle, que c'est désopilant... Quelle farce ! »

Et puis, toujours aussi égayé, il s'écrie :

« Comment vous êtes-vous permis, vous ignoble créature, de venir auprès de moi que vous salissez, sans que je vous appelle ? Vous méritez le châtiment suprême.

— J'ai eu l'audace de m'imaginer que je pourrais chasser vos mauvais rêves en vous éveillant.

— Moi, Hieng-fong, le Dragon Sublime Maître de Tout Ce Qui Est Sous Le Ciel, comment pourrais-je avoir des songes pernicieux ? Vous êtes bien impudente d'avoir cru cela. »

Un sourire malicieux — pas laid sur sa laideur — lui vient aussitôt :

« Puisque vous êtes là, encore vivante pour quelques instants, rendez-vous utile. Versez-moi à boire. »

Yi remplit aussitôt une coupe de jade, sans perdre de temps à déployer les manières usuelles. Et, avec une sérénité surprenante, elle demande :

« Pourrais-je m'en verser aussi ? »

Hieng-fong rit tout à fait :

« Oui. Comme cela nous pourrons faire Kampé. Mais votre gorge délicate pourra-t-elle supporter le brutal et délicieux alcool ?

— Oui, seigneur. »

Hieng-fong, ragaillardi par ce divertissement, s'écrie :

« A la mort de toutes les femelles ! »

Et Yi répète comme cela se doit :

« Kampé. A la mort de toutes les femelles ! »

Choc des coupes. Yi avale le breuvage d'une gorgée, sans sourciller, aussi prestement que Hieng-fong, dont les écailles se frottent de surprise.

« Pour une concubine à l'aspect si fragile, vous ingurgitez bien. Un autre kampé donc — ou plutôt dix kampés à la suite. A votre mort immédiate ! »

Une joyeuseté luit dans son œil. L'Empereur est content de sa trouvaille cruelle, de cette bonne niche qu'il joue. Certainement, Yi chutera lamentablement au cours de ces kampés, et c'est une poupée soûle, vomissante, répugnante, que les eunuques appelés viendront ramasser sur le sol, pour l'emporter à son exécution, épave pourrie, gigotante, hoquetante, de ce qui a été une si superbe concubine. Peut-être que, déjà décomposée par les vapeurs de l'alcool, il lui restera assez de conscience pour sentir, en quelques instants, l'approche de sa mort et sa mort elle-même. Alors elle se débattra en des mouvements et des criailleries ridicules.

Mais quand Hieng-fong ordonne ces dix kampés effrayants, Yi ne tressaille même pas, ni à la pensée du gavage destructeur, ni à la conclusion fatale, qu'elle résiste à l'épreuve ou pas. Elle est toujours d'une chair fine et ferme, son visage n'est pas troublé. Pas une supplication. Intangible. Et même, avec une voix de mélopée, elle reprend calmement les phrases méchantes de Hieng-fong :

« Dix kampés à ma mort très immédiate ! »

Et, par dix fois, elle remplit les coupes. Par dix fois, elle les tend, cognant la sienne, pleine à ras bord d'un liquide noir, contre celle de Hieng-fong aussi entièrement remplie. Par dix fois, elle avale d'un seul trait, aussi aisément que l'Empereur. Que sa gorge soit une coulée de lave, que son estomac soit un chaudron bouillant, elle n'en montre rien. Elle ne s'effondre pas, elle ne chancelle pas, mais au dernier kampé, elle se tient droite, sans boursouflures, sans vertiges. Absolument intacte, et même souriante, avec modestie, elle émet juste, à la fin, le rot de la politesse et de la satisfaction qui est tout à fait convenable.

Hieng-fong un peu fangeux au contraire, dans

sa stupéfaction, ricane d'une hilarité sournoise mais plaisante, ce qui donne à sa tête l'aspect d'un escargot dégorgeant :

« Ah ! vous n'êtes pas une simple mijaurée peinturlurée. Dix kampés... Si vous n'aviez pas bu aussi bien que moi, j'appelais les gardes pour vous envoyer aux Fontaines Jaunes, qui ne répandent que de l'eau mortuaire comme vous le savez. Mais votre exploit m'a amusé, ce qui est pour moi la chose la plus importante du monde. Je me sens l'envie de vous faire grâce, du moins pour le moment. »

Et puis, grimaçant un sourire à la fois engageant et menaçant :

« Etes-vous capable de me distraire encore ? Voyons si vous êtes moins bête que les autres femelles, si vous avez un esprit piquant qui pourrait me délasser. Parlons donc... Asseyez-vous sur mon Lit Impérial, mais loin de moi, que je ne sois pas gêné dans notre conversation par le dégoût. Tenez, revêtez cette tunique qui vous cachera en grande partie. »

Yi couvre sa nudité d'une robe d'homme, une robe aux fils d'or qui font danser des chimères en une pavane impériale. Une joie l'inonde comme une prémonition faste. Et pourtant, pour le moment, il ne s'agit que de dissimuler ses attraits féminins sous cette vêture grandiose, si vaste que son corps y flotte. Il n'en sort que sa tête dressée, à qui elle essaie de donner une sorte de beauté androgyne. Ainsi masquée, elle se rencogne sur le bord de la Couche du Dragon, qui, de son nez manquant, renifie avec la jovialité, qui en lui annonce bien des pièges. Enfin il susurre :

« Vous avez manqué à toutes les convenances dues à un Fils du Ciel. Peut-être avez-vous agi ainsi parce que vous avez jugé que moi, Hieng-fong, je n'en étais pas vraiment un. Eh bien, je vais vous étonner : vous avez raison. Je suis de votre avis. Comment le Ciel pourrait-il avoir comme Fils un être aussi dégoûtant que moi ? Ne suis-je pas affreux et très indigne du Chariot Divin ? »

Yi sent les rets se tendre autour d'elle pour lui faire prononcer un sacrilège mortel, comme l'en avait avertie Ngan Te-hai. Il lui faut se dégager de cette trappe, non par des dénégations trop faciles, mais par une subtilité plaisante.

« Moi, très humble Yi, je vous adore, ainsi que tous les sujets innombrables de votre Empire Céleste, vous le Très Resplendissant Fils du Ciel. Mais ma vénération pour Votre Majesté est si immense, plus profonde que les flots et plus haute que les montagnes, que je n'oserais jamais vous contredire, quelles que soient vos paroles. »

Hieng-fong se délecte :

« Ah ! la maligne. Vous me glissez entre les doigts. Si vous aviez seulement protesté avec une décente véhémence que j'étais bien le Fils du Ciel, vous n'auriez été pour moi qu'une femelle ligotée dans les rites comme dans les fards. Vous m'auriez ennuyé et je vous aurais chassée. Si vous aviez abondé dans mon sens avec une complaisance impudique, j'aurais fait envoyer votre tête à ma mère sur un plateau, en m'indignant qu'elle ait choisi pour moi une créature aussi criminelle, car je suis le seul à pouvoir dire de telles paroles. Mais vous avez trouvé la solution difficile. Vous avez fait les dénégations très nécessaires, puis vous avez eu le soin de vous en remettre à mon propre jugement, aussi perverti qu'il puisse être, mais trop sacré pour le contrarier. Vous êtes intelligente, Yi. »

Après ces compliments, Hieng-fong se remet à finauder avec un museau qui s'amincit et s'allonge, comme celui d'un reptile à la traque d'un gibier valeureux :

« En somme, pour vous je suis le Fils du Ciel et je ne le suis pas. Expliquez. »

Yi, dure comme un cristal, tendre comme une fleur de magnolia :

« Vous êtes le Fils du Ciel. Et si vraiment vous ne le ressentez pas vous-même complètement, c'est que vous avez, dans votre Divinité, la qualité suprême de la Modestie. »

Hieng-fong poursuit sa proie, avec des yeux qui sont rouges, deux traits de feu :

« Je me demande même si le Ciel existe. Que voulez-vous, je n'en sens pas du tout les effluves. Je ne crois pas que me parvient du Grand Chariot le fluide qui crée la vie et le monde. Ainsi, quand je trace le sillon sacré de l'agriculture, je n'ai aucunement l'impression que je vais faire pousser les récoltes de tout l'Empire.

— Pourtant, le Ciel existe ! Et vous en êtes l'instrument excellent, parce que vous n'avez même pas l'orgueil de votre Divinité, qui peut pousser aux excès. Comme le font remarquer les Anciens Sages, les Grands Empereurs sont ceux qui s'acquittent de leur pouvoir créateur dans une Grandeur telle qu'ils ne la ressentent même pas, tant elle est incorporée en eux.

— Vous vous dépêtrez bien ! Mais avouez que s'il y a un Ciel, il aurait pu me faire plus beau.

— Vous avez la plus grande beauté, celle de la Vertu. »

Alors Hieng-fong explose de joie :

« Moi vertueux... Mais je déteste la Vertu ! Cessons, Yi, cette joute où je voulais m'amuser à vous faire perdre la vie. Quoique vous soyez une femelle, je sens en vous une force par laquelle ma faiblesse est attirée. Moi, le Dieu, je suis un si pauvre homme, si vous saviez... »

Yi reste muette et immobile, dans une intensité qui la consume intérieurement : avant tout se taire devant ces aveux si indignes du Dragon, mais qui la sauvent. Et surtout qu'il ne devine pas que cette force en elle qui le séduit est celle de la Vertu que justement il vient de refuser et que, une fois Mère Céleste, elle répandra impitoyablement sur la Chine.

« Yi, buvons, mais joyeusement, gaiement, que les volutes de l'alcool nous entourent tandis que je vous parlerai. »

Boissons qui planent, glougloutements comme des pétards, fumées de vin, pendant que, plongé dans un rêve intérieur, Hieng-fong ouvre ses lèvres limaceuses.

« Yi, je sens le besoin de m'épancher, et depuis longtemps. Mais, jusqu'ici, auprès de qui ? Mes mignons, pouah... Moi, qui suis le maître de tant de millions d'hommes, ma solitude est effrayante. Vous me haïssez sans doute. Je vous répugne et vous me répugnez. Et pourtant c'est à vous, mystérieusement, que je suis porté à me confesser. »

Yi reste toujours immobile, comme sans entendre, évitant tout geste de consolation vers l'Empereur qui, étrangement, veut lui confier ses misères. N'est-ce pas encore une chausse-trappe ?

« Yi, soyez sans crainte. Je vous fais la promesse impériale de ma sincérité — pas une de ces promesses à laquelle il m'amuse parfois de manquer traîtreusement. Ecoutez-moi. Ce que je vous ai dit, alors dans le but de vous perdre, est vrai. Pour moi, le Ciel est un leurre dont je profite. Le Grand Chariot, toutes ces étoiles, le soleil, la lune elle aussi, sont de simples lampions. Certes, c'est là un mystère insondable. Les nuits succèdent aux jours, les années et les saisons se suivent. Il y a la Nature, la Terre et la Vie. Et moi, je dois dérisoirement procréer tout cela, j'en suis même la Source Splendide. Mais je ne connais que ma douleur. Pourquoi suis-je né ? Tout est nuées et effroi. Au bout vient la sinistre mort... Je la crains absurdement, bien que j'aie tant de mal à exister. Le reste m'importe peu — je ne me sens concerné que par moi, dans l'immensité des choses inexplicables. Comme je me débats pour arriver à vivre dans mon angoisse ! L'Empire Céleste, je m'en moque, pourvu qu'il ne croule pas complètement, n'emporte pas mon trône où je subsiste à peu près. Les humains m'indiffèrent. Eux aussi condamnés à naître et à mourir, ils sont une sale engeance. Mais comment se fait-il que, dans cette illusion qu'est l'existence, ils aient tous la fureur d'être, d'agir, de réussir, de vaincre, d'écraser, pour arriver à de fragiles richesses, pour arracher une bribe de puissance ? Quelle âpreté en ces vers de terre qui se déchirent, s'entretuent, se combattent pour atteindre certains semblants auxquels ils croient passionnément, en ce monde où la gésine mène au pourrissoir. Et même, au milieu des affres, des calamités, des misères liées à la condition humaine, ils ont inventé le mot bonheur, auquel ils s'accrochent furieusement. Leurre qui les fait vivre avec une avidité effrayante, qui les fait se débattre dans des transes frénétiques, qui les entraîne dans une course forcenée. Ils sont à la quête des apparences. Et moi, le mieux nanti de tous, je suis le plus malheureux. Plus que le mendiant le plus misérable à la recherche de quelque dégoûtante nourriture. Tous ils vivent — pas moi. Est-ce ma laideur qui me cause tant de dégoût de moi et de toutes choses ? Peut-être... Mais je crois que mon mal est plus profond, tapi dans le tréfonds de moi. J'aurais dû me tuer pour échapper au fléau qui me ravage. Mais je ne peux pas. Au contraire, j'ai si peur de mourir... Comme oubli, je n'ai trouvé que les oripeaux du plaisir, les plus vils, les plus crapuleux. Là alors, parfois, avec mes chéris je m'échappe à moi-même. Je sais bien que, malgré leurs complaisances délicieuses, ils me haïssent, mais cela m'indiffère. D'ailleurs qui m'aime ? Et qui j'aime, moi ? Je suis entouré partout de cœurs d'assassins. Et je redoute ces nuits où remontent en moi les miasmes horrifiants qui sont dans l'essence de l'homme et de l'univers. Dérisoirement, ma fonction sacrée est d'en nettoyer l'Empire Céleste ! Comme je suis impuissant devant ces émanations dont je suis la première victime ! Mes fonctions très augustes ne sont pour moi que des corvées. Je n'ai pour refuge que l'antre des fesses masculines, qui pètent d'un feu roulant d'obscénité et d'esprit. Il y a eu déjà, dans les annales de l'Empire Céleste, des souverains fous ou malades dont le baume était le sang des supplices et des massacres. Moi, cela ne m'attire même pas... Tout juste si je fais voltiger quelques têtes de vertueux censeurs à barbichette qui osent me faire des remontrances. Par espièglerie, j'attrape parfois un nigaud dans quelque traquenard bien préparé et je le livre au bourreau. J'aime ces petites distractions innocentes. Mais je ne suis pas méchant. Je suis seulement solitaire, hanté par les peurs, en proie à la douleur d'exister. Seul le vice me soutient un peu, moi qui abomine la Sagesse, ses rites, ses règles — la seule qui me convienne est celle selon laquelle personne n'a le droit de juger mon Impérial Moi. Sauf ma mère, reproche vivant dans son corps presque mort, contre qui je ne peux rien. Pourtant c'est à cause d'Elle que vous êtes là, dans cette chambre des Cauchemars.

« Qu'on me laisse rester une loque en toute tranquillité. C'est seulement comme cela que je peux survivre. Mais cette loque elle-même se dissout dans la nuit. Et je sens que vous, si résolue et peut-être particulièrement dangereuse pour moi, vous pouvez me faire du bien. Vous, une femme... Mais méfiez-vous quand même, car j'ai des malignités pernicieuses... »

Yi a conservé pendant ce discours une figure indéchiffrable, insondable. Mais elle discerne l'offre proposée à la fin de ces aveux honteux, indignes d'un Empereur : qu'elle soit la Présence qui chasse les imaginations noires d'un Hieng-fong seul dans les ténèbres. Ce serait pour elle la ressource providentielle et merveilleuse : la Voie. Pourtant, elle ne prononce aucune parole, ne témoigne aucune acceptation ou gratitude, comme si elle n'avait pas compris. Car elle sait trop que son consentement prononcé pourrait faire sursauter et reculer Hieng-fong, qui pourrait alors se livrer à n'importe quelle bizarrerie cruelle. Mais dans la tête de Yi, un plan clair est désormais tracé : sans rien en témoigner, laisser l'Empereur à ses mignons le jour et, quand l'heure du Coq a sonné et qu'il va se retrouver seul dans la Chambre de l'Impérial Repos, devenir pour lui la Personne rassurante qu'il réclamera comme un besoin, comme un remède, contre ses caverneuses angoisses. Et ainsi, elle sera chaque nuit appelée, quoi qu'elle ait à subir.

Devant Yi, la peau d'écailles de Hieng-fong est prise de trémoussements joyeux :

« Yi, assez de paroles. Elevons-nous dans les nuages de l'alcool. Quittons la terre et planons là-haut, parmi les étoiles qui sont des goulots, dans la béatitude de la boisson. »

Là-dessus, happant de ses propres mains un carafon, il le vide en entier, par lampées ininterrompues. Alors, en effet, sa face s'harmonise en une sérénité souriante, comme s'il était un Dieu montant au Ciel. Ses yeux, ouverts et très clairs, regardent Yi avec une intense acuité. Et tout à coup, il professe :

« La vérité m'a été révélée. Yi, vous êtes un homme. Et je vais vous traiter selon cette dignité. »

Yi, se rappelant les conseils de Ngan Te-hai, sans hsitation aucune, enlève sa tunique, se couche sur ses seins, sur son ventre, sur sa vallée des roses, et tend ses fesses virilement. Hieng-fong, s'étant dépêtré de ses costumes sacrés, découvre un corps humain rachitique, un lambeau de corps qui est quand même pavoisé du Timon Impérial. Le premier membre vivant que Yi voit, celui auquel elle était destinée. Mais plutôt qu'un phallus, c'est une étrange tige mince et longue, de l'ordre animal ou végétal, qui se termine en grosses veines vrillées. Surmontant son horreur, Yi sent Hieng-fong soufflant et peinant, ramper sur elle à la façon d'un reptile, essayer de grimper sur elle en une coulée enveloppante. Les écailles frottent, elle est recouverte par un être hybride qui pèse sur elle. Le Timon tâtonne vainement sur son derrière héroïquement surélevé, comme un paquet d'herbes folles dérivantes, sans arriver à son repaire, ce petit orifice contracté, caché dans la vallée qui coupe ses collines postérieures. Alors elle, vierge sans expérience, au lieu de le laisser s'égarer dans sa fente femelle (car ce n'est pas le temps de courir des risques), courbant son bras en arceau, saisit cette sorte de bambou tiède dans la paume de sa main droite et, très résolument, l'amène à l'orée du trou étroit de son pertuis, celui-là même que Ngan Te-hai avait jadis exploré de ses doigts à son grand dégoût. Elle en comprend la raison maintenant. Elle n'éprouve aucun écœurement, car elle accomplit une mission nécessaire à ses desseins. Et, guidé par les doigts de Yi, le Timon Impérial trouve enfin l'accès et se met à s'introduire dans son orifice à merde. Là-dedans, il déroule ses anneaux, à peine timon d'homme. Yi se sent déchirée à mesure qu'il s'introduit dans les parois étroites, mais, toute à sa besogne, c'est à peine si la douleur l'atteint et pas du tout la souillure. A mesure que le Timon s'enfonce en elle, elle éprouve la sensation d'un étron qui emplit son boyau. Tout ce temps, elle entend le souffle du souverain, toujours plus sifflant, comme celui d'un serpent qui s'accouple. Et puis quand le Timon est arrivé au bout, désormais déplié complètement en elle en une verge dure et droite, il se produit un gargouillis. Hiengfong a un râle rauque et fort : jouissance qui semble souffrance. Yi devine qu'il éjacule son sperme tant souhaité et gâché ! Mais elle vient de franchir un pas important dans l'ignominie indispensable. Cependant Hieng-fong se retire brusquement, avec dégoût. Yi perçoit de nouveau sa face, rongée de rougeurs âcres. Ses yeux mystérieusement clairs tout à l'heure se sont noircis d'obscur mécontentement, et il marmonne entre ses dents, revenant d'une hallucination :

« J'ai été insensé. Vous n'êtes qu'une femelle. Comme mes chéris vont se moquer de moi... »

Le jour ne s'est pas encore levé, et la cinquième heure n'a pas sonné. Soudain, les battants du Portail Redoutable s'ouvrent et pénètre alors une cohorte d'eunuques. Pas les austères et glabres gardes à épée, mais des mémères affairées, si gonflées de lard qu'elles semblent presque enceintes. Et, après les prosternations, elles se mettent, avec une merveilleuse dextérité, à habiller l'Empereur avachi d'ornements somptueux, sans même qu'il semble s'en apercevoir. Tenant à peine debout, il est, dans la magnificence de ses parures jaunes qui le couvrent tout entier, un chiffonnement. Alors, soutenu par deux chambellans, titubant, il part pour la grande cérémonie de cinq heures du matin, où il apparaît, Dragon, devant les grands dignitaires de l'Empire. Un Dragon ratatiné, avec sa tête-museau qui balance douloureusement, serrée dans l'étau de l'alcool qui, de délice, est devenu carcan. Ainsi clopine-t-il vers la corvée magnifique, sans le moindre regard pour Yi, à nouveau nue, mais d'une nudité pauvre et misérable. Alors, devant ce comportement de Hieng-fong, chacun, avec une ostentation significative, s'empresse de ne pas la voir, comme si elle n'était qu'un rebut méprisable de la nuit. Anxieusement, dans son abandon complet, Yi se demande si ses efforts, son sacrifice, n'ont pas été vains.

Enfin, quand la Chambre du Repos Impérial s'est vidée, elle est recueillie comme on ramasse un déchet. Il lui est ordonné de sortir, mais dans l'antichambre, elle aperçoit avec un sursaut de joie Ngan Te-hai, sévère, dans sa fonction de Grand Surveillant. Il tient un pinceau avec lequel il trace quelques caractères dans un énorme registre très ancien — celui où depuis des centaines d'années sont notés exactement les jours et les heures où les concubines et les Impératrices ont été admises dans l'Antre Impérial. Comptabilité séculaire permettant de contrôler la légitimité des naissances qui viendraient ensuite à se produire, de façon à reconnaître les progénitures mâles comme les jeunes dents du Dragon Trônant. Le Grand Surveillant, dans le chapitre dernier, celui consacré à Hieng-fong, écrit sur une page vierge le nom de Yi. Cela terminé, de sa voix morne, il lui pose cette question :

« Le Saint Homme a-t-il daigné vous approcher et vous féconder ? »

Yi, dans son dépouillement pitoyable, répond sans avoir réfléchi assez :

« Oui, mais par la mauvaise porte. »

Alors, toujours en dignitaire sombre et indifférent, le Grand Surveillant enveloppe à nouveau Yi de sa couverture rouge et, précédé de sa petite escorte, il la rapporte à travers le moiré du jour qui s'incruste sur la Cité Violette, jusqu'à son pavillon où il la cadenasse.

Dehors, les heures glorieuses du printemps. Mais que lui chaut la splendeur de la nature ? Le cœur de Yi, à nouveau enfermée, fond en un clapotis de pleurs bien que pas une trace ne se voie sur sa face. Elle habille ses formes souillées dans des brocarts sombres et funestes et se regarde ainsi dans son miroir d'étain. Quelle beauté inutile ! En se contemplant, elle sourit d'une moue morose, et désespérée. Alors lui revient une amertume presque joyeuse : la tentation suicidaire. Ses desseins n'ont-ils pas sombré dans l'Antre du Dragon où, vaillante combattante, elle a cru trouver le chemin, même tortueux et difficile, de la victoire ? N'était-ce pas plutôt celui de la défaite ? En ces mêmes heures où elle est une victime encagée, elle se représente Hieng-tong s'ébattant avec ses mignons. Et certainement, après l'avoir reçu avec désolation et reproches, ils sont en train de la tailler en pièces par des phrases railleuses, empoisonnées, méchantes, divertissantes aussi, faisant la délectation de l'Empereur qui la vomit. Avec quel mépris, en cette aurore, l'a-t-il quittée, comme si lui était revenue la honte, comme s'il n'éprouvait plus que dégoût pour la jouissance où elle l'avait entraîné ! Peut-être s'en voulait-il de s'être acoquiné avec une femelle alors que son projet premier et définitif était de la bannir ou de l'occire ? Sa réussite éphémère n'était-elle pas sa condamnation ? La rappellera-t-il ce soir ou la replongera-t-il dans le néant avec la seule compagnie de Ngan Te-hai, qui se sera en définitive révélé un instrument vain ?

Elle sent monter en elle une sorte de haine pour Ngan Te-hai. Si elle s'ôte la vie, qu'au moins elle ait l'ultime satisfaction de l'entraîner à sa suite dans les abysses infernaux. Qu'ils périssent ensemble, ainsi qu'il le proposait autrefois, non pas dans une union d'amour, mais elle châtiant l'impuissant, qu'elle sacrifierait ainsi à ses mânes.

Le temps si long. Pourtant au cours de l'après-midi, un déverrouillage. Surgit Ngan Te-hai, non pas le Grand Surveillant sévère, mais l'amant des caresses. Aussitôt après s'être tendrement agenouillé devant elle, il lui dit de sa voix la plus veloutée :

« Ne vous désolez pas, Yi. Vos prouesses de la nuit passée ne sont pas vaines. En ce moment-ci, comme vous le pensez, le Saint Homme est en train de vous donner en pâture à ses chéris, professant votre exécration en anathèmes et en sarcasmes, accumulant les promesses de vous bannir et peut-être de vous faire jeter dans un puits. Ce doit être la fête où tous les gitons tendent leurs fesses comme vous l'avez fait, chacun d'eux criant dérisoirement : « Pre-« nez-moi, Hieng-fong, je suis Yi. »

« Et Hieng-fong se pâme. Mais les ténèbres venues, quand les fantômes en cercle l'entoureront, il vous fera chercher. Il sait que seule vous êtes capable de dissiper les brouillards macabres qui se lèveront de partout comme des tentures noires. Rassurez-vous. Le Saint Homme est déjà votre proie, même si au cours de cette seconde nuit il imagine de très particulières tortures pour cacher sa faiblesse. »

Yi connaît l'instinct divinatoire de Ngan Te-hai. Cependant, malgré elle, pour se rasséréner, elle quémande presque une confirmation :

« Vous êtes sûr de ce que vous me prédisez ?

— Je vous jure qu'il en sera ainsi. Vous me verrez, après l'heure du Coq, surgir en Grand Surveillant qui vous emportera nue, montrant peut-être un peu plus de déférence que la veille. Car il serait normal que je me dise — si je n'étais que le Grand Surveillant du Gynécée sans attaches avec vous — que cette répétition exprime les débuts d'une faveur impériale, si surprenante soit-elle, envers une de mes pensionnaires. »

Puis Ngan Te-hai, prenant une voix rapide et susurrée, ajoute avec une empreinte de peur :

« Je ne peux rester auprès de vous davantage. La Douairière me suspecte et peut-être me fait-elle surveiller. Le Grand Eunuque l'excite contre moi. Ce matin, de sa voix la plus crispée, celle d'une scie dans du bois, elle m'a accusé d'être votre complice. Très longuement, semblant cracher sa bouche, elle m'a abreuvé d'injures grossières pour lui avoir conseillé votre choix, celle d'une créature vile qui s'est prêtée aux débauches de Hieng-fong, au lieu d'accomplir son devoir sacré : amener le Timon Impérial dans sa fente à féconder. Et déjà, avec le Grand Eunuque, elle a pensé à une autre concubine pour cette tâche magnifique, tandis que vous seriez réduite aux besognes ancillaires les plus basses. Mais que l'ombre d'une inquiétude ne ternisse pas votre visage. La Vieille Dame est complètement impuissante. Car c'est le Saint Homme qui exprime sa volonté par la plaquette de jade. Et cette fois, au lieu de s'en remettre avec mépris à sa mère, c'est vous, vous seule qu'il fera quérir, comme un baume pour son mal dévorant. »

Ngan Te-hai se tait. Il contemple Yi d'un regard qui l'enveloppe, non pas en amoureux, mais en général qui juge ses troupes.

« Dans cette Cour, je n'ai plus que vous. Ma vie dépend de la vôtre. Pour vous, je suis tombé dans la disgrâce complète de la Douairière. Je suis même sûr qu'elle bout du désir de se venger sur moi. Mais, plus que jamais, j'ai confiance en votre réussite. Si je n'ai jamais pu posséder votre chair, je serai entièrement avec vous dans votre Triomphe. »

Ce disant, dans une étreinte d'anxiété, il éprouve le besoin de la chapitrer à nouveau, comme un mentor qui répète ses conseils à un élève avant l'épreuve :

« Votre méthode, la nuit précédente, a été la bonne. Continuez-la. Prenez votre temps. Subissez encore Hieng-fong dans ses caprices captieux et surprenants. Ainsi, vous vous ancrerez à lui totalement. Que de plus en plus il vous sente indispensable, protectrice, maternelle et propitiatoire contre ses mauvais génies nocturnes. Pas de mièvrerie, pas même les apparences de la bonté — cela l'irriterait dans son orgueil et pourrait tout compromettre. Continuez à être une délurée canaille. Et quand il sera mûr pour vous, alors seulement procédez au petit tour de passe-passe du trou nauséeux à la vallée des roses, ainsi que je vous l'ai déjà indiqué. Mais qu'il ne se doute de rien. Et vous serez la Concubine Céleste, mère d'un Fils du Ciel... Il faut que je parte... »

S'étant attardé à doner cette leçon inutile à Yi, Ngan Te-hai décampe à toutes jambes. Pour Yi, encore des heures à patienter.

Enfin le soleil, ayant fini de parcourir son orbite, disparaît dans les nuées limpides d'un crépuscule transparent, où les palais se projettent en ombres plus violacées. L'heure du Coq a sonné. L'attente est un grand tourment. Les minutes semblent du plomb. Yi, auparavant si certaine des assurances de

Ngan Te-hai, commence à sentir le doute semer son venin.

Enfin le déverrouillage. Enfin Ngan Te-hai entre, en Grand Surveillant. Son aspect, toujours sévère, est moins hautain. Il procède à des courbettes très polies. S'il donne les mêmes ordres impérieux que la veille : « Déshabillez-vous, dénouez vos cheveux », c'est presque avec courtoisie. Et quand Yi est nue, il la recouvre, non d'une quelconque couverture rouge, mais d'une tenture de soie moirée. Alors il la saisit avec délicatesse, pour la porter avec soin jusqu'à l'Antre Impérial en suivant le même parcours qu'elle reconnaît, à travers des parvis, des salles, des ponts. Et au lieu d'être tenaillée par ses bras, comme la veille, elle est assise sur eux, comme s'ils étaient un siège. Course un peu mystérieuse, irréelle, fantasmagorique, mais dont elle connaît, à travers le labyrinthe traversé, l'aboutissement. Durant tout le trajet, elle repose sur les mains entrecroisées du Grand Surveillant. Enfin, elle aboutit au grand Vestibule Rouge, où, au lieu de la jeter, Ngan Te-hai la fait glisser de ses bras de façon qu'elle se retrouve debout, fière, dans l'exquis de son corps. Et elle, loin de se sentir dans une caverne sinistre, se trouve à l'aise dans la pénombre des ors, des maximes, des tables lourdes gravées de gueules de dragons. Pas une inquiétude en ce lieu plein d'une solennité dangereuse. Même les eunuques de garde, leurs lames toujours brandies, toujours lourdement silencieux, semblent marquer un léger respect pour elle, petite chose de chair qui incarnera peut-être une puissance.

C'est donc sans appréhension aucune qu'elle pénètre dans la Chambre du Repos Sacré, après que le Portail Monumental s'est fissuré pour elle. Une fois dans le Repaire Sacré, elle s'y enfonce de quelques enjambées assurées, sans baisser les yeux. Cependant, s'approchant du Lit du Dragon, elle se prosterne complètement, mais se relève aussitôt pour rejoindre Hieng-fong dans sa couche. A ce moment, elle est frappée par la voix déliquescente et glavioteuse, mais pourpre de fureur, qui vient s'abattre sur elle :

« Impudente créature. Comment avez-vous osé, par un sacrilège insensé, braver tous les rites sacrés ? A nouveau aplatissez-vous complètement sur le sol, en adoration, et restez ainsi écroulée dans les attitudes consacrées de la Vénération, jusqu'à ce que je daigne vous appeler, si je daigne.

« Hier déjà votre crime a été grand. Je vous ai pardonné. Aujourd'hui il est immense, incommensurable, abominable. Je vais réfléchir si je puis encore vous montrer de l'indulgence, ou si je vais vous faire punir dans votre sang pour un outrage qui offense le Ciel. »

Alors Yi s'écroule comme une bulle crevée, la tête à terre, son postérieur s'élevant de nouveau comme une éminence dérisoire, colline obscène de son corps aplati. Ainsi asservie, ainsi écrasée, il lui reste quand même quelque courage. Certes le Saint Homme est imprévisible, et il se régale de l'incertitude qu'il a ciselée pour Yi dans l'or de la cruauté. Elle est devant l'épouvantail de la mort, ne sachant s'il deviendra un supplice ou un jeu suppliciant. Très méchamment, le Saint Homme, qui aurait pu la condamner tout de suite, lui laisse une lueur d'espoir qui peut s'effacer d'un coup de sabre. Mais au fond d'elle, Yi pense, comme Ngan Te-hai l'avait avertie, qu'il se livre simplement à un amusement pervers, la laissant mijoter dans l'épouvante du trépas possible, avant de la faire venir à lui comme la dispensatrice et la réparatrice du sommeil redouté.

L'épuisante prosternation dure infiniment. De la Couche du Dragon viennent les rumeurs de son petit remue-ménage, le même que la veille, les bâillements, les rots, les glougloutements, les tortillements de son corps, prouvant qu'il ne dort pas. Il se délecte certainement à la contempler accroupie, laissée à ses peurs. Sa propre angoisse s'est reportée dans Yi. Il doit être tout réjoui, lui qui, sans elle, serait en train de repousser l'échéance du Cauchemar. Il prend du bon temps... En Yi, la crainte creuse malgré tout son sillon. Comment deviner les cheminements de la pensée de Hieng-fong, aussi écailleuse que sa peau ? Ne va-t-il pas finalement tenir le serment fait aux mignons de la supprimer après d'ingénieuses tortures ?

Soudain, un énorme éclat de rire, mille écailles éclatantes, monte du lit :

« Mais qu'avez-vous, Yi, perle de beauté ? Comment restez-vous vautrée aussi vulgairement ? Avez-vous peur de moi, qui vous aime tant ? Pourquoi ne venez-vous pas à moi, qui vous attends impatiemment ? Avez-vous oublié la joyeuse nuit d'hier où nous nous sommes tant égayés ensemble ? Je vous garantis que celle-ci sera bien meilleure. »

Aussitôt Yi est auprès de lui, le même, mais cette fois lézard réjoui, pétillant de mille petites brisures dans ses traits inexistants qui s'épanouissent. Sa tête-moignon n'est ni engourdie, ni éteinte dans la lassitude blême. Elle est enjouée, ajoutant à sa laideur, l'attisant, sa peau se gonflant en pustules et en petits chancres : les bosses de l'hilarité.

« Buvons, buvons, que l'alacrité de l'alcool vous rende à mes yeux encore plus ravissante. »

Boissons s'écoulant dans les gorges comme des cataractes. La figure de Hieng-fong brille de mottes purulentes. Ses yeux dardent de malice. Et, enfin, avec une extrême douceur, il murmure tendrement :

« Vous seriez encore plus alléchante si je vous faisais raboter les seins et les fesses. Vous seriez alors vraiment parfaite. Mes eunuques vous tailleront en une pièce de chair dégustable.

— En somme, vous voulez me faire écorcher vive...

— Que non ! Ce ne serait qu'un polissage pas douloureux du tout. Il suffirait de retirer, au moyen d'incisions très légères, vos surplus de viande, celle accrochée à votre poitrine en tas peu ragoûtants, accumulée sur votre postérieur, qui s'amasse comme le suif d'une bougie qui brûle.

— Le supplice des mille couteaux...

— Mais non, mais non. Vous auriez à peine senti la douleur. Allons, je suis bon. Restez imparfaite puisque vous le voulez... Tant pis si vous ne consentez pas à me plaire davantage.

« Pourtant, il y a une chose qui me gêne dans ma tendresse pour vous. Elle n'est pas supportable... C'est votre fente femelle qui bâille sur vos profondeurs dégoûtantes. Que serait-ce si vous n'étiez pas vierge ! Un eunuque va vous la coudre de façon qu'elle disparaisse à la vue et n'offusque plus mes yeux. Il vous laissera juste une boutonnière, par où s'écouleront vos eaux, vos sanies, vos menstrues, tous ces répugnants liquides féminins. Ce tailleur coupé n'aura besoin que d'un quart d'heure pour vous fermer, avec une simple aiguille et un peu de fil. Buvons à vous sans cette infirmité, rendue ferme et lisse comme un homme. »

Yi ingurgite. Cependant, il lui semble qu'une voix inconnue parle en elle, lui donnant un conseil étrange. Bourdonnement muet remplissant sa cervelle et s'achevant ainsi : « Répétez mes paroles et vous serez sauvée. »

Est-ce un message divin ou diabolique, bon ou mauvais ? Ne serait-ce pas Ngan Te-hai, qui, de loin, par magie, transmet jusqu'à elle quelque ruse incompréhensible ? En tout cas, Yi obéit à cette émanation de l'Au-Delà qui n'est peut-être qu'une illusion forgée en elle. Elle déclare calmement :

« Si vous le voulez. Mais je procéderai moi-même. Qu'on me donne le fil et l'aiguille. »

Les yeux de Hieng-fong, d'un jaune sale, clignotent sous l'effet de la surprise. Son museau devient un groin. Mais il se reprend, comme s'il ne s'ébahissait pas, avec même une grimace d'approbation par-dessus ses autres grimaces :

« Que ne ferais-je pas pour vous être agréable !

Je vous félicite. Sans doute avez-vous tellement honte de votre infirmité que vous voulez la supprimer vous-même. Saurez-vous faire les points fins et serrés nécessaires à une belle finition ?

— Vous savez, nous autres ignobles filles, nos mères nous ont appris à coudre très bien. »

Alors Hieng-fong frappe un coup avec un battant sur un tambour de bronze. Le portail s'ouvre, donnant passage à un eunuque femmasse. L'Empereur lui donne ses ordres, et bientôt le nécessaire, un étui pour travaux d'aiguilles, est remis à Yi.

Yi s'assied, se penchant vers sa vallée de roses, son puits des jouissances tant désirées, ce qu'elle croyait devoir être un jour la source de son Immense Pouvoir. C'est peut-être une plaie, mais c'est la plaie du suprême bonheur, son orgueil, sa joie, sa délectation, l'instrument chéri de son ambition. Elle contemple ce qu'elle va détruire, cette béance bénéfique qui va devenir une béance maléfique. Et, brusquement, elle transperce une des deux lèvres de son précieux trésor vierge inutilisé et qu'elle va rendre inutilisable — du moins jusqu'au jour certain pour elle où elle pourra le déterrer. Car, elle en est persuadée, ce jour arrivera. Mais, pour le moment, il lui faut se prêter aux inventions bizarres et mauvaises de Hieng-fong, le lézard pervers et égaré, pour l'apprivoiser. Elle se perfore avec une précision et une décision extrêmes, sans un cri de douleur, comme si elle travaillait de l'étoffe. Alors une perle de sang rouge s'écoule sur sa chair rose, et Hieng-fong hurle en forcené au moment où elle s'apprête à recommencer :

« Arrêtez, arrêtez tout de suite ! »

Yi reste avec ses doigts suspendus qui s'apprêtaient à piquer encore, tenant l'aiguille de laquelle pend le fil blanc destiné à son malheur, le fil qu'elle devait planter en elle, comme le cordon rougi de la douleur et du sacrifice.

Hieng-fong, dont les traits informes bougent dans

une décomposition qui signifie l'ironie, le ricanement, la gaieté, la cruauté, est cette fois complètement défait, hagard et disloqué. Il est verdâtre, blême, en sueur, sur le point de vomir. Enfin, rassemblant les morceaux de sa figure, il avoue :

« Ce sang, je ne peux le voir. Même le vôtre, même celui des autres. Car alors il me semble que c'est moi qui saigne, que mes artères éclatent en ruisseaux écarlates, que mon corps se vide, qu'il ne sera bientôt qu'un cadavre exsangue. Je me vois mort, le flot de ma vie complètement tari. J'ai trop d'imagination. »

Alors Yi regarde sa rosace préservée, et elle bénit la voix mystérieuse qui lui a indiqué le moyen imprévisible du salut, en lui faisant procéder elle-même à sa mutilation devant Hieng-fong. Elle fait semblant de vouloir continuer. Enfin elle dit avec une apparence de grand étonnement :

« Quoi, une gouttelette vous émeut tellement ! Mais souvent, vous-même, vous commandez joyeusement des décapitations et des supplices, où le sang jaillit en fontaines.

— Ces exécutions et ces tortures, je les prescris par simple caprice. Je ne les regarde pas en cours d'accomplissement. Je sais bien que les Empereurs sont d'autant plus grands qu'ils ont procédé eux-mêmes aux exterminations et aux massacres nécessaires. Mais, moi, je n'ai aucune prétention... En revanche, je me fais narrer l'œuvre du bourreau. Voir, je ne le peux pas, mais l'idée de la mise à mort est un chatouillis agréable. »

Soudain les quelques traits de Hieng-fong se recomposent dans la jouissance. Certainement il est en proie à une inspiration si belle qu'elle le béatifie d'un sourire satisfait.

« Après tout, gardez votre fente. Il y a même une solution bien plus ingénieuse que la clôture pour vous rendre digne de moi, et qui ne vous couvrira pas d'ignominie. »

Yi, tout en se demandant quelle extravagance comique Hieng-fong lui prépare, garde le visage inaltérable qu'elle s'est imposé durant les fantasmes de cette soirée. En bonne ouvrière, elle retire doucement l'aiguille souillée déjà passée dans le sillon de la chair la plus tendre, qui retrouve ainsi son intégrité complète. Elle est à nouveau ouverte. Et elle attend, curieuse et incurieuse, résolue et irrésolue, la nouvelle fantaisie qui est certainement née dans l'esprit fermentant du Saint Homme.

Hieng-fong, comme toujours avant de procéder à une excentricité vile, prend son visage le plus épanoui et propose :

« Buvons à votre gloire. Buvons. Parce que votre saleté va devenir splendeur. »

L'alcool. Le flot des alcools. Puis le Saint Homme, faisant l'effort extrême de quitter sa couche, titube à travers la pénombre vers un discret coffret laqué de noir. Il en ouvre la serrure et en rabat les panneaux. Là-dedans, Yi discerne une rangée d'objets artistiques. Ce sont des pénis exactement reproduits avec leurs attributs, colonnes auxquelles s'accrochent en bas une boursouflure, une anse à grappes, et qui s'épanouissent en de puissantes ogives. Elle en compte une douzaine, allant des petites verges jusqu'aux plus énormes lingas. Tous sont ciselés dans les matières les plus précieuses. Tous sont dressés, en une érection éternelle, monuments triomphants de la Virilité.

Hieng-fong choisit parmi eux un instrument à l'aspect repoussant et inexplicable. Il faut quelques instants à Yi pour démêler ce qu'est cette monstruosité : deux phallus soudés par leur base, mais s'érigeant en sens contraire, tête-bêche, s'opposant en leur conjonction. L'un est superbe, en or rougeoyant. L'autre, au lieu d'être taillé en une noble substance dure, est fabriqué dans une sorte de gomme, d'une rigidité souple, blanchâtre, d'où s'échappent quantité de lanières et de crochets. Hieng-fong, tenant l'objet ignoble, revient à Yi avec son sourire le meilleur :

« Votre fente abjecte va devenir le terroir où pousseront les racines d'un tronc magnifique qui sortira de vous. »

Yi est cette fois saisie par l'effroi car elle ne devine pas l'abjection contenue dans ces mots.

« Prenez la position très laide de la fente la plus ouverte. Et vous vous enfoncerez très soigneusement le membre à l'essence résineuse. Ainsi se plantera-t-il en vous, ses tentacules et ses filaments s'étendront, se fixant et s'accrochant à vos parois internes comme des crampons, des plantes grimpantes. Votre chaleur rendra cette gomme et ses radicelles collantes, sans vous faire aucun mal. Et cela se fixera en vous telle une plante dans un limon fertile. Il sortira de vous, comme s'il avait germé de vous, comme s'il était vôtre, le magnifique phallus d'or. Alors vous serez vraiment pareille à un homme. Votre infecte cavité sera heureusement transformée en jardin souterrain, et vous exhiberez dehors le plus superbe engin. »

Yi ne soupire même pas. Pourtant, quels rêves n'avait-elle pas faits pour la magnificente pénétration de sa voie des voluptés fleuries par l'Impérial Timon ! La veille, il l'avait souillée par son trou à merde. Et maintenant, l'Empereur, au lieu de la consacrer dans le temple suprême de son corps, va le faire détruire par elle-même. Vains regrets. Elle devra donc, elle Yi l'Orgueilleuse, au lieu du dépucelage magnifique, réservé au Ciel, faire ingurgiter à son antre un instrument répugnant, concrétisation des dépravations et des humiliations les plus repoussantes. Mais son destin, comme elle se le répète à chaque épreuve plus vile, en dépend. Elle est décidée.

Le Saint Homme remet la « chose » à Yi. Très docilement elle la prend et se met à l'œuvre, malgré la difficulté. Jambes écartées pour procéder mieux, elle arrive à fixer la pointe phallique, celle qui est poisseuse, contre la niche de sa virginité. Elle la presse contre l'alcôve encore refermée de sa pureté, qui devait conduire au bonheur des salles charnelles de son palais corporel. A ce moment Hieng-fong susurre :

« Faites doucement, car je veux que votre hymen soit déchiré sans saigner. Qu'il cède délicatement, sans pleurer de larmes rouges. Si cela n'était pas, ma contrariété serait grande et pourrait gâcher mon superbe dessein à votre égard. »

Alors, quoique l'objet soit lourd et encombrant, Yi s'applique à se déflorer avec une méticulosité extrême. Elle fait pénétrer le bout visqueux avec une grande lenteur. Elle sent que sa virginité se rompt, petite membrane qui cède heureusement sans que la moindre goutte de sang endeuille son dépucelage. Son deuil, c'est celui du Timon qui n'a pas abattu impérialement son enceinte, ouvrant la chaussée sublime qui aurait dû mener à son couronnement. Mais les choses vont autrement. Et pourtant, même de cette façon infamante, ne va-t-elle pas aussi sûrement vers cette Assomption Céleste passionnément désirée ? Peut-être... Subir d'abord.

Yi continue donc sa besogne, alors que Hieng-fong la regarde opérer avec des yeux rongés par une malsaine bassesse, tout au plaisir de voir Yi avilir sagement son autel féminin. Il se met même à la louanger :

« Très bien, Yi. Vous avez réussi à vous déverrouiller de la manière la plus excellente, sans me contrarier aucunement. Maintenant que la porte de votre ventre est ouverte, le reste vous sera aisé. Faites de votre creux une souche bien rembourrée qui portera le sceptre de votre Beauté. »

Alors Yi continue à faire entrer en elle le pénis collant et herbeux de la honte. Sous la pression de ses doigts appuyant fermement et continuellement, les cloisons très resserrées de sa trouée, jamais visitée, s'écartent. Violée par elle-même avec la sensation d'une brûlure aiguë et sourde : parois sèches semblant en proie à un feu consumant plus qu'à un arrachement. L'ustensile avance peu à peu en elle, portant toujours plus loin le foyer enflammé, arrivant au fond d'elle-même.

Pendant cette excavation, qui est comme une coulée de braises où le phallus de résine disparaît dans la fente forcée, l'autre, celui en or, brille en dehors de Yi, somptueusement. Elle n'a pas vraiment mal, mais elle a l'impression de sombrer dans un délire ; elle-même fabriquant cette démence par son assiduité à se perforer. Son visage reste immuable dans sa grâce. C'est comme si elle était son propre cauchemar, comme si elle veillait dans la terreur, alors qu'elle est en train de vivre en procédant délibérément à cet enfouissage. Visions pourtant. Elle est certaine que ses organes vont éclater. Ce membre ignominieux est une bête qui fait sa tanière en elle. Et quand ses tentacules se déroulent, s'allongent, s'ancrent dans sa chair intérieure comme des serres, Yi se sent mangée par des excroissances inconnues, qui sont les crocs de l'animal planté en elle. Elle éprouve en même temps le déferlement de myriades de corpuscules grouillants, traînées de vers ou colonnes de fourmis. Son ouverture est bouchée, engorgée de lourdeur insidieuse ; elle est aussi un vase rempli de minuscules émanations lancinantes, insectes de ce monde ou d'un autre. Mais Yi, qui se veut lucide, chasse ces imaginations. La pensée raisonnable lui revient. Ce n'est surtout pas à elle d'avoir des terreurs. Et Yi s'efforce de complaire à Hieng-fong. C'est aisé. Car le phallus d'or sort d'entre ses jambes comme un superbe fruit. Très puissante colonne émergée de son être. Elle apparaît désormais magnifiquement pourvue de ce qui fait l'orgueil des hommes. Hieng-fong se pâme devant son pilier superbe :

« Buvons, buvons à votre virilité. Votre marécage

est devenu votre arc de triomphe. Célébrons et jouissons... »

Hieng-fong fait lever Yi de sa couche. Et, ébloui, il la fait déambuler, contemplant son engin toujours en érection, pilastre qui balance majestueusement et lentement en avant d'elle, au gré de sa démarche, or pur, gloire orgueilleuse, puissance suprême. En fait, ce n'est pour Yi qu'un poids pénible, écrasant, infamant, ridicule, le carcan de sa vallée des roses dévastée. Mais Hieng-fong, dans sa fougue vicieuse, se dévêt à son tour, arrachant dans sa hâte ses impériales robes, qu'il déchire et piétine. Et enfin, il exhibe son propre membre que Yi connaît déjà et qui, en comparaison de sa colonne, est comme un fouillis de lianes.

L'Empereur, dans son exaltation, entraîne Yi dans une sarabande effrénée, tous deux nus, leurs membres tournoyant en une frénésie échevelée, celui de Yi dans un va-et-vient grave de balancier, celui de l'Empereur comme une broussaille ébouriffée, secouée par le vent de la joie. Ainsi, ils trépignent, ils sautent, ils dansent, leurs pénis suivant le rythme de leurs cavalcades. Ils jouent, faisant semblant de s'échapper, de se poursuivre, de se rattraper. Leurs corps s'étreignent, se séparent, se soudent, leurs phallus sont les rois de la fête, ils se touchent, se frôlent, s'emmêlent, celui de Hieng-fong s'enroulant autour du monument érigé entre les cuisses de Yi. Enfin, le Saint Homme, à bout de souffle, s'arrête. De sa bouche s'écoule la bave du paroxysme. De rauques et geignardes respirations s'exhalent de lui, avec des mots qui sont moins des ordres que des désirs, qu'une impatience chauffée au rouge.

« Encore de l'alcool, toujours plus d'alcool, pour que nous ne soyons plus qu'un. »

Bientôt ils sont un. L'Empereur s'est jeté sur sa couche, dans la pause de l'accouplement. Mais c'est lui qui, à croupetons, présente son fondement à Yi qui, à genoux derrière lui, le domine de sa verge d'or. Elle ne sait que faire. Mais lui, dans une fièvre d'impatience, glapit :

« Enculez-moi. Enculez le Fils du Ciel. Percez mon firmament. »

Et Yi, hésitant d'abord à deviner le sens de ces mots grossiers et inconnus d'elle, croit cependant comprendre son appétence. Alors elle s'approche du corps décharné de l'Empereur qui offre la lubricité de son séant destiné à reposer sur le Trône du Dragon. Elle dirige sa colonne vers une zone d'ombre, noirâtre, monstrueuse de bourrelets et d'anfractuosités, de pendeloques et de saillies déchiquetées, s'étendant entre des fesses qui sont des arêtes. Au-dessus, elle ne voit que la nuque estropiée de Hieng-fong, mais elle pressent les traits en leur bataille, tubulures granuleuses qui doivent s'entre-dévorer dans leur tumulte. Pourtant elle reste incertaine, avec son engin, devant cette étendue postérieure si chaotique, qui semble avoir été labourée par des charrois fous. Çà et là, dans cette horrifiante rocaille de chair déchirée et recousue, quelques veinules de points rougeâtres. Et surtout, au milieu de cette plaine chaotique, elle est hypnotisée par un cratère, une mare excrémentielle, une bouche d'ombres ignobles. Elle demeure immobile devant cet entrelardement à la fois mou et boucané où mille plis se raccordent devant une fosse très large : c'est l'anus céleste.

Et comme elle reste inactive devant cette cavité racornie, hautement puante, un cri animal vient de Hieng-fong, le lézard à la face cachée qui se dilate d'impatience :

« Enfoncez-vous, Yi, vite. Je vous l'ordonne. Je suis avide de votre colonne dans mes entrailles goulues. »

Alors Yi, d'un coup de rein, plonge, dans le soubassement du ciel, le fût d'or qui disparaît presque entièrement, trésor parmi les immondices sacrées. Yi impavide n'est même pas dégoûtée... Hieng-fong ahane dans un ragoût de salacité. Yi pousse le mât sorti de sa chair plus loin, encore plus loin, dans la chair impériale, jusqu'à ce qu'elle rencontre enfin une résistance molle, dont elle n'ose pas deviner la nature. Hieng-fong l'encourage par de petits soupirs jouissifs :

« Enfoncez, enfoncez toujours. »

L'opposition devient plus dure, et elle s'arc-boute pour la vaincre. Enfin tout l'appareil est absorbé, sa poitrine écrasée dans l'effort contre l'écorce rugueuse du dos de l'Empereur. Elle se dit qu'elle est entrée dans le Ciel, et elle reste plantée dans ce firmament souillé, jusqu'à ce qu'un couinement de Hieng-fong lui parvienne :

« Bougez. Que votre phallus aille et vienne en mon majestueux portail. Vous êtes bien inexpérimentée ! »

Et Yi imprime des secousses à sa colonne, l'avançant et la reculant, la frottant, rabotant le gouffre, effectuant ce qu'elle devine constituer l'acte d'amour charnel. Ainsi elle, contrairement à tout ce qu'elle pouvait prévoir, fait l'homme, alors qu'elle devrait être la femelle prise par le mâle. Vicissitudes... Et cela dure longtemps, elle s'appliquant, lui exigeant, jusqu'à ce qu'enfin il pousse un râle qui semble douleur et qui est jouissance, tout en sursautant comme une carpe dans un étang sacré. Alors, au milieu de cette pâmoison elle se retire. L'or sali de taches brunes.

Hieng-fong s'étant recouché enfin apaisé :

« Vous m'avez satisfait. Vous m'avez même aspergé, car sous une pellicule très mince, votre phallus comporte un alvéole de vrai sperme, qui a crevé en giclant. Je vous permets de vous défaire de votre pénis et de son fondement plongé dans votre ouverture. »

Alors Yi arrache d'elle, de sa fente pleine, le membre résineux qui y était implanté. Elle procède soigneusement, tirant et expulsant la chose, ses lanières, ses vrilles. Elle en éprouve une immense délivrance. A nouveau elle est femme.

Mais comment alors Hieng-fong la supportera-t-elle ?

A vrai dire, cette nuit-là, assouvi et tranquillisé, l'Empereur s'endort aussitôt, elle partageant son lit sans qu'il proteste ou ricane. Il sommeille paisiblement, comme s'il ne redoutait pas le Cauchemar. Yi veille. Peu à peu viennent de la bouche impériale de petits gémissements de garçonnet, des pleurs d'enfant. Elle distingue, comme si l'Empereur était retombé en bas âge, ces mots prononcés gentiment :

« Ma mère, ma méchante mère... »

Et toujours pleurnichant, il geint en souffles puérils. Il se réveille en sursaut :

« Est-ce que j'ai parlé en dormant ?

— Oui, vous aviez une voix d'enfant et vous vous plaigniez de votre mère. »

Hieng-fong se laisse aller et il raconte :

« Je l'ai entendue, un jour, quand j'avais quatre ou cinq ans, elle a dit à mon père l'Empereur : « Cet avorton n'est pas digne de vous succéder sur « le Trône du Dragon. En lui le Dragon est devenu « lézard. Il vaudrait mieux le supprimer discrè-« tement. »

« Elle était belle, alors, ma mère, et sa volonté funeste éclatait au sein de sa splendeur qui répugnait à avoir produit un fœtus vivant comme moi. Mais lui, le Saint Homme, dans sa hautaine majesté, malgré l'amour qu'il lui portait, a proclamé de sa voix d'airain : « Non, car ce serait un sacrilège d'at-« tenter aux dispositions prises par le Grand Cha-« riot. Que ce que le Ciel veut soit. »

« Si près de ma naissance, j'ai ainsi échappé au trépas arrangé, pour lequel toute la Chine, selon les rites, aurait porté le Deuil. »

Hieng-fong se referme doucement dans sa détresse, puis, de son repos, proviennent des gémissements plus aigus :

« Hélas ! la proposition meurtrière s'est gravée en moi, en caractères indélébiles. A travers les années, durant toute la vie, même après que je fus devenu le Dragon Céleste, les paroles de ma mère sont restées des blessures internes, profondes, inguérissables, lancinantes, qui ont fait de moi ce que je suis, le lézard qu'elle avait décrit jadis, au-delà de toute honte. Ignoble, je me suis précipité dans l'ignominie par défi envers elle, pour me montrer encore en dessous de ce qu'elle avait prédit. Mon existence, qu'elle avait voulu vouer à la mort, est devenue une mort permanente, je me débats dans l'effroi des Fontaines Jaunes qui m'attendent. Et c'est sans doute à cause d'elle que j'abomine toutes les femmes... »

Encore des soupirs muets, et soudain son visage se mue en un masque d'épouvante :

« Ma mère vient. Elle arrive pour m'assassiner. Elle est là pour me tuer. A elle seule, elle prend toutes les formes de ces monstres, de cet Innommable qui me poursuit la nuit pour me détruire. Je sens sa présence... »

Alors Yi, très doucement, passe et repasse sa main sur le visage de Hieng-fong, avant que son délire ne s'exaspère en une agonie frénétique et qui se terminera par le Hurlement Effrayant, celui qu'il pousse la nuit quand il se sent tomber dans l'abîme des Enfers Déchaînés. Mais Hieng-fong, sous la paume de Yi, se calme, il n'a pas la hantise d'être sous une griffe dévorante. Très simplement, il regarde Yi, il la reconnaît et lui dit :

« Ce que vous avez pu entendre, ne le répétez pas. Oubliez-le. Si jamais vous vous en souveniez et le divulguiez, je vous ferais disparaître... Vous avez mon secret. »

Puis il contemple longuement Yi, peut-être avec une sorte de tendresse qui traverse ses écailles de laideur :

« Depuis ma jeunesse, je ne crois qu'à la méchanceté. Et pourtant vous, une femelle que j'ai maltraitée, vous êtes le premier être humain qui ait montré de la bonté pour moi. Alors, protégez-moi chaque nuit contre moi-même, pour que j'atteigne une certaine paix. »

Yi est sans pitié, sans compassion. Elle méprise, d'un mépris formidable, ce pauvre lézard qui la supplie. Victoire éclatante. Désormais, elle sait que c'est sur ces scories et ces chancres qu'elle montera jusqu'à la Condition Céleste. Alors d'une voix exhalant l'amour, elle murmure :

« Mon cœur est à vous à jamais. »

Mais Hieng-fong, repris par le doute qui le quitte rarement, se met à toussoter, regrettant son moment d'affection :

« N'exagérez pas. Au fond, qu'ai-je à faire de vos sentiments ? Le moment venu, vous contribuerez peut-être à ma mort, tout comme mes mignons qui se pâment d'amour devant moi. Mais, encore mieux qu'eux, vous savez faire semblant d'être dévouée et charitable. Et puis surtout, vous m'avez démontré votre utilité pour les heures des ténèbres cauchemardesques. Cela suffit. Je vous déclare ma favorite, mon homme vigile. »

Yi n'essaie pas de protester. Sa tâche sera malaisée. Mais, comme toujours, elle est sûre d'elle, même contre cet homme-moignon si vilain. Le chemin parcouru n'est-il pas déjà immense ?

A chaque veille, elle est convoquée auprès de Hieng-fong. Alcools, orgies. Et surtout sa main qui empêche les cauchemars. Devant cette préférence impériale surprenante, le respect de toute la Cité Violette l'encense. Désormais elle peut se promener un peu le jour, dans les jardins. Alors, des cours, des dalles, des arches, des palais, et surtout de la face des dignitaires qui se courbent devant elle, monte l'adulation. Elle ne connaît plus qu'un univers courbé. Même le Grand Surveillant se prosterne devant elle. Le soir, quand il vient la chercher, elle n'est plus portée comme un paquet. Maintenant, elle monte, revêtue d'une tunique presque masculine, dans un palanquin sculpté, qui, en une chevauchée unie et sans secousses, la dépose avec d'infinis égards dans l'Antichambre. Là, les gardes eunuques la saluent de leurs épées qui font une voûte sous laquelle elle passe. Et quand le Portail de l'Antre du Dragon s'ouvre, Hieng-fong l'accueille familièrement :

« Tiens, te voilà. A quoi allons-nous nous amuser ? »

Chaque après-midi, Ngan Te-hai procède à l'instruction de Yi. Purification d'abord. Le corps nu de Yi se délecte des mains harmonieuses de Ngan Te-hai, si rafraîchissantes après les pattes du Lézard, et dont les doigts entrent maintenant avec adoration dans sa rosace saccagée. Leur velouté extasié est une réparation envers sa vallée des roses, son joyau, qu'elle doit le soir renier et mépriser. Ensuite, penché sur elle consolée, il procède à l'enseignement des moyens rusés de plaire au Pauvre et Redoutable Dragon. Certes, il lui révèle les lacis de la Cité Violette, où les intrigues sont un tourbillon sous la surface des eaux calmes. Mais avant tout il lui apprend que la débauche doit être mêlée aux épices des mots : chansons égrillardes, plaisanteries obscènes, vocabulaire paillard, traits d'esprit sales et acides, l'arsenal de la gaieté méchante et comique, l'art de se moquer, avec les mille ingrédients savoureux. Yi retient tout, et se sert merveilleusement de tout, quelques heures après, auprès d'un Hieng-fong enchanté. Elle est toujours à la hauteur... Un jour, pour l'éprouver, il lui demande de roucouler une mélodie poétique, et elle s'arrange pour en faire un galimatias bouffon tournant en dérision les nobles sentiments. Quelles histoires hilarantes ils se racontent ! Quelle vivacité dans les anecdotes et les reparties de Yi, quels gloussements aux

229

« mots » de Hieng-fong ! Peu à peu elle devient sa « mignonne », c'est-à-dire son mignon. De plus en plus, le Souverain, au lieu de lui faire la guerre — plus question de lui infliger des tourments comme le phallus d'or — converse avec elle dans les fumées des bavardages burlesques et désopilants, arrosés de l'alcool qui fait frétiller les langues. C'est comme si elle n'avait plus de con. Car, pour en finir, il la traite en chéri, l'être aimé dont il prend possession par l'envers, et elle se laisse faire comme si c'était la seule étreinte possible, agréable et bienvenue, tout en proférant des jurons libidineux de jouissance et en assaisonnant son enculage par des remarques divertissantes :

« Vous me faites vraiment un Anus Impérial, digne de vous. Vous me « gitonnez ». Bientôt je ne serai plus une femme, tellement ma fente haïssable sera inutilisée, au point de se rapetisser pour n'être plus que du papier mâché. »

Enfin, soûls et satisfaits, ils s'endorment ensemble, et le Saint Homme a moins de cauchemars. Ainsi s'établit entre eux une bizarre amitié.

En réalité, son ouverture femelle, quoiqu'elle professe de la renier, de la supprimer, est là. Même si Hieng-fong ne daigne pas remarquer son existence. Mais hélas ! comme les fleuves ont des crues dévastatrices, la fente de Yi, chaque mois, épanche un flot rougeoyant. Et l'Empereur hait particulièrement ce flot qui sort des jambes de Yi comme d'une blessure, sceau de l'infamie féminine. Pourtant telle est l'habitude qu'il a prise de Yi pour la nuit, qu'au lieu de la renvoyer dans sa souillure, il la garde durant les ténèbres, après lui avoir fait placer par des eunuques habiles une gouttière se déversant dans un réservoir, un dragon de soie grège qui s'empourpre peu à peu de la couleur impériale. Ainsi les menstrues maudites donnent une pigmentation sacrée au monstre bénéfique tout entier jusqu'à sa petite crête crénelée. Et ainsi disparaît le sang de Yi, que Hieng-fong ne supporterait pas, grâce à cette hydre posée sur sa vallée des roses, hydre avalant la saleté dégorgeante et s'en remplissant. Certes, ce n'est là qu'artifice, Hieng-fong s'en satisfait.

Les autres nuits Yi se montre particulièrement pétulante et assoiffée. Hieng-fong la suit dans sa fougue, jusqu'à montrer les signes de l'épuisement. Sa tête dodeline mollement, une sorte de stupidité s'est répandue sur son manque de traits. Mais sur le lit, les yeux éteints, chavirés, perdus dans des nuées inconnues, il tient quand même à l'honorer de son Timon Impérial qui s'érige comme le reste de sa dernière vigueur. Ecroulé sur le dos de Yi, il arrive enfin à pénétrer dans la voie fécale, mais sa verge patine, tâtonne, ressort maladroitement, les doigts de Yi s'en emparent comme pour la faire rentrer dans son anus et la glissent subrepticement dans son con où elle se démène jusqu'à ce qu'en sortent les gouttes divines. Tout le temps de cette manipulation, l'anxiété de Yi la poignarde, mais elle ne fléchit pas. Elle sait que Hieng-fong, même comateux, même inconscient, a un instinct reptilien qui lui fait tout deviner, tout voir, tout savoir. Derrière sa propre nuque, il lui semble que la tête de l'Empereur, ainsi fondue soit-elle, est lourde de soupçons, que ses plis sont creusés de méfiance, que ses écailles sont redressées d'indignation. A chaque instant, elle attend le hurlement de sa Colère devant l'outrage insensé : nul attentat ne peut être plus infamant pour lui. Tout le temps que dure la supercherie, Yi sent derrière elle le poids formidable de la suspicion de Hieng-fong, qu'elle soit imagination ou danger véritable. Qu'il découvre son artifice et elle périra, l'épée à travers le cou.

Mais il lui faut risquer la mort pour pouvoir engendrer. Terrible copulation où se décide sa Destinée, celle de l'Empire aussi. Minutes sans fin... Quel soulagement quand le Lézard se retire de son antre femelle, y ayant répandu sa semence sans s'être aperçu de rien. Aussitôt il s'écroule comme une masse et ronfle. Yi, elle, n'arrive pas à s'endormir. Une horreur ravie la tient éveillée : c'est par ce phallus impérial et loqueteux que, pour la première fois, elle a fait l'amour, que sa caverne a été fouillée et aspergée. La voie des étoiles lui est ouverte. Après tant de hontes, elle peut désormais devenir la Mère Céleste. Elle se promet, elle qui n'a connu que les dégradations, que la lie des outrages, lorsque son corps prostitué sera devenu, par une métamorphose prodigieuse, l'arche sacrée du Pouvoir Céleste, de s'adonner, pour le seul délice de son sang chaud et de ses sens, aux voluptés les plus ardentes, les plus subtiles, les plus délicatement ingénieuses, cruelles aussi, mais de sa cruauté à elle, suavement perverse.

En attendant, plus que jamais elle est prostituée, elle se fait prostituée, elle est réduite à l'extrême bassesse. Les nuits suivantes, elle recommence son manège dégoûtant et dangereux. Faisant la fille de joie, scintillant de drôleries sales, elle remplit le Saint Homme d'alcool, au point qu'il ne soit qu'une incurie soûle. Quand le dénuement de ses traits se creuse en une aboulie idiote, c'est elle qui, avec la vigueur que cache sa petite forme, arrive à le placer, à grands efforts, dans la position de la copulation, son corps écroulé sur elle qui tend son postérieur tant qu'elle peut. Le Timon est tout ce qui gigote de la personne abêtie de l'Empereur. Alors, à nouveau, elle manipule son membre de façon que, plusieurs fois, des gouttes vitales tombent dans sa matrice. Il ne semble s'apercevoir de rien, dans la béatitude du coma sommeilleux.

Malgré l'atonie de Hieng-fong, elle est chaque fois en proie à un pressentiment, presque à une certitude : d'une certaine façon il sait, et pourtant il la laisse faire. Yi continue à ressentir une pesante angoisse, sûre qu'il se rend parfaitement compte de sa duplicité criminelle, et, tout en agissant, elle attend l'instant où, émergeant soudain de son néant amorphe, il se mettra à ricaner avec des yeux piquetés de feu, ses yeux qui peuvent être poison vénéneux, plus mortel que les éclats tonitruants d'un Grand Empereur en colère. Aucun rictus ne lui vient. Il reste cette carcasse débile, presque friable et toujours engourdie, dont les os manchots s'impriment sur son dos et dont le phallus en lanières s'agite dans son con, en sursauts d'une agonie larvaire. Mais pendant tout ce temps, elle se demande dans quelle cachette de son cerveau se love un dessein ténébreux.

Tout s'accomplit parfaitement pour elle jusqu'à ce que, après plusieurs nuits, elle renonce à ses manœuvres, se jugeant suffisamment imprégnée. Tout est normal. Quand les ténèbres reviennent, elle remplit son rôle d'enchanteresse des veilles et de chasseresse de cauchemars. Parfois, il lui semble que Hieng-fong lui jette son regard oblique, celui entre l'amusement et la méchanceté.

Enfin arrive le temps où sa fente, qui devrait déverser des ondes nauséeuses, reste sèche, pure. Avec ses doigts elle se fouille durant la journée pour découvrir en ses tréfonds quelque trace de sang. Il n'y en a pas — juste la chaleur humide de sa chair. C'est bien là le signe de ce qu'elle a tant souhaité, elle a germé. Au contraire des pluies qui font lever les moissons, en elle, comme en toute femme, c'est l'aridité qui annonce la fécondation. Oui, elle a atteint son but suprême.

Dans son pavillon, en un souffle extasié Ngan Te-hai lui murmure :

« La liqueur impériale vous a donné un fruit divin. Gloire à vous ! »

Le Grand Surveillant se prosterne devant elle :
« Vous serez la Mère d'un Fils du Ciel. »

Mais Yi est livide. Elle tremble. Elle palpite :
« J'ai peur. J'ai très peur. Je vais avoir à prévenir Hieng-fong que, sans le vouloir, sans le savoir,

il est en train de devenir père. Et devant cet aveu, je crains sa vengeance. Il saura que j'ai fait pénétrer par ruse son Timon dans mon ventre qu'il hait. »

Ngan Te-hai la calme :

« Ne le lui annoncez pas. Suivez les règles qui veulent que vous avertissiez d'abord la Douairière. Elle se livrera sur vous aux examens et aux inspections prescrits, pour s'assurer que vous êtes bien enceinte. Avant de faire elle-même connaître au Saint Homme qu'il vous a fertilisée. Une fois une rumeur si sainte répandue dans la Cité Violette, Hieng-fong ne pourra plus vous faire périr, vous, porteuse de la lignée impériale, si vous produisez un mâle.

— La Vieille Femme me déteste et me fera toutes les misères possibles.

— Certes, elle ne vous ménagera pas. Malgré tout, elle est tenue par son devoir sacré, qui est de reconnaître la descendance du Ciel. »

Yi est hagarde. Mais comme toujours devant l'épreuve, elle retrouve sa détermination :

« Que m'importeraient les tracasseries et les insultes de la Vieille Dame ! Pourtant, je ne crois pas qu'il soit bon de recourir à elle d'abord, cette prudence serait sans doute ma perte. Pour une fois, vous vous trompez, Ngan Te-hai. »

Et, de nouveau en possession de sa clairvoyance, elle ajoute :

« Il faut que j'affronte Hieng-fong seule. Il jugerait indigne de moi le recours à la Douairière. Et puis, contrairement à ce que je vous ai dit tout à l'heure, il sait. Pourquoi m'a-t-il laissée agir ? Je l'ignore. Il a ses raisons, ses plans que je ne connais pas. Il s'est créé entre nous des rapports particuliers, une haine mêlée d'affinités étranges malgré son horreur de la femme. Il a toujours pour moi une sorte de bonté mauvaise, de mansuétude menaçante, où la mort reste suspendue. Mais je supporte tout, et même il me semble que je lui apporte une consolation. Envers moi, il est tout à la fois le bourreau et l'enfant, avec ses yeux indiscernables. Peut-être suis-je un peu pour lui sa mère, la première qu'il ait ; la Vieille Douairière, sa mère véritable, étant au contraire la source exécrée de ses accablements et de ses cauchemars. Il me l'a dit. En somme, nous formons un couple maudit, où se sont pourtant tissés des liens indéfinissables, je l'aide à vivre au milieu de ses affronts, de ses menaces, de ses ingéniosités méchantes, de ses bonasseries. Il veut se venger de moi et il a besoin de moi. Il peut aussi bien me supprimer pour se plonger davantage dans son malheur d'exister, qu'il aime peut-être, que me garder dans un suspens dangereux. Ma tricherie, qu'il a supportée sans rien montrer, et qui devait être pour lui répugnante, il l'a certainement acceptée pour des fins tortueuses. Ce n'est qu'entre lui et moi, entre sa faiblesse toute-puissante et ma force démunie, que peut se décider le sort. Il ne me pardonnerait pas de ne pas être moi-même, quoi que j'aie fait, face à lui... »

Le soir même, Yi, après s'être joyeusement avinée avec Hieng-fong, lui avoue calmement, comme si c'était sans importance :

« Je vais être mère par vos œuvres, par suite d'une petite erreur...

— Une petite erreur ! Si l'on peut dire. Vous n'aviez pas besoin de m'indiquer votre future maternité. Je suis au courant depuis le début. Croyez-vous que je sois aveugle ? Buvons quand même en l'honneur de votre détestable ventre engrossé par ma semence que vous avez volée. »

Encore l'embrasement de l'alcool, sa chaleur réjouissante. L'Empereur est d'une humeur délectable, mais ses yeux sont d'un trouble inquiétant :

« Ne croyez-vous pas que vous méritez le trépas, vous et votre fruit usurpé ? Mais je ne vous ferai pas périr. »

Yi sourit, de son sourire qui est armure, sans rien dire.

« Bien que j'aie été une souche ivre, je me suis aperçu tout de suite de vos manœuvres. Je me suis senti d'abord envahi par le dégoût — et puis l'amusement l'a emporté en moi. Car votre audace était si insolente qu'elle m'est apparue comme un divertissement. Vous, petite Yi, oser pareil blasphème... Et vous avez poursuivi vos manigances attentatoires, assidûment, malgré l'effroi que je sentais en vous. Vous vous demandiez, me connaissant bien, si je n'étais pas conscient, malgré mon apparence que je rendais la plus veule possible, au-delà de ma veulerie habituelle. La situation devenait curieuse... Je ne vous ai pas arrêtée. Et je vous ai même admirée... quoique je n'admire rien. Enfin, puisque je mets un plaisir à tout outrager, j'ai pris plaisir à être outragé moi-même. Le vice suprême. Après cela, il ne restait rien de sacré en moi — j'avais été jusqu'au fond du gouffre des abominations, votre gouffre. Il ne me manquait plus qu'une souillure, celle-là. Alors j'ai eu presque une jouissance, celle d'être maculé par la chair de la femme. Et je pensais avec délices à mes mignons que je trompais... comme je me trompais moi-même. »

Yi reste hiératique.

« Je dois aussi ajouter qu'il m'est venu à l'esprit qu'un jour, à la longue, je serais forcé — la seule obligation qui puisse être imposée à moi, Hieng-fong, Fils du Ciel — d'engendrer. Et j'ai pensé qu'avec vous, grâce à votre bon tour si audacieux, ce serait moins éprouvant. Cela tenait de la farce. Votre prestidigitation à confondre vos trous m'a, malgré ma dégoûtation, diverti. »

Yi se prosterne devant Hieng-fong.

« Seigneur des Dix Mille Années, je vous remercie pour votre Infinie Bonté. »

Hieng-fong devient lézard vert qui se pétrifie pour mordre d'un coup :

« Vous m'accusez de bonté ! Vous m'offensez ! Pour prononcer pareille insanité, vous n'êtes donc pas l'être d'exception dont je daignais excuser le crime. Redevenue ordinaire, créature décevante disant des stupidités, vous méritez l'expiation immédiate. Vous allez périr maintenant, vous et votre œuf qui ne vous protège pas encore, l'Empire ignorant votre procréation sacrée. Vous allez mourir sur-le-champ. Je vais appeler les gardes. »

Yi est devenue d'ivoire. Hieng-fong prend le battant pour en frapper le grand tambour. Mais il amortit son geste de façon qu'aucune sonorité ne sorte de l'airain.

« Cette fois, malgré vos airs supérieurs, vous avez eu une sainte peur, j'en suis sûr... Eh, eh... Mais vous ne vous êtes pas tellement trompée. Je peux être bon quand même. Vous vivrez et vous accoucherez. Et même pendant votre gestation, je ne vous ferai pas envoyer aux Fontaines Jaunes par des médicastres à qui je pourrais en donner l'ordre.

« Pendant ce temps, vous continuerez à venir chaque soir, auprès de moi, faisant toujours la folâtre, comme si vous étiez encore jolie, alors que vous serez affreuse. Puisque vous m'avez fait vous féconder, je veux me rassasier de l'horreur de votre féminité. Je veux me régaler à contempler votre déformation, vous voir grossir, vous emplir, vous gonfler, vous enfler, vous épaissir, devenir outre, devenir panse. Je me réjouirai à observer votre beauté se transformer en monstruosité... Vous allez haïr votre grossesse tant voulue. Mais en ma présence, je vous ordonne d'être gaie, pétulante et frétillante, comme si vous n'étiez pas en proie à une gestation. »

Hieng-fong scrute Yi, du plus tranchant de ses yeux :

« Sachez que si vous avez une fille, vous tomberez dans ma disgrâce complète. Votre sort sera misérable. Je veux un garçon. Pas seulement parce qu'un Fils du Ciel doit engendrer un Fils du Ciel, mais parce qu'un homme comme moi, qui n'aime que les hommes, ne peut avoir, même s'il est tombé dans le piège du ventre féminin, qu'un petit homme qui lui aussi aimera les hommes. Je suivrai la fabrication de près, en pénétrant chaque nuit votre pertuis, pour sentir la loche, le têtard, le parasite grandissant qui sera bientôt mon petit « mignon » chéri. Buvons à lui. »

Ivresse où Yi est heureuse. Elle avait justement prévu que seule sa confrontation avec Hieng-fong la sauverait, à condition de savoir supporter ses menaces qui seraient facéties et ses facéties qui seraient menaces. Oui, il y avait bien entre eux un lien inavoué, extraordinaire, monstrueux même, à la fois fragile et solide. Elle avait éprouvé qu'elle vaincrait — et elle avait vaincu. Elle n'avait pas eu peur, même au moment du tambour, elle savait qu'il ne le frapperait pas. Là seulement où il l'avait blessée, c'est en devinant, avec son instinct de reptile, l'horreur qu'elle avait de sa laideur prochaine. Mais qu'est-ce que cela, cette hideur pour quelques mois, si cela doit la rendre Reine du Ciel ? Enfin, après tant de maux, des perspectives merveilleuses lui sont ouvertes.

« Ah ! reprend Hieng-fong avant de s'endormir auprès de Yi, vous devrez procéder dans quelques jours à un petit rite. Vous vous rendrez humblement auprès de ma Mère la Douairière. C'est elle qui reconnaîtra solennellement votre état. Avec quel orgueil flambant elle proclamera à toute la Chine ce qu'elle appellera ma virilité — avoir engrossé une femme, vous avoir engrossée. Elle croira, dans son orgueil dément, qu'accablé de remords, courbé sous la crainte de ses semonces, je me suis soumis à sa volonté alors que je ne voulais que la déjouer. Ses yeux secs et durs scintilleront du sceau de sa Grandeur. Je la hais encore plus ! Je pleure, je suis accablé, je me sens un reproche vivant. J'ai honte. Mes pauvres mignons ! Et son triomphe n'est dû qu'à vous, Yi. Mais quelle est donc la force incompréhensible qui m'a empêché de vous faire tuer tout à l'heure ? Vous, si coupable... »

Tout à coup, il s'égaie :

« Si la Douairière pouvait savoir que c'est à vos supercheries, à vos doigts agiles qu'elle doit son apothéose ! De toute façon, dans son exaltation insensée, elle grimacera à votre vue, d'une de ces horribles grimaces sèches qu'on trouve sur les cadavres rigidifiés. Vous le savez, elle ne vous aime guère... Avec quelle fureur elle devra accepter que vous soyez la chair où s'est révélée ma vertu ! Elle vous détestera encore plus ! Elle est vraiment méchante, elle. Mais vous êtes désormais sacrée et je vous protégerai. »

Les nuits se succèdent auprès de l'Empereur. Et, un jour, Yi traverse toute la longue salle où elle avait été reçue concubine, « personne honorable ». Si longtemps auparavant, avant la solitude dévorante, avant que son corps ait servi à tant de turpitudes et d'abaissements. En même temps, grâce à ce corps dégradé, un sentiment formidable l'anime. Que sont les dernières avanies et les derniers affronts à subir ?

C'est avec une humilité infinie qu'elle se prosterne devant le Trône de la Douairière, comme si rien n'avait changé. Encore une fois, elle frappe sept fois sa tête contre le sol devant cette stèle de bois qu'est la Vieille Dame pétrifiée. Elle murmure modestement, comme si elles n'avaient pas de sens, ces phrases lourdes, ces phrases de la Destinée :

« Sainte Mère, si vénérée, mon ventre porte un enfant du Saint Homme. »

La figure de la Douairière ne se distord pas, ne flambe pas, ne se décompose pas en copeaux. Elle ne semble pas avoir entendu. Elle reste un long moment dans sa dignité, raide et inaltérable. Enfin, de ses lèvres qui ne semblent pas s'être ouvertes,

viennent ces mots dits sans intonation aucune :
« Vous aurez une fille. Et c'est d'une autre personne que vous, beaucoup plus respectable, que mon fils, rendu enfin par moi à ses devoirs, engendrera le Fils du Ciel. »

Yi, toujours prosternée, est insensible à cette malédiction. Malgré sa pose rampante, elle se sent illuminée intérieurement de gloire. Elle est l'étoile montant vers le Ciel, tandis que la Vieille Dame qu'elle fait semblant d'adorer, n'est plus qu'une planète morte, et qu'elle se chargera de faire mourir plus vite s'il le faut. Il lui semble qu'elle peut tout...

L'après-midi, une cohorte s'abat sur elle, étendue nue sur la couche de son pavillon. Des visages ourlés de graisse dans leur rotondité chauve, des visages crapahutant dans le fouillis de leurs traits, des visages importants dans leur insignifiance prétentieuse. Et des doigts, tellement de doigts rôdant sur son corps, doigts rats, doigts ailes de chauves-souris, doigts pattes de tortues, doigts jambes d'échassiers, doigts palpant, doigts fouillant, doigts saccageant, doigts s'enfonçant presque jusqu'à ses entrailles. Viol de ses yeux, de sa beauté, de sa chair avec une brutalité doctorale. Vol de corneilles sinistres. Ce sont les graves médecins chargés de reconnaître son état. Parmi ces doigts, il y en a un plus long, une baguette d'osselets crochus qui s'acharne, d'un ongle épaissi par la corne, à la fouailler sauvagement, comme pour arriver à détruire le germe de son ventre. C'est celui de la Douairière elle-même, détachée de son trône, squelette empanaché, se perdant dans les bulbes de sa robe, qui, avec une violence silencieuse et grimaçante, s'exaspère sur elle. Elle qui avait tant voulu qu'il y eût un fœtus impérial, elle continue longtemps, en griffant Yi, à vouloir anéantir le fruit de ses entrailles. A la fin, les doigts se retirent, en dernier celui de la Vieille Dame haineuse. Et, de sa voix la plus crécelante, elle expectore furieusement :

« Je n'ai pas senti de grossesse. Cette fille essaie de tromper le Ciel... »

Mais les médecins, en un conclave, ayant hoché la tête et échangé des signes, proclament par le plus vieux d'entre eux, si recourbé que sa barbichette touche le sol, que Yi est bien enceinte des œuvres impériales. Alors la Douairière, sa figure en brandons fuligineux, se retire comme un fantôme mauvais : elle a compris que les très doctes docteurs ont reçu des consignes qui la bravent.

Le lendemain, des musiques aiguës et suaves s'approchent. Tambours, cymbales et gongs résonnent de plus en plus fortement. Un cortège des plus hauts dignitaires célestes, brandissant les bannières de la félicité, se dirige vers le pavillon de Yi. Un palanquin jaune apparaît, entouré d'épées protectrices et d'immenses étendards où sont gravés en caractères rouges : « Le Seigneur des Dix Mille Années. »

Devant le portail de Yi, tous les grands mandarins s'agenouillent, et alors sort de la litière abaissée l'Empereur lui-même. Sous un monument de soie dorée, un parasol à sept étages, le Saint Homme franchit les quelques pas menant à la demeure de Yi. Et elle, transportée d'une joie indicible, contemple le Fils du Ciel, le Lézard dans tous ses atours, le sceptre en main, une sorte de mitre sur sa tête, enlacé de ses dragons magnifiques. En cette occasion il n'est ni pâteux, ni vacillant, ni verdâtre, sa face est d'une majesté pontifiante et lointaine, comme s'il ne connaissait pas Yi, lui si haut dans le Firmament, et elle si basse en ce monde. Yi s'agenouille devant cette apparition surprenante, car c'est une faveur prodigieuse que lui, l'Emanation du Grand Chariot sur terre, se rende solennellement chez une concubine. Par ce geste, il rend le ventre de Yi sacré pour tout l'Empire Céleste... Enfin, il la regarde avec un sourire bienveillant, presque humain. Et c'est un de ses « mignons », pour rendre cette initiative extraordinaire encore plus « farce », qui déroule un parchemin marqué du sceau de l'Autorité Sacrée. Comme il a dû contraindre et forcer ses chéris, en pleurs et en supplications, pour leur faire accepter qu'un des leurs soit condamné à célébrer la Femme ! Mais tel est Hieng-fong, capable de se régaler des railleries de ses chéris à son égard aussi bien que de se laisser emporter par un caprice irrésistible qui bafoue l'infamie qu'il aime. Et puis, au-delà de cet affront à ses « mignons », quel affront à la Douairière : faire rendre hommage à Yi, qu'elle hait, par des gitons qu'elle hait !

Le mignon lit le décret par lequel la concubine Yi, dépositaire de la semence sacrée, est promue au rang de « pin » — titre que seule détient l'Impératrice Epouse, stérile d'une stérilité injuste, puisque Hieng-fong ne l'a jamais fait pénétrer dans la Chambre du Repos Impérial. Et c'est là encore une insulte à la Douairière qui la protège.

Le soir même, l'Empereur dit à Yi dans l'Antre du Dragon :

« N'attachez pas trop d'importance à mon émergence divine en votre pavillon. Bien des choses peuvent se produire. »

Cependant, Yi est désormais la matrice de l'Empire. Elle est transportée dans un palais plein de grâce, qui est en fait une magnifique couveuse. Tous les trésors à sa portée, un peuple de serviteurs et de servantes à genoux, son moindre désir satisfait, les dignitaires faisant des présents magnifiques à un Ngan Te-hai superbe, pour qu'il parle d'eux à Yi, afin de s'attirer sa faveur.

En elle, mystérieusement, croît le Fœtus qui se nourrit d'elle et qu'elle fait mûrir. Fœtus qui n'est qu'un bout de matière répugnante, informe, sans consistance, qui la mange et qui va lui donner l'Empire. Fœtus qu'elle déteste et qui est pourtant sa vraie vie, le résultat de sa volonté ; ce trognon, pour elle, va s'épanouir dans toute l'amplitude de la Terre et du Ciel.

Attente qui ne ressemble pas à celle où le temps mortel la mangeait. Attente dans l'exaltation exaspérée où son corps commande sans qu'elle puisse rien. Elle se veut sereine. Alors, comme lorsqu'elle était la prisonnière désespérée du pagodon, elle s'adonne aux arts et aux lettres durant la journée. Elle manie le pinceau, elle récite des poèmes, elle lit des romans émouvants et tendres. Elle recourt à la beauté, même si sa beauté se détériore. Une tristesse lui vient parfois de ces dégâts qui la détériorent et la rendent impuissante. Mais cette impuissance, c'est sa puissance qui croît.

Chaque soir Hieng-fong inspecte les ravages qu'elle connaît déjà. Les traits de Yi s'étirent en empâtements mous. La peau se granule en grumeaux blanchâtres. Le poids l'écrase. La coulée des graisses l'envahit, en colonnes et en dômes. Rainures entre les masses gonflées. Avachissement qui rend ternes jusqu'à ses yeux. Cependant, en dépit des remarques mauvaises de l'Empereur qui ne laisse échapper aucune déformation, qui se réjouit de cette enflure monstrueuse, il prévaut comme une entente heureuse entre eux, même lorsqu'il la pénètre pour s'approcher de sa larve grossissante.

Un jour, Yi sent en elle remuer cet embryon. Alors elle comprend : c'est toute la force de la Chine qui est concentrée là. Cette force qui crée chez elle ces ballonnements, ces vallonnements, ces grosseurs, ces rotondités, ces épaississements, ces épanchements, ces gonflements, ces recoins gras, ces plis flasques entre les boursouflures. Elle est soudain illuminée : toutes ces grosseurs et ces dépressions, c'est la représentation sur elle de la Chine Céleste, avec ses montagnes, ses collines, ses plaines, ses vallées, ce chaos merveilleusement ordonné. Ses veines gonflées ce sont les fleuves qui coulent. Et même ses nausées appellent les inondations qui font croître les moissons. Dans ce paysage jouffu, tant de millions et de millions d'hommes, tant de villes, tellement de villages. Son corps informe est en réalité l'image de la Chine Eternelle, transcendant en ses aspects multiples, et à qui elle rendra tous les bienfaits de la Sagesse — par-dessus Hieng-fong l'infâme, qui nie cette Sagesse sans laquelle tout n'est que malheurs et calamités.

Alors, malgré la pesanteur croissante de son corps, Yi connaît la paix de la plénitude féconde. Le fœtus bat de plus en plus en elle, mais il ne lui répugne plus. Ses sursauts sont comme les nuées qui s'assemblent avant de fertiliser la terre. Mais un soir qu'elle arrive chez Hieng-fong, portée en palanquin, et suivie d'une escorte de hallebardiers, échines ployées devant elle, et qu'elle se présente joyeusement à lui, celui-ci lance sur elle un regard pervers, celui du Lézard trouble, aux aguets. Une fois qu'elle est nue, dans la monstruosité bienfaisante de la maternité, il la contemple longuement avec dégoût. Et soudain il hurle :

« Allez-vous-en. Vous êtes si laide que vous offusquez ma vue. »

Alors Yi comprend que le moment est venu pour Hieng-fong de prendre sa revanche depuis longtemps calculée. L'âpre goût de la honte lui emplit la bouche. Très dignement, elle rhabille son obésité pendant que l'Empereur piaille :

« Dépêchez-vous. Partez. Je ne veux plus vous voir. »

En cette disgrâce extrême, si brutale et inopinée, mais qui ne la surprend pas vraiment, Yi se revêt et se retire, sous les yeux impatients de Hieng-fong qui gronde :

« Plus vite, plus vite... »

Et après une retraite apparemment ignominieuse mais où elle conserve toute sa « face », elle se retrouve dans son beau palais, qu'éclaire la lune d'automne, ronde comme elle. Sa figure dilatée se tend de réflexion. Elle est sûre qu'une machination se cache sous la surface de son désastre, mais elle n'arrive pas à deviner laquelle. Ngan Te-hai n'en sait pas plus qu'elle. Toute la nuit, elle suppute vainement, elle connaît à nouveau la torture.

Le lendemain, au lever du soleil, Ngan Te-hai survient, la mine verdâtre, plombée, mâchée. Il est tout ébranlé de tics, il ouvre la bouche sans arriver à parler. Alors Yi :

« Qu'avez-vous appris ?

— Des nouvelles très peu propices et très surprenantes. Après que vous vous êtes retirée de l'Antre du Dragon, l'Impératrice Epouse est arrivée là, en très grande pompe, avec tous les honneurs. Hiengfong l'a reçue avec les marques du respect extrême. Et elle n'est repartie qu'à l'aube, son ingrat visage presque beau de satisfaction. Elle a confié son contentement très grand de l'attitude de l'Empereur avec elle. Toute la nuit, l'ayant enfin déflorée, il s'est comporté en bon et loyal époux, remplissant complètement ses devoirs conjugaux. »

Yi comprend. Hieng-fong l'a laissée dans sa gestation prometteuse. Et quand sa certitude atteint son apogée, il la brise d'un coup imprévisible. Tout cela pour se venger des tripatouillages de Yi qui l'avait introduit dans sa fente femelle. S'il l'avait laissée faire, c'est qu'il avait déjà une arrière-pensée délicieuse dans les replis de son cerveau. Comme il a joui de son projet pendant que Yi se remplissait de chair et de gloire ! Et, maintenant qu'est venu le temps depuis longtemps prévu dans sa tête, le temps le plus cruel pour Yi, il accomplit son plan. Pour cela il surmonte sa nature et se trempe volontairement en une femme, de la plus régulière et la plus normale des façons, en la femme qui pouvait le plus nuire à Yi : ce laideron d'Impératrice Epouse elle-même. Il va recommencer plusieurs nuits de suite, de façon à l'engrosser sûrement. Ainsi, même si Yi a prochainement un fils, il lui faudra attendre plusieurs mois que sa rivale impériale accouche : car si elle produit un mâle, ce sera celui-là, et non pas celui de Yi, qui sera le Seigneur des Dix Mille Années. Tout s'écroulera pour Yi et son enfant.

Cela se passe comme Yi l'a prévu. Une semaine durant, l'Impératrice partage la couche de Hiengfong. Un mois après, elle est déclarée enceinte au cours d'une cérémonie éclatante. La Douairière et son Grand Eunuque fondent de joie, le bois de l'une et la graisse de l'autre devenant chair exaltée. Tous deux organisent une garde vigilante d'eunuques fidèles pour veiller et protéger l'Impératrice Epouse qui ne quitte pas son lit en bonne Impératrice qui est en train d'engendrer un monde. En effet la Vieille Dame et le Grand Eunuque prêtent les plus ténébreux desseins à Yi, surtout celui du poison où son cher Ngan Te-hai est si expert.

Toute la Cité Violette est prise de frénésie devant cette floraison des deux ventres qui s'épanouissent dans deux palais situés aux deux extrémités de la Cité Violette. Ventres dont l'enjeu est l'Empire. Ventres dont les tressaillements, les tiraillements, les spasmes, les moindres particularités provoquent rumeurs, spéculations, calculs, remous. Ventres qui pénètrent les oreilles et remplissent les bouches de tous les dignitaires, ventres infiniment plus importants que les tristes événements du Céleste Empire — révoltes, ruines, guerres, famines où périssent des millions d'êtres, où la Chine Très Sainte sombre. Ventres qui sont l'unique sujet de la grande politique, pour lesquels des clans se forment. Là se jouent les carrières — car il faut à chacun méditer, réfléchir, se ranger dans le clan du Ventre qui sera vainqueur. La Cité Interdite, une ruche autour de ces ventres... Le peuple de Pékin et même celui de l'Empire entier s'émeut. Beaucoup de Célestes s'engagent dans des paris sur la parturiente qui gagnera.

En fait, presque tous les hauts personnages se

placent dans le camp de l'Impératrice Epouse. La solitude se referme sur le palais de Yi, de plus en plus grosse, où Ngan Te-haï montre une tête abattue, accablée, douloureuse. Il peut payer de sa vie la défaite de Yi. Car la compétition des ventres, d'où doivent naître deux vies, est aussi une guerre où deux armées s'affrontent, avec des barbichettes en guise d'épées. Chaque ventre a autour de lui ses chefs, ses troupes, ses thuriféraires, ses pontifes, ses prélats, ses chantres, ses généraux, ses soldats, bataillons acharnés. Seuls quelques prudents essaient de louvoyer... Et, à la fin, le Ventre Victorieux servira de butin à ses partisans, curée où ils se vautreront. Quelles ambitions et quelles avidités autour de ces grossesses en lutte, qui se combattent dans la paix apparente, dans le mystérieux labeur des organes femelles s'exerçant séparément et simultanément au sein de ces corps de femmes.

A l'issue de cet étrange conflit il y aura des morts et des blessés parmi les défaits. La Triomphante satisfera ses vengeances, en de terribles expiations. Certes l'Impératrice Epouse, gagnante probable, est une excellente personne bien placide — la seule à avoir de la bonté en cette Cour. Mais la Douairière s'est constituée son génie tutélaire et elle sera impitoyable. Elle vivra la joie sauvage des châtiments. De ses lèvres revivifiées tomberont les condamnations, avec de petits rires secs effrayants. Elle fera couper des têtes et imaginera bien d'autres représailles avec sa dureté, son exaltation. Rendue à la puissance, ayant soumis Hieng-fong, elle aura accompli son exploit : donner à l'Empire l'enfant Fils du Ciel de son désir, de son choix, de son orgueil. Quelle apothéose après tant d'années de rage crispée, où elle n'était plus qu'une vieille planche sur le trône solitaire de la grande salle où le Saint Homme son fils l'avait reléguée. Elle va revivre... Et Ngan Te-haï, qui la connaît, sait ce que sera sa jubilation effrayante. Il en sera la première victime, décapité, torturé. Le Grand Surveillant, si amoureux de Yi, voudrait bien la trahir. Mais il est trop compromis, trop engagé, c'est trop tard, il a peur...

Hieng-fong, lui, ayant déchaîné la mêlée, se tient au-dessus d'elle, au comble de l'amusement. Cependant un soir, il fait venir Yi dans son antre et l'accueille d'un rire amical.

« Vous avez encore grossi. Une vraie tour... Votre délivrance approche... qui n'en sera pas une. »

Il lui jubile au nez :

« Vous m'avez joué un tour. Eh bien, je vous en ai joué un encore plus fameux. Tel est mon caractère. Mais je suis bonhomme. Je vous ai laissé une chance. Une sur quatre. Car pour votre triomphe, il faut d'abord que vous accouchiez d'un garçon. Quelques mois après, il faut que l'Impératrice Epouse ne donne le jour qu'à une fille. Alors, votre bâtard sera le Dragon. Ah ! ah ! ah ! je vous aime bien quand même. Je me prends presque à souhaiter votre succès. Le Ciel en décidera. »

Yi, rentrant dans son palais, est saisie d'une colère blême. Comme elle écraserait l'Impératrice Epouse imbécile et affreuse s'il s'agissait d'une vraie lutte entre elles, elle n'en ferait qu'une bouchée. Mais tout ce qu'elle est, tous ses dons de force, d'énergie, de ruse, de perfidie, de décision, ne serviront à rien. Elle est livrée à la nature et à ses sucs, aux processus secrets des ventres, qui échappent à son pouvoir. Faite pour écraser tout, les hommes et le monde, elle doit, là, subir le destin, dans l'injustice de sa propre impuissance. Pourtant, après cet accès, Yi retrouve sa certitude. Soudain, elle ne craint plus, retrouve une confiance orgueilleuse. Mystiquement, même dans sa misère, elle se sait l'élue du Grand Chariot. C'est à son produit que reviendra l'Empire, c'est-à-dire à elle, destinée à le posséder de toute éternité.

Une nuit, les douleurs l'ont saisie. Comme si elle allait exploser. Puis des déferlements se sont emparés de son corps, houles immenses, tremblements de terre. Ngan Te-hai, à genoux, prie le ciel. Les médecins, mouches autour d'une plaie, portent leurs mains pullulantes entre les jambes de Yi, où il semble qu'une éruption s'enflamme. Ils ahanent et ils tirent. La tête écroulée, elle ne voit rien, perdue dans ses souffrances comme si on lui arrachait ses viscères. Elle a juste l'impression qu'une masse innommable est en train de sortir d'elle, quelque saleté souillante. Enfin, un couinement venu de l'inconnu, inexplicable. Elle est soudain vidée, bête éventrée. Et Ngan Te-hai s'écrie, héraut du bonheur :

« C'est un garçon ! »

Alors Yi se redresse un peu pour voir ce qu'on lui amène : un petit, un minuscule lézard, la reproduction exacte du Grand Lézard son père. Le même manque de traits, le même museau à peine discernable dans une sorte de débris reptilien. Ngan Te-hai extirpe, pour bien le lui montrer, d'entre des replis spongieux, un tout petit brin de ce qui semble une chair : le phallus, le Timon auquel s'accrochera peut-être la Chine, qui servira peut-être de sceptre à elle, Yi. Tout de suite elle hait l'enfant humide et poisseux, déjà écailleux, viande presque animale. Cependant, dans un grand effort, elle prend câlinement, amoureusement entre ses bras, le couvrant de caresses, ce monstre nain extrait de son corps. Et d'une voix grave et solennelle, elle déclare :

« Mon fils s'appellera Tsai-tchouen, la Quintessence de la Pureté des Années. »

Aussitôt elle est prise d'un délire de gloire, tendant très haut cette chiffe de ses entrailles, par-dessus les toits et les éthers, jusque vers le Grand Chariot.

Et l'incarnation du Grand Chariot vient à Elle. Grand Chariot un peu basculant. Dès le lendemain un Hieng-fong légèrement ivre, dans toute sa pompe d'Intercesseur du Ciel, est apparu à son chevet. Il a jaugé son rejeton de son œil sali.

« Ah ! ah ! que cette larve me ressemble ! Elle est aussi laide que moi. Elle est moi. »

Et aussitôt, se penchant vers Yi encore endolorie et difforme :

« Moi, le Saint Homme, je vous nomme « feï », Concubine Impériale. Vous êtes désormais sur la Voie Céleste. Et je proclame votre bâtard, par Tout Ce Qui Est, le Petit Dragon qui me succédera. »

Yi du fond de sa faiblesse murmure :

« Mais si un fils sort du ventre de l'Impératrice... »

Hieng-fong se contente de roter de plus belle, en faisant des « eh, eh » retentissants. Mais tous les grands dignitaires de son escorte, dûment prosternés, prononcent « Respect à Ceci » et jurent fidélité au nouveau-né.

Enigme pour toute la Cité Violette. La cour est en ébullition. Partout se dessinent les contours des intrigues. Partout s'échafaudent les plus étranges et sinistres suppositions. Presque tous les grands personnages désertent prudemment la cause de l'Impératrice Epouse, pendant qu'elle se gonfle et que Yi se dégonfle. L'excellente femme en est réduite à la Douairière, qui est consumée d'un feu infernal et qui crache des mots comme des cailloux chauffés à blanc :

« De quoi mon fils ne serait-il pas capable ? »

L'attente cependant, la patiente attente, grouillante de chuchotis et de bulles de pensée, jusqu'à l'éclaircissement de ces événements ténébreux. En principe, Yi n'a gagné qu'une moitié de la bataille des ventres. Et cependant elle est déjà reconnue et traitée comme si elle était victorieuse.

Le temps passe. Le Petit Lézard est toujours aussi affreux. L'Impératrice Epouse approche de son terme, son ventre ressemble à un mont. Yi, reformée dans sa beauté, est mandée chaque nuit dans l'Antre de Hieng-fong.

La première fois qu'elle y retourne, l'Empereur, la face revivifiée, les traits recomposés, son museau devenu presque humain, lui dit gravement :

« Yi, j'éprouve pour vous, de plus en plus, un sentiment inconnu de moi. Un attrait irrésistible. Je crois que je vous aime... »

Yi est cette fois stupéfaite, sa figure s'éclaire de ce pourpre que le soleil matinal verse sur les toits vernissés.

« Et vos mignons ?

— Je les garde. Ils sont désormais sans importance. Ce que je veux dire c'est que pour moi vous n'êtes plus une femelle. Vous êtes au-dessus des sexes, qui séparent l'humanité en hommes et en femmes. Vous êtes seulement pour moi Yi, le principe qui est moi, qui est la force en moi ; avec vous, grâce à vous, je me sens en vie.

— Mais il me reste quand même ma chair, qui vous est odieuse.

— Vous êtes au-dessus de la chair. Vous êtes, bien plus que le Ciel, le fluide qui me crée. Nos combats charnels sont terminés. Plus jamais je ne toucherai votre corps. Vous serez mon esprit et mon âme, que vous verserez dans la pauvre matière que je suis. Je revivrai. C'est comme cela, désincarnée et vitale, que je vous aime.

— Mais ma chair vous a déjà donné un Fils.

— Et je l'ai aussitôt reconnu comme le Dragon. Il est le fruit de l'époque où je me débattais contre votre corps, où vous vous serviez de votre corps...

— Et l'Impératrice Epouse...

— Rien ne m'arrête quand je suis résolu. Il me sera facile de faire que son accouchement soit sa mort, ou qu'elle donne le jour à un enfant mort-né... Alors vous serez la Reine du Ciel, la Mère du Dragon. »

Pour une fois c'est Yi qui semble saisie de frayeur.

« Le poison ! Mais toute la Cour et tout l'Empire sauront que c'est vous qui l'aurez ordonné. La réprobation vous assiégera et moi aussi, considérée comme votre inspiratrice. Votre gloire en sera entachée. Qui peut prévoir ce qu'il arrivera alors ?

— Je suis l'Empereur. Je peux tout. Que ne me suis-je déjà permis ?

— N'agissez pas ainsi, Hieng-fong. Un instinct me guide. Laissez tout se dérouler normalement. L'Impératrice engendrera dans le malheur des étoiles noires. Elle aura une fille. »

Hieng-fong se soumet :

« Je m'en remets à vous, mon esprit et mon âme. Mais j'espère que votre divination ne vous trompera pas...

— Je la sens en moi, comme une voix certaine. Et puis si elle m'égare, il sera temps de procéder plus tard, d'une façon moins ostensible et beaucoup plus secrète. Ce sera mieux ainsi, malgré quelques inconvénients passagers... »

Yi continue à murmurer paisiblement :

« La Sagesse, que vous méprisez et que j'ai étudiée, comporte pourtant des enseignements utiles. Ainsi sur le poison et son emploi. Il est des cas où il faut infliger la mort vénéneuse de façon foudroyante. Mais, en d'autres situations, il faut la distiller lentement, régulièrement, de façon presque insoupçonnable, comme si c'était la nature elle-même qui envoyait le trépas. Tout dépend des circonstances qu'il faut savoir bien connaître et bien comprendre.

— Ainsi Yi si tendre, si gracile, si jeune, vous voulez me donner des leçons sur l'art terrible du Gouvernement. Vous voulez gouverner pour moi, que cela ennuie. Eh bien, si cela vous fait plaisir... »

Yi ainsi devinée se reprend avec prudence :

« Jamais je n'aurais pareille audace. Je ne songe qu'à vous et votre gloire. Je suis à vous telle que vous le voulez. Pourquoi parler de tout cela ? Je suis sûre que l'Impératrice ne produira qu'une fille. »

Et c'est ce qui arrive. Quand l'Impératrice Epouse est prise des maux de l'enfantement, dans une aube incertaine, toute la journée Yi attend placidement l'issue dans son palais. A l'heure du Coq, apparaît un Ngan Te-hai au sourire béat. Yi s'écrie :
« C'est une fille sans doute ! »
Le Grand Surveillant répond d'un ton extasié :
« Oui, madame, une simple fille. »
Il semble à Yi que son front est caressé par le Grand Chariot. Elle se sent défaillir de l'orgueil de la Domination Universelle.

La bataille des ventres est terminée, Yi est la Mère du Petit Lézard qui succédera au Grand Lézard que maintenant elle domine pleinement. Peut-être même pourra-t-elle hâter les choses...

Pour le moment, elle a de petits problèmes à régler. Mais elle est très sage. Ainsi, au lieu de se livrer au carnage de ses ennemis vaincus, Yi n'est que miel et douceur. Elle se rend au chevet de l'Impératrice Epouse infortunée — que la Douairière elle-même a délaissée, se retirant sur son trône solitaire dans son Palais solitaire, comme une souche brûlée par le désespoir et les plus sombres pressentiments. Yi, dans l'éclat de sa jeunesse, de sa beauté, de sa gloire, de son triomphe, se prosterne devant l'Impératrice Epouse qui, malgré son malheur, lui est encore hiérarchiquement supérieure. En se relevant, Yi lui dit avec l'accent de la compassion extrême :

« J'aurais tant désiré que ce soit vous l'Impératrice Transcendante, et non pas moi, indigne concubine, qui ayez porté le Fils du Ciel futur. Ma désolation est immense. »

L'Impératrice Epouse, quoique ayant encore le corps d'une grenouille déchiquetée, répond avec sa bonne naïveté :

« Certes mon regret est grand. Mais la chose

essentielle est acquise : le Saint Homme est désormais pourvu d'un Héritier Céleste. Il est de vous et non pas de moi, mais je le vénérerai et le soignerai comme mon propre fils. »

Cette démarche est jugée délicate et judicieuse à la Cour.

Moins d'un mois après, la Douairière s'éteint, ses membres s'entrebattant comme des branches dans la tempête. Le comportement de Yi est, là aussi, infiniment décent. Quoique personne ne doute qu'elle ait provoqué cette agonie et ce décès, tous les grands dignitaires admirent les démonstrations de son deuil et de sa peine. Vêtue seulement de draperies blanches, elle pleure, gémit et se lamente, déchirant l'air de ses cris et du battement de ses bras, devant le cercueil exposé, d'où la Vieille Dame ne peut même plus l'accuser ni lui ordonner de se taire. Elle est la proie mortuaire de cette Yi qui célèbre sa joie par une hystérie de douleurs, selon les rites les plus sacrés, devant tous les mandarins s'adonnant eux aussi aux pieuses démonstrations de l'infini chagrin. Hieng-fong lui-même s'efforce de paraître accablé de souffrances torturantes. En cette assemblée de la Peine Ecrasante, pratiquant les prosternations et les exhibitions nécessaires, Yi est la plus frénétique, ruisselante de larmes, parcourue de sanglots, agitée de convulsions. Intérieurement son cœur se réjouit, et elle se repaît de la vue du cadavre dont le bois semble s'amollir, devenir une chair plus vivante, avant de se putréfier peu à peu.

Le soir même, dans son Antre, Hieng-fong, dilaté de plaisir, contemple Yi :

« Ah ! le poison raffiné... C'est vrai que vous vous y connaissez. Pas une marque sur la Vieille, pas une tavelure — rien que ses bras et ses jambes emmêlés dans un trépas torturé. Mais cela arrive souvent dans les ébats vains, furieux, tumultueux de certains agonisants acharnés à garder l'étincelle de la vie et qui veulent repousser, de leurs forces exaspérées et déclinantes, la mort qui s'empare naturellement d'eux. Ah ! comme elle a dû se débattre, la vieille carne ! D'autant plus qu'elle savait que vous étiez la cause de son décès, vous maudissant de toutes ses fibres se nouant, se dénouant, s'annihilant à la fin. Le dernier battement de son cœur a dû être celui de la haine vociférante dans la tombe que devenait son corps. Soyez donc bénie, Yi, qui m'avez vengé, qui m'avez débarrassé de cette carcasse, de sa résignation forcenée, de ses reproches exaspérants. Je suis enfin libre grâce à vous, vous avez supprimé la vie interminable de celle qui avait voulu jadis que je ne vive pas. Moi, le Saint Homme son fils, je n'ai jamais osé, car le moindre soupçon m'aurait rendu odieux à la Chine entière. Piété filiale, piété exécrable... »

Yi câline le manque de front de Hieng-fong avec une tendresse feinte :

« Elle n'est plus. Son décès n'est pas mon œuvre. Les ans l'ont avalée, faisant disparaître le chancre qui vous rongeait. Son départ vers les Fontaines Jaunes va être votre vraie naissance. Vous serez désormais vous-même tout en étant un autre, avec la force de la vie.

— Ne mentez pas, Yi, c'est inutile. Au contraire, en faisant tuer la Douairière, vous vous rendiez plus chère encore à mon cœur. Vous prouviez votre valeur inestimable. Mon désir, vous l'avez deviné et exaucé avec une bienséance saluée par tout mon peuple qui est aussi votre peuple puisque vous êtes mon esprit et mon âme.

« Il est trop tard pour que je ressuscite vraiment. Je resterai le pauvre homme que je suis, perdu dans ses misérables jouissances, moins malheureux cependant. Car, par vous, Yi, à la beauté trompeusement futile, je participerai à Tout Ce Qui Est Sous le Ciel que j'incarne et auquel je ne crois pas. Vous avez, Yi, la vocation terrible de l'Impitoyable Pouvoir. Par vous, je régnerai... D'ailleurs, depuis que vous êtes la Concubine Impériale, Mère du futur Fils du Ciel, j'ai observé combien vous avez agi avec discernement. Faites donc toutes les choses nécessaires pour le Bien de ce Monde des illusions, et, de mon néant, je vous appuierai par mon Sceau et mon Autorité. »

Yi émet d'abord cette requête :

« Je voudrais que le Grand Surveillant Ngan Te-hai soit nommé Grand Eunuque.

— Ngan Te-hai votre complice, l'homme jadis chargé des poisons par la Douairière et qui l'a sans doute empoisonnée. Soit... Mettez en place les piliers de la puissance que je vous concède, même si un jour elle doit se retourner contre moi ! Yi, je vous crois capable de tout... Mais le danger que vous êtes plaît à mon plaisir morbide. Pourtant je déteste le danger. Yi, vous êtes ma maladie, bien plus que les mignons. Allez en paix, vous qui n'êtes que la guerre. »

Alors, selon les conseils de Ngan Te-hai, Yi, malgré le désir qu'elle avait de le saigner à blanc, traite avec une mansuétude extrême Paon à Plumes, la femmesse à tout faire de la Douairière morte, la femmesse qui avait tant voulu la perdre. Ngan Te-hai ne veut pas succéder à son cadavre, par égard à la corporation des eunuques, qui, quoique déchirée dans ses profondeurs par des compétitions et des détestations, présente l'image d'une confrérie très unie. Alors, c'est en un langage fleuri qu'elle annonce au Grand Eunuque déchu, et craignant le pire, sa disgrâce douce.

L'effroi a planté ses griffes dans la montagne de graisse qu'est Paon à Plumes quand Ngan Te-hai, très poliment, avec un minuscule sourire, lui a exprimé le désir de la Concubine Impériale de le recevoir. Durant quelques instants, le trop-plein de son corps s'est empli des pressentiments les plus noirs. Quand il s'écroule devant Yi pourtant sereine, sans aucune des flamboyances de la sévérité, ses genoux et tout son être sont perdus dans sa masse qui ne cesse de se répandre davantage dans les gestes de l'imploration. Mais Yi, de son ton le plus mélodieux, dit à ce magma éploré et égaré :

« Que craignez-vous donc, Grand Eunuque ? Vous avez été le serviteur parfait de la Divine Douairière envers qui j'éprouve une reconnaissance infinie. Mais après tant d'années de loyal service, un peu de repos serait le bienvenu. Je vous autorise donc, en récompense, à vous retirer dans la cité de Ho-kuan-fong, où vous êtes né et où vous passerez, parmi les vôtres, la vieillesse la plus honorée et la plus heureuse. Vous serez le fleuron de la ville. Je vous permets d'emporter avec vous vos biens méritoirement acquis. »

Mais un pli léger se dessine entre les cils de Yi :

« Cependant, vos tremblements semblent indiquer que vous avez quelques taches sur votre conscience. Il importe que vous les effaciez afin que toute ma bienveillance vous soit acquise. Pour cela, vous remettrez avant demain soir la somme d'un million de taels à Ngan Te-hai, qui sera votre successeur, avec l'approbation du Saint Homme. »

Paon à Plumes se ramasse respectueusement, sans broncher, en courbettes. Le lendemain, des malles de cuir repoussé sont apportées à Yi. Pleines d'or. Des cavernes d'or. En Yi poussent alors les racines de la cupidité, nouvelle passion superbe, qui, ensuite, ne s'assouvira jamais complètement. Pas plus que ne s'assouviront en elle les passions nécessaires à la Sagesse Splendide, celle du Sang et celle de la Volupté.

Pour le moment Yi s'efforce de rester modeste, de ne pas triompher. Et pourtant quelle voie bordée de précipices elle a parcourue ! Dire que le temps a été si long, un ténia interminable sorti d'elle et l'enroulant dans ses anneaux mous et exécrables pour l'étouffer à jamais dans une horreur visqueuse et puante. Puis le temps a cédé — mais dangereusement, lui donnant à triompher d'êtres pervers, mauvais, accablés par leur propre destin pourtant apparemment superbe, des êtres pouvant tout contre elle par leurs étrangetés, lui faisant toujours frôler la mort. Epreuves terribles et humiliantes. Et soudain comme le temps est devenu court pour son exaltation splendide !

Elle se souvient, sortant enfin de sa geôle, non plus nue comme de la viande, mais comme Concubine Impériale, d'avoir exploré pour la première fois la Cité Violette. Ses yeux auparavant aveugles se sont repus, et avec quelle avidité, des parvis, des arches, des palais, des rampes divinement emmêlés, des jardins, du lac. Les bruits qui étaient les signes de la captivité, les clochettes, le tambour, la grosse cloche, le vent et les gémissements des arbres, le lointain clapotis des eaux, se sont donnés à elle. Maintenant toute la Cité Violette est à elle, c'est son domaine, le domaine le plus sacré de l'Empire. Quel plaisir de le parcourir mollement, selon ses caprices, pour en goûter les splendeurs, suivie de dames d'honneur empressées à la satisfaire, et de Ngan Te-hai.

Où est le Grand Surveillant à l'Impuissance désespérée, qui, surgissant dans son pavillon, voulait périr ou la faire périr ? Maintenant, il est son Grand Eunuque, dans le bonheur de sa gloire, à la fois asservi à elle et son âme damnée. Désormais, il se tient derrière elle, humble et dominateur, comme un vautour maigre, étirant son cou déplumé pour surveiller l'horizon. Pour elle il commande impérieusement la cohorte des « coupés », les jeunes, impavides, et ceux qui s'empâtent d'année en année pour devenir ces matrones redoutables qui tricotent les secrets. Il est le Général en chef de tous les châtrés qui, dans leurs difformités, constituent l'armée redoutable de la Cité Violette.

Où est l'Empereur à tête de Lézard si malin dans sa nocivité, l'Empereur, dont la mélancolie morbide et débauchée voulait se divertir à faire exterminer

Yi dans quelque farce grotesque, pour en rire avec ses mignons, l'Empereur qui hait les femmes, la chair des femmes ? Maintenant il est envoûté par Yi, il est sa chose, il l'attend impatiemment chaque nuit pour retrouver son âme. Elle a déjoué ses tours, c'est elle qui l'a asservi. Et le matin, pour s'en débarrasser, elle le renvoie à ses mignons atterrés qui ne le reconnaissent plus, désormais impuissants, n'osant pas se moquer d'elle et la craignant.

Comme elle s'est vengée de la Douairière, par quelques gouttes de mort lente ! Quelle joie a-t-elle eue à pleurer frénétiquement son trépas !

Et le Concours des Ventres ! Aujourd'hui, elle se sert utilement de l'Impératrice Epouse trahie par ses organes. Certes Yi va chaque jour câliner cette larve qui est son fils destiné au Trône du Ciel, cachant, pour quelques instants, son dégoût derrière des extases hypocrites mais en fait, c'est l'Impératrice Epouse qui, mue par ses fibres maternelles déçues, le pouponne avec amour comme s'il n'était pas le rejeton de sa rivale.

Quel chemin a grimpé Yi pour être où elle est, si proche du ciel ! Grâce à Ngan Te-hai et à ses créatures châtrées aux yeux innombrables, elle voit tout, elle sait tout. Certes, les rites sacrés se poursuivent en dehors d'elle, les cortèges et les cérémonies, les grandes délibérations aussi, dans leur pérennité, dans leur allégeance solennelle à un Hieng-fong ennuyé sur le Trône du Dragon. Mais chaque parole prononcée lui est rapportée... Elle sait que les plus grands dignitaires de la Chine Céleste, ceux surtout de la Cour des Censeurs, la méprisent pour la plupart... Mais éclairée sur leurs intrigues par Ngan Te-hai, le soir, auprès du Saint Homme, elle applique elle-même le sceau de l'Autorité Sacrée sur les parchemins qui contiennent la disgrâce des plus dangereux de ces vieillards. Pourtant, elle n'ignore pas qu'il reste toujours des faces chenues, des pensées tortueuses qui ont percé à jour sa véritable nature et dont les rides marmonnent : « Nous ne voulons pas pour maître une femme parvenue par les vils eunuques. »

Elle sait aussi que ces vénérables sont souvent les pères des mignons...

Elle touche le Ciel, elle est la maîtresse de la Cité Violette, qui communique avec le Grand Chariot. Mais au lieu d'être la mégère impérieuse du firmament, elle semble vivre innocemment, pour la Beauté, la sienne, celle du Saint Lieu. Elle se délecte de musiques, de parfums, de fleurs, mais, dans cette modestie affectée, elle a conscience que son œuvre est fragile. Sa position dépend d'une émanation sulfureuse, d'un bubon infernal, d'un complot qui réussit après mille complots déjoués, que Hieng-fong n'éprouve soudain plus le besoin d'une âme. Ngan Te-hai et ses eunuques ne suffisent pas... Tant d'ennemis cachés, un nœud de serpents ! Enchevêtrement hostile, où le Lézard peut à nouveau être happé, renonçant à ce qu'elle soit la source apaisante, le lui annonçant visqueusement : « Vous m'ennuyez aussi. »

Yi se tient sage, elle se contient avec maîtrise. Mais cela peut ne servir à rien. Sa seule ressource, et aussi sa seule envie dévorante, c'est de monter plus haut, toujours plus haut, jusqu'à des sommets où elle serait invulnérable. Il lui faut atteindre l'Apothéose véritable, qui lui donnerait toute la Chine Céleste, et où elle pourrait éclater en rages de sang et en tempêtes de morts, servant en cela la Sagesse à laquelle elle croit tant.

De longues heures durant, allongée mollement, elle se repaît des desseins les plus noirs. D'abord : supprimer Hieng-fong si bizarre et incertain. Car le Grand Lézard expiré serait remplacé sur le Trône du Dragon par le Petit Lézard, son fils, et elle régenterait au nom de ce trognon. Mais la raison lui revient, lui montrant que si sa larve de fils devenait le Saint Homme, presque encore fœtus sur le Siège Sacré, ce serait immédiatement la curée, elle serait chassée dans les mondes extérieurs sous les accusations les plus criminelles.

Il lui faut se consoler. Mille projets vains passent par sa tête. Mais un jour, sous ses paupières fermées, elle voit précisément l'image d'un guerrier mandchou, debout dans sa virilité altière et farouche. Il lui faut un long moment pour le reconnaître, tant elle l'a oublié. C'est Jung-lu, son ancien fiancé, amoureux d'elle, planté devant la Porte de la Cité Interdite où elle allait disparaître, invisible dans son palanquin, pour le Concours du Concubinat. Tout d'abord Yi étonnée se demande pourquoi ce souvenir cassé par le temps lui revient. Il ne s'agit pas de quelque mystérieux éclair de tendresse, car bientôt la logique lui prouve qu'il est l'Homme Nécessaire. Ces retrouvailles d'elle si Haute et de lui si Bas assureraient à Yi la vraie souveraineté sur l'Empire.

Un plan s'élabore dans sa tête. Procéder méticuleusement, par étapes. D'abord le revoir, le jauger dans sa valeur et ses sentiments de la façon la plus discrète. Elle ne le fera pas venir auprès d'elle dans la Cité Interdite pour quelque audience. Mais elle, la Concubine Impériale Yi, mère du Futur Fils du Ciel, sortira des murailles rouges enserrant le Tabernacle Sacré, et sa divinité se mêlera aux hommes. Ce sera là une transgression inouïe des usages mystiques et séculaires séparant le Ciel sur Terre de la vulgaire Terre ordinaire. Elle exposera son essence divine, l'étincelle dont elle est allumée, aux foules, aux masses, aux sujets innombrables du Dragon qui ne doivent pas la voir. Jamais pareil attentat n'aura été commis depuis la nuit des temps.

Aussi, un soir, une Yi particulièrement rieuse minaude avec Hieng-fong :

« Vous ne croyez guère aux rites, Saint Homme. Alors vous allez m'accorder ce que je vais vous demander. Cela vous divertira même. Je suis en proie à des tentations ridicules. J'ai envie de traverser la ville, de sentir la puanteur des hommes. Je souhaite même me montrer à ma famille, rue de l'Etain, où, très décemment, j'honorerai ma vieille mère et prierai devant l'autel des Ancêtres...

— Ainsi le Ciel, auquel vous aspirez tant, au point que parfois je crains pour ma vie, vous ennuie un peu ? Vous voulez aller vous pavaner dans le monde qui pue la merde, la vraie, pas celle des jolis derrières de mes mignons que vous me permettez de fréquenter le jour. Ah ! ah ! ah ! vous êtes, telle que je vous connais, au-dessus de ces vanités vulgaires, et vous allez préparer quelques rets que je ne devine absolument pas et qu'il me réjouira de découvrir plus tard, même si je suis pris dedans. Allez, Yi, allez dans le fumier des pauvres hommes, où vous serez capable de trouver un butin. »

Et un matin, un cortège somptueux, avec ses hérauts, ses eunuques sabres au clair, pavoisé d'étendards comme une chenille aux poils soyeux, sort par la Grande Porte où Yi était entrée, presque misérable, quatre ans auparavant. Cette fois elle trône au milieu du cortège dans un palanquin qui est comme une châsse, comme une pervenche d'or. Contrairement à l'étiquette sacrée, elle repousse les rideaux qui doivent cacher sa tête divine au monde ordinaire. Elle regarde goulûment. Elle se remplit de ces choses quelconques qu'elle avait oubliées et qui constituent la vie loin du Ciel, la vie des masses soumises. Elle se repaît des yamens, des huttes, des maisons, des pierres rugueuses de la chaussée, des ordures traînaillantes, du sable. C'est l'été. Tout ce qui semblait ne plus exister... Elle voit des foules, des hommes, des femmes, des enfants de toutes conditions, de tous âges et des deux sexes, quelques-uns bien vêtus, mais surtout un grouillement de guenilles, de fardeaux, d'infirmités. Le peuple... faces stupéfaites par son apparition, prises de peur. Les corps se prosternent sur les bas-côtés, en toute hâte, dans une précipitation effrénée, comme devant un danger terrible, tous s'efforçant d'enfoncer leurs yeux dans la terre. Les coolies s'effondrent pêle-mêle avec leurs charges. Des caravanes aux bêtes frappées par leurs palefreniers, prises de folie, se dispersent en grand désordre. Seuls les petits cochons noirs sont réfractaires à cette adoration hallucinée. A part les cris des animaux qui se débattent et ruent, il n'y a pas de bruits. Devant Yi, les rumeurs de la Chine se taisent. Devant elle, les grouillements de la Chine piétinante font le vide. Rien que des bossellements de crânes, même ceux des gosses et des bébés, qui s'enfouissent dans le sol. Devant elle, l'humanité écrasée cherche à disparaître. Il ne reste sur la voie que quelques épaves à peine humaines, que les gardes de son cortège rejettent brutalement. Et ainsi, Yi, princesse de la Cité Violette, apportant la puissance du Ciel à l'univers pour que tout prospère et se crée, projette la Mort devant elle : néant des gens, cité sans âme, carcasse où demeurent riches et pauvres, seuls se dressent les murs, les toits, et les bannières des marchands aux boutiques fermées. Yi, en sa procession triomphale, fait périr la Cité.

Enfin, toujours trônante comme une déesse dangereuse, Yi arrive dans le quartier mandchou à l'heure du Serpent. Là le peuple abonde et l'acclame. Les têtes burinées sont simplement inclinées dans le Grand Respect. La race victorieuse célèbre Yi en qui elle se reconnaît. Quelle gloire pour la rue de l'Etain de l'avoir produite ! Alors, dans un embrasement, éclatent les pétards de la joie. Elle descend de son palanquin devant la demeure familiale, elle retrouve le yamen délabré de son enfance de petite fille promise à une existence sage. Chaque détail lui revient... Mystérieusement avertie, toute la parenté s'est assemblée devant le portail, en deux rangées de torses courbés par les génuflexions. Figures si connues d'elle, exaltées d'orgueil, tout le clan d'où elle sort. Yi, dans sa splendeur candide, passe souriante devant ces oncles, ces tantes, ces cousins, ces cousines, leur marmaille, les vieux guerriers chevronnés, les matrones épanouies, les jeunes filles qui rêvent de son sort. A pas menus, elle va directement dans la salle d'honneur de la maison où elle est née. Là elle s'agenouille très humblement devant l'autel de ses ancêtres, devant la tablette consacrée à son père qui fut le commandant de la Huitième Bannière Mandchoue. Elle remplit longuement ses devoirs édifiants, en simple fille modeste, pleine de piété filiale. Puis, après s'être redressée, elle, devant qui l'univers ploie, se met à terre aux pieds d'une vieille femme ridée, mi-chouette mi-cocon évidé, sa mère. Elle reste ainsi aplatie sur le sol une minute durant, devant la dame, presque transparente, qui lui a donné le jour, l'âge ayant fait disparaître sa chair, et dont chaque fibre tremble en une sorte de gêne. Yi, à nouveau debout, lui dit, implorante :

« Bénissez-moi, moi très indigne. »

Et les mains décharnées font les signes rituels.

Festin ensuite où Yi, comme si elle oubliait son rang, parle et plaisante avec les convives chavirés d'extase, montrant qu'elle se souvient de chacun d'eux. Elle se conduit si bien qu'une familiarité se crée : mets innombrables, rots, kampés, joie étincelante, bonne humeur, trognes réjouies, plaisanteries, gaillardises polies, et surtout souvenirs, souvenirs. Yi est délicieuse d'aise. Enfin, quand l'interminable repas s'achève dans l'épanouissement général, Yi dit à voix basse à un serviteur ivre d'orgueil :

« Jung-lu n'est pas là. Allez le chercher et amenez-le-moi dans une pièce écartée. »

C'est ainsi que Yi se retrouve face à face avec son ancien fiancé aux traits creusés, presque ascétiques, très beau. Quand il arrive, sans même la regarder, il se prosterne. Yi sent alors monter en elle tout un passé proche et pourtant lointain. Et elle, qui se croit inaccessible à tout sentiment humain, éprouve une chaleur tendre en son corps. Elle dit à l'homme dont elle devait être l'épouse soumise et qui est maintenant abaissé devant sa divinité :

« Relevez-vous, Jung-lu, et dévisagez-moi. Me reconnaissez-vous ? »

Jung-lu se remet debout, mais courbant toujours sa tête et sa poitrine devant elle. Et de la voix déférente qui convient pour s'adresser à une Majesté, il prononce :

« Mes yeux ne peuvent se porter jusqu'aux étoiles bénéfiques du Ciel, auxquelles vous appartenez désormais. »

Yi, impatiemment, tape du pied, et d'un ton dur et impératif, une coulée de métal :

« Je suis toujours Yi. Me reconnaissez-vous, Jung-lu ? »

Alors enfin, son regard se porte sur elle, sec et incisif :

« Il me semble que, jadis dans mon existence, a existé pour moi une ombre radieuse et touchante qui ressemblait à vous, créature du firmament. »

Yi questionne avidement :

« L'avez-vous oubliée ? Et dans le cours du temps s'enfuyant, vous êtes-vous consolé, vous êtes-vous marié ?

— Non. En vain, j'ai essayé. Mais mon cœur a gardé une cicatrice dont je n'ai pas guéri, dont je ne guérirai jamais. Le reste de ma vie sera solitaire, sans épouse et sans enfants, consacrée à ma Bannière, mon épée, mon devoir. »

Un gloussement satisfait sort de la gorge de Yi. Un sanglot de joie. Mais aussitôt, méprisant ce râle trop humain, elle s'écrie rudement :

« C'est bien. Maintenant, partez. »

Tandis que Jung-lu se prosterne à nouveau, Yi

se sent contente : car elle sait ce qu'elle voulait savoir, il l'aime toujours.

De retour à la Cité Interdite, elle retrouve un Hieng-fong plus reptilien que jamais, un peu vitreux, avec son museau qui frétille de curiosité ; il veut savoir :

« Alors, mon âme, vous avez bien profité de cette petite promenade familiale ? Dites-moi : quelle proie avez-vous bien pu ramasser dans ces réjouissances attendrissantes ? »

Les yeux de Yi se pavent de grisaille, paravent derrière lequel elle cherche la bonne réplique. Le brouillard se dissipe et elle répond :

« J'ai pensé à vous. Le Céleste Empire se désagrège de plus en plus. Cela vous indiffère, je le sais. Mais les rebelles sont si agressifs, les Barbares si exigeants qu'un jour ils vous menaceront peut-être jusque dans votre Palais. Ils vous dérangeront dans l'existence à peu près supportable que vous vous êtes faite au milieu de votre mal de vivre. Et vous détesterez cela. Oui, une idée m'a guidée au cours de ma sortie, celle de trouver le moyen de vous épargner ces ennuis fort possibles.

— Que vous êtes bonne ! Ainsi c'est pour moi que vous avez été dans la Cité Infecte des Hommes Infects. Mais qu'avez-vous trouvé là qui puisse me servir ?

— Un héros. Pur, jeune, de noble sang, d'une intelligence, d'un courage et d'une fidélité à toute épreuve. Le guerrier que vous devriez nommer au Commandement de la Garde Impériale amollie, pour qu'elle redevienne l'acier trempé qui vous protégera et vous sauvera des dangers qui rôdent autour de vous.

— Et quel est le nom de ce brave si émérite ?

— Il s'appelle Jung-lu.

— Mais il me semble... N'est-il pas votre ancien fiancé ?

— Oui. C'est parce que je connaissais ses qualités que j'ai songé à lui comme le chef militaire nécessaire à votre sûreté, si des calamités fondaient sur vous, si jamais Pékin était attaqué. Je me suis rendue en ville pour m'assurer qu'il correspondait bien à mon souvenir. Je l'ai vu. Il est demeuré un soldat inflexible et parfait, au prestige sans tache.

— Etes-vous bien certaine, très chère Yi, que c'est pour moi et non pour vous que vous avez fait cette balade répugnante parmi les êtres de la terre ? Vous vouliez d'abord vous emparer de lui. Et une fois rassurée, vous me le proposez comme le Fourreau du Trône. Je vois bien vos petits calculs. Par Ngan Te-hai et ses eunuques, vous dominez la nuit de la Cité Interdite. Et par Jung-lu et ses troupes installées sur les remparts, vous la domineriez aussi de jour, réduisant ainsi à l'impuissance les trames des dignitaires qui sont autour de vous comme des cancrelats respectueux s'efforçant de vous grignoter et de vous manger. Désormais, par les roueries des castrats et les épées des guerriers, les uns et les autres devenus vos instruments grâce à vos deux féaux, vous seriez inaccessible et invulnérable, vous commanderiez... Ah ! Yi, quel être vous êtes ! Toujours surprenante ! Moi qui pourtant vous connais si bien... »

D'être ainsi complètement devinée par Hieng-fong ne surprend pas Yi, ni ne l'effraie. Elle s'y attendait. Elle croit que l'Empereur, dans l'étrangeté de leurs rapports morbides, la laissera faire ; il sait pourtant qu'elle peut être un jour menaçante pour lui, car en elle rôde, comme une traînée de fumée, la pensée de se défaire de l'Empereur.

Hieng-fong sourit de son sourire le plus affreux, celui où l'horreur est divertissement :

« Je devrais refuser. Vos desseins accomplis, à quoi serai-je réduit ? Mais vous êtes mon âme, je me suis donné à vous, je serai seulement un peu plus à votre merci. Hélas ! votre impudence au-delà de toute imagination est ce qui vous donne le goût le plus savoureux. Je ne sais pas vous résister. Qu'il en soit comme vous le désirez. »

Il soupire :

« Yi, je vous aime, parce que vous n'avez pas de cœur, cet organe encombrant, aux manifestations intempestives.

— Mon cœur est à vous. »

Alors, comme le fracas du vent tournoyant dans une caverne, le rire le plus énorme emplit la bouche de Hieng-fong, cette fissure sale :

« Ha, ha, ha... »

Yi s'imagine qu'elle a peut-être un peu de cœur car la vue de Jung-lu l'a émue et lui a troublé le sang. Elle sait les outrages que sa chair a dû subir pour arriver là où elle est. Cette chair est pour elle un poids inassouvi, qui réclame la Volupté : elle va la lui faire connaître. Avec Jung-lu, elle s'arrangera pour provoquer des étreintes flamboyantes, à la fois pour le plaisir et pour l'utilité : elle fera de Jung-lu, chef de la Garde Impériale grâce à elle, un homme ivre d'elle, prêt à tout pour elle. En effet, Yi pressent que Jung-lu, soudain porté à la grandeur par son ancienne fiancée, aura peut-être en lui une plaie dans l'âme : son orgueil mâle blessé. Seul l'affolement de la jouissance avec elle pourra le guérir et faire de lui un homme à sa dévotion complète, ce qui est absolument nécessaire.

Quand le décret impérial de sa nomination sublime, marqué du sceau de l'Autorité Sacrée, lui est remis, Jung-lu est ébloui par le soleil levant de sa destinée. Mais bientôt une tache ternit l'astre : il sent que sa promotion extraordinaire est l'œuvre de Yi. Il en est humilié. Il se promet de remplir strictement les devoirs de sa charge auprès de la Concubine Impériale, Mère du Fils du Ciel Nouveau, en tâchant d'oublier enfin ce qu'elle a été pour lui. Résolution très ferme. A son tour, moulé dans un uniforme splendide, en un cortège somptueux, il traverse les enceintes sacrées. Toute la Garde Impériale, composée de deux Bannières cantonnées dans les palais surplombant le Canal qui est la frontière entre la Cité Violette et le reste de la Cité Impériale, est rangée avec la forêt des étendards et des épées, pour le saluer. Ensuite, franchissant religieusement un pont, il pénètre en plein jour dans la Cité Violette afin d'accomplir les rites de l'adoration reconnaissante auprès de l'Empereur, de l'Impératrice et de la Concubine Impériale elle-même. Il va être obligé de la revoir...

Tout d'abord, il rend grâce au Saint Homme, tout puant, soûl et rabougri sur son trône. Ainsi l'étiquette est satisfaite par la symphonie des génuflexions, des prosternations et des formules solennelles de soumission. Routine consacrée, éternelle, sorte de messe hiératique où le néant s'immole à l'Empereur. Lenteur majestueuse et humble de la Cérémonie se déroulant dans la liturgie minutieuse, figée en chaque mot et en chaque geste, de l'hommage envers l'Auguste Hieng-fong qui somnole tout ce temps. Puis qui paraît se réveiller un peu. Ses paupières s'entrouvrent, et même son œil s'allume d'une lueur de feu follet. Il sait où frapper. Baveusement il daigne dire à Jung-lu :

« Vous êtes vraiment très beau.

— Sire...

— Oui, Yi a très bon goût. C'est elle qui vous a recommandé à moi.

— Sire...

— C'est grâce à son insistance, car elle a toute ma confiance, que je vous ai choisi. Vous allez pouvoir la retrouver... et la remercier. »

Là-dessus le visage de Hieng-fong disparaît dans l'abrutissement. Il sait que ses paroles ont porté. Jung-lu se retire à reculons, se courbant à chaque pas. Sa douleur s'est avivée. Il saigne en lui-même comme si son ascension était une infamie commise par cette Yi que pourtant il continue d'aimer tant :

devoir sa splendeur à une femme qui aurait dû être sa sujette lui est intolérable. La plaie se creuse, s'irradie des douleurs de l'abaissement et de la honte.

Il lui faut quand même révérer la Concubine Impériale selon les prescriptions des rites. Même s'il se refuse à accepter que sa montée vertigineuse, il la lui doit... Yi l'attend avec impatience et inquiétude ; elle s'est maquillée avec les couleurs des quatre éléments : le feu de ciel, l'azur des lacs, le brun fécond de la glèbe et surtout le blanc immense de l'éther. Dans son propre palais, au milieu d'une salle aussi enchanteresse qu'elle, elle est assise, toute vibrante, dans un fauteuil qui est presque un trône...

Dès que Jung-lu s'approche, très strictement, selon le protocole, elle comprend que ses craintes ne sont pas vaines. Il est ulcéré dans sa vanité virile. Il s'est composé la figure la plus lisse, la plus impassible, la plus impénétrable, pendant qu'il satisfait au culte qui est dû à la Mère du Ciel Futur. Il est comme un galet chamarré... Pas une étincelle dans ses beaux yeux, pas une fibre montrant qu'il la connaît, pas un signe de gratitude pour ce qu'il lui doit. Il n'est que négation. Et c'est elle, luttant contre son orgueil, qui essaie de le ramener à des sentiments. Elle gazouille joliment :

« Vous devez être content, Jung-lu, de voir votre valeur ainsi récompensée.

— Je suis très reconnaissant à votre Sublime Altesse de ces paroles qui dépassent mes mérites. »

C'est tout. Il se referme dans son refus. Mais elle perçoit, au moment où il se retire, un regard dérobé, plein d'une passion inexprimée qui, en une fraction de seconde, se pose sur elle, la dévorant. Eclair fugace... Yi est rassurée. Elle le reprendra complètement, elle en est désormais certaine. Par son corps...

Mais la Cité Interdite se prête mal à ce dessein. Elle pense alors au Palais d'Eté, ce rococo des délices, fait pour que le Fils du Ciel et sa cour se délassent dans la dissolution des règles sacrées. Un canal relie spécialement le Sanctuaire Divin à ce Séjour des Loisirs.

Elle roucoule donc un soir à Hieng-fong :

« L'été fleurit, et je me sens une lassitude. Allons là-bas. Vous avez besoin d'agréments. Je le sens, vos mignons vous démangent particulièrement en ce moment et mon âme vous pèse un peu. Ce sera un agréable changement de pouvoir vous divertir avec eux non seulement le jour mais aussi la nuit, ce qui est très convenable en ce lieu.

— Et que ferez-vous pendant ce temps ?

— Je me reposerai au sein de la nature charmeuse. Je lirai, je peindrai, je ferai des poésies, je me promènerai. J'assisterai à l'écoulement du temps.

— Et c'est tout ? Vous êtes tellement faite pour l'action... »

Une fois encore, Yi se sent démasquée. L'Empereur a bien compris son dessein : récupérer ce Junglu récalcitrant qui lui échappe comiquement, alors qu'elle s'attendait à ce qu'il se noie dans elle, la source dispensatrice de son apogée. Evidemment elle réussira. Et lui l'Empereur sera cocufié — crime des crimes. La clairvoyance du Saint Homme n'effraie pas Yi : elle le connaît aussi bien qu'il la connaît, et elle sait qu'au lieu d'éclater de fureur noire, il se régalera de ce cache-cache comme d'une blague juteuse. Voir Yi à l'œuvre, n'importe quelle œuvre, haute ou basse, c'est toujours pour lui une délectation.

Cette fois, c'est encore plus divertissant pour l'Empereur. Qu'elle soit obligée par ses calculs contrariés d'aller à la pêche de son ancien fiancé qui, pour prix de son entremise exorbitante, fait le fier-à-bras... Evidemment elle le ferrera avec son cul, cul-hameçon où il mordra. Le séjour au Palais s'annonce excellent. Lui dans les bras de ses gitons, elle dans ceux de Jung-lu, quelle moquerie savoureuse envers le Ciel... cela lui convient. Yi s'octroie par ses propres fesses la Garde Impériale tant convoitée...

Yi soupçonne-t-elle une arrière-pensée du Saint Homme ? Il s'agit là d'un adultère qui permettrait à Hieng-fong de se débarrasser d'elle méchamment si un jour l'envie lui en prenait, brandissant alors ce forfait horrible soigneusement tenu en réserve.

La Cour part pour le Palais d'Eté. Sur le canal se suivent les jonques auréolées d'or, emmenant tout le Ciel sur la Terre. Yi contemple la cavalcade protectrice des guerriers mandchous sur leurs petits chevaux impétueux qui caracolent sur les berges. Longuement elle regarde Jung-lu, cavalier martial. Il a une aisance attentive et lointaine, ses yeux courbés en arc voyant tout et ne voyant rien, comme s'il avait toujours été le Capitaine Suprême de la Horde d'Or veillant sur la divinité. Et le cœur de Yi s'émeut...

Une fois au Palais d'Eté, Hieng-fong s'enferme dans ses appartements sans jamais en sortir, de jour ou de nuit, comme s'il avait une gloutonnerie de ses mignons, comme s'il lui en fallait une ventrée sans fin.

De son côté Yi se cloître dans un petit pavillon charmant, à l'autre extrémité, juste au-dessus du lac. Là elle laisse couler plusieurs jours, de longues heures méditatives et alanguies, couchée dans son alcôve. Enfin, un matin, quand l'air chaud se pose sur les ondes en une vibration énervante, exacerbée et douce, quand le soleil, perçant l'entrelacs des saules, s'est arrêté respectueusement devant le seuil de sa demeure, elle prend une décision. Elle se retourne, elle soupire et son sang bouillonne. Elle fait appeler Ngan Te-hai :

« Envoyez votre émissaire le plus habile auprès de Jung-lu pour lui mander de venir auprès de moi discrètement. S'il le faut, qu'il dise que c'est un ordre. Que Jung-lu suive de loin le messager. »

Ngan Te-hai verdit douloureusement, comme un jaloux.

« Et si Jung-lu ne veut pas venir ?

— Il viendra. Par précaution, disposez autour de ce pavillon des eunuques invisibles qui surveilleront les approches. Car je ne dois jamais me fier complètement à Hieng-fong. »

C'est ainsi que Jung-lu est abordé par un castrat obséquieux qui murmure :

« La Concubine Impériale vous demande auprès d'elle. Elle a une mission à vous confier. Mais venez comme une ombre, en vous tenant à cinquante pas derrière moi, je vous conduirai. »

Jung-lu au reçu de cette convocation vacille et tremble. Il ne veut pas obéir, mais une force irrésistible l'entraîne. Tout en avançant, il ne sait pas s'il va devant une grâce ou une disgrâce. Peut-être que Yi veut se venger de son manque d'empressement. Peut-être que... ce n'est pas possible ! De toute façon c'est un sacrilège de se rendre ainsi auprès de la Mère de Dieu. Qu'importe... tous ses sentiments, toutes ses idées se combattent en lui. Il progresse d'un pas souple, à bonne distance de son guide, sans un tressaillement sur sa figure noblement allongée, à travers les charmilles, les bosquets, les vieux arbres, les portiques de triomphe, dans le jeu des ombres et du soleil. A travers le parc, il n'entrevoit aucune forme humaine, il n'entend aucun chuchotement de courtisans dans leurs commérages, aucun rire perlé de suivantes. Rien que le zéphyr dans les feuillages, les roucoulements des pigeons, le tintement des clochettes qui semblent ajouter à la solitude. Il ne peut distinguer les eunuques cachés à l'entour qui, tout acquis à Yi, sont ses vigiles protecteurs. Les mille yeux de leurs têtes montent une garde infaillible. Murs de ces regards voyant jusqu'à la moindre fourmi, murs infranchissables qui s'ouvrent pour lui. Il passe sans s'apercevoir de rien. Tout en avançant dans la tempête de son être, son visage est comme l'accalmie trompeuse au centre du typhon qui le broie. Il ne sait toujours pas s'il aime ou déteste Yi.

Dans son ignorance des manèges sournois de la Cour pourrie, aux courants souterrains qui parfois se colorent d'écumes sanglantes, les imaginations les plus folles lui viennent. Ainsi ne doute-t-il pas que Yi le fait venir au péril de sa propre vie. En revanche, il connaît la capacité de ruse de Yi, et sans s'apercevoir de la toile vibratile que tissent les castrats aux aguets, il la sait calculant tout, se comportant avec une sûreté infaillible dans ses audaces. Surtout, il ne peut concevoir les liens sordides qui unissent Yi et Hieng-fong sur le socle des vices.

Il continue son cheminement, un capharnaüm dans la tête. Car en plus, il a peur de Yi même. Ne pourrait-elle pas, dans la fureur de ses humeurs, offensée par ses froideurs, lui intimer l'ordre de se tuer devant elle, avec un cordonnet de soie ou des gouttes de poison ?

Pensées hagardes, contradictoires, combattantes, délire de pensées. Mais Jung-lu poursuit ses pas fermement, si beau dans la beauté des jardins, derrière la silhouette du guide, un fantôme conducteur. Désormais, il en est sûr, il est hanté d'amour frénétique, d'amour impatient. Et si Yi l'aimait... Eclair en lui. La prophétie du vieux devin de leurs fiançailles revient à sa mémoire, lui rendant son courage. Il va plus résolument que jamais de l'avant, peut-être vers le décès traître, peut-être vers la passion déchaînée, les deux seules solutions dignes de lui.

Il se trouve devant un pavillon ressemblant à un papillon. C'est là... Personne aux alentours. Jung-lu franchit le seuil entrebâillé où une écharpe de lumière est le seul barrage. Et ainsi il passe du jour brûlant à une pénombre bleuâtre, palpitant des couleurs du rêve que prennent les objets dans le manque de clarté. Il cherche à distinguer dans ce clair-obscur où les choses se diffusent étrangement, dans une odeur d'encens. Il aperçoit, sur une couche où l'on devine une forme, un éventail d'ivoire, à panneaux largement déployés, qui se balance régulièrement. De longs doigts le manient, dissimulant une tête dont il n'entrevoit que la masse des cheveux noirs. La main replie l'éventail, laisse apparaître le visage de Yi, qui n'a pas sa fierté impérieuse, mais qui est une enluminure douce où les yeux sont des perles noires enchâssées dans des sillons qui coulent malicieusement vers lui. Sur sa bouche un sourire qu'il ne connaît pas, d'une moquerie enjôleuse. Sa chevelure lourde est défaite, épingles retirées, et les fards violents sont enlevés de ses joues. D'un doux mouvement elle fait glisser la soierie qui la couvre.

Jung-lu reste interdit. Et même une répulsion vertueuse lui tord le cœur. Car, fantastique indécence en Chine, Yi, la Concubine Impériale, son ancienne fiancée, son amour retrouvé, est entièrement nue, la face négligemment appuyée sur un bras et les jambes écartées sur la vallée des roses qui a donné le jour au Fils du Ciel Futur. Ainsi, elle est juste ornée de senteurs et de quelques derniers bijoux. Un rire gentil fuse d'elle :

« Approchez, brave guerrier que je croyais sans peur. Me craindriez-vous ? Seriez-vous lâche ? »

Jung-lu avance précautionneusement vers elle, et s'apprête à se prosterner. Mais Yi ouvre les bras en murmurant de ses lèvres de miel :

« Viens auprès de moi, contre moi, c'est ma volonté. »

Jung-lu ose alors contempler plus longuement ce corps, une perfection de la chair dans laquelle se mêlent le consentement, l'attirance, l'appel, l'offrande, une merveille. Et ce regard d'intensité grave, et cette peau de grains lisses, et ces contours délicatement fermes, à peine ombrés. Alors Yi enlève les bracelets, les colliers qu'elle porte encore, et, les jetant, elle est elle-même la suprême parure de cette coulée de chair souple et douce.

Tous les scrupules se sont envolés de Jung-lu. Lui aussi n'est que rage de désir : sous le regard caressant et attentif de Yi, il arrache son harnois. Il est dépouillé, et son corps mince, nerveux et svelte projette en avant de lui un gourdin grossier, un membre gros, durci, gonflé, avide de sa propre vie, qui l'entraîne en avant pour s'engloutir. Le premier vrai membre que Yi voit, dans son horreur et sa splendeur, est d'une taille qui la fait frémir et s'exalter. Comment sa vallée des roses va-t-elle supporter cet engin terrifiant ? Mais comme elle s'offre ! Enfin Jung-lu se jette sur elle, l'embroche de sa massue, et elle ne se sent pas déchirée. Elle se sent emplie, bondée, pas lourdement, mais comme si elle était en proie à la fureur d'un assaut mouvant, où le bélier de chair se retire pour revenir encore plus vigoureusement. Elle, réduite à sa cavité fougueusement pleine, comme elle rit, de quels éclats transportés, de quelle joie diluvienne ! Mais elle ne sait même pas qu'elle rit. Elle, supérieure à Toutes Choses dans sa fragilité, est écrasée avec délices sous le poids énorme et dominateur qui la recouvre tout entière, celui de Jung-lu qui est comme un fauve étalé sur sa proie. Elle voit son visage pâle, forcené, traqué par lui-même, avec un masque de maniaque, ses yeux sombres encore obscurcis par les nuées du rut, ses lèvres minces encore amincies, comme si la chair et le sang s'en étaient retirés pour ne laisser que des lamelles intensément serrées. Et la fixité de son regard, qui semble ne rien voir, un creux de l'obsession. Plus de conscience de quoi que ce soit, seulement un acharnement froid, sans pensée, presque sans sensation, celle de la brute livrée à l'instinct primitif. Sait-il encore dans son déchaînement — lui qui l'avait approchée si timidement —

que c'est Yi, la fille du Ciel qu'il enfonce gloutonnement, qu'il poignarde encore et toujours, en une fornication sauvage qui devrait lui valoir, à lui, le supplice des supplices, celui des Mille Couteaux, celui de la Mort Lente ? Mais loin de s'apaiser, il s'exaspère encore plus en coups de boutoir, somnambule fou. Parfois son souffle siffle rauquement, et, d'une bouche vorace, il se met à haleter, à râler, à rugir en vociférations essoufflées, comme s'il les arrachait de sa gorge. Soudain, il tressaille et bondit avec un hurlement de mort. Pendant quelques secondes, il est une masse inerte sur elle. Et puis, dans une ivresse aveugle, il recommence sa chevauchée.

Yi la Très Haute, qui soumet tout, est là, soumise, irradiante de bonheur. Et même, quel art inné elle a pour se livrer encore plus au mâle. Quelle souplesse pour encore mieux s'agripper, se faire pénétrer, se laisser envelopper davantage. Elle ne commande pas, elle subit délicieusement. Ses yeux sont fermés, s'entrouvrant parfois pour contempler la poutre de chair dans son ventre. Elle s'arc-boute gracieusement, elle soulève ses jambes, ses bras sont des lianes qui enserrent son bourreau pour qu'il la broie. Ses cheveux traînent sur le sol, elle gémit à peine, ses dents mordent la luxure. Elle est intangible, ainsi suppliciée, sans fatigue, sans lassitude. Elle est intacte, immaculée, la pureté même, avec un liséré de sourire vierge sur la face. C'est enfin lui, Jung-lu, qui, après un gueulement plus effroyable que toutes ses vociférations précédentes, se détache d'elle comme un bloc vidé. Il gît à côté d'elle, presque cadavre, transi de sueur et de petits frémissements comateux, son superbe phallus retombé en un tas piteux, un lamentable sac de plis. Il est un arbre foudroyé réduit en cendres. Quelques minutes, il demeure telle une épave, épuisé, somnolent. Enfin Jung-lu revient lentement à lui, ses yeux retrouvent la vue. Il reconnaît Yi dans sa perfection, dans sa force conservée, qui se tient comme si, au lieu d'avoir été la victime de ses ébats fracassants, elle avait été sa conquérante.

Yi est assise sur elle-même, toujours nue mais souveraine, sans honte, et montrant même, en signe de victoire, dans l'écartement de ses jambes, une sorte de bouche qui a bien mangé. De son con ruisselant, coulent sur ses cuisses de longs fleuves de foutre. Ainsi maculée, elle dit à Jung-lu supérieurement :

« Vous m'avez bien servie. »

La conque humide s'épanouit glorieusement, comme si Jung-lu n'avait été que l'instrument, le fouloir et le défouloir de sa chair avide. Et dans sa bonté, un demi-sourire sur les lèvres, elle le louange :

« Vous êtes mon premier homme vrai, moi qui n'avais connu, dans le fond tendre et impétueux de moi-même, que la fourche dérisoire de l'Empereur. Pour cela je vous permets, moi si haute au-dessus de vous, de m'aimer. Je vous aimerai aussi, à ma manière. »

Jung-lu subjugué, désormais dominé par cette créature qui aurait dû être son humble femme, se voue à la Concubine Impériale, tout orgueil masculin éteint, et sans remords envers le Ciel offensé. Le passé subsiste, mais transfiguré, lui n'étant qu'allégeance à elle, amant mais aussi homme lige. Tout en se mettant à genoux devant celle qui est désormais sa maîtresse et son maître, il proclame son assujettissement :

« Maintenant, partout, pour tout, de tout mon pouvoir, celui que vous m'avez donné, je vous soutiendrai jusqu'à la mort. Moi et ma Garde Impériale sont à vous. »

Durant les semaines qui ont suivi, Yi et Jung-lu, toujours sous la garde d'un Ngan Te-hai faisant contre mauvaise fortune bon cœur, se sont livrés chaque jour à des accouplements prodigieux, lui martèlement inépuisable, elle puits insatiable. Elle, dans sa grâce, plus résistante que lui, étalon mandchou corroyant vainement sa chair. Mais peu à peu ils font des pauses quand la plénitude les prend, pour un moment alanguis dans un repos délectable. Elle en profite pour l'assouplir et le dompter encore davantage. Alors Yi dépeint à la naïveté de Jung-lu ce qu'est la Cour et ses hommes — ce ténébreux morceau de firmament plaqué sur la terre. Parfois elle s'y décrit frêle devant tous ses ennemis. Parfois elle fait la moue dubitative :

« Jung-lu, m'êtes-vous aussi attaché que vous le prétendez ?

— Comment en doutez-vous ?

— Jung-lu, vous êtes prêt à commettre sans hésitation aucune tout ce que je vous ordonnerai ?

— Oui.

— Même un crime, du moins ce qui serait un crime pour une autre que moi ?

— Oui.

— Même si je vous demandais de tuer l'Empereur ?

— Oui.

— Mes desseins sont immenses. Serez-vous totalement inflexible, totalement dévoué, aveugle d'obéissance et clairvoyant dans l'exécution pour m'aider à les atteindre ?

— Oui.

— Vous ne reculerez jamais devant ce qu'il vous faudra entreprendre pour moi, perpétrer parfois des choses sombres et noires ?

— Jamais.

— Vous ne me trahirez en aucune circonstance, vous ne serez jamais ébranlé par les promesses et les séductions, par les perfidies attirantes qui vous seront prodiguées pour vous retourner contre moi et m'abattre ?

— Je serai inébranlable.

— Parfois, il vous faudra peut-être faire semblant d'entrer dans le jeu de l'adversaire, mais pour mieux le surprendre et l'accabler. Ce sera toujours fait en connivence avec moi, qui vous enseignerai votre conduite. Alors soyez subtil.

— Je le serai.

— Souvent le cœur humain change, par ambition et égoïsme. Ne vous laisserez-vous pas tenter ? Serez-vous toujours, au milieu des joutes empoisonnées, mon roc inébranlable ?

— Oui. Je vous appartiens de toutes les fibres de mon être. Je vous aime d'un feu incandescent, Yi, désormais ma bien-aimée. »

Ce disant, Jung-lu a sa figure roide. Et Yi, alors rieuse, regarde l'homme qu'elle a si rapidement transformé en sa chose. Et une petite note grêle sort de sa gorge, moqueuse :

« Jung-lu, je ne supporterai jamais que vous ayez la moindre attirance pour une autre femme que moi. Là aussi, vous êtes tout à moi.

— Je n'en aurai jamais. Comment, alors que vous êtes toute ma vie, le pourrais-je ?

— Mais moi, qui sens en ma nature femelle la Sagesse Implacable qui sauvera l'Empire, je suis aussi autre — une créature capricieuse et perverse qui s'adonnera certainement, dans mon imagination et dans mon existence, à une sensualité effrénée et cruelle. En artiste, je rechercherai les nuances empoisonnées et sanglantes du plaisir. Pas avec vous, qui êtes un simple... Eh bien, je veux que vous ne soyez jamais jaloux. »

Jung-lu, les traits marqués tout d'abord d'une souffrance en quelques secondes réprimée, exhale :

« Vous êtes Yi, l'Unique. Tout vous est permis. Je ne serai pas jaloux.

— Telle est ma nature que les êtres qui servent à mes entreprises ou à mes plaisirs, ne me sont rien ; au contraire, j'aurais volontiers tendance à les supprimer dès qu'ils ne me seront plus utiles ou agréables. Mais vous, Jung-lu, vous êtes un privilégié : mon chien très chéri.

— Je suis votre chien.

— Alors léchez-moi de haut jusqu'en bas. »

Jung-lu à croupetons se met à la besogne luxurieuse et avilissante. De sa langue hors de sa bouche, gonflée, il lape longuement Yi dépouillée. Il répand sur elle sa salive, comme s'il la couvrait du vernis de son allégeance. La tête tassée contre sa chair, il la cire tout entière, à grands traits, commençant par les cheveux et continuant sur tout le corps. Il laque sa peau qu'il a tant écrasée, et qui cependant ne porte pas trace de lui. Léchage qui est à la fois épandage et baiser, qui embrasse tout ce qu'il connaît si bien, ces traits si fins, ces yeux noirs de lumière, ce cou élancé, les petits mamelons sur la poitrine si joliment plate, le clitoris, l'ouverture du con et l'ouverture du cul, jusqu'à ce qu'il arrive aux ongles des pieds. Lui, accroupi, léchant šans arrêt, elle allongée en une quiétude satisfaite, recevant l'hommage. Fluorescence blanche qui se tourne parfois, pour présenter un côté ou l'autre, celui de la poitrine ou celui des fesses. Parfois elle donne une indication :

« Mordez-moi là, sous le bras, pour que je porte le sceau de votre soumission. »

Enfin, nimbée dans ce liquide salivaire, elle dit à Jung-lu :

« Vous serez toujours pour moi mon compagnon, mon bras, mon épée, le seul être vraiment important de ma vie. Je vous le jure. »

Et lui, sa tâche épuisée, murmure :

« J'ai construit un rempart autour de vous. Et aucun ennemi ne le franchira, car je serai toujours sur les créneaux de votre peau pour le repousser. »

Yi alors l'éprouve davantage :

« A vrai dire, pour ces coups de peinture, pour ces pinceaux de caresses, vous ne valez pas Ngan Te-hai. Mais il lui manque, le pauvre, ce glaive de chair si puissant chez vous... ce qui le rend plus habile au toucher.

— Ngan Te-hai, cet eunuque abject...

— Oui, Ngan Te-hai. Il m'a arrachée au temps dévorant. Il m'a révélé les délices des effleurements avant que vous soyez le forgeron des profondeurs. Il n'est pas méprisable. Et puis sachez-le bien, quoi que je fasse, quoi que je dise : vous ne devez me montrer aucune aspérité de colère, même pas le moindre nuage de mécontentement. Vous n'avez pas à juger ma personne sacrée. Obéissez, ne me parlez, ne me portez conseil que si je daigne vous le permettre. »

Et puis elle s'adoucit :

« Ngan Te-hai et vous, Jung-lu, vous vous complétez très bien pour mes desseins. Il est l'araignée qui tisse autour de moi le voile des secrets, les miens, ceux des autres, épiant tout et me révélant tout. De plus, il est ma nuit armée. Mais je me borne à l'apprécier, parfois avec nausée. Vous, vous êtes le glaive bénéfique de ma chair et de ma vie, le seul homme à qui je sois liée de toute éternité, depuis mon enfance jusqu'à l'inévitable trépas, même si je suis maintenant votre Souveraine. Nous traverserons ensemble les orages de la destinée, vous tout à moi et moi un peu à vous. »

Enlacements. Le marteau de Jung-lu cogne sur Yi tout à la fois violée et vierge, dans le lac des semences et le majestueux écoulement du sperme. Leurs corps s'accolent et se combattent dans les positions où elle est soulevée, renversée, retournée, avec au centre des tourbillons de son être comme son temple, cette fente écumée, dégorgeante.

Ngan Te-hai toujours proche, le sphinx soumis qui n'exprime rien, a fourni à Yi une poudre efficace contre les gonflements du ventre. Ngan Te-hai bien dressé. Et Jung-lu aussi désormais... Donc le ventre de Yi qui reste creux, un creux où se cache, sous les coups et les inondations lascives, le Ciel qui dominera la Chine bientôt, très bientôt. Tout ce temps, l'esprit de Yi est clair, sa trame enfin prête, pour prendre l'Empire.

Yi chaque jour va ausculter Hieng-fong. Lui aussi, dans son palais, est dans une folie de luxure. Le temps oublié... La mêlée des éphèbes sans cesse confondus dans les rires, les jeux obscènes, leurs phallus comme les piliers de la mort de Hieng-fong. L'alcool, la luxure, sont une obscurité qui monte, une inconscience dans le paroxysme, plus de vrai sommeil, plus de vrai réveil, une léthargie fébrile, ponctuée de rires frais et sinistres.

Chaque jour, une fois gorgée de foutre mais immaculée, Yi redevient l'âme qui va habiter Hieng-fong quelques instants. Elle le scrute... Il n'est même plus le lézard à museau, ses écailles tombent de lui comme si elles ne s'accrochaient plus à sa chair expirante, ses yeux sont obscurcis par une fin approchante, les plis du trépas cernent le boudiné affreux qu'est devenue sa face parfois vivace auparavant. Il gît, sautant et tressautant parfois à quelque incongruité de ses mignons qui le fait sortir de son inexistence. Et pourtant ce n'est pas l'agonie... Quand Yi arrive auprès de sa couche, elle se trouve seule, toute la troupe des gitons s'étant massée de l'autre côté comme une armée qui la défie. Vain défi. Pour elle, Hieng-fong arrive à ouvrir les yeux et à retrouver une éloquence moqueuse. Tiré de son impuissance, il crie :

« Approchez, mon âme. Je me porte bien. Je suis heureux. Mon âme, mon âme que j'aime... Vous venez me jauger ? Vous me faites du bien. Ce que vous épiez, c'est si la mort vient, s'approche de moi, va s'emparer de moi, pour que sur mon dernier soupir vous construisiez votre toute-puissance. Avec votre corps, vous avez levé une armée. Au centre l'enfant divin que vous avez arraché à ma divinité ; et puis Ngan Te-hai, et puis Jung-lu sous votre joug total. Vous êtes belle, vous êtes forte. Vos plaisirs ne sont pas votre dévastation, mais votre forteresse. Ah ! ah ! ah !

« Mais vous vous trompez, ma jolie, le trépas n'est

pas près d'enlever ma déplorable carcasse. Vous aurez à attendre longtemps, très longtemps. Et puis qui sait ce qui arrivera ? Je suis l'Empereur qui vous adore, mais pas le charnier sur lequel vous comptez vous ébattre au nom de votre fils, avec vos eunuques et vos soldats. Je suis le Fils du Ciel et je détiens le Sceau de l'Autorité Sacrée. Ah ! ah ! ah !... Et si un jour je prenais un décret contre vous, adultère et traîtresse ? »

Yi sait qu'il ne le fera pas. Elle est sans crainte. Mais les semaines de l'été orgiaque s'enfuient dans le rougeoiement des feuilles. La Cour retourne à la Cité Interdite, au sanctuaire des rites et des cérémonies, à la sévérité du Sacré. Et là, chaque soir, un Hieng-fong décrépit et ratatiné, terne, toujours vivant, retrouve Yi dans la Chambre du Repos Sacré. Souvent, il est maussade et silencieux, se rencognant en lui-même, sans saillie, sans raillerie, sans cruauté, morne.

Un soir qu'ils ont tristement bu ensemble, Yi lui dit maternellement :

« Je suis toujours votre âme. Mais pour le moment, vous n'avez plus besoin d'elle. Vos cauchemars se sont usés, votre misère aussi, et, pour votre mal à vivre, vos éphèbes vous suffisent... »

Elle glisse ce conseil insinuant :

« Profitez d'eux le plus possible. Pourquoi restez-vous enfermé avec moi en cette Cité Violette chaque nuit, moi votre âme qui ne suis plus présentement besoin et consolation pour vous ? Rompez avec la tradition millénaire, vous qui méprisez la tradition, pour en faire à votre plaisir. Aménagez-vous dans le parc, hors de l'enceinte sacrée, quelque pavillon où vous pourrez garder autour de vous, aux heures nocturnes, vos chéris si précieux.

— Je ne suis pas accablé comme jadis, mais au fond je ne suis pas plus heureux. Comme si j'étais entré dans un néant insipide, où mes gitons me suffisent avec leur excitation illusoire. Pourtant votre conseil est bon.

« Yi, vous seule pouvez me donner parfois le frisson ! Vous êtes mon bien et mon mal — bien et mal qui sont les seules étincelles de ma nullité, je vois vos desseins cachés, et alors je revis, je m'amuse. Ainsi votre avis est judicieux et pourtant je sais que vos intentions sont mauvaises. Car vous espérez qu'avec mes gitons je flotterai dans le clair-obscur du temps indéfinissable, sans que le jour et la nuit soient tranchés, m'adonnant aux débauches ininterrompues qui abrégeront ma vie. Ce sera, dans cette saturation crapuleuse, comme si je n'existais plus, avec, pour seul balancier du temps, la cérémonie de l'aube à laquelle je ne peux me soustraire. En fait, en la grisaille veule où j'aboutirai dans le pavillon des plaisirs incessants, où j'aurai tari mes désespoirs et même mes luxures, je ne renaîtrai que lorsque mon âme rejoindra mon pauvre corps. C'est-à-dire lorsque vous viendrez au sein de mes dépravations vers l'heure du Coq, pour me ressusciter le temps de votre présence. J'ai encore besoin de vous. »

A ce moment Hieng-fong rit :

« Votre plan est bien conçu, mais vous serez déçue. Car n'étant plus rien, je vivrai longtemps. D'ailleurs c'est tout ce qui me reste dans mon indifférence à tout, le désir de durer... »

Peu après, Hieng-fong et ses chérubins s'installent dans une grande résidence aux toits ocre, en haut d'une colline où elle semble une bague au-dessus d'un jardin. Chaque jour, Yi se rend au sein des lascivités qui s'interrompent pour elle, afin de saluer et d'examiner Hieng-fong devant qui elle se prosterne. Dans sa retraite lubrique, il se porte mieux. Après avoir fait signe à ses mignons de s'écarter, il soupire à Yi :

« Ah ! mon âme... Je mène ici une existence monacale, récitant mes litanies dont les stances sont les nœuds de mes gitons. Je ne suis plus, le temps n'est plus, mais, dans ce repos, j'ai à peu près résolu mon problème de vivre. La luxure tue les agitations humaines du Céleste Empire qui ne parviennent pas jusqu'à moi. Je suis dans un rêve monotone. Partez, ne me réveillez pas trop. »

Yi apprend qu'un matin Hieng-fong est tombé en catalepsie.

Avant d'aller auprès de lui, elle donne les ordres nécessaires : que les eunuques armés se groupent dans la Cité Violette, et que la Garde Impériale occupe toutes les murailles. Ngan Te-hai, comme Jung-lu, disent :

« Cela sera fait. »

Alors, elle accourt auprès de l'Empereur sur sa couche. Il est rigidifié, ratatiné dans une raideur fibreuse, son corps est un arbuste et ses membres des branchailles pétrifiées par l'hiver. Il sort de lui un souffle à peine audible, qui semble devoir être chaque fois le dernier. Il est séparé du monde, ne voyant rien, ne ressentant rien, les yeux clos, les chairs et les os comme du bois. Yi mêle, au chœur déchirant des mignons désespérés, son ululant lamento de femme.

Ecroulée sur le chevet, elle est belle ! D'une beauté tragique noyée dans la fontaine des larmes coulant de ses yeux chavirés. Larmes funèbres qui sont peut-être larmes de joie. Elle reste ainsi toujours prostrée et toujours hurlante, attendant le dernier soupir qui lui donnera l'Empire. Mais le râle si faible ne s'arrête pas et même, au bout de quelques heures, ce Hieng-fong presque cadavérique se met à bouger, dans l'inconscience. D'abord une main dénoue ses doigts repliés sur sa paume. Et puis il s'anime d'un pied, d'un bras, d'une grimace de la figure. Enfin, un œil revenu de quelque au-delà s'ouvre à la vie, la bouche tâche de prononcer un mot, et n'y arrive pas, car si un coin des lèvres se tortille, l'autre reste désespérément figé. On sent que Hieng-fong fait un effort terrible pour parler, mais vainement, avec un tressaillement d'un côté, avec une pétrification de l'autre.

En effet, son corps, d'une extrémité à l'autre, est partagé en deux. Si un flanc renaît rapidement, l'autre reste mort, insensible, d'une couleur noirâtre. Sa résurrection n'a porté que sur le côté gauche, tout le côté droit demeure une matière inerte. Ainsi, n'étant qu'une moitié de lui-même, coupé en toute sa longueur, malgré son désir forcené d'exister complètement, il demeure incapable de représenter autre chose que les faces contradictoires de la vie et de la mort.

Cependant, avec le temps, se démenant furieusement pour se retrouver, il fait quelques progrès sur la dualité qui le scie. Il parvient enfin, après s'être âprement débattu en sa gorge avec sa langue, son palais et sa salive, à les faire obéir. Alors, dans un élan prodigieux de tout son être, il bégaie :

« Je veux vivre. »

Continuant à s'acharner sur lui-même, sur chacun de ses organes, pour que la lumière triomphe de la nuit, il émerge peu à peu des Fontaines Jaunes. Les jours suivants, il redresse son tronc, il élève son cou, dardant une tête effroyable, toute noire d'un côté, nue de l'autre, trop nue, comme si les squames de sa peau étaient des insectes qui l'avaient abandonné à sa fin inévitable. Cependant Hieng-fong, dans la bataille affreuse qu'il se livre, plante de plus en plus abondamment dans son corps les étendards du succès. Pendant que l'Empereur échappe à l'étreinte mortelle, Yi demeure là, ses plaintes se transformant en glapissements de joie. Elle chante ses péans, toute seule d'un côté du lit où l'Empereur combat glorieusement. Les mignons sont encore groupés de l'autre, aussi haineusement.

Enfin la maladie se détache de Hieng-fong. Et arrive le jour glorieux où il sort de son lit, s'appuyant sur des épaules et des béquilles. Minable soleil qui est à peine un croûton astral, mangé aux vers, mais vivant. Son orbite se réduit à quelques pas chancelants et misérables de mendiant aux habits d'or.

Hieng-fong n'est même plus un lézard, juste une mouche abîmée, aux ailes arrachées, aux pattes loqueteuses, sur lesquelles il sautille. Sa pauvre tête ballottante s'est encore amenuisée, son museau n'est plus qu'une simple trompe d'insecte. Son corps s'est tordu en un rachitisme voûté d'un côté, grotte de côtes défoncées, en sorte qu'il semble toujours sur le point de tomber. Il se débat, il tremblote, et cependant il arrive à marcher un peu, boitant sur ses jambes rongées, dont il ne reste plus guère que des genoux semblables à des goitres. Enfin triomphalement il retourne sur sa couche.

Yi, qui s'était un moment crue la veuve triomphante, la régente du Ciel au nom de son Fils, avorton du trône, étouffe l'espoir fou qu'elle avait eu. Discrètement, elle donne l'ordre à Ngan Te-hai et à Jung-lu de disperser eunuques et gardes impériaux en armes, garants de son apothéose contre toutes les intrigues, après la mort de Hieng-fong. L'Empereur n'est pas dupe de Yi qui s'est trop découverte... Il pourrait la punir. Au contraire, c'est avec beaucoup d'amabilité qu'il s'adresse à elle, qui cache sa peur et sa déception.

« Ma pauvre Yi, je vous plains. Je suis désolé d'avoir survécu contre votre espoir légitime. Je vous hais et vous me haïssez. Mais il existe entre nous un enchaînement inexprimable. Il se peut que dans ma faiblesse, je me sois accroché à vous à cause de votre force bestiale. Je devrais vous châtier très sévèrement. Au contraire, je vais vous faire le cadeau qui fera cracher feu et flammes à votre cœur, ce volcan. Je vous donne l'Empire Céleste à gouverner. »

Malgré elle le visage de Yi a tremblé imperceptiblement de passion ; l'Empereur poursuit :

« Un grand remords m'est venu. Quand je me débattais si âprement pour moi-même, je me suis fait le serment de restaurer la Chine Eternelle que j'ai laissée tomber en lambeaux dans ma dérision de tout. Maintenant que je suis sauvé, il me faut recoller les morceaux du Céleste Empire en sa grandeur. Tâche immense avec ces rébellions terribles, ces hordes sauvages, cet esprit du mal qui souffle en tempête sur mes sujets révoltés. Mais je reste un corps estropié à mignons ; inapte à cette tâche. Mes ministres et mes mandarins sont incapables. Alors j'ai pensé à vous, Yi. Oui, vous savez gouverner, vos lèvres menues donneront des ordres implacables, vos mains fines signeront des édits inexorables, à moins que vous ne recouriez aux mots et aux caractères qui dupent, trompent, sèment les illusions jusqu'à l'heure longuement préparée et enfin arrivée de l'Expiation et de la Vengeance. Car vous ne pardonnez rien. »

Yi répond de la voix âcre et rauque du délire contenu :

« Vous me recommandez la Sagesse, qui vous répugne tant.

— Pour me complaire, moi le contempteur de tout, vous faisiez semblant de la mépriser... Mais j'ai toujours su que la Sagesse habite votre orgueil suprême, qui est l'orgueil de la Chine Céleste, l'orgueil du Grand Chariot. Vous l'aimez... Et pour refaire l'Harmonie Suprême grâce aux raisonnements justes qui permettent tous les moyens, vous allez pouvoir vous livrer à vos instincts de ruse, de cruauté, de mensonge et de sang, sur toute la surface de l'Empire. Votre petite main dispensera tromperies et massacres sur des millions, des centaines de millions d'hommes.

« Oui, je vois votre œuvre. Oui, je vois que tout autour des enceintes successives de la Cité Interdite, vous allez en élever une autre, plus brillante et d'une blancheur insoutenable. Elle ne sera faite que de crânes de morts évidés de toute chair, seulement os polis, os récurés et luisants, rangés en un ordre parfait, comme des melons, couche sur couche. Tous seront sculptés de sourires béats, grâce aux trous et aux reliefs du faciès, grâce aux cavités des yeux, grâce au contrepoint mince du cartilage du nez, grâce au remblai des dentures. Tous souriront de leur mort par vous arrangée. Ces crânes seront entassés pour faire de vrais remparts, s'écartant en trois endroits pour laisser place à des portails gardés par des squelettes entiers. Au-dessus de ces portails flotteront les bannières faites de crânes plus tendres, de crânes d'enfants mignons. Et vous bien vivante, dans votre jeunesse et votre beauté, vous m'offrirez votre ouvrage respectueusement, en vous prosternant devant moi pour dire : « Grand Dragon, je vous ai ramené la Grande « Paix. »

Alors radieuse, sortant des griffes de ses yeux, de ses mains, de ses pensées, Yi s'écrie :

« Pour vous, je ferai tuer de telles quantités d'hommes que leurs crânes assemblés monteront jusqu'au Grand Chariot qu'ils ont profané. Je purgerai l'Empire Céleste de toutes les révoltes effrayantes qui éclatent comme si l'ordre éternel des choses avait été aboli par une démence de vos sujets, comme si les éléments noirs s'étaient déchaînés sur la Chine, l'avaient prise pour le chantier de la malédiction. Oui, je vais faire de la Chine souillée un champ de torture et d'extermination, jusqu'à ce qu'elle retrouve son éternelle Sainteté.

« Mais ces massacres, je les remettrai à plus tard, car une tâche plus urgente et plus impérative m'attend d'abord, même si elle ne porte que sur une petite quantité de chair à saigner et à pourfendre, mais cette chair est la plus exécrable et la plus vénéneuse. »

Hieng-fong est tout au délice de contempler la vraie Yi, la déesse charmante de la mort, dans sa rage froidement dominée qui ne marque pas son visage de beauté. Il lui sourit :

« Yi, vous êtes pour moi la colombe aux ailes blanches. Agissez selon votre cœur vertueux. »

Cependant la ligne de la détermination se dessine comme un mince trait de pinceau au-dessus des yeux de Yi qui soudain flamboie :

« La haine des haines, l'exécration extrême, qui depuis longtemps me dévore l'âme et le corps, bout en moi. Ce chaudron sulfureux, c'est ma haine contre les Barbares de la Mer, venus des extrémités lointaines et inconnues de la terre et qui, loin de révérer humblement l'Empire Céleste, malgré leur petit nombre, veulent l'anéantir dans les fondements de sa nature divine. Barbares ignobles, Barbares au long nez, Chiens puants, acharnés à remplir notre Ciel d'un esclave sur une croix que tous devraient adorer. Barbares à la concupiscence, à la cupidité, à l'imbécillité frénétiques, enragés à détruire l'Harmonie Suprême pour la remplacer par la pourriture des êtres et des choses. Bêtes dévorantes et odieuses qui veulent se répandre dans tout l'Empire et corrompre les multitudes soumises au Dragon par les jouissances les plus perverses, les plus basses, les plus matérielles. Ils exigent de nous les traités du sacrilège. Moi, au lieu de lâchement leur céder, j'ai le dessein résolu de les ramener à leur néant, eux qui, jusqu'à présent, grâce à leurs machines infernales, nous ont infligé tant de défaites. Les larmes me montent aux yeux. Oui, il me faut leur sang, leurs carcasses torturées, leurs boyaux arrachés, leurs gémissements et leurs supplications vaines qui seront une douce musique à mes oreilles.

— Faites attention ! Que deviendrai-je si vous échouez ? Tout autant que vous, je désire que ces Barbares soient saignés et coupés en petits morceaux — j'en mangerais moi-même avec délices. Mais ces Chiens sont redoutables, ce sont des chiens pestiférés ayant infligé des morsures mortelles à tous nos malheureux héros qui ont essayé de résister à leur appétit vorace. Ils ont souvent l'humeur mauvaise. Yi, votre fureur si belle m'inquiète. Jusqu'à présent, ils ont commis leurs forfaits atroces sur les côtes lointaines du sud, loin de moi. Mais si vous allumez leur bile, ils peuvent très bien envoyer leurs troupes jusqu'ici, pour s'emparer de Pékin, de ma Ville Interdite et du Sanctuaire qui est la Colonne de l'Empire. Et toute ma petite existence, où je suis arrivé, grâce à vous, à me complaire, en serait détruite. Certes, depuis quelque temps, j'accepte de croire que je suis le Ciel Immense de Tout Ce Qui Est, mais je suis surtout le petit ciel qui se réduit à moi-même, c'est le plus précieux. Je ne veux pas d'ennuis. Même pas courir le risque d'avoir des ennuis.

— Ne craignez rien. Ces monstres marins, je les amadouerai. Et quand ils seront cajolés et rassurés, j'en ferai un charnier où leurs cadavres pueront délicieusement. »

Hieng-fong n'est pas convaincu. Sa laideur se hérisse des pointes de la peur :

« Combien de sages ont, avant vous, tenu ces propos. Ils ont tous provoqué des désastres. Rappelez-vous le sort des agglomérations grouillantes des rivages méridionaux, celles de la Rivière des Perles et de l'embouchure du Yang-tseu-kiang ! »

Souvenirs affreux. Lassés des ruses de la Sagesse, des rites de la politesse qui ne mènent à rien, de la mauvaise foi embrouillée en labyrinthe, du sourire précieux qui est l'épée de la résistance, les Barbares s'étaient déchaînés. Ils avaient foudroyé de leurs canons les cités portuaires en bois et en boue, les murailles, les faîtes des temples dorés, les yamens somptueux aussi bien que les croûtes pustuleuses des cabanes des pauvres. Après que se fut dissipée la fumée des salves des escadres, il ne restait plus, de ce qui avait été une fourmilière, qu'un dépotoir dégoûtant de morts. L'héroïsme des officiers et des soldats mongols, somptueusement chamarrés, avait été vain. Ils avaient défié les Blancs en agitant des pavillons jaunes et rouges, vieille pratique qui avait fait ses preuves, pour faire peur et se donner du courage. Ils avaient combattu avec des arcs et des mousquets de sept pieds et demi de long, exigeant une fourche pour porter la lourde pétoire et une main pour allumer la mèche. Et quand ces preux avaient constaté qu'ils étaient abandonnés du Ciel, par centaines, avec leurs femmes et leurs enfants ils s'étaient pendus au-dessus des restes de la ville incendiée. Puanteur. Décombres où arrivaient les vautours pour charogner et aussi les rapaces humains descendus de leurs navires pour tuer encore, prendre et piller. Tel avait été le sort de tant de si belles villes.

Alors Yi, dans cette souvenance humiliante, crispe son visage et ose crier à l'Empereur :

« Moi, mieux que tous, j'appliquerai envers ces Bêtes l'art du Sage Gouvernement, les mille arguties, les dix mille tromperies et les cent mille incompréhensions, cette ressource si précieuse de ne pas savoir comprendre. »

Et encore plus forcenée, elle hurle de toute sa violence :

« Ce que je souhaite, c'est ce que vous craignez. Que les Barbares se décident à monter vers le Nord pour porter le coup décisif contre Pékin, contre l'Empereur du Ciel. Alors, je les anéantirai. Ils seront bien obligés de quitter leurs vaisseaux et de s'enfoncer sur les terres de Chine comme de simples hommes. Et moi, sur les étendues qu'ils parcourront péniblement, je créerai pour eux la grande inquiétude et l'épouvante. Ils ressentiront dans leur chair les griffes de la Chine. Quand ils seront épuisés et découragés par l'horreur que je dresserai devant eux, tout près d'ici, dans la proximité même des Sanctuaires à venger, je lâcherai sur eux les

Tigres Innombrables et les Cent Mille Centaures qui les déchireront et les écraseront en une boue fétide, en un épandage béni de leurs os brisés et de leurs chairs broyées. Rien ne restera d'eux, à part quelques chefs que nous garderons en vie pour le plaisir de nos yeux et les réjouissances de nos âmes, afin de les voir supplicier sur la place du Tienamen, devant la Grande Porte de la Cité Interdite, où nous nous tiendrons dans notre grandeur.

« Une fois les Barbares, maudits d'entre les maudits, effacés de l'Empire Céleste, il nous sera aisé d'anéantir nos propres sujets révoltés, de faire de leurs crânes ces montagnes dont vous rêviez. Alors la Chine sera plus sainte que jamais sous le regard des étoiles bénéfiques, et vous Hieng-fong vous serez un Grand Empereur dans les annales de notre histoire millénaire. »

Mais où est ce Hieng-fong, qui, même dans la nuit de sa neurasthénie, avait une nature bizarre et redoutable ? Maintenant, il est comme un simple déchet tenu en laisse par Yi. Yi qui par sa volonté a annihilé la sienne, en a fait sa pauvre chose. Ce qui reste de lui, ce nain distordu, est en pleine déroute devant les périls qu'il pressent dans le plan présomptueux de Yi. Finalement, n'ayant plus la force d'objecter, il bredouille en toute soumission :

« Vous avez raison. Crevons l'abcès purulent de ces Barbares qui s'étend sur la Chine. Qu'il en soit fait comme vous le désirez. Mais évitez-moi, je vous en supplie, les tracas... »

*

Le triomphe de Yi se révèle le lendemain à la Chine au cours de la cérémonie de l'aube. Car sur le plateau où est posé le trône, dominant les corps jonchés des dignitaires, a été placé un paravent sculpté de bois noir. Qui ne sait que derrière cet écran, invisible, entendant tout, voyant tout grâce à des fentes dissimulées, se tient Yi dans toute sa vigilance ? A quelques mètres seulement de Hieng-fong siégeant, en fait se morfondant, plus déchu que jamais, presque paralytique. Il n'est même plus le souverain volontairement dérisoire d'antan, à la tête momifiée d'un côté et bouffonnante de l'autre, cuit et recuit dans les vices, lâchant parfois quelque phrase grotesque un peu menaçante. Maintenant, il n'est rien.

Cependant les hauts personnages accroupis prennent tour à tour la parole sur les matières concernant l'Empire. Ce ne sont, dans leurs bouches, que louanges, hyperboles, nouvelles excellentes. Car, devant l'Empereur, toute vérité est impie et doit être exprimée, surtout si elle est mauvaise, en termes d'apothéose. Rien de fâcheux, aucune calamité ou malheur ne doit atteindre les oreilles du Fils du Ciel — car cela pourrait signifier que le Ciel le délaisse. Sacrilège. Mais ce langage emphatique est aussitôt, dans le secret des cervelles, interprété par tous, ramené à la réalité des faits pernicieux et désastreux. Yi est ainsi avertie de tous les maux de l'Empire.

Dès que Hieng-fong retourne à ses mignons, Yi va s'allonger sur un divan de la salle des Bons Génies. Et là elle se met à gouverner...

Elle semble reposer au milieu d'objets merveilleux, mutilés ou magnifiés dans le symbolisme de l'effrayant et de l'exquis, qui est le sien. Elle est façonnée et refaçonnée à force de soins. Apparition à peine terrestre, harmonie céleste, trop divine pour n'être pas dangereuse pour les êtres humains, vice-rois, mandarins civils et militaires agenouillés et auxquels elle donne des ordres, en se servant de toutes les nuances de son visage et de sa voix pour exprimer sa volonté. La Chine, c'est Elle, encore simple concubine.

Un seul homme est dispensé des marques humiliantes de la vénération. Un superbe Mandchou à la taille mince et au buste fort, le corps fièrement charpenté surmonté d'une tête régulière, le nez sculpté en un saillant crochu, un nez d'aigle. Le regard est d'un sombre bleuté, les yeux à peine bridés. Il a la majesté des mots et des gestes, avec infiniment de politesse, pas la politesse chinoise qui est miel et poison, mais celle d'un chef de quelque horde d'or. C'est le prince Kung, le propre frère de Hieng-fong si disgracié et anémié. Le génie de Yi a été, sans lui donner son corps en pâture, de s'en faire un allié grâce aux sentiments les plus nobles. Lui, conquis par l'éclair qu'est cette femme, elle, se servant de la fière expérience de ce Prince, tous deux unis par la passion de la Grandeur de la Chine.

Yi, forte de tous les appuis qu'elle a conquis, se donne à sa tâche d'exterminer les Barbares. Ainsi qu'elle l'a dit, elle se sert envers eux « des mille arguties, des dix mille tromperies et des cent mille incompréhensions » avec une Sagesse si parfaite qu'ils en deviennent fous. A cause de cela, les conquérants aux poils roux et les conquérants aux poils bruns décident de lancer deux colonnes de fer et de feu dans la grande plaine du Nord lointain, pour concasser le Trône du Dragon. Deux cent cinquante navires transportent les vingt mille soldats qui doivent s'enfoncer dans les terres pour détruire la Chine et ses sanctuaires célestes.

Quand l'annonce de l'expédition lui parvient, alors que beaucoup de dignitaires tremblent et pâlissent, Yi, au contraire, au sommet de l'exaltation heureuse, hurle :

« C'est ma guerre. Celle que j'ai tant voulue et où, sur les lieux les plus saints, je vais sacrifier les Barbares les plus répugnants aux mânes de la Dynastie. »

Forçant Hieng-fong, peureux et hésitant, à appliquer le Sceau de l'Autorité Sacrée sur le parchemin glorieux, elle lui fait prononcer contre les Barbares la Grande Sentence Noire :

« Ma colère va s'abattre sur ces lâches et les consumer sans pitié. J'ordonne à tous mes sujets de les traquer comme des animaux malfaisants. Que la population évacue les villages dont ils s'approcheront, en ayant soin de détruire toutes les provisions dont ils pourraient se nourrir. Ainsi, cette race dévorée par la faim périra comme les poissons d'un étang mis à sec. »

Yi a préparé l'horreur de la Chine avant la mise à mort des Barbares. Mais la nuit suivante, elle a rêvé d'un papillon des ténèbres aux gros yeux globuleux de mort, qui voltige autour de sa jolie figure comme autour d'un crâne dégoulinant. C'est un signe très funeste... Pourtant, à son réveil, Yi rit, chassant ces phantasmes nocturnes. C'est qu'elle a le pressentiment mystérieux qu'elle ne périra pas, que même en cas de défaite, elle triomphera.

SECONDE PARTIE

Les Chiens avaient cette fois débarqué sur le rivage même du golfe du Petchili, une putréfaction informe de brouillards adipeux, de fange grasse et de saumure maritime. Aucun élément solide, une mélasse effrayante où l'on se perd : la Chine. Là, quittant les eaux qu'ils avaient écumées, Français et Anglais avaient avancé jusqu'au sol de la Grande Plaine, à l'intérieur du Céleste Empire afin de s'emparer de Pékin. Mais dès le début de leur marche, ils furent en proie à une étrange appréhension, une sorte d'angoisse, celle de quelque profanation. C'était une peur superstitieuse qui les prenait à l'idée de s'approcher de la Clef du Ciel : la Cité Sainte, la Cité Noire et Pourpre, la Cité Interdite. Les Barbares allaient vers elle comme vers quelque « terra incognita », pleine de dangers vrais et imaginaires.

Cependant, les belles troupes en tenue de drap, boutons astiqués et cols boutonnés, progressaient en superbe ordonnance, selon les règlements, selon les principes savants de la stratégie et de la tactique. Ces galants officiers, ces troufions disciplinés étaient prêts à l'assaut, à la charge au clairon, aux feux de peloton, aux feux de salves, aux beaux combats.

Mais il n'y avait personne contre qui guerroyer,

pas d'ennemis visibles, pas d'humanité visible sur toute cette platitude. Rien que le sens obsédant du danger de l'Asie et de son mystère inconnu. Partout la terre brûlée et le vide funèbre. A l'infini, sur cet espace qui avait été une fourmilière d'hommes et de choses, rien qu'un cimetière de destructions : cendres, débris, carcasses de ce qui avait été les colonnes de laque rouge des palais et le pisé des huttes, petites bulles faites du sol, aussi dénudées que le sol. De tout cela, rien n'existait plus. La glèbe elle-même si désolée l'hiver, mais qui à chaque printemps faste est vernissée du vert tendre des moissons de la fertilité, n'était qu'une couche calcinée, noirâtre, tragique, laissée par la végétation flambée, où des tiges mal rôties dressaient un hérissement dérisoire. Au loin, pas très loin, en avant, à une distance pourtant toujours semblable, car toujours mesurée exactement sur l'avance des Barbares, sans que cela cessât jamais, de jour et de nuit, dans les crépuscules et les aurores, l'horizon était un mur de flammes, en bas duquel tout n'était que tisons, incandescence de sang rouge, et au-dessus duquel tout n'était que grosses fumées de disparition du monde. Terrible splendeur d'une gigantesque fournaise enveloppée des résidus sombres des objets consumés qui s'envolaient en petits morceaux, en minuscules dépouilles se roidissant. Toujours le vent apportant aux Barbares l'odeur âcre de cet incendie, semblable à un soleil cassé de la fin des temps. Ne demeuraient intacts, dans la crémation voulue de Tout Ce Qui Est, que les Symboles mêmes du Céleste Empire : les gigantesques Génies et Animaux de pierre qu'on trouve, en rangées ou solitaires, énigmatiques dans leur lourdeur solennelle, nés non pas d'une ressemblance aux êtres de ce monde, mais tirés des profondeurs de l'Imagination surnaturelle, des rêves où la Beauté est aussi Cauchemar. Au milieu de l'anéantissement ils restent intacts avec leurs Livres de la Sagesse, leurs ailes de lions volants à moitié déployées, leurs griffes comme des dents plantées au bout des pattes largement étalées comme des trépieds. Rien de grimaçant ou de maléfique au premier abord, mais des formes qui n'existent pas dans la nature, plus belles et plus majestueuses, pas menaçantes. Et pourtant la menace même. Gardiens Tutélaires interdisant l'Empire Interdit.

Par-ci, par-là, quelques agglomérations apparemment intactes, mais sans une âme ni une bête. Pourtant des hommes, il y en a, mais nageant, sanguinolents, en morceaux, entre deux ondes, leurs intestins ondoyant comme des algues brunâtres dans les mares, ou enfournés en pièces détachées, têtes, troncs, bassins, jambes, dans des puits. Ce sont les localités de la mort calculée, où les tués servent à tuer, comme un poison. Car toutes ces eaux où flottent ces débris sont contaminées par les germes des cadavres dépecés, elles sont infestées, pour qui en boit, de toutes les maladies affreuses de l'Asie. Horreur ! Ce sont des chrétiens chinois qui ont été ainsi débités, car les prêtres blancs étaient arrivés jusque-là, convertissant au nom du Christ, formant des communautés baptisées et élevant des chapelles. Souvent, sur l'emplacement rasé, fouaillé, minutieusement broyé du sanctuaire, au milieu des miettes en plâtre de statuettes de saints et de saintes, est planté un épouvantail, une grande chauve-souris clouée avec ses ailes étalées : c'est le missionnaire qui a été crucifié sans autre supplice que des chevilles de fer enfoncées dans ses pieds joints et ses mains écartées, selon le modèle même du crucifix qu'il continue de porter au cou, sur sa soutane. L'effet est parfait : ainsi que son divin Maître, le martyr a la tête qui penche, reposant presque sur son épaule, avec sa barbe comme coussinet. Et quand les Barbares arrivent, ils trouvent les torturés les yeux encore ouverts, regardant, sans qu'on sache s'ils voient ou pas, s'ils sont éteints dans la mort ou simplement nébuleux dans l'agonie. En fait, ils sont morts, transformés par l'ingéniosité chinoise en génies macabres, pour montrer aux Conquérants qu'il ne faut pas aller au-delà, qu'il faut rebrousser chemin, sous peine de rencontrer le trépas.

Cependant, les armées de la Civilisation continuent d'avancer, dans ce néant. Aux signes de l'exécration, de la malédiction, destinés à les effrayer et à les chasser, elles répondent par encore plus de haine. La cruauté les a rendues folles de cruauté. Mais il n'y a personne à passer au fil de l'épée, à peine parfois quelques vieillards jaunes oubliés dans les décombres qui sont vite exécutés. Certains soldats, dans leur fureur, s'en prennent à la matière, achevant de concasser ce qui a déjà été concassé par les Chinois eux-mêmes, exterminant surtout les chimères et les bêtes sacrées sculptées dans des blocs énormes de marbre ou de grès. A part cela, toujours la solitude exaspérante, la désolation dans la plaine, rien, et pourtant les Mongols sont certainement proches, invisibles, rôdant, car ce sont évidemment eux qui ont perpétré ces abominations contre les catéchumènes jaunes et leurs vénérables pasteurs. Chaque étape, dans cette vacuité de tout, est d'une atrocité pire que la précédente en sorte que ce cheminement dans l'Empire Interdit ressemble à une descente aux enfers. Un jour des têtes blanches paraissent se moquer des soldats d'un régiment français pénétrant dans une bourgade apparemment indemne, à moins qu'elles ne constituent un peloton d'honneur pour les accueillir. Elles sont en fait enfoncées sur des pieux, en rangs, comme à la parade. Mais excisées de leurs traits, les cavités oculaires vides maintenues béantes par des bâtonnets. Certaines reposent sur le sol, soigneusement, sur des coussins, celles-là plus abîmées : des cornets de viande rouge rangés en parterre. Plus loin, grotesques et artistiquement disposés, les corps étêtés maintenus en position assise ou debout grâce à de monstrueux ligotages ou à des embrochages. Les soldats reconnaissent dans ces crânes, dans ces troncs, les restes de frères mystérieusement disparus.

Mais sur qui se venger ? Tout mène à l'Effrayant. Pas seulement ces enlèvements, ces supplices infligés par personne, mais aussi la vastitude de la plaine, superficie sans limite, broyée et consumée, platitude de poussière noirâtre avec toujours à l'horizon le rouleau de flammes qui, comme le char rouge de la mort, précède les envahisseurs. Anéantissement pour anéantir...

Les conquérants sont démoralisés par cette avance dans l'inexistence, par la solitude au milieu des espaces hostiles. Monotonie pleine de pestilences. Epuisement. La nature est devenue empoisonnée, elle exténue, tue ; des soldats tombent, pas un seul frappé par une balle ou une lame au cours d'un combat, mais terrassés par des maladies inconnues, se vidant par le ventre ou se dégorgeant par la bouche, avec des plaques d'arc-en-ciel sur leur peau brûlante, où domine le jaune des pus. Des extrême-onctions, des ensevelissements, les derniers honneurs, et puis à nouveau la progression. La peur naît face à cet adversaire fantôme, que l'on devine non seulement féroce, mais habile, obstiné, maître des traquenards, d'un courage dur et insensible, sans pitié, obstiné.

Ils sont là, quelques milliers de troupiers de France et d'Angleterre, des fantassins avec leur équipement, leur harnachement, leur armement, leur artillerie, leurs munitions. Tout cela d'un tel poids... Cependant, les hommes, à pied, continuent d'avancer bien en ordre, mais lentement, leurs bardas réglementaires chargés sur leurs épaules. Ils ont derrière eux, pour intendance, une misérable traînée de Chinois d'Asie, bien vivante celle-là, amenée avec eux. D'abord une caravane de charrettes chinoises en bois rugueux, avec d'immenses roues qui cahotent en une sorte d'essoufflement rauque. Elles halètent alors que les files de coolies attachés au timon, qui tirent, respirent normalement ; ils sont complètement silencieux et leurs visages sont fermés. Résignation ou animosité ? De ces coolies, il en est d'autres, des hordes, des milliers, en qui il n'y a rien à voir que guenilles et rides ; ceux-là sont des porteurs, chargés de fardeaux de cinquante kilos et plus, paraissant enfournés dans des hottes qui leur font des bosses, en sorte qu'on ne sait pas si ce sont des hommes ou des bêtes. Ils portent sans efforts apparents mais on n'a pas confiance en eux, si bien qu'ils déambulent entourés de baïonnettes, ce qui ne les émeut pas, il semble que rien ne pourrait les émouvoir.

La poignée de beaux soldats français et anglais, traînant derrière elle cette cohorte de coolies minables, c'est peu de chose dans la Chine immense qui refuse de se défendre en une négation mystérieuse et périlleuse, car on n'en devine pas le sens. Les généraux sont perplexes. Tout est danger, d'une façon ou d'une autre... Ils savent que, quelque part, caracolent cent mille cavaliers mongols, Centaures aux coursiers de feu, commandés par le Grand Prince Seng Co-lin-sing, de la Bannière des Kharsin. Cette masse équestre, la noblesse des noblesses, l'Epée de la dynastie, si elle surgit soudain en un galop innombrable, en une charge rapide, ne va-t-elle pas submerger les maigres rangées des Occidentaux ?

Mais il n'y a pas d'assaut... Juste au loin, très loin, par deux fois, quelques centaines de Mongols sanglés dans leurs justaucorps, leurs heaumes et leurs broderies, faisant corps avec leurs coursiers, tourbillon soulevant la poussière, sont apparus quelques secondes. Le temps pour que les hommes, se soulevant à peine de leurs montures en plein élan, aient les gestes précis et beaux par lesquels ils tendent leurs arcs et décochent une nuée de flèches qui n'atteignent personne. Pourquoi ces fugaces émergences, splendides et gracieuses, reproduisant les estampes des Guerres des Trois Royaumes, disputées il y a à peu près deux mille ans ? On ne comprend pas. En réalité, c'est pour effrayer, comme doivent effrayer la terre brûlée, l'empoisonnement des eaux, le massacre des chrétiens, les tortures de quelques soldats enlevés, la Destruction de tout.

Il y a dans l'esprit du Fils du Ciel et de ses dignitaires, jouets de Yi disposant de toutes les ruses de la Sagesse, comme une naïveté en ce qui concerne les conquérants blancs. Ils ont cru qu'avec eux, ainsi qu'avec beaucoup de rebelles et d'envahisseurs trop audacieux qui ont osé s'approcher de l'Autel du Ciel, ils pourraient réveiller le sens du sacrilège, les faire se pâmer d'effroi, trembler et fuir grâce aux signes annonçant la Colère d'En Haut, la Malédiction et l'implacable Vengeance du Char Etoilé, des Sept Constellations qui protègent le Trône du Dragon. Hélas! les Barbares venus de par-delà les mers connues sont tellement barbares que toute cette finesse leur a totalement échappé. S'ils éprouvent une peur quelconque, elle les rend encore plus haineux. Ils continuent d'avancer.

Pékin est là, à quelques journées de marche, offerte.

La Cité Interdite est encore invisible, mais les rougeoiements d'incendie ont disparu de l'horizon. Plus de terre brûlée. Au contraire, aux approches de la Cité Sainte promise à la Profanation, recommence la Vie, avec un charme de bosquets délicats, d'étangs à lotus, d'eaux vives, de petites collines où des marches mènent à un pagodon. Charme doux et un peu mélancolique, raffiné. Beaucoup de fleurs et le léger bruissement du vent dans les feuilles. L'odeur de la mort est remplacée par les senteurs célestes, ce mélange aigre-doux où l'encens poivré, les baumes et les onguents ambrés, les arômes d'iris et de jacinthes, toutes sortes de parfums entêtants, irritants, apaisants, se mêlent aux relents permanents de la bonne ordure sortie des intestins, celle qui fait s'élever les récoltes et s'épanouir les choses agréables. Même les fragrances les plus précieuses et les plus poétiques se mêlent aux ordures qui sont bestioles et gueux crevés, qui restent là parce qu'il y a à la fois paresse à les enlever et crainte des mauvais esprits.

Quel changement avec la grande plaine ! Dans cette proximité de Pékin, si bucolique et déjà si artistique, si pleine des plaisirs précieux de ce monde, abondent les agglomérations, les bourgades, les villages jolis, intacts, encore chauds de leurs habitants. Mais il n'y a pas d'habitants. Ce n'est pas l'inexistence comme auparavant. Au contraire, on sent que l'Existence est là, proche, abondante, pullulante, interrompue depuis quelques heures, peut-être quelques minutes. Des cochons en quantité, à grognasser. Mais à part eux et quelques épaves à peine humaines abandonnées là, pas un homme, pas une femme dans les demeures des riches et dans les cases des pauvres. Comme si une fantastique panique avait, en une soudaine vision d'épouvante, fait fuir, se dissimuler, s'annihiler la population entière. Et c'est bien ce qui est arrivé : quand la nouvelle horrifiante et inouïe, apparemment impossible, outrageant les Lois du Ciel, contraire aux décrets tout-puissants du Fils du Ciel, s'est répandue, le peuple a disparu : les terribles Barbares approchaient, étaient là, presque là ! En dépit de tout ce qui avait été dit, proclamé, glorieusement annoncé par les autorités sur leur défaite complète, leur honte, leur humiliation, leurs remords, la juste mise à mort des survivants qui avaient dû avouer leurs forfaits criminels et impies ! Alors les gens, absolument tous, convaincus qu'ils étaient promis au Grand Massacre, à l'Extermination Générale par ces Conquérants au Long Nez Cruel et à l'Odeur de Mort, s'étaient cachés comme ils avaient pu. Les misérables, les innombrables miséreux, sans aucun recoin pour disparaître, s'étaient jetés dans les buissons, les fourrés, les bois environnants, parmi les épis, même dans les étangs, les mares et les ruisseaux. La nature grouillait de vieillards presque centenaires, de femmes au gros ventre fertile, et de leurs nichées de gosses, tous tapis, tous enfouis, tâchant d'être comme s'ils n'étaient pas. Pas un bruit. Par un instinct millénaire, les enfants et les bébés eux-mêmes se taisaient comme leurs parents, dans le silence absolu de la Grande Angoisse. Pas un geste, même si ces êtres, pour se rendre moins visibles, se tenaient dans des postures acrobatiques, dans des positions épuisantes, plongés dans les feuillages ou dans l'eau, attentifs à ne pas bouger d'un muscle, d'un nerf, à ne pas ciller, à respirer à peine. Et cela interminablement...

Torturante patience nécessaire pour échapper à la mort qu'ils jugeaient certaine s'ils étaient découverts. Toute une foule ainsi. Quant aux fortunés des palais et des yamens, dont les ancêtres des ancêtres avaient pris déjà leurs précautions pour ce genre de situation (à cela près qu'ils ne pouvaient prévoir la race des Barbares blonds), ils étaient restés dans leurs superbes demeures, pourtant livrées les premières à l'avidité des Conquérants. Mais, comme des rats, ils étaient dans des trous, dans des caches savamment élaborées, des labyrinthes enfoncés sous terre, souvent une succession de fissures séparées par des parois, des étranglements, des goulots, même des siphons aménagés grâce aux eaux profondes. Les sapes, les taupinières à richards étaient scellées car les entrées et les sorties avaient été dissimulées par d'ingénieux artifices. Dans l'abri de chaque famille, le patriarche tout-puissant, la douairière, son antique épouse très respectable, leurs fils très soumis, s'enfermaient avec ce qu'ils estimaient le plus précieux : une abondance de progéniture — surtout les petits mâles —, les concubines les plus appréciées et le gros de l'or rouge et des rubis rouges. Là, ils demeuraient tous, dans la dignité requise, se conformant exactement aux préséances, aux égards et au protocole de la « famille-tribu ». Ils s'entassaient donc dans les entrailles du sol, souvent pour très longtemps, dans les ténèbres souterraines transpercées d'une mèche allumée trempant dans l'huile. Sur leurs traits à peine éclairés, à peine discernables, il n'y avait que l'impassibilité, malgré leur hantise d'être découverts et capturés. Epouvantables souvenirs d'antan. Car, aussi élaborées que fussent les issues de ces antres, les enterrés savaient bien que les envahisseurs des temps passés, soldats des steppes, brigands jaunes, mauvaises gens de toutes sortes, furetaient jusqu'à ce qu'ils découvrent les « cochons gras ». Yeux joyeux des dénicheurs, tachetés par les lueurs de la fantastique convoitise sur le point d'être satisfaite. Grimaces sarcastiques et méchantes en plis autour de leurs yeux. Leur bonne humeur terrible... Satisfaction qu'ils se promettent à outrager ces « gros », à les découpailler, par plaisir, accessoirement pour les faire parler, pour qu'ils dévoilent toutes les trappes remplies de trésors aménagées dans les murs, les coffres-forts dissimulés de l'Ancienne Chine. Ah ! l'avidité de travailler ces chairs délicates, et la frénésie de fièvre exacerbée devant les richesses trouvées grâce aux aveux arrachés à ces carcasses torturées.

Telle était la coutume. Dans les antres brillent les pointes de feu odoriférantes des baguettes d'encens que les femmes ont allumées devant une statuette de Bouddha, le Protecteur, et les hommes réfléchissent. Ces « millionnaires » espèrent que les Barbares blancs sont moins au courant des mœurs et usages... et qu'ils ne les trouveront pas. Leur crainte, c'est que la soldatesque ne s'empare d'un domestique du yamen, un souillon qui s'est « planqué » comme il a pu, où il a pu, dans la suite des cours, des pavillons, des arches, des grottes, des ponts, des eaux, et qu'en « s'amusant » avec cet être, sans penser à plus, celui-ci ne les mène à eux, dans l'espoir de s'en tirer lui-même. Il ne faut pas exclure non plus la furie de quelque favorite subalterne laissée en dehors de l'arche du salut — mais comment emmener toutes les créatures servant à la volupté des Fils — qui viendrait se livrer aux « Chiens », prête à tous les supplices dans l'espoir de se venger, grâce à ces brutes; elle les guiderait jusqu'à ceux qui lui ont fait perdre la « face », sa belle face si bien maquillée. Oui, il y a un démon dans les femelles... Telles sont les pensées non exprimées des richards recroquevillés dans l'étroitesse de leur bauge, baignant apparemment dans la tranquillité bienséante et l'infinie patience, essayant de n'être pas pris par la mort, par le massacre.

Mais la Sagesse est inaccessible aux Démons de l'Occident. Ils ne pensent même pas à une très harmonieuse politique d'hécatombe, qui les ferait craindre et respecter. Juste des initiatives individuelles, désagréables mais sans portée.

En fait, les officiers, même les plus catholiques et les plus pieux, laissent la bride sur le cou de leurs hommes. Contre la barbarie répugnante, un peu de barbarie civilisée n'est-elle pas louable? Les aumôniers aussi considèrent cela comme un péché véniel. Pourtant les soldats sont fous : une folie de haine, un délire de dégoût, de répulsion, de fureur, une irrésistible envie d'écraser une fois pour toutes les Monstruosités chinoises, aussi écœurantes dans le glas de la plaine que dans les harmonies d'à présent, toutes ces beautés. En eux-mêmes, ils éprouvent une peur inexprimable face à ces apparences du Céleste Empire, contradictoires et pourtant identiques, que ce soit celles de l'Abomination ou celles de la Grâce. Tout cela est « tordu » et ils ne comprennent pas. Alors ils veulent tuer, et ils tuent, du moins dans leurs loisirs, hors des strictes heures de garde et de guet. Malgré tout ils ont pas mal de temps pour cette occupation, cette passion, car, du fait de consignes supérieures venues sans doute des gouvernements de France et d'Angleterre, les colonnes se sont arrêtées à l'orée de Pékin. On ne sait pourquoi. Alors, par petits groupes de copains, les troufions vont débusquer les Chinois, les pauvres, ceux qui sont dans la nature. C'est facile, il en reste partout. Ce gibier jaune, ils l'abattent à bout portant, la plupart du temps. Cela dépend des tempéraments, car certains ont soudain pitié d'un visage morne de quelque ancien, du sourire résigné d'une femme à la jeunesse sans âge, surtout du regard inerte d'une fillette, douloureux, déjà sans illusion sur ce monde de malheurs où son destin est de périr. Mais la plupart, dans une sorte de répugnance hallucinée, sont impitoyables. Ils fusillent du Chinois, ils sabrent du Chinois, ils baïonnettent du Chinois, du vieux et de la vieille, du gaillard et de la gaillarde, du mâle et de la femelle, du gamin et de la gamine, du nourrisson, n'importe quoi de vivant, tant ces soldats sont encore en proie au souvenir du limon brûlé, à l'art de les entourer, de les étouffer, de les étrangler, de les anéantir dans l'Horreur. Ils ont encore dans les yeux et dans le cœur ces morceaux de cadavres de chrétiens s'effilochant dans les mares glauques qu'ils décomposent et qui les décomposent, ces prêtres plantés sur leurs pieux de crucifixion dans la dérision de leur christ et surtout les têtes dégoulinantes des leurs, offertes comme des fruits rouges au bout de perches ou écrasées à même le sol. Et ces flammes, et ce néant, la Géhenne sans pardon. Malédiction ! Tuer pour tuer.

Les fantassins éprouvent même de la répulsion pour les splendeurs, pour les magnificences qui pourraient faire un bon butin. Ils n'ont aucune idée du prix qu'ils pourraient retirer, en fin de campagne, de ces choses précieuses et oppressantes.

Cependant, quelques-uns, les plus coriaces et les plus obstinés, se donnent le mal d'aller plus loin dans les yamens aux immenses portails de laque rouge, d'un écarlate transcendant, à la pureté flamboyante, qu'ils fracassent. A l'intérieur, un paysage entre le rêve et le cauchemar : jardin de rocailles, cascades, arbustes savamment gracieux, mais d'une grâce difforme, comme si plantes, minéraux et même eaux, avaient été suppliciés pour acquérir une saveur rare, irréelle. Solitude complète dans ce paradis des tortures élégiaques. Solitude dans la demeure elle-même où le toit dont le faîte se relève aux extrémités, vernissé de toutes les teintes suaves et mordorées dans lesquelles la lumière se défait, est soutenu par des piliers ronds, unis, énormes et innombrables, qui furent des fûts d'arbres s'élevant autrefois, d'un jet grandiose, sur les flancs des montagnes sauvages. Maintenant ces colonnes, ces supports magnifiques, sont des élancements de laque pourpre. Elles dégagent un éblouissement excessif et presque sombre dans le clair-obscur de la nef qu'est l'intérieur du yamen. Toujours la solitude. D'abord un vide, avec ses concrétions apparemment normales, les plaques de marbre des tables et, s'érigeant sur le sol nu, des sièges chinois en bois d'ébène, massifs monuments, comme des caractères peints à gros traits noirs, abrupts et épais. Un échafaudage de barres imbriquées à angle droit, solennel et incommode. Le long des murs nus, quelques bat-flanc avec, en fait d'oreillers, des caissons carrés en porcelaine bleutée. A même la terre, presque partout, une quantité de bassinets ronds aux rebords aigus, qui sont des crachoirs. Rien de plus, et, au fond, ce qui est l'âme de tout : l'autel des ancêtres lourdement tarabiscoté et ornementé, garni de panneaux sombres où reluisent des idéogrammes. Là, sur le foyer même, des brûle-parfum en bronze verdâtre, des vases d'airain à col étroit dégageant des fleurs, tout le matériel de la piété profonde et de la vénération suprême, sous la forme de signes, de dieux bienfaisants, de bêtes fastes : d'abord le Bouddha sous différents aspects, depuis l'Ascétique au sourire indécis (qu'est ce monde où le bonheur est de disparaître ?), jusqu'au ventru fêtard dont les replis joyeux autour du nombril prouvent les jouissances de la terre ; aussi, généralement en faïence blanche, toute la faune bénéfique des tortues, des grues, des licornes, des sphinx, des dragons ailés, des lions aux griffes protectrices, qui sont les chiens de garde de ce sanctuaire. Et surtout les plaques très simples, qui portent les noms très honorés de la très longue lignée des ancêtres. Pour l'instant ils sont la seule Vie du yamen désert, sans une ombre, sans un pas, sans une trace d'hommes et de femmes.

Dans leur déception, un groupe de bidasses commence par casser cet attirail : le Grand Autel ainsi que ses devises, inscriptions, ornementations, attributs, accessoires et garnitures, sans se douter qu'ainsi ils brisent la vie même de la Famille.

Puis les soldats se remettent en quête de victimes en chair et en os, bien tuables, avec de la vraie chair à saigner et de vrais os à casser. Ils fouillent, ils sont sûrs qu'il y a des gens tout près, à portée, mais dans des rencognures, des oubliettes, des dédales difficiles à discerner. A la fin, ils en trouvent quelques-uns dans le rococo du parc, surtout dans les eaux domptées et disséquées. Des êtres, ils en attrapent derrière le jet d'écumes légères où se brise en éclairs blancs un ruisselet dégringolant de roches noirâtres à échines aiguës et à grottes onctueuses. Ils en capturent aussi dans l'onde calme qui coule sous l'ombre d'une arche, un pont au dos bossu qui est comme la moitié d'une lune. Il y en a sous les lotus de la mare d'une sombre tranquillité d'éternité, bassin liquide de la grande paix qui n'est troublé que par un gué de pierres séparées, autant d'îles pour des pieds chaussés de soie. Dans toutes ces eaux, les soldats pêchent des individus tellement dégoulinants qu'ils sont comme des plantes aquatiques, et qu'il faut les laisser sécher une minute ou deux avant de déterminer leurs traits, leur âge, leur sexe. Pour la plupart, ce sont de vieux serviteurs, de vieilles servantes dont les yeux restent en paix quand les soldats en font des cadavres jonchant les allées dallées et les vasques de marbre.

Ils extraient parfois de plantes taillées en éléphants, en rhinocéros ou en chiens, bêtes végétales rendues naines et ne pouvant contenir que gracilité et jeunesse, des fillettes-esclaves qui, elles, sont achevées plus lentement, mises à nu et un peu éventrées. De leur regard, elles méprisent, puis elles s'éteignent, presque sans un gémissement. Acceptation chinoise de la mort quand elle est inévitable ! Les troufions, tout en se divertissant de ces poupées, plaisantent sur leur manque de consistance et d'estimables volumes : à peine des seins et un duvet à l'endroit du sexe. Juste une lactance de chair qui les déçoit... D'ailleurs, il ne leur semble tuer que des yeux hautains et durs, d'un orgueil si grand que ce qui arrive à leur corps pétri, souillé, déchiré par les Barbares est sans importance. Fixité des prunelles à travers les outrages et les supplices. Ce n'est qu'à l'extrême fin que cette arrogance semble se diluer sous les voiles de la mort, non pas qu'elle se soit amoindrie, mais parce que, physiquement, l'agonie et le trépas se referment sur elle. Est-ce ce refus qui rend les troufions frénétiques de sauvagerie ? Comme si, à force de tourments, ils voulaient faire reconnaître leur existence par les victimes.

Soudain ils ont l'occasion d'un paroxysme, en s'exerçant sur du « beau monde ». Car une jouvencelle, une petite esclave de quatorze à quinze ans qui a dans son regard la même inflexibilité atone du dédain échappe aux mains agrippantes, engluantes, pour courir quelques mètres. Avant qu'on ne l'ait rattrapée, elle s'est arrêtée d'elle-même et a descellé, en une seconde, quelques carreaux de faïence verdâtre sous le départ d'une arche qui s'élance vers l'autre rive d'un bond figé, d'un saut majestueux de moellons rouges franchissant le filet d'eau. Ce n'est pas du mépris que la gamine a dans son regard, mais de la haine, une haine atroce non pas pour ces « Longs Nez » qui ne sont pour elle qu'un instrument providentiel, mais pour ses maîtres et possesseurs célestes, si méchants avec leurs bonnes manières et leurs belles parures. Elle tient sa vengeance : elle se glisse comme une anguille dans l'orifice étroit qu'elle vient de mettre à jour, après avoir jappé aux troupiers ébahis des mots qui semblent signifier : « Venez. »

Lourdement, pesamment, ils rampent derrière elle dans la galerie découverte et dans ce qui révèle bientôt tout un lacis de ramifications tordues, suintantes, se rabougrissant en impasses, en culs-de-sac, comme soudées, parfois fermées par un bouchon de roc ou par une nappe lacustre, avec cependant des prolongements qui sont des fissures infranchissables. Tout cela dans les ténèbres complètes où ils tâtonnent, où ils se perdent. N'est-ce pas un piège ? La gosse a, on ne sait comment, allumé une lampe qui fait reluire ces boyaux de la terre, où leurs ombres se mettent à danser. Très sûre d'elle, elle va, cassant des parois, ôtant des planches, retrouvant des chemins qui s'enfoncent davantage, triomphant de tous les obstacles avec une aisance preste, bien que tout cela soit admirablement confondu avec de la glèbe et de l'eau.

Derrière elle les soldats font un vacarme qui annonce la Grande Calamité aux richards entassés dans leur enclos. Enfin, après le dernier obstacle, les braves soldats de la Belle Armée Française voient, dans des poches souterraines fort exiguës, des messieurs et des dames chinois tressaillant tout juste à leur vue, un fragment d'instant, avant de réassumer leur « face ». Une matrone, pour bien marquer son dégoût de ces Barbares, crache même au sol en raclant très protocolairement sa gorge... Enfin l'enfant mène les troupiers jusqu'à une salle plus grande où, sur des fauteuils, sont assis les vieux, le Patriarche et la Douairière, celle qui a été et est le numéro un, l'Epouse première, toute-puissante. Tous deux, ils se tiennent très droits contre le dos de leurs sièges, lui en toque, elle presque tondue comme le veut l'âge, dans toute leur solennité, dans leurs gestes figés et leurs vêtements sévères d'Ancêtres très Vénérables destinés à être inscrits bientôt, à leur juste tour, sur les tablettes des Ancêtres. Leurs fils et leurs principales brus sont à leurs pieds, sur des tabourets. A l'entour, accroupis sur le sol, des petits-fils et des arrière-petits-fils, aussi graves que leurs parents et les parents de leurs parents. Tous sont totalement impassibles, et ils savent cependant que c'est la mort qui vient d'entrer.

Quelques troufions proposent une belle boucherie dans ces catacombes noires, qui seraient alors illuminées par des torches de sang. Mais le gaillard qui semble leur chef reconnu, un costaud aux poils si flamboyants que sa figure est comme une poêle chauffée au rouge, crie qu'il faut amener à la lumière ces indigènes pour qu'on les voie et qu'on en fasse alors un usage bien choisi. L'extraction de cette riche humanité jaune se révèle difficile. Elle ne marque pourtant pas la moindre opposition, car il serait indécent pour des personnages de leur qualité de sembler ému devant le sort, certainement affreux, que leur préparent ces Barbares et ces « sauvages ». Ils ne doivent rien montrer devant la Grande Malédiction. C'est matériellement qu'il est difficile de les sortir car le vieux et la vieille ne sont plus que des carcasses faibles, qui peuvent à peine se traîner, et les femmes n'ont pour ainsi dire pas de pieds. De plus cette humanité s'efforce quand même — pour la dernière fois — de se conformer aux convenances en se rangeant en cortège selon les importances et les respectabilités, les Ancêtres en tête, puis, par séries successives, les fils, les mâles encore jeunes, et enfin le reste, avec les femmes et leur progéniture. Etrange parade à la fois cérémonielle et piteuse, procession à quatre pattes avec les barbichettes des vieux, les belles robes de soie des hommes, les coiffures de jais des femmes, si haut perchées qu'il faut partout des épingles de jade pour les retenir. Tout cela dans les serpentes et les soupentes de la terre.

« Allons, allons, grouillez ! », gueule le Rouquin, non sans flanquer des coups de pied ou de baïonnette, comme s'il se régalait du spectacle de la plus Vieille Chine dans le caniveau de la Mort. En effet, une fois la chenille humaine sortie anneau après anneau au jour, la lumière retire toute grandeur à ces richards fourrés de rites et d'étiquette. Il ne reste plus, malgré la poursuite du cérémonial maniaque, qu'une troupe lamentable et pourtant irritante dans ses attifements. Tant de rides chez les ancêtres, pendeloques molles serrées les unes contre les autres, stalactites lourdes de tant d'années de calculs sordides. De la peau bien jaune, bien lisse, austère, guindée, hypocrite, cafarde, chez les mâles plus jeunes, acharnés à apprendre l' « expérience » qui donne les fruits honorés des honnêtes rapines. Quant aux plaisirs de ces richards, ces femmes qui avancent sur leurs moignons, éperdues dans leurs parures, elles ballottent des bras, comme des papillons voltigeant maladroitement, pour arriver à maintenir leur équilibre. Mais quelle beauté ! Pour finir les fruits des accouplements de ces messieurs et de ces dames : des quantités de petits tas jaunes, mignards aux grands yeux, très jolis, sachant déjà qu'il ne faut pas crier, pas pleurer, qui sont déjà des bouts de Célestes adultes.

C'est bien la Chine Abominable qui est là. A sa vue, les troupiers sont pris, non seulement par le goût de tuer, mais de tuer dans l'abomination, le sacrilège et la luxure, tout ce que peut leur inspirer leur imagination déchaînée comme elle ne l'a jamais été.

D'abord la cohorte est poussée grossièrement, avec de gros rires et les crosses des fusils, vers le yamen lui-même, la noble salle aux pilastres rouges où, au fond, l'autel des ancêtres n'est plus qu'une ruine concassée, profanée, sentant l'urine des soldats qui, tout à l'heure, se sont soulagés dessus. Les troufions mènent devant cet entassement le Vieux et la Vieille, leur signifiant que la fin des temps et des générations est venue pour eux et pour leur lignée. Mais, autant qu'il est possible de s'en apercevoir à travers leurs bajoues, ce qui devrait être pour eux le Malheur Suprême ne semble pas les émouvoir. Alors, les soldats cherchant enfin l'outrage qui atteint, tenant en respect le reste de la Famille avec des baïonnettes, s'en prennent à ces deux-là ; ils ne torturent pas ce qui demeure de leurs corps rongés par les ans, mais ils arrachent leurs vêtures, les déshabillant habilement sous les regards des leurs, qui d'ailleurs ferment pieusement les yeux sur cet attentat perpétré contre toutes les lois divines et humaines de la Décence. Les aïeux se tiennent debout, avec peine, s'efforçant de rester droits, l'épouse amputée de ses pieds s'appuyant un peu sur l'homme, pourtant si faible. Encore le refus de pouvoir être touchés par le blasphème... Ils sont donc là, haridelles humaines décharnées sous l'enveloppe de l'épiderme trop grand, d'un jaune qui ajoute au jaune, qui est comme quelque tissu chiffonné, froissé, usé surtout aux entournures mais qui tient, sans accroc, contenant du reste si peu de chose : des os sans chair, des veines sans sang, mais des nerfs qui vibrent toujours. Dans leur dépouillement, ils semblent incorporels, de séculaires terres cuites très précieuses. L'homme comme la femme, malgré leur désir d'être au-dessus de tout, commettent cependant une erreur : aussi asexués qu'ils soient devenus, le mari comme l'épouse ont le geste maladroit de cacher de leurs mains leurs parties génitales. Aussitôt on écarte leurs paumes et leurs doigts, on leur fait ouvrir les jambes sans arriver à discerner guère plus qu'une minuscule boule boucanée et une fente fibreuse. Et c'est pourtant de ces bouts rassis, de ces organes périmés, atrophiés et inexistants, que sont nés tant de garçons et de filles, toutes ces générations qu'il va falloir zigouiller.

Auparavant, avec une lourde lame, un soldat décapite les ancêtres, plaçant leurs têtes tranchées sur les débris des tablettes où auraient dû bientôt briller leurs noms. Mais si les soldats avaient pu lire entre les paupières chassieuses, collées par le temps, de l'Ancêtre, ils auraient pu entrevoir une lueur de joie dans ses yeux presque aveugles, au moment même où il allait être égorgé. Il périssait dans la douceur ineffable à l'idée qu'il avait « roulé » les Barbares. En fait, ils s'étaient stupidement dupés eux-mêmes. Car dans leur bestialité, ils « tuaient pour tuer », alors que, immémorialement, tous les tueurs célestes ajoutent, au plaisir de la mort donnée, celui encore plus grand du butin récolté. Dire qu'ils avaient réussi à s'infiltrer dans le labyrinthe et que, loin d'être hantés par l'or rouge et les joyaux rouges, ils n'y avaient même pas songé ! Et pourtant, c'était si près d'eux, à leur portée, presque au bout de leurs doigts. Quels imbéciles ! Mais pour lui et sa famille, quelle bénédiction divine ! Qu'importe qu'il soit massacré, qu'importe même que la plus grande partie de sa progéniture, après l'avoir vu mourir, soit mise à mort, qu'importe ce que subiront les femmes et leurs bébés ! Tout cela n'est rien...

Ainsi se réjouissait le Vieux pendant que la lame entamait son cou, car il savait que la Vraie Vie recommencerait, que la Lignée continuerait, que l'Autel des Ancêtres renaîtrait. Car il a d'autres fils ailleurs, déjà négociants établis. Et ces très bons fils, en ce moment même, accourent certainement, se précipitant, sont déjà en route. Non pas pour essayer de les sauver, mais pour accomplir le devoir très supérieur de rechercher les trésors, de reprendre tout ce qui aura pu échapper aux tueurs. L'Ancêtre expirant pense à l'extraordinaire bonheur qu'ils éprouveront à tout retrouver, tout récupérer, tout le Bien Sacré de leur Clan. Ils mettront leurs yeux d'abord incrédules puis leurs mains forcenées sur les barres de métal précieux, les paniers de taels et les sacs de gemmes. Comme ils s'en empareront, avant de se mettre à genoux, en extase, pour remercier les dieux bienfaisants et leur promettre des offrandes ! Et lui, du lieu où seront ses âmes, il partagera leurs effusions.

Mais que ses fils se hâtent, qu'ils soient emportés comme par le vent vers ce yamen de la mort, qu'ils soient aux alentours dans quelques minutes, dans une demi-heure, une heure au plus ! Avant que les Barbares n'aient terminé leur œuvre. Qu'ils soient là, aux aguets, sans intervenir, sourds, insensibles à ce qui se passera près d'eux, aux ultimes gémissements et halètements de la douleur extrême, provenant de tant d'hommes, de femmes, d'enfants qui sont leurs frères et beaux-frères, leurs sœurs et belles-sœurs, leurs neveux et leurs nièces. Qu'ils soient là à épier le départ des « Longs Nez », une fois leur terrible forfait accompli. Qu'ils se jettent dans l'ancestrale demeure pour retrouver le magot, avant que ne surgissent les pilleurs, maraudeurs, voleurs, brigands, toutes les mauvaises gens qui ne tarderont guère à se ruer sur le désastre.

Ainsi a expiré le Vieux, dans la certitude embaumante que la famille refleurira. Après lui, l'aîné de ses fils survivants sera tout naturellement le Patriarche. Son premier soin sera de reconstituer l'Autel des Ancêtres, avec la plaquette de l'aïeul appropriée et louangeuse. Ensuite, avec ce qu'il aura récupéré de son corps, il lui fera les obsèques les plus somptueuses.

En attendant, les « diables blancs » procèdent à leur besogne de mort « à la grosse », comme s'ils étaient fatigués du boulot, acharnés seulement à tuer vite. Ils ne raffinent pas, ils exécutent sommairement d'une balle ou d'un coup de baïonnette, rapidement, mais selon un certain ordre, comme on fait avec les animaux à l'abattoir. Ils ne rencontrent pas la moindre résistance. Les condamnés ne se débattent pas, ne hurlent pas, ne se font même pas d'adieux. Les mères ne défendent pas leur progéniture, qui d'ailleurs ne gigote pas. Avec quelle dextérité les soldats expédient d'abord les hommes, puis les enfantelets, puis les dames vieilles ou laides. Ils entassent méthodiquement les cadavres les uns sur les autres, au-dessus de ceux des Vieux, sur le résidu concassé de l'Autel des Ancêtres. Ainsi le sanctuaire en ruine, avec ses tablettes sacrées en mille morceaux, est dissimulé par un ouvrage : le mur-charnier des macchabées bien rangés, tête-bêche, déposés en couches successives, avec un soubassement d'hommes, puis un entrelacement de garçonnets et de fillettes, enfin une garniture de femmes même pas déshabillées, même pas violées. Tout cela bien net, proprement fait, la mort provenant seulement d'un gros trou ou d'une belle fente.

En moins de trente minutes, la besogne est terminée. Peut-être les soldats ont-ils accéléré le rythme pour accéder plus vite aux quatre « fleurs de jade » qu'ils ont gardées pour le dessert : à déguster particulièrement dans l'apothéose de cette fête de la mort. Car ils ont bien senti que, de l'Abomination Céleste, elles sont les émanations les plus abominables, celles qui envoûtent, comme certaines pagodes qu'on croit nimbées de prières, comme certaines chaussées aux dalles si polies par les pas qu'on y sent le mouvement perpétuel de la Paix. Mais les harmonies des choses sont fausses et doivent être détruites. Pour le moment, les soldats sont enivrés, d'un vin malsain et mauvais, rien qu'à regarder ces beautés, ces merveilles parachevées et étranges. Ils sont bien résolus à leur faire payer cher cette passion qu'elles ont déchaînée en eux. Hommes durs à tout, il leur faudra se venger cruellement de s'être laissé tenter servilement d'abord. Que de plaisirs en vue... d'autant plus prometteurs que les mignonnes sont des « furies ». Quoi de plus agréable à l'imagination des bons soldats français que ces chocs de haine entre ces filles et eux, dans la fermentation des jouissances et des fureurs, avec au bout la mort certaine pour elles. Car ces concubines font tout pour aboutir à la fin la plus effrayante, comme si c'était leur point d'honneur. En effet, ces petites femmes s'emploient à appliquer les mille façons séculaires pour cracher le dégoût et le défi dans leur violence la plus extrême ; elles s'adonnent donc à une hystérie tempétueuse où, froidement, sont calculés les hurlements, les cris, les gloussements, les ricanements, les raclements de gorge, les perles de la moquerie, avec une gesticulation et une mimique adéquates, que dominent les yeux noirs du mauvais sort et les longs ongles rouges qui servent de poignards. En elles explose la furie chinoise, cette chose intense presque toujours contenue par la « face ». Mais ces filles ont pour « face » un masque : elles peuvent donc tout exprimer, à condition que ce soit selon les canons centenaires.

Monstruosité chinoise. Car monstrueuses, elles le sont déjà. Suppliciées, elles l'ont déjà été. Pour l'Art, pour le Plaisir des yeux. Comme si la Chine Céleste amoureuse de la beauté ne pouvait l'atteindre qu'en torturant la matière, qu'elle soit pierre, plante ou chair. Elle n'apprécie que des objets artificiels patiemment fabriqués. Ainsi les « fleurs de jade » sont des fleurs coupées, presque des « culs-de-jatte », de pauvres béquilleuses dont les jambes se terminent sur un affreux broyage de cartilages, de tendons et d'os, en une sorte de nœud en sachet. Sans doute est-ce pour en faire des « chefs-d'œuvre » posés sur un socle, sans que leur perfection puisse être gâtée par des activités vulgaires et bassement utiles, telle la marche. En Chine, tout est signe. Ainsi les mandarins, qui sont la Pensée, ne se servent pas de leurs mains car la longueur des ongles qui s'enroulent autour des pinceaux les rendent inutilisables à toute besogne moins noble. Ainsi, les « fleurs » sont des objets uniquement destinés à la Jouissance et à l'Harmonie des riches et des puissants. Il leur faut donc avoir une cervelle qui leur permette de mieux s'apprêter pour la Sublime Irréalité, car elles doivent être les sphinges poétiques et lascives qui dissipent la mélancolie de l'écoulement des jours et des choses, toutes les noires humeurs qui viennent, au soir, à leurs « maris-clients ». Pour cela, il faut qu'elles se transforment, qu'elles se métamorphosent, selon les Mille Conventions et les Dix Mille Règles, en féeries. C'est ainsi que leurs corps et leurs traits sont des créations où l'Extraordinaire triomphe. Leurs petits visages si délicats et si fins sont complètement refaits à force de fards, de nards, d'onguents, d'artifices et de bijoux inquiétants qui s'accrochent au faîte aminci et ajouré du nez qui n'est qu'une transparence blanche, le fil glauque d'une épée, la flamme du dragon, ou la corne de la licorne, aux yeux comme des noyaux lourds au centre de quelque typhon noir étalé sur les joues, à la bouche comme un large incendie violet où les petites dents acérées mordent tout ce qui est consumé, aux oreilles, de frêles pagodons au bout desquels tintent des clochettes indifférentes à Tout Ce Qui Est. La figure est un paysage, une mappemonde, une philosophie où les cils et les sourcils sont des lignes étirées, très noires et très longues, qui soulignent les flamboyances délicates. Les cheveux couleraient comme les algues des mers profondes s'ils n'étaient retenus, derrière la tête, en une masse épaisse, sombre, qu'assombrissent encore, par contraste, les ornements violents. Dans cette cathédrale capillaire, s'enfoncent, pour mieux la fixer, des pointes de jade, des aiguilles d'or, des peignes de nacre, tout un râtelier d'armes. Et là-dessus, sur la Beauté Achevée, se répand un arc-en-ciel de pierreries, des rougeâtres, des bleuâtres, des vertes et des jaunes crépusculaires, l'étincellement des diamants et surtout l'ondoiement des perles, comme des ourlets de peau. Sans compter les bijoux fastes, en quantité, serpents remontant les bras, dragons s'élançant du cou, presque toutes les bêtes et les fleurs des rêves brodées et ciselées.

Car ces êtres de songes et de merveilles ne sont que des modelages destinés aux triturations du plaisir chinois, cette exigence infinie, cet art de vivre pour savourer l'existence ou la faire supporter. Qu'il leur faut de talents, à ces créatures parées, ces jasmins et ces iris de chair, pour répandre les jouissances ou les consolations autour d'elles. Certains riches Célestes prennent les meilleures à domicile, en font des concubines. Ce qui est justement le cas des dames déchaînées face aux troupiers français.

Maintenant elles tiennent le rôle de leur vie ! Elles en ont assez de débiter des mélodies où « la fille du roi implacable tend son cou fragile à la hache du bourreau en regrettant sa jeunesse innocente ». Maintenant, elles, les « fleurs », vont se faire « héroïnes » pour de vrai, à leur propre compte. Enfin, au lieu de n'être que des masques, elles vont avoir la « face » — et quelle face ! C'est ainsi que les troupiers voient s'avancer sur eux quatre bringuebalements sauvages et effrayants, où il est d'abord difficile de reconnaître des femmes, tant elles sont perdues dans leurs attirails de guerre. C'est la charge des sautillements minuscules, exaspérés, fous, presque un sur-place absurde où tous les attifements se déglinguent. Elles sont un chaos, un tourbillon, où les fards coulent comme des fleuves en crue, aux couleurs emmêlées, charriant de tout, des rouges qui sont bleus et des verts qui sont jaunes. C'est le cataclysme, le tremblement de terre, le raz de marée des étoffes, des ornements et des bijoux qui s'abîment, s'effondrent de partout, dans des tressautements d'une férocité absurde ! Ces machines de précision de la Beauté sont en train de devenir les Clochardes du Merveilleux. Mais au milieu des ruines de leurs échafaudages, un reste de crème écarlate continue à faire de leurs bouches des abîmes fracassants — ce qui est d'autant plus grotesque que ce sont des orifices délicieusement ronds et mignons au naturel. Mais maintenant, dans ces petits trous, les langues, comme des languettes roses, gargouillent éperdument pour expectorer, au moyen de filets de voix, en crincrins suraigus, assez de flots d'ordures pour y noyer toute l'armée française. Soufflantes, haletantes, hurlantes, les bras battants, folles, échevelées, apoplectiques d'exécration, leurs postillons servant de balles, leurs crachotements de rafales, elles arrivent jusqu'aux Français tendant en avant leurs doigts longs, comme des baïonnettes pour leur arracher les yeux. Et tout cela, cet assaut mené sur des moignons... En fait, elles sont sur le point de s'effondrer au bout de leur attaque. Mais, gentiment, leurs « victimes » en ont pitié... C'est-à-dire, qu'après s'être placés autour d'elles, les Français se les projettent les uns aux autres, les poussant, les rattrapant, les renvoyant. Un ballet où les « fleurs » achèvent de se défaire de leurs atours, de presque toute leur garde-robe. A ce jeu, elles se défont elles-mêmes, infirmes qui se cassent de plus en plus, qui s'émiettent, qui ne sont plus que de petits corps nus, avec leurs trognons de pieds constituant le vêtu de leurs personnes, grâce à ces bandes enserrantes qui ne se sont pas défaites. Elles sont de pauvres volatiles déplumés, à la maigre chair plus blanchâtre que jaune, une chair trop dépouillée, une chair de poulet troussé, à l'étal. Elles gisent sur le sol ainsi, leurs petits os plus ou moins rompus. Elles maudissent encore.

Et puis soudain, elles se mettent à caqueter, avec les tons, les rires et les glougloutements de leurs causettes à l'heure du thé, les jours ordinaires où, entre elles, elles glosent sur les potins de la ville. Joyeusetés... Un ultime défi, une manière ingénieuse de démontrer qu'elles ne s'aperçoivent même pas de ce que leur font les Barbares, que rien n'est puisqu'elles ne ressentent rien. En fait, elles ont d'abord vérifié du regard, par pure curiosité, si les membres des Blancs, qui viennent de se déculotter, étaient aussi gros et fantastiques qu'on le disait, sujet très controversé entre dames chinoises, avant de les éprouver en elles. Mais elles font semblant de rien. C'est alors que l'une d'elles, celle que chevauche le Grand Roux, d'un geste lent et insensible, déploie son long bras mince, une lanière nerveuse et solide, qu'elle ramène sous sa tête comme un tentacule avec infiniment de soin, centimètre par centimètre, de façon que le Barbare ne s'aperçoive de rien. Le Barbare, qui l'écrase de ses muscles rugueux, de son corps grossièrement et puissamment équarri, mais si dur, immense et fauve, la domine tant, qu'il ne peut voir ce qu'elle fait, la « petite fleur » disparue sous lui. On dirait qu'il l'a absorbée, c'est plus une Cène qu'un Accouplement. C'en est un pourtant, et même terrible, car d'elle il ne semble plus exister qu'une fente où il s'est introduit en entier, avec toute sa force, ahanant, gueulant, suant, se fracassant, en forcené, dans une sorte d'effort énorme, beaucoup plus comme un coolie qui tire une jonque à contre-courant que comme un notable céleste faisant délicatement l'amour. Il paraît à la fleur de jade qu'elle est dévorée par quelque monstre, quelque énorme ver ignoble et coriace, à la peau raclante, hérissée de boutons, de poils d'une couleur inconnue qui tire sur le feu, un feu dégoûtant. La tête de l'homme est loin au-delà de la sienne, une trogne aveuglée, aux yeux et à la bouche perdu dans une rage sauvage, qui deviennent toujours plus gluants, plus violacés. Il ne peut se rendre compte de la main qui doucement s'enfonce dans le paquet des cheveux encore amassés sur eux-mêmes. Avec une patience infinie et une douceur suave, sans la plus minime secousse, la « fleur » retire une aiguille d'or au bout acéré, une arme de beauté et de combat. L'intention de la femme est nette : une fois la dangereuse épingle sortie, elle veut que son bras jail-

327

lisse à la façon d'un serpent, et enfonce le bijou comme un dard dans la nuque du soldat, là où est le cervelet, pour une mort foudroyante.

Mais il se trouve que le Rouquin est un vieux troupier, qui a déjà fait bien des expéditions coloniales et qui sait que dans ces pays lointains et hostiles, qu'ils soient déserts, jungles ou civilisations belles et étranges, il faut être aux aguets dans toutes les situations. Il a appris que la moindre ombre, le plus minime changement dans l'opacité d'une nuit, le plus léger bruit inhabituel dans le concert des sons exotiques, le plus léger balancement suspect d'une feuille ou d'un buisson, la moindre trace dans la nature et surtout sur un visage, est l'annonce du Danger. Tout est signe qu'il faut savoir interpréter. Il sait que le moindre relâchement dans la constante vigilance c'est la Mort cruelle. Il sait qu'il doit rester perspicace, même dans les délectations d'un viol à mort. C'est ainsi que malgré son déchaînement, il a très bien compris, par-delà les nuages pourpres de sa sensualité, que la douceur de la fille défoncée était périlleuse, une menace sur le point de se concrétiser. Aussi, juste au bon moment, sa patte énorme a saisi la mort qui allait s'élancer, les doigts de la « fleur » crispés sur l'aiguille aux riches reflets d'or...

Le soldat a souri, comme devant une naïveté. Et puis, se détachant, se relevant sans même s'ajuster, obscène, calmement, il a saisi son sabre et, d'un seul coup très sûr, il a coupé le corps de la fille juste à la hauteur du nombril. Les deux tronçons ont hésité à se décoller, mettant quelques instants à se séparer l'un de l'autre. Et puis, chacune des surfaces si bien tranchées est devenue la margelle d'un puits de sang. Celui-ci est remonté peu à peu, d'abord par des suintements, puis par une imprégnation, une nappe écarlate, unie et foncée, vivante, encore chaude, mais qui, à force de s'épaissir, a éclaté en traînées sur le sol. Les veines s'établissent en fontaines. Puis tout s'assèche et les organes cisaillés, qui avaient semblé continuer à palpiter quelques instants, se sont arrêtés et se débrident en morceaux aux couleurs sales et incertaines. Alors la cire de la mort s'est emparée de la peau, aussi bien dans sa portion supérieure que dans sa portion inférieure. Content de son travail, le Rouquin a été chercher deux énormes vases bleus, ornés de dragons coutumiers, qui se suivent à la queue leu leu, et avec adresse, il a enfourné dans l'un la moitié supérieure de la « fleur » de telle façon qu'en jaillisse la tête qui, malgré les désordres survenus à ses apprêts, bien que les cheveux se soient dénoués en cordées, peut-être au contraire à cause de cela, a une beauté inconnue. Ce n'est plus un masque. C'est le visage le plus pur, un ovale aux traits délicats, faits de chair très tendre, très douce. La sérénité... Juste les yeux ouverts trop fixement, et la teinte funéraire, un suaire livide qui s'étend sur eux.

Mais en ce qui concerne la rigolade, cette mise en bière de la noble partie d'en haut ne vaut pas l'enterrement que le troufion imagine pour le tronçon inférieur. Il l'enfonce dans le second vase, de manière que sorte d'abord de cet étrange cercueil, comme appuyée sur son rebord, si mignonne en dépit de tout, une vallée des roses soulignée par la légèreté d'une toison menue, une mince entaille presque pudique. Et pourtant cette fissure est écartée, étalée dans le tiraillement mou des jambes qui dégringolaient sur les parois de ce catafalque en forme de jarre, de sorte que le soldat peut voir en découler du foutre qui se caille. Longtemps, il reste à contempler son chef-d'œuvre de « mignardise ».

Là-dessus, avec ses camarades, ils improvisent une ripaille. Assez longtemps pour leur permettre de contempler l'obscénité de la rigidité cadavérique. Ils s'aperçoivent que les jambes croulantes de la fille se redressent peu à peu, montent toujours plus haut avec leurs bouts dérisoires, ces moignons qui subsistent encore dans leur convenance, toujours en sachets, qui semblent saluer. Cela se constitue en portique au-dessus des intimités de la fille, les rendant soudain grotesques, d'un rococo peu ragoûtant, comme un paysage de grottes, de cavités, de cavernes ombreuses — reflets rougeâtres de chair féminine, avec tout un côté gynécologique, ovarien, organique. C'est là, cette architecture macabre, le vrai viol, le sacrilège parfait. Aussi le militaire dit-il avec un juste orgueil à ses copains :

« Voyez-moi cet arc de triomphe ! »

En attendant, minutes de grâce, la « petite fleur » est deux fleurs jaillissantes, deux fleurs rouges parfaites, avec toute la beauté d'une tête qui regarde, et d'un ravin qui s'offre...

La halte dure près de deux semaines, à un endroit appelé Tong-tchéou. Mais au bout de quelques jours, les troupes sont à peu près rassasiées de tuer. Et les bons officiers, qui avaient jugé nécessaire de laisser leurs hommes s'occuper un peu, pour qu'ils oublient les effrois, les peurs et les haines nés de la grande plaine brûlée, jugent utile de mettre un frein à la mort vulgaire. En sorte que les populations, qui ont été l'objet de plaisirs utiles pour le moral, estiment s'en être tirées relativement à bon compte... Du reste, les Barbares sont près du départ. Ils ont des choses plus importantes à faire ! Par exemple, la revue des détails, de tous les détails, le peaufinage soigné, l'astiquage complet, la grande toilette, le grand habillement. Quel travail ! Car Dieu sait si, aussi bien pour les Français que pour les Anglais, il existe une garde-robe de la gloire militaire, somptueuse, bizarre, ornementée. Et, en pleine campagne contre le Céleste Empire Tortueux, aux portes mêmes de Pékin la Mystérieuse, il ne s'agit pas de manquer d'un ruban. Qu'importent les fatigues, les gênes dues à ces vêtures compliquées, aussi tarabiscotées que celles des Chinois dont on se moque tant ! Forêt de hochets pour plaire et pour terrifier. Chez ces civilisés apportant la civilisation par la destruction, que d'extraordinaires parures ! Toutes ces chamarrures, ces aiguillettes, ces brandebourgs, ces torsades, ces épaulettes, ces tresses, ces festons, ces lisérés ! Tant d'uniformes extravagants et fastueux, sortis des siècles passés comme autant de légendes, comme si les soldats étaient les femelles de la guerre. Sans compter les attifements, les afféteries les plus rococo, les plus magiques et les plus somptuaires, des peuples qu'ils ont soumis à travers le monde, vaincus qu'ils emmènent à travers l'univers pour conquérir avec eux ce qu'ils n'ont pas encore conquis. Ici pour réduire, dompter, et assommer à son tour la Chine Eternelle, qui leur fait tant d'ennuis.

C'est donc l'immense coquetterie militaire sous les tropiques du froid, dans cette croisade qui sera la kermesse héroïque de tant de races, la foire aux peuples, aux épidermes, aux atours. Quelle bigarrure, quel échantillonnage, que de spécimens, quelle Tour de Babel ! Outre les Anglais, l'armée des Indes, outre les Français, l'armée d'Afrique. Et pourtant c'est dressé comme une seule troupe, de la belle troupe au goût des conquérants, qui se sont contentés de laisser à leurs nouveaux mercenaires de tous les coins de la terre leurs falbalas, après avoir asservi les corps et les cœurs aux bons sentiments et aux bons réflexes d'une armée disciplinée. Cela a pour effet le plus savoureux et le plus belliqueux des cocktails. Les turbans des Sikhs, d'énormes enveloppements mousseux autour de leurs têtes d'aigles gras. Les peaux de panthères et de tigres donnant plus de superbe aux musiciens, en s'enroulant autour des instruments, servant de cuirasses ou d'écussons aux torses et aux poitrines bombées par le « God save the Queen ». Ces curieux exotismes sont mêlés aux étrangetés d'Albion, aux soldats en kilt, qui exhibent de longues jambes blanches gainées de bas. Du côté français, c'est partout la fantaisie, avec des Turcos revêtus de ciel et brodés de soleil ; accoutrement on ne peut plus convenable dans l'Empire Céleste. Toutes les imageries mauresques, fleurant encore le corsaire et le janissaire ; des capes rouges doublées de blanc, draperies orgueilleuses, tombant des épaules dans une envolée large le long de la taille jusqu'aux bottes évasées, libérant les gestes, ceux de l'hospitalité et ceux du sang. Et le boursouflement des pantalons bouffants, et les lettres arabiques en or incrustées sur les étoffes découpées selon les formes courbées d'un cimeterre. Tout cela à côté du bon garance du fantassin français... Et pour commander ces indigènes du Pendjab ou du Maghreb, les Blancs se sont mis comme eux, en indigènes, pour mieux en profiter, pour mieux entraîner leur carnaval magnificent aux tueries les plus meurtrières, où ils feront de beaux macchabées empanachés, sous les plis du drapeau tricolore et de l'Union Jack.

Foire des vanités. D'abord la pavane. Messieurs les officiers n'avaient pas besoin des Sikhs et des Turcos pour se déguiser, ils l'étaient déjà avant. Quelle passementerie, quelle forêt de bonnets à poils, que de casques de tous modèles, faits autant pour terroriser que pour protéger (et cela ne diffère guère de l'imagination guerrière chinoise) grâce aux aspects les plus extravagants, certains se rabattant, plongeant sur les faces comme pour les avaler, d'autres grimpant par-delà les sommets du crâne jusqu'à des hauteurs vertigineuses, en aiguilles, d'autres se présentant comme de véritables bâtiments, tours carrées, coniques, cylindriques, conques, coupoles. Des cimiers semblent prolonger l'occiput et sa chevelure par des crinières fauves, comme des échines dangereusement hérissées. A côté de ces heaumes, s'élèvent les minarets de terre ocre rouge du désert. Ce sont tout bonnement les grosses chéchias molles, un peu tassées sur elles-mêmes, qui se juchent sur les têtes des Arabes efflanqués, aux muscles longs et aux nerfs aigus, qui s'agenouillent sur leurs tapis aux heures dues pour prier Allah.

Toute la terre est là, bien là, allant vers la Cité Interdite, vêtue de ses oripeaux flamboyants. C'est une arlequinade merveilleusement cossue. Belle armée, deux belles armées plutôt, côte à côte dans leur arrogance. Rien ne manque, pas une aigrette, pas une plume, pas un plumet, pas une fourragère, pas un pompon, pas une épaulette, pas une ruche, pas un cordon. Quels beaux parements ! Et quelles couleurs ! Evidemment les épidermes sont plus ternes que les uniformes. Ils vont du blanchâtre presque blanc des Anglais au blanchâtre un peu caramélisé des Français, en passant par la brunasse aiguë des musulmans, par le lustrage moins noir, assez noir, noir extrême des hindous. Quelle violence ont les couleurs des étendards, des fanions et des oriflammes ! Les affublements martiaux des officiers et des hommes sont des arcs-en-ciel, des bleus de crépuscule et des bleus d'azur, tous les écarlates, les verts, les jaunes, les violets, les incarnats ! Couleurs qui attaquent, qui frappent dans le déploiement des dorures. Chez les Français adonnés généralement à un vermillon un peu pisseux, le noir éclate dans les vareuses de l'infanterie de marine, les artilleurs sont des géraniums en marche, les cavaliers se complaisent dans les moirés. Les Anglais, eux, apprécient surtout le rouge bien foncé, en plaques, enserrant les cous et s'emparant des poitrines si raides, si pesantes que les hommes paraissent statufiés, d'autant plus qu'ils sont engoncés dans des tuniques quasi droites, avec des parements vert nuit. Les Français, de vif-argent, et les Anglais, de plomb aurifère. Egalement sanglés dans des buffleteries, tout un lacis en cuir fauve et reluisant de jugulaires, de courroies, de brides, de baudriers, de ceinturons, de cartouchières. Tout un harnachement aux fermoirs qui claquent, ayant à peu près les mêmes usages, buts et utilités que les jarretières et les corsets des dames : tendre, mouler à point la sveltesse seyant aux armes. Des armes il y en a une débauche, à commencer par celles que l'on porte sur soi, les sabres avec leurs fourreaux et leurs pommeaux, mais dont les lames, dures de leurs reflets métalliques, sont le Symbole même de la beauté militaire. Idéal et élégance mêlés. Ce sont d'abord les instruments principaux des importantes et minutieuses politesses, mais capables d'entrer dans le vif, de trancher dans les duels et les batailles. À côté d'eux les fusils sombres aux petits trous ténébreux et les canons veloutés aux grands trous ajourés sont vulgaires. Les officiers ensabrés sont en fait emprisonnés dans le carcan de ces garnitures, de ces grâces, de ces colifichets, de ces équipages, tellement surchargés qu'ils ne peuvent montrer à l'entour que des bouts précieusement martiaux de figures, surtout les yeux et ce qu'il y a autour, juste le nécessaire pour exprimer l'art raffiné et héréditaire de leur distinction belliqueuse. L'inflexible souplesse des saluts de cérémonie, les « présentez armes ! » qui sont autant de révérences. Pour le reste, une désinvolture vigilante, les tics qui conviennent, les sourires aussi, une certaine manière de donner peu de soi qui est un code aristocratique. Signes qui comptent plus que les mots. Ceux-là servent surtout à clamer les commandements dans les roulements de tambour et à faire de petites remarques sèches. Toute une éducation. Qui a peur de la mort ? Personne, ce serait inconvenant. Au contraire, il est de bon ton de la défier constamment, jusqu'au bout, mais sans outrecuidance ni forfanterie, le plus simplement du monde, comme si c'était sans importance, pas plus que de retourner une mauvaise carte au whist. Le courage étant la quintessence évidente de la vertu à éperons. Ce courage a été fabriqué pendant des siècles. C'est un legs des ancêtres maréchaux ou colonels et, tel qu'il est, il entre de soi dans cet univers du rituel et de l'étiquette qu'est l'Armée. Mille règles.

Les unes évidentes et presque mécaniques, avec la figure et les yeux en arrêt, merveilleusement figés, regardant droit à travers le concentré de bleu, de marron ou de brun qu'il y a sous les paupières, avec les bras et les jambes opérant de leur côté les mouvements adéquats. La superbe. La vraie valeur est cachée dans une certaine façon de se comporter juste, avec comme indications apparentes une pâleur nerveuse des joues, un frémissement des lèvres, un hérissement des moustaches et, comble de tout, un petit rire ou un ricanement. Tout a un sens appréciateur ou dédaigneux : une moue, un silence un peu prolongé, une tête un peu détournée, des pupilles qui hésitent à voir, ou au contraire une certaine intonation dans la voix indiquant la reconnaissance d'une égalité ou d'une supériorité. En somme, à l'intérieur de chaque être, comme sur ses pelures externes, un esthétisme très compliqué fait de sacrifice et de vanité, où il n'y a plus aucune place pour le cœur et la pitié, pour le moindre étonnement. Il faut toujours savoir se conduire. Donc avant tout le goût, le bon goût d'après lequel, où que ce soit, même dans les obscures, sauvages et lointaines terres à conquérir, le sang et les cadavres ne comptent pas, absolument pas. Non seulement ceux des bizarres et cruels autochtones, qu'il est même recommandé de tuer en quantité, mais aussi le sien et ceux des siens tombés en combattant ces méprisables, tortueuses et dégoûtantes créatures qui ignorent la loyauté et luttent par des traîtrises et des tortures. Alors il faut les exterminer jusqu'à ce qu'elles « comprennent », qu'elles reconnaissent la suprématie des Blancs bienveillants, qui, dans les fourgons de leurs armées, apportent la Vérité, c'est-à-dire la Bible, les pasteurs et les missionnaires, et aussi les livres sterling et les francs.

Ainsi, dans ces continents de ténèbres, le « bel » officier n'a aucune peur, ni celle d'être supplicié affreusement, longuement, ni celle de faire ou de laisser supplicier les infects ennemis par les bons soldats, ces braves bêtes de France et d'Angleterre, ces manants rehaussés au rang de mannequins lambrissés, complètement dociles, dressés et forts, purgés de leurs sentiments, désormais valets des boucheries, où ils abattent et découpent avec des outils dont on leur a soigneusement appris le maniement... Qu'ils meurent, peu importe, s'ils ont bien servi, bien tué. Ils ne sont que du matériel pour ce sport suprême des gens bien nés : la guerre.

Oui, la partie devant Pékin, la Cité Interdite, le Trône du Dragon, le Mystère de l'Empire Céleste, s'annonce fort excitante...

En effet, à peu près toute l'aristocratie est là, pour se livrer à ses exercices favoris. Du moins la crème de la noblesse anglaise, des fils de ducs et de lords, les ducs et les lords eux-mêmes. De même, tous les grands noms français sont représentés, qu'ils soient seulement d'Empire ou qu'ils proviennent du fond des âges, des croisades très anciennes. Tous les jeunes, dans leur beauté glabre, maigre et ascétique, se ressemblent, comme autant d'enfants de chœur d'un sacerdoce distingué — bien plus distingué que la chasse à courre. Dans cet apogée de la civilisation chrétienne et aristocratique, vers le milieu du XIXe siècle, rien n'est plus prisé que la chasse aux hommes faite dans un cadre de mœurs, de coutumes, de particularités, de manies, d'habitudes, de traditions, de bizarreries qui dépassent de loin le règlement militaire. Cela consiste en un club très fermé, avec ses boules blanches et ses boules noires, où il faut être admis. La naissance joue, mais surtout il y a la manière de faire chaque chose — le savoir manger, le savoir boire, le savoir lire le menu, le savoir prier Dieu, le savoir lever son verre ou porter un toast, le savoir ne pas pleurer la mort d'un ami, le savoir traiter chacun selon son dû, le savoir des vraies hiérarchies et préséances — pas les officielles qui vont de soi, les autres, plus subtiles et essentielles — le savoir se taire et le savoir placer le petit mot opportun, et surtout, le savoir « penser » comme il convient — trop d'intelligence est mal vu.

Un régiment est d'abord un armorial où les sous-lieutenants et les lieutenants se tiennent comme des jouvenceaux attentifs, timides, au garde-à-vous, zélés, gracieusement orgueilleux — ce qui ne les empêche pas parfois d'être des soudards. Mais comme ils ont la peau tendre, le duvet frais et le regard naïf... Cependant, d'année en année, de campagne en campagne, de grade en grade, d'honneurs en honneurs, de blessures en blessures, souvent de défaite en défaite, les survivants de ces charmants garçons, dont tant ont su périr selon le bon aloi, se sont durci le cœur en caillou et tanné l'épiderme en cuir. Leurs poitrines sont des bariolages de décorations, mais leurs gueules sont gaufrées de rides et de cicatrices, gonflées de truculences rougeâtres, à moins qu'elles ne soient desséchées en momies tristes et aboyeuses. Leurs corps sont devenus des barils ou des squelettes, commandés par la goutte ou l'arthrite, par la bonhomie ou la sévérité, toujours plus ou moins en ruine, détruits autant par la bonne chère et les congratulations que par les batailles — car ils se sont beaucoup battus, car ils sont des héros rafistolés maintes fois par les couteaux ébréchés des chirurgiens, presque aussi meurtriers que les balles, les éclats d'obus ou le tranchant des lames qui leur ont déchiqueté les chairs et les os. Souvent laissés pour morts mais bons vivants à présent, jouissant superbement de leurs restes bien nourris, marinés dans le respect dû à leurs exploits et surtout à leurs grades ! Comme ils ont eu l'écorce assez dure pour ne pas crever, désormais ils commandent.

Mais il reste aux bons « chefs » à se forger une

personnalité, à se composer un personnage fabuleux et juteux pour être tout à fait au point. Pour cela, d'habitude, ils choisissent et cultivent certaines « excentricités » qui sont du meilleur effet, surtout si elles sont exécrables. Devenus généraux ou maréchaux, ils peuvent dès lors tout se permettre, surtout l'idiotie profonde et congénitale, qu'elle soit à gros grains ou à finesses balourdes, cela s'appelle l' « expérience » et c'est sacré. Plus que des ténors ce sont des divas. Ils ont droit à tout, même à faire tuer inutilement mille ou deux mille de leurs hommes en toute tranquillité, la conscience parfaitement satisfaite, en vertu de leur « science » stratégique, qui n'est souvent qu'un simple mouvement d'humeur. Car des humeurs, ils en ont ! Comme ils sont sensibles, comme ils sont amers, comme ils se plaignent douloureusement dès qu'ils sont un peu moins choyés, gâtés, complimentés, félicités, promus : alors autour d'eux, ça trinque. A partir d'un certain grade, il leur en faut toujours plus : encore un titre, encore une promotion, encore une décoration, pour eux seuls. Quelle capacité d'intriguer et de tirer les ficelles ils ont, ces grands « guerriers », pour leurs positions et avantages, pas pour la guerre ! Là, ils n'ont pas besoin d'appui, ils reconnaissent, ils savent, surtout ils ne sont coupables de rien si cela tourne au désastre, au contraire... Et quels paons dans la victoire ! En attendant ils trônent dans leurs postes de commandement, revêches ou bonhommes, toujours gueulant — il faut savoir reconnaître la gueulante de bonne humeur de la gueulante de mauvaise humeur. Autour d'eux quelle fièvre, quelle agitation, quelle courtisanerie, quelles peurs, quelles terreurs, sous les yeux des aides de camp un peu plus impassibles, habitués, experts dans les vapeurs qui infusent toujours dans la tête du commandant en chef !

Il n'y eut jamais plus belle Armée de la Civilisation Chrétienne et Nobiliaire, remplissant mieux les exigences et les subtilités de la Perfection Militaire, que celle se trouvant aux pieds des murailles de Pékin la Céleste, Pékin l'Interdite, qu'elle s'apprête à violer en tout bien tout honneur.

Tout est splendeur dans les troupes qui se préparent à commettre cet outrage moral et nécessaire. C'est même la Splendeur Double, puisqu'il n'y a pas une armée, mais deux, aussi accomplies, l'une que l'autre, la française et l'anglaise, qui voisinent mais ne se mélangent pas, dans un mépris réciproque, profond et caché par la gloire des armes et les parades de politesse. Et cependant, ces deux armées se ressemblent tellement ! Quoi qu'il en soit, tout est multiplié par deux : ne parlons pas des étendards, des drapeaux et des oripeaux qui se sont opposés auparavant sur tant de mers et de terres, ni des uniformes des uns et des autres qui ont depuis des siècles incarné l'Ennemi Attitré, ni des méthodes et techniques de l'exercice, ni du maniement des fusils, ni du salut aux couleurs, toujours exactement et presque systématiquement faits à l'inverse. Dualité donc, depuis les « jeunes » dans leur puberté de zèle et de foi, jusqu'aux commandants en chef.

Deux commandants en chef sur un pied complet d'égalité : cela fait évidemment une petite guerre tamisée entre eux, peut-être celle qui les occupe le plus, en supplément de la grande guerre commune contre le Céleste Empire. Cela fait aussi, à quelques centaines de mètres l'un de l'autre, deux carrousels, deux camps du drap d'or, deux champs-de-mars, deux cours papillonnantes, palpitantes, frémissantes, à la fois pleines de la raideur militaire : cliquetis d'éperons, claquement de talons, garde-à-vous rigides d'officiers acquiesçant aux ordres, les recevant, les engouffrant, se précipitant pour les appliquer avec une servile et magnifique obéissance, conférences impérieuses autour des cartes, tout un va-et-vient d'estafettes et de messagers de tous ordres, tout un velouté de faveurs et de défaveurs. Même spectacle de deux généralissimes dans leurs prérogatives qui se rencontrent, chez l'un ou chez l'autre, le plus joliment du monde, en pleine alliance et fraternité d'armes. Mais il se trouve que chaque point soulevé, la plus minuscule bagatelle, entraîne un combat souterrain, une négociation compliquée où chacun des deux protagonistes met en jeu, plus ou moins consciemment, son propre poids et derrière lui celui de sa nation. Tout cela dans les embrassades — mais ce n'est qu'une image, car il est inconcevable qu'un Anglais puisse embrasser. Celui-là a presque toujours l'avantage au départ, tellement il est lord, souverainement lord. Il l'est à ce point qu'il ne hausse guère le ton, mais chaque mot ou chaque silence, et même chaque nuance dans un mot ou un silence, est, sans en avoir l'air, déjà une salve.

Le lord commandant en chef est un grand soliveau, presque un dadais à première apparence, avec une haute tête innocente de petit garçon monté en graine, avec un visage si blanc et si rouge qu'il en paraît bleu, une cime bleuâtre, sans autre particularité, sur ces surfaces blêmes, qu'une frondaison de terribles moustaches en crocs, roux à croire que c'est un lever de soleil embrumé au-dessus des mers vikings. Mais ce crâne doit être si lourd au bout d'un long cou que le personnage semble le porter, comme une charge, toujours un peu penché de lassitude. Cette inclinaison elle-même paraît pénible, en tout cas d'un secours insuffisant, car il ne prononce une parole qu'avec une sorte de fatigue. Et quand la phrase tombe goutte à goutte de ses lèvres, ce sont autant de « ploc », même si leur bruit est d'une urbanité exquise, qui font de dangereux remous, un drôle de remue-ménage. Car le lord, dans sa gentillesse parfois appuyée d'une moue d'ennui, d'impatience ou d'irritation, peut très bien, en toute douceur, prescrire les mesures les plus effarantes, pour un rien : la cour martiale, la dégradation, le poteau. Cela pour ses officiers et ses hommes. Quant aux Célestes, les malheureux... pour lui ce sont des « natives », c'est tout dire. En somme, le cynisme et le despotisme sucrés, un peu zézayants, d'autant plus destructeurs, dominateurs, qu'ils procèdent d'une vraie ingénuité. N'est-il pas le représentant de tous les droits « british » submergeant le monde ? Droits de la Couronne, de la reine Victoria, d'Albion, de l'Empire britannique, sans oublier son propre droit presque divin, en tout cas féodalissime, avec son écusson qui était déjà à Azincourt, et qui remonte encore plus haut dans les âges. Evidemment il ne parle pas le français, pas plus que le Français ne parle l'anglais. Ballet des interprètes dès que les deux généralissimes sont en présence. Les petites « grenouilles » françaises se démènent et comment ! Car d'emblée, elles sont écrasées par la suffisance congénitale des « rosbifs », pas prétentieuse du tout, mais innée, incarnée, incorporée : suffisance qui tâche même de ne pas être condescendante, qui essaie de procurer l'illusion que les deux chefs alliés envoyés contre l'Empire du Milieu sont de pair à compagnon. Ce qui aggrave les choses car à cette « placidité » britannique si policée, le Français ne peut même pas opposer une certaine « morgue » aisée et insolente, sournoise et badine qui caractérise les gentilshommes de bonne souche de son pays. Sa généalogie remonte au plus à Napoléon Ier...

Le généralissime français, lui, c'est une gesticulation trapue, tassée, un peu éructante, enrouée des tripes, fortiche, avec un début de bedaine, légèrement apoplectique, les traits sévèrement épanouis, les membres courts décollés du tronc par ses indignations contre l'English pour qui il reste, il le sent bien, le spécimen du « noiraud » de Français. Effectivement, il est un peu pruneau trempé dans de l'eau-de-vie, la peau non seulement bistre mais poreuse, le poil foncé qui se dégrade dans une brunasserie soigneusement partagée par une raie où s'entrevoit la calvitie naissante, avec, comme ornement principal, au milieu du visage, une délicieuse moustache fine un peu recourbée, une ombre de moustache, un cordonnet au-dessus des lèvres, qu'il caresse de sa main droite épaisse et ramassée, aux grosses veines bleues. Brave homme au fond, qui s'engonce, jovial, dans son cuir tanné, ses énormes épaulettes, la bonne grognasserie et la bonne franquette, avec cependant tout un côté cérémonieux de vanité militaire satisfaite mais très peu prisée chez les gentlemen des Armées de Sa Gracieuse Majesté. Ah ! que le lord le turlupine ! Dans les béatitudes de ses dîners, entouré de son état-major familièrement respectueux, tout à l'écoute de la narration ininterrompue de ses bonnes fortunes, avec petits rires et force détails, et de ses citations et coups d'éclat, avec des « tonnerre de Dieu » et des « sabre de bois » visant à la modestie bien étudiée, parfois il s'interrompt et sombre dans un « qu'est-ce que peut bien mijoter l'Autre ? » ; « l'Autre » étant une de ses façons de désigner l'Anglais. Notre homme est bon, mais de là à se laisser marcher sur les pieds... Alors reluisent les yeux très petits, très charbonneux, un peu veinulés de cruauté, juste ce qu'il en faut pour un général français. Oui, quand l'Autre n'est pas là, que lui se met à table et pense à l'Autre, quelles démangeaisons, quelles rouspétances ! Il est flamberge au vent, au point que, au dessert et au cognac (transporté jusque-là par tonnelets sur le dos peu odoriférant de quelque coolie, mais ça n'en gâte pas le goût), en tapant du poing sur la table, il ferait fusiller volontiers, pour une peccadille, une escouade de ses propres soldats.

Mais il se contente d'ordonner de brûler un village chinois, puisqu'il y en a maintenant à portée de la main que les Chinois n'ont pas brûlés eux-mêmes. Oui, ça valse... A d'autres moments, dans la salle en toile des opérations, il pense, pas aux hostilités contre l'Armée Céleste — le front entre ses paumes, il se creuse la cervelle à trouver la finasserie pour « remettre à sa place » le « rosbif », autre appellation pour le lord, quoique celui-ci ne ressemble aucunement à une tranche de viande. Et tout l'état-major, dans les poses du travail, en fer à cheval autour de lui, de cogiter avec lui, de se gratter les méninges. Et ils en font des trouvailles mirifiques ! Le malheur, c'est que le général prince — général par son mérite et prince par les mérites de son père — n'a pas le temps de « s'expliquer », car il a le verbe long et l'astuce filandreuse, quand il se trouve en présence de l'Autre. Avant même qu'il ait pu commencer à placer son fin raisonnement, alors qu'il en est encore aux prémonitoires « hum, hum » du prologue, le lord, balançant de l'occiput comme s'il avait un torticolis à pendule, du haut de ses hauteurs nordiques, laisse tomber avec négligence, par mégarde, un petit bout de locution anodine qui démolit dans l'œuf tout ce que le général prince avait si soigneusement préparé, qu'il se proposait de débiter avec une autorité éloquente et qui, du coup, lui reste dans la gorge. Mais le Français ne se laisse pas abattre et, tout bouillonnant, s'écrie : « Permettez, permettez », en un bredouillement désespéré, en une protestation à crampons, en une objurgation farouchement obstinée. Et de se mettre, à grand renfort de déhanchements, d'accent gascon, à essayer de grimper jusqu'au sommet où plane le chef du lord, pour « foutre en l'air » son assurance, qui est comme le bouclier et la lance d'Albion. En vain...

Mais la revanche du Français, c'est quand l'Autre, la mine toujours absente, distraite, et comme égarée dans son flegme, entreprend d'introduire subrepticement, comme si de rien n'était, une petite proposition de son cru absolument minime et pourtant lourde de conséquences. Ah mais... Le général n'est pas dupe, il démêle les ficelles qui lui crèvent les yeux, il ne voit qu'elles. Et alors ça non, il ne se laisse pas gruger. Pas moyen de le « rouler dans la farine ». Pas né de la dernière pluie. Et, pour bien montrer qui il est, de toute la puissance de sa nuque épaisse, de toutes ses jambes bien établies sur le sol, cette fois sans effets déambulatoires gigotants et diserts, il fait seulement, en branlant interminablement sa tête rassise de gauche à droite et de droite à gauche comme si elle était posée sur un pivot, il fait un de ces « non, non, non », pondéreux et définitif, comme s'il y avait là-dedans, bien défendu, tout l'Honneur de la Patrie. Après cela, quand l'Autre reste coi, retourné à l'altitude silencieuse de ses nuages, le Français est vraiment content, il jubile avec générosité, il vit un de ces moments où il savoure son triomphe, et ses proches officiers le congratulent avec ferveur et admiration. Ensuite, trop tard, il s'aperçoit que malgré tout, le diable sait comment, c'est l'Autre qui le mène par le bout du nez, à sa guise. Colères ! Jurons ! Pauvre général, qu'est-ce qu'il avale comme couleuvres britanniques ! Mais en fin de compte, il déclare :

« Pas idiot, cet Anglais. Il a suivi exactement mes conseils... »

Grandes et petites escarmouches, qui ont l'avantage de remplir les loisirs des généraux et de leurs états-majors. Affairements qui occupent tout le monde, se répercutant en une cascade brisée, de grade en grade, jusqu'en bas. Français contre Anglais et Anglais contre Français, la préoccupation majeure.

Heureusement pour la guerre, en ces temps-là, en ces lieux-là, on a le temps. Car les indigènes de tous les coins du monde prennent également la poudre d'escampette, n'ayant à opposer aux expéditions coloniales si bienfaisantes que leurs traîtrises, leurs fourberies, leurs cruautés, leur déplorable incompréhension et leur lamentable ingratitude. De tous, il semble bien que ce soient les Chinois qui soient les plus traîtres, les plus fourbes, les plus cruels, montrant le plus d'obstination dans l'erreur et la méchanceté. Alors, il s'agit de se faire respecter, d'écraser ces infamies du pied, de façon que la leçon porte à jamais. Et cette leçon, pour ces Chinois pervers qui refusent abominablement les fruits et les bienfaits innombrables de la civilisation qu'on leur apporte dans un grand mouvement de générosité et de désintéressement — au nom de ce qu'ils osent appeler leur propre Civilisation, cette chose grotesque et imbécile — cette leçon, il faut qu'elle soit particulièrement sérieuse, sévère même. Sur ce point, le lord et le général, les Français et les Anglais, sont en pleine harmonie, en un accord parfait et symphonique. Alors, malgré toutes leurs chicaneries — le mot de « chinoiseries » serait particulièrement déplacé — malgré leurs chipotages et leurs arrière-pensées, les deux armées ne font qu'une seule magnificence, celle qui va châtier et subjuguer pour toujours les « jaunes ».

Ainsi, tout en se détestant, les « grenouilles » et les « rosbifs » ne cessent, durant cette étape juste à la lisière de Pékin la Maudite, de se manifester et de se prouver leur amour. Ah ! ces magistrales conférences d'état-major, tous ensemble, avec le commandement bicéphale, et les brillants officiers supérieurs des deux contrées, une brochette unique dans l'univers, qui discutent cordialement sur les meilleurs moyens de broyer à jamais les Célestes, qu'ils en deviennent humbles et même reconnaissants ! Ah ! ces revues flambantes où les deux colonnes côte à côte ou face à face, mais fraternellement, sont inspectées par les mêmes personnages, les meilleurs génies guerriers existant au monde ; nos deux généraux et leurs suivants, qui, sur le front de leurs troupes, échangent leurs décorations nationales, avec accolades cérémonieuses et sobres, au milieu des lames nues qui saluent ! Ce sera donc avec des poitrines encore plus ornées qu'ils entreront en grands vainqueurs dans la Cité Interdite du Fils du Ciel qu'ils ploieront et amèneront à résipiscence et contrition. Ah ! ces repas solennels. Ces agapes entre grands soldats, où le Français invite l'Anglais et ou l'Anglais invite le Français ! Toujours avec les mêmes entourages superbes et humbles où, autour d'une table à nappe de dentelle, reluisante d'argenterie massive, de coupes et de vaisselle frappée aux armes de l'hôte, alternent, autour des chefs face à face, minois de Français et trognes d'Anglais dont les mains manient de paisibles fourchettes, couteaux et cuillères, avec toute la délicatesse et le raffinement possibles, silencieusement, pendant que les serveurs les plus impressionnants possible passent les plats. Sikhs géants aux immenses yeux allumés de force tranquille entre leurs turbans et leurs barbes s'écoulant comme des crues gangétiques. Arabes aux silhouettes nerveuses et aux caracos sillonnés d'éclairs d'argent. Dans les assiettes somptueuses, évidemment, les gastronomies nationales, appréciées avec une sobriété toute militaire, ce qui n'est pas difficile chez les British, ce qui l'est plus pour les Français qui ont la courtoisie de ne pas faire les dégoûtés devant la soupe de tortue, le curry et le gigot à la menthe. Ils se rattrapent chez eux, avec une chère friande et abondante à s'en faire péter le ceinturon, vins et alcools à l'appui, et là ce sont les Anglais qui ont l'urbanité de ne pas manger du bout des lèvres, si bien que, les spiritueux aidant, les roux en arrivent à être écarlates au pousse-café et que les maigres ressemblent à des boas constrictors ayant avalé un cochon. La cordialité d'abord froide et la conversation d'abord gênée se réchauffent et tout le monde est « jolly good fellows » pour les discours : une phrase du lord et cent phrases du général. Santé à sa Gracieuse Majesté la Reine et au Très Honorable Napoléon III. Hurrah ! Santé pour le triomphe de Dieu sur les « Barbares Célestes ». Re-hurrah ! Tous debout, au garde-à-vous, les bras tendant des coupes pleines que, tous ensemble, en un seul geste, ils amènent à leurs bouches comme pour une communion, religieusement. D'ailleurs le Christ est là, qui apporte ses bénédictions à l'entreprise charitable et nécessaire de cette guerre en commun, par l'entremise de ses prêtres : l'aumônier catholique poilu des Français et le pasteur protestant imberbe des Anglais. A la vérité, ces hommes d'Eglise ne désarment pas, et la haine la plus inexpiable, celle que rien n'altère, c'est celle qu'ils nourrissent l'un pour l'autre. Mais le Seigneur leur donne la sainte patience de se supporter, du moins momentanément. Oui, on va, tous ensemble, écraser à jamais le Ciel vide du Fils du Ciel, pour que rayonne dans le Firmament le Vrai Dieu avec ses attributs et prérogatives, le Crucifix cher aux Français et la Bible chère aux Anglais, Dieu que vont servir les Français en arrachant aux Chinois bourreaux la liberté de propager la Foi Romaine par l'intermédiaire des missionnaires qui ne connaîtront plus la sainte félicité du martyre, Dieu que vont servir les Anglais en extorquant aux Chinois non clients la libre Propagation du Commerce Puritain, selon lequel les œuvres en ce monde doivent être récompensées par d'honnêtes dividendes. On va obliger les Chinois à consommer l'hostie consacrée et les textiles de Manchester. Tous ensemble pour la bonne cause... Hurrah, hurrah, hurrah !

Et le Seigneur est là, qui écoute ses fidèles. Car un jour, les deux armées partent au bal du sang. Les officiers et leurs soldats dans leurs tenues de guerre semblent être en grandes robes de gala.

En effet, il paraît que le prince mongol Seng Colinsing, au lieu de déguerpir comme à son habitude en laissant une traînée de ruines et de dévastations, a lancé son défi. La bataille grande et décisive va se livrer dans les lieux les plus fabuleux de l'Empire Céleste, dans le domaine qui s'étend entre la Cité Pourpre où le Fils du Ciel ne cesse de communiquer avec le Ciel, et le Palais d'Eté, Trianon oriental qui en est éloigné de quelques kilomètres, où le Saint Homme daigne aller parfois se reposer de son épuisant sacerdoce qui maintient toute Vie sur la terre, qui est le Feu, qui est l'Eau, qui est le Bourgeon et la Graine. En cet endroit ont été accumulées toutes les délices concevables. Et l'imagination céleste est aussi féconde dans les délices que dans les supplices, d'ailleurs souvent d'une étrange ressemblance.

Le Palais d'Eté c'est un délire, devenu matière, de toutes les jouissances, de toutes les sensations, de tous les sens poussés jusqu'à une perfection comme il n'y en eut jamais ailleurs, dans les temps et les espaces. Presque un cauchemar de délicatesse, où le Souverain de Tout Ce Qui Est peut se divertir, se gorgeant de plaisirs inouïs jusqu'aux dernières parcelles de son corps et de son âme, afin que, tous désirs ayant été satisfaits jusqu'à satiété, lui-même étant purifié et nettoyé par les excès, il puisse reprendre de toute sa force sa charge écrasante de Pilier de l'Univers. C'est quelque part dans cette nature sacrée, aussi interdite aux hommes que le Trône du Dragon Priant à l'Est et l'Alcôve du Dragon se Délassant à l'Ouest, que va se livrer le combat pour le Ciel, entre le Ciel Céleste et le Ciel Chrétien, entre ces Chinois que les Occidentaux appellent des Barbares et ces Occidentaux que les Chinois appellent des Barbares. Défi énorme commandant Tout Ce Qui Arrivera sur ce globe. Le rendez-vous est en un lieu dénommé Palikao, dont on ne sait exactement où c'est, ni ce que c'est.

Là, cinquante mille, cent mille cavaliers mongols peut-être, vont s'élancer sur leurs montures en une masse sabrante, nuée de mort dévalant contre les minuscules poignées de Blancs. Et ceux-ci, contre le moutonnement galopant à l'infini de tant de naseaux gargouillants surmontés des têtes grimaçantes de leurs maîtres, contre ces ondulations de bêtes-hommes et d'hommes-bêtes se rapprochant comme un déferlement apocalyptique de muscles et de lames portés par les étincelles des sabots, comment pourront-ils résister ? Comment se défendront-ils, eux-mêmes réduits à quelques points, à quelques lignes, perdus dans l'immensité des choses, contre la course immense des Centaures, eux, les Blancs, simples brimborions, armés de leurs fusils et de quelques canons ? Ces armes sont-elles vraiment plus que des jouets ? Est-ce que ces quantités infinitésimales de Français et d'Anglais vont pouvoir dégorger assez de balles et de boulets, assez de fer et d'éclats de fer pour arrêter, démolir, abattre la Formidable Muraille d'Hommes et de Bêtes qui va avancer vers eux pour les engloutir dans ses profondeurs, pourfendus par les yatagans des hommes et piétinés par les pattes des bucéphales ? Ne vont-ils pas être réduits au néant, devenir des chiffons, bouts d'uniformes maculés de leurs restes sous le Troupeau triomphant ?

Mais pareilles pensées, pareilles perspectives, même l'ombre d'une crainte, n'effleurent aucunement les cœurs et les cerveaux des Barbares blancs. Au contraire, ils vont à la fête, à la grande fête comme il n'y en a jamais eu, tous joyeux et gaillards. En deux colonnes, ils marchent à longues enjambées vers le gala promis, en pompeux apparat. Pour cela ils traversent grossièrement, insensibles à sa beauté, une charmille qui est une poésie, un bois manifestement arrangé pour la délectation impériale. Ombres des saules qui soupiraient mélancoliquement de leurs feuillages penchés, écoulement lent de ruisselets dans on ne sait quel doux bonheur ou quelle douce tristesse, qu'une cascade aménagée dans des pierrailles moussues fait pleurer d'un peu d'écume. Stagnations des mares serties dans un sol de sable doré comme des larmes éternelles aux tranquillités bleues, vertes ou violettes. Passerelles savamment rustiques faites de vieux rondins vermoulus dans leurs rugueuses écorces, taillés en créatures infernales ou propitiatoires, qui s'écaillent, dévorés de trous et de taches, en délicieux lambeaux. Marches de blancheur immaculée ne menant nulle part. Parvis solennels dans leur nudité poignante, avec parfois un bouddha qui condamne le monde ou s'en moque. Monticules qui sont tombes, montagnes au format de bosses. Partout, évidemment, rocailles et pagodons, pêlemêle, comme de la terre qui pèse et de la terre qui s'envole. Paysage aménagé dans cet absurde bucolique qui plaît aux Chinois. Et pas un être humain, pas la trace d'un être, comme la Promesse illusoire de la paix à jamais. Cela dans la musique apaisante des branches, des eaux, des colombes blanches qui volettent, flocons de la mécanique céleste ; et, en un ton un peu plus accentué, la vibration des clochettes qui se prolongent les unes les autres, mystérieusement, comme une onde sans fin, d'essence divine.

Là-dedans, dans cette Immuabilité sereine, s'engouffrent les troupes des Envahisseurs puants, en deux lignes à la rutilance barbare, et dans un boucan à déranger la suavité des Cieux et des Terres. Ils déambulent en forcenés, foulant le Sol Sacré de leurs grands pieds, armés de partout, brandissant leurs morceaux de métal à tuer, doigts sur les gâchettes et baïonnettes prolongeant leurs membres dans un hérissement de porcs-épics. Ils frappent la terre de leurs pas très lourds, les yeux allumés, vigilants, à épier tout, à renifler le soupçon, prêts à la Grande Brutalité, sans même s'apercevoir de l'harmonie des bosquets, des feuillages, des étangs, des ponceaux, des effigies sacrées ou bizarres, des tours de porcelaine, des tumulus, des eaux vives. Ils n'ont pas honte. Ils sont sauvages et fiers, bardés de leurs uniformes et de leurs ferrailles, accompagnés avec orgueil de leurs canons bringuebalant prêts à cracher, et traînant derrière eux la lie des coolies misérables, auxquels il font commettre un grand sacrilège. Car cette Terre est interdite, sous peine du supplice de la mort lente, à toute vie humaine. Pour la première fois, des hommes blancs sont là, et ils regardent sans la voir la beauté défendue qui s'offre à leurs yeux profanateurs. Leurs visages sont pourtant tendus à scruter, ils cherchent l'Invisible, l'Inexistant, les soldats mongols qui ne sont pas là, mais qui ne sont pas loin.

Ainsi, furieusement, aveuglés, leurs prunelles roulant sur elles-mêmes, ils vont en bon ordre, grossiers, en deux longues files comme deux cordées, deux tresses. Il ne suffit pas de leurs gueules, de leurs oripeaux, de leur équipement sanguinaire, il faut aussi qu'ils détruisent par les sons. Un vacarme ignoble les accompagne, un dégueuloir de bruits épouvantables qu'ils produisent dans une vanité furieuse, comme si cette cacophonie sortait d'eux-mêmes, dégagée de leurs tréfonds, signifiant la résolution atroce et la puissance inégalable qui sont en eux. Leurs clameurs de guerre montent de leur courage pour les entraîner dans un déchaînement qui doit faire trembler l'Adversaire. En fait, cette rumeur effarante, ils ne la fabriquent pas avec leurs organes, mais avec des engins primitifs, dans lesquels ils soufflent leur haleine mauvaise ou qu'ils frappent rudement avec des bâtons. Cela sonne et percute à la fois : les clairons, les trompettes, les tambours, les grosses caisses, les cymbales, les fifres, ustensiles en cuivre vulgaire et en vulgaire peau d'âne, avec lesquels les Barbares s'enivrent pour le sang. Symphonie des instincts de la mort bestiale. Dans ce charivari sinistre où les vils Envahisseurs blancs mettent leur gloire, perce l'aigrelet encore tribal, l'aigrelet obstiné et vorace des cornemuses, les bagpipes des Ecossais. Comme si cela ne suffisait pas, surgissent aussi, dans ce concert dégoûtant, ce ragoût triomphal, les accents que les « Longs Nez » croient époustouflants, des instruments qu'ils ont empruntés au monde conquis par eux. Les flûtes nostalgiques sur lesquelles courent les lèvres des Hindous, et aussi la nouba des Arabes, un bâton ferré surmonté d'un croissant auquel sont suspendues des queues de cheval, un bâton tout parsemé de grelots que, d'une main adroite, ils lancent et rattrapent, élèvent ou abaissent dans un clinquant pénible. La barbarie dominatrice et toutes les barbaries subjuguées attaquent le cœur de la Chine Sacrée, offusquant de leur présence, de leurs braillement, la Cité Pourpre Interdite encore invisible et, tout près, les lieux du Repos Vénérable.

Tintamarre. Français et Anglais mettent leur superbe à aller au « bal » de Palikao. Au bout d'une heure, au bout de deux heures, ils avancent toujours, portés par une fringale gaie et encore plus concupiscente à mesure qu'ils se rapprochent du gala, de la bataille. Pourvu que ce ne soit pas de l'esbroufe, encore du vide... Ils brûlent, à mesure qu'ils progressent, de la fièvre de l'extermination. Ils désirent le choc contre les soldats les plus magnifiques de la Chine, ces Tartares de Mongolie auréolés de légendes qui, avant de prendre le Céleste Empire, avaient peut-être, dans les siècles antérieurs, chevauché avec Gengis Khan et Tamerlan à travers les continents, semant la Grande Mort et la Grande Désolation sur plus de la moitié de l'Univers.

De cette fantastique épopée, reste-t-il un souvenir aux cavaliers mongols ? Ils ont pourtant, même après trois cents ans de domination sur la Chine, les hommes des Bannières qui ont franchi la Grande Muraille, qui ont réduit à la sujétion, après un siècle de combat, les Célestes Innombrables, les masses chinoises qui ont tant résisté. Les huit grandes Bannières...

Il s'agira d'un affrontement comme il n'en a jamais existé, entre les hordes arrogantes en tenues de centaures et les vingt mille Français et Anglais, si sûrs d'eux malgré leur petit nombre. Car ils sont le Présent tout-puissant. Dans la mêlée imminente, les siècles, les millénaires, les civilisations se heurteront, les hommes des steppes et ceux de la Chine Eternelle, les cavaliers aux gestes immuables provenant des déserts et les soldats de la dynastie des Tsing, contre ces Blancs venus d'au-delà des Mers Connues avec de terribles armes ignorées. Ce qui va se décider là, si près, et dans si peu de temps, dans l'endroit même qui est le centre du monde, c'est le Destin de Tout Ce Qui Est, c'est-à-dire le destin de l'Empire du Milieu resté jusque-là intégralement luimême, figé dans sa Perfection qui ne peut être dépassée depuis les commencements des temps. Il y eut des âges magnifiques, où les Empereurs Grands, Magnanimes et Sévères remplissaient dûment, complètement, le Mandat du Ciel, et le Bonheur était partout en ce globe d'en bas. Mais combien de trous béants et sombres, combien de chaos dans la trame des siècles ? Invasions terrifiantes des peuplades équestres de l'Asie Intérieure aux espaces désespérément nus, aux rocs désagrégés par les extrêmes du froid et du chaud, avec à peine quelques touffes d'herbe pour leurs chevaux. Invasions venues pardelà le Gobi, où les vainqueurs, rendus fous par les fertilités et les richesses offertes à leurs yeux abasourdis et incrédules, incapables d'en profiter, s'acharnaient dans une exaspération furieuse à tuer toute vie et toute fécondité en des randonnées qui étaient des fleuves de sang et de destruction.

Combien de fois la population chinoise avait-elle été réduite du tiers ou même de la moitié ? Combien de désordres affreux, où, comme un cauchemar, sévissait le goût de la mort ? Combien de calamités dues aux maladies noires où les êtres se vidaient de partout jusqu'à n'être que des vessies crevées ? Combien de calamités dues aux flots quand les digues n'étaient plus entretenues et se rompaient ? Au manque d'eau quand les canaux n'étaient plus approvisionnés ? A la faim quand la terre n'était plus cultivée ? Seuls régnaient l'Abomination et la Peur. Cela se passait ainsi quand le Ciel était offensé par quelque indigne Fils du Ciel ne s'adonnant pas à un culte fervent du Chariot Etoilé.

Mais le Céleste Empire avait toujours traversé ces effroyables fléaux sans dommages irréparables. A chaque fois que le Mandat du Ciel était repris par des mains fortes, pieuses et justes, tout renaissait. La Chine avait récupéré toutes les monstruosités, et les Conquérants les plus affreux, ceux qui avaient semé avec une jouissance indicible le trépas sur les cités les plus riches et les campagnes les plus prospères, devenaient finalement de très bons Fils du Ciel. Chaque fois, le Céleste Empire s'était retrouvé semblable à lui-même, avec sa Sagesse, sa Vertu, ses Rites et un Saint Homme sur le Trône du Dragon. Ainsi continuait le Fantastique Orgueil de l'Empire du Milieu, pour qui, en dehors de Tout Ce Qui Est sous le Ciel, il n'existe rien. Peut-être y a-t-il sur des confins ignorés quelques races inconnues sur des terres inconnues, qui, évidemment, doivent tribut au ciel si elles se révèlent à lui. Quand des envoyés de Ce Qui N'Est Pas osaient se présenter devant le Siège du Dragon, il fallait qu'ils implorent grâce, qu'ils supplient, qu'ils le reconnaissent comme le Seigneur du Monde et fassent le kotow, le grand agenouillement où ils se tapaient sept fois le front sur le sol. Alors ils étaient les bienvenus... Ainsi, le temps ne comptait pas, il y avait le Ciel, la Terre et les hommes pareils dans l'Eternité, pour l'Eternité. Rien ne bougeait, rien ne devait bouger, car telle était l'Harmonie de Toutes Choses qu'elle n'était pas perfectible, que tout ce qui prétendait l'améliorer était en soi un blasphème et un mal inconcevable.

Cela avait duré ainsi jusqu'à l'arrivée des Barbares de la mer, les Barbares au long nez, les Barbares à l'odeur de cadavre, les Barbares à l'haleine puante, les Barbares à la tête de chien, les Barbares à la peau blanche du deuil qui venaient de l'Inconnu sur des bateaux de feu, pas le feu béni des narines du dragon, mais le feu dégoûtant de leurs ventres de fer pleins d'artifices qui s'appelaient des machines. Ils étaient la Malédiction même, plus que tous les conquérants venus de toutes les Mongolies qui avaient fait de la Chine des déserts de squelettes. Car ces derniers Barbares d'outre les Eaux Salées, loin de se convertir peu à peu à la Beauté du Ciel, loin de s'incliner devant le Trône du Dragon, de faire acte d'allégeance devant lui, loin même de penser à le conquérir pour l'honneur extraordinaire d'y placer le meilleur d'entre eux, qui maintiendrait à son tour le jeu des éléments et des règles consacrées dans leur immuabilité, ne font que rire de cette « quincaillerie » : ce qu'ils veulent, eux, c'est apporter le Changement Complet à ce qui était resté intact depuis six mille, dix mille ans, sans la moindre modification. Ces Blancs qui tuaient peu, très peu, en comparaison des Grands Tueurs des annales, étaient cependant dix mille fois plus maléfiques. Car ils voulaient défaire et refaire Tout Ce Qui Est, au nom de leur Bien. Dérision ! Comment la perfection serait-elle perfectible ? Hélas ! ils étaient les plus puissants par la matière, même si leurs esprits étaient grotesques et stupides. Ils ne comprenaient pas qu'ils commettaient le Mal Abominable, bien au contraire, et ils s'indignaient furieusement des moyens employés par la Sagesse pour essayer d'arrêter leur folie ! Loin de reconnaître la bonté des mensonges et des tortures employés pour les ramener à la raison et au remords, ils redoublaient leurs coups et leurs exigences impies. C'était l'Incroyable, c'était l'Impossible, et pourtant, cela était. Il n'y avait jamais eu pareil danger depuis l'origine du Monde.

Combien avait été éclairé, au siècle dernier, le Grand Empereur Tchia Tsing quand il avait refusé les cadeaux apportés pour l'amadouer par des représentants officiels de l'Angleterre qui n'avaient pas voulu accomplir les salutations de l'humilité. Il avait renvoyé les bibelots de la mécanique occidentale, des appareils rares sortis d'usine, tout un merveilleux scientifique inconnu en Chine et très tentant. L'Empereur Céleste avait fait parvenir à George III d'Angleterre cette lettre écrite en caractères gras :

« Cette année, Roi, tu as fait partir des messagers porteurs d'un placet et tu les as munis d'objets provenant de ton pays et destinés à m'être présentés. La Cour Impériale ne tient pas pour précieux les objets venus de loin, et toutes les choses curieuses et ingénieuses de ton royaume ne peuvent pas être considérées comme une valeur rare. Roi, maintiens la concorde parmi ton peuple et je te louerai. A l'avenir, point ne sera besoin de commettre des plénipotentiaires pour venir aussi loin et prendre la peine inutile de voyager par mer et par terre. »

Il n'avait pas voulu des montres et des horloges qui indiquaient très exactement le temps, l'heure et la seconde, car à quoi bon mesurer le temps en son cours béni et éternel ? Il n'avait pas voulu des lorgnettes et des jumelles qui font apparaître l'invisible, ce qui est au-delà de la vue humaine, car n'est-il pas chez les Sages un troisième œil qui fait pénétrer dans les espaces illimités ? Il n'avait pas voulu d'un télescope, qui aurait rapproché le Fils du Ciel de son Ciel et de son Chariot Etoilé au sein du firmament, car seules sa Prière et sa Méditation pouvaient l'unir complètement, en un doux dialogue, avec ce Ciel Béni et Bénéfique. Comme il avait été sage ! Malgré cela, en moins d'un siècle, les bagatelles aux rouages charmants, cette broderie de minuscules roues dentées et de ressorts flexibles à l'intérieur de boîtiers d'or, sont devenues canons et obus, fusils et baïonnettes.

Au lieu du lord qui était venu jadis avec tous les arts de séduire, voici à présent le lord qui a tous les arts de tuer. Posé comme un grand enfant sur son cheval, au milieu de sa colonne, regardant vaguement autour de lui avec ennui, comme si rien ne pouvait le désennuyer, pas même ce paysage joliment façonné, pas même ses hommes fougueusement ordonnés. A sa hauteur, dans l'autre colonne, le général prince, lui, bien calé, bien tassé sur sa selle, ne peut s'empêcher de multiplier les petits regards en coin de ses yeux en cochonnaille, enrobés de paupières plissées d'usure et d'attention : avant tout il examine et surveille la tenue de ses troupes, pour qu'il n'y ait pas la moindre imperfection dans le comportement et l'allure martiale. Rien ne lui échappe, pas un traînard, pas une poitrine insuffisamment bombée, pas un fusil tenu en une inclinaison mauvaise, pas un métal trop terne, pas une gueule de soldat, et surtout d'officier, qui présente mal, sans la combustion froide et crispée du paroxysme belliqueux. A ses aides de camp, il donne ordre sur ordre, pour qu'ils portent aux défaillants, aux maladroits de la somptuosité militaire, la perspective de jours de prison et de jours d'arrêt à faire après la « victoire ». Toute cette vigilance afin que la colonne française présente mieux que la colonne anglaise. Minutie frénétique et vaine du général prince cependant que le lord semble presque dormir, sa tête en meringue dodelinante, fichée sur le cou en forme de rampe, avec juste le balconnet de sa pomme d'Adam, qui va et vient au rythme de son destrier. C'est qu'il est tranquille, superbement tranquille, il sait que, grâce au dressage perfectionné et rigoureux de ses unités, ses hommes sont des mannequins aux mouvements d'horlogerie militaire. D'ailleurs, c'est l'affaire de ses subalternes et pas de Sa Seigneurie, qui pourtant se réveillerait de son apparent somnambulisme pour lâcher juste un petit juron doux et foudroyant si, par impossible, quelque chose clochait.

Quel tintamarre donc pour se rendre au mystérieux Palikao ! Encore des heures de marche toujours en une parade sur le qui-vive, avec des éclaireurs sur les côtés, à l'avant et à l'arrière, courbés et sur la pointe des pieds, tels des espions, telles des fouines. Mais toujours rien...

Cependant les fanfares alternent sans discontinuer, l'anglaise relayant la française et la française l'anglaise, avec, tour à tour, les hymnes des deux pays, les cantates des courses vers la gloire et la mort, les lentes, les majestueuses, celles des pompes d'avant les batailles, celles en précipité, en accéléré, du trot pour hommes, du galop pour hommes qui s'élancent vers les ennemis en train de charger eux-mêmes, en une mêlée d'embrochages et d'étripages du plus galant effet. C'est ainsi que cela se passe dans les belles rencontres de l'Europe Civilisée. Mais ici...

Les Français et les Anglais, étant alliés sur la terre jaune, ont la politesse, les uns les autres, de supprimer de leur répertoire les antiennes où ils s'anathémisent avant de mieux se détruire, selon les meilleures traditions d'un antagonisme séculaire. A vrai dire cela laisse peu de choses. Assez tout de même pour époumoner le paysage céleste, pour faire un raffut à écraser le zéphyr, le ruissellement des arbres et des eaux, le roucoulement des clochettes et des oiseaux, un raffut à faire fuir les génies protecteurs de ces Chinois affreux avec leur raffinement en tout, les corps démantelés, les verdures torturées, leurs beautés faites de dragons et de têtes de monstres. Mais, de ces Chinois eux-mêmes, toujours pas un... rien que leurs mânes et leurs œuvres...

Soudain, le silence des fanfares. Un arrêt, un point d'interrogation avant l'action : est-ce Palikao qui est là ? L'expédition des Barbares a atteint le centre même de la Chine Céleste. Devant elle un espace, la nappe du Dragon Sacré. Sous la coupe du ciel très bleu, qui, en se rapprochant de la terre, débleuit en un air encore teinté de vestige d'azur, l'Harmonie suprême est incarnée dans les choses mêmes. Encore loin du zénith, le soleil est comme l'oreille d'un animal légendaire, dont le souffle n'a pas encore dispersé les brumes légères d'une aurore estivale : il est à peine neuf heures du matin. Traînées douces, rassemblées autour d'une voie royale droite et régulière d'eaux violettes, du violet de l'améthyste. Ondes souveraines, parcourues des motifs simples et resplendissants de la nature : des lotus plus énormes et plus rouges que des cœurs de héros, servis à même les immenses plateaux verts de leurs feuilles flottantes, des touffes de joncs un peu rouillés, comme des pipeaux. Et, pour exprimer le passage de toutes choses, la fuite mélancolique du temps, des libellules qui, tombées ici et là, s'imbibent et sombrent. La vie remue, dans le grotesque des grenouilles, réductions gargouillantes des laideurs agréables, panses coassantes. Dans l'élancement des cygnes voguant dont la grâce est dans le cou, une torsade, symbole de la Sagesse qui monte en enroulements vertueux, représentation de la volupté qui atteint sa plus grande jouissance dans la contemplation de la courbe délicate de la chair féminine, celle qui soutient une tête intensément maquillée, penchée sous le poids des cheveux enlacés. Dans les poissons, carpes immobilisées par leur grandeur de dignitaires aquatiques. A ces eaux, il n'y a pas de rives, mais tout au long, des deux côtés, des chaussées où chevauchent habituellement les cavaliers de la Garde du Fils du Ciel, jalonnées par les statues en pierre de chevaux-génies, bornes protectrices posées à intervalles réguliers.

Cette onde si large et si rectiligne, c'est le Canal Impérial creusé pour le Saint Homme à son seul usage quand, délaissant son apostolat, il se rend à ses plaisirs. Onde sacrée... Les temples solennels de la Cité Interdite sont adoucis par des moirages d'eaux apaisantes et des îlots verdoyants, qui forment l'embarcadère, d'où part la tranchée liquide sublime. Elle aboutit à un immense bloc de jade d'un vert sans fond, taillé en forme de jonque et posé tout au bout de l'anse extrême du lac soyeux qui sert d'ombre liquide, de miroir de tendre étain, juste en dessous du Palais d'Eté, ce capharnaüm d'architecture, des rites, libérés des censeurs et des hauts personnages, où l'Empereur, le Dieu de l'Ordre sur le Trône du Dragon, peut alors se livrer aux désordres voluptueux de l'Homme aux Désirs aussitôt assouvis.

Cette année, pour se rendre jusque-là, Hieng-fong, ravalé à la condition de mortel aux concupiscences effrénées, avait vogué par le canal, sur une barque comme une arche. Yi le suivait dans une autre barque. Pas de voiles mais des rameurs en robe rouge à rosaces blanches, qui frappaient l'eau à des cadences si justes qu'elles n'étaient que des caresses, qu'eux-mêmes ne semblaient pas exister, et que la nef avançait comme d'elle-même, dans un encens de mélodies flûtées. L'Empereur emmenait avec lui, dans d'autres embarcations qui suivaient, très belles encore mais d'un jaune tirant de plus en plus sur un orangé moins sacré, tout un personnel de haute volée nécessaire aux plaisirs délicieux : outre Yi, toute une troupe de gitons, d'éphèbes, de soubrettes, et aussi des eunuques indispensables pour maintenir la discipline dans le gynécée grouillant d'intrigues, de haines et de complots d'alcôve.

Le Palais d'Eté des agréments précieux et des débauches exaspérées n'est qu'à quelques centaines de mètres des armées barbares, sur la même rive du Canal. Les troupes sont toujours immobiles, pendant que leurs généralissimes, apparemment déçus et soucieux, se concertent longuement. Les fanfares sont mortes et, dans ce silence, c'est la rumeur de la Chine Impériale qui a repris, cet écho, ce tréfonds éternellement modulé, à peine perceptible et pourtant d'un envoûtement pervers. Un tintillement douceâtre fait grincer les nerfs, la promesse d'un supplice. Pour les Chinois, c'est la musique des sphères célestes tournant dans l'infini, la roucoulade infime de l'univers relié au Chariot Etoilé par le Fils du Ciel.

Pour le moment, tout à l'entour, à travers ces eaux, ces bois, ces édifices, pas de Fils du Ciel à ses plaisirs, pas de Cour du Fils du Ciel, même pas de Chinois du tout. Le vide. Pas le vide torturé et pourri de la grande plaine brûlée mais le vide intact, avec tous les trésors possibles.

Au lieu de la belle ordonnance coutumière aux monuments impériaux, ces parvis, ces degrés, ces dalles, ces marbres, ces dragons, ces pierres immenses, ces chaussées, ces arcs de triomphe, au lieu de tous ces pavillons toujours plus saints ancrés autour de la Perspective qui conduit à l'Autel Sublime, au lieu de toute cette Symbolique qui est l'Idéogramme Suprême du Ciel et de la Terre, ce que les troupes aperçoivent du Palais d'Eté, c'est un fouillis échevelé au sommet de rocailles, soulevé comme une vague solidifiée sur le point de retomber, et dont la crête éclate en écumes : le pêle-mêle des délices architecturaux destinés à la jouissance. Tout est précieusement tarabiscoté. Les chairs à plaisir, ces jouvenceaux choisis pour leur beauté maniérée, devaient d'abord grimper l'abrupt d'une paroi plantée d'arbustes en vertige au-dessus de grottes ornementées de brûle-parfum, de hallebardes, de grosses cloches. Pour cette acrobatie avait été conçu un entrelacs de sentes-escaliers jouant à la marelle, sautant des cascades, escaladant irrégulièrement en un tournis où elles s'entrecroisaient, se recoupaient, se dépassaient. Parfois une terrasse suspendue, aux balustrades arrondies d'une blancheur éclatante. Pas de sages ou de génies impressionnants, mais de temps en temps une délicatesse : quelque kouaning féconde de grâce, quelque vasque aux flancs verdâtres gravés d'une fête galante, un énorme bloc de cristal taillé en cheval de feu, une déesse qui chevauche un lion ailé. Parfois aussi des masques grimaçants et des ventres obèses, ou des mains tenant des crânes, posés là pour donner une touche macabre aux autres agréments. Pour l'Empereur, qui ne doit jamais grimper une seule marche, même dans sa chaise-trône à porteurs, est aménagée une rampe luisante et unie, une coulée marbrée à lui seul réservée, qui monte d'un trait en vrille.

Là-haut, un foisonnement de toits superposés, des couches et des couches de toits s'arquant au milieu et s'élançant aux extrémités, en cornes à clochettes carillonnantes. Le ciel, en échange, envoie une lumière pure qui s'éparpille sur les tuiles vernissées, s'y dissout en couleurs et en reflets. Dans ce moiré et cet irisé les faîtes des toits caracolent les uns dans les autres, se touchent, se pénètrent presque en un labyrinthe aérien. En dessous, on devine une profusion de pavillons et de palais de toutes sortes et de toutes tailles, sans autres murs que des colombages entièrement ajourés, par où l'air parfumé se déverse sur des objets qu'il fait étinceler, d'or et d'argent, d'émeraude, de saphir, de turquoise, qu'ils soient blocs entiers ou seulement yeux et nombrils des dieux et des démons invités aux festivités. Capharnaüm d'en bas correspondant au dédale d'en haut, avec comme supports, des colonnes de cèdre laquées dont le rougeoiement s'obscurcit dans la pénombre des très hauts plafonds ciselés qui semblent faits d'or noirci et de pierres précieuses ternies. Dans le bric-à-brac des splendeurs terrestres existent des recoins cachés, des portes dérobées, des couloirs inconnus pour les mystères et les secrets, et aussi des salles fastueuses pour les grandes réjouissances, les agapes à dégueuler, le théâtre à pleurer, les musiques à être ensorcelé. Salles aussi pour les débridés lascifs et rigolos avec les joliesses les plus délicates de Chine, garçons servant aux lubricités raffinées, compliquées, parfois cruelles de Hieng-fong. Quand la nuit tombe, ces plaisirs sont sombrement illuminés grâce à des torches de métal. Les choses se devinent à peine. Jamais un Barbare n'a pénétré en ces lieux.

En somme, la beauté patiemment travaillée, la nature transformée, tout un monde créé, voulu, pensé pour le baroque, avec cependant, toujours à portée, la présence du grandiose. En haut, les fûts des cèdres et des pins, calmes et solennels dans leur Grande Tranquillité, couvrent les agitations. En bas, le lac verdâtre merveilleusement troué de colonnes de lumière jusqu'à son fond quand le grand soleil est au-dessus de toutes choses. Au loin, les montagnes de Mongolie, mauves et brunes dans leur nudité. A l'intérieur, ce rococo comme nulle part au monde, tout ce que le Céleste Empire a pu produire de chefs-d'œuvre depuis des millénaires.

Personne. Aucun Céleste dans ces lieux si célestes. Les cavaliers mongols ne seraient-ils pas au rendez-vous ? Que faire ? Et au fait, où est donc ce fameux Palikao ? Les troupes ont disposé leurs armes en faisceaux, sous la vigilance de sentinelles qui ne voient rien venir, rien, aucun ennemi. Depuis une heure, les chefs délibèrent et délibèrent encore, se penchant sur des cartes posées à même le dos des aides de camp. Le soleil monte, et le Palais d'Eté semble maintenant composé de coquilles de nacre rose attachées à leur rocher poreux, madréporeux même, vestige d'une mer ancienne, maintenant retirée, n'ayant laissé qu'une larme, ce lac à la surface couverte de minuscules rides et aux profondeurs auréolées.

Personne. Tout près, vide comme le reste, encore plus vide à cause d'un effet de lourdeur splendide, un pont bossu, arc-en-ciel blanc, d'un blanc pesant, accablant. Un pont sur le Canal Impérial, très large, immense, aux dalles de marbre immaculées si bien ajustées qu'elles semblent une seule coulée, une seule portée, montant et dégringolant dans une continuité de légèreté cependant pondéreuse. Arche écrasante et éblouissante, encastrée dans des balustrades épaisses, blanches elles aussi, d'une blancheur que le soleil allant vers son zénith dans le vide de l'azur rend encore plus aveuglante, soleil blanc lui-même, ardent, qui fige la nature, qui statufie les arbres, déride le lac en plomb uniforme, arrête le vent, fait taire les clochettes, aplatit même les pavillons du Palais d'Eté, rendant encore plus intenses le silence et l'absence des êtres. Le pont luit à brûler les yeux, sans reflets pourtant. Ce pont titanesque, un monument surplombant non seulement les eaux du Canal mais toutes choses. Car autant la rive où s'élève le Palais d'Eté est la Chine Interdite de l'Enchantement, autant l'autre rive n'est qu'un terrain désolé, maigre, ingrat, caillouteux, abandonné, avec des touffes de buissons sauvages et des mottes d'herbes à moitié rôties. Sol qui étend loin sa pauvreté, jusqu'aux premières pentes du massif de Tartarie. Comme si cette terre lamentable, que l'Empereur, installé juste en face, n'utilise pas, était défendue au labeur des hommes, pour qu'ils ne souillent pas le Fils du Ciel de leur infecte proximité. Personne sur ces friches.

Cependant les généralissimes, à force de parcourir les cartes déployées sur les épaules de leurs officiers d'état-major, en sont arrivés à la conclusion que Palikao c'est ça, ce pont magnifique et absurde. En conséquence, ils donnent l'ordre d'attaquer, comme si le Vide était l'Ennemi. Et aussitôt les troupes, en dispositif de bataille, de s'élancer contre le Néant sous la protection des canons, laissés sur place avec leurs tas de boulets pour couvrir l'assaut. Elles se mettent à courir, les clairons sonnant la charge et les drapeaux brandis conduisant l'offensive, sur le marbre incandescent. Huit files de front, quatre françaises et quatre anglaises, l'ampleur de l'ouvrage le permettant. Les régiments se ruent face à rien, toujours trompettes ululantes et tambours battants dans le cortège des étendards, ceux de la France, ceux de l'Arabie, ceux des Indes, ceux de l'Angleterre, en un pavoisement martial ! Les assaillants se précipitent, rangés les uns à la suite des autres, dans les attitudes du combat, les hommes courbés sur leurs fusils prolongés de baïonnettes, et, dans les intervalles, les officiers en tête de leurs unités, chacun d'eux seul en avant de ses soldats, debout de toute sa taille, le sabre pointant vers l'horizon. Bientôt l'armée a franchi l'Arche et s'enfonce en colonnes bien soudées, chenilles multicolores sur ce sol broussailleux, dans cette étendue désespérante de misère muette et dépeuplée. Les hommes cependant s'échinent sous leurs falbalas, leur tralala, toujours en une belle ordonnance de guerre, comme si la fatigue, la sueur, les équipements n'avaient pas de prise sur eux. Sont-ce là les farandoles du bal du sang ?

Oui, car en un éclair, d'un seul bond, de derrière chaque buisson, de derrière chaque touffe, ont surgi les « Tigres ». Un troupeau formidable de Tigres innombrables, peut-être vingt ou trente mille en tout. Chinois minutieusement arrangés et appareillés pour paraître de vrais tigres. Chaque combattant enfourné complètement dans les dépouilles de la bête sauvage de manière que, l'homme ayant disparu en elle, il la ressuscite. La tête même du félin recouvre en entier la tête du guerrier céleste. Avec la puissance de sa terrible fascination. Avec ses formidables crocs au-dessus des dents de l'individu qui semble ainsi avoir deux mâchoires, les babines remplaçant la bouche humaine. Avec ses moustaches féroces, dures fibres crispantes flairant la proie, par-dessus les lèvres du Chinois. Avec ses yeux irisés de feu — en verre, mais si bien imités qu'on les croirait vrais — à la place des yeux du Céleste. Et de ce crâne carnassier coule sur le corps humain tout le pelage de l'animal, avec ses bandes noires sillonnant un fond fauve. Et ces Tigres — ces hommes

qui « sont » des fauves — tout en se jetant hors
de leurs caches sur les Barbares, poussent un hurlement, un seul feulement rauque et formidable.
Comme armes, ils ont des griffes, du moins ce qui
en tient lieu : des coutelas recourbés, compliqués,
hérissés de crochets, qui se dédoublent, se multi-
plient en des nœuds de lames, de lamelles coupantes, pénétrantes, arrachantes, qui d'un seul coup
peuvent ouvrir un ventre et en extraire le paquet
des boyaux. Des Tigres, il y en a partout, et après
des sauts étonnants, ils déchirent de tous côtés les
flancs des colonnes. Les beaux soldats de la civilisation, agrippés par ces « félins », se disloquent en
lambeaux, en grumeaux, combattant furieusement,
plongeant leurs baïonnettes dans les ombres rayées,
tournoyantes, voltigeantes. Mais il y a trop de ces
ombres assassines...

Si les troupes s'étaient décomposées en petits
groupes aux prises avec la Mort Tigrée, malgré
tout leur courage, elles auraient été perdues. Mais
ce sont de très bonnes troupes, très entraînées, très
disciplinées, très obéissantes. Les généralissimes
anxieux sont restés à leur poste de commandement,
au-delà du Pont, auprès de leur belle artillerie qui
se tait, impuissante à bien répartir ses obus dans
le méli-mélo furibond des corps à corps serrés ;
si les canons avaient tiré ils auraient tué autant de
bons Barbares que de Tigres. Tubes puissants et
dramatiquement morts pendant que les soldats sont
sur le point d'être submergés, perdus, déchiquetés
par ces masses de mâchoires-crocs et de griffes-poi-
gnards. Mais, au centre de ces mêlées d'épouvante,
il y a de très bons petits généraux subalternes, vieux
briscards, tant anglais que français, riches d'expérience, qui, en une inspiration immédiate, savent donner l'ordre salvateur. Du sommet de leurs petites
voix sèches, ils crient : « Formez-vous en carré »,
cris égarés dans la tonitruante clameur des Tigres,
bondissant et ne cessant de feuler dans le cliquetis

déchirant du combat, ravageant toute la longueur des colonnes qui commencent à être enfoncées, découpées, morcelées. Mais l'ordre est transmis de proche en proche, de grade supérieur en grade inférieur, repris et relancé en claquements gueulatoires, autant d'échos brefs et impérieux, jusqu'aux adjudants marinés dans vingt ans de carrière où ils ont déjà eu affaire à de drôles de « clients » : Arabes des barouds, derviches tourneurs et Afghans aux fantastiques couteaux d'égorgeurs. Alors que les nobles enseignes et les sous-lieutenants sont désemparés par leur jeunesse et se composent déjà des attitudes désinvoltes pour mourir, les vieux guerriers de sous-officiers, cuits et recuits, eux, sont à leur affaire. A force d'aboiements rauques sentant l'éraillé des ivrogneries, mais très précis, durs, exacts, exigeants, avec gestes démonstratifs à l'appui, aboiements rugueux disant à chacun ce qu'il doit faire, comment faire, aboiements dominant les fracas et même les rugissements tigresques, les sous-officiers se mettent à désengager leurs hommes qui, isolément ou par poignées, se débattent contre les Bêtes Pullulantes ; avec déjà en dessous de leur escrime, un dépotoir de morts et de mourants, les Chinois transpercés et les Franco-Anglais dévidés.

Merveille de la discipline ! Grâce à ces clameurs, les « Formez-vous en carré » ont descendu toute la hiérarchie jusqu'aux exécutants. Et les combattants, on ne sait comment dans un tel pullulement, arrivent à se regrouper exactement. Chaque régiment se reforme, se referme sur lui-même en une densité impeccable, à quatre faces, sans brèches. Alors tout est vite réglé. D'abord les Tigres continuant à se servir de leurs pattes comme de ressorts, voltigent incroyablement dans les airs, mais ils retombent sur des murs de baïonnettes, où ils s'embrochent. Du pied, rapidement pour qu'il n'y ait aucune faille dans leur ligne de hérissements métalliques, les soldats débrochent ces embrochés, et se préparent à en recevoir d'autres, immédiatement. A leurs pieds, encadrement victorieux, une ligne continue de corps tigresques perforés. Petites déchirures à peine visibles dans les rayures sombres et sinistres qui strient le poil court, roux et sauvage de la peau qui est à la fois l'âme et la houppelande de leurs ennemis. Alors les Tigres commencent à virevolter un peu plus loin, toutes griffes dehors, désormais inoffensifs, n'atteignant plus rien depuis qu'ils ont été repoussés d'un ou deux mètres. Si peu de distance et c'est pourtant l'extermination pour eux ! Car, dans chaque unité de Barbares, retentit le commandement court et mortel :

« Feu ! Fire ! »

Les soldats tirent tous ensemble, tellement à bout portant que leurs balles, au lieu de trouer simplement, font éclater crânes et poitrines, cervelles et cœurs. Cadavres en dégueulis : finis les beaux cadavres entiers des baïonnettés de tout à l'heure sur lesquels ils grimpent comme sur des coussins afin d'être plus à l'aise pour viser. Malgré tout, les Tigres continuent à voleter en des bondissements fous et vains. Maintenant ils sont abattus et repoussés à chaque salve, car c'est régulièrement qu'on entend : « Feu », et l'ordre est aussitôt suivi du claquement des chiens de fusil et des détonations. A chaque volée, s'ajoute un cordon de macchabées un peu moins abîmés, mais tout aussi tués, marquant le recul des Tigres. Cela devient de la chasse...

A la fin, les Tigres se trouvent suffisamment séparés des soldats français et anglais, pour que les canons du Pont, sous la direction des généralissimes satisfaits, puissent entrer de loin dans la danse. Et, au lieu d'être simplement troués, les Tigres sont démembrés, écartelés, par les éclats des obus qui en font de gros morceaux de boucherie. Il en reste encore pourtant de vivants, des milliers et des milliers, mais hagards, errants, ne bondissant plus, s'aplatissant même sur le sol au milieu des morts, tâchant de se confondre à eux. Complètement impuissants en dépit de leurs vociférations fauves qui s'éteignent, de leurs babines qui ne se retroussent plus sur les dents-crocs, de leurs armes-griffes qu'ils n'agitent même plus. Soudain, après une dizaine de minutes de canonnade, ceux qui étaient couchés se redressent. Alors les Tigres décampent et disparaissent en un instant. Derrière ceux-là traînent lentement les blessés chancelants, clopinants, qui fuient parfois avec une jambe en moins, un bras en moins, un crâne un peu ouvert, une poitrine un peu béante. Cibles faciles. Bientôt, sur la plaine herbeuse, il ne reste plus de Tigres sauf des amas de trépassés, une architecture de la mort qui, avec beaucoup d'exactitude, retrace les péripéties de la bataille.

Les Tigres avaient pourtant juré devant leur chef mongol qu'ils vaincraient, ou qu'ils périraient jusqu'au dernier. Finalement, ils ont préféré appliquer le vieil adage de la sagesse chinoise : « Un soldat qui s'enfuit peut combattre encore ; un soldat tué est perdu pour l'Empire. »

Cependant, les généralissimes, tout en se congratulant sur leur Pont, reconnaissent que les Tigres ont été vraiment très courageux, et même à un moment sur le point d'anéantir leurs troupes. Ils s'étonnent. Ils ne croyaient pas que les Célestes, connus pour leur dangereuse traîtrise, fussent capables d'une telle témérité, d'une telle opiniâtreté. Jusque-là ils avaient la réputation d'être peu combatifs. En fait, en décernant ces éloges à l'ennemi, les chefs barbares, selon leur coutume, s'arrangent pour se donner encore davantage de mérite...

Mais les généralissimes n'ont pas fini de se louanger l'un l'autre, et les troupes n'ont pas le temps de commencer la recherche de leurs morts et de leurs blessés, que l'horizon oscille. Il n'y a aucun vent, rien qu'un soleil absolument pur qui frappe la terre d'immobilité. Cependant au loin, au bas des dernières pentes des monts de Tartarie, quelque chose de blanchâtre, d'un blanc sale, d'un grisâtre, d'un blanc jaunâtre, s'amoncelle dans les airs. Par ce calme plat et rôtissant, ce ne peut être une tempête qui emmènerait, d'au-delà les massifs, les sables du Gobi. C'est pourtant de la poussière, un flocon immense de poussière qui monte du sol, se répand toujours plus... Il semble en même temps qu'on entende, à cette distance, un martèlement sourd. Immédiatement la même pensée vient à tous : il ne peut s'agir que des cinquante ou cent mille cavaliers de Seng Co-lin-sing, qu'on a à peine entrevus sur la Terre Brûlée et qui maintenant sont l'ultime ressource du Trône du Dragon, lancés en pleine charge.

Ces preux guerriers sont trop nobles pour avoir daigné changer quoi que ce soit à la vêture et à l'attirail de leurs fameux ancêtres des Hordes d'Or : une soie jaune ocellée de noir leur sert de justaucorps, un sabre à grand manche est placé horizontalement sous leur selle, leurs flèches sont dans un carquois accroché à l'épaule droite, et leur arc est serré sous le bras gauche. Il avait été vaguement question de les pourvoir de fusils achetés aux marchands barbares qui s'étaient incrustés à Shanghaï. Des messieurs très bien prêts à tout vendre selon les enseignements de la Bible sacrée, même leur âme, encore plus des armes qui ne manqueraient pas quelque jour d'être retournées contre les soldats de leur patrie. Mais les Mongols indignés n'avaient jamais voulu entendre parler de ces vils instruments. Et aujourd'hui, en une masse d'une splendeur sans égale, ils chargent à mort, ayant dégainé leurs sabres pour trancher les Barbares, prêts aussi à décocher leurs flèches. Ils seront vainqueurs comme ils l'ont toujours été, dans la Beauté.

Cependant, du côté des Alliés, le panache de sable, cette éruption qui s'épanche en un nuage à la fois lourd et mou qui coule sur la terre, qui grossit en avançant, qui remplit et dévore l'espace, se rapproche sans qu'ils puissent discerner ce qu'il contient dans ses flancs. Mais le son d'abord indistinct des piaffements, des battements, des pilonnements, devient un claquement continu, une rumeur s'épaississant, qui tient du tambourinage. On devine d'autres bruits, ceux-là plus animaux qu'humains qui, sans doute, sont des hennissements. Alors les généralissimes tendant l'oreille, arrêtés court dans l'échange de leurs galantes courtoisies, prennent leur air de chef, chacun à sa manière, l'Anglais s'égarant dans une méditation lointaine et indifférente, supérieure aux faits, le Français s'étouffant d'une rage rouge et flambarde. Il faut se décider vite, car Seng Co-linsing et ses hommes-chevaux vont jaillir dans quelques minutes. Plaine vivante de croupes, de naseaux, de têtes, d'épées, de flèches, chevauchée par les Mongols et leur morgue, leur superbe, leur orgueil à tuer, à tout tuer. Quel dispositif adopter face à cette avalanche venue des siècles moyenâgeux, des steppes désertiques, qui a jadis décimé l'Univers ? L'Anglais laisse glisser de ses lèvres incolores, à peine remuantes, comme si le brouillard glacé qui semble persister même dans les chaleurs tropicales autour de sa face blême s'égouttait en mots :

« Et si nous ramenions nos troupes pour qu'elles se retranchent derrière le Canal ? Là, bien à l'abri, elles pourraient occire les Mongols tranquillement, comme dans ces battues aux Indes où l'on abat un vraiment très beau gibier. »

Ce réalisme terre à terre de boutiquier fait exploser le général prince qui devient volcan :

« Reculer ! Faire repasser le pont à nos hommes... se déshonorer ainsi ? Jamais ! Moi vivant, jamais, nom d'un petit bonhomme... »

Mais ils n'ont pas le temps de discuter à loisir en une belle conversation stratégique, et le British cède, avec un rien de lassitude :

« Comme vous voudrez. Je ne crois pas en effet que ces précieux sauvages puissent suffisamment approcher de nos unités pour les culbuter et les jeter à l'eau. Permettez cependant que je prenne un nouveau dispositif. »

Et Sa Seigneurie, avec une prestesse insoupçonnable, est déjà sur le pont, de l'autre côté du pont, si bien que le général prince laissé en plan, après quelques secondes pour revenir de son ébahissement, se met à se carapater de toutes ses petites jambes, grosse mouche trottinant sur le marbre blanc, pour le rattraper. Mais quand enfin il l'a rejoint, tout essoufflé, Sa Seigneurie est déjà en train, d'un ton monocorde très sec, de donner ses instructions à tout un groupe d'officiers supérieurs figés de respect, dans un garde-à-vous où aucun cil ne frémit. Et là-dedans, acceptant ses ordres, tous les haut gradés français. Dans ces conditions, que peut faire le général prince sanglé de fureur ? Rien, il est dompté. Car la poussière approche et les bruits se gonflent : ce n'est vraiment pas le moment de se chamailler. Le pauvre homme ! Il enrage d'autant plus que le lord prescrit aux troupes, à toutes les troupes même les siennes, la vieille et fameuse tactique de l'Infanterie anglaise, celle qui vainquit Napoléon à Waterloo... Exécution immédiate.

Bientôt tout le bariolé de l'armée franco-britannique, toutes ces races, ces uniformes, ces turbans, ces barbes, ces couleurs, est rangé régulièrement le long du Canal, face au nuage qui approche et au clapotis des sabots des destriers mongols qu'on ne discerne toujours pas. Tous les soldats sont au coude à coude, en un tracé rectiligne, sur une profondeur de trois rangs, ils sont soudain devenus si semblables qu'on dirait un ruban à trois mailles. Ils doivent tous rester agenouillés pour mieux viser, imperturbables, insensibles à ceux des leurs qui tomberaient à côté d'eux, cloués sur place et n'ayant d'autres gestes que ceux des ouvriers de la mort automatique. Sur toute la ligne, dès que les Mongols seront à portée, obéissant au commandement « Feu », ils lâcheront tous ensemble la première rafale de leurs mousquets. Puis, toujours ensemble, ils travailleront à tuer avec une régularité mécanique, avec des mouvements réduits et précis : charger, décharger, recharger, redécharger, indéfiniment, toujours au commandement. A peine des hommes vivant et combattant, presque des machines à cracher, à intervalles répétés, leur tonnage de mitraille sur les Mongols fous de leur assaut. A cracher et à faucher jusqu'à ce que le plus possible de destriers et d'hommes sur ces destriers, apparemment irrésistibles, soient anéantis, soudain pauvres jouets cassés en plein élan formidable. A cracher et à faucher jusqu'à ce que les survivants toujours moins nombreux soient abattus, jusqu'à ce qu'il n'y en ait presque plus, qu'ils ralentissent, qu'ils s'arrêtent enfin, et finalement détalent, montrant leur dos et la queue de leurs chevaux. Il faut que les Mongols soient brisés. Il faut que soient brisées leurs montures emballées, crinières flambantes, naseaux flambants, yeux globuleux enflammés. Leurs corps, comme des dards, sont invisiblement portés par des pattes se relevant avec une telle dextérité que, dans la ruée, elles disparaissent, elles n'existent plus si ce n'est par un claquement sur le sol battu par leurs sabots qui soulèvent des tourbillons de particules, voiles de la mort qui accourt. Il faut que les cavaliers et leurs montures soient tués avant qu'ils puissent tomber, dans la fougue de leur élan, sur les soldats de plomb tirant du plomb. Mais, avant que les fantassins puissent commencer leurs salves, l'artillerie sera déjà à la besogne. Les boulets feront les premières trouées dans le compact de la charge fulgurante : un fronton très large d'abord très uni et soudé, derrière lequel suit une masse à la profondeur interminable.

Le mur pétrifié, sans magnificence, des fantassins barbares contre la magnificence puissante et charnelle des bêtes et de leurs maîtres accolés à elles. Tel va être le combat préparé par le lord.

Et, de fait, Sa Seigneurie, dont la langueur n'est

qu'une rouerie aristocratique, et qui a acquis aux Indes une juste réputation de dangereuse acuité, a eu pleinement raison. Tout se déroulera exactement comme il l'a prévu, et même mieux encore. Pas de bataille, une boucherie...

Pourtant, quand à environ un ou deux kilomètres les formes des Mongols et de leurs montures se dégagent des nuées de la terre, la cavalcade fabuleuse apparaît absolument invincible : la Force même, sous ses plus colossaux et grandioses aspects. Et quelle ordonnance parfaite ! On découvre d'abord, en une première rangée, tirée au cordeau, des destriers aux robes satinées fonçant dans la fête des naseaux qui fument, des bouches retroussées qui bavent, aux têtes tirées en avant à la hauteur des larges poitrails, des encolures qui s'allongent dans l'élan. Et sur ces montures, les hommes moirés se sont dressés, le sabre dans la main droite, tenu très haut, prêts à s'abaisser dans un reflet étincelant, pour couper. Toutes ces lames luisent déjà, dans la même inclinaison, éclairs figés au-dessus des heaumes des cavaliers-taciturnes. Tous pareils, les bustes tendus, les visages et les yeux morts d'intensité, un bras brandissant le sabre, l'autre prêt à encocher et à lancer les traits de leur arc. Les chevaux, incorporés aux hommes, faisant partie d'eux-mêmes, livrés à eux-mêmes. L'orgueil monstre. Et, signifiant leur assurance inébranlable, au-dessus d'eux, les huit bannières des huit grands Clans mandchous. Bannières très simples, presque sauvages, archaïques, rappelant les rudes et farouches beautés des steppes d'antan. Bannières invaincues jusqu'alors. La tranquillité dure de ces cavaliers muets est menaçante. Ils sont souples dans leur raideur, nimbés par la montée des poussières et des bruits coutumiers de leurs chevaux en bel arroi dans leur galopade effrénée. Derrière la ligne des cavaliers qui mènent l'attaque, s'étale une plaine ondulante, une étendue qui, au lieu de n'être que caillasses et buissons mesquins, est une immense mouvance faite de croupes animales et de têtes humaines, tout cela collé, resserré comme une seule chose ondoyante. C'est une plénitude qui s'étend à l'infini, jusqu'au bout de l'horizon, et qui semble couvrir la terre.

Soudain des obus éclatent dans cette imagerie, y creusant des trous aussitôt comblés. Quelle canonnade ! Au loin on entrevoit les ridicules gesticulations des cavaliers s'effondrant, les hommes-chevaux sombrant bêtement en culbutes pitoyables. Les hommes aériens, désarçonnés de leurs montures aériennes, tombent comme des pois chiches. Ils se séparent des chevaux pour les retrouver à même la vile terre emmêlés à eux devenus bidoche avariée ou affolée, affalée sur le dos et gigotant lamentablement, se trémoussant de tous côtés, sur place, écrasant l'homme, l'étouffant de leur chair auparavant si légère et si vive, désormais carne idiote aux palpitations d'une lourdeur mortelle. C'est que cela se brise facilement, des Centaures... Mais les Barbares devinent à peine ces chutes saignantes, car les rangs des Mongols se referment, se reconstituent aussitôt dans la charge implacable. Les bannières flottent toujours au-dessus des faces innombrables figées dans l'impassibilité de l'extrême fierté. Toujours ces visages durs, toujours ces épées et ces arcs, toujours ce roulement, la fanfare des sabots prometteuse de la Victoire et de la Tuerie des Blancs à l'odeur de chiens. Les nobles coursiers fouleront ces Chiens déjà déchirés par leurs maîtres, les achevant sous leurs piétinements fins comme une broderie.

Cependant, il semble que les somptueux chevaux, au fur et à mesure que les boulets s'abattent autour d'eux, ne hennissent plus ; ils piaffent, se cabrent, ruent, frénétiques non plus d'ardeur mais de panique. Comme si la peur les avait pris, comme si l'épouvante commençait d'abord par s'emparer des bêtes, auxquelles on n'avait rien appris de ce genre de projectiles. Du moins les Mongols en avaient-ils entendu parler, mais ils les méprisent, même en ces instants où ils se mettent à mourir de leurs éclats, absurdement, en quantité. Car, au milieu d'eux, des boulets font des flocons vaporeux, des cratères secs, des crachoirs de fer, avec des bruits incongrus, de longs halètements et de courts éclatements. Les hommes qui ne meurent pas doivent lutter contre l'angoisse de leur monture, restant amarrés de toute la vigueur de leurs maigres corps endurcis à leurs tournoiements équestres, n'étant plus des tourbillons téméraires, mais des échevellements déjetés...

Pourtant la poussée assaillante est encore énorme ! Les premiers rangs à moitié détruits sont quand même jetés vers l'avant par la chevauchée immense débouchant des arrières. Tout se remplace. Une bannière abattue est, à l'instant même, reprise par les mains plongeantes d'un cavalier qui la lève vers le ciel.

Ainsi, les sillages des carcasses viandeuses tracés par les boulets se résorbent toujours en une nouvelle chair magnifique : ce festonnement des destriers, ces flamboiements d'épée, ces décochements d'arc, et ce rempart renouvelé des naseaux, avec les cavaliers de la mort aux yeux glacés par l'envie exaspérée de tuer les Barbares fracasseurs, aux yeux amincis par la fureur en coupantes lames noires.

Cela dure jusqu'à ce qu'on entende le cri repris et répété « Feu » tout au long de la lignée des fantassins aux longs nez grotesques. Et c'est alors une seule déflagration, un hoquet métallique, provenant du bourrelet étiré des soldats blancs en postures modestes, entourés d'insignifiantes vapeurs : volutes, bouffées chaudes, haleines des fusils qui ont déchargé leurs gueules. Salve par-dessus les charniers des Tigres pour faire, au-delà, des charniers encore plus énormes et plus lugubres ! Car à la décharge des fusils, tout le devant de la Horde, la première rangée de la charge est tombée net. Ce qui était rapidité effrayante n'est plus qu'un tonnage de déchets avec comme seuls rescapés quelques chevaux déments depuis que leurs « seigneurs » mongols ont dégringolé de leurs flancs en loques molles. Les bêtes courent éperdument pour échapper à la Horde derrière, au feu devant, avec des hennissements semblables à des sanglots d'indicible désespérance. Salve à nouveau, et la rangée de l'assaut, celle qui a pris le devant, de se briser aussi d'une seule masse, ses abats s'ajoutant aux abats précédents. Encore quelques destriers fous...

Alors les Mongols comprennent qu'ils doivent courir plus vite que les rafales, qu'ils doivent fondre sur les Barbares avant qu'ils aient pu recharger et décharger leurs terribles engins. Il faut donc que chaque rangée de cavaliers, avant d'être détruite, gagne quelques mètres. Contre la cadence des salves, il faut une galopade encore plus rapide qui progresserait toujours un peu plus, à force de tués.

Ainsi, la plaine des croupes superbement chevauchées se déverse comme autant de dunes emportées par les vents de la colère, pour tenter de submerger finalement de minces cordonnets de Barbares occupés à leur boulot de tirailleurs. Mais, par malheur pour les Mongols, le plomb va plus vite qu'eux. Chaque vague, dès qu'elle a pris la relève de la précédente, est exterminée à son tour, sur place, au même endroit, sans que les nouveaux occis aient pu faire gagner le moindre terrain. Elle s'amasse sur les tas antérieurs, devient progressivement mur, rempart, montagne, gluants et visqueux obstacles gigantesques sur lesquels butent d'autres Mongols qui surgissent toujours, qui s'empêtrent dans leurs propres trucidés. Certains essaient, d'un saut phénoménal de leur monture, de franchir cet abattoir. Vainement, car ils se fracassent sur cette massive décharge des cadavres des leurs. Derrière ces détritus d'hommes et d'animaux, le gros des Mongols piétine, agglomérés vivants, compressés par ceux d'entre eux qui accourent de l'arrière, de sorte que les boulets s'en donnent à cœur joie, faisant de leur conglomérat des éclaboussures et des lambeaux.

Dans cette cohue brimbalante de bêtes hagardes et de cavaliers obstinés, où les figures sont encore pénétrées d'une arrogance fermée, armée, terrible, il y a des Mongols qui, ayant maîtrisé leur monture, dans un effort suprême qu'ils savent sans doute vain, bandent leur arc et décochent leurs flèches. Quelle beauté dans les mouvements, quelle aisance dominatrice ! Ainsi, du grouillement altier arrêté par les macchabées, sort un jaillissement de traits magnifiques, aussi magnifiques que la puissance sèche des muscles qui les ont lancés. Mais ils retombent court, beaucoup trop court, ne se fichant aucunement dans les Barbares, mais dans la terre ou même dans les Tigres morts qui, en avant d'eux, jonchent le sol par traînées ou en tas. Alors que les Barbares du Canal sont hors d'atteinte, bien occupés à leurs fusillades rythmées avec une régularité exemplaire, presque incolore. Ce que les flèches atteignent ce sont des Barbares « griffés » par les Tigres en des ouvertures nues, plaies découpées en parois, ou de pauvres Félins déjà remplis des balles des Blancs sales. Cadavres maintenant hérissés des flèches des cavaliers mongols, flèches aux pointes enfoncées dans les chairs et qui, ainsi figées du bout, balancent au-dessus des morts leurs tiges empennées en des oscillations paisibles et cruelles.

Pendant ce temps, les obus des « Chiens Ignobles » au bout d'une courbe gracieuse par-dessus les corps de toutes sortes, ceux des Tigres et ceux des Centaures, chutent en petits « floc », en grosses averses, très précisément sur les Mongols de plus en plus grouillants derrière les retranchements faits de leurs trépassés et de leurs coursiers aimés. Retranchements cadavéreux, où ça remue encore un peu, où ça palpite encore, mais qui bouche la course des survivants sans les abriter. Car les projectiles dégringolent constamment, faisant des toiles de sang et de lourdes basculades de chair équestre, pesantes tombées veules et dramatiques, engorgeant de leurs énormes débris le trop-plein, le méli-mélo, le capharnaüm des Mongols compressés, comprimés, pris dans une bousculade infecte, imbriqués dans un imbroglio informe de choses et d'êtres, confinés dans la promiscuité de la mort qui arrive en bourdonnements détonants. Impuissants, ignorants, ne sachant que faire, acculés, les Centaures se laissent massacrer avec leur superbe intacte. Mais leurs chevaux ordinairement si dociles, si soumis, qu'ils manient d'un rien, d'un effleurement, d'une touche légère du pied, d'un frémissement des guides ou même, le plus souvent, d'une caresse ou d'une morsure de la voix, ne leur obéissent plus. Ils ne sont plus qu'un panier emmêlé de têtes, de membres, de corps dans l'épouvante, coagulés à force de se débattre, essayant de s'enfuir sans le pouvoir, se heurtant et s'empêtrant les uns dans les autres, en un chaos hennissant. Les cavaliers, pour la plupart, arrivent à rester agrippés à leurs montures tempétueuses, perchés sur le bosselage des croupes en bourrasques, sautant et tressautant jusqu'à l'épuisement, comme asphyxiés et étranglés. Quand les bêtes sont à bout de force, à bout de frénésie vaine, leurs flancs battant encore en grandes ondées, leurs maîtres les reprennent en main, quitte à ce qu'un boulet fasse exploser ensemble l'homme et la monture.

C'est alors que Seng Co-lin-sing, rassemblant ce qui reste de sa Horde, l'entraîne hors de ce carnage, hors même de toute vue, pour faire croire aux Barbares qu'il décampe avec ces débris. Mais c'est pour mieux se jeter en une nouvelle charge, préparée cette fois avec ruse : approche au pas, silencieuse, en profitant du creux d'un petit vallon cachottier, afin d'apparaître, bannières étalées, tout près des Barbares surpris et de n'avoir qu'une ruée de quelques centaines de mètres à parcourir pour les fracasser. Cependant, encore une fois, malgré cette courte distance, ce sont eux qui sont fracassés par la chasse des balles et des obus ajustés en quelques secondes après quelques commandements précis des Officiers Puants à leurs Soldats Puants. Tout cela très tranquillement. C'est alors une fricassée exorbitante de ces Mongols qui s'offrent, dans leur moiré et leur scintillement, comme des cartons magnifiques. En une minute à peine, presque tout est vaincu, les corps se défont comme des coutures déchirées... C'est la débâcle horrible. En tout, près des trois quarts des Centaures sont tués, et, suprême disgrâce, plus de la moitié des bannières sont perdues. La Honte... Et cela sans que les Barbares, qui ont besogné méticuleusement sur leurs positions, n'en bougent d'un pouce, aient un seul tué, même un seul blessé dans leur Bataille contre les Meilleurs Cavaliers du Monde. Ainsi l'éblouissante Horde est tombée par pans entiers jusqu'à être entièrement effacée, jusqu'à ne plus être.

Devant les Barbares, qui, enfin, ont mis halte au feu, plus une trace d'homme combattant, d'homme debout, sur toute la vastitude s'étendant jusqu'aux montagnes. La plaine d'abord piégée de Tigres et ensuite mouvante de Centaures n'est plus qu'une plaine ordinaire, avec cependant, en fait de caillasses, des dépouilles... Quelle esplanade de cadavres! Ceux des Tigres d'abord, qui semblent les plus morts, caillés, se refroidissant. Leurs pelages striés ne paraissent plus être qu'une traînée de tapis fauves, qu'une collection de trophées. Ils sont aplatis comme si leurs chairs et leurs organes ne les remplissaient plus. Rien ne remue... En revanche, le grand monticule où les Centaures ont l'air de s'étayer les uns les autres pour l'arroi de l'Au-Delà, est encore parcouru de spasmes éperdus, de secousses, de tout un remue-ménage frénétique, et aussi de gémissements secoués, bredouillants, qui parfois éclatent en un sanglot déchirant semblable à la sonnerie funèbre d'une trompette. Ce ne sont pas les hommes mais les chevaux qui ne veulent pas expirer... Comme ils ont la vie chevillée à leurs reins cassés, à leurs pattes cassées, à leurs ventres gonflés, où leurs plaies deviennent des dévergondages affreux d'où se répandent des quantités d'immondices à l'odeur et à la couleur pestilentielles, des jonchées de gros boyaux interminables, en rouleaux méandreux. Les beaux chevaux se débattent en une ultime danse de leurs sabots égarés ne tenant plus aux jarrets que par la peau, ils se trémoussent de leurs queues tournoyant en balai, de leurs corps se déhanchant vainement pour se redresser, de leurs cous tendus, de leurs naseaux. Et ils hennissent un désespoir effrayant. Rien n'atteint la désespérance des chevaux brisés, reniflant leur mort. Dans leurs yeux ternis, quelle immensité de malheur, de douleur, de refus, d'incompréhension ! Ils meurent dans les remugles des liquides nauséeux, sang, bile, urine, lymphe, excréments : ayant, dans les remous de leur fin, écrasé les hommes qui les ont tant montés, qui les ont tant commandés, ces Mongols, qui, eux aussi, désarticulés et ouverts, rendent leur âme sans se plaindre, ainsi que doivent le faire des guerriers. L'ensemble de ces restes, tant animaux qu'humains, demeure pantelant, comme déversé par un radeau chaviré, formant une pyramide juteuse, ruisselante de pus et lambrissée d'organes, un tas de morts se décomposant. Et, pour âme suprême, les yeux des chevaux qui, une fois éteints, sont encore reproches. Reproches fugitifs, car ils sont aussitôt crevés par les becs-poignards des corneilles ou des corbeaux noirs qui, de très haut, avec une acuité sûre, piquent sur cette succulence. Que d'oiseaux rapaces, généralement sombrement vêtus, surveillent les progrès de la mort, pour s'abattre sur la viande, dès que la vie s'en est allée, à une seconde près ! Dès qu'un corps devient charogne, ils descendent du ciel, ces vigilants croque-morts. Des armées de petits rongeurs et d'insectes viennent participer au festin, moins soucieux de qui vit encore et de ce qui ne vit plus, tout étant bonne bouffe pour eux.

Face à cette hécatombe, à ces charniers dévorant la plaine de couronnes de pourriture, dont l'odeur infecte arrive jusqu'à leurs narines, les combattants de France et d'Angleterre sont indifférents. Ils ne paraissent même pas joyeux de leur victoire. Ils ne ressentent rien, strictement rien. Juste la satisfaction d'en avoir fini avec une tâche fatigante, exigeante, qui a tendu leurs nerfs par un sang-froid laborieux, une tâche pour laquelle il fallait vraiment bien bricoler des yeux et des doigts. Les Français s'imaginent qu'ils auront un « rab » de pinard, les Anglais une double ration de bière. Ces perspectives leur suffisent. Certes, ils blaguent entre eux de leurs bonnes blagues puérilement grossières et scatologiquement mortuaires, comme s'ils apprivoisaient la Camarde en la ridiculisant. En tout cas, ils vivent et par conséquent ont déjà oublié le danger extrême qu'ils avaient couru. Parfois, entre copains, une constatation : « Tiens, un tel, il n'est pas là... » Et c'est tout...

D'une part il y a eux, les hommes bien vivants tirés d'affaire, du moins de cette affaire-là, et de l'autre leurs camarades morts en train de se putréfier dans la plaine de la charogne, immédiatement enfouis dans le gouffre de l'oubli, comme s'ils n'avaient jamais été. Oubli sans doute nécessaire à ce métier qui consiste à tuer et à être tué. Aussi est-ce sans une ombre d'angoisse que les survivants s'attendent aux corvées funéraires, à tout le protocole par lequel l'armée se débarrasse de ce qu'elle appelle ses « pertes ». Rituel auguste de l'abandon, couvert par la superbe des « Présentez armes ! » et par les clairons sonnant « aux morts ».

Cependant, les généralissimes, sous les belles tentes qui ont été aussitôt dressées auprès du Pont de Marbre, ont repris leurs congratulations, un moment coupées court par la charge des Mongols. L'enthousiasme est tel qu'un soleil semble percer les brouillards qui s'enroulent toujours en écharpes autour du lord. Cette fois il sourit de toutes ses dents :

« Une bien belle journée, vraiment. Gracious day indeed. »

Là-dessus, le Français, qui semble toujours sur le point d'exploser, de colère de préférence, se met bien à détonner, mais d'un tel bonheur que ses veinules sanguinolentes sont devenues des fleuves charriant des roses :

« Ça, vous pouvez le dire. Un triomphe. Les Chinois vont comprendre qui nous sommes, où est la Civilisation. Et ça, on l'aura obtenu au meilleur prix : cent à cent cinquante tués et blessés. Les bons bougres... Je vais les proposer tous pour la médaille militaire à titre posthume. Et la Légion d'honneur pour les officiers, s'il y en a... A propos, pourquoi ne transporterait-on pas les dépouilles de nos morts jusqu'à Pékin, où l'on ferait une entrée solennelle avec elles en tête ? Et nous leur organiserions des funérailles magnifiques dans ce qu'on appellera le Cimetière de la Victoire. Que ces cadavres servent à marquer à jamais cette Cité du sceau de notre Présence Victorieuse !... »

Mais le lord toussote, ce qui est une politesse pour prévenir qu'il n'est pas d'accord :

« Les hostilités ne sont peut-être pas finies. Même après ce « triomphe », nous sommes en plein dans la gorge du Dragon qui peut encore cracher des flammes. Nous nous trouvons dans la situation d'une troupe isolée, un peu perdue, ne sachant trop que faire, ignorant absolument ce que les Chinois manigancent, ce qu'ils nous ménagent. Il faut plus que jamais être prêts à tout. Alors surtout pas de morts sur les bras, qu'on les enterre sur place et tout de suite. Sans compter que nous allons avoir les blessés à ajouter aux malades que nous traînons déjà avec nous depuis des semaines... »

Le repêchage des Français et des Anglais occis se révèle une tâche écrasante. Car, sous la bâche des pelages saccagés des Tigres, les corps, presque entiers ou tout à fait en pièces, ne forment plus qu'une seule bidoche ! Tout cela mûrissant, dégoûtant, ou à moitié séché ! Et les mouches... Médecins et infirmiers n'arrivent pas, dans cette marmelade, à découvrir les restes des leurs tant ils sont fondus dans les débris des Chinois. Même les uniformes n'attirent pas l'œil.

Finalement le lord a cette idée : recourir aux coolies. Et ils arrivent en lamentable troupeau, hâves, infects de loques, empestants, encroûtés de terre, de boue, de glaise, de sable, leurs pieds nus énormes et leurs bustes, visibles à travers les trous et les fentes de leurs guenilles vainement rapiécées, apparemment si frêles, réduits à des plats de côtes, à un clavier d'os. Comment, ainsi squelettiques, sont-ils aussi résistants à tous les maux, à toutes les fatigues, capables de porter des charges inaccessibles aux forces des Blancs les mieux nourris ? Et puis tous ont cet air complètement idiot... Mais dès que les interprètes leur ont expliqué ce que l'on attend d'eux, après qu'ils se sont bien fait répéter les ordres comme pour en être pénétrés, aussitôt leurs rides se dérident, aussitôt la stupidité, encroûtée dans leurs traits toujours à moitié fermés par quelque infirmité sale ou par un ahurissement stagnant, s'est vivifiée en une malice sourdant de toutes parts, leurs veules figures étant désormais des sources suintant une satisfaction si profonde, si essentielle, qu'elle est une totale énigme. Pourquoi ? Cela ne peut être seulement pour la récompense certaine : un peu plus de riz et quelques sapèques supplémentaires. Il y a dans leur contentement évident une pétulance mal cachée, qui sent la méchanceté. Etrange Chine qui est, où qu'on la prenne, un peu démoniaque...

Inutile de dire qu'on les fait surveiller, pendant leur pêche, par des soldats baïonnettes au canon.

De leurs peaux rapetassées, de leurs yeux glaucomeux, de leurs bouches édentées en fistules, ces miséreux se mettent à ricaner dès qu'ils arrivent au magma des décombres humains. Car l'étalage funèbre et décomposé qu'ils doivent trier, c'est pour eux des délices. Ils entrent là-dedans en riant et aussitôt ils jonglent... Ces guenillards aux paupières fermées de convoitise, quelle prestidigitation macabre font-ils ! Comme ils déblaient le champ des morts, de leurs mouvements de paysans raclant la terre ! Mais dès que, au cours de ces travaux, ils discernent un bout d'épiderme blanc ou d'uniforme « barbare », aussitôt quelle douceur, quelle gentillesse, quels soins, quelle tendresse même dans leurs gestes et sur leurs faces pour extraire la dépouille du Français ou de l'Anglais. Comme ils dégagent minutieusement le corps de la gangue des saletés, comme ils l'attirent à eux, comme enfin ils s'en emparent dévotement. Et une fois entre leurs mains, ils lui font sa toilette, d'abord le lavant de leur salive, enlevant avec les jus nauséeux de leur bouche les épanchements infects, les rouilles de sang, les embruns de la mort. Et ainsi nettoyé et tout propre, ils lui réajustent ses accoutrements militaires, s'arrangent pour dissimuler autant que possible les déchirures des plaies et même requinquant tout le panache guerrier, épaulettes, aiguillettes et autres ornements. Véritablement, ils restituent de très beaux cadavres. Tous les Occidentaux ainsi récupérés et arrangés, ils les apportent avec délicatesse pour les placer bien en rang, sur une terre non souillée, en dépôt provisoire. Mais surtout si le « macchabée », quelque déchiré qu'il soit, contient quelque étincelle de vie, même un souffle à peine soupçonnable, pas même audible, ils le discernent. Alors cette fois sans essayer d'adorner le corps, ils l'apportent sur leurs mains entrecroisées en civière. Parfois le mourant, au cours de ce trajet, a une vague conscience qu'on s'occupe de lui, qu'on le sauve, et alors quelque chose remue humainement en lui, une onde du visage ou la crispation d'un doigt, ou bien il gémit, d'une douleur qui semble consolée. Les coolies, barbouillés, affreux, se conduisent comme des anges. Drôles d'anges ! Car, au cours de cette cueillette si charitable des Barbares, ils ne manquent jamais, quand ils découvrent un Tigre pas tout à fait mort, de s'emparer de sa griffe, cette arme si cruelle, pour la lui planter en plein cœur, d'un geste fort et sûr.

Ces tueries, c'était cela qu'ils convoitaient avec une fantastique passion. Donc, il se peut bien que le ramassage doucereux des Barbares abîmés soit avant tout pour eux l'occasion d'assouvir quelque vengeance sur les soldats du Fils du Ciel. Peu importe que les Longs Nez les aient déjà tués ; leur vraie mort, ce sont eux, les Cent Noms d'en dessous du Ciel et même en dessous de la Terre, qui la donnent, de leurs mains chinoises, en retournant contre ces reîtres du Trônes du Dragon leurs propres armes. Quelle haine !... Les sentinelles blanches s'aperçoivent bien de ces « assassinats » mais très sagement ils les laissent faire, car ce ne sont qu'affaires entre indigènes. Et si cela fait plaisir aux coolies, qui par ailleurs s'acquittent si bien de leur tâche...

Car finalement, de dessous le linceul des pelages des Tigres tués et retués, de dedans la viscosité de toutes les matières, c'est trois cents Blancs et plus que les coolies ont trouvés. A peu près autant de Français que d'Anglais. Parmi eux, deux cents absolument morts, généralement fendus du haut en bas par une griffe qui les a évidés. Un peu plus de cinquante mourants, ou en tout cas sur le point de rendre l'âme, encore chauds ou tiédissants. Enfin une autre cinquantaine, ceux-là respirant, atteints moins gravement. Tous émettent les bruits du voisinage de la mort, très différemment selon qu'elle est plus ou moins proche. Au-dessus des râles et des gémissements à peine perceptibles de ceux qu'elle embrume déjà, d'autres ont la force de glapir et de hurler des douleurs affreuses, leurs bouches étant des dégorgeoirs pour leurs cris. D'autres sont moins bruyants, rauques, de souffles courts et sifflants, parfois pleurant de leurs yeux de peur, sur lesquels ils referment un instant les paupières, comme s'ils tiraient des rideaux les protégeant contre ce qu'ils voient : le trépas qui vient quand même. Alors les regards mouillés sont clos à jamais. Certains aussi parlent d'une voix éteinte par la détresse, suppliant qu'on leur dise qu'ils ne périront pas sur cette terre si lointaine. Certains « causent » gaillardement, juste quelques-uns qui font les bravaches sacrant et jurant, qui rient d'une jambe broyée, comme d'une mauvaise blague. Enfin, on trouve des furieux, des délirants, maudissant la Chine et pensant à la vengeance.

Quant au bloc des médecins et des infirmiers, se tenant à la limite du terrain des recherches, tous en blouse blanche et en tablier à viande, ils regardent les arrivages, professionnellement, avec le don de la cécité et de la surdité médicales. Malgré tout, ils constatent que relèvent de leurs soins, c'est-à-dire de leurs couteaux, de leurs cisailles et de leurs pinces, pas moins de soixante à quatre-vingts hommes, à se partager entre les corps médicaux français et anglais. Jaugeant de plus près leur monde, messieurs les toubibs supputent qu'au moins la moitié crèvera sous leurs mains tailladantes. Une trentaine au plus survivront, un bras en moins, deux bras, une jambe, deux jambes, tous des moignoneux. Ceux qui se trouveront à peu près entiers, bons à reprendre le service, ne se compteront même pas sur les cinq doigts de la main. Mais pour que les toubibs puissent procéder aux « soins » nécessaires, il leur faut transporter en vitesse tout ce ragoût de bidoche crue jusqu'à leurs infirmeries : des tentes plantées près du Pont, là où sont leurs instruments ainsi que les planches rugueuses servant de tables d'opération.

Tout aussi rapidement, il leur faut emporter les cadavres, non qu'ils s'apprêtent à les ressusciter par leur chirurgie, mais pour qu'ils soient bien arrangés sur place, pour de beaux enterrements martiaux, présidés par les généralissimes. L'ensevelissement selon le protocole, c'est sacré, c'est l'honneur de la guerre, alors que, somme toute, les blessés c'est du déchet sans grandeur.

Mais au moment où va s'ébranler le cortège du déménagement, où va se faire l'évacuation des pertes mortes et des pertes vivantes, une tempête s'abat, sous la forme de deux personnages en noir, sans uniforme militaire, et pourtant prestigieux : les messieurs des religions chrétiennes. D'abord un pasteur anglais en tenue parfaite de clergyman, d'une austérité riche et grave engoncée dans une semi-redingote du meilleur tissu et dans un grand col dur enserrant sa nuque un peu épaisse, col qui semble le goulot par où passent les versets adéquats de la Bible, numérotés, étiquetés et référencés. Il tient à réciter aussitôt à ses ouailles, même si elles sont hors d'état d'écouter, les paraboles de la Consolation du Seigneur, pour qu'elles soient apaisées dans leurs souffrances et qu'elles meurent en toute paix, en soldats de la Reine, en soldats de Dieu. A vrai dire une fois qu'il a, de toute sa dignité cléricale, un peu récité des psaumes en les lisant dans une grande et magnifique Bible, tout en se tenant à distance des mourants britanniques, comme s'il était indiciblement choqué par leurs misères, leurs stigmates, leurs affres — sans doute attitudes inconvenantes et témoignant d'un désordre peu excusable — il se tient pour satisfait.

Mais c'est la soutane avachie, verdie et râpée, de l'aumônier français qui est un tourbillon effrayant. L'homme est un granit maigre, à la figure dévorée par les flots de la Foi : un roc fendu de toute part de traits fous, écueils et falaises, balafres et cicatrices géantes, une sorte de déchiqueté formidable de puissance, inquiétant de violence, de virulence, de vénérable hystérie. Il ressemble à quelque saint d'un calvaire breton, dont le rugueux disloqué se rassemble au fond des puits illuminés de ses yeux phosphorescents. Et c'est bien un saint, peut-être étrange, mais vivant le Christ jusqu'au sacrifice magnifié, jusqu'à l'égarement. Des années durant, il a continué à propager la Vérité de l'Eglise traquée de Chine, où les fidèles étaient livrés aux verdicts des mandarins, aux crachats des foules et à la mort la plus cruelle. Pendant ces bienheureuses persécutions, il a plus que jamais poursuivi son ministère, caché au fond des forêts et des montagnes avec une poignée de catéchumènes jaunes, vivant comme une bête, mais priant et distribuant le corps du Christ. Son propre corps a plusieurs fois été jeté dans les geôles atroces pleines des bruits de la torture, mais à son grand regret, il n'a pas été livré au martyre éternel. Il hait les païens, non pour le mal qu'il a subi d'eux, mais pour leur maudite obstination à ne pas reconnaître Dieu et la Sainte Trinité. Maintenant, avec quelle frénésie de ses bras d'épouvantail et de ses pupilles de feu, il montre ses devoirs à cette armée française qui doit imposer au Céleste Empire la liberté du Culte Vrai ! Mais il veut plus, infiniment plus, il se sert dans ses prêches du Verbe Divin pour signifier au général prince et à ses troupes que leur mission auguste est d'exiger la conversion de tous les Célestes, les centaines de millions de Célestes, à la Foi du Christ, sous peine de mort.

Evidemment, en le voyant surgir à grands pas sacerdotaux, osseux et paysans, le toubib français s'est attendu à des ennuis. Ils n'ont pas manqué. Aussitôt il a été frappé par l'anathème comme par une foudre tonnante et rocailleuse.

« Mécréants, vous serez responsables devant Dieu !

En ne me mandant pas ici même pour les derniers sacrements, le péché retombera sur vous si de preux et vaillants soldats de la France manquent leur salut éternel. Peut-être, par votre faute, y en a-t-il déjà plongés dans le feu infernal. »

Et aussitôt, ayant passé un surplis et une étole, il procède de tout son saint savoir. D'abord comme le vautour du Seigneur, il se penche sur les souffles, sur les râles, sur les manques de souffles et de râles, pour discerner, sentir, se remplir des gisants à l'article même de la mort, discerner aussi qui sauver en premier. Son diagnostic est infaillible en ce qui concerne l'agonie dont il connaît parfaitement les caractéristiques toujours semblables : agonies enfantines pleines de l'appel à la mère ou à la femme, agonies révoltées où tout ce qui vit encore se cabre contre la Camarde avant de s'effondrer, agonie impie qui sacre le Saint Nom de Dieu, agonies imperceptibles où tout est déjà passivité, résignation devant la mort arrivant à petits pas, et aussi les « bonnes » agonies, où le dernier effort des lèvres est de murmurer des prières poignantes où l'espoir se raccroche au Dieu de l'au-delà, de l'Autre Côté.

Il s'étale tête contre tête, face contre face, bouche contre bouche, tout le long d'un agonisant qui semble déjà dans l'au-delà. Il est là, le long de cette forme déchirée, sur cette forme souillée, comme pour aspirer sa douleur, son désespoir, toute la souffrance de son corps, toute l'angoisse de la mort apparue, tout le regret de cette vie, tout son doute affreux devant l'inconnu. Accroché à ce mourant peut-être mort, l'oignant de ses mains calleuses, il lui murmure avec une tendre douceur :

« Maintenant, tu peux quitter ce corps charnel. Ton âme sera assise à la droite de Dieu. »

Puis l'aumônier recommence sur un autre, et un autre, comme si chaque fois il absorbait tous leurs péchés, toutes leurs chairs martyrisées, toutes leurs détresses et leurs épouvantes, pour les offrir ensuite à Dieu.

Comme l'aumônier se dépêche ! Comme il surveille les visages de sueur froide où la peau se colle de plus en plus sur les os ! Il se précipite sur ceux qui vont flancher à tout instant. Il se démène. Mais que tous trépassent dans le salut ! Ensuite, les extrêmes moribonds étant expédiés avec l'extrême-onction, il peut se consacrer davantage aux moribonds moins avancés. Ceux qui, à défaut de phrases audibles, s'expriment par des balbutiements, des hoquets, d'imperceptibles soupirs. Il les confesse comme s'ils avaient acquis la grâce. Un simple reflet sur des yeux pas tout à fait vitreux, une ombre portée sur un visage blême, le moindre frémissement, celui de la mort, il l'accepte comme le signe de l'acceptation de Dieu. Comme cela, il absout, le Saint Tricheur ! Et à quelle vitesse ! Sa bouche doit en avoir terminé avec les formules sacramentelles avant que la bouche du confessé soit soudain vide de tout souffle. Le Ciel obligatoire ! Les soldats les moins disciplinés sont ceux qui s'expriment encore, et qui parfois tombent dans la révolte ou le blasphème, ou qui simplement sont tièdes, pleins de regret de cette vie. Alors il vient à l'aumônier des phrases qui ont déjà tant et tant servi à travers les siècles et les mondes, pour tant de millions, de milliards d'agonies. Phrases polies par l'usage, galets arrondis par le flot ininterrompu de la salive des prêtres, qui vendent le paradis contre cette vallée de larmes...

Mais le toubib, lui aussi un vigoureux du terroir, un manant aux yeux ronds à fleur de purin (car même dans l'armée la plus aristocratique la médecine des corps, comme souvent celle des âmes, est ordinairement livrée à des gens du peuple au gros crâne chauve), attrape le prêtre par l'épaule :

« Arrêtez, mon Père. Si je vous ai fait manquer des âmes, vous me faites manquer des corps. Car à chaque minute, il en clabote que je pourrais opérer... J'emmène tous les blessés. En quelques minutes nous serons à l'infirmerie, et là-bas vous pourrez continuer tant que vous voudrez... »

Devant l'obstination du prêtre le docteur trouve la finesse décisive :

« Et les morts, mon Père, est-ce qu'ils ne font plus partie de votre troupeau ? Moi, je dois les livrer à cinq heures, pour les obsèques solennelles qui auront lieu à six heures. Alors si vous voulez bénir les cadavres, il faut tous s'en aller maintenant ensemble, tous, moi, nos collègues anglais qui s'impatientent, et évidemment nos macchabées et nos amochés. Ceux-ci, vous les retrouverez après l'absoute et les prières pour les morts... »

L'absoute emporte tout. C'est-à-dire qu'on se met enfin à tout emporter.

Naturellement, ce sont les coolies qui sont chargés des fardeaux humains, morts ou mourants. Les tués, il faut voir avec quelle facilité ils les hissent sur leur dos comme des paniers, et ce qui est vraiment fort curieux, c'est que les décédés sont bien plus grands, gros et pesants que leurs porteurs, qui semblent être surplombés, dominés, dépassés, écrasés par ces cadavres, cachés en dessous d'eux. C'est pourtant en courant, en trottinant, qu'ils les charrient...

Les morts sont devenus très précieux, protocolairement. Les coolies, en les décrochant de leurs épaules et de leurs arrière-trains, doivent les disposer en beaux parterres, en belles rangées, en parfaite ordonnance et symétrie, juste en face des cités de toile de l'armée, au débouché du Pont de Marbre. En fait, de ces trépassés, on fait deux jardins, l'un pour les Français, l'autre pour les Anglais. Les coolies, sous les gueulantes de quelques adjudants, ont ordre de creuser avec de petites pelles des trous en face de chaque cadavre, comme pour les y planter, les faire pousser, les faire fleurir. Il s'agit de tombes légères, juste de la terre un peu grattée. On en fait quelques-unes plus profondes et plus larges :

c'est pour les officiers, car il en est tombé trois chez les Français et deux chez les Anglais. Quand, au bout de quelques minutes, les coolies ont terminé de creuser les fosses sans plus d'efforts que pour un petit labourage, ces loqueteux reçoivent de beaux draps pour en envelopper les glorieux décédés : il n'y a pas de cercueils. En revanche, dans l'intendance militaire, amenées de la côte sur leurs reins ou dans des chariots, sont comprises des croix blanches funéraires. Ils en plantent une en tête de chaque sépulture. Du côté des défunts, tout est prêt. Que les guenillards jaunes déguerpissent à toute allure. Car tout ne doit plus être que Beauté !

Pendant ce temps, les troupes se briquent, s'épluchent, se réparent, se parent pour briller de toute leur splendeur. D'ailleurs le propre d'une bonne armée c'est, aussitôt finies les mêlées les plus cruelles, les plus mortelles, les plus sanglantes, les plus accablantes et éprouvantes, de pouvoir étaler dans la parade une virginité de grâce militaire. Il faut des hommes neufs, frais, dispos et vaillants, aux armes reluisant de reflets métalliques, comme si la cruauté était un panache menaçant et non pas la sordidité des étripages à peine achevés. Il faut que les habillements soient somptueux. Donc, ce qui se fait dans ces moments, c'est le récurage intensif des fatigues, des visages, des saletés sur les lames, des décompositions sur les tenues. Le sens profond de cette métamorphose, que les soldats sentent sans pouvoir l'exprimer, c'est qu'ils sont tellement vainqueurs, tellement au-dessus des immondices de la bataille, qu'ils doivent apparaître comme des archanges martiaux, leurs ailes de guerre déployées. Ainsi, les magnifiques Vivants vont-ils saluer les magnifiques Morts selon le protocole éblouissant des armes dans le rite de la Cérémonie Suprême, avec toute la gloire des marches, des défilés, des drapeaux, des fanfares, sous la voûte des épées, avec le mur des poitrines, avec la mécanique des gestes consacrés, avec l'exécution des Commandements sacrés. La superbe des Vivants donne à la mort guerrière une joie éternelle. La cantate funèbre des clairons ne signifie pas le chagrin ni le deuil, mais le couronnement des Bienheureux Tués pour la Patrie.

Cependant, sous leurs tentes dressées, les généralissimes devisent, en attendant l'heure d'apparaître pour l'Hommage aux Trépassés. Une routine... Ils sont vraiment très gais, très contents, et leurs états-majors autour d'eux respirent l'allégresse. Le lord s'est même humanisé, se prêtant aux sentimentalités et aux vanités du général prince qui s'écrie dans un enroué peiné :

« On m'a saigné, bien plus que je ne le craignais. Et là-dedans, un capitaine portant un des grands noms de France... »

L'English ne se donne pas même la peine de faire semblant de la moindre émotion pour de pareilles bagatelles. Mais une particularité semble l'intéresser. Et à propos de quoi ? Des coolies ! Des coolies, qui, il vient de l'apprendre, ont « retué » les Tigres avec acharnement. Cela le frappe assez pour qu'une lueur, telle une comète fugitive, lui traverse l'esprit, et du bout des lèvres il demande à son chef d'état-major :

« Ne s'agit-il pas de gens que nous avons amenés dans les cales de nos navires depuis Canton et les ports du Sud ?

— Si, Excellence.

— Alors cela pourrait confirmer... »

Mais finalement le lord garde pour lui le reste de sa pensée. Et le général prince constate en lui-même que ces Anglo-Saxons sont toujours aussi excentriques.

La cérémonie. Comme il se doit, elle est magnifique. Les généralissimes ont un comportement parfait, chacun dans son genre. Un gravissime sans lourdeur, plutôt une façon altière, une arrogance noble qui est l'orgueil militaire, l'art de savoir commander le protocole comme si c'était un appareillage précieux. Quelques sons gutturaux, quelques ordres. Quelques gestes sacramentels. Les généralissimes sont des apparitions prestigieuses se bornant à certains cris et attitudes impérieuses venues du fond des siècles. Ils ajoutent toutefois, pour montrer leur contentement ou leur mécontentement personnel, quelques intonations nuancées dans leurs voix rauques et quelques clartés ou ombres dans leurs yeux à peine mouvants. Tous les autres, tous les milliers d'exécutants de cette pompe funéraire, depuis les officiers supérieurs jusqu'aux derniers soldats, sont, eux, des automates soumis. C'est le *Te Deum* des armées, exaltant et déprimant aussi car, à quelques détails près, c'est la même monotonie somptueuse partout où les armées de la Civilisation se célèbrent elles-mêmes par la cérémonie. La même, toujours la même, pour toutes les batailles, pour tous les tués, qu'ils soient tués en Europe, en Asie, en Afrique, partout... Ouvrez le ban, fermez le ban. Heureux morts ! Trompettes, célébrez leur bonheur de quelques notes ! Soldats et officiers, élevez vos drapeaux, dressez vos sabres, et inclinez-les en hommage aux mérites des Tués ! Soldats, qui allez sans doute mourir bientôt, passez en frappant le sol de vos pas cadencés devant ceux des vôtres qui sont morts, en signe d'exaltation à la Mort Magnifique ! Et que Dieu soit avec vous !

Déjà, les prêtres du Seigneur sont là. Le clergyman plus inamovible que jamais, dans un uniforme d'ecclésiastique fait sur mesure, opère pour ses Anglais tués avec l'onctuosité bienséante d'un « marchand d'âmes », trapu mais d'une grosseur convenable qui pointe décemment au bidon. Il est si sûr de son « business » éminemment honorable, qui consiste à expédier ses morts au « Seigneur Christ », qu'il ne montre aucune trace d'émotion, même pas dans ses yeux qui ont une clarté bleue au milieu d'un visage poupin de quadragénaire. Il fait les envois à coups de citations évangéliques convenant à la présente situation.

L'aumônier catholique, lui, au lieu de ce sang-froid appréciable, s'est encore abandonné à ses transes — il s'est déchaîné dans une frénésie aux yeux fous et aux membres épars, s'écartelant comme s'il était le Christ, pas le Christ gentleman des Anglais, mais le Christ couronné d'épines et percé au flanc. D'ailleurs, ce Christ des épouvantes et des agonies, le saint homme en est bardé : il porte sur sa poitrine un crucifix si énorme qu'il semble une arme. Et sa voix, dans les bénédictions funéraires qu'il répand sur chaque mort, est aussi déchiquetée que le cadavre absous. Il dévore des yeux le macchabée, il gémit. Souvent comme égaré il lève ses regards vers le ciel en pleurant :

« Mon Dieu, faites que mon corps devienne ce corps, afin qu'il ressuscite et qu'il puisse, le jour venu, se présenter à Votre justice avec Votre sainte hostie en lui... Mon Dieu, si ce n'est pas possible, ayez pitié de lui, car il a péri dans Votre combat, pour que Votre règne arrive sur cette terre abominable de Chine, pour que les païens désormais éclairés soient à jamais Vos adorateurs... »

Et dans une sorte d'accouplement macabre, lui si sale et noir, loqueteux, immense, tout maigre, se penche sur le cadavre dissimulé dans son suaire de fortune.

« Mon Dieu, mon Dieu, faites que je sois ces yeux, ces plaies et ce rictus — et que ce mort revive en Vous. »

Scène étrange, exagérée, qui semble de mauvais goût au général prince pourtant si croyant et qui demande à mi-voix au prêtre de se hâter. Curieusement, celui-ci obéit. Et, se plaçant au centre du bataillon des cadavres, il entonne la Prière des Morts. De sa voix âpre et suppliante sort un plain-chant magnifique, pénétré de la splendeur de l'Eglise. Il y a dans sa lamentation toute la profondeur moisie des cathédrales de France, tout le clair-obscur merveilleux des vitraux, tout l'entrelacs des nefs vers des hauteurs sombres pleines de la divinité, tous les reflets des cierges sur les autels et, devant les statues des saints implorés, tout le long balancement de l'encensoir, toute la fraîcheur pénombreuse qui saisit le croyant dès le portail franchi, toute l'eau trouble et bénie des signes de croix. On croirait qu'il y a dans son imploration au Dieu de la Clémence la piété silencieuse, murmurante, des foules agenouillées, égrenant des chapelets. Dieu, ayez pitié !

Enfin l'aumônier écroulé sur le sol se tait, il est comme un crapaud évanoui, pâle, presque transparent, une gélatine tremblante, délavée, baveuse, aux yeux révulsés. Mais quand il se relève, il est à nouveau noir et sec. L'aumônier de Palikao est un soldat de Dieu, il ne connaît que le devoir. Il est le général qui envoie ses hommes se repaître dans les prairies célestes, sans qu'il puisse en manquer un... Tel est cet apôtre terrible, il s'appelle le père Jean.

C'est fini. Les corps ont été basculés dans les crevasses pour eux préparées, avec un peu de terre dessus, très peu, juste de quoi cacher les cadavres. Et toute la troupe s'en va à ses cantonnements, histoire de rigoler un peu.

Les blessés ont été disposés dans un coin bien à l'écart des beaux régiments et des beaux états-majors, là où déjà gisent les trois ou quatre cents soldats en proie aux « fièvres ». Ce fourre-tout, ce dépotoir, c'est le quartier médical.

Dedans, tout est rouge, d'un rouge qui a peint la peau, imbibé les vêtements, qui s'est encroûté sur les bras et les mains du chirurgien. Autour de lui, glu de rouge, teinture collante de rouge, coulant, séchant, se caillant jusqu'à ce que se répande une nouvelle couche de rouge frais. Rouge de la viande qu'il taille, qu'il scie — dont plutôt il taille et scie les os, à moins qu'il ne les déboîte et les désarticule avec une vigueur peu commune, de tous ses biceps, de tous ses muscles de pépère trapu et costaud. Rouges, aussi trempés, poisseux et dégoulinants sont ses infirmiers, aides-bourreaux qui tiennent de toutes leurs pognes l'homme supplicié, l'immobilisant sur des planches, pour son bien, à vif et à cru. Il hurle, ses nerfs dénudés, même pas endormis par quelque drogue ; rien qu'un coup de poing sur le menton pour commencer. Ses hurlements sont indifférents aux « bouchers » rouges bénéfiques, qui sont obtus à la douleur et à toute horreur. L'homme ne peut que vociférer de tout ce qu'il lui reste de force dans son corps qu'on raccourcit. La séparation se fait dans l'écoulement des veines mal suturées, apportant à la plaie en cours de fabrication leur sang, en torrents et en jets. Le sang est partout, il règne.

Car la seule chirurgie, c'est d'amputer un homme après un autre, c'est de couper... Sang, gueulements, grattage des coutelas, crincrin de la scie, coups de boutoir pour en finir avec un membre récalcitrant. Le membre enfin dans la main du docteur qui s'en débarrasse dans le tas grandissant des choses enlevées et l'amputé dans ses pansements sanglants. L'affaire terminée, on le met dehors, dans la lignée des opérés, rien que des amputés, rien que des moignons ou ce qui deviendra des moignons si la gangrène ne gagne pas. Là-dedans, les uns gueulent toujours dans l'étau des souffrances. En général, ceux qui ont la force de crier et de se débattre ainsi survivent. Meurent les autres, ceux qui sont allongés insensibles, immobiles, silencieux, dont le sang tarit, dont la chair se refroidit, dont un frisson s'empare comme un dernier tressaut, dont un livide vert couvre la face. Moitié de rescapés, moitié de crevés.

Autour du taudis de l'infirmerie, il y a des coulées de corps à même le sol. Outre celle des amputés, fabriqués au couteau, et qui ont une espérance de vie, s'allonge la file des déchirés graves dont la Science médicale ne s'occupe pas. Côte à côte, tous ceux qui sont laissés à leur sort, qui vont expirer un peu plus vite ou un peu plus lentement : ventres crevés, poitrines éclatées, crânes fracassés. Ces boyaux qu'on a quand même rentrés par pudeur, ces cœurs et ces poumons comme des pulpes rouges, ces boîtes crâniennes concassées, laissant voir parfois un peu de cervelle nue.

Et puis, au loin, il y a le carré des malades, le vieux carré des fièvres pernicieuses, incompréhensibles, qui s'en vont parfois brusquement ou qui au contraire ne font du corps qu'une ulcération et une boursouflure.

Mais partout ailleurs que dans ces basses-cours de blessés, c'est la liesse. Les armées soûles. Et même les généralissimes fort pochardés aussi...

C'est le général prince qui reçoit l'English à dîner. Dès le début il n'y a plus aucune contrainte, c'est la vaste bouffe, l'énorme hilarité, la fraternité des trognes saxonnes et des petites têtes gauloises. De toast en toast, de « joke » en plaisanterie, panses craquantes et crânes en citrouille, tout le monde se comprend dans le mélange des langues, tout le monde chancelle. La Reine d'Angleterre et l'Empereur des Français sont arrosés comme ils ne l'ont jamais été par les gorges glougloutantes. Les majestés irriguées comme jamais, y compris par les haut gradés qui courent faire pipi hors de la tente, à moins qu'ils ne dégueulent.

Où est passée la pudibonderie anglaise ! Mais dans les bonnes armées, dans l'armée anglaise aussi évidemment, il y a toujours un code des manières incompréhensible aux non-initiés où, en certains cas, l'inconvenant devient convenable — le contraire étant mystérieusement possible en d'autres circonstances.

En tout cas, quel chahut ! Le chaos des rires, la canonnade des bouchons de champagne, et, de toutes les voix avinées, le chœur des bonnes vieilles chansons militaires bien paillardes venues du fond des temps, des temps où ces bonnes troupes françaises et anglaises s'entretuaient avec d'autres refrains. C'est alors que le lord, dont le brouillard s'est rosi du bon sang de l'ivrognerie noble, mais qui a conservé son maintien et ses esprits, impose le silence d'un regard, et se met à jouer avec les mots comme avec des dés, les lâchant sur la nappe du festin dans le désordre des fins d'agapes :

« De pareilles festivités ne peuvent se terminer que par une tombola. C'est du moins une tradition dans ma famille, et je dois le dire, dans les familles de bon renom de ma connaissance.

— Quoi, tombola ? crapaude le général prince dans un coassement hébété.

— Oui. Et je vous en propose une comme il n'y en a jamais eu au monde, jamais du moins depuis le temps où mes ancêtres s'emparaient des galions espagnols chargés de l'or du Pérou, en énormes lingots. Car les lots seront d'une beauté et d'une richesse inouïes, et, de plus, il n'y a qu'à se servir, car ils sont accumulés à quelques centaines de mètres d'ici.

— Je ne vous comprends pas très bien », couine le général prince d'un air malin, celui de sa bêtise qui s'est affûtée pour être à la hauteur de ces propos déconcertants.

Le lord le regarde avec une amitié chargée d'un mépris bienveillant. Et soudain, sèchement, il tranche :

« Mon cher ami, je veux parler des « curios » du Palais d'Eté.

— Pouah, des « chinoiseries »...

Mais les yeux du lord sont devenus des billes d'acier rondes et luisantes, comme ceux des rapaces au moment de se jeter sur la proie convoitée :

« Ce seront des pièces absolument uniques à lancer sur le marché mondial des antiquités. Valant des millions et des millions de livres... encore plus que les frises du Parthénon et les fabuleux trésors hindous. En outre leur valeur négociable, leur beauté extraordinaire en fera, pour ceux de nous qui ne les vendrons pas, des souvenirs inappréciables pour nos descendants en nos châteaux du Yorkshire et de Gascogne, leur rappelant que nous, leurs grands-pères ou arrière-grands-pères, avons participé à l'expédition mémorable des Vingt Mille. Une poignée de soldats donnant un monde immense de denrées et de clients à nos « négociants » et à vos missionnaires, le plus vaste marché qui soit sur cette planète...

— Dans ces conditions-là... », admet le général prince, dont le petit regard s'est cristallisé de convoitise.

Car il appartient au fameux pays des « cadets » besogneux, qui jadis ont écumé la France et l'univers. Mais mettre dans la rapine ce redoutable et implacable réalisme des fils d'Albion, où l'aventure est déjà science du profit avant de se transformer en domination régulière, en exploitation organisée, systématique et légale, c'est un peu fort !

Le lord qui laisse généralement choir des onomatopées du haut de sa nonchalance, peut devenir en un instant un diamant de dureté coupant de ses arêtes à travers les événements, les drames, les situations extraordinaires, et les dangers. Tout cela pour n'importe quelle utilité si elle est vraiment profonde et rémunératrice. Il est le rejeton d'ancêtres qui se sont adonnés avec génie aux pratiques de la contrebande et du pillage le plus audacieux, avant d'estampiller les terres, trafiquées et dépouillées, du Sceau de la Couronne, cette fois pour un commerce complet et paisible, au nom de la Pax Britannica. Tout jeune, il a été à bonne école, ayant fait ses « classes » aux Indes : hécatombes et vols. Et quand Albion s'est « intéressée » au Céleste Empire avec ce cynisme parfait que permet et même recommande l'évangélisme puritain, il était déjà prêt pour des missions de confiance, déjà puits d'immoralisme moral, déjà monument d'insensibilité délicate. Encore une fois le « smuggling » pour écornifler, saccager, rogner la Chine Immense, le pire trafic, la Bible aidant, étant celui de l'opium du Bengale anglais répandu à prix d'or le long des côtes déchiquetées et dans les estuaires des fleuves du Kwantung. Mais le vice-roi de Canton s'étant montré récalcitrant, la flotte de Sa Majesté l'avait mis à raison, bombardant et capturant sa cité grouillante ; milliers de jonques coulées dans la Rivière des Perles, où l'eau, d'ordinaire presque solide par la quantité des ordures qui y croupissent, était devenue un plancher de cadavres. Quartiers entiers incendiés, rôtissage d'innombrables Chinois. Survivants embrochés par les marins britanniques débarqués dans une sorte de furie. Horreurs bénéfiques qui avaient alors permis d'imposer au Fils du Ciel le négoce de la « boue noire » soi-disant compatible avec le Ciel, la Terre et le Monde, et de remplacer la contrebande par un « business » tout à fait légitime, avec des dépôts à Shanghaï et dans quatre autres « concessions » octroyées à l'Angleterre, petits ports et criques maritimes. Début des « concessions »...

Le lord, en tout cas, avait reçu en charge le Mandarin de Canton, qu'il avait mené, sur un beau bâtiment de Sa Majesté uniquement réservé à cet usage, en exil à Calcutta. Echanges infinis de politesses. Subtilités des compliments chinois et décorum des distinctions britanniques entre le Gardien et le Gardé, toutes les nuances de l'urbanité, alors qu'en ces moments mêmes le régiment écossais du futur lord — car il n'avait pas encore le titre — se distinguait dans Canton par des brutalités effrayantes. Joies de l'hypocrisie... Le grand jeu d'Albion se poursuivant sans cesse avec le lord devenu lord, devenu général, devenu le Maître Pion à l'Audace Impitoyable, tout en nerfs et sans nerfs, qui vingt ans après la « guerre de l'opium », ces prémices, est en train de porter l'estocade au cœur même de l'Empire du Milieu, pour arracher, par les armes et les négociations, le Grand Traité ouvrant les intérieurs de l'immense pays au « trade » britannique, surtout le cours du Yang-tseu-kiang, majestueux et si riche. Et les Français qui ne se sont associés à la dangereuse expédition que pour la foi catholique, quels idiots !

Quoi qu'il en soit, alors que le lord est dans l'inconnu céleste, malgré les tueries des Tigres et des Centaures, il a le culot de s'aviser au passage d'un petit bénéfice de poche, un pillage à la va-vite, un butin à portée de main : le Palais d'Eté. Entracte à l'anglaise avant la reprise des grandes affaires, faisant fi de ce que l'étrange conduite du Fils du Ciel peut comporter de menaçant. Pékin apparemment offert, mais le Ciel trop vaste, la Chine trop grande, se défendant par son immensité et ses secrets. Que va faire le « Saint Homme » ? Se laisser prendre ? Ou encore essayer de capturer la petite armée jusqu'à présent toujours victorieuse ? Dans quel traquenard ou stratagème pareil à des sables mouvants, à des méandres filandreux et dilatoires, à une toile de pièges et de mensonges impossibles à fendre d'un coup d'épée va-t-elle tomber ?

Peu importe ! Le lord est sûr de lui.

La nuit est passée à cuver, au milieu des cris des sentinelles qui s'interpellent et se répondent. Les troupiers ont dormi comme des mules, les officiers ont reposé sur leur lit de camp sous les tentes. A l'aurore, toutes les sommités, ayant soigneusement fait toilette, se retrouvent sur leur trente et un pour une grande réunion d'état-major. Objectif : le « récurage » du Palais conçu comme une opération militaire et stratégique, avec un plan de bataille. Car le lord hier soir, dans l'euphorie générale, a parlé trop crûment du Palais d'Eté. Maintenant, comme si de rien n'était, il expose son plan au généralissime français et à tous les officiers supérieurs au garde-à-vous : pas question de pillage, mais un acte de grande politique et de grande diplomatie :

« Par la prise du Palais d'Eté, nous voulons briser l'orgueil du Fils du Ciel, car les défaites que nous lui avons infligées ne l'ont pas suffisamment entamé. Nous lui prouverons que nous pouvons tout. C'est un avertissement à se montrer plus humble et accommodant ; il me semble en effet qu'il essaie de nous filer entre les doigts. »

Approbations générales, avec un « bravo » éclatant du général prince, cependant que monte un brouhaha louangeur de la part des autres gradés, dans le juste diapason, savamment modulé, suffisamment marqué mais pas trop bruyant, soulignant le respect. Ainsi le cambriolage devient-il fait d'armes, exploit et judicieux artifice.

En tout cas, branle-bas de combat : voix des adjudants, affolement des soldats courant se mettre en rangs chamarrés. C'est la magnificence des troupes, la beauté des armes contre la beauté des arts maléfiques. Comme le jour est beau sur le paysage des eaux et des rocailles ! Avec quelle musique légère, gaie, les fanfares entraînent-elles les colonnes, drapeaux déployés et baïonnettes au canon au-delà du Pont de Marbre qui, en cette naissance de la lumière, est encore tout laiteux, à peine sorti d'une rosée de la nuit !

Les soldats ignorent complètement ce qu'ils vont attaquer, ils croyaient avoir tout massacré dans le coin. Ils ne savent pas qu'il leur reste à tuer la matière des délires, la matière des rêves chinois concrétisés. A tuer la Volupté, ennemie des Barbares, ses choses, ses gens si on en trouve. A tuer en dérobant... Ils ne sont pas dans le secret, et finalement ils foncent comme s'ils attaquaient une citadelle. Toujours entraînés par des clairons et des tambours joyeux, ils donnent l'assaut à l'abrupt merveilleux, ce dédale de la Folie menant aux Folies Sans Pareilles du Palais d'Eté qui, au-dessus, scintille comme un chaos vermeil, un chaos d'or, un chaos jaune en train de renaître des ténèbres. Ils chargent de leurs pieds lourds, de leurs godillots cloutés, escaladant épaissement, en courant et en soufflant, les lacis délicieux des venelles, des sentes, des marches, des rampes destinées aux chaussons de satin des hommes qui gravissaient les degrés délicats de l'échelle des plaisirs. A la place de ces êtres éthérés, c'est la ruée lourde des troupiers luisants de leurs armes, obligés de se répandre, pour cette grimpette, dans les rides qui épousent les entrailles de la paroi, tous ces chemins égarés où leur grossière présence soudardesque fait sonner d'énormes cloches et retentir d'épaisses plaques d'airain, gardiennes de la beauté des grottes. D'ailleurs, baïonnettes pointantes, ils les explorent ces cavernes, comme s'il s'agissait de niches à Dragons, de nids à Tigres, de conques à Serpents, alors qu'elles ne sont que les premières intimités annonciatrices de la Chair des Jouissances. Ils explorent tout, cassant et mutilant jusqu'à ce qu'ils reçoivent l'ordre absolu de respecter les objets. Alors ils ne comprennent plus... Et là-haut, au lieu de s'élancer à l'abordage de ces faîtes, de ces colonnes, de ces cloisons ajourées, de tout ce capharnaüm fragile où est peut-être retranché l'ennemi rusé, les officiers font prendre à leurs régiments une tout autre disposition. Ils font constituer un anneau humain autour de l'échevelé des pavillons et de leurs toits innombrables, qui sont comme autant d'écailles de quelque langoureuse hydre des Lubricités. Et les soldats se tiennent ainsi, harnachés pour la guerre, mais immobiles, au coude à coude, avec la consigne de rester là, de ne rien faire, autour du Palais d'Eté.

Cependant, à peu près au bout d'une heure, montent par la rampe sacrée, immémorialement réservée au seul Fils du Ciel, un groupe de messieurs militaires tout à fait importantissimes. Huit en tout. C'est la très officielle Commission des Dépouilles à Dépouiller, les deux généralissimes accompagnés chacun de trois commissaires, le lord avec trois fils de lords, le prince napoléonien avec trois jeunes aristocrates au sang bleu dont les globules ancestraux sont supposés être chargés de goût artistique.

Ils marchent gravement, tout en parlant sur un ton badin, comme le recommande la bonne éducation quand le « business » est en cause... Car il s'agit bien de ça, ils le savent tous sans se l'avouer. Enfin leurs pas les amènent à une terrasse de marbre rose, suspendue au-dessus du vide, de plain-pied avec les portiques des palais qui semblent une mousse morte. Etrangeté d'un univers de fêtes frappé de néant. Qualité extraordinaire du silence. Apparente vacuité des lieux. Mais la prudence veut qu'on s'assure que, dans cet univers qui semble abandonné avec ses trésors intacts, il n'y ait pas de guet-apens tendu. On y envoie donc des patrouilles exploratrices. Comme elles mettent longtemps, plus d'une heure, à revenir ! C'est qu'elles se sont égarées dans le labyrinthe des pavillons et des pièces, le tohubohu des merveilles, n'arrivant plus à s'y retrouver tellement il y en a. Mais, assurent-elles au retour, pas une âme, pas un génie, pas un être pour garder ces profusions fantastiques. Aucune force céleste ou terrestre pour les défendre...

Alors la Commission se met à l'ouvrage, accompagnée de quelques soldats de garde et de quelques soldats de déménagement. Sa fonction est triple : répertorier, choisir et se partager.

Et c'est l'entrée de Messieurs les Militaires Barbares si Sérieux dans la fantasmagorie de la civilisation des désirs exaspérés, exaltés dans la matière. Rêves incarnés, cauchemars incarnés. Ce qu'il y a de plus pur, la pureté de l'Art.

Poésie un peu désespérée des estampes, des peintures, des paravents de grâce. Consolation de la Beauté Immaculée, des vases, des coupes, des terres cuites, des bronzes parfois millénaires, qui sont, par leur forme parfaite ou leur couleur parfaite, un éblouissement presque douloureux, quelque bleu plus que bleu, quelque rouge qui n'existe pas, et beaucoup de ce jaune doré qui est celui de l'Empire.

Mais, à côté de ces simplicités admirables, il y a la loufoquerie, le grotesque, le sinistre d'un univers tordu, cornu, pansu, griffu, monstres grimaçants ou bonshommes affreux qui font pourtant partie de l'Harmonie Suprême. Cette beauté plus que belle et cette horreur plus qu'horrible sont taillées, ciselées, incrustées dans les matériaux les plus rares : or, argent, ivoire, jade, pierres précieuses, ébène, fourrures extraordinaires, plumages, en fragilité ajourée ou en blocs massifs. Et tout cela, par tonnes, par centaines de tonnes.

Les généralissimes, ainsi que leurs commissaires, s'acheminent dans ces antres, distinguant mal d'abord à cause des ombres, des pénombres, des soudaines projections du soleil dans ces obscurités, en carrés ou en cônes qui se butent à des pilastres. Les objets se devinent plus qu'ils ne se voient, reflets d'un monde chatoyant, fourmillant, fantastique, avec d'insistantes senteurs. Les personnages vont, à moitié perdus, se heurtant à des recoins secrets, suivant tant bien que mal l'enfilade brisée des alcôves, des pièces, des salles hérissées de baroqueries. C'est irréel... Enfin, les yeux de ces messieurs accommodent ; et après avoir parcouru et reparcouru l'écheveau des lieux, ils se mettent à sélectionner. Cela dure des heures avant qu'ils ne se décident pour environ quatre cents pièces uniques. De préférence celles en or massif, ou façonnées dans quelque bloc de pierre rare, une émeraude ou une topaze sans défaut, celles qui sont une immensité de laque ou de jade, et aussi les plus clinquantes, avec des emmêlements guerriers de démons, de dieux. Evidemment le lord prend pour lui ce qui est le plus dépouillé et le prince ce qui est le plus tape-à-l'œil. Cela achevé, on fait transporter sur la terrasse de marbre, servant de parvis au Palais, le butin. Il s'agit de le répartir entre Français et Anglais. Tout d'abord, impudemment, le lord s'empare d'un sceptre de jade immense et ouvragé pour en faire son bâton de commandement, sceptre qu'il dresse mollement entre sa tête penchée et son épaule un peu fuyante. Aussitôt le prince bout : il lui en faut un aussi, de même taille et de même qualité au moins, et sur-le-champ. On cherche, on recherche, et on en trouve bien un pour lui, mais un peu plus petit... Il n'est pas content du tout. C'est donc dans une ambiance morose, mais avec une cupidité réglée de la façon la plus protocolaire, que se poursuivent les attributions. Les Anglais désignent un objet, les Français un autre, et cela se poursuit ainsi, à tour de rôle, jusqu'au bout, longtemps, très longtemps. Souvent surgissent des contestations en termes choisis, des discussions sordides. Une râlerie, une incroyable mauvaise foi de part et d'autre, sous les politesses. Le soleil a bien décliné quand cet âpre marchandage entre gentilshommes proclamant leur désintéressement se termine enfin. Alors chaque généralissime fait amener, chacun par une de ses compagnies, sa part, son lot de deux cents chefs-d'œuvre merveilleux, jusqu'à sa tente au Pont de Marbre.

Prélèvement officiel, où l'on voit la supériorité de la race anglo-saxonne qui a la flibusterie dans le sang, mais qui pille comme à la parade. Quand les Anglais sont bien gorgés de dépouilles fantastiques, leur peau devient encore plus blanche, leurs yeux encore plus clairs, ils ont toutes les pâleurs de l'innocence. Ils connaissent la valeur des choses, ancestralement, avec férocité, ce qui leur permet ensuite d'assumer cette expression de souveraine indifférence. C'est vrai qu'ils ont de l'entraînement. Comme ils ont pillé les joyaux des Indes, ils apportent leur héraldique entraînement à dépecer la Chine.

Le général prince et ses officiers, eux, n'ont pas la bonne éducation du vol, ils ne sont pas des « marchands » même sous l'uniforme. Ils se tortillent la pointe des moustaches en se demandant si ces trésors, c'est « du lard ou du cochon ». Avec un chic désinvolte, avec une légèreté bienséante, à la française, ils font des trocs entre eux. L'un voudrait une plaque de jade pour parer la poitrine de sa jolie femme tandis qu'un autre pense qu'un gros bouddha de porphyre blanc, pareil à du suif et atteint d'éléphantiasis, serait une bonne blague sur le perron de son château.

Pendant que les grands font de la brocante empanachée, un cercle d'yeux s'est allumé, autour, dans le crépuscule. Pas des yeux isolés sortant de la pénombre, mais une braise, une traînée d'yeux, celle des regards devenus fous des hommes placés au coude à coude, en chaîne, autour du Palais, permettant aux seigneuries de piller protocolairement et sans danger. Peu à peu les pupilles se sont enflammées, rubis de feu au-dessus des baïonnettes dans les ténèbres commençantes. Les soldats de toutes les races sont embrasés de la même cupidité effroyable à la vue de ce Palais si proche mais interdit, qu'ils protègent pour que s'accomplissent les larcins officiels appelés dédommagements. Car désormais, ils savent... Le velouté profond comme de l'étoupe enflammée des yeux hindous sait, les yeux lumineux des Arabes piquetés d'étoiles flambantes savent. Même les troufions français, qui ont longtemps méprisé les « chinoiseries », savent. Ils ont plissé leurs yeux secs de paysans, de maquignons féroces. Leur fureur s'est allumée depuis qu'ils ont entendu un de leurs colonels dire à ses hommes :

« Le moindre brimborion pris là-dedans, ça vous paierait au moins un hectare de bonne terre en France. »

Seules les troupes britanniques restent d'un calme et d'une placidité à toute épreuve. Tout comme leurs lords, ils ont l'expérience des butins, sûrs qu'ils doivent attendre paisiblement.

Plus le délicieux paysage disparaît dans la nuit, plus les soldats sont semblables à des hiboux aux pupilles phosphorescentes, avec, sur leurs iris, les taches jaunes de la convoitise. Leurs trognes allumées ne noircissent pas. Une fois la nuit tombée, elles sont des lampes et leurs mains frémissent dans la hantise de prendre. De hiboux, ils deviennent vautours, leurs figures paraissent rassemblées en un bec fait pour dépecer et dérober. Ils sont en proie à la fièvre de la cervelle, du cœur et des viscères, à une gloutonnerie sans limites : celle de tremper les mains dans l'or, celle de se vautrer dans l'or, celle de se gaver d'or. Ils n'ont qu'à se servir. Le trésor extraordinaire et grotesque est là, à ramasser. Cette idée fait bouillonner leur sang, ils sont des marmites de sang sur le feu du désir. L'or...

Les hommes sont sur le point de ne plus pouvoir se contrôler. Ils se balancent comme dans une houle, retenus par la discipline mais déjà emportés par l'envie. On sent qu'à la moindre lame plus déferlante, plus brisante, ils vont se ruer. C'est alors que de vieux sous-offs, ceux des armées de Sa Majesté britannique, aboient en adoucissant le plus possible leurs voix de bouledogue :

« Calmez-vous. Quand les Excellences seront bien rassasiées, elles auront certainement la bonté de nous laisser prendre notre part du gâteau. Elles reconnaîtront que nous méritons bien une petite récompense, nous qui sommes venus de si loin. Ce sera du nanan. Allons, un peu de patience... »

Ces paroles se propagent jusque chez les Français où elles produisent un effet mystérieux : en même temps que les humeurs sombres s'apaisent, que moussent une baveuse rigolade et une goguenardise impatiente, les ventres paisibles des gros et les bras des maigres, battant l'air pour se faire de la place, soudain, se mettent à pousser de l'avant, irrésistiblement. La voix des jeunes officiers criant à leurs hommes de s'arrêter est vaine. Ils ne peuvent rien contre la convoitise de leurs soldats. Et désormais, c'est à qui pénétrera le premier dans le Palais.

C'est par milliers qu'ils se répandent dans les pavillons aux toits jaunes, dans les augustes salles. Tous sont ébahis et stupides devant ce qu'ils trouvent : des porcelaines fragiles aux couleurs improbables du ciel après la pluie, de la fraise écrasée ou de la corolle de pêcher. Les vases sang-de-bœuf, potiches enflammées, Kao Si et Chien Lung, amoureux et fleuris. Les pierres dures travaillées, jade, améthyste, agate, cristal de roche, cornaline, ambre, calcédoine. Les émaux peints, cloisonnés. Et les dragons, les guerriers immenses de pierre ; les estampes d'un érotisme précieux. Et même, au milieu de ces merveilles, quelques objets européens d'un mauvais goût incroyable : des tableaux de la Castiglione, et même une pièce réservée à des pendules anglaises ou françaises, de toutes tailles et de toutes formes... quel sac ! Vision étrange, inoubliable. Fourmillement d'individus de toutes les couleurs, de tous les types, entassement d'êtres appartenant à toutes les espèces humaines, tous accrochés à ce monceau de richesses dont ils savent seulement que ce sont des richesses. Ils sont vraiment des « Barbares ». Dans leur frénésie, ils poussent des hourras dans toutes les langues du monde, se hâtant, se cognant, trébuchant, sacrant, enfournant. Ils restent là, tournoyant entre ces merveilles, ne sachant que choisir, que prendre, gênés par leurs harnachements militaires pour cet immense butinage. Il y a des troupiers qui enfouissent leur tête dans les coffres rouges de Yi, d'autres sont à moitié ensevelis dans des amoncellements de brocarts et de pièces de soie, d'autres mettent des rubis et des diamants dans leurs poches, dans leur képi, dans leur chemise, d'autres ceinturent leur cou ou leur poitrine de colliers de grosses perles. Les sapeurs du Génie ont apporté leurs haches et en frappent de grands coups sur les meubles pour en faire jaillir les pierreries. D'autres, se méfiant des préciosités orientales, s'en vont en emportant des pendules, des cartels sous les bras. Un homme, gravement, cogne sur un amour d'horloge Louis XV où les heures sont marquées par des chiffres de cristal qu'il prend pour des brillants.

Dès le début, on peut comparer le génie commercial des Anglais et des Français. Les Britanniques ont organisé le pillage : ils arrivent par escouades, avec des hommes munis de sacs et commandés par des sous-offs. Ils raflent la bonne marchandise. Quant aux Français, ils jouent bon jeu bon argent, individuellement, sans compréhension du « business ». Rares sont ceux qui font main basse sur des objets vraiment précieux. Presque tous, comme de grands enfants, raflent les jouets mécaniques, anciens dons des souverains européens qui prenaient les Célestes pour des sauvages qu'on pouvait éblouir par ces bagatelles. La Cour s'en amusait beaucoup sans pour autant avoir la moindre considération pour les Barbares qui offraient ces amusements. C'est ainsi que dans les appartements de Yi, vit tout un peuple sur ressorts, sur roues dentelées, sur vis, sur balanciers. Boîtes à musique, orgues de Barbarie, serinettes, réveils à sonneries compliquées, réveils à pétard, cadrans faisant tourner les ailes d'un moulin ou caqueter des poules. Sans compter toute une faune saltimbanque, à trémoussements et à musique, des lapins à tambour, des oiseaux chanteurs en laiton, des joueurs de flûte, toutes sortes d'équilibristes, de danseurs de corde, d'orchestres, même un orchestre de singes assis sur un orgue. Les troufions français, au milieu du foisonnement des trésors célestes, récupèrent patriotiquement les bibelots français.

Enfin les « pillards » retournent à leurs tentes, au bas du palais dévasté, qui, de loin, semble intact dans l'entrelacs de ses toits jaunes. Le ciel est une voûte constellée par le Chariot à Sept Etoiles qui est l'âme de la Chine. Le vent descendu des montagnes de Mongolie apporte la puanteur des charognes chinoises, celle des Tigres et des Centaures tués. Mais les narines des bons soldats de l'Expédition sont bouchées aux pestilences. Ils sont heureux. Les sentinelles vont et viennent.

Autant le camp des Anglais est calme, autant celui des Français est fantastique. Chez les British, c'est un fabuleux comptoir où chacun, ayant compté et recensé son butin, s'endort avec la volupté de la richesse. Le lord gît sagement dans son lit de camp, ses yeux bleus fermés et sa peau de lactance toute fraîche. Il a déposé son sceptre sur un fauteuil d'ébène, et, avant de s'assoupir dans la paix heureuse, il a jeté un regard sur les bouddhas sages faits d'un bloc de jade et les bouddhas diaboliques aux têtes de cadavres mais dont les attributs mauvais sont des rubis et des turquoises. Tout autour de Sa Seigneurie sont disposés des paravents, des laques, des soies, un coffret plein d'émeraudes, pour que, au cas où Elle ouvrirait ses paupières un instant, Elle puisse s'assoupir à nouveau dans le bonheur d'un merveilleux qui est désormais le sien, en toute propriété. D'ailleurs, cette nuit-là, tous les British ont des sommeils regorgeant de butin. Pas un bruit. Le vol donne des rêves doux et des respirations paisibles, qui parfois gagnent même la sérénité des ronflements, comme si les gorges étaient des trompettes bouchées.

Le repos des Français, lui, est burlesque, d'une frénésie enfantine. La Chine est oubliée. C'est la nuit insensée et vertigineuse des jouets devenus fous, battant la chamade pour la joie des rudes troupiers qui ne sont plus que des gosses innocents, ne se lassant pas de cette kermesse extraordinaire. Sans doute, dans leur rude et misérable existence, n'en ont-ils jamais vu et c'est devant Pékin qu'ils découvrent la hotte du Père Noël. Emerveillement. Les troufions s'esclaffent sans se lasser, remontant toujours les manivelles, éclatant d'énormes rires sonores, se mettant à chanter, non pas d'obscènes chansons à boire, mais des mélodies lointaines venues de leurs chaumières, les soirs de veillée. Cette nuit-là, ils découvrent le bonheur, en plein dans cette Chine de cauchemar où ils risquent encore tous les supplices et toutes les agonies.

Le lendemain, quand le soleil rouge monte sur les couches de l'éther en sa splendide solitude, le pillage reprend. C'est un peu la routine. Tout a été vidé, et il ne reste que les bâtiments.

Assis sur une terrasse de marbre, le général prince contemple en silence Pékin à une dizaine de kilomètres de là, en compagnie du lord. Ils tergiversent. Car, sans se le dire, au fond d'eux-mêmes, ils ont peur de la Cité à la beauté sacrée, grandiose, solennelle, avec ses monuments tristement harmonieux issus d'une longue Histoire, toujours voilée d'un ciel à la transparence bleutée sans pareil, avec cette légèreté de l'air qu'étouffent parfois les rafales de sable venues du désert. La crainte, une crainte superstitieuse, les prend à regarder la capitale du Fils du Ciel enfermée dans ses enceintes successives, concentriques, grandes murailles noires comme des ailes de corbeau, puis grandes murailles cramoisies, et enfin les dernières, grandes murailles somptueuses et rougeoyantes, anneaux servant d'écrin farouche au Trône du Fils du Ciel. Telles sont les épaisseurs, la hauteur, la solidité de ces remparts que les chefs barbares se demandent si leur artillerie et leurs boulets arriveront, non pas à les concasser, mais à seulement y tailler une brèche ou à effondrer le battant d'une des portes de bronze épaisses de plus d'un mètre. S'ils échouent, que deviendront-ils eux et leurs armées ? A moins d'une retraite honteuse à marche forcée, l'hiver les dévorera, la faim les mangera, et peut-être d'autres armées chinoises surgiront sur les arrières. Alors leurs têtes seront fichées sur des pieux à l'entrée de la Cité Interdite, pour subir les outrages de la foule dont les cra-

chats gèleront en une carapace de glace qui les
conservera jusqu'au printemps, où elles se décomposeront comme des fruits dégoûtants.

Cependant les généralissimes, devant la grande harmonie de la terre et du ciel où rien ne bouge, sauf le soleil, depuis les monts de Mongolie jusqu'à Pékin figé dans son interrogation menaçante, sursautent soudain. C'est qu'ils viennent de distinguer, dans la caillasse de la plaine, comme de la caillasse vivante, comme de pauvres cailloux humains. Ils courent à cinq ou six cents, à une allure vertigineuse. Une pouillerie glaireuse, morveuse qui avance dare-dare et qui, on le voit bien, apporte quelque chose de sinistre, de terrible.

« Qui sont ces misérables ? » s'enquiert le général prince.

Le lord répond :

« Ce sont nos coolies ! Avant-hier ils se sont conduits avec un zèle si émouvant pour retrouver nos morts et nos blessés que j'ai estimé qu'ils méritaient un pourboire. J'ai oublié de vous le dire, mais le lendemain je leur ai permis d'aller détrousser un peu les cadavres des Tigres et des Centaures. Il me semble qu'ils méritaient cette récompense. »

Le général prince, cela ne manque pas, se hérisse pour protester. Le lord le devance par de grandes considérations. Lui, généralement si avare de ses pensées, estime qu'à certains moments il doit « éclairer » son alter ego de prince d'Empire, ce brave homme épais de corps et de pensée, dont la cervelle est une mèche lente à laquelle un bout de jugeote tient lieu d'éteignoir. Cette lourdeur militaire arrange le lord, mais quand même, il faut parfois lui expliquer qu'on est en Chine, avec peu d'hommes et dans un sacré pétrin malgré les victoires.

« L'attitude de ces coolies me donne une idée. Croyez-vous qu'ils nous aiment ? Non. Mais ce sont des méridionaux, portés aux révoltes, aux révolutions, à toutes les gangrènes des sociétés secrètes.

415

J'ai pu constater de mes yeux de quelle haine ils sont animés contre le Fils du Ciel et ses obéissants sujets des grandes plaines du Nord. Eh bien, si nous échouons devant Pékin, si nous n'arrivons pas à imposer nos traités à l'Empereur, nous décamperons, et nous soufflerons sur les braises pour soulever la Chine contre lui, en une explosion gigantesque qui brisera le trône en mille morceaux. »

Le général prince n'en démord pas :

« Billevesées que tout cela, mon cher. Vous voyez trop loin... Moi je vous le dis, Pékin, nous n'en ferons qu'une bouchée. »

Cependant les coolies, comme une longue langue sale, sont en bas de la colline. Ils portent devant eux, avec effroi, des corbeilles pleines d'on ne sait quoi, et aussi trois ou quatre brancards où il semble que croupissent des corps. Permission est donnée à vingt d'entre eux de grimper la rocaille du Palais d'Été, avec ces fardeaux mystérieux. Alors les plus vieux, donc les plus respectables, les plus sciés de rides, commettent ce qui en temps normal serait un sacrilège inouï : ces gueux, pourriture de la terre, s'acheminent par les sentiers sacrés qui, avant l'irruption des Barbares, n'avaient jamais été foulés que par le Fils du Ciel et les dignitaires de sa Cour. Enfin, aux pieds des généraux en chef, l'air plus abruti et fermé que jamais, comme s'ils ne comprenaient pas l'importance de ce qu'ils apportent ou comme s'ils redoutaient d'être punis pour avoir amené ces choses-là, ils déposent leurs paniers et leurs litières. Un ancêtre, un homme aux yeux dévorés de trachome, sans dents et presque sans traits, comme s'ils avaient sombré dans le long cours de son existence, ose marmonner :

« Seigneurs, vous nous aviez permis de fouiller les monstres très glorieusement tués par vous. Nous avons donc soigneusement examiné la couche des Tigres et puis nous sommes allés jusqu'aux Centaures. Et là, au milieu des dernières rangées, nous avons découvert ça sous une tente. Nous avons cru que nous devions vous le remettre. Punissez-nous si nous nous sommes trompés. »

Evidemment, les coolies se doutent un peu de la valeur de leurs trouvailles, et espèrent bien quelque largesse en remerciement. Mais quelle stupéfaction éprouvent-ils devant le manque de dignité des Barbares foudroyés, comme des femmes, à la vue de ce qu'ils ont amené. Le lord est plus pâle qu'un fantôme, le général prince plus sombre que de la lave. Le lord pleure de ses yeux sans ombres, purs ; une goutte de rosée bleue coule sur ses iris bleus. Pas un mot, pas un geste, il penche juste un peu plus sa tête toujours inclinée pour détailler les ignominies étalées. Quant au prince, il essuie ses yeux rouges, veinuleux, énormes, à grands coups de mains velues, tout en récitant un chapelet d'enfer, en jurant de passer Pékin en entier au fil de l'épée, à commencer par le Fils du Ciel.

Qu'y a-t-il dans ces cabas ? Au milieu de morceaux de chair, de choses informes, maculées, souillées, déchirées, dégouttantes de sang et de liquides infâmes, on arrive à distinguer des bouts d'uniformes anglais et français, des débris de képis, de shakos, des épaulettes, une selle, et une vingtaine de bottes, le carnet d'un officier d'intendance, et aussi un anneau de mariage, ainsi qu'une chevalière ornée d'initiales aristocratiques. Presque rien en somme, mais d'une signification terrible. Quant aux quatre hommes déposés par terre, à peine des hommes tant ils sont en ruine dans leurs hardes comme dans leurs corps, on ne saurait dire au premier abord s'ils sont des Blancs, tellement ils sont noircis par de larges brûlures s'enchevêtrant en plaques de sang caillé. Tous sont mutilés, yeux crevés ou mains coupées, on les croit morts, mais l'un respire un peu et un autre aussi. Ils vivent donc, mais dans quel état ! On arrive à les reconnaître. Parmi eux, un colonel français de hussards, un colonel de la cavalerie légère britannique, un sergent sikh et un caporal de marsouins. Le corps médical allié en entier se jette sur eux. Tenailles des soins après les tenailles du supplice. Le clergé est là aussi au complet, le pasteur avec ses versets de Bible, et le père Jean toujours à la cueillette du dernier soupir.

Les généralissimes ont honte. Car cette tuerie, c'est leur faute... Malgré leur arrogance, tout au long de cette expédition dans l'inconnu ils ont eu tous deux de sombres pressentiments qu'ils cachaient par superbe et par gloriole. La plaine de feu, empoisonnée et pestiférée, ne les avait pas arrêtés, mais en réalité, si à l'orée de Pékin la Dangereuse, ils se sont immobilisés si longtemps à Tong-tchéou, sous prétexte de reposer leurs troupes, c'est qu'ils tergiversaient, ne savaient que faire. Ils souhaitaient que surgisse un cortège mandarinal qui offrirait la paix. Et justement, au dixième jour, quand ils ne l'espéraient plus, il en était apparu un, magnifique, toute une cohorte de dignitaires du plus haut rang, dans le décorum de leurs insignes, de leurs étendards, de leurs parasols, de leurs longs ongles dans des étuis d'or, de leurs robes lourdement brodées. Ils étaient descendus de leurs chaises à porteurs selon l'étiquette de la grande politesse, forêt de vieux arbres rabougris qui s'inclinaient et s'inclinaient encore. Ils avaient sur les écorces de leurs visages parcheminés ce sourire un peu plissé, un peu énigmatique qui est un raffinement dans l'étalement des bons sentiments. Et aux généralissimes qui n'en croyaient pas leurs oreilles, tout heureux, un vice-roi avait prononcé les paroles de l'accord tant espéré :

« Le Fils du Ciel aime les hommes blancs comme les nouveau-nés roses de l'Empire et il est prêt à mettre son grand Sceau de l'Autorité Sacrée sur les parchemins de l'amitié et de la réconciliation.

« Pour cela, que les alliés désignent des plénipotentiaires qui prendront place dans notre cortège et que nous amènerons jusqu'au Palais Pourpre de la Cité Interdite où se concluront les tractations. »

Alors le lord et le prince ont délégué quelques-uns des plus brillants officiers, ainsi que tout ce qu'il fallait comme ordonnances, secrétaires, interprètes, et ils leur ont fourni même une garde d'honneur de Sikhs et d'Arabes.

Tout ce beau monde s'était engoncé dans de magnifiques palanquins sculptés et dorés, portés par des coolies vêtus de rouge, tandis que l'escorte de parade était montée sur des destriers qui hennissaient et se cabraient. Et ainsi, en pleine gloire, disparaissaient de la vue les négociateurs, au milieu du long cortège des antiques mandarins si doux et si sages. Mais le soir même s'enfonçait en terre, près de la tente du lord, décochée par quelque archer invisible, une longue flèche où était enroulé ce message :

« Chiens puants, ne souillez plus davantage le sol sacré de la Chine, retournez sur les bâtiments qui vous ont amenés et fuyez. Quand vous aurez montré votre repentir, les otages vous seront rendus, sans avoir subi la moindre torture. Mais si vous persistez dans vos desseins néfastes et criminels, vous les trouverez à Palikao, où à leurs dépouilles s'ajouteront les vôtres. Vous serez tous anéantis. »

Palikao : dépouilles des Tigres et des Centaures. Apparemment pas de trace des émissaires. Mais maintenant, après ces victoires et au milieu des plaisirs du pillage du Palais d'Eté, le remords se dresse sous la forme de ces débris lamentables, de ces défroques suppliciées d'hommes partis en grand uniforme ou en redingote : les plénipotentiaires. Près d'une cinquantaine en tout. Un des quatre survivants meurt, mais peu à peu, en souffles presque inintelligibles, les trois autres arrivent à raconter leur calvaire.

419

A peine hors de la vue des Français et des Anglais, ils furent assaillis, mis dans des chaînes, et ils durent se traîner à pied jusqu'à Pékin, chenilles étranglées par des anneaux de fer. Là ils furent conduits aussitôt au Ministère des Châtiments, où des barbichus mandarinaux n'en condamnèrent à mort que deux, pour le respect des rites. Les Chinois avaient donc daigné en torturer deux selon les formes. En conformité aux règles et réglementations de l'Empire, leurs cœurs et leurs foies avaient été cuits et servis au cours d'un banquet solennel à des dignitaires en corvée de dégustation sacrée. Et même deux vice-rois avaient bu leur sang, soigneusement recueilli dans leurs crânes auparavant découpés et rabotés pour en faire de parfaites coupes. Les autres plénipotentiaires, selon la sentence du tribunal, avaient été confiés à la bonne volonté du Fils du Ciel et de ses Sages. C'est-à-dire que se jouait d'eux qui voulait, à condition de ne pas les achever trop vite. Il fallait qu'ils se décomposent en loques grotesques et ridicules, en choses gangreneuses, puantes, purulentes, plus pleines de pus que de sang, avec plus de grouillements de vers dans les plaies que d'écarlates écoulements. On les faisait durer, en une liberté affreuse, en les entraînant à la Cour, dans les yamens des grands personnages, et même sous les tentes des chefs de l'armée mongole. C'était une liberté pour rire, où ils servaient de farces et attrapes. C'était à qui éplucherait un peu l'os d'une épaule, comme s'il s'agissait d'un cochon. C'était à qui, en galopant à cheval, s'en servirait comme cible pour prouver son talent d'archer, les criblant de flèches sans les tuer tout à fait. C'était à qui dénuderait quelque nerf pour le chatouiller avec des plumes, ce qui amenait de la part de l'homme ainsi caressé des convulsions, des grimaces tout à fait comiques, qui faisaient se tordre de rire, se pâmer même, les mandarins les plus vieux, les plus expérimentés, ceux qui dans leur existence avaient ordonné le plus de supplices au nom de la Vertu. L'Empereur et Yi participèrent eux-mêmes à ces jeux avec une excellente humeur.

Cependant, une bonne moitié des « non-condamnés » se transformèrent peu à peu, et de pourritures vivantes se refroidirent en pourritures mortes. Les cadavres furent donnés aux porcs et des enfants s'amusèrent avec leurs crânes comme s'ils avaient été des boules. Les autres survécurent encore, mais en quel état ! On avait opéré certains au couteau, pour en faire des manchots, des culs-de-jatte auxquels on ordonnait de servir à table ! Coups de fouet quand ils gigotaient vainement, en essayant, avec leurs trognons de bras et de jambes, d'apporter des nourritures précieuses aux convives en pleines mangeailles. Près de là, d'autres étaient attachés à des poteaux par des liens trop serrés qu'on resserrait encore en les humidifiant de temps en temps, jusqu'à ce que les chairs gonflées et crevassées éclatent. Mais ce fut là un divertissement trop banal qu'on perfectionna : les ligotés sentaient et voyaient l'eau que l'on faisait couler abondamment sur leurs entraves, et ils étaient insensibles aux déchirements de leurs peaux et de leurs muscles tant ils avaient soif ! Quelle joie quand ils se mettaient à implorer à boire et à manger ! Lorsqu'ils gémissaient lamentablement, les festoyeurs quittaient leurs mets savoureux et se mettaient à remplir les bouches en entonnoir des suppliciés en piochant dans les seaux spécialement préparés et contenant des ordures étouffantes. Alors c'est le gavage, un bourrage si énorme et si infect que les bénéficiaires, avec leurs gueules pleines et dégoulinantes, ne tardaient pas à s'asphyxier. Ils se débattaient des lèvres, du larynx, des boyaux, du sphincter, faisant tous les bruits de la digestion par tous les trous de leur corps. On les obligeait, par des coups, à remercier pour les délicatesses ainsi offertes. Cependant les Barbares, devenus merde vivante de la tête aux pieds, finissaient par crever sous l'amas des immondices. Ainsi de suite, d'autres ris et d'autres jeux... Pour les fêtards jaunes, on conservait les plus beaux, les plus jeunes de ces Blancs, ils étaient le dessert. On les plaçait nus, à genoux, sur les tables, dans des tenues et des positions les plus libidineuses, pour servir à la salacité des Célestes. En fait, ceux-ci les souillaient moins par pur plaisir que pour la joie d'offenser l'ennemi...

Après avoir entendu ce récit, le lord est un orage. Un éclair tombe de sa bouche :
« Qu'on donne dix taels à ces coolies. »
A la traduction de cet ordre par l'interprète, les coolies se transforment en millepattes rampant, une seule bestiole aplatie sur le sol, tremblant plus que riant. Ils sont anéantis par l'angoisse du piège certainement caché sous une pareille générosité. Ne va-t-on pas bientôt les accuser de vol et les tuer ? Mais le lord s'impatiente, il les fait mettre debout puis chasser par ses soldats avec leur or en poche. Eux qui n'ont jamais connu que les crasseuses sapèques ! Alors leurs rides se déplient sous l'effet de la satisfaction et du bonheur et ils commencent seulement à croire que ce n'est pas une duperie. Ils décampent.

Un autre éclair descend des lèvres du lord avec un claquement mat :
« Qu'on brûle ce Palais ! »
Alors le général prince, malgré les traînées de colère violacées qui marbrent son visage, entreprend d'élever la voix. Lui, si soldatesque, se pose en sage :
« L'Empereur de Chine ne nous pardonnera jamais cet incendie et n'acceptera plus de signer nos traités. Nous serons dans de beaux draps ! »
Ce à quoi le lord daigne juste répondre :
« Avec les indigènes, il est parfois bon de se faire respecter. »

D'ailleurs, déjà les soldats, hurlant de triomphe, se sont répandus dans le palais avec des torches. A ce moment-là, le soleil achève sa course à travers l'éther, et à nouveau les pénombres du crépuscule se mettent à ramper sur l'univers. En quelques minutes, entre chien et loup, le Palais est un brasier. Les faîtes jaunes, sur lesquels s'attardaient les dernières lumières du jour, ont soudain éclaté en couleurs terribles. Ce sont des crêtes de feu, d'une beauté d'épouvante. Un à un, chaque pavillon, bateau terrestre qui voguait paisiblement sous le ciel noircissant, n'est plus qu'une incandescence, où toute matière est prise, consumée, anéantie, toutes les merveilles servant de nourriture au foyer, lui faisant un ventre, lui donnant une force rugissante, redonante, crépitante. Il y a dans cette fournaise une pureté, un contentement, où ce qui a été dévoré n'est plus que bûches incarnates, braises refroidissantes, tisons ternis, enfin cendres et poussières. Mais longtemps, les flammes s'élancent comme les fleurons d'or rouge d'une couronne impériale. C'est un feu sans souillure, à l'état absolu, dégagé de toute contingence, l'âme de ce qui a été. Chœur séraphique ou démoniaque, où le bouquet des langues ardentes exprime la félicité de la destruction, langues qui vont et viennent, s'allongent ou se raccourcissent, redoublant ou s'atténuant pour raconter la libération des choses. Plus haut encore, des traînées mortuaires emmêlées de flammèches et d'étincelles qui tourbillonnent comme des gémissements, se nourrissant des restes de ce qui a été détruit. Certainement, au-dessus, règnent des esprits infernaux qui se gavent de tous les détritus déliés, montés jusque-là à travers le feu purificateur. Des trésors anéantis sont sortis ces débris morts, vidés, qui n'ont plus ni substance ni poids, ce sont des symboles apocalyptiques qui vont ensuite se rabattre sur la terre plus loin, là où elle n'a pas été consumée, là où la vie subsiste, comme une suie, comme l'avertissement d'une fin prochaine. Les Barbares ne vont-ils pas brûler Pékin aussi ?

Tous les pavillons, après avoir été des embrasements, ont sombré. Les incendies s'éteignent peu à peu, se terminant souvent, après un dernier éclat fulgurant, en de lourdes fumasses charbonneuses, une crasse rampant au-dessus du sol où s'y accumulant. Comme soubresauts, des bouffées suifeuses parfois sublimées d'un ultime reflet, d'une ultime lueur, d'une ultime gerbe de points de rubis. Ne subsiste enfin qu'une chape d'où parviennent des bouffées d'air chaud, le crématoire de ce qui fut la Beauté. Comment aurait-on pu croire que ce qui avait été la recherche inégalée de la Volupté Suprême deviendrait cette petite couche de gravats et de décombres, une perruque ridicule et calcinée. Il n'y a pas de cadavres là-dedans mais, ce qui est infiniment plus grave, le Trône et les Emblèmes Impériaux ont été anéantis. Certes, il ne s'agit pas du Grand Trône et des Grands Emblèmes qui sont les incarnations mêmes de la Chine Céleste, au cœur de la Cité Violette de Pékin. Mais l'outrage est quand même immense, d'autant plus qu'il ne reste, pour protéger ces débris sacrés, que des moignons. Les colonnes de laque si épaisses, si élancées qui soutenaient les toits, désormais moignons noirâtres, à demi écroulés, mangés de braises mâchurées. Pieux rabougris de la mort. Ils se dressent encore comme les mâts cassés d'un naufrage de feu, comme les signes lamentables de la calamité.

Tout autour de cette souillure et de cette infamie, la nuit semble creuse, vide d'humanité. Mais à deux kilomètres de là, un char jaune impérial teinté de rose, ce qui indique la qualité du personnage transporté, s'est arrêté. Une femme en descend. Elle regarde. Elle est debout, droite, silencieuse, elle remplit ses yeux de l'horreur, ses yeux en amande, ses yeux de jais, qu'adoucissent de longs cils. Des yeux absolument immobiles, dans un visage délicat, laiteux, dont la pâleur s'estompe à l'approche du noir brillant de la coiffure entremêlée de fleurs odorantes. C'est Yi.

Elle voit d'abord une couche plombée sur le Palais d'Eté. Ce sont des nuages de fumée d'où soudain s'élancent les flammes de l'embrasement qui se termineront plus tard en d'autres fumées, celles-là viles et ignobles, marquant la fin des choses. Pour le moment, l'incendie illumine tout l'horizon, en sorte que les pupilles de Yi recueillent la trame entière de cette broderie de feu. A cette vision, sans que rien ne se montre sur sa face, elle est prise par un désespoir de rage, par un chagrin déchirant. Là, elle avait connu des heures douces et harmonieuses, et aussi, pour la première fois, la violence des voluptés. Là avait été son bonheur.

Elle entend les Barbares savourer la masse dévorante de haine chevillée dans leur cœur. Elle devine que cette haine c'est l'angoisse du Céleste Empire qui, même saignant, conserve ses mystères effrayants que ces Chiens n'arriveront jamais à éponger malgré leurs coups. Empire-méduse. Aussi ont-ils une rage à frapper, à briser, à concasser, comme si cela les rassurait, les soulageait. Immenses sont leurs clameurs qui remplissent la nuit. Bruit succédant au feu à travers les espaces. Tout en riant comme des forcenés, ils achèvent de tuer le Palais d'Eté, comme on s'acharne sur une proie morte, écrasant de leurs talons les dernières étincelles pour que tout ne soit plus que fange tiède et sombre, la boue du néant. Comment se douteraient-ils que les yeux de Yi les contemplent dans leur folie dévastatrice ? Elle reste figée sur ses pieds, à la même place, engloutie dans les ténèbres, jusqu'à ce que tout soit consommé. Comment se douteraient-ils que leur cauchemar dont ils se vengent en aveugles a été suscité par Yi ? L'immense plaine réduite en cendres et empoisonnée, c'est elle. Le guet-apens des plénipotentiaires, c'est elle. (Elle a elle-même participé aux ris en traçant au pinceau le caractère « bonheur » sur un cerveau à vif.) Elle agissait ainsi pour amener ces Chiens Puants au sens du Mystérieux, à l'effroi du Sacrilège, à la crainte du Dragon, à la hantise effrayée de la Cité Pourpre. Mais l'angoisse qu'elle a suscitée chez eux, loin de conduire ces Longs Nez au repentir et à la retraite, les a lancés dans la Férocité et l'Impiété. Inconcevable. Une rage...

Face à ce brasier qui se consume, le cœur de Yi bout d'une incandescence de lave. Soudain, dans un effort de tout son être, elle se détache de sa propre fureur. A quoi bon sa désolation ? Car ces Conquérants, l'incendie, la crasse des cendres, la profanation, ne sont désormais plus que des bagatelles. Elle a une tâche autrement importante devant elle : essayer de récupérer l'Empereur détaché d'elle et de nouveau au pouvoir de ses mignons qui s'enfuient ensemble dans une immense cohorte, sur la chaussée dallée menant vers le nord qui passe près de ce Palais d'Eté dont elle a eu la faiblesse de pleurer l'agonie. Après avoir à nouveau vérifié que l'essieu de son char n'a pas été scié et que les traits n'en ont pas été coupés, elle va vers ce qui sera sans doute sa mort.

Elle qui n'avait qu'à attendre paisiblement que ce Hieng-fong, presque moribond, périsse naturellement pour s'emparer tout à fait du Ciel ! Mais dans son âpreté de gloire, elle a voulu cette Guerre contre les Barbares, désastreuse pour elle. L'Empereur, qui ne devait à aucune condition être dérangé dans son existence, s'est alors retourné contre elle.

C'est la veille, dans la Cité Violette, qu'elle s'est sentie condamnée. Une fois connus les terribles désastres des Tigres et des Centaures, elle, indomptable, est allée auprès de Hieng-fong. Et loin de le trouver effondré, tremblant, lézard encore plus décomposé, elle lui a vu un petit air bonasse et guilleret, comme s'il jouissait... Il était même moqueur, les yeux luisant à nouveau des pointes de la bonne humeur inquiétante. Elle a compris la dérision, et elle lui a crié :

« Rien n'est perdu ! Les murailles de la Cité sont si épaisses et colossales que les Barbares, même avec leurs machines, seront incapables de les entamer ou d'entamer leurs portes. Alors ceux d'entre eux qui survivront — car beaucoup ont déjà péri — s'étioleront et dépériront à la base des enceintes. Aucun secours ne leur parviendra. Les vents glacés de l'hiver les pénétreront. La famine, la peur, le dénuement les traqueront, eux si vaniteux. Quand ils ne seront plus que des carcasses sans force étalées devant la Cité Impériale imprenable, il sera facile d'aller les ramasser et de les supplicier devant tout le peuple, pour la grandeur de la dynastie consacrée à jamais... »

Mais Hieng-fong, plein de bonhomie, signe de sa méchanceté revitalisée, lui susurre doucement, dans un grand contentement de lui-même :

« Yi, vous n'êtes plus mon âme. J'ai suivi tous vos conseils, et ils se sont révélés désastreux. Plus jamais je ne les écouterai. Ne parlez plus, repentez-vous du poids de vos fautes. »

Puis il se met à sourire finement, dans une fausse colère :

« Comme le faisaient mes ancêtres, j'ai décidé, à cette époque consacrée de l'année, de me rendre solennellement à la chasse au tigre automnale, à Jéhol, aux confins de la Mongolie. Là, avec des pieux, moi et mes courtisans nous tuerons les bêtes en des face à face farouches, des duels où moi-même j'abattrai les fauves. »

Yi, éperdue, se met à apostropher en démence le Fils du Ciel :

« Avec votre malignité, vous vous êtes souvenu de cette opportune coutume pour déguerpir de Pékin et de ses sanctuaires. Comment osez-vous abandonner votre capitale sacrée aux Barbares, sans la moindre résistance ? Vous devriez en expirer de honte. »

Alors Hieng-fong, prenant sa figure la plus délectable, celle qui ne s'émeut pas, celle du plaisir, répond à Yi benoîtement :

« Je suis décidé à faire ce que bon me semble. J'emmènerai avec moi toute la Cour, les eunuques et la Garde Royale. Ce sera un déplacement fastueux. Vous viendrez aussi, vous, ma Concubine Impériale, Mère du Ciel Futur. Obéissez.

— Mais les Barbares s'empareront du Trône du Dragon et régneront à votre place...

— Taisez-vous. Vos crimes sont grands. Ne les augmentez pas. Pensez à votre cou...

— Vous êtes retombé au pouvoir de vos mignons. Ils vous entraînent dans une lâcheté mortelle, pour mieux exécuter leurs plans néfastes !

— Enlevez-vous de mon regard ou j'appelle le bourreau. »

Yi, mangée de désespoir, essaie encore de lutter. Elle va auprès du prince Kung, qu'elle trouve en son palais, très digne, devant une table où s'étale le décret de Hieng-fong annonçant son départ pour les chasses d'automne, et elle supplie :

« Empêchez cette indignité qui déshonore à jamais le Trône.

— Je ne peux rien. Mais moi, je resterai jusqu'au bout dans la Cité Violette, quitte à m'ensevelir dans ses ruines.

— Je serai à vos côtés.

— Non. Vous accompagnerez Hieng-fong pour veiller sur votre fils, l'héritier de l'Empire. Sans doute, vous courrez des risques très grands. Mais si mon piteux frère décède en cette randonnée honteuse et épuisante, vous aurez à défendre vos droits légitimes contre les prétentions des mignons. Ce sera un affrontement impitoyable. Nous nous arrangerons pour correspondre par des courriers secrets, afin de faire face aux événements. Je vous suis tout acquis. »

Le front du prince Kung est une énigme que Yi essaie de deviner. Tout est noir et terrible, mais du mal peut sortir le bien grâce à l'intelligence et à la décision. Yi va sans doute au-devant de la mort, peut-être aussi au-devant du triomphe malgré les Barbares, malgré les gitons, malgré Hieng-fong, si elle sait être pleinement elle-même.

Et ainsi, dans la nuit noire, après avoir contemplé la fête des Barbares dans son Palais d'Eté anéanti, elle lance son char comme s'il était le vent, pour rattraper le cortège impérial, parti depuis longtemps. Elle arrive enfin sur les arrières de ce qui est une affreuse panique, un pêle-mêle de valetaille en loques, de soldatesque jetant ses armes pour courir plus vite. Elle parvient à des nobles, à des princes et à des ducs à cheval, étrangement déguisés en chasseurs. Dans cette foule, il n'y a personne, pas même un marmiton, pour saluer la Mère du prochain Fils du Ciel, comme si elle était déjà pestiférée. Yi passe, tragique et superbe, au milieu de cette tourbe, jusqu'à ce qu'elle aperçoive une sorte de grumeau, un grand attroupement de dignitaires autour d'un immense palanquin de soie jaune porté par cent coolies. Un énorme gâteau gonflé où grouillent des vers. Yi ose soulever le voile. Et de ses yeux qui viennent d'être remplis de flammes, elle discerne le Saint Homme comme un pourceau, soûl, en train de caresser ses mignons autour de lui, à moitié nus, impudents. Autour de ce rabougri crapaudin, un conglomérat de jeunes figures lisses, de corps sveltes. Tout cela est mêlé, dans une floraison de membres dressés. Quand ils aperçoivent Yi, loin d'éprouver une honte, ils se mettent à ricaner, en relevant le coin de leurs minces lèvres cruelles. Chiens à la curée. Et Hieng-fong, verdâtre des vomissures du vin, baveux, raclure parée qui se vautre vaniteusement dans son ignominie, hoquette sur son lit de sexes qu'il a à peine la force de palper. Il grimace à Yi de s'en aller pour ne pas gâcher la beauté des phallus dressés comme un champ de lis.

Yi est alors reprise par son calme, un gouffre aussi profond que sa colère. Elle continue de regarder les traits de Hieng-fong, qui lui paraissent encore plus difformes, car pour la première fois ils lui sont totalement hostiles. L'Empereur est en proie à un vrai courroux. Comme prévu, les gitons dans ces circonstances n'ont pas manqué d'attiser sa colère, de façon qu'il devienne mauvais et sanguinaire.

D'avoir vu Hieng-fong rotant et dégoulinant, d'avoir reçu le rai fixe et dur de son regard, la détermine. Elle a compris. Les chuchotis, l'impudence des mignons, démontrent leur victoire complète. Cette fois elle est perdue, elle sera tuée par l'exécuteur impérial, dès que le cortège sera arrivé à Jéhol. C'est à cet instant que Yi prend sa décision : elle tuera la première, en frappant jusqu'au firmament.

Nuit noire. Le sort de la Chine se joue dans cette débauche sur la voie lactée qui va vers Jéhol. Mais Anglais et Français endormis près des cendres du Palais d'Eté ne se doutent pas de cet exode, qui se déroule auprès d'eux et leur livre Pékin. Le destin en Chine, c'est toujours une devinette qu'on ne perce pas, jusqu'à ce qu'on découvre avec stupéfaction les effets de l'événement, faste ou néfaste, qui s'est tramé dans le brouillard jaune. Français et Anglais n'entendent pas les cahotements des charrettes, les hennissements des chevaux, les cris des coolies, les disputes de la domesticité, les politesses des princes, les sentences des mandarins et les petits pets de volupté du Saint Homme qui peut-être cache la honte de sa fuite dans cet étalage de débauche. Qui sait ? En tout cas, pas les Barbares.

Les généralissimes continuent très longtemps à ignorer la fuite de l'Empereur. Durant quelques jours, ne se décidant à rien, ils traînent avec leurs troupes, leurs coolies et leur butin autour de ce qui a été le Palais d'Eté. Toujours pas une âme alentour, et toujours, au loin, Pékin dans ses noirs et dans ses rouges sombres, cramoisis, sanglants, Pékin comme une menace derrière ses retranchements et ses fossés. Enfin les grands chefs ont l'idée d'un ultimatum. Ils font préparer des affiches en caractères chinois incompréhensibles — ils n'ont pas songé à emmener un bon lettré avec eux —, pour annoncer que, si les portes des murailles ne leur sont pas ouvertes, ils tireront des obus par-dessus elles, pour détruire et incendier la Cité Interdite. Tout flambera, jusqu'au Trône du Dragon, jusqu'au Temple de Confucius, tous les yamens, et les demeures, et les boutiques des habitants riches et pauvres. En somme, la promesse que Pékin sera un brasier, comme l'a été le Palais d'Eté, dont la population entière a contemplé la nuit rouge s'étendant sur le ciel devenu langue du dragon de feu.

Les généralissimes ont la désagréable surprise de recevoir la réponse, enroulée autour d'une flèche. C'est une proclamation belliqueuse destinée à encourager le peuple et la garnison de Pékin dans une héroïque résistance s'achevant par l'extermination des Chiens Puants. Le Pouvoir Suprême précise :

« Par les présentes, nous promettons les récompenses suivantes : Pour la tête d'un Barbare noir, cinquante taels et pour la tête d'un Barbare blanc, cent taels. Pour la prise d'un chef barbare de second rang, mort ou vif, cinq cents taels. Pour celle d'un grand chef, mille taels. Pour un général commandant en chef, l'Anglais ou le Français, cent mille taels. »

En écoutant l'interprète, le lord et le prince, malgré eux, sentent leur tête se détacher de leur cou. Il leur paraît évident que Pékin sera farouchement défendu.

Enfin les colonnes françaises et anglaises marchent sur Pékin, aussi martiales et parées que lorsqu'elles se rendaient au bal du sang de Palikao. Idée étrange de faire jouer, par les fanfares, une valse langoureuse au milieu des hymnes martiaux. Personne en vue. Enfin c'est l'approche de la grande muraille noire, crénelée, surhumaine, de plus de dix lis de tour. Un noir terrible, de poix et de suie, où le jour se reflète comme sur des miroirs sinistres. Les créneaux sont une longue mâchoire de peste charbonneuse. Les trous enténébrés des portes sont surmontés de magnifiques pavillons aux toits superposés, inondés de couleurs, papillons prêts à emmener les âmes des tués aux paradis ou aux enfers. Ceux qui ressemblent à des roses ouvertes sont les messagers du paradis pour les tués célestes, ceux qui ressemblent à des chenilles sombres tireront jusqu'aux enfers les Barbares occis. Tout est cyclopéen, depuis les parois de nuit jusqu'aux palais ailés s'envolant d'elles, retroussant leur beauté vers le ciel.

Cependant les assiégeants, si peu nombreux face à ces bastions gigantesques, se mettent en position pour le siège. Il est décidé d'attaquer la Porte du Nord. Quelle belle ordonnance ! Mais avec les musiques et les uniformes, cela ressemble plus à un jeu qu'à la guerre. Les pièces d'artillerie paraissent des jouets, les sapeurs ont des tabliers de cuir et des barbes, et les fantassins chamarrés sont prêts à s'élancer dans la première fissure faite. Les ordres retentissent, les fanfares se gonflent, les obus et les balles éraflent la cavité et les saillants de la Porte du Nord en ricochant, sans résultat. Très étrangement, rien ne répond, pas une oriflamme, pas un hurlement, pas un projectile. Et sur le haut des remparts, comme derrière les créneaux, dans la légèreté des pavillons comme dans les ténèbres de la porte, on ne distingue pas une face, pas un homme. Absolument aucun soldat céleste. Tout paraît abandonné. Il n'y a que des corneilles. Elles s'élèvent par milliers, en nuages sombres, luisantes, sinistres, avec leurs becs pointus, leurs petits yeux cruels et leurs grands corps en forme de sarcophage. Elles tournoient en voltigeant et en piaillant par bandes immenses, comme si elles allaient plonger pour donner l'assaut. En quelques minutes, elles s'égaillent et disparaissent. Apparemment, les seuls défenseurs... Rien que le vide, qui peut être un piège.

Aussi les Français et les Anglais agissent-ils avec une extrême prudence.

« La mariée est trop belle », commente le prince avec son air le plus futé, cependant que le lord réfléchit sans rien dire, ce qui se traduit par une légère rougeur sur ses pommettes. Enfin ils se décident à envoyer une patrouille jusqu'à la Porte du Nord. Elle pénètre dans ses entrailles. Mais au bout du tunnel sombre, ils trouvent les énormes battants de bronze ouverts, la porte est absolument béante. Et toujours pas de combattants célestes ! Juste, comme pour souhaiter la bienvenue, au fond du trou, une sorte d'autel grimaçant, un monstre de cauchemar, garni de masques de carton noir, bestiaux et stupides, brandis au bout de piques. Ces faciès de pacotille ont de longues oreilles pendantes de chiens, des papillotes d'affreux poils roux et surtout des batteries d'énormes dents acérées pareilles à des rôtissoires. C'est manifestement la reproduction de têtes de Barbares, sur lesquelles on déchaîne les esprits maléfiques à défaut de pouvoir les occire.

Mais les esprits néfastes n'arrêtent pas les Barbares. Un régiment entier, bravant leurs émanations et leurs malédictions, monte avec des uniformes rouges et bleus les degrés menant au haut des murailles. Les soldats envahissent aussi les remparts voisins, où leurs coolies tirent cinq canons : un très grand et quatre plus petits. Il faut cent hommes attachés à des cordes pour élever chaque pièce. Ces grappes humaines, nues, couchées vers l'avant par l'effort, poussent des « han » qui viennent du fond de leurs poitrines pour faire grimper ces engins, marche après marche. Enfin les gueules des terribles canons sont tournées vers Pékin, cependant qu'on hisse un mystérieux drapeau à cinq couleurs.

De nouveau ce qui domine et menace les Barbares, c'est le vide. Un vide qui commence à les exaspérer. Dans la cité ordinaire — celle de la population — au lieu du grouillement des foules, des échoppes, des mangeailles, des crachats, des insultes, des richesses, des misères, au lieu des cortèges mandarinaux et du tohu-bohu des humbles, plus rien. L'horreur et la splendeur s'en sont également allées. La mort sans cadavres, avec la tristesse des choses intactes, sans âme. Il reste la splendeur des portes des yamens. Rien à l'intérieur sauf, dans les jardins, des treilles de vigne aux grappes si grosses que les soldats les croient faites de porphyre, mais qui se révèlent vraies dans leur délié de chair et de jus. Les boutiques, celles des vénérables corporations travaillant dans l'or et la soie, les corporations les plus célèbres et les mieux achalandées de Chine, aussi bien que les échoppes les plus modestes, sont nues, complètement dégarnies. Plus de colporteurs, de cuisiniers ambulants avec leurs fourneaux, de bonzes mendiants.

Il reste pourtant quelques badauds, ce sont des commis laissés sur place par les gros marchands pour veiller au grain. Ceux-là parlent volontiers.

D'abord ils racontent l'immense béatitude des gens de Pékin en apprenant que les Barbares avaient l'audace de marcher sur leur cité. On savait qu'ils n'étaient même pas vingt mille. Comment une si petite quantité d'hommes ne se ferait-elle pas exterminer par les cinq cent mille soldats impériaux qui leur étaient opposés ? Ils se délectaient déjà à l'idée d'examiner de près les Barbares emmenés pour de lentes exécutions sur la place du Tienamen. Car rares étaient les Pékinois qui avaient déjà vu un Barbare en chair et en os. Ils étaient impatients de constater de la manière la plus précise l'anatomie des Chiens Puants quand ils seraient mis nus et attachés à des poteaux. C'est qu'il courait tant de récits fabuleux sur leur constitution : sur leurs sexes gros comme ceux des tigres, sur leurs forêts de poils, sur leurs mains à six doigts, sur leurs pieds palmés ! Ils contempleraient leur blancheur, en détaillant et en commentant. Ils emmèneraient leurs épouses, leurs concubines, leurs enfants pour qu'ils assouvissent leur curiosité. Et ils verraient leurs yeux bleus... Il y aurait une foule comme une mer démontée. Les gamins, les vieillards, les vieillardes, les matrones, les marchands, les mendiants, l'univers des loques et l'univers de la soie confondus dans le même régal, les concubines piaillantes et les lépreux. Ainsi tous sauraient comment les Barbares haïssables pouvaient être si forts, par quels organes mystérieux ils avaient pu être si redoutables, avant d'être enfin vaincus et suppliciés.

Mais quel fut le désespoir des Pékinois quand, malgré les proclamations solennelles de victoires, commencèrent, grossirent, déferlèrent les rumeurs des défaites, des déroutes incroyables subies par les armées impériales. Bientôt ces Barbares, qu'ils avaient imaginés sous la torture, ils les verraient maîtres de la cité, dans toute leur férocité, n'épargnant rien, tuant, tuant... Alors les riches avaient fait expédier hors de la ville leurs biens et leurs marchandises les plus précieuses, en charrettes, sur les bâts des chevaux et des chameaux, à dos d'ânes et de coolies. Et au lieu de l'entassement goulu de la foule sur la place du Tienamen, cela avait été, dans les longs trous des portes, les combats de la fuite, une empoignade de crinières, de sabots, de bosses, de roues, sans compter les innombrables coolies. Tout cela se battait en piaffant, en mordant, en hennissant, en ruant, en se frappant, en s'insultant, une mêlée de bêtes et d'hommes tous harassés par leurs fardeaux.

Une fois leurs fortunes en sécurité, les notables et leurs familles entières, depuis la digne douairière édentée jusqu'aux fils obéissants, jusqu'aux marmots, jusqu'aux concubines fardées qui avaient peur d'être oubliées, s'en allèrent en longs cortèges de palanquins ou de chaises à porteurs. Les mandarins décampèrent ensuite. Mais, pour garder la dignité de leurs vieilles figures, leurs satellites déblayaient rues et ruelles à coups de fouet, leurs étendards annonçaient leur qualité, et leurs bourreaux suivaient pour témoigner de leur justice. Ils s'efforçaient de conserver la face, essayant de faire croire qu'ils ne s'échappaient pas mais qu'ils allaient effectuer leurs inspections sacrées dans les provinces. Quand la populace apprit que le Chariot Sacré avait lui aussi déguerpi avec toute sa Cour, laissant sans protection les temples et les autels, ce fut, de jour et de nuit, l'exode, charriant les misérables avoirs des petites gens qui sortaient en bouillonnant de Pékin. Même les très pauvres, en général peu sensibles aux catastrophes guerrières qui ruinent les fortunés, furent pris par la panique. Milliers de misérables, avançant à pas pitoyables en s'appuyant sur leurs bâtons, les femmes avec leur nichée attachée dans le dos, agrippées à une marmite, leur seul avoir sur terre. Pauvres hères, tout tremblants, avec les traits de l'infortune, avec aussi la volonté chinoise de survivre. Le roi des mendiants avait ordonné à ses sujets, pourtant généralement profiteurs des malheurs publics, de s'esquiver aussi. Ce qu'ils firent en bon ordre, quittant les derniers la Cité Sainte : l'armée des gueux, elle aussi, laissait la Cité aux Barbares attendus d'une heure à l'autre.

Tout avait disparu, même les défunts, même les somptueux cercueils en bois noir, épais à souhait, des décès récents. Il paraît que, étant donné les circonstances, on dut hâter le dernier souffle de quelques moribonds qui tardaient trop à expirer. Ainsi leurs restes honorés, filialement enfermés dans leurs superbes bières, étaient-ils précieusement portés hors de la ville, de façon qu'ils ne tombent pas entre les mains des Barbares. Le bruit courait que ces derniers profanaient même les sépultures des morts les plus respectables, fracassant les cercueils pour arracher bijoux et vêtements destinés à accompagner les cadavres jusqu'aux Fontaines Jaunes.

Ainsi, le vide. A part les fidèles commis, aux longues nattes, en pantalons bouffants, qui courbent la tête très respectueusement : leur mission n'est-elle pas, en effet, d'amadouer et de circonvenir ? Ils ne sont qu'amabilité, courtoisie, politesses déployées.

Mais c'est le vide quand même. Le lord et le prince sont embarrassés. Ils sont victorieux, mais de qui ? Ils espéraient que le Fils du Ciel, enfermé dans la Cité Violette qu'ils ont eu soin de respecter, leur enverrait enfin, après leur entrée à Pékin, des mandataires pour leur offrir les petits traités de paix tant désirés. Aussi quel coup pour ces messieurs d'apprendre que le Saint Homme ne les a pas attendus, qu'il a décampé avec toute sa Cour, ses dignitaires, ses concubines et le Grand Sceau de l'Autorité Sacrée ! Les généralissimes se sentent gagnés, le lord par une sorte de fureur gelée, le prince plus apoplectiquement, par une sorte de montée de l'angoisse. Pékin est à eux, mais plus que jamais le Ciel est trop vaste, la Chine est trop grande. Que faire donc ? Pas question, avec ces petites troupes, de s'enfoncer dans l'Empire du Milieu, de poursuivre le Fils du Ciel dans les espaces désertiques et glacés de la Mongolie, à Jéhol ou ailleurs. Les chefs de l'expédition de la Civilisation ont même le sentiment désagréable que, dans ce Pékin pris trop aisément, il se prépare quelque traquenard tout à fait impensable. Pékin vide risque de devenir un tombeau plein de leurs cadavres. Un des pouvoirs de la Chine est d'arriver, même impuissante, par ses effluves, par ses grimaces et ses sourires, à peser sur les cerveaux des vainqueurs.

Toujours ce vide de plus en plus exaspérant. Du moins nos généralissimes ont-ils, pour se rasséréner, cette vieille et bonne recette : faire une entrée triomphale. Ils n'y manquent pas. Ils ont l'étrange imagination de se faire porter en palanquins, par des hordes de coolies qu'on a vêtus décemment, avec même des écussons français et anglais qu'aucun Chinois ne comprend. C'est ainsi que, couchés, ils paradent en tête de leurs troupes, pour montrer qu'ils sont des mandarins blancs. C'est la première fois qu'une armée occidentale pénètre dans la Capitale Sacrée de l'Empire, avec armes et bagages. En vérité, à part les palanquins, pareille pompe pourrait se célébrer n'importe où ailleurs, tellement tout est classique et figé. La parade s'étire dans le morne des belles rues dallées, usées par des millions et des millions de pieds nus ou de chaussons de soie, et qui, ce jour, ne retentissent que du pas militaire et des sabots des chevaux occidentaux. Cacophonie au sein du silence, anormalité de toutes choses. Les musiques luttent en vain contre cette somnolence, contre cette tranquillité de mauvais augure. Le défilé passe sous de splendides arcs de triomphe, dressés comme des façades de pagode, avec des souhaits en gros caractères signifiant : « Dix mille années de prospérité. » Est-ce une ironie ? En fait, ce sont les hommes de confiance laissés là par les richards envolés qui se sont dit, mus par une pratique ancestrale, qu'il convenait de célébrer les conquérants, si haïssables et exécrables soient-ils, afin de ne pas laisser sortir d'eux les humeurs noires de la méchanceté. Ces portails somptueux ont été érigés avec une diligence et une habileté incomparables...

Ainsi se déroule le défilé de la victoire. En Europe, dans les villes capturées, cette parade imprime une marque au fer rouge sur la population humiliée, haineuse, craintive. Mais ici, qui abaisser, puisque la population entière a pris la poudre d'escampette et que les rares habitants restants, les mandataires des « gros Chinois » chargés de faire pour le mieux, sont les premiers à louanger les conquérants ? Dans ces conditions, la parade n'a pas de sens. Et finalement, après les cérémonies, qui du reste ne semblent pas étonner les Célestes présents, se bornant à quelques regards vaguement intéressés et à quelques commentaires (c'est dans cette attitude si banale qu'est caché le vrai mépris escamoté par les arcs de triomphe), les troupes retournent tout bêtement à leurs camps de toile en dehors de la ville, jugée incommode et que l'on se contente de surveiller par des patrouilles. La fabuleuse Pékin, la cité des cités, la plus mystérieuse au monde, c'est donc cela, cette routine !

Toujours pas d'émissaires. Que faire ? Détruire la Cité Interdite et son Cœur Pourpre, où tout aboutit au Trône du Dragon, là où le Fils du Ciel unit le cosmos à la terre et à l'humanité ? Immense cité-temple interdite à l'homme ordinaire, où jamais, au grand jamais, un Barbare n'a mis les pieds. « Allons-y », dit le lord au général prince.

Encore le vide. Un vide auguste, solennel, oppressant, qui commence dès qu'est franchie la première muraille cramoisie, sombre, éclatante — à la fois majesté et splendeur. C'est la Porte de la Paix Eternelle, toujours close, flanquée de deux énormes colonnes de marbre. Mais en ces temps de malheur et de calamité, les battants en sont disjoints. Au-delà, c'est la nature extraordinairement travaillée, pas dans la folie, dans la sagesse. Solitude. Impression de sacrilège devant les formes devinées des hautes toitures rangées de part et d'autre d'une chaussée de pierre, large de cent cinquante mètres. Formes devinées parmi le silence et l'obscurité d'arbres centenaires, des pins aux troncs lisses, aussi purs que les colonnes de marbre. Les faîtes de ces toits qui se succèdent en une pavane immobile, figés, sont d'un rouge ondoyant, étrangement reflété dans l'air et sur le sol. Le groupe des nobles visiteurs grimpe une colline noirâtre à trois bosses — appelée la Colline du Charbon — jadis fabriquée par les mains de milliers et de milliers d'hommes. Au sommet, un stupa étale sa rotondité blême et grotesque. A côté un bouddha parfait, d'un seul bloc de jade qui, dans l'humilité de sa robe incrustée de pierreries, garde une expression d'onction au sourire incertain. A l'entour, quelques pagodons bleus comme l'eau du lac qu'ils dominent, ombragé de saules et aux nombrils de lotus.

Mais ce n'est pas encore la Cité Violette, l'enclos du Ciel et de la Terre, le cœur même de la Chine et de l'Univers. Elle est protégée d'abord par un rempart rouge sang, le rouge ténébreux du Grand Mystère. Dans ce pourpre qui est l'Interdiction Suprême, est percée la Porte Gigantesque du Soleil au Zénith. Au-delà une autre défense contre l'humanité vulgaire : un peu d'eau à peine coulante entre deux rives de marbre, appelée la Rivière des Eaux d'Or, franchie par cinq ponts sculptés. Nombre sacré, celui des Cinq Vertus, des Cinq Bonheurs, des Cinq Splendeurs, des Cinq Couleurs Bénéfiques. Seul le souverain peut passer par la Porte du Soleil au Zénith et sur les cinq ponts de la Rivière aux Eaux d'Or. De là s'étend une chaussée longue de trois kilomètres, une suite triomphale de portiques et d'arches, menant jusqu'aux Palais des Trônes et des Autels, jusqu'au Trône suprême du Dragon, là où le Fils du Ciel communique avec le Ciel.

Absence ! Juste un cadavre abandonné là pour signifier la vie ! Pour le reste, c'est le silence du Sacré, du Sublime, comme s'il ne restait de la Cité Interdite, pour nos généraux, que la carcasse. Ils aboutissent, par une suite de cours, de rampes, d'escaliers, au Palais de Tout Ce Qui Est. Ils arrivent ainsi sur le socle gigantesque où est bâti l'Edifice incarnant le monde.

C'est d'abord la Salle immense de la Suprême Harmonie où chaque matin l'Empereur, conduit en chaise à porteurs le long d'un sentier divin, reçoit ses dignitaires. Ceux-ci surgissent mystérieusement de toutes sortes de degrés, de marches invisibles, en une ordonnance réglée selon leurs grades et leurs rangs, en différents cortèges chamarrés qui se rejoignent pour que tous, en une simultanéité religieuse, se trouvent à genoux et prosternés. Grande audience où le Trône est posé dans une immensité de marbre blanc et de colonnes rouges. Symbolique de tout ce qui doit favoriser un règne long et sage. La protection céleste est assurée par des dragons de vermeil et des lions de pierre... Des brûle-parfum répandent des vapeurs odoriférantes, et, pour les cérémonies nocturnes, de grands vases de bronze servent de torches. Signes bénéfiques : sur des panneaux sont sculptés le pin, le bananier et le prunier, qui ne craignent pas les rafales de l'hiver, ce qui signifie que le Saint Homme ne doit pas redouter les épreuves. Un miroir magique lui permet de pénétrer les cœurs et les pensées de ses dignitaires. Sa félicité est garantie pas des frises où sont peintes les grues de longue vie et des pêches d'immortalité. La justice est rappelée par un cadran solaire, lui remémorant d'écarter les nuages qui pourraient l'obscurcir en chassant les mauvais conseillers. Une mesure de grains lui rappelle que chaque homme doit avoir une part de sa justice, et une clepsydre dorée, qui a compté goutte à goutte les heures depuis des millénaires, lui enjoint de ne pas perdre son temps dans la paresse. Du reste, plusieurs fois par jour, bat un énorme gong, pour lui faire souvenir que passe le temps, ce temps qu'il doit consacrer à ses devoirs. Tous ces emblèmes, ces sentences sont là pour graver dans l'esprit du Saint Homme qu'il doit être parfait afin que l'univers soit heureux — sinon s'abattent sur la terre catastrophes, abominations et guerres. Il doit être au-dessus de toutes choses, comme le soleil rouge monte au-dessus des montagnes — le soleil rouge c'est l'Empereur dans sa Vertu.

De cette salle cérémonielle partent quarante-cinq marches qui, par paliers, mènent à des salles dédiées à chaque élément de l'univers : en bas aux hommes, au milieu à la terre, au sommet au ciel. C'est là-haut dans une petite pièce inquiétante, obscure, qu'est le monument le plus sacré, le Trône du Dragon sur lequel s'assoit l'Empereur. C'est là qu'il est en communication avec le Grand Chariot. Ce trône est un monstre écailleux d'un million d'écailles, griffu d'un million de griffes, cornu d'un million de cornes. Toutes les espèces de cornes, comme des bosses, comme des cierges, comme des étaux, comme des empaloirs, comme des épées courbées. Le dragon est un nœud de plis et de méandres, un amalgame de viscosités et de feu. La flamme sulfureuse et les souffles empoisonnés sortent de la gueule béante. Son corps est fait d'enlacements d'anneaux armés, d'excroissances molles, dures, splendides et répugnantes, gélatine et acier trempé, qui sont des crêtes, des dards, des nageoires se déployant en voiles sombres, des trognons de pattes comme des avortements hideux, des fœtus suspendus, des trompes obscènes, des membres aussi bien que des massues, des vrilles aussi bien que des fourches. Dragon formidable, terrifiant, animal hybride, aussi bien bête des enfers que des cieux. Car il est des dragons favorables qui mènent aux cimes au lieu de vous plonger dans le gouffre de leurs entrailles pestilentielles. Ce terrifiant serpent volant, est-il une monture de l'Apocalypse ou une arche sacrée, est-il un cauchemar, un rêve ou une réalité ? Dans sa tête reptilienne l'intelligence brille par de petits yeux durs, petits tisons brûlants, on ne sait si c'est celle du bien ou celle du mal. Cet animal fabuleux, on le retrouve partout dans le Céleste Empire, sur les faîtes mordorés des pagodes, sur les robes des mandarins, sur les étendards des armées impériales, en guise de rampes bordant les arches conduisant aux palais interdits. Certains portent de lourdes tablettes de pierre où sont gravées les inscriptions des sages, d'autres servent de sonnettes ou gardent les prisons où l'on torture. On en voit sur les ponts, sur les poignées des épées, sur les serrures, sur les brûle-parfum, sur les bols de riz et au-dessus des monuments. Ils président à tous les actes bons et mauvais de la vie. Ils sont d'énormes hydres taillées dans le marbre uni ou dans les pierres dures, des joyaux tarabiscotés sculptés dans le jade ou seulement des mannequins de papier dans lesquels de pauvres hères se démènent pour en tirer des reptations dansantes. Ils signifient le fantastique mélange des instincts contradictoires et emmêlés de la Chine. A ce fouillis de formes symboliques s'ajoute un fouillis de couleurs encore plus symboliques, allant des noirs propres aux cavités menaçantes où niche la Bête, jusqu'au rouge qui préside à ses essors somptuaires. Le rouge qui est sang mais qui est encore plus bonheur et plénitude. Rouge écarlate réservé au Fils du Ciel et à ses dignitaires, sacrilège et supplice pour les imposteurs qui essaient de s'en parer. Rouge ordinaire laissé aux pauvres joies du peuple. Rouge des gâteaux de mariage, rouge des coffres dans lesquels la nouvelle épousée transporte ses biens les plus précieux dans un exil éternel, de la demeure de ses ancêtres qui ne le seront plus jusqu'à la demeure de ses nouveaux ancêtres, ceux de son maître et époux.

Le dragon est l'échafaudage sublime de la Chine. Quelle foule il y en a !

C'est pour cela que le Fils du Ciel, quand il communique avec le Ciel, est assis sur le Dragon le plus horrifique, le plus effrayant, le plus puissant. Chaque fois que le Grand Chariot révèle à l'Empereur les fléaux germant ou déjà suintant dans l'Empire du Milieu, il enfourche la Bête avec son propre corps immatériel, avec son âme principale, pour la lâcher sur la purulence qui risque de corrompre l'Ordre Eternel. Depuis combien de millénaires le Dragon du Céleste Empire a-t-il été ainsi jeté contre les corruptions renaissantes ? Contre les révoltes, contre les fureurs ressuscitant dans le cœur des hommes ? Combien de fois le Monstre a-t-il été mené pour des carnages de Chinois, mauvais et pernicieux ? Alors la bête avec son souffle empoisonné, avec des jets de flamme jaillissant de sa bouche, avec ses griffes et ses dards, massacre des millions et des millions d'êtres humains jusqu'à ce que la Vertu refleurisse sur leurs cadavres.

Parfois le Ciel se tait, et le Dragon ne bouge pas. C'est que le Chariot a retiré son mandat au Saint Homme, le jugeant indigne du Ciel, de la Terre et des Hommes. Mais comment imaginer que le Chariot ait pu abandonner le Fils du Ciel face aux Barbares blancs inconnus de toute éternité, venus de l'univers qui n'existe pas, de terres en dehors de l'Humanité, ignorées et lointaines ? Ce sont pourtant ces sauvages qui veulent anéantir l'Empire du Milieu qui est le Moyeu du Monde, qui est le Monde à lui seul. Cependant le Grand Dragon Impérial ne s'est pas envolé pour les exterminer comme une vile vermine. Et même les dragons peints à son image sur les oriflammes des armées célestes, qui semblaient avides d'avaler la chair pâle des ignobles Barbares, sont restés inertes. Les Tigres et les Centaures, comme s'ils ne pouvaient vaincre que sous la protection de leurs étreintes, ont senti se desserrer leurs enlacements ; ils ont senti les dragons se détacher d'eux, les abandonner comme des proies bonnes à être égorgées.

Mystère. Maintenant c'est l'outrage et le sacrilège. Les chefs des Chiens Puants contemplent avec mépris le Trône du Dragon. L'Anglais ne dit rien, mais le Français, frisottant sa moustache en homme bien élevé, s'exclame :

« Dieu, quelle saleté... »

Pourtant, il semble que sous leur regard la bête se métamorphose, son mufle devenant chrysanthème des grâces. Tout débonnaire. Et puis son corps de serpent ailé s'estompe. A neuf heures du matin, la salle où il s'enroulait autour du Trône du Fils du Ciel s'obscurcit mystérieusement d'instant en instant, est envahie par un crépuscule où êtres et choses s'effacent et qui devient enfin ténèbres complètes, nuit où rougeoient un peu les yeux du Dragon. Ce phénomène ne dure peut-être qu'une minute tandis qu'au-dehors la lumière est plus translucide et le soleil plus impératif que jamais.

C'est que, à cet instant précis, l'Empereur Hieng-fong s'en est allé vers les Fontaines Jaunes.

Auparavant, à peine arrivés dans le vieux palais de Jéhol, ses mignons l'ont assailli de leurs voix acidulées ! Cette fois ils réclament la mort de Yi. L'Empereur hésite encore. Les gitons essaient de l'enrager en lui narrant combien il était cocu du fait de Jung-lu, mais Hieng-fong, pour qui ce n'est pas une révélation, en attrape une quinte de toux tellement il rit. Alors ses chéris, en un chœur séraphique, ont frappé juste : ils ont révélé au Saint Homme que cet amant de Yi, chef de la Garde Impériale, se prépare à l'occire pour l'amour et le profit de son adorée. C'est ainsi que Hieng-fong, ravagé par la peur, hurle hystériquement que ce Jung-lu sera soumis dès le lendemain à la mort lente sous les yeux de Yi qui le verra lentement dépecer. Et quand l'homme ne sera plus que carcasse expirante, Yi recevra l'acte marqué du Sceau de l'Autorité Suprême : « Respect à ceci. Que cela soit. » Et ce qui sera, c'est que soit remis à la Concubine Impériale, par deux mandarins à genoux, un coffret contenant le lacet avec lequel elle s'étranglera.

Mais Yi est avertie par les eunuques des réjouissances sanglantes que Hieng-fong lui prépare. Yi n'est jamais vaincue ni à bout de ressources. Il lui reste la nuit pour préparer ce qu'elle a résolu depuis longtemps. Elle doit passer aux actes. Tout d'abord elle fait prévenir, par un message, Jung-lu de s'enfoncer immédiatement vers les steppes de la Mongolie, avec ceux de ses soldats dont il est sûr. Si elle échouait, qu'au moins il soit sauvé, lui le seul homme qui ait touché son cœur.

Ensuite elle veille de longues heures jusqu'à ce qu'arrive le moment favorable à son dessein. Elle sait qu'au matin, après une orgie exaspérée, l'Empereur et ses mignons sombrent...

Alors elle se glisse dans la pièce de leurs dépravations. Sur un grand lit couvert de fourrures, Hiengfong ronfle, enlaçant encore la taille élancée de Tchéou, qui lui-même repose, la tête sur la poitrine de Tsaï. C'est un groupe de corps si joliment noués que la laideur du Fils du Ciel se dissout dans leur beauté, dans la sveltesse des hanches et la gracilité des visages des jeunes éphèbes. Yi avance, sans peur et résolue, sans hésiter ni tressaillir, vers le guéridon où sont posés les verres de vin. Dans le hanap d'argent réservé au Saint Homme, elle verse quelques gouttes limpides d'un flacon qu'elle tire de sa robe. Elle est comme un fantôme, elle ne produit même pas le souffle d'un frôlement ou d'un glissement. Le groupe des dormeurs ne se défait pas. Alors, avec audace, Yi, au lieu de décamper, ose rester et fouiller, ombre silencieuse en ses mouvements. Elle cherche quelque chose de précis, longuement, faisant jouer de ses doigts agiles les secrets des serrures, énormes cadenas de coffres sacrés, sans le moindre grincement. La besogne lui semble interminable. D'autant plus que les reflets croissants du jour, s'ils lui permettent de mieux distinguer ce qu'elle fait, pourraient réveiller les endormis qui cuvent. Sur la couche impériale, les corps élancés et épars s'agitent un peu, mais restent enfoncés dans l'inconscience, toujours sous l'enclume du lourd sommeil de la jouissance. Enfin, elle trouve ce qu'elle voulait tant et l'enfouit sous ses vêtures : c'est le Sceau de l'Autorité Sacrée. Elle s'apprête à s'en aller quand Hieng-fong, dans un mouvement complètement embué, se saisit du hanap et boit. C'est le geste si bien connu par Yi et qu'elle espérait. Ayant ingurgité, il retombe dans le sommeil. Et alors Yi, prise d'une voracité de curiosité, contre toute prudence, reste cachée derrière une colonne. Au bout d'une minute, elle entend sortir de la bouche du Lézard un gémissement minuscule, un tout petit cri, une de ces plaintes qui marquent la souffrance à son paroxysme. A moins que ce soupir ne traduise une vision fulgurante de son cerveau, une image de l'imagination, la compréhension de ce qui lui arrive : la mort qui va l'arracher aux plaisirs de ce monde auquel il s'était finalement accoutumé. Mais que ce dernier souffle, que cet ultime ressac d'un corps expirant, fait plaisir à Yi ! Alors seulement, heureuse, elle s'échappe de la pièce où les compagnons de l'empoisonné ne se sont aperçus de rien, leurs membres chauds étant toujours emmêlés à ceux de Hieng-fong qui refroidissent.

Cependant, à Pékin, les deux généralissimes n'ont pas compris les ténèbres mystérieuses qui, dans la salle du Trône du Dragon, se sont abattues étrangement pendant un court moment. Comme de coutume, le Français a tous les tics, les rougeurs et les flatulences de la fureur. Le lord, lui, est resté de glace mais d'une glace qui mord plus durement que les gymnastiques coléreuses du prince. De sa voix ordinaire, incolore, avec un zézaiement, il dit comme si c'était une proposition tout à fait banale :
« Ces Chinois se moquent de nous. La magie maintenant... et toujours rien, pas le moindre signe qu'ils soient prêts à accepter nos justes traités. Alors, brûlons la Cité Interdite, brûlons le palais, les yamens, cassons les marbres des degrés et des cours, rasons les murailles. Prélevons les ornements qui nous plairont et provoquons un incendie comme il n'y en a jamais eu. Exterminons le Sanctuaire entier en sorte que le Fils du Ciel ne puisse plus être l'intercesseur

du Monde auprès du Grand Chariot. Finissons-en avec le Céleste Empire... »

Le général prince fourrage dans ses moustaches. Son teint de brique a atteint le rouge sombre d'un four. Cette fois il n'est pas d'accord du tout !

« Hum, hum, il faut réfléchir... Ce n'est pas une petite affaire.

— Si nous n'obtenons rien, il faut frapper d'une façon terrible. Nous n'avons besoin que de quelques brandons pour réduire la Cité Impériale en cendres et en gravats. Peut-être que la Chine et l'univers nous voueront aux gémonies. Mais il vaut mieux cela que de perdre la face, que d'effectuer dans quelques semaines une retraite pitoyable sans avoir rien fait ni rien atteint. »

Finalement, les deux chefs donnent encore huit jours aux Célestes pour venir à résipiscence. Sinon ce sera l'immense embrasement où le Fils du Ciel ne retrouvera plus ni ses trônes, ni ses autels, ni son pouvoir de parler avec le ciel...

Mais les généralissimes n'auront pas besoin de recourir à ce sacrilège car depuis que Hieng-fong a exhalé son dernier soupir, tous les Célestes de qualité, dignitaires, princes, augures, castrats n'ont plus qu'une hantise, qu'une frénésie, qu'un désir fou : se débarrasser de ces Barbares et de leurs troupes, les faire déguerpir en toute hâte, par n'importe quel moyen, en les comblant de ce qu'ils veulent, en les accablant de traités, et même en les flattant martialement, par les pompes et les honneurs guerriers, sans compter les plus délicats égards poétiques, galants et gastronomiques.

Qu'ils s'en aillent, qu'ils s'en aillent donc, ces Barbares ! Car depuis que Hieng-fong a rejoint les Fontaines Jaunes, ce que veulent avant tout les grands personnages célestes, c'est régler entre eux certains petits problèmes très délicats, tellement plus importants que les exigences des Barbares ! Qu'on les comble, qu'on les gave, qu'ils décampent !...

Le prince et le lord ne se doutent de rien. Aussi avec quel ravissement voient-ils surgir dans leur camp, le lendemain matin, un magnifique seigneur, en tête d'un cortège de Centaures. Il ne s'agit pas d'un dignitaire du Palais encroûté de malice et de compliments sentant la duperie et la torture. Non, l'homme qui vient à leur rencontre c'est le prince Kung lui-même qui se montre dans sa superbe hospitalité.

Camp du Drap d'or. Celui du prince Kung cette fois, palais de soie où est servi un repas de cent plats, avec les « petites fleurs » qui font manger les Barbares, lesquels savent mieux utiliser les baguettes pour leurs tambours que pour les fines bouchées. Hennissements des chevaux, odeur de steppe, les Bannières !

En retour, festin chez les Français avec des sauces et chez les Anglais avec de l'argenterie. Le prince Kung fait l'admiration des Britanniques parce qu'il a appris à manier leur vaisselle en moins d'un repas. Un « gentleman », un « monsieur ». Comment croire certains bruits selon lesquels ce seigneur aurait bu tout le sang d'un otage occis par lui, et dans le propre crâne de sa victime scié, évidé et raboté ? En tout cas, sur sa figure s'étale un sourire appréciateur, à peine traversé de petites moues de contrariété lors des conversations diplomatiques. Il cède sur tout, vis-à-vis des Anglais comme des Français. Mais de temps en temps, tout en se résignant, il lâche sa propre pensée avec une noble franchise. Aux British :

« Pourquoi ne renoncez-vous pas à cet ignoble commerce de l'opium qui empoisonne notre peuple ? Vous avez tant de meilleures marchandises à nous vendre ! »

Aux Français :

« Pourquoi nous imposer Jésus quand nous avons déjà tant de dieux et de religions ? Construisez des hôpitaux, faites du bien, mais sans cet esclave cloué sur une croix. »

Et il soupire :

« Sans l'opium et sans Jésus, vous pourriez nous aider beaucoup et il n'y aurait jamais la moindre difficulté. »

Mais justement les British et les Français tiennent avant tout à leur opium et à leur Jésus. Alors Kung signe, signe encore, puisqu'il est là pour signer, tout en ne cachant pas qu'il trouve les exigences sur la drogue pestiférée et sur le dieu crucifié très bêtes, et pleines de tracas pour l'avenir.

Tant pis ! En attendant les généraux sont fiers. Leurs traités, ils les ont. Chacun empaquette précieusement le sien dans une étoffe luxueuse, comme les demoiselles des confiseries parisiennes installent des chocolats dans des boîtes enrubannées. Goût oriental.

Cependant, avant que l'expédition ne soit tout à fait close, il reste encore, entre les partis concernés, à procéder à l'échange des ratifications. Le prince Kung, qui s'est spécialisé dans les rapports avec les nobles étrangers, a établi pour eux un ministère des Affaires Etrangères. Le Tong li yamen. C'est un simple yamen soigneusement situé en dehors du sol sacré de la Cité Interdite, et sa véritable signification c'est en fait d'être le « bureau pour surveiller les étrangers ». Ironie à la chinoise.

Le général prince, ne se rendant aucunement compte de cette dérision, jouit de son importance comme une sangsue qui a fait de bonnes affaires. Il est décidé à impressionner pour toujours le peuple chinois. Donc, pour se rendre auprès du prince Kung de l'autre côté de Pékin, il ordonne une cérémonie comme il n'y en a jamais eu. Il exhibe le traité comme un trophée, comme un triomphe. On a déplié le texte miraculeux auquel le sceau céleste est fixé par des cordons à glands d'or, à côté du sceau de Napoléon III, de façon que les inscriptions en gros caractères soient bien visibles de la foule, qu'elle y lise que le catholicisme est reconnu par tout l'Empire et que la France est chargée de le protéger.

Le texte est exhibé sur un coussin de velours, si lourd qu'il faut quatre sous-officiers pour le soutenir. Le général en chef se prélasse dans un palanquin porté par des coolies en livrées de soie bleue et écarlate, et coiffés d'un bonnet chinois recouvert de franges tricolores. Devant lui, les drapeaux des trois régiments, comme un bouquet de gloire. Ouvrant la marche, des spahis en burnous écarlate et des chasseurs d'Afrique. Derrière lui, la fanfare pour *La Marseillaise* et *La Marche consulaire*, suivie d'autres bataillons. Dans les ruelles de la cité, l'infanterie forme une haie pour contenir une foule hilare : nombre de Chinois rassurés sont rentrés à Pékin, suffisamment pour constituer un public qui regarde de tous ses yeux.

Enfin les Barbares s'en vont. Ils s'en retournent, du moins les survivants car il en est mort bon nombre, moins dans les batailles que dans les fièvres et les maladies mystérieuses. La mort sévit toujours.

Le père Jean continue à faire sa collection d'âmes. Des tombes hâtivement creusées, isolées, qui n'ont droit à aucune fanfare, à aucune croix, juste aux transes du père Jean, jalonnent l'itinéraire. Seul le père, de plus en plus lustré dans sa soutane et les coolies cantonnais, pas plus loqueteux qu'à leur venue, vont bien. Les fourgons à nourriture et à munitions seraient vides s'ils n'étaient remplis du butin, où émergent les têtes coupées des bouddhas décapités, gardant leur sourire mystérieux. Les colonnes se traînent à travers la grande plaine brûlée où quelques brins d'herbe ont surgi à travers les débris. Et puis des flocons de neige se mettent à recouvrir cette terre suppliciée où pourtant la vie reprend. Plus d'horreurs, plus de tronçons humains, plus de détritus affreux, plus de viande en morceaux, plus de crucifiés sur leurs croix. Mais des cochons sont là, et des gosses, et des vieux, et des vieilles, et quantité de Chinois et de Chinoises matelassés de haillons, occupés à faire revivre le sol. Pas un regard hostile. L'indifférence...

Les Barbares sont à bout, peut-être les Célestes auraient-ils pu les détruire pendant l'hiver. Mais désormais, qu'ils soient morts ou vivants est sans importance. Ce qui compte, c'est la lutte qui s'est déclenchée autour du trône. Yi, si près de la mort dans ce Jéhol lointain et sinistre dominé par les mignons, ne peut trouver son salut, sa victoire et sa vengeance qu'à Pékin, dans la Cité Interdite désormais débarrassée des Chiens Puants et qui devrait retomber dans sa fragile main plus forte qu'une armée d'un million de sabres. Kung, le magnifique frère de Hieng-fong qu'il détestait de toutes ses forces, a tout préparé dans la Cité Sainte pour Yi, avec qui il a partie liée. Que Yi ait empoisonné Hieng-fong, il n'en doute pas un instant. Il s'est bien réjoui quand Hieng-fong s'est envolé sur un dragon pour devenir l'hôte d'En Haut, le dix-septième jour de la lune d'automne. Mais Yi, arrivera-t-elle vivante ?

A Jéhol, lorsqu'a été « révélé » à Yi le départ de Hieng-fong pour les Fontaines Jaunes, elle a revêtu une fois de plus le blanc rugueux du deuil. Sa beauté, sa nuque fine et ses épaules gracieuses, elle les a engoncées dans des robes et des pantalons lourds, épais, informes, presque des sacs. Elle a enlevé ses fards et ses bijoux, elle a défait son chignon dont les cheveux sont tombés en une grappe de chagrin, et elle a fait retentir l'air de ses hurlements, de hoquets et de pleurs. Et, prenant dans sa main une braise ardente, elle a fait le serment :

« Que ma chair entière se consume pour apaiser mon âme. »

On lui a arraché le tison. Alors, avec toute la passion de l'amour maternel, elle serre contre elle son enfant, qu'en fait elle déteste tant il ressemble de plus en plus à son père, tout chétif, l'air méchant et la face en gouttière. Puis, solennellement, elle a fait le grand kotow, se frappant sept fois la tête contre le sol pour saluer ce Fils de quatre ans, désormais le Fils du Ciel. Mais sera-t-elle la régente ou sera-t-elle écartée de son rejeton vers la dégradation et la mort ?

Yi s'est apaisée. Tout s'est apaisé dans le palais décrépi de Jéhol, imitation du Potala de Lhassa. Car c'est à Jéhol que jadis les Empereurs recevaient l'allégeance du Dalaï-lama. En fait, il s'agit d'un pur décor, d'une colline à pic dont on a façonné l'abrupt en une façade gigantesque et sans ornements, percée de petites ouvertures carrées. Ce maquillage de la nature a été exécuté grâce à un enduit de paille et de chaux, où l'on a inséré des cadres de bois imitant les fenêtres tibétaines. La véritable demeure est construite au sommet du tertre, au-dessus de ce palais postiche ; dans la pièce principale où les hallebardes des guerriers de bois arrêtent les mauvais génies. Hieng-fong a été déposé dans son impérial cercueil, que l'on a eu soin d'emmener avec lui dans son déplacement. Encore plus rabougri dans la mort, il ressemble à un petit crapaud crevé au fond d'un puits épais de bois laqué d'or. De l'encens, des brûle-parfum, des lueurs sortant de vases transforment en ombres les mandarins chétifs et les princes mignons. Silence. Juste à un moment quelques mots impérieux d'un giton pour chasser Yi quand elle est apparue sur le seuil de la pièce du repos sacré. Cela va être la guerre...

En effet, le lendemain matin, les princes pédérastes Tsaï et Tchéou, très beaux, des poignards d'argent à leur ceinture, portant des toques de zibeline, leurs corps minces enveloppés de dragons, se proclament officiellement régents en se réclamant de la volonté de l'Empereur défunt. Devant le troupeau des dignitaires rassemblés et courbant la tête, ils déplient et exhibent le rouleau dont les caractères rouges les consacrent. En fait, il manque à cette proclamation l'empreinte du Sceau Impérial, qui seul donne force aux documents. Mais dans l'assemblée des têtes chenues et des maigres poitrines sages, personne n'ose le faire remarquer. Prudence ! L'absence du sceau est un signe d'orage autour du trône.

Mornes semaines dans la misérable cité de Jéhol où les dignitaires couchent dans des granges et des taudis, tandis que le troupeau des concubines est enfermé dans un hangar vermoulu. C'est dans cette crasse que se vautre l'Hydre des Machinations. Rien ne se voit. Comme le temps est long dans cet univers perdu, livré aux éléments qu'on ne distingue même plus tellement tout est un néant de grisaille. A peine quelques sommets un peu plus bleuâtres vers les montagnes du Sud, où s'agrippe la Grande Muraille. Mais partout ailleurs, au nord surtout, le monde sans formes et sans couleurs, le plateau mongol qui n'est qu'une étendue de pierre et de sable, avec parfois une gorge sauvage où s'accrochent quelques broussailles. Le vent est si féroce et le ciel si bas qu'ils semblent manger la terre.

Serait-ce aussi la mort pour Yi ? Les mignons savent évidemment qu'elle porte sur elle le fameux Sceau qui leur manque tant. Il serait inconvenant et indigne d'eux de la faire fouiller, de l'obliger à le leur donner. Mais il serait facile de le prendre sur son cadavre. Des semaines durant, Yi s'attend au poison ou au glaive. Bien sûr, la mort ne viendrait pas d'une sentence ou d'un bourreau mais de quelque « accident », un assassinat mystérieux, un empoisonnement inexplicable, sur lequel les « régents » seraient les premiers à pleurer et à gémir. Pourtant rien ne se passe. Ils n'osent pas...

Dans l'attente de la vengeance, Yi prend un plaisir caché à être modeste, à jouer l'effacée, à se tenir bien sage. Elle est toute soumission. C'est sans aucune difficulté, presque avec plaisir, dirait-on, qu'elle reconnaît le pouvoir des régents. Et pour la première fois de sa vie, elle joue à être mère en pouponnant son fils, le Fils du Ciel. Cela ne l'amuse pas, cela l'ennuie même mais elle veut donner d'elle une image rassurante, presque pieuse. Il se trouve en outre que l'Impératrice épouse continue à être une excellente créature, bornée et innocente, pleine de sentiments inemployés qu'elle déverse toujours sur le rejeton de sa rivale. De plus, les deux femmes, la Concubine Impériale et l'Impératrice Epouse, se retrouvent autour du cercueil de Hieng-fong et deviennent inséparables. En réalité, c'est encore un calcul de Yi pour que, dans les moments difficiles qu'elle traverse, l'Impératrice soit toujours auprès d'elle, comme son bouclier. Finalement, cela forme le couple des deux « impératrices » veillant sur le Fils du Ciel.

Enfin apparaît à Jéhol le prince Kung, qui a réussi dans la mission que Yi lui avait confiée. Il a fait plier bagages aux Barbares, il les a renvoyés de Pékin et de la Chine du Nord. La Cité Interdite est sauvée. Kung, en tant que frère du Défunt Empereur, pourrait avoir des ambitions très hautes, mais il rassure les « régents » en leur faisant allégeance. Evitant de rencontrer Yi, il lui fait dire par le Grand Eunuque Ngan Te-hai que tout se prépare bien... Les eunuques sont des gens sûrs, fidèles à Yi. Elle exulte car le complot contre les mignons commence à se dessiner, un complot bien ourdi qui permettra à son orgueil tous les raffinements de la vengeance savante.

Les régents sont inquiets. Pour obéir aux rites,

il leur faut ramener à Pékin le corps du Défunt Empereur, afin que lui soient rendus de prestigieux et méticuleux honneurs funèbres dans la Cité Pourpre. Ensuite il sera conduit dans sa dernière demeure, un Temple qui vient d'être aménagé pour lui dans la Vallée des Tombeaux Impériaux, où les squelettes des empereurs entourés des gages de la Vie Grandiose irradient leurs mille âmes dans les fabuleuses félicités de l'au-delà. Là Hieng-fong va s'ajouter à ses grands ancêtres qui ont régi la terre et les hommes selon les Ordres du Ciel. Même s'il a été un piètre souverain, qui a manqué à toutes les lois de la sagesse, qui a amené le Céleste Empire à être un miroir d'étain bosselé par les révoltes.

C'est le plein hiver. Enfin l'immense cortège de la mort se met en route. Enfin s'ébranle le Char du Dragon transportant la dépouille sacrée du Saint Homme. Le catafalque énorme contenant le cercueil de Hieng-fong, dans le déchaînement des éléments, est une demeure palpitante écrasant la nature hostile, comme une galère voguante qu'on arrive à peine à faire avancer dans la tempête, qui tangue comme la Maison des Esprits Agités. Il suit des chemins mauvais et verglacés, sentes déchirées grattant le paysage des steppes dont elles se distinguent à peine. Pourtant, le portant et le tirant, des milliers de coolies s'échinent sous la Charge Monstrueuse comme des armées de fourmis, dans la grande peine des corps, des muscles, des respirations, déchirés par le manque d'haleine et l'épuisement des carcasses, poussant un « han » d'effort qui est souvent le dernier, car beaucoup meurent. Misère infime dans la grande uniformité du blanc. Un blanc aveugle, qui obscurcit tout, qui fait qu'on ne s'aperçoit pas à travers les anneaux du convoi. Un blanc tel que le blanc des vêtements de deuil est un écoulement jaunâtre. Même les plus éminents personnages de la caravane mortuaire, dans leurs atours de chagrin, placés selon les règles d'une hiérarchie millénaire, dégouttent lamentablement. Juste derrière le Catafalque, suivent dans un grand chariot le tout petit Fils du Ciel et les deux régents, pleins d'orgueil, dans leurs grands uniformes des obsèques divines. Ils se prosternent régulièrement devant ce petit tas de chair molle qui ne semble s'exprimer que par deux grands yeux. Puis le char des Impératrices, les deux souveraines veuves de Hieng-fong, l'Epouse numéro un à la bonne face de matrone, pleurarde, engoncée dans des falbalas de douairière donnant encore plus d'importance à son ventre qui n'a pas produit de fils, et Yi la mère, qui a renoncé à exprimer toute peine, limpide et mince, les yeux secs. Puis, enfermés dans des palanquins enveloppés comme des oiseaux tombés des nuages, tous les censeurs, ministres des rites, dignitaires, sages, les barbichus de toutes sortes, tous volatiles à bec et à plumes. La caravane tâtonnante est interminable. A pied, les malheureuses concubines impériales, sous le commandement du Grand Eunuque Ngan Te-hai, constituent le chœur des pleureuses officielles encadrant le cercueil du maître suprême, mais leurs sanglots sont avalés par les sanglots des rafales, et leurs larmes sont bues par les larmes des ondées. Cependant, faisant de leur mieux, gluantes, détrempées, échevelées, vêtues de boue, elles accomplissent consciencieusement les gesticulations et les cris des grandes douleurs. On entend des musiques, mais seuls les cymbales et les gongs arrivent à percer le concert de la tempête, qui soudain s'est apaisée pour le grand calme de la grande neige. Une virginité. C'est que justement, le convoi grimpe une montagne, un pic blanc, une pureté qui paraît être l'hermine de la mort. Tout est estompé, asphyxié, tamisé, les bruits suspendus par les flocons, sauf les craquements des branches des arbres qui se déchargent de leur givre. Le convoi, enfermé dans sa prison nivéenne, n'est plus qu'une ombre, qu'un fantôme. Il avance quand même, lentement, avec précaution.

Dans l'effort, les porteurs, coolies, serviteurs de toutes sortes s'invectivent sans que leurs criailleries, leurs injures et leurs insultes produisent autre chose que des grimaces muettes. A l'avant les pleureuses continuent à gémir devant le Catafalque qui écrase le monde de sa masse, mais ces créatures de beauté sont devenues de pauvres chiffes ébouriffées, éperdues, tremblotantes, et pleurant comiquement, perdant leurs fards et leurs onguents. Le Grand Eunuque Ngan Te-hai veille jalousement à la qualité de leurs sanglots. Elles doivent pousser des cris déchirants pour le Défunt Empereur et non pas de pauvres lamentations sur elles-mêmes.

Pour progresser, le convoi emprunte un escalier de dix mille marches qui escalade la montagne et se tord en courbes effroyables au-dessus des précipices. Il faut dégager les degrés l'un après l'autre. Chacun est fait d'une dalle unique, branlante, creusée en son centre par d'innombrables pieds nus. Là-dessus, longuement étiré, le cortège du Dragon Mort semble un dragon bien vivant, de l'espèce qui aime l'eau et les boues. La marche comporte des dangers. Mais avec les Célestes, habitués à cette contrée cahoteuse qui ressemble à un ciel d'orage renversé sur la terre, les accidents n'arrivent jamais, à moins qu'ils aient été préparés et voulus.

Seule Yi est soudain prise de peur. Elle vient de comprendre qu'il suffit d'un simple coup de pouce pour que son chariot dégringole au fond du gouffre, emportant sa destinée. La catastrophe serait attribuée à la plus déplorable fatalité. Une petite bousculade presque invisible, des cavaliers de l'escorte l'effleurant, ferait glisser le chariot des deux Impératrices. Il basculerait avec la plupart des porteurs entraînés par leurs cordées, fous et impuissants à la seconde où ils verraient leur chute. La lourde coque contenant les deux Impératrices sombrerait d'un coup, bringuebalant ces dames jusqu'à ce qu'elles soient fracassées, l'Epouse numéro un sans doute les yeux ronds de stupéfaction et Yi regrettant moins de mourir que prise d'une fureur blanche à l'idée d'avoir été jouée. Elle n'avait pas pensé que les soldats de l'escorte, des Mandchous qu'elle croyait fidèles, avaient pu être achetés par les régents, à prix d'or.

Rien ne se passe. Yi comprend alors que les régents sont gens fort avisés. L'assassiner ainsi aurait été trop maladroit, trop évident, trop voyant. Et quels embarras pour retrouver le cadavre dans l'abîme, pour prendre sur lui le Sceau de l'Autorité Sacrée avant de le remonter et d'honorer ses restes désormais sans intérêt. Mais maintenant, elle en est sûre, les mignons lui préparent plus loin, ailleurs, au cours de ce long voyage funéraire une fin plus subtile et plus secrète, une fin bien mijotée. Ils doivent absolument posséder le Sceau ramassé sur son cadavre pour déposer sa marque sur le rouleau aux caractères rouges de Hieng-fong qui, alors, leur donnerait le pouvoir, sans contestation, avant d'entrer dans la Cité Interdite. Leur régence deviendrait sacrée. Au nom de l'enfant de quatre ans juché sur le Trône du Dragon et dont ils auraient juste envoyé la mère aux Fontaines Jaunes, le Céleste Empire serait à eux.

Si au moins Jung-lu se trouvait auprès de Yi ! Mais il accomplit ses ordres : que lui et ses hommes se dissimulent au loin jusqu'à ce que les temps soient venus. Ils surgiront devant Pékin, quand le catafalque et son cortège apparaîtront à l'orée de la cité. Ils s'empareront des remparts, tandis que les épées des trois mille eunuques de Ngan Te-hai tiendront la Cité Pourpre. Ensuite, dans la Grande Salle de l'Harmonie Céleste devant le Prince Kung et tous les dignitaires, Yi exhibera son propre rouleau fabriqué par ses soins, marqué du Sceau qu'elle aura conservé sur elle. Les mignons accusés de félonie seront condamnés à mort et elle sera proclamée Régente.

Comment n'avait-elle pas conçu que les régents devineraient ses desseins et que, par conséquent, ils feraient tout pour la faire périr durant le périple où elle est sans défense ? Quelle faute ! Ce cortège funéraire sera aussi celui de sa fin, Yi en a la certitude.

Comment n'y avait-elle pas pensé ! Comment ne l'avait-elle pas prévu ! Quel courroux contre elle-même ! Elle est impitoyable aux perdants, et la voilà perdante. Elle se hait. Et dans sa haine, elle se demande par quelle incroyable stupidité ni elle, ni Jung-lu le Brave des Braves, ni Ngan Te-hai le Subtil des Subtils, n'ont prévu que les gitons la tueraient pendant le voyage. Au lieu de sentir le nœud coulant de la mort se préparer pour leur cou au fur et à mesure qu'ils approcheraient de Pékin, on leur laisse la solution simple et évidente pour tourner une défaite absolue en victoire absolue : la tuer. Rien que la tuer.

Une curiosité prend Yi : de quelle façon s'y prendront-ils pour que l'assassinat apparaisse comme un malheur déplorable et douloureux ? Les régents pleureront beaucoup et se lamenteront beaucoup...

Dans ce jeu de la mort qui va commencer, quelle politesse, quelle délicatesse de part et d'autre ! Le lendemain matin, les régents viennent saluer les Impératrices avec les plus grandes marques de déférence et de vénération. Puis ils parlent avec courtoisie. Etant donné la lenteur et la fatigue du Convoi Mortuaire pourquoi ne quitteraient-elles pas la troupe pour rejoindre Pékin plus vite, grâce à des porteurs et sous la garde de cent soldats ? Ce serait d'ailleurs conforme à la coutume millénaire qui veut que les parents les plus proches de l'Empereur Défunt arrivent à la Cité Interdite avant ses restes sacrés, afin de réciter des prières et d'offrir les oblations jusqu'à ce qu'apparaisse le catafalque.

On dirait un ballet de délicieuses figurines alors que c'est le quadrille du massacre qui se joue, le tournoi pour la Chine. Rien de plus convenable que ce discours et cette proposition. Aussi Yi accepte-t-elle de sa voix la plus charmée, de sa figure la plus heureuse, les yeux ombragés de cils, lumineux de reconnaissance. Elle se répand en courbettes, les régents se répandent en courbettes...

Les deux veuves changent de véhicule, elles sont désormais transportées dans des chaises à tenture d'or par des coolies en livrées impériales qui courent sans qu'elles entendent un souffle et qui se relaient sans qu'elles perçoivent une secousse. A leurs côtés, une escorte de guerriers caracole, leurs sabres nus et vernissés de vertu militaire. Yi se demande si ce sont eux qui vont la tuer. Elle ne le pense pas, car l'assassinat s'ébruiterait et il faut que le mystère demeure. Vainement s'efforce-t-elle de deviner quel guet-apens insoupçonnable a été préparé. Un jour et une nuit passent. Le lendemain, le chemin monte en crochets en pleine sauvagerie déserte, jusqu'au défilé de Kou-pe-tan, qui traverse une crête abrupte et nue, comme une bouche ouverte, avec d'énormes dents de roche. Lieu sinistre et redouté. Yi est sûre que là se passera la chose. Elle croit qu'elle vit ses derniers instants, mais son cœur ne bat pas tant sa curiosité est grande.

En effet, les rocs sont rongés par des grottes comme par d'énormes caries d'où déferlent des centaines et des centaines de brigands, aux mines atroces, hurlant comme des délirants, brandissant des coutelas. Et de toute part, trognes grotesques et balafrées, dans leurs frusques rapiécées et puantes, la lie de la bestialité se rue sur les soldats qui se sont regroupés autour des Impératrices, leur faisant un rempart. Ces beaux guerriers impériaux, silencieux, combattent farouchement, moulinant des cercles de mort autour d'eux avec leurs épées. Ils tranchent dans la chair, mais ils sont comme des hannetons assaillis par des fourmis et leurs rangées de pinces. Trop peu nombreux, les uns après les autres, les cavaliers sont broyés, saisis, transpercés, massacrés. Les ruffians avancent mètre après mètre. Yi voit déjà leurs regards et leurs mains sur son beau corps, qu'ils ne manqueront pas de souiller et de déchirer atrocement. En ces dernières secondes, elle comprend « l'astuce » des régents. Ne rien dire contre elle à l'escorte. Au contraire, par un beau discours, confier ces illustrissimes dames aux cavaliers en leur recommandant le plus grand zèle : qu'elles arrivent à Pékin sans qu'un de leurs cheveux ait été sali. Evidemment les mignons ne leur ont pas dit de combattre jusqu'à la mort si nécessaire. Une pareille recommandation dans leur bouche aurait pu ensuite faire lever les soupçons. Non, il faut que tout apparaisse comme une catastrophe et une surprise incroyables. Et le courage des soldats de l'escorte se faisant trucider pour défendre les Impératrices démontrerait l'innocence des mignons. Il faut donc que ces guerriers périssent noblement pour les laver de toute suspicion. Ainsi tout demeurera dans le mystère, ce sera une affaire de gueux, de révoltés, de bandits, peut-être d'une de ces sociétés secrètes tant redoutées, renaissant sans cesse et dont les pires supplices n'arrivent pas à bout. Les régents, pleurant, se lamentant, hâves et défaits, se frappant la poitrine comme s'ils se reprochaient un manque de vigilance, donneront les ordres les plus extrêmes pour que les « criminels » soient capturés et soumis à la mort lente. Contre eux, ils lanceront la grande traque, mettant leurs têtes à prix. Naturellement ils ne seront pas pris. Car ces tueurs, les régents les ont stipendiés afin qu'ils tuent les Impératrices, qu'ils s'emparent du Sceau de l'Autorité Suprême sur le corps de Yi et le leur fassent parvenir.

Il ne subsiste plus que quelques cavaliers à se faire occire sur place pour les Impératrices. Yi sort de ses robes le Sceau qui a failli lui donner la Chine pour le regarder une dernière fois. Mais à l'instant où un bandit s'approche avec un pieu pour la défoncer, survient comme une tempête, comme un tremblement de terre, comme un phénomène du Ciel ou de la Matière. Le vent apporte un grand nuage de poussière, il semble que l'on frappe sur le sol comme sur une enclume, et une longue rumeur fait vibrer l'air. Yi reconnaît le tumulte de la Charge des Centaures : le claquement des sabots, les hennissements fous, le sol frappé d'étincelles ou rejeté en mottes. Le silence des hommes droits sur les croupes des chevaux. Ils sont plus de mille, serrés les uns contre les autres, galopant comme s'ils n'étaient qu'une seule rafale. En quelques instants, la lueur des sabres, si fugace qu'elle ne semble pas être mue par des mains, a fendu les assassins en mille éclats. Comme des épouvantails enragés, debout ou même à terre, certains essaient encore de brandir et d'enfoncer leurs coutelas. Et ces assassins, dans l'apogée et la démence du meurtre, véritables bêtes qui ne peuvent renoncer à leurs convoitises, à ces femmes qui leur étaient offertes, à cet or qui leur était promis, gigotent quand même, cherchant encore à tuer, jusqu'à ce qu'ils ne soient plus que des vers de terre dont les tronçons cessent de s'agiter. Soudain, les brigands survivants tournent le dos et s'enfuient. Ils courent désespérément de toutes leurs frusques et de toutes leurs jambes vers les rochers, mais les cavaliers au galop décapitent ceux qu'ils rattrapent. Enfin il n'y a plus de brigands.

Au milieu de ce charnier, un homme saute à bas de son destrier et marche sur des cadavres, se dirigeant vers la litière de Yi, dont les porteurs ont été exterminés. Le personnage qui va vers elle, pour s'assurer qu'elle est saine et sauve, c'est Jung-lu. On déblaie le sol de ses charognes et Yi descend de son palanquin sans un cerne, sans un froissement, sans une marque de peur ou d'émotion sur sa figure, impassible et cependant pimpante. Elle choisit un emplacement propre pour poser ses pieds en pantoufles de soie qu'il serait malséant de salir, mais sans paraître s'apercevoir de l'horreur et de la puanteur à l'entour. Elle salue gravement, selon les rites, son sauveur, sans que rien ne montre, ni l'ombre d'un sourire ni une tendresse dans les yeux, qu'il s'agit là de son amant bien-aimé. Lui, dans toute sa puissance, rend aussi gravement ses saluts à la jeune femme : encore des courbettes, encore un ballet de politesses parfaitement exécuté auquel se joint celle que l'on avait oubliée, l'Impératrice numéro un, la bonne matrone qui vient tenir son rôle. Pendant ces quelques instants, l'histoire de la Chine et de l'Extrême-Orient aurait pu changer de fond en comble.

Que s'était-il donc passé ?

Loin derrière les veuves promises à la mort, les régents suivaient lentement l'énorme Catafalque. Ils avaient tout bien combiné. Dans leur impatience, ils durent laisser percer leur secret, ne serait-ce que par des hochements de tête, des clins d'œil, des allusions. Et le Grand Eunuque Ngan Te-hai, particulièrement soupçonneux, épiait les régents de près, et les faisait épier par le peuple châtré qu'il commandait. Et il sut. Alors, abandonnant son poste à la tête du troupeau des concubines et des pleureuses, il enfourcha un cheval. Il était encore un homme jeune et vaillant et à travers le pays glacé, les torrents, les ravins, les forêts, les plaines de caillasses, le Grand Eunuque, magnifique et ridicule dans la robe sombre de sa charge, avec ses insignes de « coupé », avec aussi sa longue épée, chevaucha à grandes guides jusqu'à la clairière où campaient Jung-lu et ses cavaliers. Quelques mots échangés. Et aussitôt Jung-lu après avoir sonné dans une énorme corne un appel sourd, creux et fracassant pour rassembler ses hommes, s'arrachait de la terre avec sa horde. Une voltige démente à travers montagnes et déserts, vers le défilé de Kou-pe-tan. La cavalcade effrénée. Jung-lu savait que tout se jouait à quelques instants. Formidable ruée. Dans les villages traversés, les paysans terrifiés contemplaient cette trombe d'hommes de guerre à la mine farouche, poussant de grands cris aigus et éperonnant sauvagement leurs montures pour les affoler de vitesse, pour les rendre à moitié hallucinées, bouches baveuses et flancs éperdus, bêtes fantômes passant comme des ombres. La troupe arriva en suivant la crête étroite, l'arête de la montagne, d'où soudain silencieuse, elle dévala les pentes jusqu'au col, jusqu'au défilé. Sur leurs chevaux épuisés, les cavaliers superbes, orgueilleux et froids comme la mort, bouillant de tuer, se demandaient s'ils ne surgissaient pas trop tard. Car, plus ils approchaient, plus ils distinguaient nettement les essaims des assassins grouillant autour des palanquins des Impératrices comme s'ils étaient déjà vainqueurs. Jung-lu et ses hommes se frayèrent un chemin à travers cette tourbe, faisant voler les têtes avec leurs sabres affilés dont les ciselures devenaient des rigoles de sang, crevant les poitrines de leurs lances. Mais la racaille se défendait, et il fallut en occire beaucoup pour parvenir enfin aux palanquins des Impératrices, assiégés de toutes parts et qui semblaient se balancer comme des barques en perdition, sous l'effort des brutes qui essayaient de les renverser et de les fracasser. Quelle joie ensuite pour Jung-lu de voir Yi intacte, absolument impassible dans son demi-sourire, d'une beauté calme comme si rien ne s'était passé, superbement au-dessus des contingences !

C'est ainsi que sauvegardées par Jung-lu, les Impératrices arrivent à Pékin dans le vingtième jour de la neuvième lune. Quel triomphe dans le cœur de Yi lorsque, à l'aube naissante, elle aperçoit, comme si elles étaient le nombril du monde, les terribles murailles noires de Pékin ! Au galop, sabres au clair, les soldats de Jung-lu encadrent sa litière d'or aux tentures fermées, à travers la foule qui s'abat à genoux, en une dégringolade folle, chacun face contre terre, dans la poussière. Car le peuple de Pékin pullule comme si l'angoisse et l'exode devant les Barbares n'avaient pas existé. Tous les Célestes sont maintenant rentrés, depuis les milliardaires jusqu'à l'armée des mendiants. La vie a repris comme avant. Aucun souvenir du somptueux cortège militaire des Maudits, portant sur un coussin le Traité arraché. C'est comme si cela n'avait jamais été. La masse est reprise par la tradition millénaire du respect idolâtre et craintif, de la vénération apeurée devant les simples reflets d'or ou des palanquins. La foule s'effondre devant l'Auguste Majesté du Ciel, ce Ciel souverainement Sage et Sévère, même si ce n'est qu'un morceau de ciel : le cortège de deux dames nimbées de la couleur divine et entourées de glaives.

Une fois la terre de l'humanité obéissante dépassée, Yi pénètre dans la Cité Interdite par la porte de la Paix Céleste. Elle ne cesse de contempler d'un œil avide, glouton, elle ne cesse de se rassasier avec un appétit inimaginable pour son frêle corps, de tout ce qu'elle aime tant, son seul amour, la grandeur de l'Empire Céleste. Les toits vernissés de vermeil, les faîtes qui s'envolent, les lourdes chaussées de pierre, les arbres centenaires, les lis embaumés, toute cette matière qui a été travaillée pour en faire l'écrin de la Sagesse. Beauté. Dire que ces merveilles pourraient n'être que cendres, cadavres de choses, cimetière du Sacré et du Précieux concassés, squelettes du Parfait. Mais tout est comme si les Barbares n'avaient jamais été.

Yi franchit la Porte du Soleil au Zénith. Elle traverse un des cinq ponts de la Rivière aux Eaux d'Or et descend de sa chaise pour pénétrer dans le Sanctuaire de la Cité Pourpre. Elle monte la rampe impériale jusqu'aux édifices incarnant le Monde. Et un vertige de soulagement la prend à contempler ces cours, ces degrés, ces dalles, ces autels, ces trônes, dans la lourdeur des marbres et des laques. Tout est comme cela a toujours été depuis le commencement des temps, indestructible. Là le Ciel continue à s'unir à la Terre et aux Hommes grâce au Fils du Ciel. Là s'accomplit toujours la sainte création de la vie. Ce lieu relié au Cosmos pour que se suivent les générations et les moissons est intact. Yi sait que si les Chiens Puants avaient concassé la Cité Pourpre, il n'y aurait plus eu de Vertu, d'Harmonie, d'Ordre, plus rien. Le Céleste Empire aurait été anéanti dans son essence. Alors, comment aurait-elle pu s'emparer de Tout Ce Qui Est ?

Dans la salle de la Suprême Harmonie le prince Kuang — qui selon ses ordres a su satisfaire les Chiens Puants en leur jetant quelques os pour qu'ils partent — s'agenouille devant elle. Et alors, d'elle-même, de sa chair dirait-on, de dessous ses robes, elle sort, avec un minuscule froufrou de triomphe, un froufrou de chatte affamée, le Sceau de l'Autorité Sacrée, un lourd bloc de bronze carré aux emblèmes du Ciel et de la Terre, et dont les dragons entourent l'inscription suprême : « Que cela soit. Respect à ceci. »

Yi ne pense plus à tout ce qui est survenu, aux péripéties par lesquelles, grâce à ce sceau, elle a été sauvée et a failli périr. Ces choses triviales, elle ne se les rappelle pas, car elle est en train d'accomplir le geste des gestes, celui qui va lui donner la Chine dans le sang des mignons. De toute la force de ses bras, elle applique le cachet en entier, avec ses signes et ses caractères, en bas d'un document à idéogrammes rouges que le prince Kung vient de rédiger selon les formules sacrées et consacrées, d'un pinceau agile. C'est le grand décret attribué au Fils du Ciel, l'enfant de Yi, l'enfant de quatre ans, qui, en ce moment même, est en train de suivre le Catafalque du Dragon Défunt, son père, sous la garde cérémonieuse des mignons qui se disent régents.

Mais quel sens ont ces invraisemblances dans l'ordre du Ciel ? Pour Yi, dans sa Sagesse, il est d'une certitude divine que le grand rouleau composé par Kung est l'œuvre du nouveau Saint Homme, son fils, le Fils du Ciel. Même s'il n'est pas là, ce parchemin est l'expression de sa Volonté et de sa Toute-Puissance. Par cet acte surnaturel, l'Empereur a choisi comme nom de règne celui de Tchoung-che, c'est-à-dire la Tranquillité Toujours Assurée, et ordonne, pour le guider dans le maintien de cette Tranquillité Bénéfique, le choix de Yi sa mère comme Régente Souveraine... Pour que tout cela devienne la Vérité incontestable, Yi, tenant le Grand Sceau dans la griffe forcenée de ses longues mains, imprime sur le bas du long document la marque indélébile de la décision du Ciel et du Chariot à sept étoiles.

Pendant ce temps, le Cortège funéraire, derrière le bringuebalant Catafalque porté par des centaines de coolies, est encore à plusieurs jours de marche de Pékin. La caravane mortuaire avance lentement, difficilement, comme une grosse chenille, à travers le pays du lœss jaune, cette étrange terre lourde et friable faite de la poussière déversée et consolidée venant du Gobi, aux confins de la Chine. C'est une surface plate, triste, sans un arbre, où les moissons, les villages, les hommes semblent à peine se dégager de cette étendue lugubre. Mais très étrangement, là où ils vivent, habitent et moissonnent, cette monotonie se déchire en un paysage absurde, fantastique, un dépècement aux formes géométriques de ravins et de tertres enchevêtrés, se succédant à l'infini. Le plateau, dès qu'il est fissuré, se décompose comme s'il était pris d'une maladie lui enlevant toute résistance. Un hérissé effrayant. Il règne sur la contrée une sensation lugubre, celle de ce sol toujours prêt à s'effondrer pour vous capturer, et où on ne peut marcher que dans des entailles déjà à vif, qui parfois sont des nœuds qu'il faut acrobatiquement grimper. On se traîne au fond de parois lisses, nues, blessures bien tranchées, mais où soudain les boyaux font des échafaudages acrobatiques et fragiles. La progression dans cet univers jaunâtre suppose des efforts inouïs de la part des gens et des bêtes, car tout est boue sur la route, une jaunasserie liquide et glissante. Le convoi détrempé s'enlise sans cesse, mettant parfois des heures à franchir un coin difficile, un abîme plus profond, ou un col effiloché — et pourtant il ne s'agit ni d'abîme ni de col, mais d'un magma chaotique... Le Catafalque, les chariots, les litières, tous les officiants et tous les serviteurs, passant au milieu des paysans agenouillés, tout cela n'est qu'une serpillière où le jaune impérial est devenu le jaune de la gadoue, un jaune dégoulinant, dégouttant, celui du lœss lui-même.

Pour les princes mignons escortant très dignement, selon toute l'étiquette, le Chariot Impérial, ce n'est plus la marche vers la victoire. Ils vont vers la mort, puisque Yi est à Pékin et qu'elle a déjà certainement mis au point les modalités de leur perte et de leur exécution. D'ailleurs Yi se fait un plaisir de le leur faire savoir pour qu'ils soient bien sûrs de leur défaite. Elle annonce ce sort funeste, non pas ouvertement, mais selon les formules du protocole. Car elle a l'art, dans son hypocrisie qui fait partie de sa sagesse, de donner un sens sinistre à ce qui paraît le plus conventionnel, avec une ironie bouillante et glacée. Comme elle tient déjà sa vengeance ! Cela ne paraît pas dans le message qu'elle envoie aux mignons. Pas un mot du guet-apens. Au contraire, elle annonce qu'elle a fait un bon voyage et qu'elle souhaite qu'il en fût de même pour eux. Elle espère aussi qu'aucun malheur n'est arrivé au Catafalque de la Mort.

Le sens est clair : les princes ne s'y trompent pas. La vraie mort dont il s'agit n'est pas celle de l'Empereur Défunt, mais la leur. Yi leur annonce que tout est joué, qu'elle les attend à Pékin pour leur châtiment, qu'ils sont déjà condamnés. Mais les mignons, au lieu de s'enfuir, font bonne contenance : ils sont décidés à pousser l'aventure jusqu'au bout, jusqu'à la « bataille » dans la Cité Interdite. Ils défient Yi : ils écrivent en réponse pour la remercier humblement de la sollicitude qu'elle témoigne à la dépouille de son défunt mari. Oui, tout cela est traditionnel et cependant inexpiable.

A Pékin, ils seront vaincus, par quelques simples mots qui vont les écraser, mots fugitifs, presque inaperçus au milieu des Fêtes de l'Enterrement. Les vivants se battront comme des ombres tandis que la mort écrasera la Cité Interdite, sous le poids effrayant du corps de Hieng-fong livré aux mille cérémonies. Yi, dans ce carnaval solennel et méticuleux, saura faire de l'étiquette un art de cruauté et de victoire. Le drame qui va se jouer dans les jours qui viennent avec la Chine comme enjeu, se cache sous les règles hiératiques, fantastiques et précises des solennités funéraires. Célébrations du Cercueil, adorations et génuflexions, longues lamentations, toutes les effigies de la douleur, avec les cortèges et les assemblées devant le Cadavre, dans les mille positions et attitudes de la vénération. Bannières, oriflammes, arcs de triomphe et arches. La Salle de la Grande Harmonie sera le Sanctuaire où s'amasseront les dignitaires gémissant pour la dernière nuit terrestre du Dragon s'en allant ensuite vers le Mausolée qui l'attend dans la Vallée des Souverains Morts.

Auparavant, c'est la nuit de l'ultime veille avec des personnages aux superbes costumes blancs officiant autour du Catafalque. C'est un office, et pourtant il n'y a pas de foi, pas d'incantation, pas de prières à un quelconque dieu, pas d'exaltations à sa clémence et à son pardon. Car le Défunt est parfait, bien au-dessus des religions. Le Dragon mort sera simplement rendu au Cosmos dont il a été l'émanation pour un temps, sur cette terre. Liturgie du Grand Respect. Tout est convenu, même les expressions d'adulation et de souffrance, car ce qui est convenu a seul de la valeur. Odeurs, lueurs sombres, brûle-parfum, et surtout la précision absolue dans ce qui doit être accompli : une complication infinie et fixée depuis des temps immémoriaux. Un labyrinthe où les Sages laissés en ce monde par le Dragon mort le saluent par un million de signes, chacun ayant son rôle, selon l'exigence féroce qui reste : la hiérarchie.

Et c'est parce que celle-ci va être changée d'un rien que vont se dérouler les victoires et les défaites de la succession. C'est dans l'établissement des nouvelles préséances que se joueront les guerres de la Cité Interdite — guerres secrètes, invisibles, dont l'issue sera sanctionnée par des décrets portant la puissance et la mort.

C'est grâce à ces préséances essentielles que Yi, à l'entrée même de Pékin, remporte un triomphe complet sur les mignons, sans même paraître troubler les funérailles qui se poursuivent exactement selon les règles. Cette femme, qui fera périr ensuite tant de millions de Chinois, sera victorieuse par un cri et par un geste, un petit cri et un petit geste, au milieu du déroulement sacré des obsèques. La Chine lui est donnée sur ce qui paraît à peine une querelle.

Cela se passe le deuxième jour de la dixième lune, au matin. Le cortège, avec son Catafalque, sa suite et son peuple, cohue funéraire, s'apprête à faire son entrée dans Pékin. Mais d'abord le nouveau Saint Homme, l'enfant de quatre ans, vient se placer devant les murailles noires, sous un immense dais funéraire, qui couvre aussi les deux Impératrices, Kung et les autres frères du défunt Hiengfong, les principaux membres de la famille. Le jeune Empereur ainsi que les hauts dignitaires autour de lui s'agenouillent, montrant les marques du respect extrême, lorsque passe devant eux le Cercueil précédé des insignes impériaux. Le Cercueil franchit la Grande Porte de la Sombre Muraille, et les princes mignons abandonnant un instant, selon les usages, la caravane mortuaire, viennent se prosterner devant le minuscule nouveau Fils du Ciel, pour lui rendre compte que leur mission d'escorter le Corps a bien été accomplie. En se comportant ainsi, ils agissent comme s'ils étaient vraiment ses tuteurs, souverains en son nom de la Chine. Sans expression, figés dans des poses hiératiques, les Souveraines et le prince Kung ne semblent pas voir la cérémonie. Leurs regards sont fixés dans le néant, pas une fibre de leurs visages ne tressaille, on dirait des statues. Impénétrables, ils laissent se poursuivre le rituel. Ils se tiennent comme s'ils reconnaissaient que les gitons sont désormais les maîtres. Ainsi, c'est Yi elle-même qui apprend au Fils du Ciel, le fils pourri de ses entrailles, les remerciements protocolaires qu'il doit leur faire. Et comme le gamin, de sa petite figure laide, sournoise, ennuyée, et de sa petite voix toussotante, écorche les formules consacrées, c'est elle qui les lui souffle. Lorsque l'enfant sacré a fini d'ânonner, on l'emmène en hâte rejoindre le Catafalque, qu'il doit maintenant accueillir dans la Cité Interdite et la Cité Pourpre.

Tout le temps de ces rites, Yi et Kung semblent être résignés. En fait, il aurait été très inconvenant qu'ils dérangent le protocole sacré entourant le Fils du Ciel, cela aurait même été un sacrilège. Mais il n'est plus là... Il leur faut donc intervenir maintenant. En Chine plus qu'ailleurs, dans ce jeu perpétuel et mortel de l'étiquette et des règles, se présente toujours le moment de frapper, mais il faut frapper fort et vite, car rien ne se retourne aussi cruellement, aussi fatalement contre vous que cette étiquette et que ces règles en cas d'échec. Mais Yi et Kung savent que l'instant est arrivé.

Une fois le Saint Homme parti, les princes mignons

se relèvent. Ils s'apprêtent à aller prendre la tête de l'immense procession. Ils ont décidé de faire face. Très courtoisement, ils invitent les Souveraines et le prince Kung à les suivre. Ils disent cela suavement, d'un air charmant, avec leurs lèvres finement ajustées et leurs petites figures d'ivoire taillé. Ils se paient d'audace, car par cette offre, ils s'imposent comme leurs supérieurs à leurs pires ennemis. Leurs mots se heurtent à un Kung silencieux, lourd, grave, pesant, menaçant, et à une Yi qui est comme une figurine émergeant des grandes ailes blanches qui sont ses vêtements de deuil. Yi dont soudain les petites dents blanches brillent, au milieu de son visage qui se rétrécit. Ses yeux, tous ses traits sont amincis en une transparence aiguisée, ce qui chez elle est le signe de la grande colère froide, des décisions où tout est feu et poison. Alors elle est effrayante.

Elle reste impassible, mais soudain, sa voix siffle, un sifflement de flèche qui s'enfonce dans le cœur :

« Qui ose commander ici ? »

Les mignons font face bravement, répondant sèchement, en gens bien élevés mais agacés :

« Vous n'ignorez pas, madame, que tous deux nous sommes les régents, selon la volonté exprimée par le Saint Homme Hieng-fong avant qu'il ne décédât.

— Où est le décret qui confirme vos titres ? »

Sans se troubler, très calmement, les mignons tendent le rouleau écrit par Hieng-fong pour ses chéris.

Alors Yi, emportée par une de ces fureurs lucides qui la révèlent terrible, se laisse aller soudain, plus majestueuse que jamais, à une de ces vulgarités ricanantes qui lui sert à forcer la victoire dans les situations incertaines, à faire trébucher et à abattre l'ennemi qui résiste encore. Quelle force de mépris, de supériorité, de puissance, dans le rire qui s'empare d'elle ! Et aussitôt, viennent les mots chauffés au rouge :

« L'imposture de ces coquins ! Où est l'empreinte du Sceau de l'Autorité Sacrée ? »

A ce moment elle se saisit de l'autre rouleau, le sien, que l'impavide prince Kung tient à sa portée. Elle l'agite contre le leur, dans la grande confrontation des caractères rouges.

Et puis Yi, si menue, reprend sa grandeur, son extraordinaire pouvoir de grandeur. Soudain, dans une dignité souveraine, les dons de la sagesse entourant sa beauté impérieuse et grave, elle prononce les sentences sacrées :

« Ce décret que je tiens est le seul venu du Ciel, car il porte sa marque, la griffe du Dragon, son seing tout-puissant. Vous tous qui êtes présents, princes de sang, ministres, hauts dignitaires, j'en appelle à votre loyal jugement. »

A ce moment, débouchent de tous côtés les loyaux guerriers de Jung-lu, immenses. Indifférents et hautains, ils se bornent à tirer lentement les sabres de leurs fourreaux. Aussitôt, tous les partisans des gitons disparaissent, abandonnant les deux compères, pâles, hâves mais pas défaits, gardant la « face » quoiqu'ils n'aient plus aucun espoir. Seuls devant Yi qui déclare avec un calme effrayant :

« Je vous enjoins d'aller prendre place dans le cortège derrière moi, l'Impératrice Mère, derrière l'Impératrice Epouse et derrière le prince Kung. Que cela soit fait. »

Les mignons, dignes dans le désastre, répondent en se courbant :

« Il en sera ainsi. »

Quelques minutes discrètes ont suffi à changer le destin de la Chine. Les gitons, au lieu de précéder Yi et ses alliés dans la caravane mortuaire sur le point d'arriver à la Cité Pourpre, seront derrière eux. Cela suffit à signifier leur mort, ainsi que la capture du Céleste Empire par Yi. Tel est le sens des choses.

Mais il faut s'occuper du défunt d'abord. Tous

se prosternent quand le Cercueil est déposé dans la salle de la Grande Harmonie. Qui pourrait croire que quelque chose s'est passé ? En effet, tant que durent les funérailles, les membres de l'auguste famille — Yi, Kung, les princes mignards — semblent unis par la même douleur édifiante. Ils accomplissent les rites avec une piété exemplaire, jusqu'à ce qu'enfin Hieng-fong soit déposé dans son mausolée de la Vallée des Empereurs Morts.

Aussitôt les âmes augustes du Défunt Empereur envoyées aux Fontaines Jaunes, la Céleste Chine Vivante de la Vertu reprend sa tâche éternelle : exterminer le mal qui hante le monde, qui égare les âmes et les corps, qui pénètre peut-être dans la Cité Pourpre où le Fils du Ciel, l'enfant, exerce son nouveau sacerdoce. Au moment où Yi va prendre les rênes, quelques bêtes ignobles n'ont-elles pas tenté de s'emparer du pouvoir, de telle façon que le Grand Chariot irrité envoie fléaux sur fléaux sur cet univers ? Il faut les exterminer.

Sur les murailles de la Cité Pourpre, les soldats de Jung-lu avec leurs lances. A l'entour des palais, les trois mille eunuques de Ngan Te-hai avec leurs sabres droits. Dans la salle de la Grande Cérémonie, Yi est assise à l'abri du gigantesque paravent de bois noir qui s'élève juste derrière le trône, d'où émerge à peine le Fils du Ciel. Tous les dignitaires sont prosternés devant lui. Le prince Kung, ce jour-là, le sixième jour de la dernière lune, est agenouillé lui aussi devant l'enfant assoupi dans ses draps d'or. Il lit son Grand Rapport sur les crimes imputés aux princes Tsaï et Tchéou, les mignons. Il parle lentement, avec de longues argumentations où s'enlacent inextricablement le vrai et le faux, argumentations logiques et savantes. Qui se soucie du vrai et du faux, d'ailleurs, puisqu'il s'agit de rendre la justice, c'est-à-dire de châtier le Désordre et la Révolte ? Les mots de Kung sortent des grands caractères du parchemin qu'il lit. Les idéogrammes sont les faits eux-mêmes, ils les créent par leurs propres formes et contre eux on ne peut rien. Malheur aux accusés s'ils nient et essaient de s'innocenter, en agissant ainsi ils augmenteraient leur faute. Les princes Tsaï et Tchéou ne sont d'ailleurs pas là, car leur présence souillerait la salle et le Trône. Dans le silence où retentit sa voix, Kung conclut pour eux au supplice de la mort lente. Tous les dignitaires prosternés se frappent la tête sept fois sur le sol pour approuver, et l'on entend le Fils du Ciel, à qui sa mère souffle les mots de derrière son paravent, bredouiller la formule sacrée : « Respect à ceci. »

Alors, d'une voix venant du Grand Chariot, Kung, après sept génuflexions vers le trône et sept génuflexions vers le paravent, déclare avec une lenteur solennelle :

« Que la volonté du Ciel soit accomplie. Le Saint Homme Tchoung-che a marqué de son sceau sacré l'acte. Sa volonté est que l'Impératrice Yi soit désormais la Régente de Tout Ce qui Est Sous Le Ciel, jusqu'à ce que l'âge lui soit venu de communiquer lui-même avec le firmament. Il lui accorde le titre très favorable, grâce auquel elle fera régner l'Harmonie dans l'Empire, d'Impératrice Douairière, sous le nom de Tseu-hi, maternelle, propice, conforme, bénie, prospère, pleine de jours, respectable, vénérée, révérée, illustre et admirable. »

Et l'enfant chétif se réveille un peu pour couiner :
« Respect à ceci. »

Tous les dignitaires dans leurs robes brodées de caractères, ornées d'insignes cabalistiques, colorées selon leur grade, avec leurs coiffes étranges et leurs boutons de mandarins, se frappent sept fois la tête sur le sol, pour exprimer le Respect infini et l'Obéissance absolue. Rien ne se lit sur ces vieux visages émaciés, barbichus, aux yeux aigus dans les plis de leur chair morte. Et puis, ayant ainsi salué le Trône, ils se tournent, toujours prosternés, vers le Paravent, pour recommencer le kotow. Tous ces agenouillements pour démontrer à Tseu-hi qu'ils sont comme des vers de terre dans sa main.

Tseu-hi est grisée par un orgueil immense. Toute jeune, la beauté accomplie, le pouvoir complet, le droit de vie et de mort sur cinq cents millions d'hommes. Son fils n'est qu'un minuscule avorton, elle est le vrai « Seigneur des dix Mille Années ».

Elle donne un ordre à Ngan Te-hai : qu'on la laisse seule. Et pour dissiper son éblouissement, pour calmer l'exaltation de ses sens, elle éprouve le besoin d'une promenade solitaire, sans suivantes, sans castrats, sans dignitaires. Caprice inouï car elle, maîtresse de la Chine, dans sa Cité Interdite qu'elle ne quittera presque jamais, est sans cesse entourée de rites et d'adorations, les anneaux du Ciel l'encerclant de toutes leurs prescriptions. Cependant, elle s'éloigne de la Cité Pourpre, de ses hautes toitures d'or abritant les trônes du Dragon — ses trônes désormais — elle descend des escaliers d'une blancheur de lune. Elle atteint le parc qu'elle connaît bien où, sous la pénombre bleutée des feuillages, s'enfuient des allées bordées de toutes les beautés, les unes qui sont corolles de fleurs, d'autres des arbustes nains taillés, d'autres enfin des pierres poétiquement ciselées. Elle atteint le lac dont les rives s'estompent sous les massifs de tilleuls et de rhododendrons odoriférants, dont les eaux sont mangées par des îlots boisés. Cette exubérance de la nature cache des pagodons délicieux. Tseu-hi saute dans une barque légère et, de ses mains qui n'ont jamais servi à un vil usage, à une besogne matérielle, elle donne quelques coups de rame jusqu'à un pavillon complètement dissimulé, celui de ses plaisirs. Ce jour-là, ayant trempé un pinceau dans de l'encre noire, elle trace les caractères d'un poème. Poésie triste sur l'inutilité de toutes choses, car tout périt et dépérit, la chair la plus tendre, les grandes actions, la gloire inépuisable. Est-ce l'humilité de la Régente ? C'est l'orgueil, car elle n'est que flammes et désirs fous.

Il lui paraît décent, selon les anciennes coutumes de la Civilisation Céleste, de marquer sa modestie. En se faisant humble et touchante en cette heure de joie farouche et dure, elle clame davantage sa fièvre d'écraser, d'agir, de jouir, peut-être espère-t-elle aussi conjurer le mauvais sort...

Pourtant Tseu-hi la terrible commence son règne par un geste de clémence envers les mignons qu'elle a vaincus après tant d'alarmes. Elle lit le décret du Grand Conseil, rédigé sur ses ordres juste avant sa proclamation officielle ; il est horrible. Il y est déclaré au nom du Fils du Ciel : « Nous commandons à notre Grand Bourreau de découper en mille morceaux les corps de ces grands criminels, qui sont la honte de notre famille. Que ce redoutable exemple serve de leçon à ceux qui seraient tentés d'imiter ces traîtres. Respect à ceci. » Mais maintenant, elle est tant imprégnée du sens des mille convenances qu'il lui paraît indécent que des princes du Clan Impérial, même ceux-là, soient châtiés ignominieusement et publiquement. Cela reviendrait à salir la dynastie elle-même. Aussi décide-t-elle qu'ils seront autorisés à mourir de leurs propres mains.

Par égard pour le sang impérial qui coule dans les veines de Tsaï et de Tchéou et qui ne doit pas être versé, elle recourt envers eux à l'ancien cérémonial. Deux eunuques, entièrement vêtus de blanc, les cheveux dénoués et retenus autour de la tête par un bandeau de toile blanche, pénètrent dans leur geôle. S'agenouillant, ils remettent à chacun des princes, sur des coussins recouverts de tissu blanc, une étroite et longue cassette d'or. Les princes pâlissent : ce qu'ils viennent de recevoir, c'est la grâce de mettre eux-mêmes fin à leurs jours, sans tourments ni indignités. Alors, suivant fidèlement les rites, ils se prosternent à leur tour, frappant trois fois la terre de leur front en signe de respect pour le désir impérial. Ainsi courbés, chacun d'eux prend à deux mains l'écrin d'or qui lui est destiné, le porte à son front, s'incline encore une fois. Se relevant, ils ouvrent chacun leur boîte, pour en retirer la mince tresse qu'elle renferme. Les eunuques, de leur côté, se sont redressés, et, faisant face au mur, ils attendent respectueusement que tout soit terminé. A peine quelques râles et hoquètements. Les princes ont passé autour de leur cou le cordonnet, les deux bouts demeurant dans leurs mains. Et debout, ils ont tiré. Ils ont tiré jusqu'à l'asphyxie, l'éclatement des poumons et la chute, l'effondrement sur le sol. De leur force moribonde, ils s'accrochent encore, maladroitement, au lacet, pour tirer ou essayer de tirer, dans la hantise de l'étiquette et pour ne pas perdre la dignité de leur « face ». Tout en essayant de réprimer leurs convulsions, sans lâcher malgré la douleur folle, ils tirent encore par à-coups, inconscients, jusqu'au dernier râle et au dernier soupir. Le silence. Les eunuques laissent s'écouler quelques minutes. Puis ils se retournent et se rapprochent des gisants aux visages maintenant violacés. Ils se penchent pour en toucher les cœurs, qui sont encore chauds mais complètement immobiles. Les princes sont bien morts. Les eunuques vont rendre compte de leur mission.

Au Palais, l'énorme cloche d'argent bat les heures, l'éternité s'écoule. Les frêles paumes de Tseu-hi suffiront-elles à gouverner l'Empire qui est en proie au Chaos Noir, pas seulement à cause des Barbares, mais aussi à cause d'immenses révoltes qui ont éclaté à travers la Chine Céleste, comme si le Grand Chariot avait abandonné le Fils du Ciel ?

Au sommet des degrés de la Cité Ecarlate, dans sa salle noirâtre et angoissante, le Dragon du Trône rit. Un rire formidable, heureux, sain, hideux. Car Il sait que Tseu-hi va l'enfourcher et que, sous sa tendre main, régnera la Mort.

Composition réalisée par COMPOFAC - PARIS

IMPRIMÉ EN FRANCE PAR BRODARD ET TAUPIN
7, bd Romain-Rolland - Montrouge - Usine de La Flèche.
LIBRAIRIE GÉNÉRALE FRANÇAISE.

ISBN : 2 - 253 - 02009 - 5  30/5153/9